威廉·福克纳

  福克纳对小说结构有很大的创造,他的小说结构非常细腻、复杂,把不同的叙述者组合在一起,使内容更紧凑。他是第一个让我一边看小说一边记笔记的作家。

——诺贝尔文学奖得主 略萨

福克纳和菲尔·斯通

菲尔·斯通是福克纳文学生涯中非常重要的良师益友。他们相识于一九一四年，当时菲尔·斯通是个大学生，比福克纳大四岁。他和福克纳一样，对文学情有独钟。在福克纳的早期文学生涯中，菲尔·斯通充当了师长的角色，他指导福克纳大量阅读、学习法语、研究古典文学，他还指导福克纳的写作、帮助福克纳摆脱失恋的阴影。福克纳对菲尔·斯通也是倾力相助的。一九三九年，菲尔·斯通遭遇了财政危机，福克纳向出版社预支了稿费，帮他渡过难关。

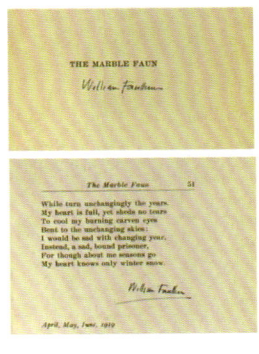

《大理石牧神》初版（1924）

诗集《大理石牧神》是福克纳最早出版的一部作品，是在菲尔·斯通的大力推荐和资助下由四海出版社出版的。当时印了一千册，连五十册也没有卖掉，剩下的放在菲尔·斯通的阁楼，后来在火灾中全部焚毁。一九六三年，这部当时无人问津的作品在纽约拍卖行标价六百美元。

 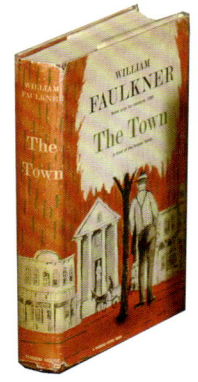 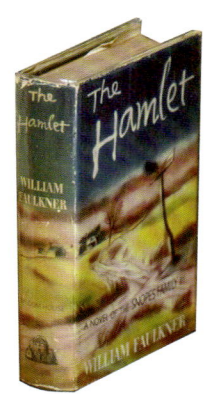

斯诺普斯三部曲:《村子》《小镇》《大宅》

一九四〇年,斯诺普斯三部曲的首部《村子》出版,书前的献词是:献给菲尔·斯通。早在一九二六年至一九二七年间,斯诺普斯的故事就在福克纳脑海中酝酿,当时他和菲尔·斯通探讨过创作南方"乡下人"新富的家世故事的计划。

斯诺普斯三部曲是福克纳酝酿十年、历时近二十年完成的系列作品。一九三九年在接受《时代》杂志访问时,福克纳声称正在写一个以斯诺普斯家族为中心的三部曲,那将是他"那部关于约克纳帕塔法县的史诗的收尾"。

美国《时代》封面(1939)

电影《漫长夏日》海报

一九五八年,由《村子》改编的电影《漫长夏日》上映,电影和原著小说有很大出入,电影上映后获得了较好的评价,但票房一般。

《漫长夏日》中的男女主角　　影片主角保罗·纽曼和琼安·伍华德因戏结良缘

一九五八年,《漫长夏日》主演保罗·纽曼凭此片获得法国戛纳最佳男主角奖。

福克纳作品

村 子
The Hamlet

[美]威廉·福克纳 著　张 月 译

北京燕山出版社

目录
CONTENTS

总　序 / 001
译　序 / 004

第一部　弗莱姆

第一章 / 002
第二章 / 026
第三章 / 054

第二部　尤拉

第一章 / 098
第二章 / 131

第三部　漫长的夏天

第一章 / 160
第二章 / 213

第四部　村民

第一章 / 280
第二章 / 350

总　序

李文俊

　　威廉·福克纳一八九七年出生于美国南方密西西比州北部尤宁县的一个小镇，五岁时随父母迁居到距离此地不远的奥克斯福镇。此后，福克纳基本上没有离开这个家，他算得上是美国南方的一个土生子。他的祖先在当地立过战功，修建过铁路，开设过银行，还写过小说。因此，虽然到福克纳父亲这一代，家道中落，但他仍被视为"世家子弟"。他身边流传着家族的许多故事，他也一直面临着如何对待历史包袱并从中摆脱出来的问题。

　　福克纳上学不很正规，只读完十一年级，后来又在密西西比大学当了一年的"特殊学生"，但他从小读了家藏的许多英美与欧洲的古典文学作品，后来又认真读过十九世纪末的诗歌与二十世纪初的现代派作品。第一次世界大战时，福克纳参加过空军学校，但未来得及正式作战。后来当过小工、售货员、邮务所所长与好莱坞的电影脚本编写人。晚年被弗吉尼亚大学聘为驻校作家。除此之外，他绝大部分的时间都用在小说写作上。他一共写了十九部长篇小说与一百二十多篇短篇小说，大多数作品的故事都发生在他虚构的密西西比州的约克纳帕塔法县。因此，这些作品被称为"约克纳帕塔法世系"。每一部小说既是一个独立的故事，又是整个"世系"的一个组成部分。其中，最重要的作品是《喧哗与骚动》(1929)、《我弥留之际》(1930)、《八月之光》(1932)、《押沙龙，押沙龙！》(1936)、《村子》(1940)、

《去吧，摩西》（1942）等。

一九五〇年，福克纳获得该年颁发的一九四九年度的诺贝尔文学奖。在获奖演说中，福克纳表达了对人类光明前途的信心，并认为作家的职责在于写出"人类……能够蓬勃发展。……人有灵魂，有能够怜悯、牺牲和耐劳的精神"。作家的"特殊光荣就是振奋人心，提醒人们记住勇气、荣誉、希望、自豪、同情、怜悯之心和牺牲精神，这些是人类昔日的荣耀。为此，人类将永垂不朽"。

一九六二年六月，福克纳在家乡骑马时堕下受伤，不久后因心脏病发作逝世。

时间过得飞快，威廉·福克纳去世倏忽间五十多年已经过去。如今再回首二十世纪的美国文坛，曾红极一时、大名鼎鼎的小说家，大都身后寂寞，至今尚能跻身世界文坛大师行列的，还真是不多，似乎只有福克纳仍时不时为人提起。人们发现，福克纳的作品非但不显得陈旧落伍，反倒常给人一种历久弥新的感觉。当然，他的文笔不一定合乎今天美国普通读者的口味，但是却不断受到文学史专家、批评家与小说作家的关注。目前，福克纳与莎士比亚在美国是被研究得最多的两位作家。他的作品也一直是许多美国与外国小说家学习的榜样。譬如诺贝尔文学奖得主、哥伦比亚的加西亚·马尔克斯，即在获奖演说中向福克纳表示了敬意，认为他是"自己的导师"。我国的莫言也说："福克纳和加西亚·马尔克斯给了我重要启发。"

我多年从事福克纳作品的介绍与翻译工作，曾根据自己的认识，不揣浅陋，在所编写的一本书的前言里试图做一总结。我这样写道：

> 倘若全面综览二十世纪世界文学，可以认为，他的作品，既有现实主义具象的逼真性，也不缺乏现代主义的想象力、穿透力与悲观主义，甚至还保留有西方十九世纪浪漫主义文学中对英雄人物与理想形象的崇敬景仰之情。一方面，他的作品百科全书式地反映了美国南方近现代的历史与现实，揭示历史对现实的深刻影响，另一方面，又在总体精神上刻画出西方"现代人"的困惑

与苦恼，对他们的异化感、孤立感表示出深切的关怀。此外他也尽可能在作品里塑造道德高尚的人物形象。在这方面又显露出尊崇浪漫主义的倾向。在小说艺术上他更是多有创新，使现代小说艺术能在美利坚土地上发扬光大。在语言艺术上，他也显示出风格多样、挥洒自如的大师风范。若要试图用一句话来概括他总的思想倾向，笔者认为，归根结底，他是可以毫不迟疑地被归入到拥护宽容创新、主张人与人之间享有平等权利、赞成全人类相互理解与合作这样的一股人文主义大潮流中去的。

在我国加入国际版权协定组织前，从二十世纪三十年代起就出现有心人对福克纳做了介绍。正式译介则应该从二十世纪八十年代开始算起。当时，在陶洁与本人的策划下，曾出版了一套福克纳作品选集，收入了陶洁等人与我翻译的八部作品。后来又出版了福克纳的《八月之光》与《威廉·福克纳短篇小说集》，再后来也出过福氏的《野棕榈》及本人译的福氏随笔集。这样的努力对我国文学创作界与读书界了解福氏的文学成就无疑起了积极作用。当然，这一项工作还需继续做下去。好在二〇一二年后福克纳原作已无版权问题。我见到有《村子》的译本。

最近，我高兴地得知，北京燕山出版社决定在今后数年内出版一套多卷本的福克纳文集，除收入过去的一些较有质量的译本外，还拟约译一些尚未翻译出版过的重要福著。对于这样的好事本人自当积极支持。我本人已进入耄耋之年且又有病，能把过去的译作复审一遍已非易事。所以在得知年轻有为的译者愿意参加这项工作后，真是感到有说不出的欣慰。近年来，译界的老前辈逐渐谢世，亟须有人接班。看到"新松"逐渐成长，我自认不属那些"应须斩万竿"的"恶竹"①，因此大可欣喜地退居一边，做些力所能及较为轻松的小事。在此，我预祝这一套书的完满竣工，并能受到读书界的欢迎。

---

① 典出杜甫《登楼将赴成都草堂途中有作先寄严郑公五首》。

译　序

张　月

　　作为小说的名谓,《村子》这个名字实在是再普通不过了,而且这部散发着浓烈乡土气息作品的作者,还是个自称乡下人的美国南方人,可这个所谓的乡下人却并非农耕者,而是勤于写作的笔耕者,是那个创造出"约克纳帕塔法想象王国"的威廉·福克纳。宛若农夫生产丰裕的食物一样,福克纳生产着丰富的精神食粮,他一生创作了近二十部长篇小说,数以百计的短篇小说、诗歌、剧本、散文、随笔、评论等。

　　对于文学作品创作,福克纳始终有着极高的诉求与期许,他认为诗人、作家的使命与殊荣即是"振奋人心,提醒人们记住勇气、荣誉、希望、自豪、同情、怜悯之心和牺牲精神,这些是人类昔日的荣耀。诗人的声音不应仅为人类的记载,而应是佑助人类永存于世并终获全胜的坚强柱石与可靠保证"。

　　福克纳认为,文学作品的质量取决于叙事的技能,更取决于对于文艺创作的基本认知:在作家工作的天地之间,必须存留的"唯有古老的真理与内心的真理,不容任何他物有存身之地。若无这古老的、普遍存在的真理——爱情、荣誉、怜悯、尊严、同情与献身精神,任何小说都必将昙花一现,难逃转瞬即逝的命运。如若做不到这样,作者的辛勤劳作终将徒劳无益。他写的是色欲而非爱情,他写的失败是其间无人失去任何宝贵价值的失败，他写的胜利是没有希望的胜利，最糟糕的是，他写的胜利是没有怜悯或同情的胜利。他的悲伤并非为普遍意义的死亡而悲伤，因而不会留下深刻的烙印。他写的是器官的活动，而非内心的情感"。福克纳据此认知而进行创作实践，他为世人奉献出多部不朽之作。

诺贝尔奖评委会看到了这位自称为乡下人的作家为文学事业做出的贡献，认识到了他的文学实践所具有的重大意义，遂即将一九四九年的诺贝尔文学奖颁给了他。

瑞典文学院常任秘书帕尔·哈尔斯特伦，作为颁奖者，向世人宣读授奖词，盛赞福克纳为二十世纪伟大的小说技巧的实验家、语言大师，对人类生活及精神活动有着深刻的洞察力和表现力，创造出了善与恶的不朽人物，他称福克纳"对美国当代小说做出了强有力的和艺术上无与伦比的贡献……而且几乎在其每一部新作中，福克纳都在越来越深刻地探究人的内心世界、人的伟大及自我牺牲精神……"，肯定了福克纳的价值及不可撼动的经典作家的地位。

福克纳走向成功的道路上充满了挫折、艰辛与坎坷，这与他的写作主题、内容及写作方式不无关系。由于他所写的几乎全是乡土主题，并喜欢使用南方的方言和土语，其不少作品惨遭退稿的厄运，即使为杂志或出版社所采用，其作品也常常因为缺少读者而无销路，他的早期杰作《沙多里斯》《喧哗与骚动》的出版，虽给他带来了成功的喜悦，却未能给他带来期待中的稿酬。他生活极度窘迫，几乎到了难以维持生计的地步。不过，福克纳始终视写作为第一生命，他矢志不渝，坚持不懈，历经磨难，终于成为西方现代文学界的一代宗师。

对于福克纳，中国读者是熟悉的，但由于国内译介较偏重他的早期或中期的著作，如《喧哗与骚动》《我弥留之际》《八月之光》《押沙龙，押沙龙！》等，对其后期作品《村子》《修女安魂曲》《小镇》《大宅》《寓言》等鲜有介绍，所以国内读者对他的认识又是不够全面的。此次北京燕山出版社推出威廉·福克纳的系列作品集，即是要弥补这种缺憾，使读者对福克纳的早、中、晚期著作能有一个具体的、感性的、全面的认识。

《村子》是福克纳后期的重要作品之一，福克纳将这部作品献给他的文学启蒙老师菲尔·斯通。如同《村子》的编辑所注明的，这部小说最初始于二十世纪二十年代中期有关斯诺普斯家族的一组随笔和片段，历经十几年的构思，最终成为斯诺普斯家族小说三部曲的第一部，其余两部依次为《小镇》《大宅》。在斯诺普斯家族小说三部曲中，《村子》是最为重要的一部。

这部作品以据称是法国人湾的乡村为背景，讲述了以弗莱姆·斯诺普斯为核心人物的故事。弗莱姆·斯诺普斯是一个身份不清、来路不明、没有家谱、无人知道其祖先是谁的人，他的故事从他来到法国人湾开始。一天，他来到法国人湾，要求承租当地的头面人物威尔·瓦尔纳和其儿子乔迪刚从他人手中弄来的一块土地，后又要求充当瓦尔纳所开设的店铺的伙计。乔迪企图利用弗莱姆传说中的污点，设计在适当的时刻将其赶走，无偿地占有弗莱姆的劳动，但弗莱姆计高一筹，击败了乔迪，不仅站稳了脚跟，还赢得了威尔·瓦尔纳的信任，并且从乔迪手中夺取了他作为儿子应享有的权利。他逐渐接管了店铺的账目，改变了店铺的经营方式，随后开始放高利贷，控制了铁匠铺和轧棉花房的生意，还将其家族的其他成员召集到法国人湾，协助他获利。他以巧妙的方式入住瓦尔纳的家中，成为其心腹，并与其已怀身孕的女儿结了婚，成为瓦尔纳财产的法定继承人。随后，他又与一名自称是得克萨斯州人的枪手联合，将捕获来的一群野马冒充驯马卖给了村民。最后，弗莱姆利用老法国人地盘的地界中埋有财宝的传说，埋入了几袋钱，将老法国人地盘高价卖给了渴望掘得财宝的拉特利夫、布克赖特和阿姆斯迪德等，然后举家搬迁，前往杰弗生，发展新的事业。

在《村子》中，福克纳主要塑造了两类人物，一类是唯利是图的人，他们受利益驱动，其中以弗莱姆为代表；另一类则是情感的奴隶，这类人为数众多。在前者与后者的争斗中，后者无可挽回地失败了。在作品中，福克纳象征性地预告了在传统农业经济向现代经济转型的过程中，资本主义生产方式将战胜传统的农业生产方式，资产阶级将取代地主阶级。

福克纳虽从感情上极端厌恶作为新兴资产阶级的代表人物弗莱姆·斯诺普斯，但他仍客观地描述了弗莱姆成功的历程。弗莱姆本人不受感情的困扰，奉行利益第一的原则，他冷酷，无情无义，像计算机一样精确无误，一步步地实现自己的计划。他没有道德感，奸诈阴毒，但从不违法，他总是能够找准最佳时机，击败对手，获取最大化的利益。

与此相反，福克纳刻画的另一类人则是受情感驱策的人，这类人与弗莱姆形成了鲜明的对照。瓦尔纳的女儿尤拉在成为弗莱姆的太太以前，是远古的"爱神"与"肉欲"的化身，她对男人有着原始的渴望，也对男人有着无限的魔力，她曾是几乎所有男人的欲望对象，一年又一年，男人为她神魂颠倒，为她争斗不休。曾任尤拉老师的拉巴夫狂热地爱恋着尤拉，为她不惜放弃做律师的锦绣前程，他向尤拉求爱不成，险些疯狂，几乎成了废人，最后，他的心智复归常态，终做选择，远走他乡。在追求尤拉的竞相角逐中，最终胜出的是霍阿克。他虽赢得了尤拉的芳心，却未能交上好运，在与对手的搏斗中，被打断了胳膊。尤拉为霍阿克不顾一切的爱情所感动，遂与其行男女之道，并怀上身孕，霍阿克因此而遭人伏击，生死不明。

作为情感的奴隶的人，还有豪斯顿、艾克·斯诺普斯、明克·斯诺普斯。豪斯顿曾想逃避自己的命运，但他最终不得不与命中注定的女人结为夫妻。不幸的是，妻子婚后不久即被一匹种马踢死。豪斯顿为保持对亡妻的坚贞不渝的爱情，从此独身一人，与一头母牛相伴为生。白痴艾克·斯诺普斯爱上了这头母牛，将其从豪斯顿家中盗走，并用痴情的呓语，表达他对母牛深情的爱。为此，他不怕遭受任何惩罚。明克·斯诺普斯与豪斯顿的冲突，起因于一头小牛，明克的小牛进入了曾是豪斯顿的牧场，豪斯顿扣留了小牛，小牛整个夏天都在豪斯顿的牧场吃草，后来明克向豪斯顿索取小牛，豪斯顿便向明克索要报偿，明克不给，豪斯顿便起诉了明克，明克一怒之下枪杀了豪斯顿，并毁尸灭迹，以证明扣押他的小牛的人的下场。明克为此付出了极为惨重的代价，他被判入狱，刑罚为二十年监禁。

除了这两类人之外，福克纳还塑造了第三类人物，这类人物以乔迪和缝纫机代理商拉特利夫为代表。他们不愿受家庭拖累而选择独身,以享受充分的自由,在其生活及经营活动中,仍讲究人情脸面,遵循传统的习俗,寓娱乐于交易之中——既讲究约定俗成的礼仪,又参与竞争,将生意同时视为娱乐、礼仪、游戏和利益的获取。他们虽屡次明里暗里与斯诺普斯较量,但最终的胜利者总是斯诺普斯。

在福克纳的写作生涯中,《村子》具有异乎寻常的重要意义,写作《村子》是他的一大探索,这部作品比他此前的任何一部小说都更多地涉及社会、政治和经济的内容,他在其中详细入微地描述了乡村的社会、经济、政治氛围、风土人情,将真实的社会、经济、政治内容纳入虚构的小说结构之中。在写作过程中,福克纳也感受到了一种新的、前所未有的自由,这种自由令其将自己的写作技能发挥到了极致,以致他自信满满地说:"我是美国最好的作家。"

如同福克纳研究专家阿瑟·伏斯所言,福克纳是讲故事的大师。在《村子》中,弗莱姆及周围人的故事以历史线索展开。故事大体上以第三人称来叙述,给人的整体感觉是弗莱姆在演戏,拉特利夫在看戏,但后者不时要到戏中客串一下。福克纳在展示故事主线的过程中,时常加入一些吹牛故事和与主线看似无关但却有内在联系的插曲。在故事的叙述中,作者始终扮演着一个含蓄、和蔼、时而在场时而缺席的主持人的角色,并在此过程中,尽情地享受着最大的自由。他随心所欲地按照自己的编排讲故事,讲述的顺序根据需要随时变更,他对故事的讲述保持着绝对的控制权,并与讲述的故事保持着必要的距离。他时常让拉特利夫替他讲述故事,但有时又把他抛开,把他编排为故事中的人。拉特利夫在书中比其他任何人都超脱,有时与福克纳作为叙述者的身份极为相似,但他始终是书中的一个人。在福克纳的笔下,他时而是一个聪明绝顶的人,能预知将要发生的事,时而被福克纳推入背景,在需要时,让他重新到前台来,扮演英雄主义者或漂泊的孤独者,最后将他描述成了高明的斯诺普斯的猎物,由于虚荣和贪婪而沦为他人的牺牲品。福克纳在此把最好的故事放在最后讲,使读者直到最后才能看到故事出人意料的结局和其中蕴含的寓意。

与其前期作品相比，《村子》给人的感觉较为明快，类似于喜剧作品，由结构松散的故事与多种插曲组成。在作品中，福克纳既未刻意地进行形式的试验，也未过多地使用意识流的写作手法，但作者本人是人类精神生活深刻的洞察者与表现者，是文学语言大师，在看似老式平铺直叙的结构中，为自由地展示自己的才智，他运用大胆的想象和丰富的意象，并不时随机使用一些颇带联想意味的象征性描述。作品给人的感觉充满寓意。在故事的讲述过程中，福克纳随意让故事停滞、伸延和转向，使整个故事情节显得变幻莫测、扑朔迷离。

在《村子》中，福克纳使用的是典型的南方方言，且喜欢使用生僻形式的词，他使用"bob wire"，而不用"barbed wire"（带刺的铁丝），用"paw"而不用"papa"（爸爸），用"clubfoot"而不用"cripple"（跛足者），用"sho"而不用"sure"（当然，肯定），用"bead"来指表示"月光威士忌"的酒精度与质量好的酒花，用相当多的词典上找不到的词来表现词典上可以找到的词的意思。除此之外，他还喜欢使用生硬、冗长、晦涩的文体，运用深度的修辞手法来达到特殊的语言效果，这一切都无形中增加了阅读的难度。

毋庸讳言，阅读《村子》是一种独特的体验。在阅读的过程中，读者不仅要越过作者设置的语言屏障，理清作者编织的故事的线索，而且要对作品抱着一种严肃认真的态度，不是以不可救药的亵渎态度来贬抑大师的作品，不是以看不懂为借口来排斥作品、来纵容自己精神上的懒惰和感觉上的颓废，而是抱着虚心而恭敬的态度走向大师，走进大师建构的艺术世界，去发现福克纳在其中所表现的丰富的人性，所描述的亘古以来一直存在的真实情感、生命的真理、人类的尊严、不朽的爱情和乐于奉献的自我牺牲精神，去感受作者对人的命运及人类未来的深情关切，去把握作者对高贵的人性所抱有的永恒信念，这将会使读者获得莫大的裨益。

献给 菲尔·斯通

第一部　弗莱姆

第一章

　　法国人湾是由河谷形成的乡村的一部分，土地肥沃，地处杰弗生镇东南方二十英里的地方。这地方四面环山，地域偏僻，地形明晰可辨，可又没有确切的地界。它向外分别延伸进两个县，却又不归其中任何一个县管辖。法国人湾曾经是原赐封地，也是美国南北战争前一处规模巨大的庄园旧址，庄园遗迹——巨型大厦的残墙断壁、倾塌了的马厩、奴隶的住地、荒草疯长的庭院、砖砌的台阶，还有骑马兜风的场地——仍旧以老法国人的地盘著称，尽管这地方原有的地界眼下仅存于一份陈旧褪色的档案中，档案就放在杰弗生镇乡村法院档案员办公室里，甚至就连土地最早的主人从荒野中开辟出来的曾丰沃一时的良田，也有一部分早已变回过去那种藤蔓与柏属植物交错丛生的丛林。

　　他极有可能是外国人，尽管不一定是法国人。那些在他后面来的人，差不多把他旅居在此地的所有迹象都抹掉了。对他们来说，任何说话带有外国腔调，或长相，甚至职业像外国人的人，都是法国人，无论他怎么说自己，就像他们同时代那些都市味道较浓的人（如若选择在杰弗生本地定居），会被叫作荷兰人一样。不过在目前，没有一个人知道他究竟是什么人，甚至就连威尔·瓦尔纳也不太清楚。瓦尔纳已是六十岁的老人了，现拥有他原赐封地的绝大部分,其中包括他那座巨型大厦遗迹的所在地。眼下,他已不在人世,那个外国人,那个法国人,连同他的家、他的奴隶及其辉煌伟业一起遁逝了。他的梦想已成为过去,他那地域辽阔的良田,现已被分割成一块块没法儿用的田地,抵押给杰弗生银行的董事们,他们吵吵嚷嚷,然后把这些地卖给威尔·瓦尔纳。所有能让人回想起他的,是那段河床,为了防止良田免受洪水侵害,他让奴隶们把此段河床修整成一段笔直的河道,差不多有十英里长。让人想起他来的,还有那座巨型大厦的房架,那些他大宗财产的继承人将构成房架的木头拆掉,劈砍下来。这都是些核桃木立柱、螺旋楼梯中心柱,这些东西五十年以后几乎成了无价之宝;此外,还有那些墙板——三十年来一直当柴火烧。甚至就连他的名字也已被人遗忘。他的荣耀仅存于传奇中,这部传奇记述了他征服丛林,从中开拓出良田的丰功伟业,可对那些在他之后到此地的人来说,上面的名字已无法辨认,更不用说清楚地读出其中的内容了。这些人到此地来时,有的乘坐破旧的马车,有的骑在骡子背上,还有的甚至是步行而来,他们随身带着弗林特枪、狗、孩子、自制威士忌蒸馏器,还有基督教颂诗经书。他的传奇现在与任何曾经活着的人都毫不相干——他的梦想和荣耀,现在已随那遗落的、无法辨认其特征的骨灰,一起化作尘埃。他的故事只是那个谁也无法改变的传说:他把钱埋在了庄园的某个地方,当时格兰特蹂躏着整个国家,正在向威克斯堡挺进。

继承他产业的人们从东北方来,他们生儿育女,一步步地向前推进,逐步穿越田纳西山脉。他们来自大西洋海岸,而在此前的那一代人,来自英格兰、苏格兰和威尔士边境地区,就像他们的名字所标明的那样——特平①、黑利、惠廷顿、迈卡拉姆、莫利、列奥纳德、小约翰,还有其他的名

---

① 特平(1705—1739),英国强盗,在约克郡落网,被处绞刑,因其强盗经历被载入传说故事和小说而闻名。

字如里德普、阿姆斯迪德和多什侬,这些名字只能是来自那些地区的人的名字,因为肯定不会有人故意从这些名字中选一个自己用。他们来时既没有带黑奴,也没有带法伊夫①式和齐宾代尔②式的高脚五斗柜,事实上,他们所带的大部分东西只是他们手中能拿的(而且确实拿了的)东西。到了地方以后,他们就在那儿建一两间小屋,但从不油漆房子,他们彼此结为夫妇,生孩子,再在原来的小屋旁边一间一间地增建小屋,而且也从不对它们进行油漆,这就是他们的生活。他们的后代也在山谷洼地种棉花,在绝无人迹的山坳里用玉米酿造威士忌酒,把他们不喝的酒卖给别人。联邦警察进了这儿的乡村,随后便销声匿迹。接着,你会看到那失踪警察原来穿用的某件衣物——毡帽、绒面呢外套、城里人穿的鞋子,甚至他佩戴的手枪——穿在或戴在一个孩子、一个老头儿或一位妇人身上。除选举之年的关键时刻外,乡村警察并不打搅他们的生活。他们扶持自己的教会和学校,他们结婚,男女之间偶尔会进行通奸,但在他们中间较经常发生的是杀人事件,他们是自己法庭的审判官和死刑的行刑人。这些人是新教教徒,信奉民主,生殖力旺盛。在这里的整个区域中,没有一个黑人拥有土地。对此地不熟悉的黑人,天黑以后绝对不敢从这地方过。

威尔·瓦尔纳,当今老法国人地盘的主人,是此地乡间的头面人物。他拥有最多的土地,既是这个乡村悠闲的督察官,又是那个乡村的治安官,同时还是两个乡村的选举委员,他自然而然就成了权势的象征,他的话即使不是法律,作为忠告和建议,对全体乡民来说也是金科玉律,只要听到他说不行,他们就会拒绝接纳那届选举结果,人们来找他,不是抱着我应该干什么,而是抱着如果你能让我来干的态度。你认为你想要我干什么的态度来向他讨教。他是个农场主、高利贷者、兽医,杰弗生镇的法官班伯

---

① 法伊夫(1768—1854),美国家具制造商、设计师,新古典风格主要代表,最早用工厂化方式制造家具的人之一。

② 齐宾代尔(1718—1779),英国家具设计家,以优美的外形轮廓和华丽的装饰为特点。

曾经说他是个性情较为温和的男人，他从未给骡子放过血，也从不往投票箱里塞假票。他拥有本地乡间的大部分良田，而且在余下的大部分地方拥有别人抵押给他的土地。在村子里，他有店铺、轧棉花房、精细面粉磨坊和铁匠铺。乡民们都这么看，可以不夸张地说，邻近的男人，无论是在其他什么地方做了他的生意，轧了他的棉花，磨了他的面粉，或给他的牲口钉了掌，准会倒霉。他是个像篱笆栏杆一样细，也几乎一样高的男人，长着红中泛着灰色的头发和胡须，有着一双小而锐利、明亮而清纯的蓝眼睛，看上去他像是个卫理公会主日学校的总管，从周一到周五，指挥铁路客车运营，或在周末干这种事情。他拥有教会，要么也许拥有一条铁路，要么就是两者都归他所有。他精明机敏，城府很深，喜欢享乐，性情中有拉伯雷①式的粗野幽默和尖刻，而且很有可能仍然性欲旺盛，犹如他弹性极好的发丝所示，即使已年逾花甲，他的头发依然多是红色，而不是灰白色（他让太太给他生了十六个孩子，虽然待在家里的仅有两个，其他的都四散到了各地，从埃尔帕索②到亚拉巴马州沿线地区，有的结婚成家，有的已经入土）。他既爱动，又懒散；他一点儿事情也不做（他的儿子照管家里所有的生意），悠闲自在地消磨时光，甚至在他的儿子准备吃早饭前，他已到户外去了，没有人知道他去了什么地方，只是在周围十英里的范围里，人们可能会在任何时间任何地方看到他和他骑着的那匹老而肥壮的白马。在春天、夏天和初秋季节里，每个月至少有一次，有人会在他安在老法国人地盘那儿的家的草地上看到他，此处丛林生长茂盛，密不透风，那匹老白马拴在一根附近围栏的柱子上，他坐在一把自制的椅子里，这把椅子是他的铁匠为他做的，铁匠把一个空面粉桶从中间锯开一半儿，修整好四边儿，并将一个座面钉在里面。瓦尔纳坐在那里，嚼着烟草，或抽着圆形烟斗，

---

① 拉伯雷(1483和1494之间—1553)，法国作家、人文主义者，代表作为《巨人传》，文风以粗野、幽默、尖刻、讽刺为特征。

② 美国得克萨斯州的西部城市。

豪爽地与过路的人说着令人高兴的话，但无意邀请任何人来陪伴他。在他身后，是那座衰败了的、昔日兴旺一时的大庄园。人们（那些看到他坐在那儿和那些听人说他坐在那儿的人）全都相信，他坐在那里，是在暗中筹划取消下一块抵押土地的赎回权，他只对一位年龄不及他的半数——名叫拉特利夫的缝纫机巡回代理商——说明过他坐在那里的理由："我喜欢坐在这里。我在试着弄明白那个需要所有这一切的傻瓜该会有什么样的感觉。"他动也不动，在他身后是直立着老砖头、无处下脚的走道，上面压着柱子的残迹，他的脑袋给予的暗示并不比这些东西给予的暗示更多——"只是在里面吃饭和睡觉。"他随后说道——而且他没有给拉特利夫进一步了解可能是真相的任何线索——"有一段时间，看上去我打算把这地方给关了，把它清理干净。可是天哪，伙计们实在是太懒了，他们甚至不愿爬上梯子，把余下的木板取下来。看起来他们愿意到树林里去，为了弄到一点儿松柏树枝点火，甚至在树还未长到齐眼高的位置就把树砍掉。可无论如何，我想我要把剩下的东西保留下来，以提醒注意自己的这一过失。这是我一生中买下的唯一无法卖给任何人的东西。"

儿子乔迪，大约三十岁，是个血气旺盛、肥胖的男人，多少有点儿甲状腺功能亢进，他尚未结婚，有着一种独身主义者的气质，不容亵渎，不可战胜，正如一些人所说，他身上散发着圣洁、高贵的精神气息。他是个魁伟的男人，十到十二年后肯定会有个相当大的肚子，不过他依然在设法做到一丝不苟，保持独立不羁的骑士风度。一年四季（除了在温热季节里他把外套脱掉），在星期天和一周里的所有时间里，他都在质地很好的黑色西服里面，穿上一件上了浆的无领衬衫，领口处用一很有分量的金领扣别紧。从杰弗生镇的裁缝把西服送来那天起，他就穿着这套衣服，此后他每天都穿上它，无论是什么样的天气，他都穿着这套西服，直到他把西服卖给家里的一个黑人侍从。因此，几乎在每个星期天的晚上，人们都会看到他穿着整套西装，或是他穿着老西服中的一件——而且即刻就可辨认出来——他走在温热的路上,穿上新送来的西服,换下旧的。与那些他生活在其间、穿着一成不变的工装裤的男人形成鲜明对照,他有着一种并非一定是像丧葬般阴森却是过分讲究礼仪的气质——这是他所具有的无法改变的独身生活的品性决定的,所以,当仔细打量他时,透过那松弛的、并不引人注目的肥胖身躯,你所看到的是永恒不朽的完美男人,是羽化登仙、独一无二的非凡男人,就像从九号橄榄球中卫水肿样的身体组织下面,你看到的是那个曾带球行进、精瘦而坚韧不拔的幽灵一样。在父母所生的十六个孩子中,他排行第九。他掌管着店铺,其父依然是店铺名义上的老板,在店铺里,他们大多预先对抵押财产的赎回权进行处理。他还照管着轧花房,看管着分散在四周的农庄财产,这些财产一开始是他父亲,后来是他们两人一起,在过去的四十年间获取的。

  一天下午,他正在店里,从新棉绳团上剪取耕犁上用的绳子,把剪下的绳子做成像熟练水手结成的那种齐整的绳环,挂在墙上的一排钉子上。这时,他听到身后有响声,他转过来,看到敞开的门那儿有一个人的轮廓,这是个比一般人瘦小的男人,头戴一顶宽檐帽子,身穿一件对他来说太大了的男礼服大衣,他站在那儿,模样怪怪的,像是在那儿生了根。"你是瓦尔纳?"那男人问道,声音听起来并不真的刺耳,也不是故意要刺激人,只是因不常使用而显得嘶哑生硬。

  "我只是一个叫瓦尔纳的,"乔迪回答道,语气温和,实在,令人愉快,"我能为您效劳吗?"

  "我叫斯诺普斯。我听说你有个农场要租?"

  "是这样吗?"瓦尔纳一面说着,一面走动,以便在适当的光线下看清那人的脸,"你究竟是在什么地方听说的?"因为那个农场是个新农场,只是在一个星期之前,他和父亲通过取消抵押财产赎回的买卖契约方式,刚把它弄到手,而且,眼前的这个男人从来就没有见过。他甚至以前从未听说过那个名字。

来人没有答话。瓦尔纳可以看清他的模样了——他长了一张易怒的脸，一双冷酷、浑浊的灰色眼睛长在发灰的、满是粗毛的眉宇之间，下边长着一撮又乱又短的铁灰色胡须，胡子很密实，像羊皮上的羊毛一样结成团儿。"您在哪儿经营农场？"瓦尔纳问道。

"西边儿。"他并不做简短回答。他只是说出一个词做结语，完全不动声色，仿佛他把身后的一扇门关上了。

"您是说得克萨斯？"

"不。"

"我明白了。只是这里的西边儿。您家里有几口人？"

"六口。"此刻没有任何可以感觉出来的停顿，也没有要说出另一个词的急切。不过，确有某种东西在那儿。那毫无生气的声音仿佛要化解不协调的感觉，在此之前，瓦尔纳甚至就觉察出了那种东西的存在。"一个男孩，两个女孩。老婆和她的妹妹。"

"那才有五口。"

"我本人。"那个死气沉沉的声音说道。

"男人在自己地里干活儿的人手中通常不把自己算在内的，"瓦尔纳说道，"是五口还是七口？"

"我可以在地里投入六个人手。"

此刻瓦尔纳的声音也没有任何变化，听起来依然那么令人愉快，那么实在："我不知道今年我是否会要一个承租人。现在马上就到五月初了。我合计着我可能自己干，雇些临时工。要是我今年真干的话。"

"我会那么干。"那人说道。瓦尔纳望着他。

"您有点儿急着想要定下来，对吧？"那人没有说什么。瓦尔纳无法确知那男人是否正在注视着他，"您打算付什么样的租金？"

"您打算怎么租？"

"租三四季度，"瓦尔纳说道，"必备的东西由这里的店铺提供。不用现钱。"

"我知道了。你提供价钱不贵的必备物品。"

"不错,"瓦尔纳令人愉快地说道。此刻,他无法得知那男人是否真的在注视着任何东西。

"我接受您的条件。"他说道。

瓦尔纳站在店铺的走廊上,在他下边,六个身穿工装裤的男人在走廊里四下坐着或是蹲着,手里拿着便携折刀和小木头棍,他看到他的来访者生硬地、步履蹒跚地走过门廊,既不往左边看,也不往右边看,他从台阶上走下来,从拴在柱子的牲口和备有鞍子的畜生中间,选了一匹消瘦的、没有鞍座的骡子,骡子戴着一个破旧的、连着缰绳的犁地用的马勒,他牵着骡子,走向台阶,拙笨而僵硬地骑到上面,赶着骡子走开,仍然对两边的任何一边都不望上一眼。"听那家伙的脚步声响,你会以为他有二百磅重哩,"他们中间的一个人说道,"那人是谁,乔迪?"

瓦尔纳咂了咂舌头,将一口唾沫吐在路上。"他叫斯诺普斯。"他说道。

"斯诺普斯?"第二个人说道,"不用说,那就是他了。"此刻,不仅是瓦尔纳,而且所有其他人都在望着那说话的人——一个精瘦的男人,身穿尽管褪了色,但却绝对干净、上面打着补丁的工装裤。他长着一副温和的、几乎是忧伤的面孔,这张脸甚至刚刚刮过,从上面你看到的实际上是两种分离的表情——一种是瞬间即逝的静谧祥和,它无声无息地覆盖着一种始终存在、明确但又时隐时现的折磨人的神情。此人长着一张敏感的嘴巴,嘴唇有着青春期的鲜艳和饱满,随后你认识到这大概只是一生禁抽烟草的结果——这张脸是活生生的原型,是所有那些结婚早、只会生女儿的男人的集中体现,他们自己的地位只是像他们太太的长女的地位一样。他叫图尔。"他就是那个冬天让家人住进艾克·麦卡斯林家的旧棉花房的家伙。两年前,他卷进了格林尼尔乡一个名叫哈里斯牲口棚被烧的案件中。"

"呃?"瓦尔纳道,"那是怎么回事?烧了牲口棚?"

"我从没说过是他烧的,"图尔说道,"我只是说,他以某种方式多少是卷进了这一案子,你可以这么说。"

"他在这一案子卷进去有多深?"

"哈里斯让人把他抓进了法院。"

"我知道了,"瓦尔纳说道,"那只是一个纯粹弄错了身份的案子。他只不过是雇用别人干了那事。"

"那并没有被证实,"图尔说道,"至少可以说,即使哈里斯后来发现了任何证据,那也为时太晚了,因为他已离开了那个乡。随后,在去年九月份,他在麦卡斯林庄园出现了。他和他的家人白天干活儿,为麦卡斯林收庄稼,而麦卡斯林让他们在一间他当时不用的旧棉花房里过冬。我所知道的就这么多。我不重复任何东西。"

"我也不会,"瓦尔纳说道,"男人不想落一个无聊的嚼舌之人的名称。"他站在他们旁边,宽阔的脸上现出温和的神情,他穿着弄脏了的上白下黑的正规礼服——闪着油垢亮光的白色上衣,臃肿的、不加爱惜的裤子——一身既是礼服又是便服的套装。他响亮地咂了几下舌头。"啧,啧,啧,"他说道,"一个烧牲口棚的家伙。啧,啧,啧。"

当天晚上,他在晚饭桌上把这件事告诉了父亲。在此地的乡间,除了尽人皆知的小约翰旅馆,那座半是用弯弯曲曲的圆木、半是用锯开的厚木板做成的建筑外,威尔·瓦尔纳家的房子是唯一的不止一层的建筑。他们还有个做饭的厨子,她不仅是唯一的黑人女仆,而且还是整个地区的唯一女仆。他们雇用她有很多年了,但瓦尔纳太太依然说而且明显相信,即使是烧开水,在无人监督的情况下,都不能信赖她。那天晚上,当他和父亲说这事时,他的母亲在厨房和餐厅之间来回奔忙着,她是个丰腴、性情快活、喜欢忙碌的女人,她生了十六个孩子,其中五个都没能活过她。她在水果和蔬菜保鲜方面是把好手,在每年举办乡间集会上依然因此而获奖。他的妹妹,是个肌肤柔嫩、丰满的女孩儿,甚至在十三岁时乳房已显得丰挺，她的眼睛犹如朦胧的温室里的葡萄，饱满的樱唇微微开启。她坐在自己的位置上，那有着充盈的女性青春生命汁液胴体的她发着呆，闷闷不乐，显然一点儿也不想听他们在说些什么。

"你已经与他签了约？"威尔·瓦尔纳问道。

"在维尔农·图尔告诉我他做了什么之前，我根本就没打算这么做。现在我合计着明天就把合约拿过来，让他签了。"

"然后，你可以指给他看哪个房子也可以烧。要么你打算把那事留给他办？"

"当然，"乔迪说道，"那事我们也会谈的。"接着他说道——而此刻所有的轻薄意味都从他的声音里消逝了，此时的话语中充满了机智、幽默、奇异节奏和活力，"我所要做的是，确实弄清楚那牲口棚被烧的真相。不过，无论他是否真的烧了牲口棚，结果也都没什么两样。他所需要的将会是，在收割时节，他突然之间发现我认为他烧了牲口棚。听着，就这件事来说，"他此刻身体往前探着，倚靠在桌子上，看上去臃肿、硕大，神情认真。母亲忙碌着，离开餐厅到厨房去了，从这里可以听到她令人愉快的声音正在数落那个黑人女厨子。她的女儿根本什么都不要听。"这里有一块地，拥有它的伙计们在这么晚的季节里还没真的合计出来从中收获些什么。而这里来了一个男人，按分摊盈亏的原则租用这块土地，可这男人在前一个地方租用的一个牲口棚烧毁了。他是否真的烧了那牲口棚无关紧要，不过如果我能确认他真的干了那件事，那事情就简单多了。重要的是，他在那个地方时，牲口棚起火了，而且证据就是如此，他感到待不下去，便离开了那个乡。于是他就来到这里，租用这块我们想不出来今年如何从中获取收益的土地。我们的店铺为他提供所有的常规的和适用的东西。他把庄稼种出来，土地的主人把它全都卖出去。钱拿回来放在那儿，那家伙走进来，要取他那一份儿，土地的主人说：'我听到的有关你和那个牲口棚的传闻是怎么回事呀？'这就行了。'我刚听到的有关你和那个牲口棚的传闻是怎么回事？'"他们互相凝视着对方——一双略微有些凸起的浑浊的眼睛与那双小而锐利的蓝眼睛互相对视着："他会说什么呢？他除了说'好吧。你打算干什么？'之外，还能说什么？"

"店里供他用的东西的租金你是收不回来了。"

"不错，这件事是没有办法解决的。可无论怎么说，一个男人为你不花钱种出了庄稼，你至少在他种庄稼时要喂饱他的肚子。这一点你还是能承受得起的——等一下，"他说道，"见鬼去吧，我们甚至都不必那样去做，在他干完田间最后一道活儿之后的第二天早晨，我只要让他发现在他的门台阶上放有两片朽木和一根火柴就行了，那时他就会知道一切都完了，他什么也得不到，只好走人。这样一来就可省去两个月的吃住费用，我们所要做的是到外面雇人收割他种好了的庄稼。"他们互相凝视着对方。对他们其中的一个人来说，这事已经成了，办完了：他能够实实在在地看到那种设想好的结局，在他谈这事那会儿，离这件事完结依然还有六个月的时间："见鬼去吧，他不得不这样！他没有能力反抗！他不敢反抗的！"

"嗯，"威尔道。他从没有系扣子的上衣口袋里掏出一个脏兮兮的圆形烟斗，开始往里面装烟丝："你最好别沾那些伙计们的边儿。"

第二天，他没有去。第三天，他也没有去。可在第四天一大早，他那匹菊花红棕马就拴在了走廊的一根柱子上，等着上路。他坐在店铺后面的那张顶部可以转动的桌子旁边，弓着身子，那顶黑色的帽子戴在后脑勺上，一只长满黑毛的大手一动不动，像一块有分量的火腿肉重重地压在合约纸上，另一只手握着钢笔，用他那粗重、从容舒展的字体书写着合约。他把那份合约书的湿墨迹用吸墨纸吸干，整齐地折叠好，放进他臀部的口袋里。一小时之后，在离村子五英里的地方，他在路上停着的四轮马车旁边，骑坐在马身上。马车由于不加爱惜地使用，变得破旧不堪，上面满是去年冬天沾上的已变干了的泥巴，拉车的是一对长着绒毛的矮种小马，两匹马像山羊一样野性十足，看上去生机勃勃，而且个儿头几乎也像山羊一样小。

在马车的尾部挂着一个铁皮箱,大小、形状如同狗窝,铁皮箱被画成了房子的模样,在每扇被画出来的窗户那儿,都有一张画出来的女人的脸,在画出来的缝纫机上面痴笑着。瓦尔纳骑坐在马上,瞪视着乘坐在马车里的人,他感到惊愕不已,觉得这太古怪了,那人即刻笑脸相迎,对他说道:"喂,乔迪,我听说你有一个新承租人。"

"见鬼!"瓦尔纳大声说道,"你的意思是说他放火烧了另一个牲口棚?即使在他们捉住他以后,他又放火烧了另一个牲口棚吗?"

"噢,"四轮马车上的男人道,"我不知道自己会不会公开说他把那些牲口棚中的一个放火烧了。我宁愿说,当两个牲口棚被烧时,他多多少少都与那两个牲口棚有关系。你可以这么说,那烧牲口棚的火仿佛到处跟随着他,就像狗跟着有些伙计们一样。"他用一种令人愉快、悠闲懒散、平和的声音说着,你几乎无法即刻分辨出,在他的话语中,油滑的意味多于幽默。此人就是拉特利夫,缝纫机经销商。他住在杰弗生镇。他走遍了四乡的大部分地区,伴他一起旅行的有那对强壮的小马,那个画有狗窝的铁皮箱子,箱子里齐整地摆放着一架真缝纫机。在接下来的日子里,人们会在两个乡以外的地方,看到那辆溅满泥土、破旧的四轮马车,那对强壮的、个儿头与马车不相匹配的小马,拴在附近的阴凉处,拉特利夫一脸和蔼、周全、从容的神情,他穿着那件整洁、不打领结的蓝上衣,和一群人蹲在十字路口处的店铺那儿,要么就是——依然是在蹲着,他在女人们中间,女人们身边堆满了放在泉水和水井旁边的衣物、木盆、颜色发黑的水罐,他依然明显是在说话,其实他听别人说话的时间更长,只是过后人们才认识到情况是这样,要么他就是谦恭地坐在小房子走廊上的薄木条椅子里,神情愉快,和蔼,殷勤,讲着笑话,样子让人猜不透。他大概一年卖三台缝纫机,其他的时间里他买卖土地、牲畜、二手货农耕用具、乐器以及任何原物主不太想要的物品。他挨家挨户地传播四乡的消息,有无处不在的报纸的功能,他通过一张张的嘴给人带有关结婚、丧葬、蔬菜水果保鲜的私人口信，有邮政服务的可靠性。他记得住方圆五十英里内他所认识的每个人、每头骡子和每条狗的名字。"就是说那烧牲口棚的火是紧随其后的，当时，斯诺普斯驾着车厢里面堆满了家具的马车，驶向德·斯佩恩给他的那座房子，就像是驾车驶向那座他们在哈里斯庄园生活时住在里面的房子，或其他任何地方的房子一样，并且说'到这里来'，于是卧床和椅子都出来了并自行在里面各归其位。他们虽然漫不经心，但活儿干得不错，东西捆得很牢，像是他们习惯于搬家，不需要别人帮多大的忙。他们中有阿比和那个大家伙，他们叫他弗莱姆——还有另外一个人，一个小个儿头的人，我记得在某个地方曾经见过他。他没和他们在一块。至少他那时没和他们在一起。也许他们忘了告诉他什么时候要从那牲口棚里出来——两个块头粗大的家伙坐在车厢里的两把椅子上，斯诺普斯太太和他的姐姐，那个寡妇，坐在车后面放的东西上，仿佛没有人在意她们还有那些家具是不是跟车一起来了。接着，马车在那座房子前面停了下来，阿比望着房子说道：'这房看起来像是不适合贪心的人住。'"

瓦尔纳骑在马上，眼睛向下盯视着拉特利夫，脸上现出明显易见、无法言喻的恐惧。"好了，我接着说，"拉特利夫说道，"马车刚一停下，斯诺普斯太太和那个寡妇就从上面下来，开始往下卸东西。那两个家伙却还是不动，只是坐在那两把椅子上，穿着自己最好的衣服，嘴里嚼着口香糖，直到阿比转过身来，把他们从马车上骂下来，走到斯诺普斯太太和那寡妇干活儿的地方，她们正在费力地搬炉子。阿比把她们赶到了一边儿，就像是驱赶一对太娇贵、不忍心使劲儿用棍子抽打的小母牛一样。接着，他和弗莱姆站在那里，望着那两个高大壮实的家伙从车上取下了一把破扫帚和一盏灯，接着又站在那里不动了，阿比伸出手来，用缰绳的末端猛击站在车尾对过的那个家伙。'干完活儿再回来用那炉子做你吃的东西。'他在他们身后喊叫着。然后，他和弗莱姆从马车上下来，前去拜望德·斯佩恩。"

"到牲口棚去了？"瓦尔纳大声问道，"你的意思是说，他们直接前去并且——"

"不，不是。那是后来的事。牲口棚的事在后面。很可能他们当时根本不知道它究竟在什么地方。牲口棚被烧绝对不是偶然的，是算好时间才烧的，关于那件事你只能这样来看他。这里所说的仅仅是一次拜访，只是出于纯粹的友情，因为斯诺普斯知道他的田地在什么地方，而他所需做的是，赶快开始在它们上面播种，而那时已经是五月中旬了，就像现在一样，"他用一种绝对是天真无知的甜美声调补充说，"但后来我听说，他签租赁合约总是比大多数人晚。"不过，他并没有笑。在那双精明、无法让人猜透的眼睛的前面，那张精明的棕色的脸依然如同以往一样殷勤而温和。

"那又怎么样？"瓦尔纳暴烈地说道，"假如他像你说的那样放火烧牲口棚，那么我估计圣诞节以前我都不必担心了。你接着说吧。在他开始划着火柴以前，他都要先做些什么？也许至少我能及时看出一些先兆来的。"

"好吧，"拉特利夫说道，"于是他们便上了路，留下斯诺普斯太太和那个寡妇来对付那个难弄的炉子，那两个家伙此时就站在那里，手里拿着一个铁丝编的老鼠笼和一把尿壶。他们往德·斯佩恩少校家走去，他们走上那条幽僻的路径，那里有马刚刚拉下的一堆粪，那个黑鬼说，阿比有意地踩进马粪堆里。也许那个黑鬼当时正透过前面的窗户，注意着他们的举动。无论怎么说，阿比循路直接穿过前面的门廊，接着敲门，这时那黑鬼告诉他说把他脚上的马粪擦掉，阿比即刻把那黑鬼推开，往前走，那黑鬼说他把脚上剩下的马粪全都直接擦在了那张上百美元的地毯上，他站在那里，大声叫喊'喂，喂，德·斯佩恩'直到德·斯佩恩太太出来，她看了看地毯和阿比，告诉他，请他走开。随后，德·斯佩恩在吃午饭时回到家里，我猜可能德·斯佩恩太太告了他一状，因为半下午的时候，他骑着马前往阿比家，在他身后，跟着一个黑鬼骑在骡子上，手里抱着那块卷在一起的地毯。阿比正坐在一把靠在门柱子上的椅子里，德·斯佩恩冲他大声喊叫道：'你他妈为什么不到地里干活儿？'阿比并未站起身来，他动都没动，说道:'我合计着我明天再开始干。我从来不在同一天既忙事儿又开始干活儿,'这和地毯的事不是毫无关系的。我猜想德·斯佩恩太太说了他很多坏话,因为他刚刚骑马来了一会儿就骂道:'你他妈的,斯诺普斯,斯诺普斯,你浑蛋。'而阿比坐在那里说道:'我要那么看重那块地毯,我不知道自己是否会把它放在伙计们来时肯定会踩在上面的地方。'"拉特利夫仍然没有笑。他只是坐在四轮马车里,态度平和,身体放松,在他那张光滑的棕色脸上,一双精明聪慧的眼睛闪动着,他的脸刮得很干净,他上身穿着极干净的褪了色的衬衣,他的声音令人愉快,慢声慢气,讲着笑话,而瓦尔纳则面孔充血肿胀,他眼睛向下瞪视着拉特利夫。

"于是,过了一会儿,阿比回头朝屋里大声喊叫,那两个大块儿头家伙中的一个从里面出去,阿比说道:'把你面前的那块地毯拿去洗洗。'这样,到了第二天早晨,那个黑鬼发现,那块卷在一起的地毯扔在了正对着门口前面的门廊上,而且门廊上还有一些新的脚印,只不过这次仅是泥巴印。据说这一次,当德·斯佩恩太太打开卷在一起的地毯时,德·斯佩恩一定是比以前更生气了——那个黑鬼说,看上去他们在洗地毯时用的是砖头块儿,没有用肥皂——因为甚至在吃早饭以前,他就在阿比的家里,在那个围场里,阿比和弗莱姆正在把牲口套在车上,不用说是准备到地里去,他骑在那匹母马上,像一只发了狂的大黄蜂,连珠炮似的吐出一串咒语,他的咒骂并不完全是针对阿比的,而是在某种程度上针对所有的地毯和马粪的,阿比什么话也没说,只是把马颈轭扣紧,把缰绳弄牢,一直到最后,德·斯佩恩说,他如何在法国花了一百美元买了那块地毯,他准备为此,根据阿比还未种出来的玉米的收成,向阿比索要二十蒲式耳玉米。于是,德·斯佩恩就回家去了。也许他觉得这件事就这样了。也许他觉得只要他为此事采取了某种行动,德·斯佩恩太太就不会再催逼他了,而且可能到了收获季节,他甚至会忘了那二十蒲式耳的玉米。只是阿比难以接受。所以,我猜想那是在第二天的傍晚,当少校脱掉鞋子,躺在自己院子里用圆桶做成的吊床上时,法警来了,他结结巴巴地说着,最后终于说明白了,说是阿比如何对他进行起诉——"

"见鬼,"瓦尔纳喃喃地说道,"见鬼。"

"当然了,"拉特利夫说道,"这只是有关德·斯佩恩本人所说的一切,他最后在心里合计情况就是这样。这样,到了星期六,那辆马车来到了店铺那儿,阿比戴着那顶僧侣帽,穿着外套,从马车上下来了,他瘸着腿,步履沉重地向桌子那儿走去,巴克·麦卡斯林大叔说,在那场战争中,因为阿比企图偷约翰·萨托罗斯上校的土褐色优种马,上校亲自用枪把他给打瘸了。法官说道:'我审阅了你的起诉书,斯诺普斯先生,但是我无法从法律中找出任何有关地毯的条文规定,更不必说有关马粪的条文了。不过,我准备受理这一案子,因为让你偿付二十蒲式耳玉米实在是太多了,因为像你这样忙碌的人仿佛是没有时间种出二十蒲式耳玉米的。所以我准备为你损坏那块地毯罚你赔付十蒲式耳玉米。'"

"他于是就烧了牲口棚,"瓦尔纳说道,"啧,啧,啧。"

"我不知道自己是否会那么说,"拉特利夫说道,他重复说,"我只想这样说,同一天夜里,德·斯佩恩少校的牲口棚起火了,而且全烧了。只是不知怎么回事,要么就是另一个德·斯佩恩大约在同一时间骑着母马赶到那儿,因为有人听见他从路上经过。我并不是说他及时赶到那里,把火扑灭,而是他及时赶到那里,发现某种别的东西已经在那儿,他觉得应该把那东西看成是危险的东西,用枪向它射击是正当的,他骑坐在母马背上,冲着它或它们开火,一共开了三四枪,直到那东西跑进一条沟里,跑进了他骑着母马无法追赶的地方。而且他也无法说出那东西是什么,因为任何动物都能跛行,只要它想要那么做,而且任何男人都可能会有一件白衬衣,只有一件事除外,当他来到阿比的住所时(根据路上那人听到的他的行进速度判断,时间不可能很久),阿比和弗莱姆都不在那里,那里除了四个女人外,没有任何别的人,而德·斯佩恩从未能有时间去查看床下或诸如此类的地方,因为紧挨着那牲口棚的是一个有着松柏木顶的、存放玉米的小屋。于是他骑马回去,在那儿,他的黑鬼拎出了水桶,把两个亚麻纤维袋子浸透,放在小木屋上,而他看到的第一个人就是弗莱姆,弗莱姆站在那里,穿着白颜色的衬衣,两只手插在口袋里观望着,嘴里嚼着烟草。'晚上好,'弗莱姆说道,'那边的干草烧得真快。'而德·斯佩恩骑在那匹马上大声喊叫道:'你爸爸到哪儿去了?哪儿能看到那个——'弗莱姆说道:'要是他不在这里的某个地方,他就是回家去了。当我们看到火烧着时,我和他是同时离开的。'德·斯佩恩也知道他们是从什么地方离开的,他也知道为什么。只是那也无济于事,因为正如他刚才坚持认为的那样,任何地方的任何两个人中间,都有可能其中一人是瘸子,穿着白衬衣,而且在他第一次开枪射击时,他看到的很有可能就是他们中间的一个人把煤油倒进了烧着的火中。情况就是这样,第二天早晨,他正在吃饭,他的好多眉毛和头发都被烧没了,那黑鬼进来,说是有个家伙要见他,他去了办公室,要见他的人是阿比,他已戴上僧侣帽,穿上外套,马车也已经装满了东西,只是阿比没有把它带进房里能看到的地方。'看起来我和你在一起不会合得来了,'阿比说道,'所以我想我们最好不再共事,以免以后我们为某种事发生误会。我今天早晨就走。'德·斯佩恩说道:'你的合约怎么办?'阿比说:'我取消了合约。'德·斯佩恩坐在那里说道:'取消,取消。'接着他说道,'我愿意取消合约,而且我一百个愿意把它也扔进那个牲口棚,只为了想要确切地知道昨天夜里我用枪射击的就是你。'阿比说道:'你可以起诉我,这样就可弄清楚。这个乡的地方法官仿佛习惯于为原告寻找证据。'"

"见鬼,"瓦尔纳轻轻地再次说道,"见鬼。"

"于是,阿比转过身去,迈着那条僵硬的瘸腿,步履沉重地走出办公室,往回走——"

"接着烧了那租户住的房子。"瓦尔纳说道。

"不，不是的。我并不是说他回头看那座房子时，心中并非没有某种悔恨，就像他驾车走的时候所说的那样。然而，从来没有别的什么地方会突然间起火。当时没有，就是这样。我并不——"

"原来是这样，"瓦尔纳说道，"我记得你确实说过，当德·斯佩恩开始向他射击时，他把剩余的煤油扔进了火里。嘀，嘀，嘀。"他说道，动作拙笨，略有点儿中风的迹象，"现在，我在本乡所有的男人中间选了他，与他签合约。"他开始笑了起来。也就是说,他的嘴里开始迅速地发出"哈、哈、哈"的声音，但这种声音只是从牙缝儿里挤出来的，不是发自肺腑，不是从身体较高级的部位发出的，他的眼睛里没有一丝笑意。随后，他不再笑了。"噢，我不能待在这儿了，无论这让我觉得多么愉快。也许我能及时赶到，就为一间老棉花房取消他和我之间的合约。"

"要么至少可以为一座空牲口棚这么做。"拉特利夫在他身后喊道。

一小时以后，瓦尔纳骑在马上，再一次停了下来，这次他停在一扇门前，或者说是用生锈的铁丝编成的围栏的裂口前面。门本身或者现在剩下了的东西脱开了铰链，歪向一边，锈腐的围栏的间隙里长满了野草和青草，看上去就像被人遗忘的骷髅的肋骨。他用力地喘着气，但不是因为骑马奔跑的缘故。相反，由于他已经相当接近他的目的地，他相信如果那里有炊烟，他就会看到的。所以他骑着马越走越慢。不过，此刻他骑着马，站在围栏的裂口前面，鼻子用力地呼吸着，甚至还出了一点儿汗，望着那座向下耷拉着的、扭曲变形的小屋就建在注定不长树木和青草的地上，风吹雨淋，外观就像个老蜂巢的颜色，他望着小屋的样子，就像是一个男人走近一枚没有爆响的炮弹时的样子，神情紧张，心里飞快地猜测着会有什么样的事发生。"见鬼，"他又一次轻轻地说道，"见鬼。他现在到这地方有三天了，而他甚至还没有把门安好。而我甚至不敢向他提及这件事。我甚至不敢表现出我知道那有一处围栏，门就挂在上面。"他凶狠地抖动缰绳，"驾！"他对马吆喝道，"你要是待在这里长时间不动，你也会烧成一团火的。"

这条走道（它既不是道路，也不是小径，只是两条平行的、由马车的轮子碾出来的、勉强能辨认出的印迹，今年生长出来的青草和杂草几乎将这两条印迹掩去了）向前通向那座倾斜的、完全是褪了色的房子的、没有台阶的门廊，此刻他正小心翼翼，绷紧神经，观察着那座房子，就像他正走近一个埋伏圈一样。他注视着房子，精神高度紧张，以致没注意到细部。突然之间，在一个无窗框的窗户里面，他看到有一张脸在不知不觉中出现了，这张脸掩在一顶灰布帽子下面，其下颔有规律、有节奏地蠕动着，并且令人奇怪地向一侧耸动，甚至在他大声喊"你好"时，这张脸就又一次不见了。他正准备再次喊叫，这时他看到那个顽固的家伙在房子的那边，正在通向那边空地的门那儿做着什么，即使是他那身礼服不见了，可瓦尔纳还是认出了他。瓦尔纳已开始听到一架生锈的水井滑车在有节奏地哀诉低鸣，这时他又听到了两个平板的、无意义的、响亮的女人的声音。当他从房子那边经过时，他注意看了一下——又窄又高的房架如同一个男女通用的绞刑架，在房子旁边，是两个高大的、纹丝不动的女人，第一眼望去，她们仿佛像是那种静止不动、如梦如幻、互融为一的雕像（这种印象又为一种事实所强化：她们两人仿佛同时都在向某个听众说话——要么也许只是对周围的人说话——她们之间相距甚远，一方根本就不听另一方在说什么）。尽管她们其中的一人手里握着井绳，她的胳膊尽力伸展，她的身体随着向下的牵引力弯曲，宛如一个字谜中的人物，一个象征着绝妙的肉体努力的雕像从一开始就没有生命。虽然过了片刻，那台水井滑车生锈了的鸣叫声又开始响起，但几乎顷刻之间又停止了，就像当第二个女人看到他时她们的声音停下来一样，第一个女人此刻停住了，与她一开始的动作刚好相反，她的手握着井绳向下伸着，当他骑马走过时，两张宽阔的、木无表情的脸一齐慢慢地转向了他。

他走过那寸草不生的院子，院里满是垃圾——灰烬，瓷器碎片和罐头盒——上一个房客留下来的。在围栏旁边，有两个女人也在干活儿，他们三个人此刻都知道他在这里,因为他看到其中的一个女人正向四周张望。但是那个男人(该死的、小个儿头、瘸腿杀人凶手,瓦尔纳禁不住徒劳而愤恨不已地想着)既不抬头看,而且甚至连他手中正在干的活儿也没停下来,直到瓦尔纳骑马径直来到他的身后。此刻,两个女人正在注视着他。其中一个女人戴着一顶褪了色的太阳帽,另一个女人戴了一顶不成样子的帽子,这帽子过去一定是那个男人的,她手里拿着一个生了锈的、里面装了一半儿弯曲锈钉的铁罐。"晚上好。"瓦尔纳说道,他几乎是在喊叫,等他意识这一点已为时过晚。"女士们,晚上好。"那男人转过来,他不慌不忙,手里握着一把铁锤——锤头生了锈,起钉用的两个爪子已经断了,安在一根未经打磨的烧火棍上——瓦尔纳再次向下俯视着那双眼睛,那双长在卷成团儿、向上吊着的眉毛下面的冷冰冰的、让人看不透的玛瑙色眼睛。

"您好。"斯诺普斯说道。

"我只是想骑马上来,看看你打算怎么干。"瓦尔纳说道,声音依然太大,他仿佛是不由自主。我要考虑的事情太多了,以致没时间来查看情况,他想着,并又一次开始去想,见鬼。见鬼,他再次想着,仿佛是要向自己证明,甚至即使是一秒钟注意力的放松,也会给他带来什么样的后果。

"我想我会留下来的,"斯诺普斯说道,"这房子连猪都没法儿住。不过我想我能将就住下的。"

"可是你看这儿!"瓦尔纳说道,此刻他在喊叫,他不在乎。随后,他停止喊叫,因为他不再说话,因为没有别的什么要说,不过那件事在他的心里飞速地转动着:见鬼。见鬼。见鬼。我不敢说你离开这里,而且我也没有理由说你去那里,我甚至不敢以烧牲口棚为由找人把他抓起来,因为我害怕他会把我的牲口棚给烧了。瓦尔纳说话时,斯诺普斯又开始向着围栏的方向把身体转过去。此刻,他站在那里,身体半转着,抬头仰望着瓦尔纳,既不谦恭,也不真的有耐性,而只是在等待着。"好的,"瓦尔纳说道,"我们可以谈谈房子。因为我们会相处得很好,我们会相处好的。不会有什么事,你所要做的只是到下面的店里来。不,你甚至不需要这样做,只需让人给我捎个话儿,我就会尽可能快地骑马上这里来。您明白吗?任何事,不管是您不喜欢的什么样的事——"

"我和任何人都能相处好的,"那男人说道,"从我开始种地以来,我和十五或二十个不同的地主相处过。当我无法与他们相处时,我就走人。这就是您想要的一切吧?"

一切,瓦尔纳想道。一切。他骑马折回来,走过院子,那个扔满垃圾、寸草不长的荒凉之地,这里四处散落着灰烬,烧得焦黑的木棍的头儿和变得发黑的砖,砖上放着用于洗衣、烫煮羊毛的锅罐。我只希望我从来不必强迫自己,但我现在有点儿想了,他想道。他又一次听到水井滑车的响声。这一次当他经过时,水井滑车的声音没有中断,两个有着宽阔的面孔的女人,其中一个站着不动,另一个女人一上一下有规律地、机械地抽拉滑车轮子,轮子发出不太悦耳的声音,干活儿的女人的动作再次变得慢了下来,仿佛有一只机械手臂要她停下来,她便停了下来,一动不动,变得与另一个女人一样站在那里,这时他在房子那边继续往前走,走上了那条无法辨认的小道,小道通向那扇破烂的门,他知道,下次他看到那扇门时,它依然会躺在那里的杂草丛中。他的合约仍旧装在口袋里,这是他以那种从容的、周全的、令其满意的方式写成的,而此刻这事对他来说仿佛一定是发生在另一时刻,要么更像是完全发生在另一个人身上。合约依然没有签。我可以在其中加上一条防火条款,他想道。但是,他甚至还没有查看一下马的情况。是要看看,他想道。然后我就可以利用合约,开始为新牲口棚盖上木瓦。他往前走着。天已经晚了,他让马进到一个马槽里吃草,休息一下,这样马就几乎能够坚持得住,路上越过山丘时大气不喘,一直回到家里。他以一种从容的步速向前行进,突然之间,他看见一个人倚靠在路边的一棵树上,这个人的脸他在那座房子的窗户那儿见过的。片刻之前大路上空无一人,而在接下来的时刻,那人就在那里站在路边。在一片矮树丛的边上——他戴着同样的布帽子,以同样的节奏蠕动着下颌,他好像是从子虚乌有中变化出来的实实在在的人,这会儿他几乎和马并排而立,他带着那种全然纯粹出于偶然的样子出现在那里,这一点瓦尔纳只是到了后来才记起并猜到的。他骑着马几乎要从那人身边走过,他忙勒马停下,这会儿他没有喊叫,而此时他那张宽阔的脸只是显得温和、高度警觉。"您好,"他说道,"您是弗莱姆,对吧?我叫瓦尔纳。"

"是吗?"那人说道。他吐了口唾沫。他长了一张又宽又平板的脸。他的眼睛是那种死水般的颜色。他的外表像瓦尔纳一样平和,只是比他矮一头,他穿了件油垢的白衬衣和廉价的灰裤子。

"我一直希望见到您,"瓦尔纳说道,"我听说你的父亲和东家之间有过一两次小小的麻烦。麻烦也许会变得相当大。"那人嘴里在嚼着东西。"也许他们从来没有公正地待他。我对这事不了解,而且也不在乎。我在说的是一种错误,任何错误,都可以纠正,这样一个人仍然可以和他对其不满的人做朋友。难道您不同意我说的话?"那人不停地嚼着。他的脸就像一锅没有烤制过的面包一样发白。"这样,他就不会感觉到,唯一能证明他的权利的东西,就是那种让他第二天不得不收拾好行李,离开那个乡村的东西,"瓦尔纳说道,"这样,就不会在某一天有那种时刻到来,四下望去,他突然发现已经没有剩下可以去的新的乡村了。"瓦尔纳不说了。这一次他等了很久很久,终于那人说话了,不过瓦尔纳始终无法肯定这样做是否有道理。

"乡村多的是。"

"那当然,"瓦尔纳愉快地说道,他腆着肚子,语气和蔼,"可没有一个人愿意把所有能去的地方都走上一遍,最后弄得没地方去。尤其是因为一切就在掌握之中,问题解决即可开始做事,那就不会有什么事的。问题五分钟就可以处理好的,只要另外有人顺手抓住那个一开始火气可能有点儿大的人,并对他说'现在,你别发火,那人并没有打算要找你的事。你所要做的只是心平气和地去和他谈谈，这样一切都会没事的。我知道会是这样，因为我让他保证会有这种结果的。"他又一次停顿下来——"尤其是我们在此所说的家伙，如果能够抓住他，告诉他说，让他安静下来，不找麻烦，会有好处，情况更是会这样的。"瓦尔纳再次停了下来。过了一会儿，那个人再次说道：

"什么好处？"

"这还不明白，有可耕种的好的农田，吃住赊账。要是他觉得能照管过来，还有更多可种的土地。"

"种地没有什么好处。我想要尽可能快地离开这一行。"

"好的，"瓦尔纳说道，"如果说他想干其他的某种行当，这个我们所说的人，他若打算干别的行当去挣钱的话，那就需要去获得乡亲们的好感。而较好的路——"

"您开了个商店，对吧？"那人问道。

"——较好的路——"瓦尔纳说道。接着他停了下来。"你说什么？"他问道。

"我听说您开了个店。"

瓦尔纳盯视着他。此刻瓦尔纳的脸不再显得那么温和，他的脸依然极为平静，神情非常专注。他把手伸进上衣口袋里，掏出一支雪茄。他既不抽烟，也不饮酒，他的身体天生新陈代谢就极为顺畅，就像他对自己可能有的评价一样。只有在自然状态下，他的感觉才有可能最好。不过，他在身上总装有两三支雪茄。"来支雪茄。"他说道。

"我不抽这类玩意儿。"那人说道。

"您只是嚼，啊？"瓦尔纳问道。

"我时不时地嚼一枚硬币，直到表层的图案从上面消逝，但我至今从来没用火柴点燃过一支雪茄。"

"那好吧。"瓦尔纳说道。他望着那支雪茄，"我只是希望你和认识的任何人将来也不会抽雪茄。"他轻声地说道。他把雪茄放回口袋里。他从鼻子里发出一种很响的哼哼声。"好吧,"他说道,"今年秋天。当他把庄稼种出来时再说。"他始终无法确定那人什么时候在注视他,什么时候没有注视他,不过这会儿,他注意到那人扬起胳膊,用另一手从袖子里小心翼翼地掏出了某种极其微小的东西。瓦尔纳又一次从鼻孔里排出一股气息。这次是声叹息。"好的,"他说道,"那就下个星期吧。您会给我那么长的时间考虑的,对吗?但是您必须做出保证。"那人吐了口唾沫。

"保证什么?"他问道。

在前面的两英里的地方,黄昏的脚步追赶上了他。在日渐变短的四月下旬日落的薄暮时分,颜色发白、枝叶向上散开的山茱萸,伫立在颜色变暗的树丛中,宛如在做祈祷的修女;晚星①出现了,三声夜鹰②也已经在叫了,为了赶着吃晚饭,马在凉爽的风中健步行进。瓦尔纳让它在一个站点停下,在那儿待了好大一会儿。"见鬼,"他说道,"他肯定刚好就站在任何人从房子里都看不到的地方。"

---

① 指木星、水星等,尤指金星。
② 北美洲夜出鸟,因其强有力的不慌不忙的鸣声(第一及第三音节重)而得名,可不停地反复连叫四百次。

第二章

1

拉特利夫,那个缝纫机代理商,带着一个旧八音盒,还有一套崭新的耙齿,耙齿仍旧用工厂打包用的铁丝捆在一起,放在装缝纫机处的画有狗窝的箱子里,又一次走进村子。他看到那匹老白马三蹄着地,在一根围栏柱子旁边正打着盹儿,片刻之后,他又看到威尔·瓦尔纳本人坐在自制的椅子里,在他身后是老法国人地盘里隆起的、毛茸茸的草坪和草木生长过旺的庭院。

"晚上好,威尔叔叔。"他用令人愉快的腔调打着招呼,谦恭,甚至满怀敬意,"我听说您和乔迪在店里雇了个新伙计。"瓦尔纳的目光紧紧地盯着他看,红灰色的眉毛在那双小而敏锐的眼睛上方微微向前耸动。

"这么说消息已经传开了,"他说道,"从昨天起你走了多少里路?"

"七八英里。"拉特利夫说道。

"噢,"瓦尔纳道,"我们一直需要个店伙计。"这倒是真的。他们是需要这么个人,他早晨来把店铺门打开,晚上再把门锁上——这只是为了不让四处游荡的狗闯进店里闹事儿,因为即使是流浪汉,像是到处漂泊的黑人在傍晚以后也不会在老法国人湾停留的。事实上,乔迪·瓦尔纳本人有时整天都不在店里(威尔从来都没有在那儿待过),顾客们走进店里,自己动手,互相为对方服务,将买东西的钱投入一个雪茄盒子里,对于商品的价格,他们的熟悉程度一点儿也不亚于乔迪本人。雪茄盒子装在一个存放奶酪的圆形铁丝笼中,仿佛它——雪茄盒子、破旧的纸币和拇指磨光的硬币是真的被诱入其中的一样。

"至少您能让人每天把店里打扫干净,"拉特利夫说,"不是每个人都能从防火保险中得到那种好处的。"

"噢。"瓦尔纳再次应道。他从椅子上站起来。他正在嚼着烟草。他从嘴里拿出了一块嚼透了的烟草,那东西很像是凝结成块、受潮了的干草,他将那东西扔掉,把手掌在身体的一侧擦干净。他走近围栏,在他的那个方向,铁匠巧妙地设计了一个走道(无论是铁匠还是瓦尔纳都从未见过这种走道,甚至从未想象得出来这样一种东西),它的功能完全就像现代的旋转式格栅门一样。开启的方法是向上提拉链条的轴栓,而不是往里面塞一枚硬币。"骑上我的马到店里去吧,"瓦尔纳说道,"我想赶一个你的马车。我想坐下来赶车。"

"我们可以把那匹马拴在四轮马车后面,我们都坐在车里面去。"拉特利夫说道。

"你骑那匹马,"瓦尔纳说道,"这是我现在想要你做的。有时你有点儿聪明过头儿了,让我受不了。"

"噢,这没问题,威尔叔叔,"拉特利夫说道。于是他把马车前轮转过来,让瓦尔纳坐进车里,他骑上了那匹马。他们往前走着,拉特利夫与四轮马车之间保持着一小段距离。于是瓦尔纳背着脸从肩膀上与他交谈,他没有回头去看他:

"这个消防队员——"

"情况没有得到证实，"拉特利夫温和地说道，"当然，这就是麻烦所在。要是一个人不得不在一个是杀人犯的男人和一个他只是认为可能是杀人犯的男人之间选择，那他会选择杀人犯。这样他至少会确切地知道那人在干什么。他的注意力就会集中，不会不知所措。"

"好了，好了，"瓦尔纳说道，"那么这里有的只是个受害人了，他遭到诽谤，被人误传为坏人。关于他你都知道些什么？"

"不值一提，"拉特利夫说道，"只是些我听到的有关他的东西。我八年都没见过他了。除弗莱姆以后，那时还另有个男孩。一个小男孩。如果他还在那儿的话，那他会有十到十二岁了。他一定是在他们的一次迁移中失散了。"

"是不是你八年来听到的有关他的事让你认为他可能改变了自己的习惯？"

"那还用说。"拉特利夫说道。三匹马扬起的尘土在微微的和风中被轻轻吹到边儿上，散落在路边沟中正绽放着花朵的毛叶泽兰和苦烟上面。"八年了。而且在此之前，我没有见过他的时间也几乎有十五年了。我长大的那地方就挨着他生活的地方。我的意思是说，他在我长大的同一个地方大约生活了两年。他和我的爸爸都从安斯·霍兰德老人那儿租地种。阿比那时是个马贩子。事实上，后来贩马生意做不下去了，他只能去种地，那段时间里我也在那儿。他生来并不是一个坏人，他只是变坏了。"

"变坏了。"瓦尔纳说道。他吐了口唾沫。他的腔调中满是挖苦的意味，几近轻蔑。"乔迪昨天晚上来了，来得很晚。我一看到他来就知道是怎么回事了。那情景与他过去的做法一模一样。当他还是个孩子时，如果做了某事，做了某件他知道我第二天肯定会发现的事，他就会想还是他自己先告诉我为好。'我雇了一个伙计，'他说道。'为什么？'我问道。'难道山姆星期天为你擦鞋已不再让你满意了吗？'他就喊叫起来，'我必须雇！我不得不雇用他！我不得不，我跟你说！'随后他没吃晚饭就上床睡觉去了。

我不知道他睡得是否安稳，我从不去留意这种事。不过，今天早晨，他好像对那件事感觉好一点儿了。他好像对那件事感觉好多了。'他可能甚至会是个有用的人。'他说道。'我对此并不怀疑。'我说道，'可法律不允许这么做。此外，为什么不干脆把它们给拆了算了？你甚至可以把那木料卖了。'他望了我好一会儿。他只在等着我把话说完。昨天晚上，他把一切都想好了。'雇这样一个人，'他说道，'一个能独自保护自己，保护他自己的权利和利益的人，不会有坏处。可以说，他自己的权利和利益上的好处也是另一个人的好处和利益。可以说，他得到的好处与那个付给某些同家族人报酬以维护自己生意的人的好处是一样的。可以说，这是一种不时要做的生意，而对此我和你知道得一样清楚。'乔迪说道：'——可以说，好处总会越来越多，那个打算获得好处的家伙自己不会愿意主动地搅在里面，为什么，那个独立的家伙——'"

"他也可以用同样的气力去说'危险的'家伙。"拉特利夫说道。

"不错，"瓦尔纳说道，"那又怎么样？"

拉特利夫没有回答。相反，他却问道："那家店铺不在乔迪的名下，是吧？"在瓦尔纳尚未说话以前，他就回答了自己这个问题，"当然，我为什么要去问那个呢？除此之外，和乔迪搅在一起的人只是——弗莱姆。只要乔迪留用他，也许老阿比会——"

"从里面撤出来，"瓦尔纳说道，"你对这事是怎么想的？"

"您的意思是问我真的怎么想？"

"你以为我跟你说这么多是干什么呢？"

"我和您的想法一模一样，"拉特利夫平静地说道，"就我所知，只有两个人敢冒险去糊弄那些人。而其中一个就是姓瓦尔纳但其名却不叫乔迪的人。"

"而那另一个人是谁呀？"瓦尔纳问道。

"那还没有得到证实。"拉特利夫令人愉快地说道。

2

除了瓦尔纳的店铺、轧花机房、精细磨面房和他们租给那个真正的铁匠的铁匠铺，还有学校的房子、教堂，以及学校和教堂钟声远及的区域内的大约三十六户人家外，村子是由一出租的牲口棚、一片围场和一毗连的有树荫但无青草的庭院组成的。在庭院里建有一幢大房子，这幢房子七扭八歪地向外伸延，给人的感觉迂回曲折、杂乱无章。房子用锯成的木板和圆木做成，没有油漆，多处地方是两层，以小约翰旅馆而知名，旅馆前面的其中一棵树上，钉着一块风吹雨淋的木牌，上面写着膳食住宿，旅行推销商和牲口贩子就在这地方吃住。旅馆有一条长长的阳台，上面排放着椅子。那天夜里，吃过晚饭以后，拉特利夫把四轮马车和那对小马放进牲口棚，他和五六个别的男人就坐在这里，这些男人的家就在附近，他们走不了几步就到这儿来了。他们在其他任何一天晚上也会在这里，但是这天晚上，太阳还没有完全落山，他们就聚在这里了，并不时地朝着瓦尔纳店铺没有亮灯的前脸儿观望着，就像人们聚集在一起，一声不响地望着行私刑烧人留下的冷却了的余烬，或静静地望着女人私奔时架在那儿的梯子和打开的窗户。因为一个受雇的白人伙计出现在一个男人的店铺里，这男人依然手脚利索，他的脑袋依然很好用，足以让他至少为自身的利益故意在钱上出差错，这种事他们从未听说过，就像他们没有听说过一个受雇的白种女人出现在他们自己中间的一位的厨房里一样。"噢，"一个人说道，"我对瓦尔纳雇的那个人一点儿也不清楚。不过，亲戚总比外人亲。而且一个有着家眷的男人整个时间都始终疯癫癫地要烧人家的牲口棚——"

"是这样，"拉特利夫说道，"阿比老人不是天生就卑鄙。他只是变坏了。"

一时间没有一个人说话。他们沿着阳台坐着或蹲着，互相之间谁也看不到对方。天几乎完全黑下来了，隐去的落日在西北方的天空中变成了一个淡绿色的斑点。三声夜鹰开始叫起来了,萤火虫在大路那边的树丛里闪烁着,飞舞着。

"怎么变坏的?"过了一会儿,一个人问道。

"这还用问,只是变坏了。"他说道,随和、从容、令人愉快。"在南北战争期间,他做那种生意。当时他不去麻烦任何人,对任何一方他既不给予帮助,也不加以伤害。他只是照管自己的生意,他关心的只是挣钱和贩马——从来没听说过这么做也能被定政治罪——那时来了个甚至从来都没拥有过马的人,用枪打伤了他的脚踵。那件事就使他变坏了。随后是萨托罗斯上校的丈母娘罗莎·密拉德小姐的那个生意,阿比和她一起做,合伙经营马和骡子的生意,他们有着良好的信誉,从没打算去伤害别人,去蒙骗他人,而只是一心想着挣钱和贩马的事。直到有一天,密拉德不得不去交易,结果她本人被那个自称是戈拉姆拜的陆军少校开枪打死了,紧接着上校的儿子巴亚德、巴克·麦卡斯林叔叔和一个黑鬼在树林里把阿比给抓住了,另外的事情又发生了,他们把他捆在了一棵树上,或做了类似的事,而且可能甚至是用双在一起的缰绳捆的。也许捆时甚至还在里面放上了一根烧热的通条。不过这都是道听途说。不管怎么说,阿比不得已放弃了对萨托罗斯上校的忠诚。而且我听说他在小山里面躲藏了很长一段时间,直到萨托罗斯忙着修建铁路,无暇旁顾,他觉得没有危险时才从里面出来了。而这件事使他进一步变坏。不过,他至少还可以贩马为生。后来,他碰上了佩特·斯坦泼。而佩特把他从贩马生意中给踢了出去。这样一来,他只能继续变坏。"

"你的意思是说,他和佩特·斯坦泼斗起架来了,甚至拿回家的只是剩下的缰绳?"一个人问道。因为他们都知道斯坦泼。他是个传奇人物,即使他依然还活着,不仅在那个乡村,而且在整个密西西比州北部和田纳西州西部,他都是个传奇人物——他是个魁伟的男人,挺着个肚子,头戴一顶宽檐、青色的、价格昂贵的斯泰森毡帽①,他的眼睛的颜色是新斧子刃的颜色,他带着露营帐篷,驾着马车在乡间周游,他和别人以马赌马,像赌徒赌纸牌一样,既为了赢马,也为了获得打败一个有钱的对手的乐趣。帮他忙的是个黑鬼马夫,此人是个蒙骗他人的高手,塑造牲畜外观的大师,他可以用任何一匹还有生命的马来做示范,钻进无论是什么样的封闭建筑或小屋里,只要它是空的,只要那地方在近处就成,接着运用一种真正的、变幻莫测的骗术,等他再露面时,他带出来的马甚至连那畜生自己亲生母亲都认不出来,更不说那匹马新近的主人了。斯坦泼和那个黑鬼,用一种惊人的灵交方式来做事,仿佛他们共有一个智慧脑袋,具有超出一般俗人的无与伦比的优势,可以在两个地方同时存在,指挥两套不在一起的手及手指同时工作。

"他做得比那还要漂亮,"拉特利夫说道,"他出来刚好打个不输不赢。因为如果说斯坦泼曾经打败过什么人的话,那人就是斯诺普斯太太,而且甚至连她也从来不这么看。她之所以要出去,只是因为她自己要到杰弗生去一趟,最终要弄到那台脱脂器,而且她可能始终都知道自己早晚一定得这么做。买一匹马,然后卖给佩特·斯坦泼的不是阿比,而是斯诺普斯太太。她和佩特正是利用阿比来进行交易。"

一时间又没有人说话了。接着第一个说话的人说道:"你怎么会发现所有这一切的?我猜你也在那儿。"

"我是在那儿,"拉特利夫说道,"那一天我和他一起去取脱脂器。我们住在离他们大约有一英里远的地方。那时,我的爸爸和阿比两人租用的都是安斯·霍兰德老人的地,而且我时常都和他在阿比的牲口棚周围转悠。因为我和他一样,对马也不懂。而且那时他还没有变坏。随后他和他的第一位太太结婚,那女人是他从杰弗生弄来的,一天,她爸爸驾着一辆马车

---

① 美国西部牛仔戴的一顶阔边高顶毡帽。

前来，车里面带着她和家具，并告诉阿比说，如果你再次跨过惠特里夫桥，他就会用枪把他给毙了。他们一直没有孩子，我那时快要八岁了，我差不多每天早晨到他家里去，整天都和他待在一起，和他一块整修围场的围栏，与此同时，邻居们也会前来，透过围栏往里面望，看里面有什么，无论那是什么东西，这次是他和安斯老人换的一些更多的带刺铁丝，要么是坏了的农具。阿比在买马用的确切钱数及马有多大岁数方面扯谎。他对马是个外行，他也承认这一点，但他并不是像斯诺普斯太太所说的那样对马一无所知。那天，我们把比斯利·坎普的马买回家，把它放进围场里面，走到房子那儿，阿比把鞋子脱了，放在走廊上，让脚凉快凉快，等着吃午饭，这时，斯诺普斯太太站在了门口，手里拿了一只长柄平底煎锅，冲他晃动着，阿比说道：'好了，温妮，行了，温妮，我始终不知道一匹好马是个什么样儿，而你对这是知道的，你为这事再唠叨我也没有什么用。你最好去想想上帝在给我识别马的眼力的时候，他只给了我一点儿有关马的常识和判断力。'

"因为问题不在于马。问题不在于生意。那是一桩好买卖，因为阿比只给了比斯利一头纯种牲畜和一台老掉牙的高粱面磨面机，就换来了那匹马。甚至就连斯诺普斯太太也不得不承认，只要从比斯利围场里弄到它能自己站起来，并能行走到他们那里的任何牲口，都算是不错的交换。因为正如她所说的，即使她生他的气，她也知道在一匹马的生意上他也不会被骗得很惨，因为他自己从来没有任何别人甚至想用一匹不中用的马交换的东西。问题也不在于，阿比把耕犁扔到远处的地里，她从房子那里无法看到，然后他偷偷带着耕畜和高粱面磨面机，从后面的路出去，而她还以为他在地里干活儿。问题好像是她已经知道了我和阿比不知道的情况，佩特·斯坦泼先于比斯利拥有那匹马，现在阿比抓住了佩特·斯坦泼的病根：他只是碰到它就讨厌。也许她是对的。也许对他本人来说阿比确实称他自己是霍兰德农场的佩特·斯坦泼，甚至是名震四方的佩特·斯坦泼，尽管也许他能相当肯定佩特·斯坦泼不会为此走到那个围场的围栏那儿，向他挑战。

所以，我想当他坐在走廊上让他的脚凉快一下，厨房里猪排骨倒进锅里煎煮，我们等着吃饭的时候，我们可以下来到围场去，坐在围栏上，与此同时，老乡们会走过来，看看这次他带回家的是什么。我想阿比可能对贩马生意知道的不仅和佩特·斯坦泼一样多，而且他本人所拥有的与安斯老人所拥有的不相上下。而且我猜想，当我们坐在那里，怕太阳晒着了便动动身子挪开，空闲的耕犁插在远处的田地里时，斯诺普斯太太正在从后窗户那儿望着他，自言自语道：'马贩子！坐在那儿跟一帮没出息的男人吹牛和撒谎。杂草和牵牛花在棉花和玉米地已经长出来厚厚的一层，我不敢去给他送饭，怕会被蛇咬着。'我想阿比会望着那匹无论是什么样的，那匹他这次用邮箱或安斯老人带倒刺的铁丝或一些冬玉米换的马，他自言自语道：'它不仅是我的，而且我敢发誓它是我所见过的最漂亮的马。'

"这都是命。这就像是上帝自己决定要用斯诺普斯太太的脱脂器的钱买马，尽管我也会承认，当上帝选择阿比时，他挑选了一个为他做生意的、机警、听话的帮手。我们出发的那天早晨，阿比没有打算再用比斯利的马，因为他知道，那匹马也许不能走上二十英里到杰弗生，并在一天内回来，他准备到安斯老人的围场，借上一头骡子，让它和他自己的那匹牲口一起拉车，要是没有斯诺普斯太太，他会这么做的，她一直不停地在辱骂他，说他换来的是一件庭院的摆设，说如果他把那玩意儿拿到镇上，也许他能换一个出租的牲口棚，撑在前面，作为招牌，所以可以说正是斯诺普斯太太本人以某种方式把这种想法塞进阿比的脑子里的：用比斯利的马到镇上去。于是，那天早晨，我到那儿时，我们把比斯利的马和那头骡子套在马车上，到那时，我们已经喂了它两三天了，强迫它不停地吃，为旅程做好准备，而且这会儿它看上去比我们刚把它弄回家时要好一些，不过，虽然如此，它看上去也不那么好，阿比发现，是骡子把它给比下去了，当只有那匹马或骡子单独出现时，它看上去相当不错。正是站在它旁边的另外的四条腿畜生把那种好的感觉给破坏了。'要是用某种办法把骡子套在马车的下面,它就不会露脸了,而且仍然可以拉车,这样人们看到的就只是那匹马了。'阿比说道。因为那时他还没有变坏。为了让那匹马显得精神,我们竭尽了全力。阿比想到,把大量的盐搀进马吃的玉米里,这样马就会大量饮水,如此一来,至少马身上的一些肋骨看着不会太明显,只是我们知道,它这样走不到杰弗生镇,更不用说回家了。为此,我们不得不在每条溪流和小河的旁边停下来,让它饮水,不时地把身体撑圆。可以说我们做了我们能做的,我们期待着最好的结局。阿比走向那座房子,出来时身上穿着他的僧侣衣(还是那件他仍然在穿的衣服,是萨托罗斯的那个罗莎·密拉德给他的,那是三十年以前的事了),带着二十四块六毛八分,这是斯诺普斯太太到现在用四年时间积攒下来,钱包在一块布里,我们上路了。

"我们甚至没有去想马的生意的事儿。我们在想只要马平安无事就好。因为我们也不清楚自己是否可以打定主意把比斯利的马弄进马车里,阿比照常用那头骡子干活儿,当天夜晚回到家里。是的先生,阿比轻轻地把两头畜生从围场里弄出来,一起上了路,从容地、小心翼翼地,正如一匹马和一头骡子在这个世界上会有的那种样子挪动。阿比和我一起,徒步走上每个陡得足以把水从马身上倒出来的斜坡,而且我们打算这么做下去,一直到杰弗生。天气真烦人,酷热的天,那是七月的中旬。因为这地方离惠特里夫店铺有大约一英里远,比斯利的马半是行走,半是骑坐在双驾横木上,随着它一次次无力地扬起蹄子,勉强向前迈步,阿比的脸变得越来越忧郁了。突然之间,那匹马大量出汗。它的头猛地扬了起来,好像是碰到了一根灼热的烧火棍,并钻进了马轭,从阿比在围场里挥动鞭子赶车,那头骡子一直承受拉车的重负,这是马第一次碰马轭。我们走下斜坡,向惠特里夫店铺行进,比斯利的马吓人地翻着白眼,它的鬃毛和尾巴犹如野火一样翻动起来。我要是说瞎话我就是狗,它不仅大汗淋淋,而且仿佛变成像一具你所见过的那种盛满暗黑色的血的皮囊,但是它的肋骨仿佛并没有明显地显露出来。阿比一直在说着走那条偏僻的路,这样我们就根本不必从店铺那儿经过。他坐在马车的座上,就像坐在家里那围场的围栏上,他知道在那儿,佩特·斯坦泼是不能把他怎么样的,他告诉休·米契尔和走廊上的其他伙计们说,那匹马是从肯塔基弄来的。休·米契尔甚至没能笑出来。'噢,是这样,'他说道,'我不知道它的情况怎样。我想这就是为什么要花那么长时间,从肯塔基到这里,路途是够远的。五年前,赫尔曼·肖尔特用一头骡子和一辆轻便马车换了佩特·斯坦泼的那匹马,比斯利·坎普去年夏天给了赫尔曼·肖尔特八美元买了它。你给比斯利多少钱?五毛钱?'

"情况就是这样。让阿比破费的并不是那匹马,因为你也可以这么说,阿比花的代价只是那头纯种畜生,因为首先那台高粱面磨面机老掉牙了,其次它根本就不是阿比的东西。而且它不是赫尔曼的骡子和轻便马车。那八美元现金是比斯利的,阿比没拿那八美元与赫尔曼过不去,因为赫尔曼在那匹马上已经投资了一头骡子和轻便马车。除此之外,那八美元仍然还在乡村里。因此无论是赫尔曼还是比斯利拥有它其实都没有关系。事实在于,佩特·斯坦泼,一个外来的人介入了这件事,获得了约克纳帕塔法县的美元现钞,四处炫耀,喋喋不休。一个男人用马换马,那是一回事,要是魔鬼能保佑他,就让魔鬼来保佑他好了。但是如果钞票开始换手,那就是另外一回事了。而且一个外来的人插进来,并开始让钞票换手,让它从一个人的手里进入另一个人的手里,就像是一个盗贼闯进你的家里,把你的东西扔得到处都是,虽然他没有拿你的任何东西。那会把你气得发狂发疯的。所以,事情并不仅仅是把比斯利·坎普的马送回到佩特·斯坦泼那里,而是用某种方法把比斯利·坎普的八美元从斯坦泼手里要回来。佩特·斯坦泼露宿在杰弗生镇外面路旁的帐篷里,那天我们去取斯诺普斯太太的牛奶脱脂器,要从那条路上经过,他与那个黑鬼魔术师就在那里的路边露营,就在那一天,阿比要往镇上来,口袋里装着二十四块六毛八,带着马贩子的所有荣誉与自豪感,他要证明,在约克纳帕塔法县,贩马是门学问,也是种游戏。这就是我说的一切都纯粹是命的意思。

"我回想不起来那天在杰弗生镇我们是在什么时候什么地方找到佩特的。可能是在惠特里夫店里,要么也许就是这样,阿比就其自身的状态来说,去杰弗生镇从斯坦泼身边经过不仅是正常的和自然的,而且是注定的,是命。他只能如此。所以我们就是这样,让比斯利那匹八美元的马慢慢行进,爬上长长的斜坡,阿比和我步行,比斯利的马以它能有的样子躺在马轭里,只有那头骡子在用力地拉着车。阿比在车子旁边一边走,一边咒骂着佩特·斯坦泼、赫尔曼·肖尔特、比斯利·坎普和休·米契尔,接着我们走下斜坡,阿比用了一根小棍刹住马车,这样车就不会通过马轭使劲推比斯利的马,并转到另一面去,像是翻错面的袜子。这时,阿比仍然在咒骂佩特·斯坦泼、赫尔曼、比斯利和米契尔,直到我们来到三哩桥,他才住口,阿比让两只畜生拐下了路,将它们赶进树林,他把骡子从车上卸下来,把缰绳盘了个结,这样我就可以骑上它去办事。他给了我一个两毛五的硬币,告诉我骑上骡子到镇上去,买一毛钱的硝,五分钱的柏油和一个标号为十号的鱼钩,然后赶快回来。

"这样,直到过了午饭的时间,我们才来到镇上。我们直接朝着佩特的露营地走,驾着马车,不用说比斯利的马当时躺在马轭里,它的眼睛看上去像阿比的眼睛一样疯狂,它的嘴边渗出一点儿白沫,阿比把硝揉进它的牙床和两处胸部被用柏油裹得很好的带刺铁丝划破的伤口里,要是你也会那么干,而且阿比在另一处把那个鱼钩弄到了它的皮下面。只要他把一根缰绳垂下一点儿,就能碰到它。佩特的黑鬼跑出来了,在马冲进佩特睡在其中的帐篷之前,抓住了笼头,佩特本人也从里面出来了,那顶奶油色的斯泰森毡帽斜扣在一只眼睛的上面,他的眼睛犹如新犁齿尖的颜色,而且也几乎是那种温度,他的大拇指勾在腰带上。'你那匹马相当有活力。'他说道。

"'你说得太对了,'阿比说道,'这就是为什么我要把它打发出去,只要想想你已经对我做的好事,给我个什么东西来换这匹马,我和这孩子用不着去死就能回到家了。'因为这是做生意的正确套路,直截了当地说他要做生意,而不是畏缩不前,等着佩特来劝说他做。从佩特看到那匹马到那个时间,已经过了五年了,所以阿比想着他没有可能认出那匹马来,就像一个窃贼不会认出五年前碰巧挂在他外衣扣子上一分钟的那个不值钱的表一样。阿比并不打算要把佩特打得一败涂地。他只想重新获得约克纳帕塔法县贩马生意的那八美元的荣誉与自尊。他这样做不是为了钱,而是为了荣誉,而且我相信这样做能成。我依然相信阿比骗过了佩特。佩特只答应一对换一对,否则就不做生意。这么做的原因不是因为佩特认出了比斯利那匹马,而是因为佩特心里有与阿比做生意的想法。要么就是我没弄明白,也许阿比把时间都用于蒙骗佩特了,佩特根本就不必去骗阿比。这样,那黑鬼把一对骡子牵了出来,佩特站在那里,拇指勾在腰间,望着阿比,嘴里缓慢而斯文地嚼着烟草,阿比也站在那里,脸上的神情显得绝望,但还不是恐惧,因为此刻他已经认识到自己陷进去的程度比他设想的要深。他要么闭上双眼硬闯过去,要么缩回来,不做这笔生意,回到马车上,在比斯利的马还未倒下、鱼钩还起作用时,赶着马车上路。这时,佩特·斯坦泼表现出他如何是佩特·斯坦泼的本领。如果他一开始就让阿比明白他在做一桩什么样的生意,我想阿比会不干的。可佩特没有这样做,他骗了阿比,正像一位一流的窃贼去骗另一位一流的窃贼,方法很简单,拒绝告诉他保险柜在什么地方。

"'我已经有一头好骡子了,'阿比说道,'我不想要的只是那匹马。我用一匹马换你一头骡子。'

"'我也不想要匹野马,'佩特说道,'这倒不是说不按我的方式交易,我不会换任何会行走的东西。不过,我不打算只换那匹马,因为我和你一样也不想要那匹马。我要换的是那头骡子,我这里的两头骡子配合默契。

把它们成对卖出去，我要的价比把它们拆开来卖的价要高三倍。'

"'可你仍然有一对牲畜可以交换。'阿比说道。

"'不，'佩特说道，'我打算成对卖给你的价钱比拆开来卖的价钱贵。如果你要的是单个的骡子，你最好到其他的地方去试试。'

"于是，阿比再次看了看那对骡子。它们看上去没有什么问题。看起来它们既不特别好，也不特别坏，两头中的任何一头骡子看上去都没有阿比的那头骡子好，可两头骡子站在一起看起来要比任何人的一头骡子都要好上一点点。所以阿比命中注定该倒霉，从休·米契尔告诉他那八美元的交易那一刻起，他就注定要倒霉。我猜想，佩特·斯坦泼在抬头看到那黑鬼拦阻比斯利的马，不让它冲进帐篷的那一瞬间，就知道他要倒霉。我想他当时就知道他甚至连一点儿和阿比做生意的意思也没有，他要做的只是说不，这就足够了。因为他就是这么干的，他倚靠在我们的马车车厢上，两手拇指勾在裤腰上，嘴里嚼着烟草，眼睛望着阿比再次打量骡子的行动。我甚至知道阿比的生意没有做好。他步入了一条自以为是春天的暖溪，接着就发现他走进的是凶多吉少的流沙河，那时他就知道自己甚至无法停下，再退回去了。'好吧，'他说道，'我要它们了。'

"于是，那个黑鬼就给那对新骡子套上挽具，我们继续前往镇上去。那两头骡子看上去仍然挺好的。我开始想阿比走进了斯坦泼的那个陷阱，又走出来了，我要不是这么想的，我就是狗。我们重又走上大路。斯坦泼的帐篷看不到了，这时，阿比的脸开始看上去像在家里的那种样子了，坐在围栏上，告诉伙计们说，他对马是个外行，可他并不是一个十足的傻瓜。识别货色对他来说还不是件容易的事，那需要特别细心留意，要待在那儿，把两头新骡子上下仔细摸上一遍，当时我们就要往镇上去了，他没有太多时间在骡子身上摸一摸，不过在回家的路上，我们会有很好的机会这么做的。'上帝做证，'阿比说道，'只要它们能回到家，我就可以拿到八美元了，妈的。'

"但是那个黑鬼是个艺术家。因为我向上帝发誓那两头骡子看上去没有问题。它们看上去完全像两头普通的、并不特别好的骡子，你可以在路上的上百辆马车上看到这种拉车的骡子。我确实也发现了，它们开始拉车时有种急促的痉挛动作，一头骡子先猛地扎进马轭里面，然后猛地向后来，接着另一头骡子猛地钻进马轭，随后用力向后一拽，甚至在我们上了路，马车平安地向前行驶时，两头骡子中的一头就会像中了邪一样，在挽具中横过来，好像它打算转过身去往回走，或者直接从车子上爬过去往回走，可当时斯坦泼告诉我们说，它们俩是一对很默契的骡子，他甚至说它们作为配合默契的一对儿一起干过活儿。它们的默契是这种意义上的默契，即这头骡子对那一头骡子准备什么时候开始行动一无所知。不过，阿比把它们俩给摆弄好了，我们继续往前走。就在我们刚刚走上那个大斜坡，往广场那个方向去的时候，两头骡子也突然大量出汗，就像比斯利的马在惠特里夫那边的情况一样。不过，这也没有什么，天太热了，我那会儿刚刚注意到，雨就要来了，我注意到自己正在望着天上一块巨大明亮的火烧云往西南方向移动，我想在我们回到家以前，或到惠特里夫以前，雨就会在我们的头上下起来。就在这时，我突然之间意识到马车在上斜坡时停了下来，并要开始向下倒回去，我往周围看了一下，及时发现两头骡子此刻在挽具中正在掉转方向，目光越过辕杆像是在瞪视着对方，阿比试着把它们摆弄好，他也在瞪着眼睛，随后突然之间它们不再折腾了，我注意到自己在想着它们不再折腾，从马车那儿背过去真是不错。因为在它们的一生中，它们第一次同时行动起来，随后我们用力爬上那个斜坡，走进广场，就像蟑螂爬上一条排水管一样。马车的两个轮子在转动着，阿比抖动着缰绳，不停地说道'见鬼，见鬼'，而乡亲们，多是女人和孩子，从四处过来，尖叫着，阿比想办法把骡子弄进该隐店铺后面的一条胡同里，并让它们停下来，将我们的马车轮子卡在另一辆马车的轮子那儿，并用那另外两头牲口（它们拴在那里），把马车刹住。到了这会儿，已经有好大一群人了，他们帮我们把牲口卸下来,阿比牵着我们的骡子,走到该隐店铺的后门那儿,把它们用绳子牢牢地拴在一根柱子上。乡亲们仍在向这里拥来,并且说,'这是斯坦泼的两头骡子',此刻阿比喘着粗气,脸上的神情很不自在,注意力高度集中。'快点,'他说道,'我们把那该死的脱脂器买过来,离开这里。'

"于是我们走进店里,把斯诺普斯太太的钱给了该隐,他数了下钱,二十四块六毛八分,我们拿到了脱脂器,开始折回向马车走过去,往我们放它的地方走去。因为马车依然还在那里,那辆马车没什么问题。其实,那马车挺棒的。我注意到我能看到车厢和轮子的顶部,阿比把那个地方紧靠在装货的台子上,而且我能从腰部以上看到乡亲们,站在胡同里,他们的人数是刚才的两三倍。我在想着马车太多了,人也太多了,那情景就像这里的图画中的一张,按他们的样子画出来了,这张图画有什么不对劲儿?这时,阿比开始说着'见鬼,见鬼'并开始跑着,手里依然拎着那个脱脂器的尽端,把它拖到装货台的边儿上。从它下面我们可以看到台子。骡子也没有什么问题。它们正躺在那里。阿比用绳子紧紧地把它们拴在同一根柱子上,并用那同一根绳子勒住它们的嚼子,而这会儿它们的样子看上去完全就像两个人,抱在一起把他们自己吊在这里自杀的样子,它们的脑袋紧紧地靠在一起,径直冲着上方,舌头伸了出来,眼睛鼓突着,脖子伸出大约四英尺长,它们的腿向后屈起叠在身体下面,就像被打中的兔子,直到阿比从马车上跳下来,用折刀把拴它们的绳子割断。了不起的艺术家。他给了它们一点无论是什么样的玩意儿,这东西刚刚够它们来到镇上,离开广场,然后就不行了。

"所以阿比什么也不顾了。这时我可以看到他,在该隐的犁具和中耕机后面的角落里缩着,脸色发白,声音颤抖,手在哆嗦,费了好大的劲儿,才从口袋里掏出六个小钱币给我。'你去朵克·皮伯迪的店里,'他说道,'给我弄一瓶威士忌,快点儿。'他什么都不顾了,他身陷其中现在甚至已不是流沙了,那是一个旋涡,而他只剩下最后一跳了。他两三口就把一品脱威士忌喝下去了，仿佛像放鸡蛋一样，他把空瓶子小心翼翼地放在角落里，我们回到马车那里，这时骡子依然站立着。我们把脱脂器装上，他小心地把它们牵出来，乡亲们依然在互相告诉对方说那两头骡子是斯坦泼的，此刻阿比的脸不是发白，而是发红了。太阳下山了，不过我相信他甚至都没有注意到。我们也没有吃饭，我相信他也不知道的。佩特·斯坦泼仿佛也没有动地方，我要是瞎说就是狗。他就站在通向用绳索做成的牲口围栏的门那儿，斯泰森毡帽斜扣在脑袋上，大拇指仍然勾在裤腰上。阿比坐在马车里，竭力控制住自己，不让自己的手发抖，斯坦泼换给他的一对牲口这时头向下垂着，腿打着弯儿，呼吸像个锯木机发出的声音。'我来要我的牲口。'阿比说道。

"'怎么回事？'斯坦泼说道，'别告诉我说这对牲口对你来说精神过头儿。它们看上去不像那么回事。'

"'好了，'阿比说道，'好了。我必须要回我的牲口。我有四个美元。你赚四个美元，然后把我的牲口给我吧。'

"'我可没有你的牲口，'斯坦泼说道，'我当时也不想要那匹马。我跟你说过的。所以我把它给打发掉了。'

"阿比在那儿坐了一会儿。天这时变得凉快了一点儿，一阵微风平地而起吹拂过来，你可以嗅到其中的雨水味儿。'可你仍然还有我的骡子，'阿比说道，'好吧。我要那头骡子。'

"'为什么？'斯坦泼问道，'你想用那对牲口换你的骡子？'因为阿比此刻不是在做生意。他绝望了，他坐在那儿，仿佛他甚至眼睛也看不见了，斯坦泼漫不经心地倚靠在门柱上，注视了他片刻。'不。'斯坦泼说道，'我不想要那两头骡子。你那头骡子是最好的。我不能用那种方式跟你交易，甚至换也不行。'他吐了口唾沫，声音平和、语气慎重。'我把你的骡子和别的牲口放一块儿，配成另外的一对了。和另一匹马放在一起。你想看看它吗？'

"'好的,'阿比说道,'多少钱?'

"'你难道甚至不想先看看它吗?'斯坦泼说道。

"'好吧。'阿比说道。于是,那黑鬼把阿比的骡子和一匹马牵了出来,那匹马是匹有点发深棕色的马。我记得那天乌云密布,看不到太阳,那匹马毛色闪亮——一匹比我们与斯坦泼交换的马个儿头稍大点儿的马,而且像猪一样肥胖。一点儿不错,它就是那种肥样儿:不像是一匹肥马,而像是一头肥猪;一直肥到耳朵上,而且看上去像鼓一样紧绷绷的;它太肥了,几乎不能行走,它把自己的蹄子放下,好像它们没有重量,也没有感觉一样。'它太肥了,没有耐力,'阿比说道,'它甚至不能让我回到家的。'

"'我本人也是这么想的,'斯坦泼说道,'这也就是为什么我想把它打发掉。'

"'好吧,'阿比说道,'我必须试一试它。'他开始从马车上下来。

"'试试它?'斯坦泼问道。阿比没有答话。他谨慎地从马车上下来,向那匹马走去,他也小心翼翼地把脚放下,放直,仿佛他的脚也像那匹马一样,没有一丝分量。阿比从那黑鬼手里接过带有笼头的缰绳,打算骑到马上。'等一下,'斯坦泼说道,'你准备干什么?'

"'打算试试它,'阿比说道,'我今天跟你换过一匹马。'斯坦泼望了阿比片刻。随后他又吐了口唾沫,身体又往后退了一点儿。

"'好吧,吉姆,'他对那个黑鬼说道,'帮他上马。'于是那黑鬼就去帮助阿比上马。只是那黑鬼不像斯坦泼一样,有时间往后撤身,因为阿比的身体重量刚刚压在那匹马上,阿比的裤子就像通了电一样。那匹马猛地转了个圈儿,它看上去像个球一样圆,没有前面,也没有后面,犹如一只白马铃薯。它用力把阿比摔下来,阿比站起身来,再次向马走去,斯坦泼说'帮他上马,吉姆',那黑鬼再次帮阿比上马,那匹马又一次把他重重地摔下来,阿比站起来,脸上还是那副表情,他走回马的身边,再次抓住缰绳,这时斯坦泼挡住了他。阿比想要的刚好就是这种马,它把他重重地摔在地上,让他的骨头和肉感受摔在坚硬地面上的滋味,阿比所要买的就是这种畜生,它有足够的生命活力,会把我们送到家里。'你不想活了么?'斯坦泼问道。

"'很好,'阿比说道,'多少钱?'

"'到帐篷里说吧。'斯坦泼说道。

"于是我就在马车上等着。这时,风开始轻轻地刮起来了,我们来时都没有带外套,不过马车上有一些克罗克牌的编织袋,斯诺普斯太太让我们随车带上,包脱脂器用的,以保持下面干燥。我用袋子把脱脂器包上,这时,那黑鬼从帐篷里出来了,他掀开垂帘时,我看到阿比正对着瓶口喝着酒,接着那黑鬼牵来了一匹马和一辆轻便马车。阿比和斯坦泼从帐篷里走回来了,阿比向马车走过来,他没有朝我看。他只是把脱脂器从袋子里拎出来,走到轻便马车那里,把它放进里面。他和斯坦泼一起钻进轻便马车,又朝着镇子的方向驾车走了。那黑鬼正望着我。'你回到家里肯定会淋湿的。'他说道。

"'我也这么想。'我说道。

"'在他们回来以前,你不想吃点儿便饭吗?'他说道,'我在炉子上放的有。'

"'我不想吃。'我说道。于是,他回帐篷里去了,我在马车上等着。天肯定是要下雨的,而且很快就会下。我注意到自己在想,无论如何我们这会儿有克罗克牌编织袋,可以使底下保持干燥。这时阿比和斯坦泼回来了,这一次他也不朝我看上一眼。他回到了帐篷里,我可以看到他又一次在对着瓶子喝酒,而且这次他把酒瓶揣进口袋里。随后,那黑鬼把我们的骡子和那匹新马牵了出来,把它们套到了马车上,阿比走了出来,要上马车。这时斯坦泼和那黑鬼都来帮他。

"'难道你不认为最好还是让这孩子赶车吗?'斯坦泼问道。

"'我要赶车,'阿比说道,'也许我不能和你换一匹马,可上帝做证,

我还是能赶车的。'

"'那当然,'斯坦波说道,'那匹马会让你感到吃惊的。'

"而且它确实让人吃惊。"拉特利夫说道。他笑了起来,这是他第一次笑,他的笑声平和,听他说话的人看不到他的表情,但是他们知道这会儿他看上去会是个什么样,就像他们能看到的他的模样一样,从容、轻松地靠在椅子上,那张瘦削的、棕色的脸显得精明,令人愉快,他穿着褪了色的、干净的蓝色上衣,有着那种乔迪·瓦尔纳具有的始终独身的男人的做派,虽然他们之间并无任何其他相似之处,而且在这一点上也不尽相同,因为在瓦尔纳身上,有的是一种粗陋浮夸的绅士风度,而拉特利夫身上所具有的则是像园丁花匠、葡萄修剪者一样的——二十世纪修道院里的凡人修士的那种自愿独身的风采。"那匹马令我们吃惊。我们还没有走出一英里远,雨、风暴就到来了,我们赶着马车走了两小时,身体拱在克罗克牌编织袋下面,眼睛注视着那匹新弄来的、毛皮闪亮的马,它太肥了,甚至当它把蹄子放下时,它就像是感觉不到蹄子是放在什么地方了一样。它不时地,甚至在雨中也会做出猛然的痉挛动作,就像在斯坦波的宿营地阿比将身体重量压在它背上时它的表现一样。终于,我们发现了一处可以躲避风雨的老仓房。我准备躲进去,因为当时阿比正在外面的马车的车厢里躲着,仰面朝上,雨水打在他的脸上,这时我坐在赶车的位子上,眼睁睁看着那匹闪亮的黑马变成了一匹栗色的马,当时我只有八岁,而我和阿比在那条穿越他的围场的街道上上下下做过所有的马的生意。所以我急忙把车赶到我所能到的第一处屋顶下边,并把阿比摇醒,到了这会儿,雨已经让他冷静下来了,他醒了过来,神志在迅速地恢复。'怎么了?'他问道,'出了什么事?'

"'那匹马!'我大叫道,'它正在改变颜色!'

"这时他清醒过来。我们两人当时都下了车,阿比的眼睛向外鼓着,他在睡觉以前看到的那匹黑马这会儿变成了一匹栗色马站在那里,他伸出手去,像是他无法相信,那竟然会是一匹马,他触摸着它身上的一个部位,那个缰绳几乎不时都会触碰到的部位,还有他在斯坦泼那儿试图骑它时他的身体重量压在它身上的部位,接下来我所知道的就是,马跃起后蹄,倒竖起来,身体旋转,我忙躲闪开,就在这时,马猛地撞在我后面的墙上,我甚至能感觉到一阵风从我的头发之间掠过,紧跟其后的是一种像一颗钉扎进一辆大个儿的自行车车胎里的声音,扑哧哧哧,紧接着那匹我们从斯坦泼那儿弄来的闪亮肥胖的黑色的其余部分就不见了。我的意思不是说在我和阿比站着的地方只剩下那头骡子了,我们还有一匹马,只不过它是那天早晨我们离开家时用的那匹马,也就是两个星期以前,我们用高粱面磨面机和一头纯种家畜跟比斯利·坎普换的那匹马。我们的鱼钩甚至也回来了,倒刺处依然弯曲着,还在原来阿比把鱼钩倒刺挂在那儿的地方,那个黑鬼只是稍稍把鱼钩的位置挪动了一点儿。但是,一直到了第二天早晨,阿比才发现,打气筒的气门就在马皮下面临近前肩的内里处——这是个从不为人注意的地方,一个人们在世界拥有一匹马二十年却从未想到过要去注意的地方。

"因为直到第二天太阳升起以后,我们才回到家,我爸爸在阿比的房子那儿等着,急得要发疯了。所以我在那儿没停多长时间。我仅仅看到斯诺普斯太太站在门口,我想她在那儿也待了一整夜,问道:'我的脱脂器在哪儿?'阿比就说自己如何对马始终是个外行,实在是没有办法。这时,斯诺普斯太太开始哭了起来。那时我在他们身边已有好长时间了,可我以前从未见到她哭过,她看上去像那种无论怎么说也不是经常哭的人,因为她哭得很伤心,像是她不知道究竟应该怎么办,好像眼泪从来也不清楚它们是怎么流出来的一样。她站在那里,穿着一件旧睡衣,甚至连她的脸也没用手掩着。她说道:'对马是个外行,是啊!可为什么是那匹马?为什么是那匹马?'

"于是我和爸爸向前走着。他用手大面积地揉捏搓捻着我的胳膊。但当我开始告诉他昨天发生的一切时,他就改变了主意,不再爱抚我了。当我折回到阿比的家时,时间差不多已是中午了。他正坐在围场的围栏上,我爬了上去,坐在他的旁边,只是围栏里空荡荡的,什么也没有,我没能看到他的骡子,也没有看到比斯利的马。可他一句话也不说,我也什么都没说。过了一会儿,他说道,'你吃过早饭了吗?'我说我吃了。他说,'我还没吃哩'。于是我们这时便向房子那儿走去。不用说,她不在那里。那种情景我能想象出来——阿比坐在围栏上,她戴着太阳帽,围上围巾,还戴着手套,到斜坡下面走,走进牲口棚,给骡子装上鞍座,给比斯利的马套上缰绳,阿比坐在那里,心里琢磨着是不是要去帮帮她。

"我开始在炉子里生火。阿比做饭不怎么行。到他开始吃早饭时,天已经很晚了,于是我们决定,多煮些饭,早饭、午饭一起吃。我们吃了饭,我洗了盘子。我们又回到围栏那儿,那中等大小的犁具依然还搁在远处的田地里。现在无论如何也没拉它的牲口了,除非他到安斯老人家里,去借两头骡子,但这就像走到一条响尾蛇面前,向它借一条响尾一样。可到了这会儿,我想他觉得自己至少已经承受了那天其他时间里他能承受的所有的刺激了。于是,我们就坐在围栏上,望着那个空荡荡的围场,这围场从来都不曾足够大,即使只有一匹马在里面,看上去也很拥挤。不过,现在它看上去就像整个得克萨斯州那么大。可还没容我想围场是多么空旷,他就从围栏上爬下来,向对面走去。查看一个紧挨着牲口棚建的小棚屋。那小棚屋如果有木柱支撑着,上面有一个新顶盖着,用起来就没有问题。'我想,下一次我要换一匹母马,生一窝小马,养骡子。'他说道,'这棚子多少修一下就可以让小马住了。'然后他又走了回来,我们又坐在围栏上。大约在半下午的时候,来了一辆马车,那是克利夫·奥德姆的马车,车上有侧挡板,斯诺普斯太太和克利夫一起坐在上面。马车从门前走过,朝着围场的方向去了。'她不会把脱脂器弄到手的,'阿比说道,'他不会和她做生意的。'这时,我们来到了牲口棚的后面,我们看到,克利夫正在把车向后倒,靠在一块上面削平了的长方形土堆上。我们看到,斯诺普斯太太从马车上下来,她把围巾解了下来,手套脱掉,穿过围场,走进牛棚,把牛牵到马车后门那儿的土堆上。克利夫说道:'你来抓住这对牲口,不让它们动,我把母牛弄到车上。'但她根本就没有停下来。她吆喝着,要母牛从后门进去,她转身到了母牛后面,用她的肩膀贴着它的后腿,在克利夫从车上下来以前就把它向上顶进车里,于是,克利夫把后门关上。斯诺普斯太太重新把围巾围上,手套戴好,他们坐进马车,赶着车往前走了。

"于是我又为他生了火,给他做晚饭。然后,我不得不回家去了。这时,太阳差不多下山了。第二天早晨,当我再次过来时,我带来了一桶牛奶。阿比在厨房里,仍在做早饭。'我很高兴你想到拿奶来,'看到奶时他这样说道,'昨天我打算告诉你说,看看你是否能借一些来。'他继续做着早饭,因为他没想到她会那么快就回来,因为来回路程有两个二十八英里长。没有二十四小时是回不来的。可是我们又一次听到了马车的响声。而且这一次当她从马车上下来时,她拎着脱脂器。当我们到牲口棚时,我们可以看到她拎着脱脂器进了屋子。'你把那牛奶放在了她会看到的地方,对吧?'阿比问道。

"'是的,先生。'我说道。

"'很有可能她会等会儿先把旧睡衣穿上,'阿比说道,'我真希望早点儿开始吃早饭。'只是我认为她不会等那么久的,因为我们好像即刻就开始听到了它的声响。脱脂器发出的声音很棒,悦耳,有力,像是一眨眼的工夫就把一加仑的牛奶加工好了。接着,脱脂器停了下来。'她只弄了一加仑奶,真没劲。'阿比说道。

"'上午我能再给她带一加仑来。'我说道。可是他没有在听我说的话,而是望着屋子。

"'我想你现在可以走过去,进门看看。'他说道。于是我就走了过去,看了看。她正在把阿比的早饭从炉子上拿下来,放进两个盘子里,她转过身来，用手把两个盘子递给我，直到这时我才知道她刚才就看见我了。她的脸色此刻看上去不错，平和安详。只是她在忙着。

"'我想你也可以再多吃点儿东西，'她说道，'但要到外面远处去吃。我要在这里忙事儿。我不想让你和他碍我的事儿。'于是我把盘子拿了出来，我们靠着围栏，坐下来吃东西。接着我们再次听到脱脂器的响声。我不知道它可以不止一次地连续运转。我想他也不知道。

"'我合计是该隐教她怎么用的，'他说道，一边吃着，'我想如果她想让它不止一次地转动，它就会不止一次地转动起来。'随后，脱脂器的响声停了。她来到门前，大声说着，要我们把盘子拿过去，她好清洗，我把盘子拿回去，把它们放在台阶上，我和阿比又走过去，坐在围栏上。看起来那围场仿佛能把整个得克萨斯和坎萨斯都装进去。'我猜她只是坐着马车直接到该死的帐篷那儿去了，并且说这是你的一对牲口，你把我的脱脂器拿过来，要快点儿拿来，我还要赶紧坐车回家。'他说道。接着，我们又听到脱脂器转动的声音。那天晚上，我们到安斯老人家去，想借一头骡子把远处地里的活儿干完，可他当时腾不出一头不用的骡子来。等安斯老人骂骂咧咧地把话说完以后，我们又走了回来，又一次坐在围栏上。不用说，我们又一次听到了脱脂器的转动声。它的声音听上去依然强劲有力，像是它能使牛奶飞舞起来一样，像是它根本不在乎牛奶是脱脂一次，还是一百次。'那玩意儿又转动起来了，'阿比说道，'别忘了明天再多带一加仑来。'

"'不会忘的，先生。'我说道。我们听着它的动静。因为他那时没有变坏。

"'看起来她打算从脱脂器中得到无尽的乐趣与满足。'他说道。"

3

他把四轮马车停下，坐在车上，一时间望着那同一扇破烂的门，九天以前，乔迪·瓦尔纳骑着那匹菊花红棕马看到的就是这扇门——杂草遍地、乱草丛生的院子，风吹日晒、摇摇欲坠的房屋——甚至在他走到门那儿，停下来以前，那块乱糟糟的荒芜之地上就响起了两个平板而高亢的女人的声音。那是两个年轻女人的声音，她们在交谈，不是在大喊大叫或尖叫，那听上去不慌不忙、音量很大、足以传到很远的地方的声音虽自然，但明显缺乏一切可分辨的人的话语或语言的特征，仿佛那种声音是由两只巨大的鸟发出的；犹如一种遗失物种的最后两个幸存者侵入了某个荒漠之地，并在其间建造居所，他们持续不断的争吵声逐渐打破了这地方的寂静，这是个远不可及、空旷的沼泽或沙漠之地，令人畏惧、让人惊愕的荒凉之地。当拉特利夫大声喊叫时，那种声音立刻就不响了。过了一会儿，两个姑娘来到门前，站在那里。她们个儿头很大，长得一模一样，宛如两头身体巨大的小母牛，她们注视着他。

"早晨好，姑娘们，"他说道，"你们的爸爸在哪里？"

她们继续默默地打量着他。她们甚至仿佛没有在呼吸，虽然他知道她们在呼吸，她们必须呼吸；错位的身体，明显怪异畸形，几乎沉重得令人窒息的身体，为了健康，需要空气，而且是大量的空气。她们让他产生了一种瞬间的幻觉：她们像是两头母牛，没生过牛犊的小母牛，站在齐膝盖深的空气中，如同站在溪流、池塘中一样，把鼻子伸到里面去，随着鼻子的一吸，池塘里的水的水位就会明显的、没有声息地发生变化，在令人惊讶的瞬间，展露出那踩在里面的蹄子四周大量地面上的小生命。接着，她们一丝不差地同时说话，像是训练有素的合唱："到地里去了。"

肯定在那里，他想着，往前走去。他在干什么？因为他不相信他所认识的阿比·斯诺普斯的骡子会超过两头。他已经看到了其中的一头骡子懒洋洋地站在房屋那边的围场里，他还知道，另一头骡子这会儿拴在八英里外瓦尔纳店铺后的一棵树上，因为他离开那里才刚有三小时，它到现在拴在那个地方有六天了。他注意到瓦尔纳的新店伙计每天早晨骑着它，把它拴在那里，一眨眼的工夫，他又真的把马车停了下来。上帝做证，他默默地想道，这刚好就是那个他至今一直等了二十三年的机会，这机会让他本人以崭新的、非斯坦泼式的举动开创他的事业。所以当他到了地里，看到那个身板僵硬、脾气粗暴的矮个儿家伙正跟在一把由两匹骡子拉的犁后面时，他甚至并不感到惊奇。没费什么劲儿他就认出来了，那两只骡子就是那对至少一周前还曾经属于威尔·瓦尔纳的骡子，他只改变了属于这一动词的时态：不是曾经属于，他想道。它们现在依然属于他所有。上帝做证，他做得甚至高出一筹。现在他甚至不做马的生意了。他用两头牲口换一个人。

他把四轮马车停在围栏的旁边。犁已经走到了地的尽头。阿比让两头骡子掉转过身来，他用那绝对没有必要的暴烈蛮劲儿牵拉它们，它们猛地扬起脑袋，左右摇晃，步伐混乱，拉特利夫心平气和地观望着。还是和过去一模一样。他想道，这家伙仍然还是这样对待马或骡子，好像它已经用蹄子威胁到了他而他还没来得及向它说起。他知道斯诺普斯看到了他，也认出了他，虽然他没做出任何表示。两头骡子这会儿平静下来，恢复了常态，纤细的骡子的腿和窄小的像鹿脚的蹄子快速而胆怯地拣着路走，光亮的犁齿划过的地方，土地泛出黑色，显得很肥沃。此刻，拉特利夫甚至可以看到斯诺普斯直瞪瞪地望着他——多毛的、怒气冲冲的眉毛下面有一双闪着寒光的眼睛。即使已经过了八年，他依然忘不了这双眼睛，只是现在眉毛的颜色变得有点儿发灰了——当他停下犁地的活儿时，斯诺普斯牵拽着两头骡子，再次毫无道理地用着蛮力，他把犁具靠着一边翻倒在地上。"你在这儿干什么？"他问道。

"只是听说你在这里，顺便过来看看你，"拉特利夫说道，"好长时间没见了，对吧？有八年了。"

斯诺普斯咕哝道："你可一点儿没变。看上去你仍然像奶油放在嘴里也不会融化。"

"没错儿，"拉特利夫说道，"说到嘴。"他从坐垫下面拿出一品脱规格的瓶子，里面明显装满了液体。"一点儿上好的麦卡拉姆牌的酒，"他说道，"上个星期才出产的，给你。"他把瓶子递了过来。斯诺普斯来到围栏旁边。他们之间的距离还不到五英尺，可拉特利夫所能看到的仍然是暴烈地耸起的眉毛下边的那双眼睛。

"你给我带来的？"

"那还用说，"拉特利夫说道，"拿着它。"

斯诺普斯没有动。"为什么？"

"什么也不为，"拉特利夫说道，"我只是把它给带来了。尝一下。味道不错。"

斯诺普斯接过瓶子，这时拉特利夫知道某种东西从那双眼睛里消逝了，要么也许当时那双眼睛只是没有在看他。"我要等到晚上喝，"斯诺普斯说道，"我已经不再在太阳下面喝了。"

"那在雨中喝怎么样？"拉特利夫说道。这会儿他知道斯诺普斯没有在看他，斯诺普斯没有动地方，他手里握着瓶子，那张粗糙、疙疙瘩瘩、凶暴的脸上没有任何变化。"你该在这儿把家安好，"拉特利夫说道，"你在这儿有块好地种，弗莱姆好像是在店里管事儿，仿佛他生来就是管店的。"此刻，斯诺普斯好像没有在听他说话。他把瓶子晃了晃，对光举着它看，仿佛在测试起泡的程度。"我希望你会的。"拉特利夫说道。

随后，他又一次看着那双眼睛，凶狠、倔强、冷酷。"我这么做或不这么做和你有什么关系？"

"没什么关系。"拉特利夫说道，声音令人愉快，平和。斯诺普斯弯下身去，把瓶子藏在围栏旁边的杂草里，然后又走到耕犁那儿，把犁扶了起来。

"到屋里去，告诉她们给你弄些午饭。"他说道。

"我想不必了，"拉特利夫说道，"我该到镇上去了。"

"随你的便。"斯诺普斯说道。他把那单根的缰绳套在脖子上打了个结，又把里面那根绳子用蛮劲猛力一拉;那两头骡子又一次左右摇晃着脑袋,甚至活儿还没有开始干,脚下的步伐就乱了。"非常感谢你那瓶酒。"他说道。

"不必客气。"拉特利夫说道。他又开始犁地了。拉特利夫看着他犁地。他从来不说,再来呀,拉特利夫想道。他抖动自己手中的缰绳。"走了,小家伙们,"他说道,"我们到镇上去。"

第三章

1

星期一上午,当弗莱姆·斯诺普斯来到瓦尔纳的店铺里当店伙计时,他穿了一件崭新的白衬衣。这件衬衣甚至还没有洗过,衬衣叠放在架子上留下的折痕,被太阳晒成了棕色的、在每个折叠处重现的斑马线状的条纹,依然清晰可见。前来看他的人不仅仅只是女人,拉特利夫本人也来看他(拉特利夫并不是只卖缝纫机,什么也不做。在演示如何使用的过程中,他甚至已学会了相当熟练地使用缝纫机,甚至有人传说,他穿的那件蓝衬衣就是他自己做的),他也知道那件衬衣是由一双笨拙的、不习惯于干这种活儿的手裁剪和缝制的。他那个星期整天都穿着它。到了星期六晚上,衣服穿脏了,可在接下来的星期一,他穿上了第二件与它一模一样的衬衣,甚至就连那斑马状的条纹也一样。到了第二个星期六的晚上,那件衬衣也穿脏了,和第一件一样脏在同样的地方。仿佛那个穿此衬衣的人进入了一种他所具有的新生活和新环境,早在他到来之前,这种新生活和环境就已经被固定不变的强迫性行为方式及习惯左右了,可他甚至来的第一天就在其间养成了他自己特有的肮脏习惯。

他骑着一头瘦削的骡子,坐在鞍座上,一眼就能认出来,那是瓦尔纳家的鞍座,上面系着一个锡桶。他把骡子拴在店铺后面的一棵树上,把那锡桶解下来,走过来,沿台阶到了走廊上,那里已经有十来个男人,拉特利夫就在他们中间,懒洋洋地靠在那里。他没有说话。如果他曾经单个地注视他们中的人的话,那人也没有觉察出来——那人是个敦实、矮胖、和蔼的男人,年龄难以确定,在二十岁到三十岁之间,他有一张宽阔、平静的脸,嘴上有一道绷紧的纹痕,嘴巴处由于烟草残留在那儿多少显得有点儿脏,眼睛如一潭死水的颜色,还有一点儿东西比其他特征更为突出,令人吃惊,出人意料地怪诞,他长着一个小小的食肉动物的鼻子,像一只小个儿头的鹰隼的嘴,情况好像是这样的:原来的设计者或手艺人把原有的鼻子给漏掉了,这没有干完的活儿由某个属完全不同流派的人接手干,要么接着干的人是某个喜欢恶作剧、滑稽幽默的家伙,要么是个仅有时间在脸的中央狂乱地、孤注一掷地捏出个鼻子模样的疯子。

他手里拎着锡桶,走进店铺里,拉特利夫和他的同伴们在走廊的四处坐着和蹲着,他们一整天都待在那里,他们不仅望着村子里面,而且也看所有从近处走来的乡间的人,这些人或单个前来,或成对、成群出现,有男人、女人和孩子,他们来买些小东西,看看新来的店伙计,然后离去。他们前来不是因为爱争斗,而完全是出于谨慎,几乎是出于一种礼貌,犹如半驯化的野生动物,听从先到他们地界的陌生动物的话,他们来买面粉、专卖药、犁地用的绳索、烟草,看看那个男人,一个星期以前,他们还没听说过他的名字,可在以后,他们要通过他来买日常生活用品,随后,他们安静地离去,就像他们来的时候一样。大约九点钟,乔迪·瓦尔纳骑着备有鞍座的、他的菊花红棕马前来,他走进店里。他们可以听到他在里面低沉的小声说话的声音,不过他所得到的所有回答也许只是他对自己说的话。中午的时候,他从店里出来了,他骑上马,走了。不过,那店伙计没有跟出来。但是，无论如何他们都知道那锡桶里会装些什么。中午那会儿，他们也开始散去，走过门口的时候，他们往店里边看，什么也没有看到，若是店伙计吃午饭，那他是躲藏在某个地方吃的。下午一点钟以前，拉特利夫又回到走廊上，因为他去吃午饭只需走一百码的路。不过，其他人在他之后没过多久就来了。在那天其他的时间里，他们坐着，蹲着，不时轻声漫无目的地闲聊着，与此同时，其余邻近的人走过来，买上五分钱或一毛钱的东西，然后离去。

到了第一个星期的周末，他们全都来过店里，都见过他了。来的人不仅是所有那些以后要通过他买食品和生活用品的人，也有一些从来没有和瓦尔纳家做过生意而且也永远不会做的人——男人、女人、孩子们——自出生以后从未迈出过门槛的婴儿、有病的人和年岁大的人，若不是要看看他，他们也不会再次迈出门槛儿——他们来时骑着马、骡子，坐着马车。拉特利夫依然在那儿，停在那儿的四轮马车里仍然装着那个八音盒和那套没用过的耙齿，一块木板支撑在辕杆下面，那对强壮、个儿头与马车不匹配的小马由于闲得无事可干变得不耐烦了。在小约翰太太的围场里，每天清晨可以看到店伙计骑上骡子，坐在借来的鞍座上，身穿崭新的白衬衣，随着每一次日落逐渐地、一点一点地变脏，他带着装有午饭的锡桶，目前还没有人见过他吃饭的样子，他把骡子拴好，用钥匙把店门打开，他们还不太想让他掌管钥匙，至少是在一开始的几天里。大约在第一天过后，当拉特利夫和其他人到来时，他就会把店门打开，大约九点，乔迪·瓦尔纳会骑在马背上出现，他走上台阶，爽快地冲他们猛地一甩头，走进店里，不过，第一天早晨过后，他在店里只停留十五分钟。如果拉特利夫和他的伙伴希望发现在小瓦尔纳和店伙计之间有任何隐秘的交易和私下的关系，那他们是会失望的。那儿有粗重、低沉、乏味的低声私语，平静的谈话，对其自身来说，显然那就是它得到的所有听得见的回应声。随后，他和店伙计会来到门口，站在门里，瓦尔纳下达完指令，咂下舌头，随后离去；

当他们冲着门口望过去时,那地方空无一人。

后来,终于在星期五的下午,威尔·瓦尔纳本人出现了。也许拉特利夫和他的同伴们一直在等待的就是这个。可如果是这样的话,那么无疑指望会有什么事要在这里宣布的人不是拉特利夫,而是其他的人。所以,很有可能,只有拉特利夫一人并不感到惊奇,因为所要宣布的与他们可能希望的刚好相反;不是店伙计此刻终于发现了他在为谁工作,而是威尔·瓦尔纳发现谁在为他工作。他骑着那匹老肥白马前来。一个蹲在台阶最上面的年轻男人站了起来,走下台阶,接过缰绳,把马拴上,瓦尔纳从马上下来,登上台阶,对他们恭敬的低声问候愉快地做出回应,他提着拉特利夫的名字说:"见鬼,你还不回去干活儿?"他们中间又有两个人从用刀刻成的木凳子上站起来,腾出位置。但瓦尔纳没有马上走近木凳。相反,他在敞开的门前面停下,以几乎与那些人同样的架势,探着身子,他把脖子向前伸出去一点,像火鸡一样,往店铺里面望着,不过只是望了片刻,因为几乎是在同时,他大声说起话来:"那儿的那个人。你叫什么名字?弗莱姆。给我拿一块我的口嚼烟草块。乔迪领你到他存放烟草块的地方。"他过来了,走向那群人,两个为他腾出用刀刻制的木凳子的人,他坐了下来,取出刀子,用他那愉快的、慢声慢气的、主教般的嗓音,开始讲他的吸烟车的故事,这时店伙计(拉特利夫根本就没听到他的脚步声响)在他胳膊肘旁边出现了,拿着烟草,瓦尔纳依然在讲着,他拿起烟草块,切下适合口嚼的一块,用拇指把刀子合上,把腿伸直,以便把刀子放进口袋里,此刻,他停止了讲述,并抬起头紧盯着上面看。那店伙计依然站在他的胳膊肘旁边。"喂?"瓦尔纳问道,"怎么了?"

"您还没为它付钱。"店伙计说道。一时间瓦尔纳没有动一下,他的腿仍旧向外伸着,烟草块和切下来的那一口在一只手里拿着,另一只手握着的刀正准备放进口袋里。实际上,他们中间没有一个人在动,他们静静地、聚精会神地望着他们的手或望着他们的眼睛所至之处。"烟草钱。"店伙计说道,这时瓦尔纳才开始动作起来。

"噢。"瓦尔纳应道。他把刀子放进口袋里,从腰间掏出了一个其大小、形状和颜色都像茄子的皮包,从里面拿出一枚五分的硬币,递给店伙计。拉特利夫刚才没有听到店伙计出来,也没有听到他回去的声音。此刻,他看明白是怎么回事了。店伙计也穿了一双新的胶底网球鞋。"我这是在什么地方?"瓦尔纳问道。

"那家伙刚开始要把他的外衣扣子解开。"拉特利夫温和地说道。

第二天,拉特利夫启程了。他不是因为不得不挣钱吃饭才要动一动的。在那个乡里,一直六个月,他可以从一个桌到另一个桌不停地吃,手都不必从口袋里掏一次钱。让他行动起来的是他的旅程计划。他业已建立起来的、不时要增加内容的、四周贩卖新闻的网点,零售新闻的乐趣,他目前储备的新闻是他最近花两个星期时间,实地观察得来的,内容一点儿也不贫乏,一点儿也不陈旧。过了五个月以后,他才又一次看到那个村子。他的行程遍及四个乡的所有地方,行程严格按计划进行,仅在旅程内部有点儿变化。在十年里,他从未有一次越过这四个乡的边界,可在这个夏季,有一天发现自己到了田纳西州。他不仅发现自己站在异乡的土地上,而且他发现一面金质的壁障将他与故乡隔开,这是一面整齐地堆放着的、逐渐积累的大量金币组成的墙。

在春、夏两季里,他干的有点儿好得过头儿了。他把自己给卖空了,他依据即将会有的收成来买卖要付期票的机器,用他收取到的钱或出售交换的物品作为定金接受下来的钱,作为他本人付给孟菲斯批发商的定金,以从其手中弄到更多的机器,他依次根据新的期票交付,在期票上签字确认,直到有一天他发现,在他本人的牛市上,他几乎把自己卖得没钱还账了。批发商要求他偿付他(批发商)一方未清付的二十美元现金。拉特利夫依次迅速地在他本人的债权人中间奔走游说,他殷勤、和蔼、风趣,而且明显像往常一样从容不迫,不过他把他们彻底地梳拢了一遍,不可否认,棉桃才刚刚开花,还要过上几个月,地里的棉花才能变成钱。他搜罗了一点儿钱,一套旧马车挽具,八只来杭鸡。他共欠批发商一百二十美元。他前去拜见十二名顾主,一位远房亲戚,而他发现那亲戚一周前就出发了,亲戚带着一群骡子,打算到田纳西州哥伦比亚的路边交易市场去卖。

他即刻乘坐四轮马车追赶,随车带上马车挽具和母鸡。他看到,只要他在某个人以其自己的名义卖掉亲戚的一些骡子前赶到那里,他不仅有机会收取汇票,而且还能借到足够的钱,以安抚批发商。四天以后,他抵达哥伦比亚,在那里,在体验到初始瞬间的惊喜之后,他开始四处寻找他的亲戚,他设想着某种幸福的结局,如同第一个白种猎人偶然之间闯进了一处如诗如画、与世隔绝的非洲处女谷地,那里到处都是象牙,他专心狩猎,拿到了自己要的东西。他卖给一个男人一台缝纫机,并从这个男人那儿打听到他的远亲的下落。他和远亲一起,在距哥伦比亚十英里远的表亲太太的堂兄家度过当晚的时光,而且还在那里卖了一台缝纫机。在一开始的四天里,他卖了三台缝纫机;他又待了一个月的时间,一共卖掉八台缝纫机,收取了八十美元的定金。他用这八十美元加上马车挽具和母鸡,换了一头骡子,他把骡子牵到孟菲斯,在路边拍卖市场上卖了一百三十五美元,他给了批发商一百二十美元和新的期票,以取代密西西比州的那些旧的期票。在收获的时节,他回到了家里,带着两块五毛三的现金和价值二百四十美元的期票,期票将在棉花轧好出售以后偿付。

十一月份,他回到了法国人湾,这时,一切都已恢复常态。店伙计的存在得到了默认,即使是人们不接受他。瓦尔纳好像是既认可他的存在,也接受了他。乔迪过去白天常在店里待上一些时间,而且无论何时他都在距离店不远的地方。拉特利夫这时发现,数月以来,他已习惯了有时完全就不露面。在这里买东西多年的顾客,以往大多采用自助的方式,把应付的钱放进存放奶酪的笼中的雪茄盒子里,现在买任何一种小东西都要经一个男人的手,两个月以前他们甚至就没听说过他的名字。他对直接的问题,回答是或不，而且他显然从不直接或长时间去看任何一张脸，以便记住和那张脸对应的名字，不过，只要是有关钱的事，他从未出过差错，乔迪在钱上不断出差错，当然，这类差错通常对他是有利的，不时让顾客拿走一团线，一小锡瓶鼻烟，但迟早还会把那钱赚回来。他们总期待着他出差错，正如他们知道当被捉到时，他会以坦率豪爽、发自内心的友善态度，通过开玩笑的方式，改正差错，这种做法有时让顾客也多少摸不着头脑，不知余下的账有多少。不过，他们也期待着这种事情，因为他会让他们赊账，让他们先取走食物、耕犁用具，只要他们需要，他给他们长期赊账，不过他们知道自己要为此付利息，从表面上看，这样做好像慷慨大度，开明友善，无论在最后清偿时利息是否会显示。然而，这个店伙计却从来没有出过差错。

"胡说八道，"拉特利夫说道，"早晚一定会有人抓住他出的差错的。在方圆二十五英里内，每个男人、女人或孩子对店里有什么及货物的价格都像威尔或乔迪·瓦尔纳一样一清二楚。"

"哈。"另一个应道——这是个健壮、腿短、眉毛黑、一脸机灵的男人，他叫奥德姆·布克赖特。"情况是这样。"

"你的意思是说，甚至没有一个人抓住过他一次？"

"没有，"布克赖特说道，"而且乡亲们不喜欢这样。不然的话，你怎么能看出来呢？"

"当然，"拉特利夫说道，"你怎么能呢？"

"还有那个赊账的事。"另一个说道——这是个细长的男人，他额头突出，脑袋上的头发柔软稀疏，眼睛近视，没有神采，他名叫奎克，开了一家锯木厂。他讲述了赊账一事：他们如何即刻就发现了那店伙计不想让任何人为任何货物赊账。他最后直截了当地拒绝让一个男人再赊账，在最近的十五年里，这男人进进出出，每年至少要有一次赊账的事，还有那天下午，威尔·瓦尔纳本人如何骑着那匹肚子咕噜作响的老肥白马飞奔而来，暴怒地冲进店，大声喊叫道："你认为这店到底是谁的，啊？"他的声音很大，从路对面铁匠铺里都能听得到。

"噢,无论如何,我们知道眼下这店是谁的。"拉特利夫说道。

"或目前乡亲们仍然认为这店是谁的,"布克赖特说道,"无论如何,他还没有搬进瓦尔纳家里。"

那店伙计目前住在村子里。一个星期六的早晨,有人注意到那个配有鞍座的骡子没有拴在店铺的后面。店铺仍然开到十点钟,在星期六开到更晚的时间。总有一群人围在店铺的四周,有几个男人看到他把灯弄灭,锁上门然后离开,步行而去。从星期六晚上到星期天早晨,人们在村子里始终见不到他,而在星期天上午,他出现在教堂里,那些看到他的人望着他,一时间大吃一惊,无法相信这是真的。除了灰布帽子和灰裤子外,他不仅穿了件干净的白衬衣,而且还戴着一个领结——一个小巧的、机制的黑色蝴蝶结。领结在后面捏在一起,用卡子固定起来,它不到两英寸长,除了威尔·瓦尔纳本人到教堂去戴的那个领结之外,它是整个法国人湾这一乡村的唯一的领结。从那个星期天的上午起,直到他死的那天,他都一直戴着它(据说后来在他成了杰弗生银行的行长之后,他让人成批为他做这种领结)——一种小而邪恶、没有深度、意义暧昧的污渍般的玩意儿,在宽大的白色衬衣映照下,犹如一种不可思议的突出象征,这种扮相给了他乔迪·瓦尔纳那种过分讲究、已达极致的异端外观,而且对那天在场的所有的人来说,他那身体的移动,带有乔迪父亲在春天的那个下午用沉重的脚步在店铺走廊上弄出声音的那种肆无忌惮的夸张意味。他是步行离开的。第二天清晨,他来到店里,仍旧是步行,仍旧戴着那个领结。到夜幕降临时,全乡的人都知道了,从上个星期六开始,他已在一户人的家里吃住了,那户人家离店铺大约有一英里远。

威尔·瓦尔纳很久以前就又回到他过去的那种悠闲而又爱管闲事的愉快生活中去了——要是他曾经离开过那种生活的话。从七月四日以来,店里就没有见过他的影子。现在,乔迪也不再到店里来了。在八月份那些热得令人发晕的日子里，棉花长熟了，人们没有一点儿事可做，事情仿佛真的像是这样，不仅领导权，而且所有权及收益的获取都集中在那个矮个子的、沉默寡言的人物身上，他穿着那一点一点变得肮脏的白衬衣，戴着小巧、珍贵的领结，在那些权力归属未定的日子里，无声无息地潜入那无人居住的、味道多样浓郁的房屋里最浓重的阴影里，犹如一只球状的、一切通吃的金色蜘蛛，尽管是无毒的那一种。

随后在九月份里，某种事情发生了。事情发生时，人们一开始并没有意识到是怎么回事。棉花开了，也采摘完了。一天早晨，一个第一批到达的男人发现，乔迪·瓦尔纳已经在那里了。轧棉花房门被打开了，特兰布尔·瓦尔纳家的铁匠，还有他的徒弟以及黑人伙夫正在仔细检查机器，为这一季用的正常运行做好准备，这时，斯诺普斯从店铺里出来了，从路对面向轧花房走过来，他走了进去，接着就不见了，他还记得，当时就是这样。直到那天下午店铺关门的时候，他们才意识到乔迪·瓦尔纳一整天都在里面。然而，即使如此，他们也没有把这当一回事。他们以为，毫无疑问，乔迪本人派店伙计去是为了监督轧花房的开工情况，这种事是乔迪自己做的，为了偷懒，他本人暂时照看一下店铺，这样他就能坐下来休息休息。轧花房开工需要真的给轧花房点火，而且要对第一个到来的马车上载满的棉花进行弹轧，以让他们相信。随后，他们发现，现在是乔迪又一次照管店铺了，他来回拿找着五分和一毛的硬币，与此同时，那个店伙计整天坐在天平后面的凳子上，马车依次移动到天平上，并由此到吸管的下面。过去，乔迪两样都包了。也就是说，他大多是在天平后面，让店铺里的生意自行料理，过去总是这样的，尽管为了让自己休息一下，他会让马车停在天平上，让人们等上一刻钟，或者甚至是三刻钟，与此同时，他在店铺里待着。在那段时间里，也许店里根本没有卖东西的人，只有悠闲地坐着的人，听他聊天的人。不过，那没关系。一切也都会照常进行。而现在，他们是两个人了，没有理由不让一个人就待在店里，与此同时另一个人在称量棉花。

乔迪不指派店伙计去称量棉花也没有理由。现在,他们头脑中开始出现的不祥的臆测是——

"噢,"拉特利夫道,"我明白了。乔迪是应该长时间地待在那里。只是告诉他待在那里的人不知道是谁。"他和布克赖特互相望着对方,"那人不是威尔叔叔。那个店铺和那个轧花房的生意一直都在同时进行,其间只有一个人照管,将近四十年了,情况不错。像威尔叔叔那般年纪的人不太可能会改变想法的。就是这么回事。好了,接着怎么了?"

他们两人都能从走廊上观察他们。他们赶着装满棉花的马车过来,排成一行,骡子的鼻子对着前面马车的后部,在大路的旁边,等着依次按顺序把车移动到天平上,然后移动到吸管下面,他们从车上下来,把缰绳拴在柱子上,向对面的走廊走过去,从那里他们可以看到那个在天平后面坐在高位上的人的脸,平静,让人猜不透,他的嘴里始终在嚼着东西,可以看到那顶布帽子,那个小巧的领结,与此同时,他们可以不时地听到从店里发出的简短、语气肯定的抱怨声,瓦尔纳针对抱怨给予安慰。顾客们逼他回答。他们甚至时不时地亲自走进店里,买些袋装烟草或烟草块,或锡瓶装的鼻烟,这些东西他们实际上并不需要;要么只是从杉木水桶里喝些水。在乔迪的眼睛里,有着某种以往不曾有的东西——一种阴影,某种介于烦躁、猜测与纯粹是预知之间的东西,这种东西不太像是不解之惑,但也绝对不是清醒的神色。这段时间就是他们后来提及的时间,那是两三年以后了,他们互相向对方说:"那段时间就是他超过乔迪的时间。"对此,拉特利夫又补充说道:"你的意思是说,这段时间乔迪已开始发现有问题了。"

不过,那是到了以后的某个时间里才有的事。这时,他们只是在观察,一点儿情况也不漏掉。在那一个月的时间里,从白天到晚上,空气中充满了轧花房的轰鸣声;一辆辆的马车排成一行,等着过秤,一车接一车地运到吸管下面,店伙计不时地穿过大路到店铺那儿去,他的帽子、裤子,甚至那个领结上都沾着些许棉絮;男人们闲坐在走廊上,等待着轮到他们把棉花运到吸管那里或送去过秤，他们望着他此刻走进店里，喃喃低语，就事论事，简洁明了。不过，乔迪·瓦尔纳不会像以往那样，和他一起走到门口，在那儿站上一会儿，接着，他们看到那店伙计回到轧花房——他的脊背厚实、粗壮，形状难看，从上面看不出年龄，给人一种不祥的感觉。农作物收割、脱粒、轧好、卖掉以后，就到了威尔·瓦尔纳与他的佃户和债权人结账的时间了。过去，他总是一个人做这件事，甚至不让乔迪来帮他。这一年，他坐在桌子旁边，桌上摆放着里面放有现金的铁盒子，与此同时，斯诺普斯坐在一个装钉的小桶上，膝盖上摊放着翻开的账本。在隧洞一样的屋子里，罐装的食品摆放成行，农用耕具夹放在其间。此刻屋子里挤满了耐心等待、身上散发着泥土味的男人们。他们等待着，几乎是毫无疑问地接受瓦尔纳算出来的、他们为他工作一年应得的报酬。瓦尔纳和斯诺普斯的样子，很像是白种商人和他在非洲的那个鹦鹉学舌的本土头人。

那个头人很快就获得了文明的好处。瓦尔纳家给了他多少报酬，没有人知道，只不过人们知道，威尔·瓦尔纳从来不会为任何东西付大价钱的。可是这个男人五个月以前还在骑着一头耕犁骡子，用一副破旧鞍座，带着里面装有冰凉的芜菁绿叶和紫色豌豆的锡桶，往返八英里路干活儿，现在他不仅像个旅行推销员一样，在一张租用的床上睡觉，在一张精美的桌子上吃饭，而且他还借给一个村民一笔数量相当大的现金，保金和利息没具体定，而且在最近一次轧弹棉花以前，一般人都知道，如果借钱人同意偿付全额汇票，他就可以借给他钱，无论是二十五美分还是十美元。在第二年春天，图尔在杰弗生镇要通过铁路运一批牲口，他前来看望因病卧床的拉特利夫。拉特利夫住在属于他自己的房子里，这座房子由他守寡的姐姐为他看管。他的老胆囊炎病又复发了。图尔告诉他说，有相当大的一群杂种牲畜在斯诺普斯的父亲从瓦尔纳家又租用一年的农庄牧场上过冬——这一群牲畜，在拉特利夫被送进孟菲斯的医院，接受完手术治疗回到家中，并再次对他周围所发生的事感兴趣的那段时间里，数量逐渐地、不停地增长,随后在一夜之间突然消逝了,牲畜群的消失与另一地方的牧场上一群赫里福德①良种牲畜的出现同时发生,那地方归瓦尔纳所有,他本人将那地方作为自己的家用农场。仿佛牲畜是转生了一样,它们完全转换了地方,一如过去,只是它们的模样变了,而且显然比过去值钱多了,只是到了后来,人们才得知,那群牲畜是通过预先了结杰弗生银行义上持有的留置权的方式抵达那个牧场的。布克赖特和图尔两人都前来看望他,并告诉了他这件事。

"也许它们一直都在银行的金库里,"拉特利夫虚弱地说道,"威尔说它们是谁的牲畜?"

"他说它们是斯诺普斯家的,"图尔说道,"他说,'去问乔迪雇的那个坏蛋的儿子'。"

"你问了吗?"拉特利夫问道。

"布克赖特问了。斯诺普斯说,'它们在瓦尔纳的牧场上'。布克赖特说,'可威尔说它们是你们的'。而斯诺普斯转过头去,吐了口唾沫,说道,'它们在瓦尔纳的牧场上'。"

拉特利夫,在病中,也没有能看到这一幕。他只是听别人转述的,尽管到了这时,他的身体在恢复健康,他足以有精力去细想此事,他猜测着,觉得挺有意思,他本人虽精明,但仍然感到不可思议,此刻,他在窗前,坐在一把椅子上,用枕头垫着,从那儿他可以看到秋天已经来了,可以感受到明亮的十月份正午清爽的空气。第二年春天的一个早晨,一个名叫豪斯顿的男人,牵着一匹马,走向那个铁匠铺,他身后跟着一头巨大的、神情严肃的、青灰色斑纹的华克猎犬②,他在那里看到了一个陌生人,那人正身体俯在熔铁炉上,试着用从一个生锈铁罐中倒出来的液体生火——这是个年轻的、身体强壮、肌肉发达的男人,他转过身,露出一张宽大、匀

---

① 一种有名的美国良种牲畜。

② 一种英国猎狐狗和数种美国猎狐狗的杂交品种。

称的脸,这张脸从发际往下不到一英寸处开始。他说道:"你好。我好像无法把这里的火生着。每次我把这儿的煤油倒在火上面时,火就死透了。你看着。"他准备再次从铁罐里往外倒。

"别倒,"豪斯顿说道,"那是你的煤油吗?"

"它就放在那边的架子上,"那人说道,"它看上去是那种里面装着煤油的罐子。它有点儿生锈了,可我以前从来没听说过生锈的罐子装的煤油甚至也不能燃烧。"豪斯顿走过来,从他手里拿过铁罐,用鼻子嗅了嗅。那人望着他。那只威猛的猎犬坐在门口,注视着他们两个。"闻上去不太像煤油,是吧?"

"——见鬼,"豪斯顿说道。他把那铁罐放回熔铁炉上面的乌黑的架子上,"继续干吧。把那泥土掏出来。你必须重新生火。特兰布尔在什么地方?"特兰布尔是个铁匠,直到这天早晨以前,他在这个铺子里干了差不多有二十年了。

"我不知道,"那人说道,"我来的时候,这里没有人的。"

"你在这里干什么?是他派你来的吗?"

"我不知道,"那人说道,"是我的表兄雇用我的。他告诉我今天早晨到这里,把火生着,照看好生意,等着他过来。可是,当我每次把那该死的煤油——"

"你的表兄是谁?"豪斯顿问道。就在此刻,一匹瘦削的老马速度很快地过来了,它拉着一架破旧的、噼啪作响的轻便马车。马车的轮子用铁丝与两根十字交叉的木棍竖直地捆在一起,看上去这一时刻它会正常地转动,下一个时刻就会停下来,断裂成一堆柴火棍。马车里坐着另一个陌生人——一个单薄的男人,他身上穿的衣服仿佛不是他自己的,他长着一张嘴巴灵巧的鼬鼠一样的脸——他把轻便马车停下,冲着那匹马大声喊叫,仿佛他们是大场地外的守卫队员。他从马车上下来,走进铺子里,已经(或仍然)在说着话。

"早上好,早上好,"他说道,他小小的、明亮的眼睛飞快地闪动着,"想给马钉掌,是吧?好哇,好哇,保护好马蹄,一切都会好的。模样漂亮的畜生。在后面的一块地见过一匹好得多的马。不过没有关系,爱我,就爱我的马,要饭花子不可能挑挑拣拣,如果想要的是马的品质,那我们都拥有纯种的马。怎么回事?"他冲着那个围着围裙的男人问道,他停顿了一下,不过他仿佛依然在剧烈地动作着——真的,要是他的身体还在衣服里的话,那他的衣服的架势和动作也显示不出一点儿迹象,让人看明白藏在里面的身体可能在干什么。"到现在你还没有把火生着吗?过来。"他冲架子过去,他仿佛是在衣服下面将自己转运到那里,同时一点儿也不增加外形上的剧烈运动,他把那铁罐拿下来,对着它嗅了嗅,接着,在其他人还没能动之前,他准备把里面所有的东西都倒在熔铁炉里的煤上。这时,就在最后一刻,豪斯顿阻止了他,从他手里夺过罐子,用力扔到门外面去了。

"我刚刚从他手里把那该死的破玩意儿拿过来放在一边,"豪斯顿说道,"这里究竟发生了什么事?特兰布尔在哪儿?"

"噢,你说的是原来在这里的那个人哪,"新来的那人说道,"他的租契取消了。我现在租用这个铺子。我叫斯诺普斯,艾·欧·斯诺普斯。这一位是我年轻的表弟,厄克·斯诺普斯。不过,铺子是老的,架子是老的,只不过里面有了一把新扫帚。"

"我他妈才不管他叫什么名字哩,"豪斯顿说道,"他能给马钉掌吗?"那新来的人又一次转向那个围着围裙的男人,冲他大声喊叫,就像他刚才冲着马喊叫一样。

"好了。好了。把那火生起来。"望了片刻之后,豪斯顿下手指挥,他们把火生着了。"他会把活儿干好的,"那新来的人说道,"只不过要给他时间。他工具用得很熟,只是他还没有经历过现有的铁匠活儿大场面,不熟悉。不过,只要给条狗起个好名字,你就不必老拴着它。给他几天时间,让他练练手,他给马钉掌就会像特兰布尔或他们中间的任何一个人一样快。"

"我要给这匹马钉掌，"豪斯顿说道，"只让他不停地拉风箱就行了。看起来他不用练也能干这活儿。"于是，马蹄掌成形了，放进池子里冷却，新来的那人又一次冲进来。看起来他不仅让豪斯顿大吃一惊，他也让自己大吃一惊——那种独立于他的衣服之外而存在的鼬鼠一样的能量在其体内发生了作用，尽管你能抓住、把握住它的存在，但你却无力控制身体本身正在做着的一切，直到造成伤害——一种狂暴的聚集的能量已在消散，在意念刚刚形成那一瞬间过后即刻消失，那新来的人冲到豪斯顿与那被举起的马蹄之间，他把马掌铁扣在马蹄上，并快速地又一次用锤子将马掌钉敲进那畜生的蹄子里，即刻那猛烈前冲的马把他、锤子和所有其他东西甩进了那个水在减少的池子里，豪斯顿和那个穿围裙的男人最后把马弄到了一个角落里，抓住了它，豪斯顿用力把钉和马掌铁拔出来，使劲儿把它们扔进那个角落，狂暴地拉着马从铺子里退出来，猎犬站了起来，悄悄地摆出原来的架势，跟在他的身后，保持着合适的距离。"你可以告诉威尔·瓦尔纳——要是他还在乎的话，显然他不在乎，"豪斯顿说道，"我到过惠特里夫，去给我的马钉掌。"

店铺和铁匠铺刚好相对，两者之间仅有一路之隔。店铺的走廊上已经有几个男人了，他们注视着豪斯顿，他牵着那匹马走了，在他身后跟着的是那头巨大的猎犬，它的样子安静，威严。他们甚至不必越过马路去看那两个陌生人中的一个，因为眼下那个个儿头较小、年龄较大的人穿过马路，到店铺来了，他穿的衣服依然看上去不像是他的，仿佛有一天它们会从他身上掉下来一样。他长着一张巧言善辩、向里挤压收缩的脸，明亮的眼睛飞快地转动着。他登上台阶，已经在向他们打招呼了。他依然在说着话，他走进店铺里，嘴里滔滔不绝，声尖语快，说出来的话毫无意义，像是某个人在人迹罕见的山洞里在对自己说着些不着边际的话。他又出来了，嘴里依然在说着："噢，先生们，旧的去了，新的来了。竞争是经商的生命，虽然一根链子并不比其最细的连接处更结实，但我认为，你们会发现那边的年轻人不是个脆弱的人,必须依赖他曾经抓住的稻草。铺子是老的,架子是老的,只不过里面的扫帚是把新的,也许你不能教老人学会新手艺,但你却能教会乐意尝试的年轻新手学会任何东西。只是要给他时间,付出一点儿努力到时就会大有收益。好的,好的,全是快乐,没有劳作,就像人所说的,刀磨得太快会伤了自己,我祝你们早晨愉快,先生们。"他往前走去,登上了那辆轻便马车,嘴里依然在说着,他时而对那个男人说话,时而对着那匹瘦马说话,所有的话一口气说出,没有任何停顿,显示不出他在对听众说话时是在对谁说的。他赶着马车走了,走廊上的男人望着他的背影,脸上木无表情。那一天,他们一个接一个地越过马路,走到铁匠铺,来看那第二个陌生人——他有张沉静、表情木然、宽大的脸,有着仿佛纯粹是一种后来想到才加上了浓密头发的脑壳,那头发像未受损害的地毯的花边儿。一个男人带来了一辆斜撑杆断裂的马车。那个新铁匠竟然给修好了,尽管他花了差不多整整一个上午的时间。他不急不慢地在干着,但他却像是在梦境中一样,那真正在他体内活着的生命显然在别的地方发挥着作用,他对手中正在干的活儿一点儿也不在意,甚至对他将要挣到的钱也没有兴趣;他在忙着,不停地动着,仿佛没有任何进展,尽管活儿终于还是干完了。那天下午,特兰布尔,那个老铁匠,露面了。无论如何,直到当天夜里,特兰布尔肯定依然相信,他自己还在那个铁匠的位置上。但是,如果他们留在铺子周围,等着看在他到达的时候会有什么事发生,那他们会失望的。他和太太一起,赶着装满家中用品的马车,穿过村子。要是他曾经向他的老铁匠铺的方向看的话,那也没有一个人看到——他是个老男人,身体依然健壮,脾气不好,能力很强,甚至就在昨天以前,他都不会招来好奇的目光。他们再也没有见到过他。

几天以后,他们得知,那个新铁匠住在他的亲戚(或无论和他有什么关系的人——没有人确切地知道)弗莱姆住的房子里,他们两个人睡在同一张床上。六个月以后,那个铁匠和为他们提供住宿的那家人的一个女儿结了婚。又过了十个月以后,他在推着一辆童车(曾经是——或依然是——瓦尔纳的东西,就像他亲戚用的那个马鞍),在村子里四处转悠,他身边跟了个五六岁的男孩,他的前妻给他生的儿子,村里人既不知道他曾经有孩子,也不知他曾经有太太——这表明他的私生活中有相当多的名堂,至少他的性生活的内容要比他在公共生活表面显现出来的内容要丰富得多。不过,所有那一切都在后来才显露出来。这时他们所看到的是,他们有了一个新铁匠——一个不懒的男人,他的心肠好,为人随和,始终令人愉快,甚至慷慨大方,但是在他身上,有着一种身体协调的明确的极限,超出这一极限,所有的设计、筹划和格局全都不见了踪迹,一切都分崩离析,成了木头、铁条、无用的工具等无生命的东西。

　　两个月以后,弗莱姆·斯诺普斯在村子里盖了一个新铁匠铺。当然,他是雇人盖的,不过,他大部分时间都在那里,亲眼看着铺子盖起来。这不仅是他在村子同时采取的实际行动中的第一个举动,而且也是第一个他不仅得到承认而且得到肯定的举动,他平静而直截了当地说,他这样做了,人们就可以再次指望铁匠铺会把活儿干好。通过商店,他花大价钱买了全新的设备,雇用了一个年轻的农人,此人在播种和收割期间的空闲时间,曾经当过特兰布尔的徒弟。不出一个月的时间,新铺子把特兰布尔过去所有的生意都揽了过来,三个月以后,斯诺普斯把新铺子——铁匠活儿的顾主、良好信誉和新设备——都出让给了瓦尔纳,作为回报,接收了旧铁匠铺里的老设备,他把它卖给了一个收破烂儿的男人,把新设备搬进了老铁匠铺,把新建的店铺卖给了一个农人做牛棚用,甚至不用他自己花钱让人给搬东西,让他的亲戚现在跟着新铁匠当徒弟——到了这一步,甚至拉特利夫也算不过来斯诺普斯可能获取的利润是多少。不过,我想我能够猜测出他在此之外的收益是多少,他自言自语说,他坐在那儿,在洒满阳光的窗户那儿,他显得有点儿苍白,别的一切都好。他几乎可以看到那一幕——在店铺里,夜晚,门从里面插好,点燃的灯放在桌子上面，那店伙计坐在桌旁，不紧不慢地嚼着东西，与此同时，乔迪·瓦尔纳站在他旁边，没有坐下的意思，眼睛里隐藏着忧虑比去年秋天的时候多得多了。他哆嗦着，颤抖着，用一种发抖的声音说道："我只向你提一个纯粹简单的要求，我只要你简单明了地回答是或不是：这样的事还有多少？这种情况还要持续多久？究竟我要花多大的代价才能保住一个该死的、装满干草的牲口棚？"

2

他一直有病，而且他的样子也显出病态，那辆四轮马车里又一次放上了一台新缝纫机，机器就装在画成狗窝样的铁皮箱里，那两匹健壮的小马由于一年来无事可干变得丰腴了，漂亮了，此刻拴在一个邻近的巷子里，他坐在一家小路上的小饭店的柜台旁边，他是这家饭店的隐名合伙人，拥有一半产权收益，他手里拿着一杯咖啡，口袋里装着一张卖给一个北方佬五十只羊的契约，这北方佬最近在西部乡间建了一个牧羊场。事实上，这份契约是一份转包契约，他从原契约人手中以每只羊二十五美分的价买到了这份转包契约，原契约人与北方佬谈好的价是每只羊七十五美分。他因为找不到羊快要失约了。拉特利夫买了这份转包合同，是因为他碰巧知道有一群五十多只羊就在法国人湾乡村附近的一个地方，到那儿不用走多远的路。原契约人找不到这群羊，所以拉特利夫很有信心，只要把他收益的一半儿给羊的主人，他就一定能弄到这群羊的。

此刻他在往法国人湾去的路上，虽然他还没有动身，而且也不知道究竟何时动身。他到现在有一年没有看到那个村子了。他期待着到那儿看看，不仅是为了获得远远超出纯粹赚毛利的巧妙交易的乐趣，而且是为了获得那种从床上下来的纯粹乐趣，在男人们喝酒、走动、谈话、互相交易的太阳下面和空气里再次随意走动，虽然他还有点儿虚弱——一种大多基于这样一种事实的乐趣：他还没有动身，而且在天底下绝对没有任何东西可以驱使他上路，除非是他自己愿意。他不再感到虚弱了，他只是在尽情享受身体渐愈过程中至高无上的内心的悠闲，在此过程中，时间、忙碌、劳作都不存在了，在健康状态下，无论是白天还是黑夜，身体是累积着的秒钟、分钟、小时的时间奴隶那种情景，现在倒过来了，身体不再受向前行进的时间历程的奴役，相反，现在，时间奉迎、乞求身体获得乐趣。他坐在那里，身体显得消瘦，新穿上的、干净的蓝色衬衣在身上此刻显得相当宽松，不过看上去确实很合身，他的光滑的棕色脸庞并不苍白，上面只是挂几丝浅淡的暗影，看上去相当清爽；他的身体呈出一种纤细的强壮，宛如某种耐寒的、无味的、不常见的林地植物在冬天的降雪之后旺盛地生长，他慢慢地呷着那杯拿在一只精瘦的手中的咖啡，一边用他那机智、幽默的口吻向三四个听众说着他动手术的情景，这么做就要他人说到比病更多的东西，而不仅仅是少说病的情况，这时，进来了两个男人。他们是图尔和布克赖特。布克赖特拿了一把牲口鞭，他把鞭子缠到鞭杆上，塞进他工装裤后面的口袋里。

"你们好，小伙子们，"拉特利夫说道，"你们来得早哇。"

"你的意思是说来晚了。"布克赖特说道，他和图尔向柜台走去。

"我们只是昨天夜里才到的，带了些今天要运走的牲口，"图尔说道，"我听说你病了，我以为赶不上看你了。"

"我们都挺想他，"布克赖特说道，"差不多有一年了，我太太没有说起过任何一个人的新缝纫机。孟菲斯那个家伙不再让你走动是怎么回事？"

"是为了我的钱袋，"拉特利夫说道，"我想这就是他先让我休息的原因。"

"他先让你休息是为了自己先把刀磨快，在此之前不让你卖一台缝纫机或一蒲式耳的耙齿。"布克赖特说道。掌柜的过来了，把两盘面包和奶油放到他们面前。

"我要牛排。"图尔说道。

"我不要,"布克赖特说道,"我一直在看牛那往下淌东西的臀部到现在有两天了。更不用说把它们从玉米地和菜园子赶出来的情景了。给我拿些火腿和半打儿炒鸡蛋。"他开始吃面包,狼吞虎咽,拉特利夫在凳子上略微转了一下身体,脸朝向他们。

"这么说你们想我了,"他说道,"我还以为你们这些家伙在法国人湾到现在有了许多新居民,你们不会去想那十来个缝纫机代理商了。弗莱姆·斯诺普斯带来约见的亲戚有多少个?又有两个,还是只有三个?"

"四个。"布克赖特简洁地说道,一边吃着东西。

"四个?"拉特利夫问道,"有那个铁匠——我是说那个除到时回家再去吃饭之外,把那个铁匠铺当他的所爱的人——他叫什么名字?厄克。还有那另一个,那个签合约的人,那个主管生意的人——"

"他明天要当新的学校老师了,"图尔温和地说道,"要么就是他们这么说。"

"不,不,"拉特利夫说道,"我是在说斯诺普斯们。那另一个叫艾·欧,让杰克·豪斯顿那天在铁匠铺里给扔进水池子里的那个。"

"就是他,"图尔说道,"他们宣称明年他要到学校教书。我们原来的老师圣诞节刚过去,突然之间就离开了。我想你也从来没有听说过这事儿。"

但是,拉特利夫没有在听他说这些。他也没去想那另一个老师。他瞪着图尔看,一时间他为自己保持如此具有滑稽意味的沉静感到惊讶。"什么?"他问道,"到学校教书?那个家伙,那个斯诺普斯?那个那天来到铁匠铺让杰克·豪斯顿——好了,奥德姆,"他说道,"我是一直有病,不过这病绝对不会对我的耳朵有那么大的影响。"

布克赖特没有答话。他吃完了自己的面包。他探着身子,从图尔的盘子里拿了一片。"你没在吃面包,"他说道,"我会告诉掌柜的马上再拿一些来。"

"噢,"拉特利夫道,"我觉得太意外了。上帝做证,我一看到他就知道他身上有某种东西不对劲儿。就是这样。他待在一个不适合他的地方——他可以当个铁匠铺的伙计，或是去耕种一块地。但他不适于在学校教书。我还真没想到会这样。不过，当然了，情况就是这样。他在世界上或在法国人湾找到了一个而且是唯一的地方，他不仅可以整天使用他的那些箴言谚语，而且还会因为这么做而得到报酬。好了。"他说道，"这一下威尔·瓦尔纳终于碰到冤家对头了。弗莱姆已啃掉了店铺，啃掉了铁匠铺，现在他正准备向学校下手。只是他还没有去动威尔的房产。当然在那地方得手之后，他会回过头来向你们这些人下手的，不过那座房子会让他忙乎上一阵子的，因为威尔——"

"哈！"布克赖特简短地应道。他把从图尔盘子里拿的那片面包吃完了，并叫掌柜的过来："你过来。在我等牛排时，你给我拿块馅饼来。"

"什么样的馅饼，布克赖特先生？"掌柜的问道。

"吃的馅饼。"布克赖特答道。

"——因为威尔可能不会那么容易就从那现有的房子里出去的，"拉特利夫继续说道，"他甚至可能就在那儿设下了不让他越过的区界。这样一来，弗莱姆在能想出招儿数以前，就会不得不先向你们这些伙计下手——"

"哈，"布克赖特再次简短地应道，他的声音刺耳，突如其来，掌柜的给他拿来了馅饼，拉特利夫注视着他。

"好了，"拉特利夫说道，"你哈什么？"

布克赖特坐着，手里拿着那块楔形的馅饼，放在嘴前边。他转过身来，一张暴怒的发黑的脸对着拉特利夫。"上个星期，我在奎克的锯木厂，坐在锯末堆上。他的伙夫和另一个黑鬼正在往锅炉里铲碎木头块儿，用它们烧火，他们在说着话，那伙夫想要借一些钱，说是奎克不会借给他的。'你找店里的斯诺普斯先生，'那个黑鬼说道，'他会借钱给你的，两年以前他借给了我五美元，而我所做的是，每个星期六晚上，我到店里去，付给他一毛钱。他甚至没有提过那五美元的事。'"随后，他转过头，咬了一小口馅饼,吃了那块馅饼的少半块。拉特利夫望着他,脸上带着一种隐约可见的揶揄的表情,那样子几乎是在微笑。

"呵呵呵,"他说道,"这么说,他是在上下两头儿同时下手。在这种情况下,还要过上一段时间,他才会折回头来向你们这些普通的白人伙计们下手。"布克赖特又咬了一大口馅饼。掌柜的拿来了他和图尔点的东西,布克赖特把剩下的馅饼全塞进了嘴里。图尔开始把牛排齐整地切成一口一口的,仿佛是让一个孩子吃。拉特利夫注视着他们。"你们伙计们中间没有一个人打算为此干点儿什么吗?"他问道。

"我们能干什么?"图尔说道,"他那么干不对。可是那与我们没有关系。"

"是的,"布克赖特说道。他在吃火腿,就像他吃那块馅饼的样子,"而且最终的结果是用其中的一个蝴蝶结换你的四轮马车和两匹马。你会有戴它的地方。"

"那当然,"拉特利夫说道,"也许你们是对的。"此刻他不再看他们了,他举起手中的勺子,但又把它放下了。"这个杯子里好像还有一口,"他对掌柜的说道,"也许你最好给它加一加温。它可能会冻上并爆裂的,那样我也就不得不赔杯子钱了。"掌柜的把杯子里的东西倒干净,又把杯子里添满,随后放了回来。拉特利夫用勺子把糖小心翼翼地放进杯子里,他的脸上依然带着那种隐约可见的表情,那种可以称之为因缺少任何更好的表情的微笑。布克赖特把他的六个鸡蛋混在一起,搅成乱七八糟的一团,此刻他用勺子吃了起来,嘴里发出响声。他和图尔都吃得很快,尽管图尔甚至有意用那种几乎是一丝不苟的小口吃着,他们没有交谈,他们只是把盘子里的东西吃干净,站起身,走到雪茄盒子那儿,付他们的饭钱。

"要么换给你的是双网球鞋,"布克赖特说道,"他到现在有一年不穿它们了。——不,"他说道,"如果我是你的话,我到那儿去开始就什么也不穿。这样你就不会注意到寒冷又来了。"

"是这样。"拉特利夫温和地说道。他们离开以后,他又喝起咖啡来,不急不慢地呷着，再次和那三四个听众说着话，把他动手术的故事讲完。随后，他也站起身来，付了他喝的咖啡钱，小心地把他的大衣穿上。现在的天已经是三月了，但医生嘱咐他要穿上，这时，他在小巷里站了一会儿，在他身旁是那辆四轮马车和两匹健壮的小马，因闲得没事干，两匹小马变得身体膘肥，它们原有的冬天的皮毛上又长出了新毛，全身光滑，漂亮。他静静地望着画成狗窝样的箱子，在那些逐渐变淡、不可思议的玫瑰色颜料的开裂处下面，女人们的脸朝着他微笑着，那种笑容是固定不变的，无形中诱惑着他。今年这箱子上面需要再重新画一画，他必须把这事儿给办了。它必须成为某种能引人注目的东西，他想道。而且要以他的名义引人注目。要以他的名义为人们所知。是的，他想道，要是我的名字是威尔·瓦尔纳，而我的合伙人的名字是斯诺普斯的话，我相信我至少要坚决要求我们合作项目的某个部分，那个无论如何都会引人注目的部分，归到他的名下。他慢慢地向前行进着，把大衣的扣子扣上。那件大衣是能看到的唯一的一件。不过在太阳下面，病人身体恢复健康的速度快；也许，到他回到镇上去的时候，他就不会再需要它了。而且很快他也不需要在下边穿毛衣了——五月和六月，夏天，炎热漫长美好的日子。他继续行走着，看上去他与平时的样子完全一样，只是有点儿消瘦和苍白，他两次停下来，告诉两个不同的人说，是的，他现在感觉完全好了。孟菲斯的医生显然是把他该享有的生活给剥夺了，无论他是有意的，还是无意的。他穿过广场，在联邦卫兵暧昧冷酷的注视下，走进了镇法院，到了档案室书记员的办公室，在那儿他找到了自己在寻觅的东西——大约两百英亩的土地，还有房子，记录在弗莱姆·斯诺普斯的名下。

到了下午快要过去的时候，他坐在那辆四轮马车里，马车停在山地的一条狭窄偏僻的道路，正在看着一个邮箱上的名字。上面的邮政地址是新的，但邮箱却不新。那是个破旧的、上面疤痕累累的邮箱。曾有一次它明显是被轧扁了，好像是马车车轮轧的，接着又给收拾好了，不过那外观粗糙的人名字母可能是昨天才被写上去的。那名字仿佛在冲他大声喊叫，所有的字母全都是大写，明克·斯诺普斯，字体潦草，两个词之间没留间隙，笔画歪斜，又往上面写去，高出字母最上方的弧线，最后的几个字母就是这么写的。拉特利夫从它旁边拐了进去——现在走在了一条沟沟坎坎的小径上，在小径的尽头有一座歪歪斜斜的小房，由两个一样的屋子组成，两个屋子是分开的，上面没有门房标号，在他进入的这些山地上的偏僻地段，情况都是这样。小房子盖在一个山地上；在它下面是一个气味难闻、堆满厩肥的围场，还有一个斜倚在山地坡面上的牲口棚，好像人只要用一口气就能把它吹倒。一个男人从里面出来，手里拎了个奶桶，此刻拉特利夫明白了，刚才有人从房子里观察着他，虽然他一个人也没有看到。他让两匹马停下。他没有从车上下来。"你好，"他说道，"这是斯诺普斯先生家吗？我带来了你的缝纫机。"

"带来了我的什么？"在围场里的那个男人问道。他从门里走出来，把奶桶放在向一边倾斜的走廊尽头。他的个儿头也比中等身高的人要矮上一点儿，而且消瘦，有一道粗浓的眉毛。不过，那种眼睛是一样的，拉特利夫想道。

"你的缝纫机。"他愉快地说道。接着，他从自己的眼角处看到了一个女人站在走廊上——一个大骨架、面目粗陋的女人，她长着难以置信的黄头发，她极为轻盈而迅速地走上前来，你想象不出她是光着脚的。在她的身后，是两个长着亚麻色头发的孩子。但是拉特利夫没有去看她。他注视着那个男人，脸上的表情温和、谦恭、愉快。

"那是什么？"那个女人问道，"一台缝纫机？"

"不，"那男人说道。他也没有去看那个女人。他向四轮马车走过去。"回屋子里去。"那女人根本就不理会他。她从走廊上下来，再次以那种她的个儿头无法解释的快速和轻盈动作走着。她用发青的冷酷目光盯视着拉特利夫。

"谁告诉你把它送到这儿来的?"她问道。

此刻拉特利夫望着她,依旧和蔼、愉快。"是我弄错了吗?"他说道,"我在杰弗生接到了来自法国人湾的口信。口信说是斯诺普斯。我把上面说的人当成你们了,因为你们的……表兄?"他们二人谁都不说话,眼睛盯着他看。"弗莱姆,要是弗莱姆想弄台缝纫机的话,他会等到我到那里去的时候。他知道我明天就到那儿去。我想我必须弄明白。"那女人声音刺耳地大笑起来,笑声中没有一丝欢乐的意味。

"那就把缝纫机带给他吧。如果弗莱姆·斯诺普斯捎给你的信儿是有关五分钱以上的东西,那就不要放弃。无论如何他不会把东西给他的亲戚的。把缝纫机带到法国人湾去吧。"

"我告诉你回屋子里去,"那男人说道,"去吧。"那女人没有看他。她刺耳地大笑起来,笑声不停,她用眼睛瞪着拉特利夫。

"不要放弃,"她说道,"那个以他自己的名义拥有一百头牲畜、一个牲口棚和喂养那些牲畜的牧场的男人不会这么做。"那男人转过身,朝她走过去。她转过身来,开始冲着他尖声喊叫。两个孩子从她的裙子后面悄悄地望着拉特利夫,仿佛他们听不见,或者仿佛他们生活在另一个世界之中,那个世界远离那个女人在其中尖叫的世界,他们的样子就像两条狗。"要是你能否认你就否认好啦!"她冲那男人叫喊道,"他会让你就在这儿烂掉、死掉,而且为此高兴的,而你知道得一清二楚!你为你自己的亲戚感到那么自豪,因为他在一家店里干活儿,整天戴着一个领结!问他要,甚至是要他给你一袋面,看看你能得到什么。问他要!也许有一天他会给你一个他的旧领结,这样你就能也穿得像个斯诺普斯了!"那男人从容地向她走过来。他甚至没有再说话。他在他们两个人中间个儿头较小,他从容地朝她走过来,带着一种古怪的、十足偏斜的、几乎是恭敬的架势,直到她让步,迅速地转过身去,朝着房子走回去了。在她面前依偎在一起的孩子依然在扭过脸来望着拉特利夫。那个男人走近四轮马车。

"你说是弗莱姆给的口信儿?"他问道。

"我说的是从法国人湾来的口信儿,"拉特利夫说道,"提到的名字是斯诺普斯。"

"那传这个好像提到斯诺普斯口信的人是谁?"

"一个朋友,"拉特利夫愉快地说道,"他好像是出了个错儿。我请求你原谅这事儿。我沿着这条小径能到惠特里夫桥大道吗?"

"要是弗莱姆带信儿给你把它留在这儿,你就应该把它留下。"

"我刚才告诉你了,我想我犯了个错儿,并请求你原谅,"拉特利夫说道,"这条小径——"

"我明白了,"那男人说道,"这意味着你打算收取一点定金。多少钱?"

"你是说缝纫机的定金?"

"你以为我在说什么?"

"十美元,"拉特利夫说道,"还有一张二十美元的期票,为期六个月。那是收钱的时间。"

"十美元?你得到口信儿的人是——"

"我们现在不谈口信儿,"拉特利夫说道,"我们在谈一台缝纫机。"

"收五美元吧。"

"不行,"拉特利夫愉快地说道。

"好吧,"那男人说道,他转过身去,"把你的期票准备好。"他朝房子走回去。拉特利夫从马车上下来,走到马车的后边,打开画有狗窝的箱子的门,从那台新缝纫机下面拉出一个公文盒子。盒子里装有一支钢笔,一个精心用软木塞子堵着口的墨水瓶,一本空白期票。斯诺普斯回来,在他身边重新出现时,他正在填写期票。拉特利夫的笔一停下,斯诺普斯就把期票拿到自己面前,从拉特利夫手里接过笔,蘸上墨水,在上面签上名字,整个签名用一个连续的动作完成,甚至也不看一下上面写的是什么,就又用力塞给拉特利夫,并从他的口袋掏出了某种拉特利夫还没有去看的东西,

因为拉特利夫正在看着那张签过名的期票,他的脸上没有一丝表情。他静静地说道:

"你签上的这个名字是弗莱姆·斯诺普斯的名字。"

"是的,"那男人说道,"那怎么了?"拉特利夫望着他:"我明白了。你想要我的名字也在上面,这样一来我们中间的一个就不能否认期票签过名了。好的。"他拿过期票,又一次在上面写上名字,递回拉特利夫的手中。"这里是你的十美元。帮我把缝纫机搬下来。"但是拉特利夫又一次没有动,因为那递过来的东西不是钱,而是那个人给他的另一张纸,叠在一起,样子破旧,脏兮兮的。打开一看,它是另一张期票。上面的日期有三年多一点儿,十美元连带利息,要求生效之日的一年后,应兑付给艾萨克·斯诺普斯或持有期票的人,签字人是弗莱姆·斯诺普斯。期票后面有背书(而且拉特利夫认出来了是同一只手签写的,这只手刚才在第一张期票上签了两个名字),给明克·斯诺普斯,出票人艾萨克·斯诺普斯画押。在这行字下面,还是这同一只手写的,上面有墨水渍(要么至少是干了的),给V.K.拉特利夫,出票人明克·斯诺普斯。拉特利夫望着期票几乎有一分钟的时间,他相当平静,也相当清醒。"好吧,"那男人说道,"我和弗莱姆是他的表兄。我们的祖母给我们留下了三张十美元的票子。等到我们中间最小的一个——那就是他——长到二十一岁时,我们就能拿到钱。弗莱姆需要一些现金,用这张期票为本,从他那儿借了钱。随后过了一段时间,他需要一些现金,我从他手中把弗莱姆的期票买过来。现在,如果你想要知道他的眼睛是什么颜色或其他别的事情,当你到了法国人湾你就能亲眼看到。现在他在那儿和弗莱姆住在一起。"

"我知道了,"拉特利夫说道,"艾萨克·斯诺普斯。你说他二十一岁了?"

"如果他没有二十一岁,他怎么把那十美元借给弗莱姆呢?"

"那当然,"拉特利夫说道,"只是这玩意儿刚好不是十美元的现金——"

"听着,"那男人说道,"我不知道你想干什么,而且我也不在乎。但是你不可能像我愚弄你那样愚弄我。如果你不愿意要弗莱姆将给予兑付的那第一张期票,你可以不拿。而且如果你不担心那张期票的话,为什么你会担心这一张,数额较小、作为那同一台机器定金的期票?根据法律,这张期票的兑付两年前就能收取。你拿着这些期票去他那边。你只需把它们递给他,然后你给他带我的一个口信儿。说'一个依然在掘土来维持生计的表兄,给另一个从掘土营生中跳出来并拥有一群牲畜及一个干草牲口棚的表兄带个信儿。'就这样对他说就行了。在到那儿去的路上,你最好不停地这样对自己说,这样你肯定就不会忘了怎么说。"

"你不必担心,"拉特利夫说道,"这条路通往惠特里夫桥吗?"

他那一晚是在亲属的家度过的(他出生和成长的地方离那地方不远)。第二天下午,他抵达法国人湾,他让两匹小马拐进小约翰太太的围场里,步行到店铺去,到了走廊上,在那儿坐着的显然仍旧是那些男人,一年以前他最后看到的就是他们,其中有布克赖特。"喂,伙计们,"他说道,"常有的法定人数,我明白了。"

"布克赖特说,那个孟菲斯的家伙从你那儿卡掉的是你的钱袋,"一个人说道,"难怪花了一年时间你才恢复过来。当你回来发现它不见了,你没有死,我真感到奇怪。"

"那是我起来的时候,"拉特利夫说道,"不然我现在还在那儿躺着。"他走进店里,店的前面是空的,但他没有停顿下来,以有足够的时间让他眼睛的瞳孔适应昏暗不清的环境,他可能指望会适应的。他继续向前,走到柜台那儿,愉快地说道:"你好,乔迪。你好,弗莱姆。不用麻烦,我自己来吧。"瓦尔纳,站在桌子旁边,抬头望着,那店伙计坐在桌子那里。

"这么说你身体好了,哈。"他说道。

"我要开始干活了。"拉特利夫说道,他走到柜台后面,打开店里有单玻璃盖的盒子,里面装有混杂在一起的鞋带、梳子、烟草、专卖药和便宜的糖棒儿。"也许那是一样的东西。"他开始挑选一根根有条纹图案、五颜六色的糖棒儿,他仔细挑着,拿起来又扔回去。他一次也没往店铺的后面看,在那里,店伙计坐在桌子旁边,根本就没有抬起头看。"你知道本恩·奎克大叔在家吗?"

"他会去哪儿?"瓦尔纳说道,"只是我记得两三年前你卖给他一台缝纫机。"

"是的,"拉特利夫说道,扔下一根糖棒儿,又选一根替它,"这就是我想让他在家的原因:这样他在昏倒的时候,他的家人就能照料他。这一次我要从他那儿买种东西。"

"他究竟有什么样的东西让你跑这么老远的路到这儿来买?"

"一只羊。"拉特利夫说道。他现在把糖棒儿一个个数进袋子里。

"什么玩意儿?"

"当然,"拉特利夫说道,"你不会想到的,对吧?但是除了本恩大叔的那些羊之外,约克纳帕塔法和格林尼尔两个乡都没有一只羊。"

"是,我不会想到的,"瓦尔纳说道,"但是,你要羊干什么,再没有比这更奇怪的了。"

"一个人要羊想干什么呢?"拉特利夫说道。他走到存放奶酪的笼子里,将一个硬币放进雪茄盒子里。"用它来拉车。我希望,你、威尔叔叔和麦琪女士也用它拉车。"

"哈——哈——哈!"瓦尔纳笑道。他把脑袋转回到桌子那儿。但是拉特利夫没有等着看他这样做。他回到走廊,四下把糖棒儿给人。

"医生的命令,"他说道,"现在他也许又要给我寄一张一毛钱的账单,建议我吃五分钱的糖果。不过我对此并不在意。我在意的是他给我的、让我花那么多的时间坐在那儿的指令。"此刻,他愉快地、揶揄地望着坐在那长凳上的人们。那条长凳贴着墙紧紧固定着,直接就放在门旁边的窗户下面,它比窗户的宽度要长一些。过了一会儿,一个坐在凳子尽头的男人站起身来。

"好了,"他说道,"快坐下吧。即使是你没有病,你也可能再花半年时间假装你有病。"

"我想我要用那花出去的七十五块换点儿什么,"拉特利夫说道,"即使暂时对伙计们来讲算是强迫。你们只要决定让我去选择。你们大伙儿动动地方,让我坐在中间。"他们挪动着,给他在长凳中间腾出位子。他此刻直接坐在窗前。他为自己拿出一根糖棒儿,开始吸吮起来,用最近得病后的那种无力、单薄而具穿透力的声音说道:"是的先生们。要是我没有发现那个钱袋不见了,我现在还在那个床上。但是到我起来的时候,我真的吓坏了。我对自己说,现在我脸朝上躺着有一年了,我想某个勤快的家伙来了,不仅给法国人湾而且给约克纳帕塔法县也带来了大量的新缝纫机。但是,上帝在为我照看着。我发誓,我还没从床上起来,他老人家或某个人就给我送来了一只羊,就像在《圣经》里他救以撒①的情景一样。他给我送来了一个牧羊人。"

"一个什么?"一个人问道。

"一个牧羊人。你从来没听说过一个牧羊人。因为这个乡村里不会有一个人想到牧羊人的。当牧羊人是北方佬的事。这个想做牧羊人的人是在很远的地方,在马萨诸塞或波士顿,或是俄亥俄州那边,他一路直接来到了密西西比州,手里紧抓着鼓起的美钞,为自己买下两千英亩有坡地水道和碧绿青草的好地,位于杰弗生以西大约十五英里外的一个边儿上,围着地建一个足有十英尺高的防水围栏,正做着准备,就要开始发财,这时他的羊短缺了。"

"没那么回事,"那一个人说,"这世人从来没有一个人会短缺羊的。"

"此外,"布克赖特说道,声音刺耳而让人感到意外,"如果你也想把它讲给铁匠铺里的那些伙计听的话,我们为什么不全都挪到那边去?"

---

① 《圣经》中的希伯来族长,亚伯拉罕和撒拉之子,雅各和以扫之父。

"那当然,"拉特利夫说道,"伙计们,你们不知道,一个人的声音在他的牙齿之间的感觉是多么好,只有在你仰面躺着,人们在那儿不愿意听你说,可以站起来走开,而你追赶不上他们时,才能体会到。"然而,他还是把自己的声音降低了一点儿,那声音单薄、清楚、风趣、不急不慢,"这个人能感觉到。你们一定要记住,他是个北方佬。他们做事和我们不一样的。在这个乡村里,如果有人打算建一个牧羊场,他就会直截了当地去建。他会只宣布说他的房子或前门廊或是他的会客室或是不管是什么不够用,他不能把羊放在牧羊场外面,接着就动手干起来。但是一个北方佬就不这么干。当他做事的时候,他就动用有组织的辛迪加[①]、整本的成文条例,杰克逊[②]的州务卿签发的镀金特许证,用这些礼物为所有要认识的人们问好,说那两千只羊或不管是什么的东西,是羊。他既不从羊也不从一片地开始,他从一片纸和一支铅笔开始,在图书馆进行全部的测算——多少羊要用多少亩地要有圈它们的多长的围栏。接着,他写信到杰克逊,拿到他的许可证,可以买那么大的一块地,建那么长的围栏,养那么多的羊。然后,他先买那块地,这样他就有了某种东西,可以在上面建围栏,接着他围着那块地建围栏,这样没有任何东西能从里面出来,随后,他到外边去买一些不能从围栏里出来的东西。于是一开始一切都进展顺利。他选好了地,甚至连上帝都没有想到过在那上面能建一个牧羊场,几乎没有任何麻烦就把那块地买下了,不过他发现自己得使那块土地的拥有者明白,他正在试图给他们的钱是实实在在的钱,围栏本身实际上也处理好了,因为他可以在它的中心围上一块地方,并为此而付了钱。随后他发现缺少的羊。他把这个乡上下前后都梳拢了一遍,以找到确切数量的羊,免得那个镀金许可证不断地对着他的脸说他在撒谎。但是,他没有能力做到。尽管他做了所有的努

---

① 垄断组织的重要形式之一。
② 美国密西西比州的首府。

084

力,他依然想要五十只羊照管那余下的围栏。所以现在它不是一个牧羊场,它是一个无力清偿债务的地方。他要么把那个许可证送回去,要么从其他地方弄五十只羊。于是他来了,直接从波士顿、缅因州来到这里,买了两千英亩地,围着它建了四万四千英尺长的围栏,而现在那整个该死的工程在那群本恩·奎克大叔的羊身上出了问题,因为它们显然不是杰克逊与田纳西边界线之间的另一群羊。"

"你怎么会知道?"一个人问道。

"你认为要是我不知道我会从床上起来,大老远地一直奔这里来吗?"

"那你最好马上就坐到四轮马车上,快去那地方,让你自己放下心来。"布克赖特说道。他正靠着一根走廊的柱子坐在那里,脸对着拉特利夫背后的窗户。拉特利夫望了他一会儿,在他那含混的、始终都有着的幽默的伪装后面,他令人愉快,让人猜不透。

"当然,"他说道,"他有那些羊到现在有好一阵儿了。我想,他会不停地告诉我,我不能这样做,我必须那样做,更不用说他为此给我寄账单了。"——如此顺利和完整地改变话题,正如他们后来意识到的,仿佛他突然之间亮出了一块招牌,上面用红字写着"嘘",瓦尔纳和斯诺普斯出来了,他愉快而随意地抬头瞄了一眼。斯诺普斯没有说话。他继续走着,穿过走廊,走下台阶。瓦尔纳把门锁上。"你关门不早吗,乔迪?"拉特利夫问道。

"那取决于你所说的晚是什么?"瓦尔纳简短地说道。他在店伙计后面继续走着。

"也许快要到吃晚饭的时间了。"拉特利夫说道。

"我要是你,我就去吃饭,然后就去那地方,买我的羊。"布克赖特说道。

"那当然,"拉特利夫说道,"到了明天,本恩大叔也许会多出十只来。有人怎么会——"他站起身来,把大衣扣上。

"先去买你的羊吧。"布克赖特说道。拉特利夫又一次望着他,表情愉快,

085

让人猜不透。他望了望其他人。他们中间没有人在看他。

"我想我能等的,"他说道,"你们中间有在小约翰太太旅馆吃饭的吗?"他随后说道:"那是什么?"其他人看到了他正在看着的东西——一个成年男人的身影,但光着脚丫,穿着一条不够长的工装裤,裤子褪了色,大概十四岁的男孩儿穿着合适。他在走廊下边的路上穿行着,在身后用一根绳子拖拽着一个木质滑车,上端绑着两个鼻烟盒,他回过头从肩膀上望着滑车扬起的尘土,聚精会神。当他经过走廊时,他抬头望着,拉特利夫也看到了那张脸——没有神的眼睛里仿佛什么也看不到,张着嘴巴淌着口水,嘴的周围有一圈薄薄的、金色的、绒毛状的第一次长出的胡须。

"他们中的又一个。"布克赖特说道,声音短促刺耳。拉特利夫注视着那可怜的家伙在往前走——肥厚的大腿几乎要把工装裤撑破了,那干草堆样的脑袋向后面转过来,从肩膀上望着那拖拽的滑车。

"可他们告诉我们说,我们都是以他的样子造出来的。"拉特利夫说道。

"从四处我见到的一些事情来看,也许他是的。"布克赖特说。

"我不知道我是否会相信那种说法,即使我知道那是真的,"拉特利夫说道,"你的意思是说,他只是有一天出现在这里?"

"为什么不?"布克赖特说道,"他不是第一个。"

"这么说,"拉特利夫说道,"他会在某个地方。"那可怜的家伙,此刻就在小约翰太太旅馆的对面,他转身进了大门。

"他睡在她的牲口棚里,"另一个人说道,"她给他饭吃。他干一些活儿。她能和他交谈,不知是什么缘故。"

"也许她就是当时的那个人。"拉特利夫说道。他转过身,他依然拿着那根糖棒儿的尽端。他把它放进嘴里,把手指在他的工装裤边儿上擦干净。"对了,晚饭怎么吃?"

"去买你的羊吧,"布克赖特说道,"等那事儿完了再去吃你的饭。"

"我要明天去,"拉特利夫说道,"也许到那时本恩大叔甚至会有另外五十只羊的。"或也许后天再去,他想道,在三月份黄昏醉人的凉爽中,他朝着小约翰太太摇响的叫人吃晚饭的铜铃声走去。这样一来,他就有了足够的时间。因为我相信我做对了。我不仅必须以我认为他知道我的情况做交易,而且要以他应该设想我知道他的情况做生意,我病了一年,没介入欺诈的艺术和娱乐,这既是做事的条件,也是限制我的东西。但这对布克赖特是起作用的。他做了所有他能做的来警告我。他走得太远了,甚至比一个人能让他自己在另一个人的生意中走得还远。

于是第二天他不仅没有去见那个羊的主人,而且驾车六英里去了相反的方向,把一天时间花在那里,力图卖一台他甚至没有带去的缝纫机。晚上他在那里过了夜,第三天半上午时,他回到了村子里,他把四轮马车停在店铺前面,就在瓦尔纳的菊花红棕马拴在上面的那根走廊柱子那儿。这么说他现在甚至在骑马了,他想道。啧啧啧。他没有从马车上下来。"你们中间有人愿帮我去拿五分钱的糖棒儿吗?"他问道。"我也许要通过本恩叔叔的孙儿孙女来收买他的。"人们中间的一个走进店里,把糖棒儿拿了来。"我要回来吃午饭,"他说道,"然后我做好准备,让另一个穷困的年轻医生再卡我一家伙。"

他要去的地方并不远,到小河的桥那儿不到一英里,过了桥以后有一英里多一点儿路。他驱车来到一处整洁的、收拾得很体面的房子那儿,在房子那边有一个大牲口棚和牧场。他看到了羊群。一个强壮、无事可做的老男人,穿着长袜子,正坐在阳台上,他声音响亮地喊道:"你好,维·克。你们那些家伙聚在瓦尔纳店那里究竟干什么?"

拉特利夫没有从四轮马车里下来。"这么说他骗了我。"他说道。

"五十只羊,"那老男人喊叫道,"我听说过一个人花了一毛钱弄走了两三只羊,但我一辈子从没听说过一个买五十只羊的人。"

"要是他买了五十个他事先知道自己将要用得着的东西,"拉特利夫说道,"那他就是聪明的。"

"是的,他是聪明,但不是买五十只羊。真是见鬼。我还有剩下的一群羊。可以说,它们挤满了棚舍。你想要它们吗?"

"不,"拉特利夫说道,"我只要前五十只。"

"我把它们给你。我甚至要付给你两毛五,把它们从我的牧场里清理出去。"

"我谢谢你,"拉特利夫说道,"好了,这群羊我只要这么多。"

"五十只羊,"那老男人说道,"留下来吃午饭吧。"

"我谢谢你,"拉特利夫说道,"我好像到现在在吃饭上浪费了太多的时间。要么就是坐着干事的时间太久,确实如此。"于是,他折回村子里——先走那段长路,再走那段短路。那对健壮的小马生气勃勃但不同步地快步奔跑着,那匹菊花红棕马依然站在店铺的前面,男人们依旧在走廊上四处坐着和蹲着,但是拉特利夫没有停下来。他继续往前走到小约翰旅馆那儿,把两匹马拴在围栏上,走上去,坐在阳台上,从那儿他能看到店铺。他能闻到煮饭的味道从他身后的厨房里飘过来。不久,快到中午时,店铺走廊上的人们开始站起身,散去了,只是那匹备有鞍座的菊花红棕马依旧站在那里。是啊,他想道。他胜过了乔迪。一个男人占有了你的太太,你所要做的是平息你要射杀他的种种愤怒之情。但占有你的马是另一回事。

小约翰太太在他身后说道:"我不知道你回来了。你想吃些晚饭,是吧?"

"是的,太太。"他说道,她回屋子里去了。他从钱袋里取出那两张期票,把它们分开,一张装进他外衣里面的口袋里,另一张装进他衬衣的胸部口袋,走在三月份正午的大路上,踩着正午太阳晒着的尘土,呼吸着正午最热时难以呼吸的悬浮的空气,登上台阶,穿过此刻空无一人、烟草和刀痕弄脏了的走廊。那店铺,那内里像个洞穴,昏暗、阴凉,散发着奶酪和皮革的气味。过了一会儿,他的眼睛才适应了里面的一切。随后,他看到了那顶灰帽子,那件白衬衣,那个小蝴蝶结。那张脸抬起来,望着他,嘴里嚼着东西。"你骗了我。"拉特利夫说道。"多少钱一只?"那人转过头,往冰凉的炉子下面的沙箱里吐了一口。

"五毛钱。"他说。

"我买的契约是每只羊两毛五,"拉特利夫说道,"我应得的是每只羊七毛五。我可以把契约撕了,省得把它们拖到镇上。"

"好吧,"斯诺普斯说道,"你给什么?"

"我要用这个跟你换它们。"拉特利夫说道。他从口袋里把他分开装的第一张期票掏了出来。他看到了它——一瞬间、一秒钟的崭新而完全的沉寂和惊呆触碰到了那张木无表情的脸,那矮小、平静的人坐在桌子后面的椅子上。在那一刻甚至下巴也停止了蠕动,尽管它几乎马上又开始动了起来。斯诺普斯拿起那张期票,仔细看了一下。然后他把它放在桌子上,转过脑袋,往沙箱里面吐了口唾沫。

"你估摸这张期票值五十只羊。"他说道。那不是在提问,那是一种陈述。

"是的,"拉特利夫说道,"因为期票上带有一个口信儿。你想听这口信儿吗?"

斯诺普斯望着他,嘴里在嚼着。除此之外他一动不动,他甚至好像不呼吸一样。过了一会儿,他说道:"不。"他站起身来,不慌不忙。"好吧。"他说道。他把钱袋从腰间掏出来,从里面拿出一张折叠的纸,递给拉特利夫。这是奎克出售五十只羊的票据。"有火柴吗?"斯诺普斯问道。"我不抽烟。"拉特利夫把火柴给他,看着他把那张期票点燃,拿着它,让它燃烧,随后把仍在燃烧的期票扔进沙箱,随后用他的脚趾把烧成的灰踩进沙子里。接着,他抬起头来看着;拉特利夫没有动。这时,就在另一个瞬间拉特利夫相信,他看见那下巴停止了蠕动。"嗯?"斯诺普斯道。"什么?"拉特利夫从他的口袋里掏出了第二张单据。此刻他知道那下颌停止了嚼动。那张宽阔、看不透的面孔悬浮在脏兮兮的、折在一起的期票上方,宛如一个气球,从前向后然后又向前来,在这整个时间里,那下颌都没动一动。那张脸又一次望着拉特利夫,上面没有一丝生命的迹象,甚至没有呼吸,仿佛那属于这张脸的身体不知如何学会了一遍又一遍使用其自身的长叹形式。"你也想收取这张期票的钱。"他说道。他用手将期票递回给拉特利夫。"你在这儿等着。"他说道。他穿过房间走向后门,接着他出去了。为什么,拉特利夫想道。他跟着过去。那低矮的勉强在动的身体继续走着,现在走到了太阳光下了,朝着那个出租围场的围栏方向走去。围栏上有一扇门。拉特利夫注意到斯诺普斯从门进去,继续向前,穿过围场,走向牲口棚。接着某种不祥的症状在他身上突然出现,一种窒息,一种病痛,一种恶心厌憎。他们应该告诉我的!此刻,他想起来了,是的,他告诉我了!布克赖特确实告诉我了。他说过另外一个。这是因为我病了,脑子反应迟钝了,我没有——他现在回到了桌子旁边。他相信在他知道滑车可能拖拉过来很长时间以前,他就能够听到拖拉滑车的声音,尽管眼下他没有听到它的声音,这时,斯诺普斯进来了,他转过身,走到一边儿,那滑车撞在木台阶上和门槛上,那个穿着要撑破的工装裤的笨重粗大的身子挡住了门,他依旧扭过头去,从肩膀上往后看着,他进来了,那滑车碰撞着、刮擦着地面被拖过来,直到它绊在柜台脚的后面并卡在了那里,在那个地方,一个三岁的小孩弯下腰就能把它给提拉出来,但那个白痴却只是自己站在那里,徒劳无益地紧拉那根绳子,并淌着口水,开始发出那同时既是不高兴又是关心的,既让他害怕又令他惊奇的呜咽声,这时斯诺普斯用他的脚趾把滑车给踢出来了。他们来到了桌子跟前,拉特利夫就站在旁边——那干草堆状的来回摇动的脑袋,那对眼睛在某一瞬间、某一秒钟曾经张开,被那张代表原始罪恶的戈耳工①的面孔赐予了一瞥,那张面孔人无意要面对面去看,他脑袋里的思想被一劳永逸地毁得一丝不剩,在一圈稀薄、柔软、金色的胡须中间,那张嘴巴淌着口水。"说你叫什么名字。"斯诺普斯说道。那可怜的家伙望着拉特利夫,不停地摇晃着脑袋,淌着口水,"说出来,"斯诺

---

① 希腊神话中三个蛇发女怪之一,面目狰狞,人一见其貌,就化为石头。

普斯说道,相当有耐心,"你的名字。"

"艾克·荷-莫普,"那白痴声音嘶哑地说道。

"再说一遍。"

"艾克·荷-莫普。"随后他开始大笑起来,尽管几乎是在同时他就停止了大笑,而拉特利夫知道,他从来没有大笑过,大笑、呜咽,已经在那可怜的家伙的控制能力之外了,那声音一直往前跑,在他后面拖拽着的声音,犹如某种在哥萨克节日上奔驰的马蹄后依然活着的东西,圆圆的嘴巴上面的眼睛一动不动,什么也看不到。

"嘘,"斯诺普斯说道,"嘘。"终于,他抓住了那个白痴的肩膀,摇晃着,直到那声音落下来,直到那喉咙里的呼噜声和咯咯声消逝。斯诺普斯领着他向门口走去,推着他往前走,那白痴顺从地走着,回过头从肩膀上看着那个滑车,上面的两个变了形的鼻烟盒在那根肮脏的拉绳的末端拖着,那滑车马上又要卡在同一柜台脚的后面,这一次斯诺普斯还没等它卡在那儿就把它踢出来了。那笨重粗大的身体——那长着桶缸状的脸,耷垂的嘴巴、尖尖的潘神①样的耳朵,即将撑破穿在外面的工装裤、令人难以置信的、女人般大腿的人——再次挡住了门,接着不见了。斯诺普斯关上了门,回到桌子旁边。他又一次往沙箱里吐了口唾沫。"他就是艾萨克·斯诺普斯,"他说道,"我是他的监护人。你想看看法律文件吗?"

拉特利夫没有回答。他低头望着那张期票,他从门口回来时把它放在了桌子上,脸上现出那种无力、揶揄、平静的表情,四天以前在饭店里当他望着自己的咖啡杯子的时候,他的脸上带着的就是这种表情,他拿起那张期票,不过他仍没有去看斯诺普斯。"这么说,如果我要是把他的十美元付给他,你就会承担作为他的监护人的责任。如果我从你那儿收取十美元,你就会再次把期票卖掉。这样一来这张期票就会被三次收取。啧啧啧。"

---

① 古希腊神话中半人半羊的农牧神。

他从口袋里掏出另一根火柴,把火柴和期票递给斯诺普斯。"我听说你曾经说过,你从来不烧一张钱的。在此你的机会来了,感受一下烧钱是什么滋味。"他看到第二张期票也点燃了,飘动着,依然燃烧着,掉进沙箱里弄脏了的沙土上,卷着变成灰烬,也在鞋子下面消逝了。

他从台阶上走下来,再次走进正午的光辉之中,走在大路上有着凹坑的、不起眼的尘土上;实际上那只是不到十分钟的事儿。只是多亏上帝人们才学会如何迅速地忘掉他们无法勇敢地去医治的创伤,他对自己说道,他继续走着。空荡荡的大路上泛出幻影样的亮光,春天花粉的翻动若隐若现。是的,他想道,我想我病的情况比自己知道的更厉害。因为我忘记了,忘得一干二净。要么也许当我吃些东西时,我会感觉好点儿。但是,在饭厅里,小约翰太太给他摆上了一盘吃的,他却吃不下去。他可以感觉到他想到的东西,胃口变没了,每一口吃下去的东西就像泥土一样厚重而无味。所以他最后把盘子推到一边,在桌子上数着他挣得的五美元——从羊身上他将得到三十七块五,减去契约让他花去的十二块五,加上第一张期票的二十块。他用一根用嘴咬过的铅笔头儿,计算着十美元期票的三年利息,加上本钱(十美元是他从那台缝纫机上得的佣金,所以不管怎么说都没有实际损失),然后加上五美元的其他票子和硬币——磨旧了的钞票、磨损了的硬币,最后是分币。小约翰太太在厨房里,在那儿她做着自己卖的饭,也洗着盘子,同样也照管着他们在其中睡觉吃饭的房间。他把那钱放在厨房洗涤槽旁边的桌子上。"他叫什么名字来着,艾克。艾萨克。他们告诉我说你给他一些吃的,他不需要钱。但是也许——"

"是的。"她说道。她把手在围裙上擦干,把钱拿起来,把纸币包着的硬币仔细叠好,站在那儿手里握着钱。她没有数有多少。"我给他存放好。你不用担心。你现在要到镇上去吗?"

"是的,"他说道,"我该忙起来了。别告诉我什么时候会碰上另一个饥饿、穷困、除了割肉之外没有挣钱路子的年轻人。"他转过身,然后又一次停顿下来，没有刻意回头看她，带着那无力、揶揄表情的脸此刻在微笑着，他讥嘲、诙谐地说道："我有个口信儿，我想要带给威尔·瓦尔纳。不过它并不很重要。"

"我会带给他的，"小约翰太太说道，"要是口信儿不太长，我会记住的。"

"它无关紧要。"拉特利夫说道，"但是要是你碰巧想了起来，你就告诉他拉特利夫说那还没有得到证实。他就会明白它是什么意思了。"

"我会试着记住它的。"她说道。

他走出去，到四轮马车那儿，登上马车。他现在不需要大衣了，而且下一次他甚至不用带在身边。在那对硬实强壮的小马快速闪现的蹄子下面，大路开始游动起来。我只是从来都没走过那么远，他想道。我退出得太早了。我走到一个斯诺普斯会去烧另一个斯诺普斯的牲口棚而且两个斯诺普斯都知道了的地步，而这样做没什么不好。但是我在那里停下来了。我从来没有继续往前走到那个地方，在那儿第一个斯诺普斯会转过来，把火用脚使劲踩灭，这样他可以控告第二个斯诺普斯，要求赔偿损失，而且两个斯诺普斯对那事也都知道。

3

那些注意着店伙计的人现在发现，他不只是干了桩把一个铁匠撵走的小事，而且篡夺了一个继承人的权利。在第二个收获的时季，那店伙计不仅控制着轧花房的天平，而且当瓦尔纳与其佃户与债权人之间一年一度的结账时间到来时，瓦尔纳本人甚至都不在场。是斯诺普斯在干着瓦尔纳甚至从来不允许他儿子干的事情——一个人坐在桌子旁边，卖庄稼收成的现金和账本放在面前，他把账目算好，将支出计入，并按比例给每个租种户发他那份现有的钱，在他一开始进入店里的时候，他们中间的一两人对他计算的数字提出质疑，也许是按规矩，那店伙计甚至就不去听，他穿着脏兮兮的白衬衣，戴着小领结，不停地嚼着烟草，眯着那没有光泽的、一动不动的眼睛，他们从来都不知道那双眼睛是否在看他们，他只是等待着，直到他们说完，停下来；然后，他一句话也不说，拿出铅笔和纸，向他们证明，他们弄错了。现在，那个悠闲自在地往店里来，向店伙计发出指示和命令，并让他一人按他的指示奉命去做的人，不再是乔迪·瓦尔纳了；会到店里来的是原来的那个店伙计，他登上台阶，晃着脑袋向走廊上的人们打招呼，完全就像威尔·瓦尔纳本人的样子，他走进店里，即刻他的声音就从那里面传出来，他用简单明了的话解答令那男人感到极度不安的困惑，那男人曾经是他的雇主，而他依然仿佛不完全明白自己究竟是怎么回事。随后斯诺普斯将离开，当天就不再能看到了，因为现在威尔·瓦尔纳的老肥白马需要一个伴儿。它是菊花红棕马，乔迪过去骑的那匹马，白马和红棕马现在并排都拴在同一个围栏上，与此同时，瓦尔纳和斯诺普斯仔细地望着棉花地、玉米地、牲畜群或是土地的边界，瓦尔纳像蟋蟀一样欢悦，像税收人一样精明而不通融，他悠闲又忙活，粗野幽默又尖刻；斯诺普斯不停地嚼着烟草，他的手插在那样子不体面的、垂囊状的灰裤子的口袋里，不时地把他那预期吐的、像子弹一样的、巧克力色的唾沫珠子吐出去。一天上午，他来到村子里，拎着一个崭新的草编箱子。那天傍晚，他拎着箱子去了瓦尔纳的家。一个月以后，瓦尔纳买了一辆崭新的敞篷轻便马车，配有鲜明的红色车轮和饰有流苏的阳伞顶篷。那匹白马和那匹高大的菊花红棕马佩戴着崭新的饰有铜扣的挽具，车轮闪动着银珠色和看不见辐条的光晕，马车整天在乡间偏僻的道路和小径上奔跑，与此同时，瓦尔纳和斯诺普斯在那始终不断、无法阻挡的行程的闪电般的光芒中，肩并肩古怪而惊人地坐在一起，在他们下面是荡起的云雾状的微尘。在那同一个夏天的一个下午，拉特利夫再次驱车来到店铺。在走廊上他看到了一张脸，他一时间没能认出来是谁，因为他以前只见过那张脸一次，而且那是两年以前了，不过差不多只过了片刻，他便立即说道，"你好。缝纫机还是很好用吧?"他坐在那儿,望着那张样子可怕的、倔强的、有着一道眉毛的脸,面孔上带着相当愉快而绝对让人摸不透的表情,心里想着是狐狸?猫?噢,对了,是水貂①。

"你好,"那人说道,"为什么不好用?你不是那个宣称不卖其他种类的机器的人吗?"

"当然是了。"拉特利夫说道,依旧相当高兴,让人猜不透。他从四轮马车上下来,把马车拴在一根走廊的柱子上,登上台阶,站在那四个在走廊上四处坐着和蹲着的男人中间。"我要说,只是并不完全是那样。我宁愿说,名叫斯诺普斯的伙计们不买其他种类的东西。"接着,他听到马的声音,他转过头,看到了马,它快速地奔跑过来,那只良种猎犬轻松而强健地在它边上跑着,这时豪斯顿让马停下,他已经从马上下来了,把松开了的缰绳套在马的头上,像两个骑士那样,登上台阶,在一根柱子前面停下,明克·斯诺普斯靠着它蹲在那里。

"我想你知道那头一岁的小畜生在什么地方。"豪斯顿说道。

"我能猜出来。"斯诺普斯说道。

"很好。"豪斯顿说道。他就像一个抽大麻的人那样哆嗦着、颤抖着。他甚至都没有提高声音说话。"我警告你,你知道这个乡的法律。在庄稼种上以后,一个人必须把他的牲口圈好,要么必须承担后果。"

"我会指望你建围栏把一岁的小畜生圈好的,"斯诺普斯说道。接着他们互相咒骂对方,凶狠、短促、没有重点,像拳头或手枪子弹,双方都在同时骂着,一个仍然站在台阶的中间,另一个仍旧靠着那根走廊柱子蹲在那里。"拿把猎枪试试,"斯诺普斯说道,"那也许会管用的。"接着,豪斯顿走进了店铺,那些人在走廊上的安静地站着或蹲着,那个长着一道眉毛的男人和他们一样安静,随后豪斯顿又从里面出来,从他们面前走过去,

---

① 水貂的英文是 mink,与此人的名字明克同形,此处的用语是双关语。

不看他们中间的任何人，骑上马，飞奔而去，那只猎犬再次跟在后面，它强壮，高高地昂着头，生气勃勃。大约又过了一会儿，斯诺普斯也站起身来，徒步在路上走着。这时一个人探着身子，小心地把唾沫吐到走廊边以外，落在尘土里。拉特利夫说道：

"我不太明白那围栏是怎么回事。我猜是斯诺普斯的小畜生在豪斯顿的田地里。"

"是这样，"那吐唾沫的男人说道，"他住在一块曾经是豪斯顿的地上面。现在那块地方属于威尔·瓦尔纳了。是这样，瓦尔纳一年前取消了赎回那块地的权利。"

"那就是说，豪斯顿欠威尔·瓦尔纳的钱，"第二个人说道，"他在说的就是在那块地上建围栏。"

"我知道了，"拉特利夫说道，"只是嘴上说说而已。没有必要建。"

"好像让豪斯顿恼怒的并不是失去了那块地。"第三个人说道，"他并不那么容易发怒。"

"我明白了，"拉特利夫再次说道，"好像是从那时起发生在那块地上的事让他生气。要么好像就是威尔叔叔把地租给的人让他恼怒。这么说弗莱姆还有更多的亲戚。只不过这里的这个亲戚是个不同类型的斯诺普斯。就像棉口蛇是一种不同种类的蛇一样。"所以这不是这个人最后一次给他的亲戚找麻烦，他想道。不过他没有说出来，他只是相当愉快、随和、让人猜不透地说道："我不知道威尔叔叔和他的合伙人现在会在什么地方。我像你们大伙一样还没有听人说那路挺好走。"

"今天早晨我经过那儿时，看到那两匹马和轻便马车拴在老法国人地盘的围栏上。"第四个人说道。他也探着身子，小心地把唾沫吐在走廊边缘的外面。接着，他又说道，仿佛是过后想起的不重要的事，"坐在那把面桶椅子里的人是弗莱姆·斯诺普斯。"

第二部　尤拉

第一章

弗莱姆·斯诺普斯来尤拉·瓦尔纳父亲的店里当店伙计时，她还不到十三岁。在十六个孩子中，她排行最后一名，是个幺妹。在她十岁那年，她的身高已超过了她的母亲。现在，虽然还不满十三岁，可她的个儿头已经比大多数成熟的女人还要大，甚至她的乳房也不再是青春期或少女时代的娇小、坚实、乳头硬直挺立的圆锥形乳包了。相反，她的整个外形令人联想起某种源于古老的狄奥尼修斯时代的象征景象——阳光下的漂亮姑娘和汁液饱满的葡萄，扭缠在一起的、果实丛生的葡萄藤蔓，在强悍、贪婪的牧羊神的践踏下，流淌着汁液。她仿佛并不是她当下境况中一个活生生的完整人，而是生活在浩瀚的真空里的人，在那里，她的日子仿佛在隔音的玻璃后面相互追逐。她好像在运用一种从所有的哺乳动物那儿继承下来的令人倦乏的智慧，聆听她自己身体器官的扩张增大，忧郁而茫然。

像她父亲一样，她也懒惰得不可救药，尽管在她父亲身上，懒惰表现为一种悠闲，一种持续不断的喧闹熙攘，令人愉快，而在她身上却表现为实实在在的一种力量，不可摇撼，甚至无情残忍。除了上桌下桌、上床下床之外，她全凭自己的意愿行事，简直就是一动不动。她很晚才学习走路。她有乡民们见到的第一辆也是唯一的一辆摇篮车，这是个样子笨拙、价钱昂贵的玩意儿，几乎像单匹马拉的双轮马车一样大个儿。她待在摇篮车里，到她个儿长得很大，腿在里面伸展不开很久以后，她还待在里面。她的个头越长越大，几乎要用成年男人的力量才能把她从摇篮车里拎出来。在被迫的情况下，她从摇篮车里走了出来，接着，她开始往椅子里坐。她要到一个地方去，就有人背她，这倒不是她坚持要这样做。情况仿佛是这样：甚至在婴儿时期，她就已经知道，没有一个地方是她想去的，任何过程的最终结局都没什么新东西，或令人感到新奇之处，一个地方和另一个地方与所有的地方都没有两样。直到她长到五六岁，当她不得不到某个地方去时，她们的黑人男仆就会背着她走，因为她的妈妈不愿意在自己不在家时把她留在家里。人们会看到他们三人一行沿路过去——瓦尔纳太太穿着自己最好的衣服，戴着围巾，身后跟着黑人男仆，他有点儿摇摇晃晃地走着，在他背上是那个个儿头大、摇来晃去、已经无疑是负担的女孩，宛如一古怪的、被人护送的萨宾人抢掠的女人。

她有常见的娃娃玩具。她把它们摆在她坐的椅子周围的椅子上，它们就放在那儿，彼此都很相似，都像真的或都不像真的。终于，她的父亲让他的铁匠给她做了一辆袖珍摇篮车，她的第一个三年就是在那里面度过的。摇篮车外观粗糙，分量也很重，但却是乡间所有人曾经见过的或听说过的唯一的玩偶摇篮车。她把所有的娃娃玩具都放在摇篮车里，她坐在车子旁边的一把椅子里。一开始，他们认为这种表现是智力上的迟钝，她还没到成年女人母性发育的雏形时期，不过他们很快就认识到，她对玩具没有兴趣，为了使玩具动动地方，她不得不让自己动起来。

她在椅子上从一个幼儿长到八岁，从一把椅子上移到另一把椅子上，只有打扫清理房屋和吃饭这类急事才能迫使她从椅子上下来。在她母亲的坚持下，瓦尔纳继续让铁匠制作小型的持家用具——小扫帚、拖把、一个小型的真炉子——希望可用来作为消遣，用所有这类家庭用具，单个的和成组地做游戏。显然，对她来说，这就像给一个老酒鬼一杯冷茶，不起作用。

她没有一个玩伴,没有亲密无间的女童密友,她不需要她们。她从来没有和任何一个女孩结成过那种狂热、有时是短命的亲密关系,两个女孩结成随时准备战斗的秘密阴谋集体,以对抗她们的男孩对手,还有成人的世界。她什么也不做。她也许还只是个胎儿,好像出生了的只是她的一半儿,她的心灵和肉体不知怎么地变得完全分离开来,要么就是令人绝望地纠缠在一起;在两者间仅有一方呈现,要么就是一方呈现,另一方并不与它相伴,而是孕育在其中。"也许她注定要长成一个顽皮姑娘。"她父亲说道。

"什么时候?"乔迪问道,他极度愤怒,眼睛中迸射出火花,转瞬即逝,"无论怎么说她都会是那种样子的,在她攀上去之前,五十年里也不会有一棵橡树长大,倒下来,腐烂掉,被当成柴火烧的。"

到八岁时,她的哥哥认定她应该去上学了。她的父母原打算让她某一天开始她的学业的,这也许主要是因为,威尔·瓦尔纳是学校的核心人物,主宰者,这是学校理事会正常推选的结果。如同乡间其他孩子的家长认为的那样,学校实际上是瓦尔纳的又一个行业,而且瓦尔纳或早或晚会坚持让他的女儿上学的,至少会让她上一阵子,正像他会坚持收取计算出的最后几文利钱。瓦尔纳太太对她女儿是否上学并不特别在意。在乡村里,她是最好的管家婆之一,而且她对做好家庭主妇乐此不疲。她收藏好熨过的布单,整理塞满杂物的货架,收拾土豆窖,用彩带装饰烟熏房屋的橡木,从中她能获得一种实实在在的生理快感,这与她深谋远虑、勤俭持家的成功与满足毫不相干。她本人念不懂书,虽然在她结婚那会儿,她能看懂一点儿东西。从那时起,她就没有多去实践,在随后的四十年间,她甚至已经没有了读书的习惯。现在她更喜欢直接面对具体生动的生命事件、想象或传闻,并能加以评论,对其做出道德判断。所以,她看不出女人识字有什么必要。她相信,食品配料的适当调拌,其关键并不在于书上怎么说,而在于勺子搅拌出来的味道怎么样,等着到学校上学,然后才知道减去已花出去的钱,自己还剩多少钱的家庭主妇,永远不会成为一个管家婆。

在她八岁的那年夏天，正是她的哥哥乔迪作为见多识广的人，几乎是强迫她去上学的，而三个月以后，他又后悔得要死。他并不后悔正是他本人坚持要她上学的。他后悔的是，他依然相信而且他知道自己始终相信，为妹妹必要的学业他现在付出了惨重的代价。因为她拒绝走着上学。她并不反对去上学，到学校里去，她只是拒绝走着到学校去。那段路并不远，从瓦尔纳家走不到半英里路。可在她上学的五年里，如果根据她在那里所做的一切按照钟点来计算的话，那就不能以年甚至不能以月来计，而是要以天数来计，到学校去和从学校回来，她都让乔迪驮着他。其他的孩子到学校的距离有她的路程的三四倍远，而且在所有的天气条件下，都是步行往返，而她却要骑在哥哥身上。她只是平静地拒绝行走，没有商量的余地。她既不求助于眼泪，也不在感情上进行对抗，更不用说用体力进行抗争了。她只是坐下来，一动不动，显然连想都不愿去想，她就像是一匹脾气倔强、故意作对的小雌马，胆大妄为，刚愎任性，对正常的要求置之不理，她还太年幼，尚不具有独到的价值，可再有一年左右，她就会有特别的用途，也正是为了这种原因，她那愤怒至极、备受折磨的主人才不敢用鞭子抽她。她父亲即刻很有主见地表示不再管这件事。"那就让她待在家里，"他对太太说道，"在这儿，她也懒得不会动动手。不过，她从一把椅子移到另一把椅子上，不挡道妨碍别人干活儿，或许至少也会了解些持家的本领。不管怎样，我们所想要的是，她能平安无事，长大成人，长到足够和一个男人睡觉，不把我和他都搅在其中的年龄就行。那时，你就可以把她嫁出去。也许你甚至能找到一个使乔迪也不受穷的丈夫。这样，我们就把房子、商店和整个家当都给他们，你和我到他们所谈论的在圣·路易斯的世界交易会上去，老天做证，如果我们喜欢那儿，我们就买个帐篷，在那儿住下。"

可那当哥哥的坚持要她上学。她仍然拒绝走着上学，她懒洋洋地坐着，显得柔弱，吃不得苦，在她平稳的脑袋上面，她的母亲与哥哥正在言辞激烈地干架，她无动于衷，甚至不去想这事，甚至很明显地连听都不听。最后，那个黑人男仆把四轮轻便家用马车赶了过来，带上她走半英里路到学校去，在正午时和三点钟学校放学时带着家用马车等在那里。这个黑男仆过去在她母亲外出时背过她。这种做法持续了大约两个星期。瓦尔纳太太不让这么干了，因为这太浪费人力物力了，就像用火烧热容量为二十加仑的锅，只是为了做一碗汤，实在太不值了。她下达了最后通牒，如果乔迪想让他妹妹去上学，他就必须自己想办法让她到那儿去。她提议说，既然他无论如何每天往返商店都骑着马，他可以让尤拉坐在他后面，带着她上学和回家，她那女儿再次坐在那里，既不去想也不去听有关那由来已久的对峙的咆哮和恐吓。早晨，她坐在前面的门廊上，手里拿着他们给她买的油布做的书包，等着她的哥哥骑着马过来，到走廊边上，粗暴地吼叫，要她过来，她就骑上去，坐在他后面。他把她送到学校，中午去接她，然后再把她送回去，学校一天课上完时在门口等她。这样持续了将近一个月。随后，乔迪决定，她应该走上两百码，从学校的房子那儿走到商店那里，与他在那儿会面。出乎他的意料，她爽快地答应了。这样刚刚持续了两天。在第二天下午，当哥哥的夹着她，一条腿拖在地上，飞快地赶回家里，冲进房门，站在大厅里，俯视着他的母亲，身体由于生气和愤怒颤抖不已，他喊叫道：

"难怪她那么容易就答应了我的要求，那么快就走到商店那儿与我会面！"他高声叫道。"如果你沿路每一百英尺远就安排一个男人站在那里，她会一直走回家的！她完全像是一条狗！只要她从成熟的男人前面经过，她就开始释放出某种气息。你能闻到那种味儿的！你在十英尺开外都能闻到那种味儿的！"

"胡说八道，"瓦尔纳太太说道，"除此之外，别让我操心，我不管这事儿，坚持一定要她上学的是你，不是我。我生养的还有其他八个女儿，我以为她们长得相当有出息。不过我很乐于相信，一个二十七岁的独身男人对她们知道得要比我多。无论什么时候你想让她退学，我想你爸爸和我都不会反对。你把肉桂给我带来了吗？"

"没有，"乔迪说道，"我忘带了。"

"今天晚上一定要记住带来。我马上要用它的。"

这样一来，她在商店那儿往家赶，行走的几步路也不再走了。她的哥哥会在学校附近等她。到现在几乎有五年了，这种情景早已成为乡村生活不可分割的一部分，一天四次，一个星期五天——那匹菊花红棕马驮着那个情绪激昂而愤怒的男人和那个女孩，甚至在九岁、十岁、十一岁时，她的个儿都长得太大了——太滚圆的腿，太丰满的乳房，太肥实的臀部，太多的雌性哺乳动物的肉，与俗艳的、用油布做成的装东西的玩意儿，显然是小学生用的书包联系在一起，是对整个教育主张的滑稽模仿和似是而非的体现。甚至即使坐在她哥哥后面的马背上时，那肉乎乎的人儿仿佛也过着两种完全分离、截然不同的生活，就像婴儿在保育护理行为中的表现一样。一个尤拉·瓦尔纳为臀部、大腿和乳房供应血液和营养；另一个尤拉·瓦尔纳则只是栖居在它们中间，它们到哪里，她就跟到哪里，因为这样做不费多少力。她在那里待着很舒服，但她不打算参与它们的活动。就像你待在一间不是你设计的房子里，家具全都摆放好了，房钱也付过了的感觉一样。第一天早晨，瓦尔纳让马一溜小跑，想赶快把她送到地方完事，可他几乎立刻就开始感觉他身后的整个肉体，那在椅子里甚至一动不动的肉体，仿佛在直线运动中不言而喻地令他生出一种无法克服的厌恶感，那贴在他背上柔若无骨、富于曲线的肉体抖动着，他想象着他本人的运送旅程不仅要跨越乡村的地平线，而且要像太阳本身的运行一样，越过整个有人居住的世界的全景舞台，做一种围绕哺乳动物椭圆形肉体的、万花筒式的旋绕。因此，他让马慢下来走着。他不得不这么做，他的妹妹一只手紧紧地抓住他的吊裤带或是他的外衣的后面部分，另一只手拿着书包，他们走过商店，那里通常有一定数量的男人会蹲着和坐着，走过小约翰旅馆的阳台，那里通常会有来回走动的旅行推销员或马贩子——而且瓦尔纳此刻相信，自己明白了是怎么回事，他知道为什么他们也在那里，他们驱车二十英里，从杰弗生那儿来——再赶到学校,那里其他的孩子穿着工装裤和用粗糙的花布做成的衣服,还有他们不经常穿的、大人不要的鞋子,他们早已聚在那里的真正原因是,在此之前他们已走了三倍、四倍、五倍于他所走的路程。她从马上溜下来,她的哥哥会多坐上一会儿,情绪激动地望着她的背影,看到她已经像妇女那样用髋部来走路了,他恼怒而徒劳无益地思忖着,是否立刻把那个学校的老师(是个男人)叫到外面,跟他说清楚,别招惹她,警告他,威胁他,甚至用拳头吓唬他,要么等到事情发生时再找他,而他,瓦尔纳相信,这种事一定会发生。他们在一点钟又会聚在那儿,在十二点和三点时往相反的方向去。瓦尔纳骑着马,在路上向前走一百码,走向一棵倒在地上的树,这棵树被矮树丛遮掩着,那个黑人男仆一天夜晚坐在马上、手里拎着灯就被它绊了一跤。瓦尔纳骑马来到树旁边,在她站在树上往马上去时,他声色俱厉地第三次朝她吼道:"该死的,难道你就不能骑到马上来,而不让人觉得马好像是有二十英尺高吗?"

　　一天,他甚至认为,她不应该再双腿分开骑跨在马上了。这种想法持续了一天时间。他偶然往旁边和身后望了望,看到她那弯曲摇晃着的腿毫无顾虑地露在外面,腿长得令人难以置信,长筒袜与衣裙之间的大腿部分裸露着,如同天文台的圆形拱顶那样大个儿,从里到外都是光光的。她并不是故意要裸露自己的,这种想法只能使他更为愤怒。他知道她只是不在乎,无疑她甚至不知道自己的腿露出来了,而且即使她知道,她也不愿去麻烦自己把裸露的部位盖上。他知道,她甚至坐在运动着的马上,也像她坐在家里的椅子上一模一样,他知道,就像是坐在学校里面的凳子上一样,因此,他不时愤怒而徒劳地想着,臀部持续不断地受着那种相当大的、稳定增强的力量的冲击,即使是在单纯的行走运动中也是如此,仿佛实实在在地要人去注意那丰富内心想象和意志力的、充盈生命汁液的柔软肢体;坐着,甚至是在运动着的马上,她私下甚至并不是闷闷不乐地在痴想着某种东西,无论它是什么,都与欲望、肉体没有关系,一点儿关系也没有;

透过她身上穿的衣服,她实实在在地展现出那种自我存在的无所顾忌的个性,她就是她,她无力去改变,甚至懒得去留意那种事儿。

她八岁上学,一直上到她十四岁那年圣诞节刚过的时候。不用说,她会把那年的学上下来的,而且很有可能把来年甚至后年的学业都完成的,虽然什么也没学到,可在那年的一月份,学校关门儿了。学校关门儿是因为老师不见了。他一夜之间就没了踪迹,没有跟任何人留下一句话,他没领那一学期的薪水,也没有从他房子里搬走为数不多、像隐士用的那些私人用品,那是间他租用的、里面没火的披屋,他在里面住了六年。

他名叫拉巴夫。他来自邻近的乡村,纯属偶然的机会,威尔·瓦尔纳本人在那个乡村发现了他。当时任职的、那个唯一的教师,是个年老的男人,生性嗜酒,学生不服他的管教,令他进一步沉溺于酒杯之中。女孩子们既看不上他的观点和知识,也对他传授观点和知识的能力缺乏敬意;男孩子们完全不把他的能力放在眼里,不用说教他们了,只要能让他们服从,让他们行为本分,甚至对他有礼貌就算是不错了——情况早已不是单纯地与他对着干了,那种情境已经演变成了一种罗马的牧人节,他们像是在欺负一头肮脏而没有牙齿的老熊一样对待他。

因此,所有的人,包括那位教师,全都知道下一学期他就不会在那儿了。不过,没有人对明年学校的学业是否能正常进行特别在意。学校是他们自己的。他们自己建了学校,花钱雇老师,只在孩子们在家无事可做的时候把他们送到学校,所以学校只在收获季节与播种季节之间的那段时间——从十月中旬到三月底开门。换教师的事情一直没着落,直到夏季的一天,瓦尔纳碰巧做生意要到邻近的乡村去,这件事才开始着手办。他在天黑时赶到了地方,应邀在一间荒凉的、里面有用短木料做成的地板的小屋里过夜,小屋坐落在一贫瘠的、面积不大的坡地农场上。走进屋子时,他看到一个极为苍老的妇人,坐在冰冷的壁炉旁边,抽着一根肮脏的陶制的小烟管,脚上穿了一双看上去很结实的男人的鞋,鞋子的外观显得有点不合规矩,甚至有点儿古怪。不过,瓦尔纳并没有注意鞋子。后来他听到自己身后响起一阵刮擦撞击的声音,他转过头来,看到一个大约十岁的女孩,穿着一身破旧但却相当干净的方格花布衣裳,脚上穿的鞋子和那个老妇人的鞋子一模一样——如果说有什么不同,那就是她脚上的鞋子显得还要大一点儿。这时他才注意到了鞋子。第二天早晨,当瓦尔纳要离开时,他又看到了三双同样的鞋子。此刻,他发现这种鞋子与他所见过,甚至听说过的鞋子都不一样。主人告诉他它们是些什么鞋子。

"什么?"瓦尔纳问道,"橄榄球鞋?"

"那是种游戏,"拉巴夫说道,"他们在大学里玩这种游戏。"他解释说。那是他的大儿子,这会儿他不在家,到一个锯木厂干活儿去了,要挣钱回大学读书。他在大学里已经正式上了一个夏季学期的课,还上了随后的半个学年的课。正是在他上学的那个大学里,人们玩橄榄球,那种鞋子就是玩橄榄球用的。他那儿子想要学习,成为一名学校的教师,他第一次离开家到大学里去的时候是这么说的。当父亲的看不出这有什么好。农场就在那儿,将来有一天就属于他了,农场永远能让他们维持生计。可是当儿子的坚持要那样。他可以在锯木厂干活儿,做工,挣到足够的钱,到夏季学期开始的时候上学,学习成为一名教师,因为在夏季学期里他们所教的就是这些。他甚至可以在夏季晚些时候回来,及时帮助收割庄稼。这样,他挣了钱——"干的活儿也比农活儿重",老拉巴夫说道,"不过,他快二十一岁。我不能挡他的道儿,即使我能做到这一点。"——接着他进校学习夏季学期的课程,时间是八周。这样,八月份他就又会回到家里,可他没回来。九月份到了,他仍然没有回来。他们无法确切地知道他在什么地方。他们为他担心,但更因他而烦恼,更关心他,甚至有点儿恼怒,觉得他不该抛下他们不管,让他们去干剩下的收割庄稼的活儿——摘棉花,用轧棉机去籽,收玉米,把玉米放进仓房——这些活儿本来等着他回来一块干的。九月中旬,他寄来一封信。他打算在大学里多待上一段时间,一直过完秋天。他在那儿找了个工作；他们必须在没有他在的情况下收割庄稼，他没有说自己找到的是什么样的活儿，做父亲的想当然地认为他在另一个锯木厂工作，因为他从来不会将任何一种挣钱的职业跟上学联系在一起。直到十月份，他们才又一次听到他的音信，第一批邮件到了，里面装了两双模样稀奇的有防滑跟儿的鞋子。十一月上旬，第三双鞋子寄来了。刚刚过完感恩节，最后寄来的两双鞋也到了，这合起来一共是五双，尽管在家里一共有七双。于是他们不加分别地穿用这几双鞋子，无论是谁，拿着就近的鞋子随意穿，就像用雨伞那样，四双鞋的情况都是这样，拉巴夫解释道。那个老妇人（她是老拉巴夫的祖母）把从鞋盒里露出来的第一双抓过来，固定下来只能她穿，根本不让任何其他人穿那双鞋子。她坐在椅子里，摇动着腿，她仿佛很喜欢防滑鞋底儿在地板上弄出的声音。不过，还有四双鞋子。这样现在孩子们就能穿着鞋子上学，回到家里把鞋子脱掉，让需要到外面去的人穿。一月份，儿子回家来了。他给他们讲了有关橄榄球的游戏。他整个秋天都在玩橄榄球，为了让他打球，他们让他整个秋季学期都待在大学里。为了打球，那些鞋子免费供他们穿用。

"他怎么会碰巧弄了六双鞋子呢？"瓦尔纳问道。

拉巴夫也不知道为什么。"也许那年他们手里有一堆鞋子，"他说道。他们还给了在大学里的儿子一件运动衫，一件质地很好、又厚又暖和的深蓝色运动衫，正前方印有一个巨大的红色M，曾祖母把它也拿了去，尽管运动衫对她来说太大了一点儿。她在星期天就会把运动衫穿上，一年四季，在晴朗的日子里，她坐在他身边到教堂去的马车的座上，那赏心悦目、象征勇气和毅力的深红色，在太阳下显得光彩夺目，在阴沉的日子里，她坐在椅子里，摇晃着，嘴里吸着烟丝不燃烧的小烟管，运动衫挂在她那枯萎干瘪的胸脯和肚子上，上面的字七扭八歪，一点儿不显眼，但依然是深红色，依然是勇敢的象征。

"这么说他现在还在那儿，"瓦尔纳说道，"打橄榄球。"

不，拉巴夫告诉他说，这会儿，他在锯木厂。他算过了，今年夏天他不去上学，而是去工作，他就能够挣到足够的钱，这样他甚至在他们不让他留下打橄榄球之后，仍然可以待在大学里，把一年里的课都完整地上下来，而不只是上夏天的课，在夏天，他们只教人们如何成为中小学的教师。

"我还以为他就是想成为中小学教师呢。"瓦尔纳说道。

"不是的，"拉巴夫说道，"这是他在夏天的课程中所学的东西。我猜当你听到他说的话，你会笑话他的。他说他想成为州长。"

"那挺好。"瓦尔纳说道。

"你会笑话他的，我猜会这样。"

"没有，"瓦尔纳说道，"我没有笑话他，州长。嗯嗯嗯。下次你见到他时，如果他能够考虑把当州长的事儿放上一两年，先去学校教书，告诉他到法国人湾来见我。"

那是七月的事。也许瓦尔纳实际上并没有指望拉巴夫前来见他。不过，他也没有为填补这个空缺做任何努力，这件事儿他肯定不可能忘了的。且不说他作为学校的理事负有责任，他本人也有个孩子大约在明年要上学。在九月上旬的一天下午，他在自家的庭院里，躺在挂在两棵树之间的、用桶板做成的吊床上，鞋子脱下，放在一边，他看到一个男人迈着脚步，穿过院子，朝他走来，他以前从未见过这个人，但他即刻就知道了来人是谁——这是个并不太单薄但确实是瘦削的男人，他长了一头直直的黑发，像马尾巴一样粗，他有着印第安人那种高高的颧骨，锐利的眼睛颜色较淡，显得从容，一个思想者式的鼻子，鼻梁很长，但鼻孔略显圆弧形，给人以傲慢自大的感觉，一张薄薄的嘴唇，显得神秘、残酷、野心勃勃。他长了一张雄辩家的脸，一张相信语言的力量战无不胜，如果必要，可以牺牲原则的脸。一千年以前，这会是一个隐士的脸，这个人极富战斗精神，狂热极端，他毫不妥协，为信念而背弃整个世界，内心充满真正的喜悦，他走向沙漠，并在那里度过他余生的日日夜夜，他沉着镇静，没有一时一瞬自我怀疑的内心冲突。他这样做并不是为了拯救世人,他对世人的一切漠不关心,对世人的苦难,他只有蔑视,而没有任何形式的同情。他的所作所为只是为满足自己不可遏制的、无法平息的自然欲望。

"我来是要告诉你,今年我不能为你教课,"他说道,"我没有时间。我现在把一切都安排好了,这样整整一年我都能待在大学里。"

瓦尔纳没有起来。"那也仅仅是一年,明年怎么样?"

"我还安排了锯木厂的活儿。明年夏天,我打算到锯木厂干活儿。要么就干些别的什么。"

"是这样,"瓦尔纳说道,"我本人也一直在想这事儿。因为这里的学校只需要到十一月一日才开学。在此之前,你可以一直待在牛津,打你的橄榄球。然后,你可以来这儿,开学上课。你可以把自己的书从大学里拿到这儿来,温习功课,到你又要打橄榄球时,你可以回到牛津去打球,并让他们看看你是否没落下他们在书里应学的东西,或让他们看一下你是否学会了他们需要了解的东西。然后,你可以再回到学校里来,甚至是一天或两天都没关系。我为你备了一匹马,你骑上它八个小时就能到地方。从这里到牛津只有四十英里的路。接着,一月份,到了考试的时间,你爸爸告诉我的,你可以把这里的学校关了,回大学去,一直到你考试完。然后,在三月份,你可以把这里的学校关了,回到牛津去,余下的时间待在那里,直到来年十月底再回来,如果你愿意的话。我认为一个真正想要把事情做好的人,为把自己的功课学好,不会因为仅有四十英里远的路而有多大问题。你怎么想?"

此刻,瓦尔纳知道,来人不再看得见他了,虽然他的眼睛的位置没有移动,而且他的眼睛仍然睁着。拉巴夫站在那里,一动不动,他穿着一件非常干净的白色衬衣,衣服洗得太频繁了,此刻已显露出蚊帐的质地,他的上衣和裤子也十分干净,但不匹配,上衣对他来说太小了一点儿,瓦尔纳知道,这是他拥有的唯一的一套衣服,他拥有这套衣服,只是因为他相信,或者让人明白,这是个不能穿大衣到大学教室去的人。他站在那里,不是为令人兴奋、难以置信的狂喜和希望所包围,而是被那种折磨人的狂怒所围困。消瘦的身体并没有受到其外在环境的冲击力的影响。但却仿佛因其内在的东西而收缩和变小,宛如经历磨难。"好吧,"他说道,"十一月一日我会在这里。"他转身准备走。

"难道你不想知道你将得到的是什么样的报酬吗?"

"好的。"拉巴夫说道,他停下脚步。瓦尔纳对他说着。他(瓦尔纳)在吊床上没有动,他的手工织的袜子一直拉到了膝盖那儿。

"那种游戏,"他问道,"你喜欢玩吗?"

"不。"拉巴夫答道。

"我听说它和真正的搏击没多大区别。"

"是的。"拉巴夫说道,再次用简短的话答道。他停在那儿,有礼貌地等在那儿。他望着那个瘦削、精明、没穿鞋子的老男人极为悠闲地俯伏在吊床上,仿佛已经对他降下咒语,把他留在那里,逼迫他花时间去想他从未告诉任何人,而且也不打算谈论的事情,因为当时那事无关紧要。他本人曾经坚定不移地相信,这一时刻或其他任何具体时刻,抑或此后的时间里他们的交往,都绝对没有什么意义。那事始于一年以前夏季学期刚过完的时候。他原打算学期末帮助把庄稼收割完,他告诉父亲说他会到时候回来的。可是,就在学期结束前,他找到了一份工作。那完全是送到他跟前的好事儿。当时距棉花长熟、采摘、用轧棉机去籽的时间还有两三个星期。他在要工作的地方已经住下了,只需多少再花点儿钱,他就可以住到九月中旬。这样一来,他工作的大部分所得将都是纯收益。他接受了那份工作,具体的活儿是把地面弄平,建一个橄榄球场。那时,他还不知道什么是橄榄球场,而且他也不在乎它是什么。对他来说,那只是每天让他赚如此之多的额外的钱的机会,他不时带着一种讥嘲的阴冷心绪想着,为这种游戏准备场地,需要花费的人力和费用,远远超过平整面积相同、用来种庄稼的土地所需的人力和费用。即使如此,他也没有让手中的铁铲停下来。说实在的,花那么多时间和金钱以求有收获,人至少要在上面种取黄金才能说得通。到了九月份,他对建这种场地依然觉得好笑,而不感到好奇。场地建好了,开始投入使用,他发现在场地上运动的年轻男人甚至不是在玩橄榄球,而仅仅是在练习。他会看着他们练习。他看着他们练球,可能更仔细或至少是更为经常,他没有意识到这一点,他的脸上、他的眼睛里闪现出了某种东西,他对此也一无所知,因为一天下午,练球的人中间的一个(他已经发现玩这种球要付给教练钱)冲着他说道:"你认为你能把球打得更好,是吗?好吧,你到这儿来。"那天晚上,他坐在隐没在干燥、灰尘遍野的九月份黑夜中教练房子的台阶上,依然在平静而耐心地说着不字。

"我不会只是为了玩橄榄球而去借钱的。"他说道。

"你不必那么做,我告诉你!"教练说道,"你的学费要付。你可以睡在我的顶楼里。你可以喂我的马和牛,挤牛奶、生火,我给你饭吃。你明白了吗?"那不可能是他的脸,因为都在黑暗中,他不相信说话的那个声音是他的声音。可是教练说道:"我知道,你不相信我说的话。"

"我不相信,"他说道,"我不相信任何人只是为了打球而给我所有这一切。"

"你愿意试试看吗?你愿意留在这里做一做看,直到某个人来到你这儿向你要钱时再走吗?"

"如果他们这么做,我能自由自在地走开吗?"

"那当然,"教练说道,"我向你保证。"因此,那天晚上,他写信给父亲,说他不能回家帮助收完庄稼了。如果他们还需要一个人手,干他要干的活儿,他会寄钱去的。接着,他们给了他一件制服,在那天下午,就像在他依然穿着工装裤干活儿以前的一个下午一样,其他打橄榄球的人中的一个倒地后没能立即站起来,他们向他解释说是怎么回事——适用抢夺的规则是什么样的,他耐心地尝试着进行这类区分,去理解是怎么回事:

"可是，如果我让他们抓住我，把我拉倒在地，那我怎么能把球带到那个界里呢？"

他没有讲这件事。他只是站在吊床的旁边，穿着干净、不配套的外衣，镇定自若，神情庄重，对瓦尔纳提出的问题，简洁而平静地回答是或者不是，与此同时，事件此刻在他的记忆中重现，快速而流畅地掠过，重现完毕，结束了，隐没在他脑后，没有任何意义，那年秋天过得很快，像做梦一样，如插入的一段生活。睡在冰冷的阁楼里，每天凌晨四点钟起身，到五个不同教练的屋子里生火，然后折回来喂牲口，挤奶。接着是讲座，所有人曾经想到的、探索的学识和智慧，在爬满常青藤的墙壁之间，在修道院的房间里回荡着，丰富多样，没有边际，有限的只是听众的接受力和对知识和智慧的渴望；接着是下午的练习（很快他就找到理由，每隔一天参加一次，在不参与练习的下午，他把五个庭院里的树叶耙在一起），接着是为第二天生火准备煤和木柴。然后又是挤奶，然后是他穿着教练给他的外衣，在没有生火的阁楼里，坐在灯下看书，直到他趴在印有文字的书页上睡去。他就这样干了五天，星期六达到了极限。那天他拎着那个无聊的、不值一提的长长的椭圆形玩意儿，走过那条变得模糊、毫无意义的白线。可是，在这些分分秒秒里，尽管他看不上这种球类活动，抱着根深蒂固的成见，有着从上辈人那儿继承来的刚毅、简朴、崇尚实际的品性，他还是感受到了，强烈而自然地感受到了——践踏在脚下的土地、震撼、重重的喘息和紧抓住球不放的手、那种速度、看台上观众震天动地的喊叫，即使是在这种时刻，他的脸上仍然带着嘲讽的表情，不大相信这类活动有如此大的魔力。还有那些鞋子。瓦尔纳在打量着他，他的手放在脑袋下面。"他们的鞋子。"瓦尔纳说道。因为我真的没有想到那种活动会持续到第二个星期六，拉巴夫可以回答的，但他没有，他只是站着，两手静静地放在身体的两侧，望着瓦尔纳。"我猜想他们手边始终有大量的鞋子。"瓦尔纳说道。

"他们买鞋一买就是很多。他们手边备有每种尺码的鞋子。"

"那当然,"瓦尔纳道,"我猜一个人只要说鞋子不合脚或者丢了,就可以弄到一双新的。"

拉巴夫的视线没有移开。他静静地站在那儿,面对着躺在吊床里的男人。"我知道那种鞋值多少钱。我曾想办法让教练告诉我一双鞋要花多少钱。鞋子是属于大学的。每一次底线得分就是一双鞋的价值。赢球就可得到鞋子。"

"我明白了。你只有在赢时才会拿一双鞋。而你往家里寄了五双。你打了多少次球?"

"七次,"拉巴夫说道,"有一次谁都没赢。"

"我知道了,"瓦尔纳说道,"噢,我猜你想要在天黑以前赶回家。十一月份我会把马备好的。"

十月份的最后一个星期,拉巴夫开学上课。在这个星期里,他用拳头震住了爱捣乱的学生,学生捣乱的坏习气是他的前任留给他的。星期五晚上,他骑着瓦尔纳许诺给他的马,走了四十多英里到牛津,上了上午的课,下午打橄榄球、睡觉,一直到星期天中午,然后在午夜时分,回到法国人湾,躺到那间没有生火的披屋里的小床上。他住的地方在一个寡妇的房子里,离学校很近。他有一把刮胡刀,一套不配套的穿在身上的外衣和裤子,两件衬衣,一件教练的大衣,一本柯克①的书,一本布莱克斯通②的书,一卷本的密西西比州报告汇编,贺拉斯③的原著和修昔底德④的原著,这两部

---

① 柯克(1552—1634),英国法学家,著作有《英国法总论》,主张普通法是最高法律,反对王室特权和宗教司法权。
② 布莱克斯通(1723—1780),英国法学家,代表作《英国法释义》。
③ 贺拉斯(前65—前8),古罗马诗人、批评家,代表作《歌集》《诗艺》。
④ 修昔底德(前460或455—前400或395),古希腊历史学家,代表作《伯罗奔尼撒战争史》。

原著是教古典课的教授送他的,他为教授家早晨生火,教授给他书的时间是圣诞节。他还有一盏村民们见过的最亮的灯,灯是用镍金属做的,它有气门、活塞和量计;灯就放在他那木板桌面上,显然这盏灯比他所拥有的其他东西加在一块还值钱,村民们晚上从很远的地方赶来,观看灯喷出的炽烈、平稳的刺眼火焰。

到第一周的周末,他们全都认识他了——那张饥饿的嘴,令人讨厌、没有幽默感的眼睛,极为丑陋、刮得发青的脸,就像是由伏尔泰①和伊丽莎白时代的海盗的模样合成的图画。他们称他为教授,虽然看上去他是——二十一岁——那种模样。学校里只有一间教室,里面的学生年龄不等,从六岁的孩童到十九岁的男人,他不得不用拳头来维护他做教师的尊严。他教的课很杂,从单调枯燥的ABC到普通分数入门全都搅和在一起。他教他们所有的课,什么都教。他把开教室门锁的钥匙放在自己口袋里,就像一个商人掌管他仓库的钥匙一样。每天早晨,他把门打开,清扫房间,根据年龄和个儿头大小,他把男孩们分成提水的和劈木柴的组,对他们进行训斥、恐吓、嘲笑和施暴,看着他们乖乖就范,有时也去帮帮他们,不是为他们示范,而是要消耗自己多余的精力,以获得一种独自享有的藐视他人的生理上的快感。当他们不好好干这些活儿时,他就会冷酷地在放学后把年龄大一点儿的男孩留下来,自己站门前,把门插上,把他们打到开着的窗户那里。他逼迫他们和他一起爬上房顶,更换木瓦,干诸如此类的活儿。瓦尔纳,作为主管人,留心到这种事,追着他唠唠叨叨,没完没了地抱怨他。到了夜晚,过路的人会看到披屋窗户那边,他那盏独有的灯迸发出一动不动的、耀眼的光焰,他就坐在那里,书放在下面,他并不太喜欢那些书,但他知道自己必须去读,要全部读过来,要聚精会神,把里面有用的东西榨干,就像他劈木柴那样用力尽心,虽然他看不上那种活儿,他在不可改

---

① 伏尔泰(1694—1778),法国启蒙思想家、文学家,代表作《哲学通信》《形而上学论》等。

变的时间里，在瞬间即逝的分分秒秒中，打量着翻动的书页，像一条叶子虫一样极为缓慢地向前移动。

每个星期五下午，他就到瓦尔纳的围场里，骑上那匹精瘦、强壮而鲁钝的马，到第二天比赛球的地方，或到能把他运到那地方的铁路那儿去，有时他到那地方仅有时间在哨子吹响前把球衣换上。不过，他总是在星期天早上回到学校，尽管在有些情况下这意味着，在星期四与星期天之间，他只有一个晚上——星期六——是在床上度过的。在两个州立学院之间进行的感恩节球赛之后，他的照片被登在孟菲斯的报纸上。他身穿球衣，那张照片（在村里的人们看来，而且是为了那种原因）看上去不像是他。可是照片上的名字是他的名字，人们能认得出来，不过他没有把那张报纸带过来。他们不知道在那些周末，他都干了些什么，只知道他在大学里工作。他们对此并不在意。他们接纳他，虽然他的教师任命是一种荣誉称呼，但那依然还是女人看重的称呼，作为一个为人敬重的荣誉称呼，它实际只在女人的世界里起作用。他们虽然并不真的禁止他饮酒，但他们不和他一起喝酒。当着他的面，他们说话也比较谨慎，但不像他们面对一个真正的神父时那么小心翼翼，可如果他做出某种反应，他就可能会发现，下个学期一开始，那个位置就不再属于他本人了，对此他心知肚明。对于教师这种荣誉称号，他按人们给予他的样子接受，而且甚至还比较把它当回事，接受的方式还是那样令人讨厌的自负，不完全是自傲，也不真的是好斗，他神情严肃，镇静自若。

大学期中考试那段时间，他离开了一个星期。接着，他回来了，追逼着瓦尔纳清理出一个篮球场地。他本人做了大量的工作。他和那些年龄较大的男孩一块干，并教他们如何打球。第二年的年底，他们的队打败了所有他们找来的与其比赛的球队。到了第三年，他带着球队到了圣·路易斯，他本人也是队员之一，他穿着工装裤，光着脚，他们打败了所有到来的球队，获得了密西西比谷地锦标赛的冠军。

当他把他们带回村子里时,他的任务完成了。学了三年,他毕业了,获得了一个文学硕士学位和一个法学学士学位。此时,他最后一次离开村子——带上书籍、精美的灯具、刮胡刀、一张阿尔玛－塔德马[①]原作的复制品,这是教古典课的教授在第二个圣诞节给他的——回到大学,轮流到文学院和法学院听课,一节连着一节,从早饭时间直到下午很晚的时候。他这会儿不得不戴着眼镜读书了。离开一间教室,步行去另一间教室,迎着光痛苦地眨动着眼睛,穿着他拥有的唯一的一套不匹配的上衣和裤子,从成群结队、大笑不止的青年男子和姑娘中间走过,他们穿着他来到此地之前从未见过的漂亮衣服,他们并没有瞪着眼睛看他,他们根本就没有多看他一眼,就像他们对上面安有路灯的电线杆子不多看一眼一样,两年前,当他到这儿来时,他既没有见过这些人,也没见过这些路灯。他在他们中间走着,脸上带着那同一种表情,就是他俯视着橄榄球场防滑脚踏跑线的那种模样,他轻蔑地望着那些分明来此地是找丈夫的姑娘,望着那些年轻的男人,他们因为什么原因到这儿来他不知道。

后来,有一天他穿着租来的长外衣,戴着租来的帽子,和其他人站在一起,接受卷得紧紧的大学毕业文凭卷轴,形状不比卷起来的日历大。不过,它像日历一样,标示着那三年的岁月生活——橄榄球场里防滑鞋践踏得边界模糊的白线,骑在不知疲惫的马上的一个个夜晚,还有他身穿大衣,仅用那盏灯取暖,坐在那展开的书上面,翻看上面写满死气沉沉的冗词赘语的那些夜晚。过了两天以后,他和同学们一起,站在牛津一间真正的审判室的法官席前,被律师会接纳,这样,仪式就举行完了。那天晚上,在饭店餐厅一张喧闹的桌子旁边,他做出了选择。法官正在主持晚宴,在他的两边站着的是法学院的教授们和其他法律界的支持者。这里就是通向那个世界的前厅,为了进入那个世界,他始终在进行着努力,迄今已有三年——

---

① 阿尔玛－塔德马(1836—1912),英籍荷兰画家,英国皇家艺术学会会员。

四年了，应该把他还没有看清楚目标的第一年也算上。他只是坐在那里，脸上始终是那副表情，等着那最后的委婉的客套话说完，等着那最后震耳的掌声消逝。他站了起来，走出前厅，向前走去，他的脸坚定地朝向他选择的那个方向，不管怎样到现在三年过去了，他丝毫也不犹豫迟疑，他不往回看。而且他不能那样做。尽管在朝向自由（他知道的，他说的）显赫地位和自尊的路上已经走出了四十英里，但他不能那样做，他必须返回村里，投身于一个十一岁女孩的魔力的世界，这个女孩即使是坐在学校校舍的台阶上休息，眼睛隐藏在太阳投射出的阴影里，像只小猫，吃着凉红薯，也显示出那种舒展无羁的特质，这是在他的荷马史诗和修昔底德作品中出现的女神的特质：既腐败堕落又纯洁无瑕，既是童贞处女又是武士和成熟男人之母。

在她哥哥带着她来学校的那个第一天上午，拉巴夫对自己说：不，不，不是这儿。别把她留在这里。他在学校教书才仅仅一年，五个月一学期，其间还有些中断。他每周晚上要骑马去牛津然后返回村子，一月份他参加期中考试要花去两周时间。但是，他不仅从他的前任留下的混乱无序状态中摆脱出来，而且他甚至还强行制订出了课程计划，把其变成某种类似秩序的东西。他没有助手，甚至在那个单一的屋子里没有分隔部分，可他却根据能力把学生们隔离开，使之成为一种常规，他们不仅遵守这种常规，而且逐渐相信应该这么做。他并不为此感到骄傲，他甚至并不满意。不过他对情况在变化、有进展感到满意，如果不是朝着在更大限度上增加学生的知识的方向发展，至少也是朝着教会他们维护秩序、遵守纪律的方向发展。后来，有一天上午，当他从那粗糙的黑板那儿转过身来时，他看到一张八岁女孩的脸及十四岁女孩的有着二十岁女人曲线的身体，在那一瞬间正越过门槛，为这间简陋、光线很差、冷冰、用于严苛的清教徒式初级教育的校舍，带入一股湿润的、春意微醉的堕落气息，犹如一个异教徒在至高无上的原始子宫前得意扬扬地进行朝拜。

他望了她一眼，看到她的哥哥无疑会是最后一个能识别出的人。他看出来她不仅不准备学习，而且她不需要了解这里或其他任何地方的书里的东西，她天生就完全具备应有的一切，未来能发明出来的任何东西，她都不仅能够面对，与之搏斗，而且能够战胜它。他看到在未来的两年里，他要看管这个女孩，当他想到这一点时一开始他感到的只有愤怒。她年龄只有八岁就已经成熟，显然在子宫里她已到达青春期并已度过这一阶段。她安静地想着心事儿，对于外部的无论什么样的强行指令她都服从，甚至也没显出不高兴的样子，她那种静静等候的特质仅仅是从一组墙那里转移到另一组墙那儿，这种静候透过逐渐展开、无法让其加快步伐的时间，穿越日渐增多的日子，并置身其下，直到有一天一个男人来打破她的静候，使之不复存在，无论这个男人是谁，无论他叫什么名字，长着什么样的脸，她也许从来也没有见过他，从来也未听说过他。五年来他都在注意着她。每天早晨她的哥哥把她带来，只要他离她而去，她就待在那同一个位置上，而且几乎保持着同样的姿势，她的双手一连几个小时地放在膝盖上，一动不动，就像是两个互不相干的沉睡的身体。当终于将她的注意力吸引过来时，她会回答你说："我不知道。"要么你若逼迫她说什么，她会回答说："我没有想那么远。"疲劳和厌烦仿佛对她的肌肉和身体都不产生任何影响，她好像是懒洋洋的处女时代的象征性自我，她拥有生命但却没有感觉能力，只是等待着，直到她的哥哥到来，那个好嫉妒、激愤不已、阉人一般的单身汉来学校，把她带走。

她每天上午来，带着那个油布书包，里面装着其他一些东西和烤红薯，她在休息时吃，拉巴夫对此一无所知。她仅仅在班上同学座位中间的过道里那么一走，就能把那些木质的桌子和凳子变成一个爱神的丛林，她吸引着屋子里的每个男人，从刚进入青春期的小男孩，到十九、二十岁的成年男子，他们其中的一个已经当了丈夫，做了父亲，这个人在日出和日落之间这段时间里可以翻地十英亩，他与准备搏击的对手角力，要求每个人先动手打他。有时在星期五晚上，学校校舍里会举行晚会，学生们在他的监督下玩那些青春期互相戏弄的游戏。她不参与他们的游戏，但是她却控制着他们。她坐在炉子旁边，完全就像上学的时间坐在那儿的样子，她漫不经心，神态安详，置身于尖叫、脚踏地板的喧闹声中心，被同时从十来个阴影笼罩的隐蔽处和角落里出来的十来个穿着花格布衣或印花布衣的人们围在中央，她既不是她班的头，也不是她班的尾，这不是因为她拒绝学习，也不是因为她是瓦尔纳的女儿，而瓦尔纳开办了这所学校，而是因为她入的这个班在她进入二十四小时之后就不再有头或是有尾了。在当年内甚至也不再有她要从其中向上晋升的低年级班了。她从来不在有生命跃动的任何存在的任何一端。所有的只是一个点，像是一群蜜蜂，而她就是那个点，那个中心，蜂拥而至，纠缠在一起，但她却安详自在，完整无损，而且显然甚至一点儿也不在意她周围的一切，平静地勾销了整个人类思想和苦难，这些东西被人称为知识，教育，智慧，既极端繁冗又令人不可冒犯：女王，生命之本。

他两年来都在留意着这一切，与他想到的那些东西并存的仍然只有愤怒。第二年年底他就要毕业了，并获取两个学位。到那时他的任务就完成了，教完了。他在学校教书的一个理由将被取消，不再称其为理由。他将以自己付出的相应代价达到他的目标，实现他的愿望，尤其是他每次往返大学都要在晚上骑马走四十英里，既然他是农人的后代，有着自耕农的传统，他骑马并不是为了好玩。然后，他会继续往前走，离开村子，再也不看它第二眼。在最初的六个月里，他相信自己将这样做，而且在接下来的十八个月里，他依然告诉自己要这样做。不仅告诉自己这样做，而且相信自己会这样做，都是非常容易的事儿，当时他远离村子，在大学春季学期的最后两个月和接下来的夏季学期的八个星期里，他在忙着完成第四学年的分科的学业，接着是被学校称为假期的八个星期，他在锯木厂度过了这段时光。尽管当时他不需要钱，没有钱他也能毕业。不过，他这样做的结果是，当他经过最后一扇门，面对极为艰难的道路，在他与其目标之间除了自我什么也没有时，他的兜里会有很多钱。接着，在秋季的六个星期里，每个星期六的下午，橄榄球场的白线在他脚下掠过，尖叫声、喧闹声不绝于耳，一派歇斯底里的气氛，而他在此飞速而逝的分分秒秒中依然沉浸在运动中，他勇猛强悍，专注于橄榄球赛，尽管他还是不太相信事情会是那样。

随后有一天，他发现几乎两年来他都在向自己撒谎。那是在他第二个春天回到大学之后的事，离他毕业还有大约一个月的时间。他没有正式辞职离校，可他一个月以前已离开了学校，当时他认为瓦尔纳和他本人都明白，他教书只是能使他本人完成大学的学业。因此，他相信自己离开了村子，这是最后一次。终考还有一个月，接着是律师考试，随后那扇大门将向他敞开。甚至他在选择的职业领域有人已许诺给他某个位置。然后，有一天下午，他根本没有感觉到任何征兆，他走进自己寄宿的那个人家的餐厅，准备吃晚饭，这时房东太太过来对他说："我要给你一样东西尝尝。这是我姐夫给我带来的。"说着，她把一个盘子放在他面前，上面放着一囫囵个儿的烤红薯，看到他脸色在变，房东太太大声说道："怎么了，拉巴夫先生，你病了！"他费力地站了起来，离开了餐厅。在他的房间里，他仿佛终于做出了决定，他一定要马上就去，现在就走，甚至要走着去。他能够看到她，甚至可以闻到她的味儿，她坐在学校校舍的台阶上，吃着红薯，平静安详，慢慢嚼食，不仅对她衣服外面的一切显得无力自助和没有知觉，而且对她身体的裸露也是一样，甚至对其一无所知，那种样子真是令人畏惧。此刻他明白了，不是在学校校舍的台阶上，而是在他的心里，她始终都在，两年以来一直这样，而他看到她那种样子所感到的根本就不是愤怒，而是畏惧，那进身之门的幻象，他将其视为目标的东西并不是目标，而仅仅是一个要达到的点，就像逃离大屠杀的人，他跑得快不是为了获奖，而是要逃离生命的毁灭。

不过他那时并没有真正放弃,虽然他第一次说了那样的话,我将不再回去了。先说那些话没有必要,因为直到那时他还相信自己在向前发展。但是至少他仍然尽可以让自己相信他不会回去的,在他毕业,初获律师资格,参加宴会的过程中,这也是一直让他挂心的事。就在仪式举行之前,他的新入道的伙伴中的一个人向他走了过来。等宴会完了之后,他们打算去孟菲斯,要进一步庆贺,举办非正式的宴会。他知道那意味着什么:在一家饭店的房间里喝酒,然后,至少是他们中间的一些人,去一家妓院。他婉言拒绝了,这倒不是因为他是个童男子,也不是因为他没有钱去做那种事,而是因为直到最后一刻,他依然相信自己脑子里的东西,依然有山地人对教育抱有的毫无根基的、纯粹是情绪性的盲目信念,相信拉丁学位的巨大魔力,实际上就像过去的神父相信木十字架的魔力一样。接着,最后的祝辞消逝在最后的鼓掌声和椅子在地面上的滑动声中;那扇门打开了,路恭候着他,而他知道自己不会沿着那条路走。他走向那个邀请他去孟菲斯的男人,接受了邀请。他和那群从孟菲斯火车站下车的人一道下车,并悄悄地询问如何能找到一家妓院。"见鬼,伙计,"那人说道,"要克制自己,至少让我们在饭店登个记,走一下形式。"可是他却不愿意。他独自一人按照那人给他的地址找到了地方。他坚定地敲击着那扇暧昧的门。这也帮不了他什么。他也不指望会有什么帮助。他的那种气质是特有的,缺少这种东西,没有一个男人能完全成为一个勇敢无畏的人,或完全变成一个胆小鬼。这是一种能力:这种能力能让他看危机的两面,并想象他本人已经战胜了——危机及其导致的失败和灾难。至少她不会去嘲笑我还是个处男,他告诉自己说。第二天清晨,他从自己晚间的伴侣那儿借来一张廉价的、上面有格子的信纸(信封是粉红色的,上面曾经洒过香水),写信告诉瓦尔纳他将在那学校再教一年书。

他又教了三年书。到那时他还是个名副其实的光棍,那光线很暗的学校校舍,那面积不大的、贫瘠的村庄是他的圣山,他的客西马尼①,也是他的各各他②,他对此很清楚。他是过去时代的性力旺盛的隐士。没有热气的披屋是他无人光顾的窝穴,削薄简陋,放在石头地板上的小床是他用石头垒成的寝卧处,他在上面脸朝下趴着,在冰冷的寒冬夜晚淌着汗水,他赤身裸体,四肢挺直,在他那张学者的脸上,你能看到他牙关紧咬,他的双腿上长满了毛,就像是半人半羊的农牧神的腿一样。随后,白天会到来,他会起身,穿衣,吃东西,可他甚至不去品所吃东西的味。无论如何,他过去对自己所吃的东西从来都不是很在意,但是现在已经吃过了东西他也不总是会知道。接着,他会到学校去,打开校舍的门,坐在他的桌子后面等待着她从过道中间走下来。他很久以来就想着和她结婚,等待着,直到她长大成人,向她求婚,他试图这样做,接着就放弃了。首先,他根本就不想要老婆,当然现在不想要,而且可能永远都不要。其次,他不想要她做老婆,他只想要她一次,就像一个手上或脚上患有坏疽的男人渴望来上一斧,以使自己再次获得一个相对完整的自我一样。不过要使他从对她着魔的迷恋中解脱出来,他甚至愿意付出这样的代价,只是他知道这事永远都不可能成,不仅因为她的父亲不会同意,而且因为她,因为她具有的那种内在气质完全勾销了任何独身生活允诺的交换价值或献身的能力,勾销了任何对所谓的爱有保留的男人那种微不足道的讨价还价的可能性。他几乎可以看到将来某一天她会有的丈夫。他会是个矮人,一个侏儒,没有性能力或欲望,他不过是她生活中的一个生理因素,就像一本书的扉页上写着的书的所有者的名字。还是那种东西,还是从书里出来的,已令他失望的那类有着致命外观残疾的家伙:瘸腿的伍尔坎③,面对那个维纳斯,他并不拥有她,他只是凭借魔力赋予的单一力量占有了她,这种魔力是金钱、

---

① 耶路撒冷附近的一个花园,基督教《圣经》中耶稣蒙难的地方。

② 耶稣被钉在十字架上的地方。

③ 罗马神话中的火与锻冶之神,维纳斯的丈夫。

财富、奢华的饰物、装饰品所具有的魔力,他可能拥有的,不是一幅画、雕像,而是比如说一片土地。他看到那片土地了:一片良田,丰沃、污秽、散发着恶臭,始终在那儿,对他声称拥有它无动于衷,毫不在意,它自身产出的良种十倍于它的拥有者毕生能够储藏和篱笆圈起来的数量,生产出的谷物千倍于他所能希望收割和贮存的丰收产量。

所以,这事成不了。可是他却仍然耿耿于怀。他有待在那儿的便利条件,他等待着,直到最后的课上完,教室里空无一人,他于是站起身来,脸上现出悲哀的神情,他平静地走到那条凳子那儿,把手放在木凳上,凳子表面因为她坐过或甚至跪过而依然是温暖的,他把自己的脸放在凳面上,迷恋地将脸贴在上面,拥抱着那坚硬、没有知觉的木头,直到那上面的热度消逝。他疯了,他知道自己疯了。到现在已经有好几次了,他甚至不想和她做爱,而只想去伤害她,看着血液喷涌、流淌,望着她那张安详的脸在他本人的脸下面扭曲成恐惧和巨痛的持久性标记,然后望着它变得甚至不再是一张脸。接着他再将那一切抹去。他要从他那里将其驱走,他们的位置将调换过来。现在,在那张脸前乞求、臣服的将是他本人,尽管那张脸仅仅是张十四岁孩子的脸,这脸上显露出一种他永远不可能获得的令人厌倦的学识,那是一种过度放纵,一种所有倒错经验的满足过剩。在那种学识面前,他将会是个幼童。他将会像一个少女,一个处女,被迷惑得发狂,惊叹不已,令他坠入陷阱的,不是引诱者的成熟和经验,而是存在于她内心的盲目而残酷的诸种驱力,现在她认识到,在她甚至不知道它们就在那里的情况下,自己已和它们一起生活了很多年。他将在那张脸前匍匐膜拜,满怀渴望地乞求:"教教我怎么做。告诉我吧。我愿意做你要我做的任何事,任何事情,学会和了解你所知道的一切。"他发疯了。他知道自己疯了。他知道早晚会有某种事情发生,而且他也知道,无论那会是什么,他都将是被征服的人,尽管他还不知道自己盔甲上的裂缝是个什么样的,她都会本能地、毫无偏差地找到它,而且从来也不知道自己处于极端危险的境地。

危险？他想道，大声喊道。危险？不是她身处险境，身处险境的是我。我害怕我可能去做的一切，不是因为她，因为没有任何我或任何男人能对她所做的事会伤害到她，而是因为我可能做的事会让我处于危险的境地。

接着，一天下午他找到了他的斧子。在首次拙笨的劈砍之后，他几乎是在极度的快感高潮状态下继续劈砍坏疽组织的悬吊着的神经和筋腱。他没有听见一点儿声音。最后一场橄榄球赛打完了，那扇门最后一次关闭了。他没有听到那扇门再次开启，可是，有某种东西使得他从凳子上抬起自己那张痴迷的脸。她又一次来到教室里，注视着他。他知道她不仅看到了他跪着的那个地方，而且知道他为什么跪在那里。或许在那一刻他相信她始终都明白是怎么回事，因为他即刻就知道她既不畏惧他，也没有笑话他，她根本就不在意。她也不知道，她正在注视的是一张潜在的杀人犯的脸。她只是松开手抓住的门，沿着过道朝教室的前方放炉子的地方走去。"乔迪还没有来，"她说道，"外面的天很冷。你在那儿干什么？"

他站起身来。她稳步地走了过来，背着那个油布书包，到现在她已经背了它五年了，他知道除了往里面放凉红薯外，在学校的教室以外她从来不打开书包。他朝着她走动着。她停下脚步，望着他。"不要害怕，"他说道，"不要害怕。"

"害怕？"她问道，"怕什么？"她向后退了一步，然后又站住了，看着他的脸。她并不害怕。她还没有产生那种意识，他想道；接着某种令人恼怒和冰冷无情的东西，那种断绝往来和失去亲友的凄凉感同时在他内心生现，尽管他在脸上没有显露出来，他那张悲哀、病态而晦气的脸上甚至还绽出了一丝笑意。

"这就对了，"他说道，"这就是问题所在。你不害怕。这就是你必须学习的。这就是无论如何我要教你的一种东西。"他教过她另外某种东西，只是在一两分钟里他难以找到它。在学校的五年时间里，她确实学习过一种东西，眼下她就要为此参加考试并通过考试了。他朝着她移动过来。她依然还站在那个地方。随后他抓住了她。他迅速而无情地对她动手,好像是她拿着橄榄球,或好像他拿到了橄榄球,而她站在他和那道白色终线之间,他恨她挡道,而且他必须冲过去。他抓住她,很粗暴,两个人的身体猛烈地扭缠在一起,她甚至连动都没动,以避开他的纠缠,更不用说去反抗他了。她仿佛一时间被完全身不由己的、愚蠢的突然袭击给震住了,眼睛大睁,一动不动,几乎与他在同一高度上眼睛对着眼睛对视,她的身体仿佛总是在它所穿的衣服之外,甚至在毫无知觉的情况下它明显地使欲望炽烈的男人热血沸腾,为了获得将自己的生命献给这一身躯的权利,他付出了三年的代价,牺牲前途、忍受痛苦,自我惩罚,不停地与他自己无法平息的欲望冲动搏斗,他迷恋这具汁液充盈、无肌肉的、神奇的、保持童贞的奶油般光滑的身体。

  此刻这具身体开始进行猛烈而无声的反抗,即使在这时他或许还是能看出她对他既不恐惧,甚至也不痛恨,而只是惊愕和厌烦。她身强力壮。他预期会是这样,他渴望如此,他一直等待着这种结果。他们猛烈地搏斗起来。他仍然在微笑,甚至低声说着话。"就是这样,"他说道,"打呀。打呀。"就是这么回事:一个男人和一个女人搏斗。互相仇恨。杀死对方,只有这么干,另一方事后才会永远明白他或她死了。甚至死了也不能安静地躺着,因为后来在那个坟墓里的将始终是两个人,这两个人无论在什么地方永远都不能再次安静地躺在一起,而且任何一方都不可能在任何地方独自躺着,享受安宁,直到他或她也死去。他抓住她的身体,不太紧,这样可以更好地感觉她身体的骨骼和肌肉的剧烈反抗,抓牢她,使她刚好不能真的碰着他的脸。她没有发出任何声音,尽管她的哥哥来叫她时从未晚过,他这会儿一定就站在教室外面。拉巴夫不去想这些。也许他根本就不会在乎。他轻松地抓住她,依然在微笑,低声细语地吟诵着乱七八糟的希腊语和拉丁文诗句,说着美国密西西比地区的下流话,就在这时,她突然间奋力挣脱出一只胳膊,用胳膊肘向上猛击他的下巴;这一击使他失去了身体的平衡,没等他重新站好,她的另一只手用尽整个手臂的全力打在他的脸上。他跌跌撞撞地向后退着,碰到一张板凳,和板凳一齐摔倒在地,他身体的一部分压在凳子的下面。她站在上面俯视着他,呼吸声很重,但她没喘气,甚至连衣服头发都没散乱。

"别再用爪子碰我,"她说道,"你这没脑子的老马夫以迦博·克莱恩。"

她离去的脚步声和关门声停息了。他听到了廉价的钟表走的声音,这钟表是他从自己在大学里的房间里拿回来的。在寂静之中钟表的声音很响,同时还伴有一种尖细的声响,像是一细小的铅沙扔进桶罐里的声音。他还未来得及站起身来,门又一次开了。他坐在地上,抬起头来望着她,看着她走回过道上来。"哪里有我的——"她问道。接着她看到它了,那个书包,把它从地板上拾起来,再次转身走开。他再次听到关门声。这么说她还没有告诉他,他想道。他也认识她哥哥。他不想等着先把她带回家,他想要立即就得手,最终证明五年以来那极端的、未经证实的信念没有错。无论怎么说,那都值得一做。不会是身体的插入,这不用说,不过会是那同一个肉体,那同一个温暖真实的肉体,相同的血液在其中奔涌,至少在碰撞作用下——会感受到一种悸动抽搐,一种极乐高潮,一种宣泄,无论如何——某种了不起的感觉。于是,他站起身来,走到他的桌子那儿,坐下来,把钟表摆正(表原来斜着放在那里,这样他可以在用于课堂教学的凳子前面的位置看到表,通常他就站在那里),让钟表直对着他。他知道从学校到瓦尔纳家的距离有多远,他骑着马往返大学的次数太多了,足以使他计算出骑马走这段路所需要的时间。他还要骑着马回来,他想道。于是,他测算那段距离和分针要走多远,他坐在那里,看着分针悄悄地向那个算出的刻度走去。随后,他抬起头来,望了望教室里只是相对而言开阔的空间,炉子还在房间里,不用说那课堂教学用的凳子也在房子里。炉子是无法移动的,但那凳子可以移动。可即使那样……也许他最好在房子外面见见她的哥哥,要么有人会受伤。接着他想这正是他所希望的:有人受伤,然后他悄悄地问自己，谁呀？接着他回答自己说：我不知道。我不在乎。这样他又回头看了看钟表。可是甚至当整整一个小时都过去时，他依然还不愿向自己承认那最终的灾难已降临到他身上。他正隐藏在某个地方，拿着枪，准备伏击我，他想道。可是在哪儿埋伏？什么样的埋伏？他所想要埋伏的哪个地方会比这里更好？他已经看到第二天早晨她再次走进教室，样子很平静，无忧无虑，甚至什么都已不记得了，她拿着凉红薯在休息的时间吃，她坐在阳光照耀下的台阶上吃着，就像是一个不贞洁的、可能甚至是不知怀了谁的种的女神，坐在阳光灿烂的奥林匹斯山的山坡上，吃着天堂的面包。

于是他站起身来，把书本和纸整理好，连同钟表，他一同拿进自己那寒酸的小屋，每天下午拿进来，第二天早晨再带回去，把它们放进桌子的抽屉里，合上抽屉，他用自己的手帕把桌子的顶面擦干净。他走动着，不急不慢，脚步稳健，神色镇静，他把钟表的发条上好劲儿，又把它摆回到桌子上面。他的外衣挂在钉子上，这是橄榄球教练六年以前给他的。他对着衣服望了一阵儿，随后即刻走了过去，把它拿下来，甚至还把它穿在身上，并离开了房间，离开了那个此刻无人的房间，在它里面，依然有而且永远会有太多的人；在它里面，从她哥哥把她带进来的第一天，就有太多的人，无论是哪间房，只要她一进入，只要她在里面待的时间长得足够喘一喘气，她就会永远使那间房子里挤满太多的人。

他刚一出现，就看那匹菊花红棕马拴在商店门前的柱子上。肯定会这样，他悄悄地想道。不用说他不会在身上带把手枪，而且把手枪藏在家里的枕头下面对他也没有什么好处。显然，情况就是如此。这里就是放手枪的地方；他告诉自己说也许那当哥哥的想要见证人，就像他本人想要见证人一样，他此时神情忧伤而镇定，沿着道路朝商店走去。证据会有的，他无声地喊叫道。证据就在活人的眼睛里和信念里，他们相信那发生的一切并不是真的。这种证据比什么都没有要好，尽管我到这里并不是要知道人们是否相信是这样。这在活人的心里将成为一成不变的信念,永远也抹不去,因为两人中知道的情况与此不一样的那一个将会死去。

那是一个灰蒙蒙的天,天空呈铁灰色,沉闷至极,是那些无风的日子中的一天,在那些日子里,空气黏滞,温度无冷热之变,天空凝重,死气沉沉,甚至连雪都下不来,甚至连光线也没有什么变化,仿佛是在黎明时分完全从虚无中生现,而且会一下子就又没入黑暗之中。村子毫无生气——轧棉花房和铁匠铺关着门,寂静无声,商店门因饱受风雨侵蚀而褪色;只有那匹一动不动的马显示着生机,这倒不是它在动,而且因为它类似某种人们知道的活着的东西。不过,男人们会在商店里。他可以看到他们——穿着笨重的鞋子和沉重的靴子,工装裤和工装上衣向外鼓着,里面套着厚厚的、看不出是什么样的内衣——他们分布在沙箱周围,里面是火炉和凹凸不平的沙子,他们蹲在那里,强劲奇妙的热流从里面迸射出来,有着实实在在的一股味道,男人的味道,几乎是修道院的味道——冬天里没有女人的聚会,蓄意把烟草唾沫弄到火炉的侧腹里去烧。那股热流真不错:他要进到里面去,不是因为凄凉、无聊和寒冷,而是因为那里有生机,他走上台阶,穿过那扇门,到了外面。那匹马扬起头,在他经过的时候望了望他。不过不是你,他对马说道。你要站在外边,站在此地,保持原样,设法做到让血液周身流通。我不要这样做。他登上台阶,穿过铺在走廊上的被鞋跟踩损的木板。在关闭着的门上,钉着一张招贴画,宣传一种专利药品,画的一半儿已损坏——那是幅肖像画的复制品,画中人物沾沾自喜,长着胡子,事业有成,住在遥远的地方,结了婚,有孩子,身居豪华的房子里,不显露激情和血性,甚至无须死去,用间隔法制成木乃伊,这种褪了色的、扯烂了的肖像画,挂在成千上万风吹雨淋、油漆剥落的门上、墙上和围栏上,一年四季经受风雨、冰雪和夏季酷热的侵袭,这种画无处不在,而且始终都在,遍布大地。

接着,他的手已经按在了门把手上,准备开门,这时,他停了下来。

有一次——当然那是外出进行橄榄球比赛中的一次,只有那天晚上到孟菲斯游览时他乘坐了火车,此外他从来不坐火车——他当时下车走到一个光线很暗的车站月台上。突然之间,房门猛烈地响动起来。他听到一个男人在咒骂,喊叫,一个黑人从房门里面跑了出来,一个大叫着的白种男人在后面追赶。那黑人转身,弯着腰,旁观的人四下散开,那个白人用一把勃朗特手枪打中了黑人的身体。他还记得那个黑人如何用手紧紧抓住自己身体的中间部位,脑袋耷拉下来,接着突然之间仰面瘫倒在地上,实际上像是要把自己的身体伸展开来,至少要把他的身长增加一码。那个咒骂着的白种男人被制伏了,手枪给掉下了。火车鸣了一次笛,并开始启动。一个身穿制服的火车上的男人分开人群,跑着要追赶上火车,并仍然在跑动之中向后面看。他记得自己如何推开别人,让自己冲到前面,本能地应用自己在打橄榄球时用的技巧,腾出一块地方,他从那里向下望着那个黑人僵硬地仰面躺在那儿,依然紧紧抓住他身体的中间部位,他双眼紧闭,他的脸显得相当安详。接着来了一个人——一位医生或一位军官,他不知道——跪在那个黑人旁边。他在试图把黑人的手拿开。没有任何外部对抗的痕迹;只是医生或军官在用力拉的前臂和手仿佛已变得像铅一样沉重。那个黑人的眼睛没有睁开,他那安详的神情也没有改变;他只是说道:"要当心,白人兄弟们。我已经被打中了。"不过,他们终于还是把他的双手掰开了,而且他还记得黑人的工装被剥开的情景,工装裤和便装上衣下面的衣服,曾经是件大衣,臀部以下的部分用剃刀割掉了;再往里面是一件衬衣和一条便装裤。腰部的扣子被解开了,子弹穿过身体打到了月台上,没有血迹。他松开了门把手,脱去外衣,把衣服搭在胳膊上,至少我不会让我们中间的一个失望的,他想道,同时把门打开,走了进去。一开始他相信房间里面是空的,他看到火炉在上面有凹痕的沙箱里,围在旁边的铁钉桶和底面朝上的箱子;他甚至闻到了新近吐出来的痰烧焦的恶臭味。但是没有一个人坐在那里,过了一会儿,他看到她的哥哥那张笨重、无趣、脾气大的脸在桌子上面瞪视着他，一时间他感到愤怒和屈辱。他相信，瓦尔纳把房间里清理干净，故意让他们都走开，以便拒绝他最终的辩白，他来用自己的生命获取成功的认可；突然之间，他知道了一种出于激愤的厌恶，甚至是一种狂怒的拒绝，终究是拒绝去死。他迅速地向一侧屈下身体，他已经是在躲避，并急于在他周围抓取某种武器，这时瓦尔纳的脸在桌子顶端的上方进一步往前伸着，像一轮令人不快的月亮升了起来。

"你究竟在找什么？"瓦尔纳说道，"两天前我就告诉你说窗框坏了。"

"窗框坏了？"拉巴夫问道。

"在上面钉些木板，"瓦尔纳说道，"你是指望我专门到县城去一趟以让你过得再舒坦一点吗？"

此刻他记起这件事了。窗户上的玻璃在圣诞节期间被打碎了。他当时就用木板钉上了。他记不得做过这事。但是当时他并不记得两天以前被告知要修好那个窗框，更不用说过问这件事了。而这会儿他一点儿也不记得窗户的事儿。他平静地站起身来，伫立在那儿，外衣搭在胳膊上；现在他甚至再也看不到那张脾气很大、疑心很重的脸了。是的，他悄悄地想道，是的，我明白了。她根本就没有告诉他。她甚至也没有忘掉。她甚至不知道已经发生的任何事值得一提。瓦尔纳依然在谈论着，显然有人在与他交谈：

"好了，那么你想要什么？"

"我想要钉子。"他说道。

"那么你就拿去吧。"那张脸已经在桌子上方消失了，"把锤子拿回来。"

"我不需要锤子，"他说道，"我只需要钉子。"

那个房子，那间没有热气的房子，到现在他在里面已住了六个年头，里面摆着他的书和那盏明亮的灯，就坐落在商店和学校中间的位置。当他经过那间房子时，他甚至都没有朝它望上一眼。他返回学校的校舍，关上门，把门锁上。他用一块断开了的砖头把钉子钉在靠近门边儿的墙上，把钥匙挂在钉子上。学校的校舍位于杰弗生路。他已经把大衣穿上了。

第二章

1

在她十四岁那年的春天和随之而来的漫长的夏天里，那些十五、十六、十七岁的和她是同学以及其他与她不是同学的青年男子，像黄蜂一样蜂拥而至，围在成熟的蜜桃的周围，而她那饱满、湿润的嘴唇就像是蜜桃。这些人有十来个。他们抱成一团，关系密切，清一色都是男人，喜欢喧闹。在他们中间，她安详从容，通常是，一直是并始终是他们迷恋的中心、核心人物。在那一群人里，有三四个女孩，比她个儿小的女孩，若她有意把她们当作陪衬，也没有人能确切知道。她们是个儿头比她小的女孩，不过大多数年龄比她大。仿佛那在她摇篮时代就注入她体内的丰富营养，并不仅仅满足于让她在五官的形状和头发质地及皮肤的肌理上使她们相形见绌，而且一定要在纯粹的体格和块头方面最终大大超过她们，让她们变得没有分量。

他们至少每个星期要聚会一次，通常聚会比此更为频繁。他们星期天上午在教堂里面会合，一起坐在两条相邻的长椅子上，眼下他们都同意并认可将此地作为他们自己的集合场所,像是一个班上课或在隔离的地方会面。他们在村民的聚会上会合。聚会目前在空闲着的学校校舍里举行,校舍已经差不多空闲了两年了,等到另一位老师来了才能派上用场。他们成群结队来,他们千篇一律地互相选择对方来玩两人唱的游戏,男孩扮演小丑,无情无义,吵吵闹闹。他们可以是突然间设在非洲或中国的共济会会所成员,每周举行一次聚会。他们一齐离开,亲密无间的一大群人喧闹地沿着星光或月光照亮的路步行回去,在各自散去之前,把她送到她父亲的家门前。如果男孩们争取机会单独和她步行回家,也不会有人知道的,因为即使她能够做到一个人行路,人们也从未听说过她从任何地方独自一人回家,或者她单独去任何地方。

  他们会在乡间举行的歌唱聚会,浸礼聚会和野餐聚会上再次会面。时至大选之年,在去年最后一次种植和今年第一次谷物收割之后,不仅第一个周日有全天歌唱聚会和浸礼聚会,而且也有选举酒宴野餐。此时人们可以看到瓦尔纳的双人四轮马车,一周又一周地出现在其他牛马拉的车子中间,马车聚集在乡间教堂那里,或聚集在丛林的旁边,在丛林里,妇女们在长长的木板桌子上摆放上一周丰盛的冷食,与此同时,男人们站在搭起的台子下面,参加竞选乡间行政、司法和议会职位的竞选人在台子上演说,年轻人成群或成对地在丛林里四处走动,或者在任何女孩子可被引诱进的隐蔽的地方,拙笨地从事着青春期求爱或引诱的恶作剧。她不听任何演说,不坐任何桌子,也不唱任何歌。相反,她和那二三四个儿头较小的女孩坐在一起,是那群喧闹的、欲望受阻的人的核心;是核心,中心,中枢;在这里,就像是在去年学校的聚会上一样,向他们所有的人施展初始的女人生产的魔力,与此同时却拒绝他人触碰爱抚她本人,甚至在那种放纵和引诱的氛围中,她仿佛就在其中呼吸和行走,保持着自身的完整——或宁愿坐着——犹如一个无情的贞女,对基督教新教的宗教狂喜及性兴奋间的轻微、危险的平衡,那种实际上的相互重叠,甚至一点儿也感觉不到。她仿佛确实知道自己在为哪一瞬间、哪一时刻而保留贞洁,即使不知道他的名字,没见过他的脸。她在等待着那一时刻,而不是仅仅在等着开始吃东西的时间,虽然她的样子好像是在等吃饭的时间到来一样。

  他们会在女孩子的家里再次聚会。无疑这是事先约定好的,不用说这是由别的女孩子们策划的,尽管她知道她们邀请她来,男孩子们就会过来,没有人从她的行为上曾经猜透过这种事。她会拜访他们,待上一夜,或和他们一起待上两三天。家里不允许她参加舞会,舞会晚间在村里的学校校舍或其他地方的学校校舍或乡间的商店里举行。她从未要求获得许可;在任何人知道她是否准备提出要求、获得准许以前,她的哥哥就会粗暴地拒绝她的。不过,她哥哥并不反对到家里去玩。他甚至骑着马,带着她往返,就像他过去接送她上学和放学时所做的那样。出于同样的原因,他不让她从学校走到商店那儿去与他会合,他依然情绪激动,冷酷,怨愤,偏执地坚信那种他认为自己在与其搏斗的东西会成为现实。她骑在马上走数英里远,油布书包里装着睡衣和牙刷,这是她母亲强迫她带上的,她把书包拿在手里,并用同一只手紧紧抓着他的背带的十字交叉处,柔软的乳房在他的后背上摩擦着,从容而单调的咀嚼声和吞咽声在他的耳边响着,最终,在她要来拜访的那家人的房子前面,他让马停了下来,并冲她咆哮道:"难道你就不能不吃那该死的红薯,先从马上下来,让我回去干活儿吗?"

  九月上旬,一年一度的乡间集会在杰弗生举行。她和父母来到镇里,在供膳食的寄宿店里住了四天。小伙子们和三个女孩已经在那儿恭候着她了。在她父亲看牲口和农具,母亲愉快而训练有素地穿梭于一排排盒装食品、罐装食品和装饰漂亮的蛋糕之间时,她却整天四下玩乐,她身穿缝边儿加长的裙子,她去年上学时穿的就是这种衣裙,那帮喧闹、粗野、好斗的青年人围着她转,从射击场到棒球游戏再到汽水饮料摊儿,他们通常吃些东西,要么就是一次又一次地骑在儿童游乐场里的旋转木马上玩,根本就不下来,一面仍然还在吃着东西。她那颀长的、伟壮丰腴的腿骑在木马上,大腿的一半儿裸露在外面。

  到她十五岁那年,男人开始打她的主意。他们有男人的个儿头,至少他们在干成年男人干的事——这些十八、十九、二十岁的男子，在那种时候和乡村里应该考虑结婚的事儿，而且，无论如何为了她的缘故，在留意着其他的姑娘；为了他们自己的缘故，几乎留心每一个别的姑娘。可是他们没有在考虑结婚的事。还有他们中间的十来个人，在某个时候，某个时刻，那是在第二年的春天里，在她的哥哥依然肯定能够插手干预前，已经闯进了她平和宁静的生活领域，犹如一群蜂拥而来的野兽，践踏过去，无情地把去年夏天往昔岁月的稚嫩自我抛在一边。幸运的是，对她哥哥来说，野餐在今年没有在选举之年的夏天那段日子里那么频繁，他现在和家人一起走动，坐在双人四轮马车上——这个没有幽默感、情绪冲动、脾气暴躁的男人，身穿暖和的绒面呢上衣和颜色很淡、透亮的衬衣，他身上现在令人惊异地发生了一种难以置信的变化，他甚至也不再冲着她咆哮了。他唠叨个没完，让瓦尔纳太太迫使她穿上紧身胸衣。每次他在房子外边看见她，无论是在公共场所还是只有她一人，他都会抓着她，并亲自检查她是否穿了紧身胸衣。

那当哥哥的虽然婉言拒绝参加歌唱聚会和浸礼聚会，但他纠缠着父母，让他们在此时站在他的立场上。所以那些青年男子只有在星期天才可能拥有所谓的一种自由领地。他们成群结队地来到教堂，他们骑着昨晚才从犁上卸下来的马和骡子，这些马和骡子在明天早晨太阳升起时，又要回去犁地，等候着瓦尔纳的双人四轮马车到来。现在这些来看她的人都是去年的年轻伙伴——她穿着紧身胸衣和去年就有的缝边儿加长的衣裙，僵硬而拙笨地走着，她在四轮马车与教堂门之间投出的一瞥霎时间就被看到了，接着就被那些把他们攥走的拥挤在那里的人遮挡住了。再有一年，就会有清晨的正式护卫坐在闪光发亮的轻便马车上，马车由戴着挽具的良种马或骡子拉着，今年的这些年轻人会挤在一边，等待着轮到他们。不过，那是明年的事儿；现在庄严的教堂和青天白日约束着混杂在一起的人群，使人们的行为合乎礼节，至少是有所顾忌，就像是为数众多的下贱的狗，追逐一条难得一见、刚刚长成而且显然没有发现被追逐的母狗，其骚动的欲望受到了遏制，他们挤满了教堂，坐在后面的一排凳子上，在那里，他们可以望见她那蜂蜜色的脑袋,她假装正经地坐在她和父母和哥哥中间。

教堂仪式结束后,她哥哥就走了,人们相信,他是向自己求爱去了,在令人昏昏欲睡的整个下午,备有挽缰和鞍座的骡子在瓦尔纳的围栏那儿打着盹儿,与此同时,骑它们的人坐在走廊上,固执而徒劳无益地互相比着看谁坐得久,他们粗鲁愚钝,高声喧闹,感到困惑不解,他们相互之间并不生气,他们是在生那女孩的气,她本人显然并不在乎他们是否待在那里,显然甚至不知道那种比赛看谁坐的时间长的活动在继续进行。年龄较大的人,从那儿走过去,会看到他们——六七个小伙穿着漂亮的上好的衬衣,衬衣上饰有粉红色或淡紫色的带花纹的袖口,洗得很干净、太阳晒黑的脖子上面的头发抹上了发乳,皮鞋擦得发亮,脸上露出辛劳而热切的神情,眼睛里充满了一周来在他们身后的田地里辛勤劳作的记忆,而且他们也知道下一周同样的辛劳在等着他们;在他们中间,那个女孩,也是这里的中心——她的身体上实在是穿了太多过去儿时的衣裳,仿佛一个熟睡者被一夜洪水从天堂里给冲了出来,并碰巧被路过的人发现,并急急忙忙用手能最先触摸到的衣服给她盖在身上,她依然还在沉睡。他们坐在那里,遏制欲望,心中愤怒不已,在飞逝的分分秒秒中徒劳地吵闹,放纵感情,与此同时,人的影子越变越长,青蛙和三声夜鹰开始叫了,火蝇开始产卵,在小溪上方飞舞游动。这时,瓦尔纳太太急忙从屋里奔出来,与他们聊着,也请他们一群人到屋里去,一齐吃放在飞虫旋绕的灯光下的中午丰盛午餐留下的凉东西,这样,他们就不再坐下去了。他们一帮人一起离开,情绪激动而礼貌谦恭,骑上恭候着他们的马和骡子,一路上默默无语,彼此友善相处,他们骑着牲口狂奔,来到半英里外的溪流浅滩之地,他们从它们身上下来,把马和骡子拴好,赤手空拳、默不作声地、凶猛地对打,在水里洗掉身上流出的血,再次骑上马和骡子,各走各的路,他们关节处皮肤破损,嘴唇裂开,眼睛乌青,暂时摆脱了愤怒、挫折和欲望,在冰冷的月光下,走过种满庄稼的土地。

到了第三年夏天,配有挽缰和鞍座的骡子已让位给奔马和轻便马车。

此时，那些年轻男人，已把去年的自我抛在后边，长得比过去更成熟，他们每逢星期天上午便等候在教堂庭院四周，怨恨而又无能为力地望着不属于他们自己的东西——闪光发亮的轻便马车，上面落有一层极细薄的尘埃，由一匹漂亮的牝马或公马拉着，马身上套有铜饰的挽具，马和马车都是那个驾车的男人的——这是一个生来就继承父母财产的男人，他永远不再需要在寒冷的黎明时分费力地从坯屋里的小床上起来，去挤牛奶，或到不是他自己的地上干活儿，他的父亲在法律上对他依然拥有控制权，有时在身体上也有控制权，让他放松和收紧。坐在他旁边的女孩，去年至少从某种意义上说，曾经是他们自己的人，现在已把他们抛在后面，就像躲避那已死亡的夏天一样躲避他们。她终于学会了无须表明自己在丝绸衣裙下穿有紧身胸衣的状态下行走，她的样子看上去不像十六岁的女孩穿得像二十岁的女人那样，而像是三十岁的妇人穿着她十六岁的妹妹的衣裳。

　　在春天的某一时刻，确切地说，在一个下午和晚上，来了四辆轻便马车。第四辆轻便马车是一个旅行推销员的，他租来的。有一天，他偶然地在村子里出现了，他迷了路，慌乱之中撞进了法国人湾，找人问路，他甚至不知道这地方有一家商店，他赶着的是辆破旧的马车，马车是从杰弗生车辆出租行租给游客用的。他看到了商店，停下马车，试图向店伙计斯诺普斯卖一批货，很快就遭到了拒绝。他是个年轻的城市人，有着城市人的作风、信心和执着。他眼下从那经常在走廊上闲荡的人们中慢慢走出来，他是商店实际上的所有人，到他住的地方去，他继续往前走，来到瓦尔纳的房门前，无疑是敲了门，不知是被让进里面去了没有。因为这些就是他们当时所知道的一切。两个星期以后，他又来了，坐在同一辆马车上。这一次他甚至没有尝试向瓦尔纳家卖任何东西；后来人们得知，他在瓦尔纳的家里吃了晚饭。那是星期二的事儿。到了星期五，他又回来了。这一次他赶着杰弗生车辆出租行最好的、装备齐全的马车——一辆轻便马车和一匹漂亮的马——而且他不但佩戴上了领结，而且还穿了法国人湾那儿的人第一次见过的白色法兰绒裤子。他们也是最后到那儿的，而且他们在那儿待的时间也不长。他和瓦尔纳家人一起吃了晚饭,那天晚上,他驾车带着瓦尔纳的女儿,到大约八英里之外,去参加在一个学校校舍里举办的舞会,接着就消逝了。另外一个人把瓦尔纳的女儿送回了家。在第二天天亮的时候,旅店里料理马的人发现,他租用的马和轻便马车拴在杰弗生车辆出租行的门上,那天下午,晚间车站站长说起有一个惊慌失措、疲惫不堪的男人,穿着破损的饰有冰激凌图样的裤子,买了一张早间的火车票,那趟车是到南方去的,尽管按人们的理解,那个旅行推销员是住在孟菲斯的,后来人们得知,他在孟菲斯有一个妻子和家,但是对这事儿法国人湾没有任何人知道,也没有人去关心。

  这样就剩下三辆马车了。它们一直不断地来这里,几乎是一个接一个轮着来,一周又一周,一个星期天又一个星期天地往这儿来。去年夏天那些现今已彻底无望亲近她的年轻男人,在教堂那里等候着,望着当天驾车来的那个男人把她从轻便马车里抱出来。他们依然等在那里,想要在她回到轻便马车里时看她裸露着的大腿,要么就是乱糟糟的一群沿路向下走,当轻便马车掠过时,突然之间从林下灌木丛中跳出来,冲着旋转、令人窒息的尘埃中的马车后面大声地喊着刻毒的下流话。有时在下午,他们中间的一个或两个、三个人会越过瓦尔纳的房子,去看那拴在围栏上的马和轻便马车,漫不经心地看着威尔·瓦尔纳在木质的吊床上打盹儿,吊床吊在他院子里的小丛林中,对面是百叶窗窗叶关上了的客厅的窗户,为了不让热气进屋,窗户以本地的方式关上了。他们潜藏在黑暗之中,通常带着一罐纯山地威士忌酒,刚好躲在家里、店里或是学校校舍的灯光照不到的地方,透过灯光照着的门和窗户,偷看随着如诉如泣、声音极高的小提琴声移动的成对跳舞人的轮廓。有一次,他们藏在月光下的路旁黑暗的树丛里,当轻便马车驶过之际,他们大声喊叫起来,牝马用后蹄站起,扬起后蹄狂奔,驾车的人在马车上站了起来,用鞭子抽打他们,看着他们俯身躲闪的样子,冲着他们哈哈大笑。有人猜测或者至少相信,在所有的时间里,其实只有一辆轻便马车而没有别的什么车,有这种想法的是那帮去年夏天已被冷落的、无能为力而又激愤不已的被遗弃的人，而不是那个当哥哥的。过去，乔迪会在厅里等她，直到她出来，穿好衣服，备好马车，紧紧抓住她的胳膊，完全就像他摸一匹新马的马背，寻找马鞍原来弄伤的地方一样，无情地用他那坚硬厚重的大手探摸着，检查她是否穿上了紧身胸衣。到现在他不这么做差不多有一年了。

这辆轻便马车的主人是一个名叫麦卡伦的男人，他住在离村子大约十二英里远的地方。他是一个寡妇的儿子，而寡妇本人是一个家境富裕的地主的唯一的女儿。她没有母亲，十九岁那年和一个男人私奔，这男人英俊潇洒，能言善辩，胆大妄为而令人愉快。他到乡村里来的时候来历不明，他的过去也没人知道，他到那里大约有一年时间。他的职业仿佛主要是在乡村的店里后屋或紧挨马厩后面的屋子里打扑克，赢钱，而且完全不做任何手脚；这一点从来都没问题。所有的女人都说，他不会成为好丈夫的。男人们说，只要一把猎枪就会使他成为任何你想让他成为的那种丈夫，而他们中间的大多数人甚至都不乐意以那样的方式接纳他为女婿，因为他最喜欢夜晚——不是喜欢夜的阴影，而是喜欢使其变得闪光发亮的歇斯底里的兴奋，不眠的倒错欢乐。可是，有一天，艾里森·霍阿克从一扇二层楼窗户里爬了下来，没有梯子，没有下水管道，也没有用床单系结成的绳子。他们说，她从上面跳了下来，麦卡伦用手臂接住了她，他们消逝了十天后又回来了。麦卡伦走着，他整齐漂亮的牙齿露着，可他脸上的其余部分在那种笑容中都不起作用，他走进了那间房子，老霍阿克在里面到那时已坐了十天了，一把上了膛的猎枪放在他的膝上。

让每个人都感到惊讶的是，他不仅成为一个好丈夫，而且还是个好女婿。他不知道怎么种地，而且他也不假装喜欢种地，不过，他作为他岳父的监工，不用说就像口授留声机一样忠实地执行他的口头指令。但是，他本人具有善于与人相处的天赋，而且甚至多少居支配地位，所有的男人都没有他那么会说话，实际上，让田地干活儿的黑人服从他指挥的，不是他作为女婿的地位，甚至也不是他向人已证实的准确的枪法，而是他欢快而平和的个性以及他作为一个赌博赢家的名声。他甚至在晚上待在家里，不再打扑克。事实上，到了后来，没有一个人能确切地知道买牲口的计划是不是由他而不是他的岳父来实施的。然而，没出一年，他本人这时也当了父亲了，他已经在买牲口，并赶着它们成群地从陆地到铁路和孟菲斯那里，每两三个月他就这么干一次。他就这样干了十年，到了此时他的岳父已经死了，把财产留给了他的孙子。接着，麦卡伦最后一次出游。两夜之后，他的赶牲口的人中的一个骑马飞快地来到家中，叫醒了他的妻子。麦卡伦死了，很明显是在一家赌博的房子里被人用枪打死的，乡村里的人对此也始终知道得不多。他的妻子把九岁的孩子留给黑人仆佣照管，乘坐一辆乡村的马车前去把丈夫的尸体送回家，把他埋在长满橡木和雪松的小山上，紧挨着她的父亲和母亲。此后不久有一种谣传，流传了一两天，说是一个女人用枪打死了他。不过这种谣传没有流传开；他们只是彼此向对方说，"这么说这就是他一直在干的事儿。"只有那个有关钱和珠宝的传说依然为人津津乐道，说是他在十年间肯定弄了不少钱和珠宝，他在夜里把钱和珠宝拿回家，在他妻子的帮助下，用砖头把它们垒进了屋子里的一根烟囱里。

他的儿子，名叫霍阿克，年龄二十三岁，看上去较老，他的脸上有他父亲的自信，勇敢而且也很英俊。他有点儿自鸣得意，明显是被惯坏了，但还不至极度自负而不容人，这在他父亲脸上是看不到的。他同样也缺少幽默、平和之心；也许还有聪慧，这在他父亲脸上是不缺的。而那个自己女儿私奔以后坐了十天，膝部放着一把上了膛的猎枪的男人可能也缺这类东西。他和一个黑人小伙儿一起长大，他是自己唯一的伙伴。他们睡在同一间屋里，黑人睡在地板上简陋的小床上，直到他长到十岁。那黑人比他大一岁。当他们六七岁时，他用拳头通过公平的打斗，征服了那个黑人。后来，为了获得用一根小马鞭抽打他，打得不是很重的特权，他按照他们两人之间定的标准，把自己的零用钱给那个黑人。

十五岁那年，他的母亲把他送进一家军事寄宿学校，他聪颖早慧，协调能力强，很快就学会了他认为对他有益的课程，三年中获得了足够的学分，进入学院学习，他妈妈为他选了一所农学院。他去了那里，在县城里待了整整一年，甚至根本就没有注册，与此同时，他的母亲却以为他在完成第一学年的学业。第二年秋天，他还是没有注册，仍然在五个月里都不上课，他和一个教选修课的教员的妻子发生了丑闻，出了这事后，校方让他退学。他回到家里，在家里又过了两年，显然是在看管他母亲现在经营的庄园。这意味着他每天要花一些时间骑着马在庄园里转，他穿着在军事寄宿学校那些日子里穿的礼服靴子，这靴子依然很合他那双小脚的尺码，是乡村里的人第一次看到的骑马穿的靴子。五个月前，他偶然骑着马从法国人湾村庄经过，并看见了尤拉·瓦尔纳。

　　随着孟菲斯的旅行推销商的退却，他就成了去年夏天骑着备有挽缰与鞍座的骡子的年轻人的攻击对象，他们处于严阵以待的戒备状态，捍卫他们的权利，对此他们和她哥哥明显都没有信心，尽管他们自己显然也不能不同意要这么做，就像他们面前的骑士可能会做的那样。一队两三个侦察人员会隐藏在瓦尔纳围栏的周围，观望轻便马车离去，确定它会走哪条路。他们会在后面跟着，或者比它先走，到所有脚踩地板和琴声悠扬的目的地去，带着成罐的威士忌酒，守候在那里，随后，跟着它回到家里或跟着往家的方向走——沿着长长的漫漫夜路往回走，穿过有月光或没有月光照耀的沉睡的土地，那匹牝马的脚蹄在尘埃中如同慢慢摆动的丝物，缰绳缠绕在向上插在马车挡泥板的孔眼中的马鞭上，马向前走着，来到涉水可过的浅滩处，在这里，那匹无人指挥的牝马会小心谨慎地走进水里，一声不响地停下来饮水，把鼻子伸进水面上破碎的星光倒影里，喷吹着，抬起向下淌水的鼻子，接着可能再一次饮水或只是在水里面喷吹，就像一匹喝够水的马所干的那样。没有任何一点儿声响，无人去拉动缰绳让它往前走，它会站在那里很久，很久，很久。一天夜晚，他们从路边的阴影中跳出来，冲向运动着的轻便马车，又被马鞭赶了回去，因为他们没有一致的计划，只是被自发的不可遏制的愤怒和悲伤所驱使而采取行动。过了一个星期，那匹马和轻便马车拴在瓦尔纳的围栏上，他们大喊大叫，在黑暗的走廊的角落里敲锅击盘，麦卡伦即刻泰然自若地走了出来，叫着他们两三个人的名字，用一种愉快的、慢吞吞的、会话式的声音咒骂他们，并向他们发出挑战，要他们中的随便两个人到路上等着他。他们能看得到，他贴在身体一侧的手里握着一把手枪。

　　于是，他们向他正式发出警告。他们可以告诉她哥哥的，但他们没这么做，这倒不是因为她哥哥很有可能对告诉他的人动拳头。像拉巴夫老师，他们是会欢迎的，他们会满心欢喜地接受的。正如和拉巴夫在一起，那至少会是同样的充满活力的身体，由于愤怒而胀热，皮肉青肿，热血奔涌，犹如燃烧的火焰，就像拉巴夫那样，这一切，其实就是他们现在渴望有的，无论他们是否意识了这一点。不告诉她哥哥是因为，他们已经被孤立了，他们拒绝接受由事实来告诉他的那种主意，即他们的愤怒对复仇的行动者无益，而不是对诱惑者不起作用；他们将用戴着拳击手套的手痛打提出决斗的人，让他遍体鳞伤。因此他们向麦卡伦送交了一份签上他们名字的书面警告。一天夜晚，他们中间的一人骑着马，走了十二英里路，来到他妈妈的家，把那份警告钉在了门上。第二天下午，麦卡伦的黑人仆从，现在也是一个成年男人了，给他们分别带来了五份对警告的回复，最后他从他们那里逃了出来，头上到处都是血，不过他伤的并不太重。

　　然而，几乎在大约另一个星期里，他挫败了他们的行动计划。他们试图当他独自一人在轻便马车里时抓住他，无论是他到瓦尔纳家之前还是他离开瓦尔纳家以后都行。但对他们来说，那匹牝马跑得太快了，他们追不上，而他们那些没脑子的种地粗人也不愿站在地上，阻止那匹牝马前进，而且从以前的尝试中他们知道，如果他们试图双脚站在那里让牝马停下，他会让车从他们身上轧过去，他站在轻便马车上，挥动皮鞭，龇着他那坚硬的牙齿，嘲笑他们。除此之外，他还有把手枪，他们对他很了解，知道他从二十一岁时起，身上始终都带着它。还有就是他与他们两个人之间的事要了解，那两个人打了为他送信的黑人。

　　所以，他们最终被迫在涉水可过的浅滩处伏击他，当时尤拉在轻便马车上，牝马停下来喝水。没有一个人确切地知道发生了什么事。浅滩附近有一户人家，但是这次既没有喊叫也无呼救声，有的只是擦伤和皮肉开裂，第二天早晨在天光下可看到的五人中的四个人脸上缺少了牙齿。第五个人，打了送信黑人的那两个人中的另一个，依然躺在附近的房子里昏迷不醒。有人发现了轻便马车皮鞭的柄把，上面黏缠着已干了的血和人的毛发，后来，多年以后，他们中间的一个人告诉人们说，挥动皮鞭的人是尤拉，她从轻便马车里跳出来，用反转过来的皮鞭把他们中间的三个人打得往后退，与此同时，她的同伴用枪把与拿着刹车把和戴着指节铜套的其他两个人对打。这就是人们所知道的一切，轻便马车到达瓦尔纳家时并不特别晚。威尔·瓦尔纳，身穿睡衣，在厨房里吃着一块凉桃馅饼，喝着一杯牛奶，听到他们从前门进来，走在长廊上，悄悄地说着话，她和她的年轻男人喃喃地说，她父亲什么也不会相信的，接着他们走进了房里，到了大厅里，来到厨房的门口。瓦尔纳抬头看了看，他看到了那张勇敢而英俊的脸，坚硬的牙齿令人愉快地露在外面，至少可以称之为微笑，尽管那种样子有点儿不一样，他的眼睛肿着，长长的，有伤痕的下巴往下垂着，胳膊耷拉着，贴在身体的一侧。"他撞到某种东西上。"他女儿说道。

"我看他是这样，"瓦尔纳说道，"他看上去像是也让马给踢了。"

"他想要些水和一条毛巾，"她说道，"就在那边。"她说着，转过身去，她没有进厨房，到光亮处，"我很快就回来。"瓦尔纳听到她走向楼梯，在上面她自己的房间里来回走动着，但是他没有再去注意。他望了望麦卡伦，看到那露出的牙齿在紧咬着，他不是在微笑，他是在出汗。看到他这样之后，瓦尔纳便也不再注意他的脸了。

"这么说他撞到了某种东西上了，"他说道，"你能把那件衣服脱下来吗？"

"是的，"麦卡伦说道，"我是在捉我的牝马的时候撞上的。那是一小块石头。"

"对你来说，把像那样的一匹牝马放在一间木棚最合适。这里你这条胳膊也断了。"

"好了,"麦卡伦说道,"你难道不是个兽医吗？我猜想一个人与一头骡子也不会有太大的差别。"

"这话不错,"瓦尔纳说道,"通常人也不是太有理智。"女儿进来了。瓦尔纳又一次听到她在楼梯上走着,尽管他没有注意到她现在穿的是另一套衣服,她离开家时穿的不是这套。"去把我的威士忌酒罐拿过来。"他说道。那酒罐在他的床下面,它就放在那儿。她把酒罐拿过来放下。麦卡伦这会儿坐在那儿,裸露的胳膊平放在餐床上。他晕过去一次,直直地坐在椅子里,不过晕过去的时间不长。过后他只是咬紧牙关,浑身冒汗,直到瓦尔纳忙完。"再给他倒一杯酒,然后去叫醒山姆,驾车把他送回家。"瓦尔纳说道。但是麦卡伦不愿意,他既不愿让人用车送回家,也不想在他待着的地方上床睡觉。他喝了从酒罐倒出的第三杯酒,他和尤拉又回到走廊上去,瓦尔纳吃完了馅饼,喝完牛奶,把酒罐拿到楼上,上床睡觉去了。

到目前为止,五年或六年以来,真正在一种观念的支撑下挺起胸膛、保持原样生活的人,不是她的父亲,甚至也不是她的哥哥,这种观念甚至根本不经怀疑的阶段而生长,它作为一种信念一下就成熟地涌现出来,只是更为极端,事实上那始终坚持不懈的努力从来未能证实,预言在谁身上显现。瓦尔纳自己从酒罐里喝了一口酒,然后把它塞回床下的原处,在那里,有一圈尘土,标示出多年来它所在的位置,接着就去睡觉了。他进入了不打鼾和像孩子一样沉睡的习惯性状态,没有听到他女儿走上楼梯的声音,这次她脱去的衣服上有她本人的血迹。到那时为止,牝马、轻便马车已经走了,尽管在麦卡伦回到家里之前他在车里又晕过去一次。第二天早晨,医生发现,虽然胳膊断裂处已整复到原位并用夹板夹好,可是接口处又断开了,两根骨头的骨端相互叠缩在一块,因此必须重新整复。然而,瓦尔纳并不知道这些——那当父亲的,那个瘦削、愉快、精明、从不幻想的男人,在十二英里外威士忌酒罐上面的床上酣睡不醒,他,没有注意到自己可能已犯了错误,他没能从总体上了解女人的心,尤其是不懂得女儿的心,以致他最终没能预感到她不仅试图帮忙,而且在某种程度上,用她本人强壮的手臂确实从下面给了受伤的一方以帮助,其结果是他给蒙骗了。

三个月以后,那一天终于来到了,在沿瓦尔纳的围栏处,人们再也看不到精美的轻便马车和跑起来很快、漂亮的马及牝马了。威尔·瓦尔纳本人是最后发现这一点的人。它们和驾驶它们的人不见了,一夜之间消逝了,不仅从法国人湾消逝了,而且从乡村里也消逝了。尽管那三人中间的一人肯定知道那个有罪的人是谁,而且另外两个也都同时知道不是他们,可他们三人都逃走了,秘密行动,而且可能是沿着偏僻的小路逃的,带着鞍囊或一个匆忙装满东西的适于快速旅行的多用途皮箱。他们中间的一个人逃离是因为他相信瓦尔纳家的男人会干什么事。另外两个人逃离是因为他们知道瓦尔纳家人不会干那种事。到现在为止,由于瓦尔纳家人也从一个绝对可靠的消息来源得知,尤拉本人,他们中的那两个人都没有罪过,所以他们两人也被划入失意者的行列,这些人徒劳无功,心中满怀已逝去的昨日激情、永久的遗憾和忧伤,和那些也纠缠着他们的无能的青年人是同类,和曾经获得成功的他也是一类,他也曾盲目地与他们商议,而且不期获得成功的奖赏。也是通过逃离,他们最终获取了他们并未领悟的罪过,那种并非是他们所为的诱奸带来的令人瞩目的耻辱。

这样一来,话儿就悄悄地从一家到另一家在乡村里传开了,说是麦卡伦和其他两个人消逝了,尤拉·瓦尔纳,正如目前所显示出来的那样,身处除她之外每个人都称之为倒霉的境地,最后一个得知这种情况的是她父亲——这个男人愉快、直率、坚定不移地拒绝任何类似女人贞洁的理论,认为这种东西是蒙骗年轻无知的丈夫的玩意儿,就像一些男人拒绝相信自由关税或祈祷的功效一样;谁都知道,他过去没有,现在仍然没有去花太多时间,向他自己证实他的论点是对的。目前他正和一个四十多岁的女人私通,这女人是他佃户中的一个人的老婆。他明白地告诉她,毫不掩饰,他太老了,不可能成为晚夜里的公猫四处寻欢,在他自己家或任何其他男人家的周围干那种事。所以她应在下午和他幽会,假装去找母鸡筑巢的地方,到她家附近的小河旁边的树丛里去,走进树林中农牧神潘敬重的幽闭寻欢处,据说那个十四岁的男孩习惯于监视他们,所以瓦尔纳甚至连他的帽子也不摘下。他是最后一个听说她女儿的事的。他脚上穿着袜子,睡在木质的吊床上,被他妻子命令式的说话声唤醒,他急忙起来,撑起身体,动作敏捷,神志还不是太清醒,他穿着袜子没穿鞋,走过院子,来到大厅,瓦尔纳太太就在这里,她身穿肥大破旧的女式晨衣,戴着那顶她在下午小睡时扣在脑袋上、饰有花边儿的睡帽。她用一种急切而愤怒的声音向他大声喊叫,她的声音盖过了他儿子从楼上她女儿的房间里发出的咆哮声:"尤拉有孩子了。赶快到上面去,敲那个蠢货的脑袋,让他清醒清醒。"

"有什么了?"瓦尔纳问道。不过他没有停下脚步。他急忙向前走着,瓦尔纳太太跟在他后面,上了楼梯,进了房间,昨天或有两天了,女儿差不多一直待在这间房子里,甚至不下来吃饭,肚子不舒服,如果瓦尔纳曾经想到有什么问题的话,他也会断定只是一种由于吃得太多而引起的肠胃毛病,很有可能是逐渐积累的、肠胃忍受了十六年暴饮暴食之后突然而剧烈地出现的回动现象。她坐在窗户旁边的一把椅子里,她的头发松散着,她身上穿了一件漂亮的像丝绸一样的睡衣,这件睡衣是她最近从芝加哥一家邮购商店里邮购来的。她的哥哥站在她身边,晃动着她的胳膊,大声喊叫道:"那个人是谁?告诉我是哪一个?"

"你别推我,"她说道,"我感觉不舒服。"瓦尔纳仍然还在往前走。他来到他们两人中间,用力把乔迪推回去。

"让她一个人待着,"他说道,"你从这里出去。"乔迪将自己那张涨红的脸转过来对着瓦尔纳。

"让她一个人待着?"他说道。他凶狠地大笑起来,没有一丝欢乐感,他神情黯淡,眼睛向外凸着,狂怒至极。"现在事情已经出来了。我们让她一个人待着的时间已经他妈的太长了!我做过努力。我知道会有什么事发生。五年前我跟你们两个都说过。可是你们不在意。你们两个比我知道得更清楚。看看你们现在得到了什么!看看发生了什么事情!但是我要让她讲出来。上帝做证,我要弄清楚那个人是谁。接着我——"

"好了,"瓦尔纳说道,"发生了什么事情?"一时间,大约有一分钟,乔迪仿佛像是说不出话来。他瞪视着瓦尔纳。他的样子看上去只是有一种至高无上的意志力控制着他,他才没有从他站的那个地方倒下。

"他竟然问我发生了什么事。"终于他说道,那是一种令人惊讶的、难以置信的低语。"他问我发生了什么事。"他旋风般地转身跑了;他的一只手向上猛地一挥,做出一种愤怒的、拒绝听他父亲的话的动作,瓦尔纳追了过去,撞在了瓦尔纳太太身上,她刚刚赶到门口,她的手放在自己多肉的、此刻在剧烈起伏的胸脯上,她的嘴巴张着,准备一回过气儿来就说话。乔迪体重两百磅,而瓦尔纳太太,尽管仅仅只有五英尺高,体重几乎也与他不相上下。可是他却想方设法超过了她,跑进门里,她要抓住他,这时瓦尔纳像鳗鱼一样,跟了上来。"截住那个蠢货!"她大声叫道,接着瓦尔纳和乔迪脚步重重地踏在楼梯上,他们跑下来,来到底层的房间,瓦尔纳把这里称作他的办公室,尽管最近两年来,到目前为止,那个店伙计,斯诺普斯睡在里面的帆布床上,此刻瓦尔纳已经追上了乔迪,他这会儿正俯身在那张样子拙笨(而现在却是无价的,虽然瓦尔纳对此并不知道),核桃木做的写字桌一个打开的抽屉上面,从里面装的乱糟糟的干棉桃、装种子的小瓶、挽具扣、子弹和旧纸团中间摸索一把手枪,这写字台是瓦尔纳的祖父留下来的。透过写字桌旁边的窗户,可以看到那个黑人女仆,那个厨子穿过后院,向着她住的小屋跑去,她把围裙蒙在头上,就像当麻烦开始在白人中间出现时,黑人们会做的那样。山姆,那个男人,在后面跑着,尽管没她跑得快,他回过头来,向那间房子望去,就在这时瓦尔纳和乔迪同时都看到了他。

"山姆!给我的马备鞍!"乔迪吼叫道。

"你!山姆!"瓦尔纳大声喊叫道。他们两人现在都抓住了手枪,四只此刻交缠在一起的手在打开的抽屉里显然根本没有希望分开。"别碰那匹马!你现在就回到这里来!"瓦尔纳太太的脚这会儿重重踩在大厅里。手枪被从抽屉里拿出来了,他们向后退去,手扣在一起,缠绕在一起,他们看到她现在进到门里面来,她的手仍然放在她剧烈起伏的胸脯上,她那张通常高兴而固执己见的脸涨得通红,显得愤怒至极。

"抓住他,让我拿根烧火棍来。"她气喘吁吁地说道,"我要收拾他。他们两个人我都要收拾。在这间房子里,在我想要睡个午觉的时候,竟然一个发现是怀了孕,另一个在这儿大叫大嚷,咒骂不停!"

"好的,"瓦尔纳说道,"快去拿吧。"她到外边去了,她仿佛是被她自己面对挑战的愤怒猛地吸到门外去的。瓦尔纳把手枪抢了过来,把乔迪推了回去(他相当强壮,六十多岁的他身体令人难以置信地结实和灵敏,他给他的伙伴的感觉是他有冷静的智慧,而那当儿子的只有无益的愤怒),推回到桌子那儿去,把枪扔进大厅,关上门,用钥匙锁上,然后又回来,他有点儿气喘,但不厉害。"你究竟想要干什么?"他问道。

"什么也不干!"乔迪喊叫道,"可能你不在乎你的名声,但是我在乎。即使是你不在乎,我也要在乡亲们面前抬起我的头做人。"

"噢,"瓦尔纳说道,"我没注意到你有什么问题让你不能抬起头做人的。你已经到了你不能伸出手来把你的鞋带系上的地步了。"乔迪瞪着眼睛看着他,气喘吁吁。

"上帝做证,"他说道,"也许她不会讲的,但是我想我能找到愿意说出来的人的。我要找到他们三个。我要——"

"干什么?只是出于好奇,想要确实地弄清楚究竟是他们中间的谁哄骗或是没哄骗她?"乔迪又一次长时间说不出一句话来。他靠在桌子旁站着,个儿头很大,像受了刺激的斗牛,无能为力而又愤恨难消,实际上他很痛苦,不是冒犯瓦尔纳让他难过,而是挫折使他伤心。瓦尔纳太太沉重的只穿袜子的脚又一次重重踩在大厅里的地面上,她这会儿开始用烧火棍在门上敲起来。

"你,威尔!"她大声叫道,"把这扇门打开!"

"你的意思是说,你不准备采取任何行动?"乔迪问道,"什么行动也不采取?"

"采取什么行动?"瓦尔纳问道,"对谁采取行动?难道你不知道他们那些该死的雄猫在前往得克萨斯的途中现在已走了一半路了吗?假如是你,你此刻会在什么地方?如果我行动无拘无束,当我想要做时,能潜入任何我想进入的人家,我会在哪儿,即使到了我这把年纪?我太清楚会在哪儿了,而且你也知道——就在他们所在的地方,而且依然还在鞭打着向前跑。"他走到门前,把门锁打开,瓦尔纳太太烧火棍始终不断的、愤怒的敲击声震耳欲聋,她显然没有听到钥匙开锁的转动声音。"现在你起来,到外面的仓房里去,坐下来,直到你冷静为止。叫山姆给你挖些蚯蚓,去钓鱼。如果这个家为抬起头做人需要做任何事,我会照应的。"他转动门把手,"该死。真是见鬼,所有这一切骚乱吵闹都是因为一个头脑混乱的贱女人到处乱跑,最后把她自己给耍弄了。你指望什么呢——指望她只是什么也不干地打发她以后的生活吗?"

那是在星期六的下午。在接下来的星期一早晨,七个男人在商店的走廊上四处蹲着,看到那个店伙计,斯诺普斯从瓦尔纳家出来,沿着路,走了过来,身后跟着另一个男人,手里拎着一个箱子。斯诺普斯不仅戴着灰布帽子,打着小领结,而且还穿着外套。随后他们看到,另一个男人手里拎的箱子是草编箱子,这箱子是一年以前的一个下午,斯诺普斯第一次拿到瓦尔纳家并留在那儿的。他们看到像条狗一样跟在店伙计脚后面的男人比他本人个儿头小一点儿,但外表与他完全相同。仿佛由于透视的关系,他们两个人只是有大小的差别。一眼望去,那两张面孔甚至也一模一样,直到他们两人走上台阶才能看出不同来。接着他们看到,第二个人的脸就是斯诺普斯的脸,这张脸与另一个人的脸的差别,只是那种至亲的血缘关系中无法觉察的变异,而对此他们已变得习以为常了——这样一来,准确地说,这张脸就不是比另一张脸更小,而是更为相似,五官集中在一起,被捏在脸的中心部位,不是由于某种内在的冲动,而是因为外部的举行,仿佛那是一只手的手指在一次急速的舞动中造成的结果;这张脸反应灵敏,明快,但不幼稚,完全就像是一只松鼠或金花鼠的面孔,那明亮的、警觉的、无关好坏的眼睛后面显示出一种深邃而固有的快乐的面孔。

他们走上台阶,穿过走廊,拎着箱子。斯诺普斯猛然将脸转向他们,完全就像是威尔·瓦尔纳本人所做的那样,他嘴里嚼着东西,他们进商店里去了。过了一会儿,又有三个男人从对面的铁匠铺里出来了,这样在走廊的视野里,就有了他们十二个人。一个小时之后,瓦尔纳的双人四轮马车来了。那个黑人,山姆在驾驭着马车,在他旁边放在前头的是那个巨大的破旧的伸缩皮包,瓦尔纳先生和瓦尔纳太太曾经带着它到圣·路易斯去度他们的蜜月,而且从那时起,所有瓦尔纳家的人外出都用它,甚至几个女儿结婚时也用它,把它倒空后送回来,它仿佛已经成了象征和月落时刻的正式预告,尘世的回返,欢乐激情、所有本能冲动放纵的结束,犹如打上印迹的卡片曾经是其希望的开端一样。瓦尔纳,和他女儿一起坐在后边的座位上,向所有的人问好,形式简短,声调没有任何变化,给人的感觉难以捉摸。他没有下车,那些在走廊上的人一声不响地望了一会儿,接着就把视线从那个平静的、戴着面纱的美人儿身上移开,她坐在他的身边,她戴着自己最漂亮的帽子,那块面纱罩在她穿着的自己最好的衣服上,甚至罩在冬天穿的外衣上,他们望着那里,但不去看他,这时,斯诺普斯从商店里出来了,手里提着那个草编箱子,登上马车,坐在前面的座上,他旁边是那个伸缩皮包。四轮马车向前运动着,斯诺普斯把头转过来一次,把唾沫吐在车轮子上面,他把那草编箱子放在膝盖上,那草编箱像是埋葬婴儿用的棺材。

  第二天上午,图尔和布克赖特从杰弗生回来了,在杰弗生,他们把另一群牲口送到了铁路上。到了那天晚上,村里的人对其后的一切都知道了——瓦尔纳及其女儿还有他的伙计如何在星期天下午光顾了他的银行,在那儿,瓦尔纳把一张大面值的支票兑换成了现金。图尔说,那是张三百美元的支票。布克赖特说道,那么这意味着一百五十美元的现金,因为即使是他本人兑换现金,他甚至也要按照百分之五十的折扣兑换。从那里他们去了法院所在地,来到档案管理员的办公室,在那儿老法国人湾的一本证书上写上了弗莱姆和尤拉·瓦尔纳·斯诺普斯的名字。兼理一般司法事务的地方官在巡回法院职员的办公室里有一张桌子,他们就在那儿买了那本婚姻证书。

  图尔的眼睛迅速地眨动着,一边讲述着这事儿。他咳嗽起来。"仪式刚一结束,新娘和新郎就往得克萨斯去了,"他说道。

"他们一共有五个人,"名叫阿姆斯迪德的男人说道,"不过他们说,得克萨斯是个大地方。"

"一开始是这样,"布克赖特说道,"你的意思是说六个。"

图尔发出咳嗽声。他依然还是在快速地眨动着眼睛。"瓦尔纳先生也为它付了钱。"他说道。

"也为什么付了钱?"阿姆斯迪德问道。

"结婚证书。"图尔说道。

2

她对他很了解。她对他太了解了以致她不必再多看一眼。从她十四岁的那年夏天她就认识他了,那时人们说他"超过"了她的哥哥。他们并没有对她说这个。她也不愿去听他们说。她不会在意的。她差不多每天都见到他,因为在她十五岁那年的夏天,他就开始到家里来了,通常是在晚饭以后,和她父亲一起坐在走廊上,他不说话,只是在听着,把他的烟草整齐地吐在栏杆上。有时,他会在星期天的下午来,靠着一棵树蹲下来,旁边是她父亲躺在里面的那张木质吊床,仍然是不说话,仍然还是嚼着烟草。她从自己坐在阳台上的位置上,可以看到他在那里,在她的周围,是迷恋她的、那年在星期天向她献殷勤的一群男人。到了此时,她已渐渐能识别出他的网球鞋在走廊的地板上发出的弱哑的嘶嘶声;无须抬头,甚至不用转过脸去看,她会冲着屋子里面喊道:"爸爸,那个男人来了",或者,眼下称呼的,"男人"——"爸爸,男人又来了",尽管有些时候她说是斯诺普斯先生,但她这样说的样子就像她会说狗先生的样子一模一样。

第二年夏天,她十六岁了,她不仅不去看他,而且她再也没有喜欢他,这时,他住进了同一座房子里,在同一张桌上吃饭,用她哥哥备有马鞍的马去照料他的和她父亲的没完没了的生意。他在大厅里会从她身边走过,在那里，她哥哥抓住她，他穿好衣服，准备到在外面等候的轻便马车上去，与此同时，他那有力的、凶狠的手摸索着，看看她是否穿上了紧身胸衣，而她不愿去看他。她在餐桌上面对着他，一天吃两顿饭，因为早饭她在厨房里吃，无论是半上午的什么时候她母亲终于把她从床上弄起来，只要她醒了，把她弄下来到餐桌上吃饭就不再会有麻烦；黑人女仆和她母亲不停地骚扰她，终于她会从厨房里出来，手里握着吃了一半儿的饼干，脸也没洗，她在睡床与早饭餐桌之间摸找那揉在一起而且也并不总是干净的外衣，她穿着华丽的睡衣，头发松散着，仿佛就像她不合法的私情通奸被警察查出，从床上惊起一样。她到大厅里去迎接恭候他回来吃午餐，可他从来也不在那里。于是有一天，他们给她穿上了最漂亮的衣服，把她其他的东西——花哨俗艳的邮购来的晨衣和睡衣，大大的、便宜的、易损坏的鞋以及她所有的梳妆打扮用的东西——都装进那个巨大的包里，用四轮马车把她送到镇上，让她和他结了婚。

那个星期一的下午，拉特利夫也在杰弗生镇。他看到他们三人从银行里出来，穿过广场，往法院那儿去，就在后面跟着他们，他走进了那扇通向档案管理员的办公室的门，看到他们在里面；他可以在那儿等着，看他们从那里到巡回法院职员的办公室，而且他可以目睹结婚仪式，但他没有那样做。他不需要那样做，他知道眼下正在发生的事情，而且他已经往车站去了，在火车到站之前在那里等候了一小时，他没有想错：他看到那个草编箱子和那个巨大的伸缩皮箱进入了连廊列车，两个箱子并置在一起，不再显得不可思议，不再显得古怪；他又一次看到那个平静的、在漂亮的帽子下面戴着面纱的美人儿坐在一扇移动的窗户那边，什么也不看，就是这样。即使他那年的春天和夏天住在法国人湾本地，他也不会知道更多的情况——一个被人遗忘的小村庄，没有名气，没有魅力，荒僻凄凉，然而由于机缘和巧合，她却曾孕育了性好挥霍的奥林匹斯山神盲目射出的一颗种子，而且她甚至对此一无所知，没有任何肿胀的迹象孕育着，接着生产了——一个明媚的、短暂的夏天，在同一中心，三辆配有精良好马的轻便马车，始终依次轮换地沿着一处带有篱笆的围栏站立着，或沿着邻近的路疾速奔驰，这些路在马车主人的家与十字路口的商店之间，在他们的家与学校校舍之间，在他们的家与教堂之间，人们聚集在那里玩乐，要么至少要躲避马车，接着，一夜之间这些轻便马车同时都不见了，再也看不到了；随后，奇怪的事儿发生了：轻便马车走了，销声匿迹了——一个瘦削、行动灵活、穿着棉袜子，精明而无情的老男人，一个有着像是美丽的面具一样的脸的光彩夺目的女孩，走到了一起，那个像青蛙一样关节活络的家伙，将一张支票兑换成现金，买了本结婚证书，乘上一列火车——一种说法，一种真诚的意愿，相信是出于嫉妒和往昔不死的悔恨，悄悄地从洗壶罐的小屋传到做缝纫活儿的小屋，从赶运货车的人传给在路上和小巷里骑马的人，或从骑马的人传给在田野垄沟把犁具停下的人；那是太阳下所有的有能力伤人的男人的话语，梦想和希望——年轻人只是梦想，他们依然没有能力造成破坏；有病的人和残废的人在无眠的床上大汗淋漓，无力去实施他们渴望造成的伤害；老人，现再无欲望的汁液，在土里爬行，他们往昔的胜利为他们赢得的蓓蕾、鲜花和花环早已没入无用的尘埃之中，如果它们封存在埋入地下的墓穴，放在不会受孕的、庄重安详的女人，他人的孙子孙女的祖母的女人后面，那么它们现在已变成化石，对活着的世人就不再是无生命的了——那种话语，带有不为人知的胜利及难以想象其辉煌的失败的多重含义——而且那最好的选择是：为了将来，留住那种话语，那种梦想和希望，或者为了过去，必须远离那种话语和梦想。甚至那原有的轻便马车中的一辆依然还在。拉特利夫也该看到它，几个月以后，他发现它就放在离村子几英里外的一个牲口棚里，上面除了支撑的车杠、车辕外，空无一物，车上落满尘埃，鸡把它当成栖息的地方，拉出像石灰样的鸡屎，逐渐把那曾经是明亮、透着光泽的表面弄出条条斑纹，看上去糟糕透顶。直到第二年的收割时节，收获钱票的时刻到来，后来驾驭这辆车的那人的父亲，才把它卖给了一个在田里干活儿的黑人，再往后，在每一年里可以看到它数次从村子里经过，也许人们认出它来了，也许没有，车的新主人结婚了，开始有了一个家，接着变老，不断地生孩子，车子不再闪光发亮，它的轮子被用铁丝与十字交叉的桶板依次竖直地捆在一起，直到桶板和娇贵的车轮都不见了，明显是在运动中转换成了某种坚固的、不是新的，有点儿小的货运马车轮子，若列举其变化，那种互换的变化就太多了，在它过去的两种形象之间每一方面都在相互转变，这种变化是在一系列套着用铁丝和绳索做的马具的瘸瘦马和骡子后面进行的，仿佛是为了这特别的、每一次都不是最后一次的终极天鹅之歌的崇拜，它本身的作用被可悲地误传了，车的主人十分钟以前才用马把它从一个隐秘的墓地里拉了出来。

　　然而，当他最终掉转方向，让他那对健壮的小马朝着法国人湾再次行进时，布克赖特和图尔早已经回到了家，把这事讲给人听了。这会儿是九月份。棉花已经长熟了，田野里满目都是棉花；空气中散发着棉花的味儿。在一块又一块的田地里，他从摘棉花的人面前经过，注意到的是弯腰曲背的动作，仿佛是凝固在持续不断炸开的棉桃构成的白浪中心，堆起的棉桃犹如层层白浪，在它们后面，那长长的、部分装满棉桃的袋子一直排到视线的尽头，好像是坚硬的、冰冻的白旗。空气闷热，阳光酷烈，令人气喘吁吁——一个注定要结束的、马上就要过去的夏天在最后集中施放酷热的力量。那两匹小马的腿在尘埃中急速地移动着，他坐在上面，在运动中身体放松，悠然自得，缰绳松松地握在一只手中，脸上一副令人费解的表情，他的眼睛幽暗，不可测知其中的秘密，像谜一样，他出神地想着心事，回忆着，依然还看得见它们——银行、法院、车站；他又一次看到了那个平静的戴着美丽的面罩的脸在一扇移动着的窗户那边，接着消逝了。不过，这一切都没有什么不得了的，它只是鲜肉，只是他想到的女孩的鲜肉，而且上帝知道这样的鲜肉有很多，昨天有，明天也有。当然这是浪费，不是在斯诺普斯身上的浪费，而是在他们所有的人，其中包括他本人身上的浪费——可是那是浪费吗？他突然之间想道，又一次在一瞬间看到那张脸，好像他回忆起的不仅是那个下午，而且还有那趟火车——火车本身，正常在白天运营，按计划到站离站等，虽然它有一节节坚固的车厢，可那个火车头却不复存在了。他再一次望着那张脸。那张脸上的表情过去并不悲惨，而且现在甚至也不可恶，因为在它的后面那地方，它所做的只是提防男人族类的另一个终有一死的天然的对手。而且那张脸很美。但另一方面，拦路的强盗的匕首和手枪也使其显得光彩动人。此刻在他注意看的时候，那张不再为人所知的平静的脸不见了。它运动的速度很快，看上去那运动着的玻璃仿佛是在向后退一样。它仅仅只是同一中心的失意者和被弃者的一部分，一种虚构，其肉身已升天，而那里留下的只有草编箱子，小领结，还有那不断蠕动的下颌：

直到最后，其努力未获成效，他们来找王子本人。"殿下，"他们说道，"他就是不愿意。我们对他毫无办法。"

"什么？"王子叫喊起来。

"他说生意就是生意。他用良好的信誉交换，现在他来赎回那东西，就像法律所说的一样。我们没有办法找到它，"他们说道，"我们把所有的地方都看过了，那东西个儿不大，开始时无论如何都是个小东西，而且我们在对待它时特别小心谨慎。我们把它密封在一个石棉火柴盒里，并把盒子放入一个单独的分隔间。可是当我们打开那个分隔间时，它不见了。火柴盒还在那里，火漆也没有裂开。但是在火柴盒里除了在一处边缘下面有一小点儿干透的污迹之外，什么也没有。而现在他来要赎回它。但是没有他的灵魂，我们怎么能在永恒的苦难之中赎救他呢？"

"该死的，"王子喊叫着，"把多出的灵魂中的一个给他。难道这里不是每天都是很多灵魂出现吗？它们撞门、建立起各种地狱以求进到这里面来，甚至还拿来了国会议员写的信，我们从未听说过这一切吗？把它们中间的一个给他。"

"我们也那样试过，"他们说道，"他不愿接受。他说他不要多，也不要少，只要他法定的利益，只要依据用白纸黑字写出来的银行法和民法规定属于他的那一份利益。他说他已准备好来履行他的契约并签字，而且他当然也期待着他所有的伙伴履行你们的契约。"

"那么去告诉他说他可以走了。告诉他说他找错了地方，这里的书中没有任何东西于他不利。告诉他说他的票据丢了——如果曾经有的话。告诉他说，我们经历了一场洪水，甚至是一场冰灾。"

"他不会走的，不拿走他的——"

"把他赶走。撵他出去。"

"怎么赶他走？"他们说道，"他有法律依据。"

"哦，是吗？"王子说道，"一个锯木厂的律师。我知道了。好吧。"他说道："去安排吧。为什么来烦我？"接着他又坐回去，举起他的玻璃杯，把火焰从里面吹出去，仿佛他想象他们已经走了。但是他们并没有走。

"安排什么？"他们问道。

"他的贿赂！"王子大声喊叫道，"他的贿赂！难道你们要告诉我他到这里来只是带着满嘴的法律吗？你们就没有想到他会交给你们一张签名的收买它的支票吗？"

"我们也那样试过了，"他们说道，"他不愿意贿赂。"

这时王子在那里站起身来，用他那尖厉、辛辣的话语来嘲笑他们，而且不让他们辩驳，说他们是多么容易把贿赂想象成是一张可以贴现的钞票，它或许能进入立法机关，他们站在那里，洗耳恭听，并就当是这样，因为他是王子。他们中间只有一位在王子的爸爸在位的时代曾经待在那儿。他曾经把王子放在自己的膝上逗弄，那时王子还是个孩子；他甚至还为王子做了一把小小的草耙，并教他学习如何使用它，在中国佬、拉丁佬和波利尼亚尼人身上练习，直到他的胳膊长得足够强壮，能操纵属于他的白人

们为止。他不欣赏王子的这种态度,于是他挺直身体,望着王子,对他说道:

"你的父亲铸成了一个更大的失误,但未受到指责。尽管也许是用一个较高贵的人去考验一个较高贵的人。"

"要么你就会受到一个微不足道的贱人指责。"王子厉声回复他道。然而他也还记得过去的日子,那时这位老人对他用小型的熔岩和硫黄石及诸如此类的石头做出来的粗糙、富有活力的新鲜玩意儿感到高兴,喜悦和骄傲,在晚间向老王子夸耀这孩子在白天做得怎么好,讲他发明的那些用来对付那些小拉丁佬和中国佬的东西新奇,甚至连成年人也还没有想得出来。因此王子道了歉,安抚了那位老人,向他问道:"你给了他什么?"

"诸种满足。"

"而且——"

"他获得了满足,他说道,对一个只嚼烟草的男人,任何痰盂都行的。"

"接着还有什么?"

"浮华虚荣。"

"而且——?"

"他拥有了它们。他在随身带的箱子里有一摞,是特别从石棉中做出来给他的,还带着没有消停的噼啪声。"

"接着他想要什么?"王子大声问道,"他想要什么?天堂?"老人望着他,一开始王子想,这是因为他还没有忘记自己对他的嘲笑,但是,他发现情况不是这样。

"不,"老人说道,"他想要地狱。"

此刻,在那个宏大的、有王者威仪的大厅里,四处弥漫着昔日殉道者的光荣之战撕破的空虚,一时间没有一点儿响动,只有虔诚的基督徒的愤怒声和微弱的、持续不断的尖叫声。但是,王子和他爸爸有着同一祖先,身上流着一样的血。在刹那之时,那种骄奢淫逸的怠惰和冷嘲热讽都不见了,站在那里的可能就是老王子本人。"带他到我这儿来,"他说道,"随后让我们单独待着。"

于是,他们把他带了进来,接着走了出去,把门关上了。虽然他刚才就把大部分的烟从衣服上掸掉了,但这会儿他的衣服依然还在冒着一丝丝青烟。他走向御座,嘴里嚼着东西,手里拎着那个草编箱子。

"什么事儿?"王子问道。

他转过头来,吐了口烟草,吐出的烟草在地板上很快被烧着了,变成一小团球状的蓝色烟雾。"我为那个灵魂而来。"他说道。

"这么说他们告诉你了,"王子说道,"可是你没有灵魂。"

"那是我的过错吗?"他问道。

"那么是我的了?"王子说道,"你认为我创造了你吗?"

"那么是谁?"他问道。在那儿他有王子,而且王子也知道的。所以王子打算去亲自贿赂他。他说出了所有各种各样的诱惑、满足和享乐的名字,王子细细数说的方式听上去比音乐还要甜美。可是他甚至没有停止嚼烟草,站在那里,手里拎着草编箱子。接着,王子说道:"看那边。"他指着墙壁,那些东西就在那里,按秩序和惯例排列,等待他去看,看着他本人把它们都过了一遍,甚至把那些他还没想出来为自己发明的、正在成形的东西,还有最后无法想象出来的东西全都演示出来。而他只是转过头去,又往地板上吐了一块烟草,王子猛地一下又坐回御座里,他非常恼怒,因受挫而愤恨至极。

"那么你想要什么?"王子问道,"你想要什么?天堂?"

"我还没有把它算在内,"他说道,"提供的这个天堂是你的吗?"

"那还会是谁的?"王子说道。王子知道他在那里拥有他。事实上,王子知道他始终都拥有他,从他们告诉自己他走进门来如何满口都是法律之时起他就拥有了自己;他甚至俯下身子,转动火球,这样老人可以在那个地方,看着、听着这事儿将如何进行。随后,他又向后倚在御座上,并且向下俯视着他,他站在那里,手里拎着草编箱子,王子说道:"你承认甚至证明我创造了你。那这样一来你的灵魂就始终是我的。因此当你将它提供出来,作为这一票据的担保时,你就提供了那个你并不拥有的灵魂,所以你就有可能——"

"我对此从来都没有异议。"他说道。

"——犯罪。所以拿上你的箱包,接着——"王子说道,"呃?"王子问道,"你说了什么?"

"我对此从来都没有异议,"他说道。

"什么?"王子问道,"对什么没有异议?"只不过他问时没能发出任何声音,而且此刻王子向前探着身子,而且此时他感觉到那以前炽热的地板就在他的膝盖下面,而且他可以感觉到他本人正在抓抠自己的喉咙,要把那些话从里面弄出来,仿佛他在从坚硬的土地里把土豆挖出来一样。"你是谁?"他问道,他说不出话来,气喘吁吁,他的眼睛向外凸出,仰望着他手拎草编箱子坐在那里,坐在明亮的、皇冠形状的火焰中间的御座上。"把天堂拿去!"王子尖叫道。"把它拿去!把它拿去!"这时狂风怒吼而起,黑暗呼啸着降落,王子在地板上爬来爬去,紧紧地握着并急切地乱拧着门把,尖声大叫……

第三部　漫长的夏天

第一章

1

　　拉特利夫坐在停在那里的四轮马车上,注视着那匹老肥白马从瓦尔纳的围场中出来,来到有着尖木桩的围栏旁边的小道上,四周和前方都弥漫着从其器官内部发出的那种低沉、响亮的声音。于是他又一次回到马上,他想着。他至少必须把他的两条腿跨到马上去一次才能继续往前走。所以他也不得不为那种行动付出代价。不仅是那块地的契约和两美元的结婚证书以及他们两个赴得克萨斯的车票还有现金,而且他还要坐在那辆新的轻便马车里,让某个人来赶车,把那个享有特权、戴着领结的家伙从他的商店里弄出来,从他的家里面弄出来。那匹马走上前来,停住了,明显是出自它的本能,它站在那辆四轮马车的旁边,拉特利夫坐在整洁、装饰华美、色彩庄重的马车里,仿佛像是一个死亡之屋的探访者。

　　"你一定是不顾一切了。"他平静地说道,没有冒犯他的意思。他甚至没有在想瓦尔纳女儿的耻辱,或者根本就没想他的女儿。他说的是那块土地,那个老法国人的地盘。他从来没有在任何一刻相信那块地没有价值。

然而，瓦尔纳拥有它，并仍然把它留在自己手里，显然没有做出任何要卖它的举动，或用它来做任何其他事，单就这种事实对他来说就足够了。他拒绝相信瓦尔纳曾经或将会被任何事情难住；若他获取了某种东西，他得到它所花的价钱一定比任何人花的价钱都要低，而且如果他把它留住，那就是它太值钱了，不能卖。在老法国人地盘这件事上，他看不出来会是这样，但是瓦尔纳把它买下并把它留在手上这一事实就足以让他相信这事错不了。因此，当瓦尔纳最后把它让出去时，拉特利夫相信，那是因为瓦尔纳最终得到了他把它留在手上二十年来所想要的价值，要么至少也是某种盈余的价值，无论它是否体现为钱。而且当他去想瓦尔纳把财产转让给别人时，他相信瓦尔纳得到的不是现金，而是体现这种价值的实物。

瓦尔纳知道拉特利夫正在想这事儿。他骑在那匹老马上，俯视着拉特利夫，在密实多毛的赭色眉毛下面，他那双小而锐利的眼睛窥看着这个男人，拉特利夫比他本人的儿子更像他的儿子，在精神上，在智力上，在外观上也都是如此。"所以你认为单是肝脏是噎不住那只猫的。"他说道。

"也许用那以前的一小根在它里面打结的绳子可以？"

"什么，一小根打结的绳子？"

"我不知道。"拉特利夫说道。

"噢，"瓦尔纳说道，"你走我走的那条路吗？"

"我想不，"拉特利夫说道，"我打算慢慢溜达到商店那儿去。"除非也许他感觉到自己可以现在再围着它绕一圈儿，他想着。

"我也准备去那儿，"瓦尔纳说道，"今天上午我去打那该死的官司。那个该死的豪斯顿和那个不知道叫什么名字的家伙。明克。有关那个该死的、讨厌至极的一两岁的杂种家畜。"

"你的意思是说豪斯顿起诉了他？"拉特利夫问道，"豪斯顿？"

"不不。豪斯顿只是把那个一两岁的小牛养大。去年整个一夏天，他都在放养它，斯诺普斯整个冬天都让他在牧场上放养它，喂它，在整个的今年春天和夏天，它也都在豪斯顿的牧场上跑。接着，在上个星期，因为某种原因，他决定前去把它弄过来。我猜想他是想把它宰掉吃了。这样一来，他就拿了一根绳子到豪斯顿那里去了。他来到豪斯顿的牧场，试图把它给捉住，这时豪斯顿前来，阻止他捉牛。他声称，他最终不得不把手枪掏了出来。他说道，斯诺普斯看着那把手枪，说道：'那就是你所将需要的。因为你知道我没有手枪。'这时豪斯顿说那好吧，他们将把手枪放在围栏的一根杆子上，每一方都向后退一杆子远，数一二三，接着跑去拿枪。"

"他们为什么不这么做？"拉特利夫问道。

"哈，"瓦尔纳简短地说道，"得了吧。我想把这事处理完。我还有一些生意要照看。"

"你去吧，"拉特利夫说道，"我慢慢地溜达。我今天既没有一两岁的小牛，也没有官司要打。"

于是，那匹又老又肥又干净的马（它看上去仿佛始终像是刚从干洗店出来一样；你几乎可以闻到那种挥发油的味道）再次向前走去，带着一种低沉的、一开始就有的内在和声，挨着那有裂缝的、受风雨侵蚀的尖桩围栏向前走去。拉特利夫坐在那依然一动不动的四轮马车里，注视着那匹马和那个瘦削、筋骨活络的老人，老人骑在马鞍上，那同一个在他们之间的马鞍上，已经有二十五年了，不过有三年时间他在外边跑没能看到。拉特利夫想着，如果那匹白马或他的两匹马能像狗那样做，现在会如何用鼻子嗅着，沿着围栏去寻找黄色轮子的轻便马车，它们不会找到那些轻便马车的，他想到：在这个乡村里，任何其他的两条腿的家伙，从十三岁到八十岁的人，现在从这里经过时都不会感觉到任何冲动，要停下来，举起它们中间的一个，把它翻过来。然而那些轻便马车依然还在那里。他能够看到它们，感觉到它们的存在。某种东西还在；它里面的东西太丰富了，不可能那么快，那么彻底地消逝得无影无踪——空气污染了，丰盛、精美的东西流淌而来，构筑富足、慷慨的生活，它为咀嚼食物几乎不间断的进程提供动能,它使记下了的那些十六年持续不断的影响保持原样:那么为什么最终那身体不应该成为爬不上去的山脉,为什么不应该是屏障的玫瑰童贞之母,没有一个男人不因为征服她而不受惩罚,甚至根本就没有男人能征服她,而相反却又被用力扔回来,扔下来,没有留下伤痕,没有他本人的印记(那个从前的孩子看上去再也不会像她所见到的这个乡村里的任何人,他想。)——轻便马车仅仅只是整个事件的一部分,是一种次要的、无关大局的相关物,就像她衣服上的扣子,像衣服本身,像他们三人中间的一个人给她的廉价的珠子。那个事将永远不会是他的事,即使是在那盛夏的尖峰时节,在那他和瓦尔纳两人都会称之为他的到处找女人鬼混的顶峰时节,也是如此。他知道,没有悔恨或忧伤,他是不会想让它成为自己的事的。(这就好像是给我一架管风琴,但却从来不知道而且永远也不会知道更多的东西,所知道的只是如何给那个二手货八音盒上紧发条,那是我刚用一个邮箱换的,他想道。)而且他想起那个冷血的、嗓音沙哑的得胜者,甚至也没有嫉妒的感觉:并且这也不是因为他知道,不管斯诺普斯期待的是什么,或是会声称他现在拥有什么,它都将不是一个胜利。他所感受到的,是对浪费的愤恨,对那种无益的挥霍浪费的愤恨;无论用哪种节俭的眼光看,那种情境无论在其与行为人的关系上,还是在其内在属性上都不大对劲儿,那就仿佛是用大木料做成一个陷阱,用一新鲜肥嫩的小牛做诱饵,去捕捉一只老鼠;不,比那还要糟糕:好像是诸神把个尘世的六月天所有的强光和雨水全都倾泻在一个粪堆上,繁殖蚂蚁。在那匹白马那边,在有尖桩的围栏的拐角那边,那隐隐约约、几乎是草木生长过于茂盛的小道改变了方向,通往老法国人的地盘。那匹马企图拐进去,可瓦尔纳却用力把它拉了回来。不要去提济贫院了,拉特利夫想道。可另一方面,他也不愿受到侵扰。他轻轻地抖了一下缰绳。"小家伙儿们,"他说道,"前进。"

那两匹小马,四轮马车,在气数已尽的夏天的浓密尘埃中继续往前走着。这会儿，他可以看到村庄本身了——那家商店，那个铁匠店铺，轧花机房的金属房顶，排气管上方排出的稀薄气体急速地闪动着。现在是九月份的第三个星期；干燥的、布满尘埃的空气随着机器的快速运转在有规律地颤动着，蒸气和空气的温度极为接近，人看不见管道排出的气体，能够看到的只是一种稀薄的、高热的、闪动着的幻景，酷热的、透亮的空气，散发出棉花的气味，其中仿佛充满了满载棉花的货车缓慢劳作的哀叹；一缕缕棉花紧紧附着在尘土硬化了的路边杂草上，星星点点的小棉花块儿被马蹄踩进和车轮辗进尘土里，留下斑斑印痕。他也能看到那些棉花车，耐心的、耷拉着脑袋的骡子后面，没有动静的棉花车排成长长的一队，每一次往前挪一个车的距离，等待着过秤，随后到吸管下面，这时乔迪·瓦尔纳会又一次到那儿忙活儿，和他在一起的是店里的第二个新伙计——这个新伙计和那个老伙计长得一模一样，只是比他小一点儿，结实一点儿，仿佛他们是用同一个模具刻出来的，只是他们出现的顺序是反的，后刻的先出现，先刻的后出现，模具在刻出第一个后其边缘变钝了，并向外延展了一点儿——他有着小小的、饱满的、鲜亮粉红色的嘴巴，如同小猫咪的下巴，他的明亮、灵活敏锐、无从区别是非的眼睛好像金花鼠的眼睛一样，他神情愉快，有着无法改变的、持久的信念：所有的男人，包括他本人，天生为了获利而经常不诚实。

乔迪·瓦尔纳正在称棉花的重量；拉特利夫在经过时伸着火鸡样的长脖子，看到他穿着厚重、宽大的绒面呢衣服，白色的无领衫衣在每一腋窝处都有一个黄色的半月形的汗渍，那顶黑色的帽子上布满尘土和棉絮。如此我猜现在也许每一个人都满意，他想着。要么就是除了一个人之外其他的人都满意，他向自己补充道，因为在他还没到商店以前，威尔·瓦尔纳就从店里出来了，骑到那匹白马上，那马是有个人刚从桩子上解下来，牵给他的，这时，拉特利夫看到，男人突然间都挤到了那边的走廊上，这些男人的装满棉花的货车停放在对面的路上，等着过秤，而当他驱马依次向走廊走过来时，明克·斯诺普斯和另一个斯诺普斯，那个说话爱用谚语的人，那个学校教师（他此时穿了一件新工装衣，尽管是全新的，但看上去就像拉特利夫首次见到他时他穿的那件老的工装给他的感觉一样）从台阶上走下来。拉特利夫看到，那张倔强的脸此刻表情冷酷，内心的愤怒依然在那单一的眉毛后面闪现；在它旁边，是那张嘴里嚼着东西的脸，他们两个仿佛一阵风似的从他面前经过，手和胳膊从那新的、黑色的、旋动着的工装中伸出来，胡乱地用力挥动着，还有那声音，也像那手和胳膊的动作一样，仿佛不受为其提供血液和动能的身体的支配，而是在控制着身体一样：

"要有耐心。恺撒从未能在一天里建成罗马；耐心是匹跑得最为稳健的马；正义是公正之人的面包，邪恶之人的毒药，只要你耐着性子就能看到。我崇敬法律；威尔·瓦尔纳完完全全把法律理解错了。我们将提起诉讼。我们要——"这时，另一个斯诺普斯把他那张愤怒的脸转过来，用脸上那单一的眉毛冲他激烈地做着强调之态，并狂暴地说道："——就是这样！"他们继续往前走去。拉特利夫驱马往走廊上去。他正拴那两匹小马时，豪斯顿从里面出来，身后跟着一条大个儿的猎狗，他骑上马走了。拉特利夫登上走廊的台阶，这会儿走廊上至少聚集有二十个男人，布克赖特在他们中间。

"原告仿佛有法律方面的才能，"他说道，"怎么判的？"

"只要斯诺普斯付给豪斯顿三美元的放养费，他就能领回他的牛。"奎克说道。

"噢，是这样，"拉特利夫说道，"难道法庭对他的律师甚至没有一点儿责罚吗？"

"律师受到的惩罚看上去是将没有完成的演说充分说完。"布克赖特说道，"如果那就是你想要知道的。"

"嘀，嘀，"拉特利夫道，"嘀，嘀，嘀。这么说威尔对下一个到来的斯诺普斯所能做的，是不让他说话，其他对他什么也干不了。这么干也不再会有任何好的结果。斯诺普斯能来，斯诺普斯也能走，可是威尔·瓦尔纳看起来像是他永远要与斯诺普斯拴在一起了。要么是瓦尔纳永远对斯诺普斯施加影响——随你怎么看都行。那家伙怎么说来着？旧的去，新的来；在老摊儿那里干老活儿，也许有个新伙计干那活儿，可被挤出来的却是原来那个老摊儿？"布克赖特望着他道。

"如果你愿意站得离门近一点儿，他听你说话的效果就会好多了。"他说道。

"那还用说，"拉特利夫说道，"人小耳朵长，世界开辟出一条通向富人猪棚的道路，但并不是每个人家都有新律师的，更不必说先知了，既不浪费，又不缺少，只不过一个腰圆的富人并不需要先知来预测利润和究竟谁是赚钱的人。"此刻，他们全都注视着他——那张脸光光的，上面的表情让人琢磨不透，他的眼睛里和嘴角处的线条那儿隐藏着某种他们无法弄明白的东西。

"看这里，"布克赖特说道，"你怎么了？"

"哦，没什么，"拉特利夫说道，"在这里这个最好的一切都是可能的世界里，有任何东西在任何地方因为任何原因会有什么不对劲儿的吗？很有可能卖给他领结的同一帮家伙也会有一双黑色的长筒袜。而且任何一个画写招牌的人都能给他画一扇屏风，靠着床竖在那里，看上去就像是仰望着一面满是货架的墙，货架上装满了罐装的食品——"

"看这儿。"布克赖特说道。

"——这样，他就能够知道去做每个男人和女人大约二十九天来一直在想的事，这些人都曾经知道十三岁的她与老人一百零一岁的迈卡拉姆之间的关系。当然了，他可以把那玩意儿弄到棚顶上去，顺着往上爬，从窗户里爬进去。不过，那样做没有必要；他不会那么干的。不会的。这里的这个人不是无聊的爱在屋檐下偷听的家伙。这里的这个人——"一个小男孩出现了，他有八到十岁的样子，身穿工装裤，匆忙走着，他登上台阶，迅速地向他们瞄了一眼，他的眼睛犹如长春花一样，呈蓝颜色，纯真无邪。他急匆匆地径直进店里去了。"这里的这个男人，他所需要的就是坐在店里，直到过上一会儿，有一个人进来，取五美分的猪油，不是买猪油；他过来让斯诺普斯先生把猪油切下来，他把猪油递给她，把它写进一个本子里，她不知道他在那个本子上都写了些什么，也不知道他为什么要写，她只知道把刚才切下的那块猪油放进一个听罐里，听罐上面有一张猪的画，即使是她也能看出来那是猪。他把那听罐放回去，把那个本子收好，他去把门关上，把门闩插好，而这会儿她已经走过去，转到柜台的后面，坐在地板上，因为也许她想到此刻那就是你所需要做的，不是为那块猪油付钱，因为那已经写进那个本子里了，可是要从那道门里再出来——"新来的那个店伙计突然之间出现在他们中间。他从店里面蹦出来，他的五官由于过度激动，在一瞬间凶狠、深不可测的愤怒的目光中，仿佛全都挤向了他脸部的中心部位，那个长着长春花一样的蓝色眼睛的小男孩匆忙地、目不转睛地在他的旁边走着，一刻也不停地从台阶上走下。

"好了，小伙子们，"那店伙计说道，他语速很快，神情焦躁，"他已经出发了。你们最好快点儿。这次我不能去。我不得不留在这里。主要是为了从后面换到前面来，这样年老的小约翰就没法看到你们了。她已经开始给搞糊涂了。"五六个男人已经站起身来，他们欣然乐意，脸上带着某种好奇的、诡秘的、挑战的神气。他们开始从走廊上离去。那个小男孩这时正毫无倦意地沿着围栏匆忙行进，那围栏把小约翰太太的围场的尽头也围在里面。

"这是怎么回事？"拉特利夫问道。

"要是你还没看见过，就过来吧。"正走着的男人中的一个说道。

"看什么？"拉特利夫问道。他把那些没有站起身来的人上上下下看了一遍。布克赖特就在他们中间。他正在不停地用刀使劲削着一根白松树枝，他的脸朝下低着。

"快走，快走，"那个站在台阶上的男人身后的人说道，"要不然在我们到那里之前一切都会结束的。"于是那一帮人接着往前走去。拉特利夫注意到，他们跟在那个小男孩的身后，沿着小约翰太太的围场的围栏急匆匆地走着，脸上依然带着那种好奇的、诡秘的、具有挑战意味的神气。

"你们全都到这儿来干什么？"他问道。

"你去看看吧，"布克赖特声音刺耳地说道。他的眼睛在看着手中的刀子，头没有抬起来。拉特利夫望着他。

"你看过了？"

"没有。"

"你去吗？"

"不。"

"你知道是怎么回事？"

"你去看吧。"布克赖特再次说道，声音刺耳，恶声恶气的。

"既然没有一个人打算告诉我，看起来我只好去了。"拉特利夫说道。他往台阶那儿走去。这时那一帮人已远远地走在前面了，他们沿着围栏急匆匆地走着。拉特利夫开始从台阶上下来。他仍然还在说话。他一边走下台阶，一边继续说话，他不回头看；没有一个人能看得出来他是否在向他身后的那些男人说话，是否在向任何一个人说话："——去把门闩从里面插好，然后回来。这个这里的黑肤畜生从地里回来，身上带着在地里干活儿出的汗，他仍然在为她擦干身上的汗，她不知道她闻到的是汗味儿，因为她从来没有闻过其他的味儿，就像由于同样的原因，一头骡子不知道它散发出来的味儿是骡子味儿一样，还有一件属于她的衣服，她穿着那件衣服，在柜台的后面，躺在地板上，透过他向上仰望着一排排小小的、密封着的听罐，听罐上画着鱼和猛兽，她也不知道里面装的是什么东西，因为她连五分硬币或是十五美分的硬币都没有，即使他打算过给她五美分，更不用说她来要的猪油了，她会接二连三地过来要猪油，不过只是听说有一天在某个地方，乡亲们说出名字的那个人就在他们中间，他躺在那里，向上仰望着他们，每一次他的头都会长时间地移开，并且说：'斯诺普斯先生，你给切五分钱的沙丁鱼吗？'"

2

冬天过去，春天来了，春天的脚步一天天向前迈进着，他要逃离的和穿越的黑暗时光也越来越少。很快天就变得暗了下来，这时他刚刚离开仓房，他小心翼翼，用一只脚向下探着地，从摆放挽具的房子里退出来，他的被子和草垫床都放在这间房子里面。他转过身来，背对着房子，房子长长的，杂乱无章，赫然耸现在那儿。就是在这所房子里，昨天夜晚，新来的旅行推销商躺在床上，脸压着枕头，鼾声不断，小约翰太太能够适应这种鼾声，他也一样，现在也逐渐能够适应了；到了四月份，天在黎明时分给人的感受不太真切，那实际上是种光线黯淡、看不到远处、拂晓未至的悬置状态，在这种状态中，他已经能够看到，而且知道自己是一个可被看到的实实在在的、协调一致的生命体，而不只是所有乱七八糟的体液和精神分裂恐惧的感受者，不是在那原初看不见的敌意状态中自由得令人畏惧的生灵。那一切现在都消逝了。此刻，恐惧仅存于那令人感到不真实的黎明以后的时分，那黎明与鸟类和动物所知道的时刻之间的间隔时分：黑夜最终让位于白昼；而这会儿他就会匆忙行事，一溜儿小跑，不是要更快地到达那里，而是因为他必须很快回来，这时，在能见度变得越来越高的情况下，他感到平静，没有一丝恐惧，天光逐渐由灰色转为初始的玫瑰色，变成晨曦时分最亮的金黄色，照亮最后一片坡顶，他自己跑下来，来到笼罩在晨雾中的小河旁边，躺在被露珠打湿了的绿草上，无数生命正在其中苏醒，他聆听着她走近的脚步声。

随后，他会听到她的脚步声，她走下来，来到晨雾笼罩的小河旁。那不会是一小时，两小时，三小时之后的事；黎明时分的黑暗将会散去，那个时刻和她将不在那儿的时间里，他会去聆听她的声音，他会躺在潮湿的绿草里，浑身湿漉漉的，从容安详，独自一人，沉浸在无尽的欢乐中，倾听着她走近的声音。他能够闻到她的味道；薄雾之中全都充满了她的气味儿；同样的薄雾也在用它伸展出去的手，掠过他俯卧着的、湿漉漉的身躯，触摸着她镶满水珠的木桶，并即刻在某个地方把它们拢在一起，让它们结为一体。他不想动地方。他想在充满微小生命的大地从沉睡中苏醒过来的时刻躺在那里，被雾水压弯了的蕨类草叶低垂在薄雾之中，一动不动，在他的脸前呈现为黑色的、固定不变的弧形。在每一片弧形的草叶上，露珠在交界处聚集，以其微小的晶莹表面，映照放大黎明玫瑰色的微型形象，浓重的、缓缓飘来、温热的牲口棚味、牛奶味可以闻得到，甚至可以品尝得到，飘移着的、太古时代的女人，倾听着缓缓的耕种声，倾听着有意分开、抛撒着土的脚趾踩在泥里的吧唧吧唧的声音，依然带着唱诗班的歌手，高唱着婚礼之歌，隐身在薄雾之中。

接着，他会看到她；那光亮、透明的清晨的号角，太阳的号角，将把薄雾吹散，使她显露出来，她伫立在那里，浑身金黄，身上沾满露珠，站在河水分道的浅滩上，清晨的号角将那浓郁的、温暖的、强烈的、奶味很重的气息吹进河水里去；他躺在湿漉漉的绿草上，太阳的强光照得他的眼睛此刻什么也看不到，他会迷迷糊糊地沉浸在大腿与大腿的摩擦挤压的快感之中，发出一种微弱、浑厚、嘶哑的呻吟声。因为从清晨到中午到夜晚，他都不能跟她做这种事。这倒不是他必须重新回去干活儿。没有活儿要干，没有辛勤的劳作，没有要克服的身体上的和精神上的厌倦，没有持续不断的争斗；昨天没有，明天没有，今天只是他对扫帚前面那堆令人厌恶的隆起的尘土和垃圾初次感到有点儿惊讶，被单变得整洁、平滑，他感到惊奇，让他想起这是那双手的某种动作带来的结果——一种常规化的、得心应手的行为，令人厌倦；一只强有力的、温柔的手让人喜欢，一种声音抓住了他，控制着他，出于仁慈，让他高兴，他就像一条狗被驯教，保持那种状态。

事实上是因为，他不能再往前走了。他曾经尝试过那么做。他躺在那里，恭候着她，这已经是第三次了；薄雾散去了，他看到她了，这次甚至连今天的好事都没有了——没有可返回睡觉的床铺，没有手，没有声音：他抛弃了忠诚，甚至抛弃了习惯。他站起身来，朝着她走过去，向她说着话，把手伸向她。她抬起头来，望着他，她爬上前面的河岸，从水里面出来。他跟着她，他战战兢兢地把脚放在水里面，开始过河，每走一步他都把脚抬得高高的，嘴里小声地呻吟着，他很急切，而且相信他不再会吓着她的。他摔倒了一次，整个身体都跌入了水中，没有为让自己站住而做任何努力，随着一声高声的喊叫，他的整个人都不见了，接着，他又一次从水里冒出来，身上向下淌着水，他已经缓了口气要再次喊叫，但他却停止了喊叫，而是向她说着话。他从水里爬上来，到了河岸上，再次向她走近，他的手向她伸过去。这一次她跑了起来，在相距很近的情况下猛地向前冲去，接着转过身来，低下她的脑袋；她转了一圈，在他的手还没有触摸到她时，再次跑开了。他跟在她的后面，向她说着话，声音急切，哄骗引诱她。最后，她回转过身，从他身边越过，又回到了河流的浅滩处。她跑得比他快；他快步跑着，呻吟着，眼睁睁地望着那空幻的呈点状的草叶的影儿，随着那完好如初、逃离着的爱人的形象一掠而过，她再次涉越过小河，快步爬上通向一条捷径的路，她在那里又一次停下来，注视着他。

他停止了呻吟。他急忙跑回到小河那里，开始涉越，每一次都把脚高高地抬出水面，仿佛他指望每一次都在那里找到坚实的东西，要么也许是每一步他都不知道自己是否要踩下去。这一次他没有跌倒。但是，他刚刚爬上河岸，她就又一次动了起来，走上那条道，此刻她没有快跑，但她是有意这么做的，这样他就不得不再次跑过来追她，再次必然会失去重心，再次呻吟，此刻他很急切，此刻他感到惊恐，疑惑不解，他感到惊讶。这时她正要折回到她今天早晨和所有的早晨从那儿来的道儿上。或许他根本就不知道，完全没有注意到自己是在往哪里走，除了母牛之外，他什么也没有看到；也许他甚至没有意识到他们是在围场里，即使是当她继续向前穿过围场，进入挤奶的棚屋里时，他也没有意识到，她离开这个棚屋还不到一个小时，尽管他通常可能也知道每天早晨她会从哪里出来，因为他对毗邻的乡村大多很熟悉，他从来不会迷失方向：在黑夜之中，物体变成了流动的东西，但它们的位置和排序不会改变。也许他甚至没有明白过来她是在她的牲口棚里，在任何一个牲口棚里，而只是知道她终于停了下来，她终于不再逃了，他即刻停止了那急迫的、令人惊恐的呻吟声，跟着她进了棚屋，他又一次向她说着话，喃喃低语，说着傻话，而且用手去触摸她。她猛地把身体转开；可能他看到了，她不是不能跑，但只是她没有逃跑。他再次去触摸她，他的手，他的声音，充满饥渴，向她许诺着，令人难以相信。接着，他仰面躺在了地上，她的蹄后跟砰的一声落在了他的脑袋旁边，并依然踩在木板墙上，接着那条狗站在他的面前，一眨眼的工夫，那个男人抓住他的上衣，把她从地上野蛮地拎起来。接着，他就到了棚屋的外面，豪斯顿依然在紧紧地抓着他的上衣，咒骂着他，他也弄不清楚那不是出于强烈的激愤，而是因为生气而恼怒。那条狗站在几英尺远的地方，注视着这一切。

"艾克·荷－莫普，"他说道，"艾克·荷－莫普。"

"艾克该死的，"豪斯顿说道，冲着他咒骂着，摇晃着他的身体，"接着说！"他说道。"没用的东西！"他冲着狗说道，"把他从这里弄出去。当心点儿，伙计。"此刻，那条狗冲着他大叫起来，但狗没动地方，它只是大声叫了一次；它仿佛是在说"呸！"这时，他依然在呻吟，他努力在此刻去用自己那双受了伤的眼睛向那个男人说些什么，他朝着那扇仍然开着的门那儿挪动着，他刚才就是从那儿进来的。这时，那条狗也跟着动了起来，它就在他的后面跟着。他回过头来，望了望棚屋和那头牛；他试图再次用眼睛向那个男人说点儿什么，他呻吟着，流着口水，这时，那条狗又冲他大叫起来，叫了一次，又往他身边走近一步，但没有再靠近他，他望着狗，露出惊恐的神色，他转过脸，快步向门口走去。那条狗又一次大叫起来，连续急促地叫了三次，这时，他喊叫起来，声音嘶哑，凄惨可怜，他现在跑了起来，那厚重的不争气的髋部可怜巴巴地、无望地摆动着，相互一点儿也不配合。"当心点儿，伙计！"豪斯顿大声喊道。他没有听到。他只听到那条狗的脚步声就在他的后面。他拼命地跑着，上气不接下气。

所以现在他不能再往前走了。他可以躺在草地上，等着她，听着她的声音，接着在薄雾散去的时候看到她，而且那就是一切了。于是，他会从草地上起来，站在那里，依然在软弱无力地晃动着，从一边摇到另一边，发出一阵微弱的、嘶哑的声音。接着，他会转过身去，爬到斜坡上，他的脚步有点儿踉踉跄跄，因为太阳的光线正在直直地照射着他，不过，他赤裸着的脚会知道路上的尘土的位置，并再次踩在上面，他会再次开始小步跑起来，急急忙忙的，他依然在呻吟，他的影子在他前面的尘土上变短了，升起的太阳温暖地照耀在他的背上，已经在蒸干沾在他潮湿的工装裤上的尘土；于是他又回到那所房子里，屋里满是四下乱丢的东西，床铺没有整理。很快他会再次去清扫地面，只是偶然之间停下来，由于困惑不解和令人难以置信的忧伤而发出那种嘶哑声。接着，他会再次注视着那堆在挥动着的扫帚前面的、令人厌恶的尘土和垃圾，他表情平和，精神专注，对此感到很惊讶。因为即使是在打扫清理时，他仍然能够看到她，在牧场紫罗兰色的阴影中她呈现为金黄色，她没有置身在丰盛嫩绿色的牧草中间，而是现身于整个春天最为繁茂的景色之中，为她加冕，增光添彩。

他在楼上打扫整理，这时他看到了烟雾。他清清楚楚地知道她在哪里——在那个斜坡那儿，在小河那边菖蒲和荆棘生长极为茂盛的斜坡那里。虽然有三英里远的距离，但他却能看到她后退着，从燃烧的火焰前逃开，他能听到她的喘息声。他从他站着的地方开始跑，手里拿着扫帚，他跑着，慌乱中撞到了墙上，那又高又小的窗户，他就是透过那扇窗户看到烟雾的，他无法从窗户里面钻出去，尽管他能用自己那十八岁的人的脚踩着地面，那情景就像一个飞蛾或一只身陷网中的鸟无法挣脱一样。这时，走廊里的门展现在他的面前，他没有一丝犹豫，冲着门跑过去，穿过那扇门，手中依然握着扫帚，在通向楼梯的走廊上跑着，这时，小约翰太太在第二间卧室里出现了，让他站住。"你，艾萨克，"她说道，"你，艾萨克。"她的嗓音并没有提高，她也没有去触摸他，可是，他却停下脚步，呻吟着，茫然无神的眼睛用力地望着她，他的脚转换着抬起来又放下，就像一只猫站在某种灼热的东西上的那种样子。接着，她伸出手来，放在他的肩膀上，把他的身体转过来，他驯服地又走回到上面的走廊里，再次走进那间房子，呻吟起来；透过那扇窗户，他再次看到了烟雾，在此之前，他甚至还用扫帚敲了一两下。这一次，他几乎立刻就找到了走廊的门，不过他没有走近它。相反，他在那儿站了一会儿，望了望手中的扫帚，啜泣着。接着，他来到床边，他刚才把床整理好，床上又干净又整洁，他停止了啜泣，来到床上，把被子翻开，把扫帚放在里面，扫帚的草把儿放在枕头上，像脸一样，并且又一次把被子平整地盖上，围着扫帚把被子掖好，他匆忙行事，手法拙劣可笑，伪装的样子不像，接着他离开了房间。

　　此刻，他没有弄出任何声响。他没有踮着脚尖儿走路，但他令人吃惊地神速、敏捷地从走廊上下去，没有发出一点点儿声音；他到了楼梯那儿，小约翰太太还没有能从另一间房子里出来以前，他便开始从楼梯上下来。起初，在三年以前，他根本不愿尝试着从楼梯上走下来。他独自一个人到楼梯上面去；没有一个人知道他是走上去的，还是爬上去的；要么也许是他登上楼梯却没有意识到自己在这么做，改变了自己的位置的高度、深度知觉，但他却没有能力从上面下来。小约翰太太到店铺去了。某个从那幢房子那儿经过的人听到了他的声音，当她回来的时候，大厅里有五六个人，仰着脸向上面看着，他在最高的楼梯台阶上，手紧紧抓住扶手，喘着粗气，双眼紧闭。当她试图把他握着的手掰开，拉着他到下面去时，他仍然紧紧

174

抓住楼梯的扶手，喘着粗气，并身体往后挣着。他在楼上待了三天，她把吃的东西给他拿上去，人们从很远的地方来到这里，向她说道："难道你还不把他给弄下来？"这是她最终哄骗他尝试从楼梯上下来以前的事。而且即使到了那时还是费了好几分钟时间，他才紧紧抓着楼梯扶手，喘着粗气，一步一步地往下走，与此同时，她那只强有力的、温柔的、固执己见的手拉着他，她那冷冰冰的、可憎的、极有耐心的声音向他说着，人们聚集在下面的大厅里，注视着他们的举动。在此之后，有一会儿他每次试着往下走时就觉得会栽倒在他们身上。他知道自己会摔下去的；他会盲目地把脚抬起来，踏空，呻吟着落下去，身体倒下，四肢摊开，撞在地板上，他会感到害怕，不是因为疼痛，而是因为惊讶，他会最终躺在下面大厅的地板上，他那受伤的眼睛呆呆地、令人无法相信地瞪视着不存在的东西。

  但是，最后他学会了要它们顺应他的需要。现在他在迈出脚步前只是把速度变慢了一点儿，他不是很有信心，但也并不感到惊慌，在每一次的连续走动中，他的脚抬起又放下，走下来的距离并不太远；几乎没有几步远，但在每一个走动的瞬间，他的动作很快，而且他加快步伐往前走，穿过下面的大厅，走进后面的院子里，在那儿他再次停下脚步，身体开始从一侧向另一侧摇摆起来，他呻吟着，他茫然失措的脸上此刻布满了疑惑不解的惊诧神情。因为从这里他看不到那种烟雾，而且现在他所记起的只是那个空旷的、黎明到来时分的斜坡，他让自己从那里向下走到被薄雾笼罩的小河边，等候着她，而现在情况不对劲儿。因为他站在太阳下面，看得见一切——他本人，土地，树木，房屋——已经融为一体，是可以看见的固定的形象；没有要穿越、要躲避的黑暗，而这一切是不对劲儿的。于是他站在那里，感到困惑不解，他呻吟着，身体摇摆了一会儿。接着，他再次走动起来，穿过院子，走向围场的那扇门。他也已经学会开那扇门，他转动拉手，那扇门就从两根围栏柱子中间消逝了；他走了进去，过了一会儿，他发现了那扇门的位置，门转到了一边，贴在围栏上，他把门关上，用门闩把门闩上，接着继续往前走，穿过阳光照耀着的围场，走进牲口棚的过道里。

由于太阳对他瞳孔的强烈刺激，他不能即刻就看见眼前的东西，不过，每当他走进牲口棚，向他的床铺走去时，那里总是黑黑的，所以他马上停止了呻吟，径直朝着通向放挽具的那间房子的门走去，现在他带着真正的自信走动着，他用双手抓住门的边框、抬起脚放在台阶上，而且，他向下探测的脚已经触到了地面，他从黑暗中退出来，进入了光亮的地方，他转过身，他的四周一声不响地变成了光亮的世界，让他完整地置身其中，呈现出他的整体形象，他已经快步地跑起来，向着那个坡顶跑去，就是从那里，他让自己下去，走进小河旁边的薄雾之中，躺在那里等候着她。他继续向前跑过围场，穿过用铁丝捆绑的围栏里面的开阔地带。他的工装裤挂到了铁丝上，但他把挂着的地方弄开了，这会儿他没有弄出一点儿声响，他上了路，跑步向前，他的浑圆的女人一般的大腿摆动着，脸色急切，眼神惊慌。

当他来到三英里外那个斜坡上时，他仍然还在跑着；他转身下路，登上斜坡的最高点，看到小河那边的烟雾，他又一次发出那种嘶哑、令人惊骇的声音，他沿着斜坡跑下去，穿过他黎明时分在上面躺过、现在已经干了的草地，来到小河边，浅滩处。他一点儿也不犹豫。他飞快地奔跑着，跌下河岸，摔进泛起波纹的河水中，即使是在他开始跌倒后，他依然继续向前跑，他脸朝下跌进了水里，完全被水埋在里面，他从水里钻出来，身上淌着水，他的膝盖埋在水里，他气喘吁吁。他抬起一只脚，高出水面，往前走着，仿佛是踩在一块高高隆起的地面上，他又向前迈步跑了起来，接着又跌倒了。这一次他张开的手触到了前面的河岸，而且这一次当他站起来时，他真的听到了那头母牛的声音，微弱而惊恐的声音，从那边另一个斜坡坡面上的烟幕那里传来。他把一只脚抬得再次高出水面，又一次跑了起来。这次当他跌倒时，他躺在了干干的土地上。他爬起来，穿着湿透了的工装裤跑了起来，他越过牧场，跑上了另一个斜坡，在斜坡的最高处，没有风，烟幕就在那儿升起，在正午太阳的照耀下，烟幕的颜色从蓝色变为淡红紫色和淡紫色,接着变成了铜黄色。

他离开的地方,向后一英里处,是河谷形成的乡村,平坦,宽阔,土地肥沃,他走进了山丘地带——一个从地形上看属于阿巴拉契亚山脉的地段,它是阿巴拉契亚山脉的最后的蓝色地段和行将完结的回转处。奇克索印第安人①曾经拥有这一地区,不过在印第安人走了之后,这里的林木就被清理干净,使得谷场的耕种成为可能,而且在南北战争以后,这里就被人遗忘了,仅有一些四处流动的锯木厂,现在这些锯木厂也都不见了,它们的所在地只是由腐烂的锯木屑堆垛标示出来,这些木屑堆垛不仅是他们的墓碑,也是人们的不经意的贪婪的见证物。现在,这里是一个松木和橡木二度生长的丛林地带,在松树和橡树之间,山茱萸生长茂盛,人们把它砍下来,做成棉花纺锤,不再显示出甚至一道犁沟的旧时的耕田,被四十年来的雨水、冰霜和酷热给毁了,上面给冲开了口子和沟槽,变成了高地,密密实实地长满了繁茂的菖蒲和荆棘,野兔爱在其间穿行,鹌鹑喜欢在里面做窝,裂开的沟壑由于其土质为交替出现的沙子和泥土,因而显得红白相间。现在,他正在跑向的正是这些高地中的一个,他跑在灰烬上,却没有意识到是在灰烬上跑,因为这里的土地已经冷却了,他在去年的菖蒲的发黑的根茬之间跑着,这里呈点状地生长着一小块一小块今年未经火烧的绿草植物,还有掉在下面的、头部已枯萎的蓝白色小雏菊,接着他跑到了那片斜坡的顶部,来到了高地上。

烟雾聚集在那儿,犹如他面前的一堵墙;在烟雾那边,他能听到那头母牛持续不断的被吓坏了的叫唤声,他冲进烟雾,向着声音发出的位置跑去。现在他的脚感觉到地面很热。他开始迅速地把脚从地面上抬起来;他自己大声喊叫了一次,声音嘶哑,令人感到惊奇的是,仿佛是回应,那烟雾,那环绕着他的环境本身反过来又冲着他尖声大叫。到处都是那种声音,天上,地

---

① 原住在美国密西西比州和亚拉巴马州北部说穆斯科格语的印第安人。

下,铺天盖地地向他压过来,他听到了马蹄的声音,他停下脚步,吸了一口气,这时,那匹马出现了,它暴怒地从烟雾中出来,显得实实在在,它个儿头很大,样子怪异,眼中神色狂野,它晃动着鬃毛,向他冲了过来。他也尖叫起来。一时间,他们脸对着脸叫喊着,它瞪着狂野的眼睛,龇着发黄的马牙,露出长长的咽喉,它的食管由于为享受贪吃的欢乐而变得发红,它俯身望着他。接着,马转过身去,没有停顿,马的奔跑带过来的风,吹着他的头发和衣服,浓烈的烟雾向他压来;马不见了。他再次朝着母牛发出声音的地方跑去。当他再次听到马在他的后面时,他甚至都没有回头看一眼。他只是在跑,不停地跑,那响亮的、急促的马蹄声又一次响彻在大地上,在烟雾中,变得震耳欲聋,那个令人无法忍受的声音又一次向下冲他大声尖叫,他猛地把双臂举过头顶,脸朝下摔倒在地,狂风和浓烈的烟雾再次向他袭来,那匹发了疯的马在他俯伏着的身体上面狂吼嘶鸣,接着再一次消失了。

  他爬了起来,向前跑着。现在那头母牛离他已相当近了,此刻他看到了火——一束纤细的、玫瑰红色的火焰在他与母牛发出声音的位置之间,无声无息地伏在下面穿行着。现在,他的脚每一次触到地面,他都会发出一种短促的尖叫,像是从里面突然喷射出来一样,他力图在脚能支撑着身体之前就赶快把脚缩回去,接着在惊骇之中转向另一只他当时忘了的脚,这样一来他此刻根本就没有往前动一点儿地方,而只是在一个地方动着,像是在跳舞一样,这时,他听见那匹马又一次朝他奔来。他尖叫起来。他的叫声和马的嘶鸣声汇集成一个声音,疯狂、愤怒而绝望,他冲进火里,从里面钻过去,又猛然从火里出来,到了外面,到了太阳下面,一切都又看得见了,他从其中挣脱的、落在后面的火焰,犹如一件扯碎的衣衫散落在那里。那头母牛站在大约有十英尺远的深谷的边缘上,面对着火,它的头向下低垂着,叫唤着。他刚刚有时间去接近母牛,他转过身,这时,那匹疯狂的马猛地从烟雾中跳了出来,向他冲过来,他的身体夹在两者之间,他用两条胳膊护着自己的头。

那匹马没有改变方向。它几乎没有攒一下力气就冲了过来，步子跨到极限。它俯视着他，龇着牙，瞪着狂野的眼睛，朝他露出长长的发红的咽喉，竖起的额毛和马鬃晃动着，马的整个身体故意从他头上掠过，把他给吓坏了。马在天空中跃动，四个钉了掌的马蹄像新月一样闪动着微光，它依然在嘶鸣，并在瞬间从深谷的边缘那儿消逝了。仿佛是马在掠过之际掀起的狂风把他们一起随着它刮了下去，一开始是那头母牛，然后是他本人。大地变得竖了起来，向上翻起——裂开的大口子空荡荡的，从那儿甚至无法看清楚那隐约可见逐渐在变化的台阶。他们三个从上面掉下来，落在被压坏了的坡面的隆起部位，他没有发出任何声音，在深谷的最下面，那匹马打个滚儿起来，它一下也没停，沿着下面的沟向前飞奔，而他在那里，躺在那头正在挣扎的、叫唤着的母牛身体下边，感觉到它因恐惧而收紧的肚子突然放松了。在头顶上，由于深谷下面气流的作用，最外围的火焰的火舌伸过了深谷的边缘，火舌的顶部打了个卷儿，接着不见了，旋动着没入晴空下没有风吹动的那团暗淡的烟雾之中。

一开始，他根本不可能为那头母牛做点儿什么。母牛站起身来，面对着他，它的头向下低着，不停地叫唤。当他向她靠过来时，它猛地转过身子，朝着斜坡上被压坏的隆起部位跑去，它愤怒而徒劳地往上爬，把沙土都扒了下来，仿佛一阵看不见的耻辱感向它袭来，它不仅仅要避开他，而且要避开它的隐私遭到践踏的境遇，她在自己的领地突然之间受到袭击，没有来自暗处的警告，就被它自己那靠不住的生物本能给出卖了，强暴了，他再次跟在它后面，向它说着话，试图告诉它说这种对它娇弱的纯贞的粗暴践踏如何不是羞耻，因为这正是爱的结构的那种顽固的、永久的偏离。但是，它不愿意去听。它继续在那往下落土的坡脊上扒着，最后他用自己的肩膀顶住它的腿，把它往上扛。他们一齐用力，在斜坡上爬上了有大约一码的高度，沙土掉了下来，流到了他们的脚下边。他们扭在一起，一动不动，在冲劲儿和力气还没用完前，他们又一次从上面滑下来，落到了沟底，腿插在、固定在没到膝盖那里的、从上面流下来的沙子里,宛如浮在沙子上的泥俑。他的肩膀再次顶在它的后腿上,他们往坡脊上冲,他们上去有一码多高,接着那不听话的腿使他们前功尽弃。他朝它说着话,鼓励它;他们做了一次最后的努力。但是地面再次向上翻起;他们的脚、沙土和一切都猛地被从他们身体下面拽了出去,翻向空中,天空暗淡,由于烟雾的原因依然隐隐约约显得脏污。他们摆脱不了这种结局,又一次躺到了那里,在深谷的底部挣扎着,他再次被压在了下面,那头母牛叫唤着,一刻不停地、疯狂地翻动着身体,终于她爬了起来,沿着下面的那条沟,就像那匹马所干的那样,它飞奔而去,他还没能站起身来去追它,它就消逝了。

那个深谷向外伸延到小河边。几乎是在一瞬间,他又再次来到了牧场,尽管他可能没有认出来,当母牛在前面飞奔时,他只看到了那头母牛。在那一时刻,他甚至可能没有即刻认出那块浅滩,当时那头母牛放慢脚步,走进河水里,停下脚步,饮水,他跑过来,也放慢脚步,呻吟着,声音急促,但声音不大,这样它就不会再次跑开。于是,他走近河岸,此时不再出声,他把脚抬起来,又再次把它们放在一个地方,他那汗毛被烧去的、烫伤了的脸上的表情显得急切而紧张。但是,母牛没有动地方,终于,他走了下来,进到水里,又一次忘记了他的脚会失去重心的,他又喊叫了一声,不太像是惊慌,也不像是惊奇的叫声,以免他让它感到惊慌,他再次向前走着,踩在容纳他的脚的坚实的河底,触摸它。它在饮水,甚至没有停下来;他把手放在它的身体侧面一两秒,这时它扬起向下淌水的鼻子,转过脸来向后面望着他,再次显得纯贞,安静,没有羞愧的神色。

豪斯顿发现他们在那儿。他穿过牧场,往这边来,他骑在马上,赤裸着脊背,飞奔而来,那条猎狗跟在后面,他看到一个粗壮的人蹲在母牛后面的水里,正在笨手笨脚地用一根折断的柳枝为它清洗着腿。"它还好吧?"他大声问道,并吆喝着马,要它慢下来,他甚至没有勒马的笼头,"嘀。嘀。好嘞。好嘞,你这该死的。——你究竟为什么不去把马逮着?"他大声说道,

"它可能会折断——"这时，蹲在水里的那人，将他那烧伤了的脸转过来，豪斯顿认出了他。他开始咒骂起来，他把手放在马鬃里摸着，查看马的情况，在马还未停下来之前，他就已经把腿迈过去，从马上滑下来。他咒骂着，咒骂中带着烦恼和激愤，但不是愤懑和狂怒。他来到小河边，猎狗跟着他，他俯下身子，找到了一根去年冬天的洪水过后留下的干枝，用它凶狠地抽打着母牛，母牛奋力向前跑着，往前边的河岸上爬，他把干枝断开的枝头朝母牛使劲扔过去。"没用的废物！"豪斯顿大声叫道，"回家，你这没用的东西，你这该死的贱货！"母牛飞快地跑了几步，接着就停在那里，开始吃草。"把它弄回家。"豪斯顿对狗说道。那条猎狗没有动窝儿，它只是抬起头，狂吠了一阵。那头母牛猛地扬起头来，再次向前跑去。他蹲在小河里，再次发出微弱的嘶哑的声音。猎狗站了起来，他也站起身来，但是，猎狗甚至没有要过河，它甚至并不着急；它只是沿着河岸走，直到它走到母牛的对面，它再次狂吠起来，它狂吠的声音很霸气，充满蔑视的意味，这一次母牛飞跑起来，回到水里往上游走，向着围场跑去，猎狗在河岸上紧紧地盯住它，它们跑着，就这样从视线中消逝了。在间隔的时间里，那条猎狗又狂吠了两次，每一次都是在母牛打算停下来时，有一次猎狗冲它大叫，仿佛只是在对她说声"呸！"一样。

他站在河水里，呻吟着。这会儿他实际上是在冲他自己吼着，声音不大，他只是感到惊讶。豪斯顿和猎狗来到了岸上，他向四周望了望，第一眼便看到了猎狗。他张开嘴巴当时准备喊叫，但他没喊，而是在他蠢笨愚昧的脸上显出了一种几乎是聪明的表情，当豪斯顿开始咒骂时，这种表情就消逝了，变成了一副疑惑的、惊讶的神情，他站立在河水中，呻吟着，他依然感到困惑和失望。这时，豪斯顿站在河岸上，望着他那被弄脏的、散发着臭味的工装裤的前片，咒骂，带着令人不解其因的激愤，他说道，"耶稣基督。天哪。——到这里来。"他说道："从那儿出来。"他粗暴地用胳膊比画着。但那另一个人却不动地方，他呻吟着，他扭过头去，向河上游望去，那儿是那头母牛消失的地方，后来，豪斯顿来到河岸边儿上，俯下身体，用手抓住他的工装裤的带子，蛮横地把他从河水里拎了出来。他使劲儿皱着鼻子，嘴里仍旧在咒骂着，他松开工装裤的吊带，用力从他的髋部那儿拉了下来。"走出来！"豪斯顿说道，可是他却不动，最后豪斯顿猛地一推他，他打了个趔趄，从工装裤里脱出身来，他站在那里，只穿着衬衣，其他身上什么也没穿，他小声地呻吟着，豪斯顿小心翼翼，抓着吊带，把工装裤拎起来，并用力把它扔进了小河里，他再次哭喊起来，就一阵儿，声音嘶哑，凄惨，但声音不大。"去吧，"豪斯顿说道，"把裤子洗洗。"他打着手势，做着剧烈搓洗的动作。但是，那另一个人只是望着豪斯顿，呻吟着，后来豪斯顿找到了另一根树枝，把树枝伸到工装裤里，向下按着让裤子浸泡在水里，并猛烈地在水里把裤子翻来翻去，他不停地咒骂着，接着把裤子从水里挑出来，而且还是用那根树枝，把裤子前面朝下放在草地上擦洗。"好了，"他说道，"没有用的东西！回家！回家！"他冲母牛大声喊叫，"你待在这里！别去烦她！"他停止呻吟，注视着豪斯顿。这会儿，他又再次开始呻吟起来，耷拉着脑袋，豪斯顿用眼睛瞪着他，眼神中含着令人困惑的强烈的激愤。接着，豪斯顿从自己的口袋里掏出了一把硬币，选了一枚面值五十美分的，走了过来，放进他衬衣的口袋里，把扣子系上，然后走回马的身边，他对马说着话，他触摸着马，他抓住马鬃，腾身骑到了马背上。他现在停止了呻吟，他只是在望着，那匹马仿佛又一次没有积蓄一下体力就开始动起来，就像一个小时以前它在深谷的边缘上从他和母牛的头上呼啸掠过时一样，它在豪斯顿的手的操纵下，转了两个小圈，接着便利落地走下河，飞奔而去，一会儿就没了踪影。

这时，他又一次开始呻吟起来。他在那儿站了一会儿，呻吟着，向下望着豪斯顿给他扣上兜盖儿的衬衣口袋，用手摸着硬币。接着，他望了望自己身边地上的他那湿透了的、卷成一卷儿的工装裤。过了一会儿，他弯下腰，把裤子拾了起来。一条裤腿儿向外翻错了面儿,他耐心地弄了一会儿，想把它穿上,他呻吟着。随后突然间两条裤腿儿都弄好了,他把裤子穿上,把吊带扣好,向小河走去,并涉水过河,他小心翼翼地向前走着,每走一步都把脚抬高,仿佛他是在登上一段升高的河床,他从河里面爬出来,回到了他的那个地方,他每天在黎明时分都躺在那里,等候着她,到现在已有三个月了。还是那同一个地点;每一次他都会准确无误地回到那个位置,就像活塞扣在汽缸盖上一样准确,他在那里站了一会儿,在那个扣着兜盖儿的口袋上摸索着,呻吟着。接着,他往斜坡上去了;尽管他自己并未意识到是怎么回事,但他的脚再次知道该踏在路上的尘土上,也许这纯粹是一种本能,在丧友的孤寂中发挥作用,带领他往回向着他当天早晨离开的那所房子走去。因为在开始走的一英里的途中,他又停下来两次,在扣着兜盖儿的口袋摸索着。显然,他没有试图要把口袋上的兜盖儿解开,他不是没有能力把它解开,因为此刻硬币就握在他的手里,他望着硬币,呻吟着。接着他站在一个木板桥上,桥就架在一条狭窄、浅浅的、长满杂草的沟上。他没有用那只拿着硬币的手做不明智的动作,他没有做任何动作,当时他完全静止地站在那里,可是突然之间他的手心里什么也没有了。那枚硬币曾经在布满尘埃的桥板上缓慢地滚动着,可能也曾经发出微微的光亮,接着就不见了,尽管没人知道是什么样的动作,痉挛的、极为细微的动作,也许那是最终舍弃的动作,让硬币掉下去了,发出动作的冲动没有了,随着动作消逝了,因为他甚至停止了呻吟,他站在那里,望着空无一物的手掌心,默不作声地感到惊讶。他把手翻过来,看着手背,甚至举着另一只手,伸展开,眼睛望着展开的手心。随后——那几乎是一种生理性的努力,犹如生小孩——他将两种想法联在一起,他退回到时间里去,通过符合逻辑的退行,重又获得一种意象,他再次在衬衣的口袋里摸索着,往口袋里面看,虽然仅仅是一瞬间,仿佛他实际上并没指望在那儿找到硬币,尽管无疑是纯粹的本能在驱使他向下望着他站立在其上的布满尘埃的桥板。而且他没有呻吟。他根本就没有发出一点儿声音。他只是站在那里,眼睛望着桥板，依次抬起他的脚。当他从桥上下来，进入那条沟时，他跌倒了。你无法说清楚他是有意在行走时踩空的，还是跌倒的，尽管那无疑是一种本能的延续，那种生来就有的，对重力的连续性知觉，驱使他往桥的下面看，寻找硬币——他蹲在杂草中，寻找着硬币，他的头隐隐约约来回快速摆动着，但依旧没有发出任何声音。从那时起，他根本就没有发出任何声音。他在那儿蹲了一会儿，在杂草里扒找着。这会儿那种相互对立的机灵劲儿从他的行动中甚至也消失了，而且那种在其他时刻驱使他的手动起来但却仿佛不受他控制的惯性也不见了；注意观察他的举动，你就会说，他不想找到那枚硬币。而且随后你就会说，你就会知道，他并不打算要找到硬币；过了一会儿，一辆运货马车从大路上过来，经过那座桥，赶车的人冲他说话，他扬起脸，上面甚至不再是一片茫然，他脸上的表情难以捉摸，深邃而平静；那个男人说着他的名字，他甚至没有用一个他知道的声音来回话，或者用至少他知道可以发出的声音来回答他，而且无论是什么人向他说话，他都用那种不会有错的方式来应对。

他没有动地方，运货马车已经看不见了，他并没有去注意那辆车。接着，他站起身来，爬上来，回到大路上。他已经在快步地走着，折回他刚才从那儿来的那个方向，沿着他自己的那条小径，将脚踏进五月正午时分的大路上炽热的尘土中，回到他离开大路从那儿登上斜坡的地方，他再次穿越斜坡，从斜坡上跑下来，到了大河边。他走过自己每天黎明时分都躺在湿湿的草上的地方，甚至没有朝那地方望上一眼，接着朝着小河的方向走去，他快步地疾行。这时大约是星期六下午两点钟。他不会知道，在那天的那个时辰，豪斯顿，一个没有儿女的鳏夫，独自一人和一条猎狗住在一起，一个黑种男人为他们两个做饭，会已经坐在三英里外瓦尔纳商店的走廊上；他没有能力去想也许豪斯顿不会在家。当然，他也没有停下来去弄个清楚。他走进围场，快步地跑起来，他直接来到了牲口棚屋关闭的门前。一套牲口笼头挂在门旁边的钉子上。也许他只是在摸找门闩的时候偶然间碰到了那套笼头。不过,他把那套笼头给那头母牛戴好,他见过笼头是怎么套上的。

那天下午,到了六点钟,他们已经在五英里之外了。他不知道已经走了那么远的距离。这没有关系;在空间和地势中距离是不存在的,对距离来说不存在时间的延续,他没有为证实做成的事而感受到的身体上的疲劳。他们不是在走向一个空间中的目的地,而是走向一个时间中的目的地,走向一种晚间顶峰的永恒状态,在那里,上午和下午融和为一;五月的魔法师一样的手塑造着他们两个,不是即刻,不是很快;而是就在此刻,他面对着她,拉紧缰绳,他冲她说着,一点儿也不让步,迫使她服从,而她却往后挣脱着,身体贴着缰绳,摇摆着脑袋,嘴里叫唤着。最近的半个小时她一直都在这么做,由于鼓胀的乳房不舒服,她的身体向后面退,向牲口棚挣着拽着。但是他拉着她,逐渐松开拉紧的缰绳,直到他的另一只手触摸到她,一开始是她的脑袋,接着是她的脖子,他向她说着话,直到她不再抗拒,她再一次往前走去。他们现在来到了山地里,松树丛林之中。下午的风虽然已经下去了,但长满树木的山顶在高高的晴朗的天空中,依然在不停地发出喃喃的低语声。树干和簇拥在一起的树叶是下午的竖琴和琴弦;一道道不连贯的、白日逆行的阴影不断地落在他们身上,他们穿越过山背,向下走进阴影笼罩的地段,进入傍晚蔚蓝色碧空下的凹地之中,进入无风的夜晚之中;日落的帐幕在他们身后落下了。一开始,她根本就不让他触摸她的乳房。当时她甚至还用蹄子踢过他一次,但那只是因为她不熟悉他的手,而且他的手动作拙笨。接着牛奶流下来了,温暖,流在他的手指间,流在他的手上和手腕上,流在地面上,发出微弱的、清晰可辨的嘶嘶声。

这时,月亮出来了。夜间月亮向西的部位缺损;与之相对,每天黎明时分,晨星就在暗夜转为白昼的时刻发出耀眼的光芒,而当她想要起身时,他能感受到她从沉睡中苏醒的那一时刻,一开始是后腿先动,在看不清的状态中将身体的后部拱起来,从蜷缩的睡眠状态中醒来,舒展身躯,身上散发着奶的味儿。接着,他也会起身,把缰绳的末端拴在一根摇荡的树枝上，根据昨天夜晚装在里面的草料的味道,去找寻并找到那个装草料的桶,然后出发。到了树丛的边缘,他会回过头来望一望。她的模样依然还是看不见,但他可以听到她的声音;仿佛他能够看到她——在根部被拔起的绿草中,那种温暖的气息依然可见,那气味温和、急于流溢的牛奶,在流体状的、形态不明确的大地上,呈现为一种整体连贯的模样。

那个牲口棚就在不到半英里远的地方。不久,它的轮廓就隐约可见,径直在苍天的画卷和有隐义的图形上呈现出来。那条狗在围栏处与他相遇,没有吠叫,在形象和声音之间的某个地方藏匿着,既不露面,也不出声。第一天早晨,它向着他猛冲过来,凶狠地咆哮着。他当时停下脚步。可能他想起来了五英里之外的那另一条狗,但那也只是一瞬间,因为这样的效果是接踵而来获得的成功,是摆脱散发着恶臭气味的所有过去失败的胜利;所以现在它来到他的面前,已经在摇尾乞怜,在他行走着的腿周围像流体一样,看不清楚,它那温暖的、柔软的舌头通过他本人那看不见的、摇动着手向他呈现出具体的形状。

在氨味浓烈的牲口棚里,他甚至不能感觉出来空间的存在,这里面充满了马和牛在黎明时分醒来时发出的声音。但是他并没有踌躇不前。他找到了牲口栏的门,走了进去;他那看不见的手找到了那个饲料箱,他的手知道也记得它在什么地方。他把饲料桶放下,开始往里面装饲料,他不停地忙着,动作迅速,把两只手抱在里面的东西撒出了一半儿,就像在前两个早晨,为在饲料箱和饲料桶之间确定他自己该往两个装料的东西里各放多少料时干的那样。他站起身来,面对着门,他现在能够看到门了,灰颜色,色调较浅,但令人不可思议的是,它不再有光泽了,仿佛是一块不透明的长方形玻璃镶嵌进虚无的自我中,与此同时,他的后背转了过来,他的脸面对的是前面看不清楚的世界。这时,他逐渐感觉到了鸟的存在。牲口的声音现在变得更响亮了,持续不断;他能够真切地看到那条狗在牲口棚的门口等候着他,他知道自己必然抓紧时间,因为他明白,很快就会有人来喂牲口，挤牛奶。于是他离开了牲口栏，在门口停了一会儿，然后再往下走，仿佛他是在听着什么，他嗅着那种味道，闻着母牛和骡子的气味，就像一个成功的情人在里面满是女人的屋子那儿所做的那样，他的成功，是行走在女人的大地上，作为一个成功者他与所有不知其名、没有面孔、有能力去爱的女人的肉体，都懒洋洋地保持着亲昵的关系。

他和那条狗一起，在飘荡着不和谐的、响亮的鸟叫声的昏暗黎明中再次穿过围场。现在，他能够看见围栏了，就在那里，那条狗离他而去。他从围栏上爬了过去，此刻动作快了起来，两只手笨拙地把饲料桶拿在前面，在潮湿的绿草上留下一个黑黑的、形状清晰的印迹。现在，他在观看那种重现的景象，这是他三天以前头一次发现的：黎明，曙光，不是从天穹降临在大地之上，而是从大地本身喷吐而出。盖在顶上的，是由令人看不清楚的、已灭了火的草根和树根所编织的华盖，这华盖隐没在令人无法窥破的黑暗之中，织就黑暗的，是时间的淤泥和多种多样的渣滓——持续不断、从不休眠、叫不上名字的饱食的蠕虫和纠缠在一起、难以分开的、有名的尸骨——特洛伊的海伦和美女、打着髯戴着僧侣帽的主教、拯救者、牺牲者和诸多国王——大地醒来，沿着无数隶属于它的潜行的通道，向上渗透：一开始，是根部；然后，是一片一片的蕨类植物的叶子，从其犹如气体一样的逸出的叶子顶端，曙光升起并向四周散射，给有着懒洋洋的昆虫鸣叫声的沉睡大地抹上一缕颜色，接着，依然是向上探寻，悄悄地沿着树干和树枝皱起的树皮潜行，在那里，突然之间树叶与树叶之间变得明亮起来，黎明以弥漫的突然变化的速度散射开去，用其长着翅膀和镶着宝石的歌喉吐露着悦耳的妙音，它向上迸发喷射，用浅黄色的强烈光芒将黑夜圆球形的空虚填满。在远远的下方，蒙着薄轻透明的雾纱的大地上，报晓的公鸡、猪圈和牛栏在恭候着白昼的到来。尖塔上的风向标在西南风中舞动着，田野等待着耕犁，昨日由于耕犁从马身上卸下与日落一起隐没入黑夜，黎明跃入犁了一半的土地的景象，犹如从沉睡中醒来的半是饥饿的海洋。接着，是太阳本身：没出半英里路，太阳就跑在了他的前头。静无声息的金黄色光芒腾空而起，照耀在湿漉漉的绿草上，并在他的前方投射出他本人长长的、面朝下的阴影，他徒劳地躲避着，想要不去踩在上面；大地展示着他的受挫，那情景古怪滑稽，始终不断，在最后一个坡地上，他的受挫感剧增，在无人的旷野上，太阳一动不动，高高地悬在那里，接着，他本人来到了坡地的最高处，在那里，太阳降下了一座隐形的桥，跨越黑夜最终退出的海洋。依然还是在前面，可以再次看到太阳跳跃着，穿过洼地，触摸小灌木林，抄近路折进附近叶子覆盖着的屏障中，照着他的脑袋，肩膀，臀部，然后是奔跑着的双腿，终于，太阳在一个完整的、变化无常的瞬间停住，耸立在上方，照耀着像迷宫一样的、风把树叶吹得沙沙响的丛林，接着，他跑进那座丛林，从里面穿过。

她像他离开的时候那样站着，拴在树枝上，嘴里嚼着东西。在那暖温的、巨大的、湿润的、没有瞳孔的球形乳房上，他看到通过不可思议、模糊细节的方式映照出来的一双他本人的袖珍形象；一个是朱诺可能留意的形象，他注意到，他本人正在对着那些人望着的东西沉思，朱诺看到了。他把装饲料的桶放在她面前。她开始吃起来。树叶上光的连续不断、始终在移动的闪烁，赋予她一种梦幻样的特征，她的存在仿佛就像他刚才忙碌时投出的倾斜的影子一样是虚幻出来的，但她的存在却并非也像他的影子那样虚幻：一束金色阳光的抚摸即可使她的重量和体积从流动的阴影迷宫中实在地显示出来，一手之遥的接触就会让她从无限的梦想呈现出结结实实的整体形象。他蹲在她的旁边，开始在乳头上吸。

他们一起从饲料桶里吃东西。他以前吃过饲料——豆荚、谷粉、燕麦、生玉米、青贮饲料和猪食，一次从不多吃，但就像鸟儿吃食一样，在他醒着的时候，他差不多总是不停地吃。即使是从小约翰太太给他弄好的装满食物的盘子里，他吃的也不太多，留下的吃的不到半盘，然后，过一个小时，他再吃些其他的东西，什么东西都行，包括那种令人厌烦的冗长教义和迷信说法教他直接称之为污秽之物的东西,除了某些种类的旧石膏里的油垢味和石灰味,嚼食的报纸中散发的油墨味以及螫人的蚂蚁的甲酸味之外,他对所有东西的味道都说不上喜欢或不喜欢。他只做一种识别:他是素食主义者,甚至他吃的有生命的东西都是植物的生命。接着,他把饲料桶拿开了。桶里面还有东西。桶里装的东西刚好有原来饲料的一半儿,几乎可以精确到用有盎司刻度的秤来称量,但是他从她那儿把桶拿走了,从那来回晃动的牛鼻子下面硬是拉走了,母牛在嚼着,感到十分奇怪,他把桶挂到了一根树枝上,他现在学得很快,他学会了怎么把事做成,学会了小心谨慎,秘密行事,学会了如何偷窃甚至学会了预测;他只有色欲、贪婪和嗜血的冲动,他还要获得一种道德良知,让他在夜晚处于清醒状态。

他们先往泉水那儿去。他第一天就发现了它——一股暗黑色的散发着湿气的溪流在一簇桤木与山毛榉之间缓缓地流淌,那里没有太阳,泉水从阳光照不到的其他桤木的根部和柳树的根部之间静静地蜿蜒流过。他把那地方清理干净,并往那里面舀水,这时每一次天光回映在水面上时,树叶的形象便一片片清晰完整地重现在水里,他们俯下身体,从里面饮水,绿叶的倒影给弄乱了,他们自己每一张饮水的脸都把他们映照在里面的影像给破坏了,每一张脸都与自己那破碎的倒影连一起,接着倒影就看不清楚了。随后,他站起身来,拿起缰绳,他们继续向前走,穿过洼地,走向树林,接着他们走进了林子。

这会儿东方已经发白。此时一切都清晰地裸露在天光下。太阳高高地悬在天空中。空气中依然响彻着鸟儿的鸣啭声,但那种鸣叫声已经不再是从一层层树叶丛中向上升起的左边和右边神秘的合唱,而是与大地平行的,从侧面的天空中响起的忙乱、毫无诗意的叫声,伴随着那种毫无诗意的觅食活动。鸟儿不断地以箭状的方式跃动着,惊心动魄地在松树之间飞来飞去,给松树增添色彩,在天空的风中,松树毛茸茸的顶端发出持续不断的低沉的沙哑声。这时,他放松了缰绳,从此刻直到傍晚,他们会只是像白昼本身前进的样子向前走,一点儿也不快。他们有着同一的目的地:日落。他们追随白天,就像太阳所做的那样,并行进在那一完整的永远不可改变的地平线的地域之中。他们与炽热的、没人注意的太阳同步前进,他们在高高耸立的树干的阴影里漫不经心地走着,感受不到酷热,这些树干是太阳轮的棘轮辐爪,在带有轴心的大地上转动,太阳威力巨大,从容不迫,从黑夜的洞穴中向上升起,穿过黎明和清晨和上午,向前行进,终于缓慢地进入正午的极点时分,从其顶峰向下流泻、朗照,在那个堕落,未获再次新生的天使般的人的头冠上增光添彩。太阳呈现为金黄色的光柱,竖直向下。他在背上背着太阳,他弯着腰,肥厚的、互相之间不配合的腿和膝盖不情愿地向前挪动着,一开始,他采拢了一胳膊的葱绿的草,接着他采集着花。这些花是明亮耀眼的野生雏菊,是火红、繁茂的夏天在其开始之际献上的花朵。他那笨拙的、不听话的手,不是把茎根折断,而是不时地把向外伸出的花梗拢在手里,把花头揪成一堆掉落下来的散乱的花瓣。无风的正午时分,必然会有树荫,她就站在那树荫下,不过,在他还没到那儿时,他已经弄到足够用的花瓣了,他拥有的花瓣用不完的;即使他只是采集两朵花,那也已经是够多的了:他把采拔来的草放在她的面前,接着,在他那拙笨地、摸索着的手中,那已经散乱的、不成样子的花冠出现了,在给母牛戴花冠的动作中,花冠四分五裂,从眉毛的斜面上和嚼着食物的脑袋上雨点一样地掉落;饲料和花瓣变成了一种无始无尽反复咀嚼的东西。在有节奏地蠕动着的母牛颚部的一侧,垂挂着最后一片花瓣。

那天下午,天下雨了。雨到来之前没有任何先兆,而且雨持续的时间也不长。他望着雨看了一会儿,没有感到惊慌,雨下得没头没脑,没有规律,不明不白,接着雨终于下大了,下得集中起来,在地平线四周两三个不同的地方同时以细窄的非垂直形的雨带状向下倾泻着,那样子就像从腹状的积云中伸出的薄轻透明的脐状环带,像随着西南风而来,系着太阳铃在啃食牧草的夏之母羊,雨仿佛是在真的追寻着它们两者,要把伫立在幽暗处的它们搜寻出来，发着怒，极端固执地终于找到了它们。松树发出低沉呼声的风落下去了，接着又聚集起来；在高潮过后的完全真空状态中，大地那毛茸茸的保护层被狂风强劲地吹着，就像是遭受凶狠践踏的驯良的牝马的毛皮。那狂怒的、骤然刮起的大风，依然很猛烈，它狂暴地肆虐着大地，怒吼着，从大地上飞速地掠过，接着就远去了，消逝了；随后，那实实在在的雨，仿佛由于天空中积云不堪负重，从已经裂开的天空中倾注而下，在那还没缓过劲儿来的树叶上喧嚷着，急速地从旁边淌下，不是以雨滴状落下来，而是以密集的冰针状垂落，它们仿佛不是想要落在地上，不受重力和大地引力的控制，而仅仅是想要跟上呼啸的狂风的步伐，是狂风把它们带来并吹落的，雨细密而尖利地打下来，穿透他的头发和衬衣，打在他仰起的脸上，每次急速的垂落已经孕育着雨即将停下的闪亮的许诺，宛若一位少女将急速涌出的、明亮而无咸味的眼泪洒在一朵垂落的花上一样；接着雨也远去了，越过它自己那非实在的停战线，多彩的长虹，向北方，向东面的方向急速而去，把它狂欢肆虐时践踏破坏的东西留在后面，让其恢复原状，雨滴从一片一片的树叶上淌下，从一枝一枝的树枝上流下，接着流进一片一片的草地里，汇集成水声滔滔的溪流，映照出天空的形象，施放出曾被垂落的雨滴囚禁的、一缕缕从天空降下的金黄色和蓝色的光芒。

雨终于下完了。他再次拿起缰绳，他们从树下边走出来，接着往前走去，他们行走的速度并不比以前快，不过从他们进入树林以来，这是他们第一次有目标的行走。因为这时已经快到日落时分了。尽管雨持续的时间仿佛并不长，然而此刻在那种不可理喻而又无害的愤怒和喧嚣之中有着某种东西，这种东西使那常规化的、不可改变的白昼的铁定日程失去效力，犹如一个孩子突然之间爆发出来的莫名其妙的愤怒，这种有它自身反对延误的决胜理由的狂怒，仿佛在某种意义上能够使时间的步伐加快。他全身透湿，他的工装裤沉重、阴湿、冰凉地贴在他的身上——那令人难受的残余物，那令人藐视的壮观的沉积物——一种无生命的寒气，一点儿也不像生命活水的那种生气勃勃的水分，依然蕴含在、存留在污泥之中，那自由无垠的金色天穹，犹如那在树叶和树枝上闪亮映照出的天穹，在无数微小的反复映照中，将那原初、多彩的宇宙呈现为圆球形。他们走在灿烂的亮光之中。他们由那根闪耀金光的湿草缰绳连着，并排走向那不可名状的光辉之地，径直走进太阳的光辉之中。他们依然和太阳一起同步行进。他们爬上了最后一道坡脊。他们将同时到达。与此同时，他们三者同时穿越坡顶，向下进入傍晚的腹地，接着就消失了。

　　急速而至的黄昏将他们从白昼那冗长乏味的记录中抹去。生命，在子宫里呈现为原生状态，那第一次出现不可避免，那最终的结局无法回避。在眼睛看不到的情况下，他们走下了坡地。他根据气味找到了饲料桶，把它从树枝上取下来，放在她的面前。她把鼻子伸进桶里，将甜甜的呼吸的气味吹进那甜甜的饲料的气味里，直到这两种气味与那急切而又从容地溢出的牛奶的气味混合在一起，牛奶流淌在他的手指上，双手之间，手腕上，热乎乎的，与那两种甜甜的气味融为一体，那强劲的、取之不尽的生命汁液不断地从生命深处涌出，重新让乳房充满乳汁。接着，他从那看不见的饲料桶那儿走开，到黎明时分他能够再次从那儿找到它的，向着泉水方向走去。这会儿他可以再次看到泉水了。他从里面喝着水，他的脑袋伸进里面，那倒映出的他饮水的影像被打碎，逐渐消失，随后又一次重现出来。这是白昼的泉水，大地寂静而贪得无厌的眼睛，在它的里面，有着以不动的古怪方式浮现出的落在其中的黎明、正午、还有日落；昨天、今天还有明天——点点繁星，象形文字样的玄妙图案，玫瑰红色渐渐褪去，天空放亮，光线泛白，随后逐渐演变，时间一往无前地加速行进，走向正午，进入沐浴着懒洋洋的日光的狂热正午的日冕时分。接着，下午的时光渐渐逝去，直到最后上午、中午和下午回转过来，天空变暗，微光在树叶上悄悄行进，无声无息地沿着叶子、细嫩枝条、树枝和树干，向下行进，一片一片地在草地上聚集，在令人昏昏欲睡的昆虫低鸣中，继续向下悄悄地行进，直到最后所有的光整个聚集在温柔而娇嫩的嘴巴周围,那张嘴巴正进行最近一次呼吸。洼地上始终有火蝇飞来飞去,行踪不定。有一颗夜晚的星星灿烂夺目,但几乎是在同时,那向前行进的繁星群集,形成网轮状,转动着,强劲地向前行进。母牛在最近聚集起来的亮光下,也呈现为淡黄色,在那轻轻摇曳、没有深度的绿草的背景中,她不拥有任何体积。可是,她就在那里,实实在在地置身于那没有具体形象的大地的中心。他轻轻地在大地上行走,返回原地,轻轻地踩在长眠于地下的人——海伦、主教们、诸国王以及堕落的撒拉弗①们那易毁的、缠绕在一起的华盖上。当他回到她的身边时,她已经开始往下躺了——先是前腿,然后是后腿,分两个明显不同的阶段,将她自己的身体低下来,进入傍晚已逝的黑夜里,舒舒服服地回躺在用于睡眠的安乐窝里,散发着哺乳动物的芳香。他们一起躺了下来。

3

太阳下山后,豪斯顿回到了家,他发现那头母牛不在。他是个鳏夫,没有家人,三年或四年以前,他的妻子就死了,从那时起,那头母牛就是他生活中唯一的女性生灵了,这点显而易见。他甚至还有一个男厨师,是个黑人,他也干挤牛奶的活儿,不过,在这个星期六,他请求恩准,去参加他那一族人的一个野餐聚会,并保证说他回来后有足够的时间去挤牛奶并做好晚饭——自然,豪斯顿对这番保证根本就不相信。真的,要不是某种有关保证的单调乏味的重复最终对他产生了作用,那天晚上他很有可能根本就不会回家,这样一来,只有到了第二天,他才会发现母牛不见了。

事实上,日落时分刚过,他就回家了,不是为了吃饭,有饭没饭对他来说根本就无所谓,他回家是为了给牛挤奶,给牛挤奶的前景和需要一直

---

① 《圣经》中守卫上帝宝座的六翼天使,亦指秉性如天使的人。

萦绕在他的心间,整个下午,那种景象和需要越来越临近。正因为这样,他喝的酒量比他通常在星期六喝的那种量要多一点儿,这(一个天生喜怒无常,当然也强壮并健康的男人,他习惯于做的)与那种对女人的原初的固守相关,这种固守是他逝去的妻子的悲惨景象在他内心中产生的结果,他不但必须回家,与他三年前中断联系的女性世界再一次建立肉体上的接触,而且这样做需要的时间是(日落到黑夜之间的时间)他最难承受的分割整个白天的那一时刻——此时,他死去的妻子,有时甚至他们从未有过的儿子的形象会遍布于房间和他生活的那个地方——这使他心绪很乱,精神恍惚,他向牛棚走去,发现那头母牛没有了踪迹。

一开始,他以为它只是不停地撞门、踢门,后来门闩松动了,门被弄开了。但是,即使在这时,他依然感到奇怪,她那胀满乳汁的乳房的痛疼没有让它发出呻吟声,在他到来以前,在围栏门口等着,甚至发出哞哞的牛叫声。可是,它不在那里,他咒骂着它(也咒骂着他自己忘了把通向小河边牧场的门栏关上),他喊猎狗过来,沿着小路走回到小河那儿去。天这时还没有完全黑。他能(而且确实)看到了脚印,他注意到那是男人赤裸着的脚踩出的印迹,牛的脚印叠踩在上面,所以他只是认为那两组脚印前后有六小时之隔,而不是有六英尺之遥。不过,他起初并不因那些脚印而担心什么,因为他坚信自己知道那头母牛在什么地方。这时猎狗在小河的浅滩处改变了方向,沿着斜坡向上跑去。他生气地冲它大喊大叫,要它回来。即使是当它停住脚步,回过头来望着他,神色沉重、机敏而又感到惊讶时,他依然依据他那骚动的信念行事,那信念源于酒精、激愤、古老而强烈的、无法消除的忧伤,他冲着猎狗大声喊叫着,直到它回到他的身边,接着,他实实在在地把它一脚踢向浅滩处,随后跟着它从那儿过去,这会儿它又跟在他的后面,他又一次踢着它,赶着它在前面走。

她不在牧场里。现在他明白了,她没有在那儿,这么说是被人牵走了;仿佛正是他对那条猎狗的残酷举动使他的神志在某种程度上清醒过来。他又一次穿过小河。在裤兜里,他装有乡村周报,那是下午的早些时候,他在往村子里去的路上,从他的邮箱里拿的。他把报纸卷团成一个火把。借着火把的光,他看到了那个白痴的脚印和那头母牛的脚印,这些脚印在小河的浅滩处改变了方向,沿着斜坡,上了大路,在那个地方,火把熄灭了,他站在那里沐浴着最早出现的星光(月亮还没有升起来),再次凶狠地咒骂起来,那是出于激愤而不是狂怒,是出于对所有能够去希望、会忧伤的盲目的生灵的蔑视和怜悯。

他离开他的马几乎有一英里之远了。在牧场上徒劳无益的纵横奔走,他找不到任何一个发泄怨恨的对象,他已经走出了有两个那么远的距离了,那种看不清楚的处境令他感到无助和愤怒,他对那以其自身的无力为本的不明处境让他感到越来越无法容忍;在他看来,他仿佛又一次成了牺牲品,成了血气旺盛、疯狂的欢乐之神双手编织的一个无益的、精心制作的恶作剧的受害者,这恶作剧的唯一目的,是让他在黑夜之中行走一英里远。但是,即使他不能真的去惩罚、去伤害那个白痴,他也至少可以将畏惧,如果不是对上帝的畏惧,那至少也是对偷牛的畏惧,而且当然还有对豪斯顿的畏惧,植入他的内心,这样一来,无论在什么情况下,从现在起他都不会每次离开家的时候,心里总在想着当他回到家里时母牛是不是还在那儿。然而,他终于登上了坡顶,他再次往前走,他的行走把冷风吸到了他的周围,他发现,那种残忍冷酷的暴怒为一种较为熟悉的讪笑的幽默所取代,也许有一点儿笨拙,脚步沉重迟缓,但即使是那残酷的不幸也没能让他屈服,也没有能征服他:于是远在他来到村里以前,他就确切地知道他会怎么做了。他要用那古老的、永远不会失败的方法,疗治那个白痴,让他永远不再觊觎母牛:他要让他给她喂食,为她挤奶;他会回家,第二天早晨骑着回来,再让他喂食,再让他挤奶,然后徒步牵着母牛回到他找得到她的地方。所以他在小约翰太太的房子那儿根本就没有停。他转身钻进了一条小路,朝围场的方向走去;在围场的篱笆旁边,小约翰太太从月光下浓密的阴影里,朝他问道:"谁在那儿?"

他让马停下来。她甚至没有看到那条狗,他想着。他知道这是他不要向她说任何别的东西的时候。现在,他能够看到她了,高个儿,高得像根烟囱,模样看不太清楚,她站在篱笆旁边。"杰克·豪斯顿。"他说道。

"你想要什么?"她问道。

"想让我的马在你的水槽里饮水。"

"店儿里难道没水了吗?"

"我从家里来。"

"噢,"她说道,"那么你不——"她声音刺耳地急促道,接着不说了。这时,他知道自己要继续说话。他正说着:

"他很好。我看到他了。"

"什么时候?"

"我离开家以前。今天早晨他在那儿,今天晚上他也在那儿。在我的牧场。他没事的。我想他也在过一个星期六假日。"

她咕哝着说道:"你那个黑鬼去野餐了?"

"是的,太太。"

"那么快进来吃饭吧。那有些剩下的凉了的晚餐。"

"我吃过饭了。"他开始让马转过来,"我不会担心的。如果他还在那儿,我会告诉他,让他赶快回家。"

她再次咕哝道:"我还以为你要让你的马饮水呢。"

"确实是这样。"他说道。于是,他骑着马进了围场。他不得不从马上下来,为了让马饮水,他把门打开,关上,然后再打开,再关上,接着再次上马。她仍然还站在篱笆的旁边,但是当他经过她面前时向她道晚安,她没有回话。

他回到家里。月亮在树顶上这时显得又高又圆。他把马放进马厩里,穿过月光照得发白的围场,经过月光透过裂缝照在其间的牛棚,接着走向那个黑暗的、空荡荡的、有着银白色屋顶的房子。他把衣服脱下来,躺在像僧侣用的那种硬硬的帆布吊床上,他眼下就在这上面睡觉,那条猎狗就卧在吊床旁边的地板上,月光透过窗户的方格照在他的身上,正像月光过去照在他们两人身上一样,那时他的妻子还活着,在吊床那里原来有一张大床。太阳升起来了,他骑在马上,上了路,来到昨天夜里他找不见他们踪迹的地方,他这会儿没有在咒骂什么,而且他依然没有感到恼怒。他向下望着地上的尘土,尘土上留有整个星期六下午的车轮子印、牲口蹄印和人的脚印,平淡无奇,让人看不明白,在此,那个白痴第一次藏匿起他的踪迹,他仿佛在需要时开启了一个取之不尽、用之不竭的智慧宝库,就像一个以前从不需要勇气的人仿佛能够在需要时发现勇气一样,他咒骂着,不是出于恼怒,而是出于对脆弱生灵无情的蔑视和怜悯,这种人神经兮兮,但却古怪地无法被摧毁,这种人在看到光明和呼吸以前已经受到诅咒,注定要遭厄运。

到了那个时候,牲口棚的主人在牛栏里已经发现一堆撒弄出来的饲料,这堆饲料泄露出真情,它开始于饲料箱那里,最后围绕着那个不见了的桶,形成一个带有坡面的新月形状;他此刻甚至发现,那只不见了的桶是他本人的桶。他循着足迹追踪,穿过围场,接着足迹不见了。不过,除此之外,没丢其他任何东西,弄走的饲料也不太多,而且那只桶还是只旧桶。他把撒在地上的饲料收拢到一起,放回饲料箱里,最初爆发的无益的愤怒也消失了,它因道德伤害及对私人财产的极度侵犯而起,在日间,当他感到生气、疑惑不解而气恼时,这种愤怒情绪才会一次或再次呈现出来:于是在第二天早晨,当他走进牛栏,看到那无声的、隆起在地上的一溜儿撒出来的饲料最后形成一个中间什么也没有的圆形新月状时,他体验到了一种令人震惊的手足无措,接着是一种狂暴的、极度的愤怒,就像一个人从一个在逃犯的面前跑开,到安全的去处,踩在一块香蕉皮上时所体验到的感受。从那一时刻起,他的心理状态就是杀人者的心理状态。他看到,在对源于古代《圣经》的律法（他的生存、正直诚实、他的一切都建立在此之上）这种第二次明目张胆的废弃中，那个人一定会感到焦虑懊悔，要么就是他没有那种冲突的道德观，为了那同一种道德观，他单个儿或与五个孩子一起斗争了二十多年，在这场斗争中，他是胜利者，可却一无所获。他是个已过中年的人，除了健康的身体和对节制及坚韧的某种清教徒式的酷爱之外，没有任何要着手建树的东西，他用不到一美元一英亩的价钱，买了一片贫瘠零碎的坡地，把它改造成一个尚好的农场，他结了婚，靠这个农场养活一家人，供他们所有的人吃和穿，甚至还以某种形式让他们接受教育，至少教会他们干重活儿，所以，当他们长大，足以和他对抗时，不仅是男孩儿，女孩儿也是一样，他们就离开了家了（一个成了职业护士，一个成了不起眼儿的县政客的走卒，一个成为城里的理发师，一个成了妓女；最大的那个甚至完全销声匿迹了）。因此现在剩下的就是这块面积不大、齐整的农场，农场同样也是在无声的、持续不断的相互仇恨和对抗中被经营着，不过它不会离他而去，而且迄今也没法拒绝他的掌管，但却可能知道它能而且会比他存在的时间更久，他的妻子，也许没有指望去对抗，但却可能有着同样的状态，有着承受和忍耐的生活支撑和倚靠。

　　他从牲口棚里跑出来，大声喊叫着她的名字。当她出现在厨房门口时，他冲她大叫着，要她过来，给牛挤奶，并往前跑进屋子里，再次出来时，手里拿了一把猎枪，他又一次跑进牲口棚里，从她身边经过，咒骂她动作缓慢，他给其中的一头骡子套上缰绳，拿上猎枪，再次追寻踪迹，穿过围场，来到围栏处，在这里踪迹不见了。不过，这一次他没有放弃，而且他即刻又找到了踪迹——在他干草地里的露水很重的草上，那黑黑的、拖着腿走的痕迹依稀可见，那足迹穿过田地，进入树林。接着，他确实看不见足迹了。但是，他依然没有放弃。做这种事他太老了，他确实太老了，经受不起这种长时间的、令人心悸的暴怒的折腾和嗜血欲望的折磨。到现在他还没有吃早饭，而且在家里，活儿还在等着他，那是经久不变、持续不断、周而复始、折磨人的神经和肉体的重复性劳作,仅就那块土地就跟他过不去,它是他的致命对头,他昨天干过了,今天必须再次去干,而且明天还有明天还要再去干,他独自一人去干,没有人帮他,要么就屈服,接受那种失败,那曾经是他战胜他的儿女的一无所获的胜利;这种情况将持续到那一天,那时(他也知道这一点的),他会倒下来,他的眼睛仍然还在睁着,他那两只空荡荡的手僵硬地握成犁把儿的形状,跌进耕犁后面的耕田里,要么坠入长满杂草的深沟里,手里仍然紧握着刷子把儿或是斧子,这种最后的胜利由盘踞在天上的贪婪的人的衣冠墓标示出来,直到某位好奇的陌生人碰巧到了那儿,发现了他,并把剩下了的他的一切埋葬掉。然而,他在继续往前走。过了一会儿,他甚至再一次发现了那些足迹,有三个足迹印在一条沙沟里,里面有一股水在流淌,他多多少少是偶然地撞见了那些足迹,因为最后一个他看到的足迹是在一英里外的地方;他没有理由相信它们就是他要找的足迹,尽管它们碰巧就是。但是他没有一刻怀疑它们就是他要找的。到了半上午的时候,他甚至发现了那头母牛的主人是谁。在树林里,他遇见了豪斯顿的黑仆人,他也骑在一头骡子上。他粗暴地告诉那个黑人,甚至转过枪口用猎枪对着他说,他没有看到走失的母牛,那里也没有走失的母牛,这里是他的土地,尽管在他所站着的地方,三英里以内,他不拥有任何东西,只不过那个饲料桶可能暂时藏在那片地方,他命令那黑人滚开,离那儿远点儿。

他回到了家。他没有放弃努力;现在他不仅知道自己打算干什么,而且知道怎么去做。他看到,在他面前不仅仅只是报复和拘押,而且还有赔偿。他并不想把那个贼给惊跑;他现在想捉住那头母牛,将它归还主人,索要一笔报酬,如若牛的主人拒绝,他就诉诸自己的法定权利,要求支付看管那头走失的母牛的费用——这笔钱,这笔法定的看管费作为赔偿金是远远不够的,不仅不够赔付他为使母牛恢复生机所花去的时间,而且不够赔付他失去的、本应用于从事那种无尽的、周而复始的劳作的时间,他不能雇人在他的地方从事那种劳作，不是因为他花不起钱雇人干那种活儿，而是因为在那个乡村里，无论是白人还是黑人，无论给多少钱都不愿为他干，他也不敢让别人占据他的优势，要么他就惨了。他甚至没有往屋子那儿去。他直接到了田地里，把昨天夜晚留在耕田里的犁套在骡子身上，犁起田来，一直干到正午，他妻子摇响铃铛的时间；他吃过午饭，重新回到地里，继续犁地，一直干到天黑。

第二天清晨，在月亮下去以前，他已经在牲口棚里，骡子套上了缰绳，在其栏厩里等候着。他借着黎明时分冉冉升起的苍白的光，看到粗壮、狗熊一样的人影进来了，手里拎着桶，身后跟着他自己的狗，那影子进了牛栏，接着出来了，像狗熊一样，两只手臂抱着那只桶，并急忙往回走，穿过围栏，那条狗依然跟在后面。当他再次看到那条狗时，他的内心中再次充满那种几乎无法忍受的狂怒。第一天早晨，他听到了它的叫声，但是待他完全清醒的时候，它的咆哮声停止了；现在，他明白了第二天早晨和第三天早晨为什么他听不见它的叫声了，而且他这会儿知道即使那人不回过头来看并看到他，如果他现在从牲口棚里出来，那条狗完全有可能会冲着他狂吠。所以，当他感到从牲口棚里出来不会有事时，眼前除了那条狗以外，什么也没有，那条狗站在那儿，透过围栏凝望着那远去的贼，依然没有感觉到他的存在，他用力踢它，凶狠猛烈，满腔怒火，它朝着房子的方向去了。

但是那贼人黑黑的印迹又一次留在了牧场里沾满露珠的绿草上，当他到达树林那儿时，他发现自己犯了个错误，对这一事件未给予足够重视，他犯的错儿与豪斯顿所犯的错儿一样：这其中可能既有贫穷和无知的成分，可能也有关注其自身需要的激情成分。于是他又花了半个上午的时间，没吃早饭，心中充满疑惑和愤恨，骑着骡子走在五月的树林中那满目绿色、人迹罕见、充满欢乐气氛的地带，与此同时，在他的身后，那黑乎乎的东西在向他暗示着什么，那是他那与他过不去的、不停地在与他斗的土地，越来越高地站立在那儿，有对他施暴的趋势。这一次，他甚至再次找到了踪迹——浪费掉的牛奶在地上留下的奶渍（他看得非常仔细），被压弯了的绿草，饲料桶就在上面放过，那时奶牛从桶里吃饲料。他应该发现那只桶本身就挂在树枝上，因为没有人试图要将它藏匿起来。但他没有往那么高的地方看，因为他现在找到了那头母牛的踪迹。他沿着踪迹寻找，他时而平静，时而竭力控制情绪，时而极度兴奋，他失去踪迹，找到踪迹，再次失去踪迹，不停地寻找，上午过去了，到了正午——那种聚集在一起的光和热度，他仿佛可以感觉到不仅让他血液的温度升高，而且也让他的愤怒之流从中一泻而过的那没有具体形状的导管和腔道的温度升高。不过那天下午他发现太阳与此无关。他也在一棵树下站过，当时暴风雨袭来，电闪雷鸣，狂暴阴冷的雨倾泻在他的身体上，他收缩着身子，瑟瑟发抖，那只是身体外部的表现，随后他驰骋在闪闪发光、质朴原始的大地上，洒满泪水和金色的欢笑。此刻他离家有七英里远。离天黑还有一个多小时。他可能走过了四英里了，傍晚时分的昏星升起来了，这里他想起来，那藏匿起来的家伙可能就会回到他发现牛奶在地上留下污渍的地方。他走了回去，心中不抱希望。他甚至也不再感到恼怒了。

　　大约在午夜时分，他回到了家，他是步行回来的，手里牵着那头骡子和那头母牛。一开始，他担心那窃贼自己会逃走。接着，他希望他那么做。随后，在牲口棚与他发现他们的地方之间有半英里路的光景，他试图用那种他自认为是粗暴、吓人的大叫声把那个家伙赶跑，那家伙是从那头母牛的旁边冒出来的，甚至当他回过头来时，那家伙依然尾随在后面，呻吟着，在黑夜里跌跌撞撞地在后面跟着——干这样的事他太力不从心了，那漫长的、没有进食的白天对他体力的消耗还不及那经久不息、持续不断的暴怒对他的消耗厉害——他冲那家伙大声喊叫着，咒骂着。他的妻子正等候在围场的门口，手里提着一盏点亮了的灯。他走了进来，小心翼翼地把套着笼头的两根缰绳递给了她，他走进去，谨慎地把门关上，像一个老人那样俯下身去，找到了一根棍子，随后跳了起来，向那个白痴冲去，用力击打他，咒骂着他，他声音粗哑，精疲力竭，气喘吁吁，他妻子跟了过来，喊着他的名字。"你住手！"她大声喊道，"住手！你想杀了你自己吗？"

"啊！"他喊道，喘着粗气，身体抖着，"再多走几英里我也不会死的。去把锁拿来。"那儿有一把挂锁。它是那地方唯一有的一把锁。那把锁挂在前门上，在他最后的一个孩子离家后的那一天他就把它挂上了。她走过去，把锁拿过来，与此同时，他依然试图把那个白痴从围场里赶出去。但是，他总是赶不上那可怜的家伙。那白痴笨拙地、步履沉重地跑动着，嘴里不住地呻吟，冒着白沫，可他却既赶不上他，又吓不走他。不知怎么回事，那白痴老在他身后，刚好在他妻子拎着的那盏灯照不到的地方。他用链子将牛栏的门锁上，他把那头母牛放在里面。第二天早晨，当他把锁链打开时，发现那可怜的家伙就在牛栏里和那头母牛在一起。他甚至给母牛喂了吃的东西，为了给她喂食，他从上面爬出来，然后又翻进牛栏里去。在往豪斯顿家去的路上，他在后面跟了有五英里远，他呻吟着，流着口涎，可是，就在他们到豪斯顿家以前，他回过头，看到他没影儿了。他不知道究竟是什么时候那家伙不见了。后来，他兜里揣着豪斯顿给他的钱，在回去的途中，他仔细察看着路，想要弄明白那家伙究竟是什么时候消失的。但是，他没能发现一点儿迹象。

那头母牛在豪斯顿的围栏里待了不足十分钟的时间。当时，豪斯顿就在那所房子里；他即刻产生的念头是让他的黑仆人把母牛给送过去。但是紧接着，他又取消了这种想法，而是让那个男人给他的马套上鞍，他站在那里一面等着，一面再次咒骂着，带着那种残酷的、阴冷的蔑视，没有厌恶，也没有狂怒。当他把母牛牵进围场的时候，小约翰太太正在把她的马套在轻便马车上，这样，他毕竟不需要亲自对她说了。他们互相只是看着对方，不是男人和女人，而是两个完全独立的人，他们达成了一种相同的、无性别差异的谅解，尽管他们走的路各不相同。她从口袋里掏出捆扎在一起的钱。"我不想要钱，"他粗暴地说道，"我只是不想再看到她了。"

"这是他的钱。"她说道,把钱递过去。

"他从哪儿弄的钱?"

"我不知道,V.K.拉特利夫把钱给了我,那是他的钱。"

"我想,如果拉特利夫放弃它的话,那就是的。不过,我还是不想要这钱。"

"他用这钱还能做别的什么事呢?"她说道,"他还想要其他什么呢?"

"那好吧。"豪斯顿说道。他接过那捆钱。他没有把它打开。如果他问里面有多少钱,她也没法告诉他的,因为她也从来没去点过。随后,他说着话,他那张沉稳、刻板的脸上表情愤怒而镇静。"该死的,把他们俩都从我这儿弄出去。你听到了吗?"

那个围场在远离道路的房子那边;厩房的后墙无论从哪个方向都看不到。在村子里,从任何角度都无法直接看到那后墙。而在这个九月的上午,拉特利夫意识到其实也不一定是这样。因为他正在一条小路上走着,这条路他以前没有看到过,五月份时还没有这样一条路。接着,那面后墙进入了他的视线,一块块木板水平方向地钉在上面,齐头高的那块木板被撬开了,向一边斜了下来,那突出来的钉子被小心地弯向里面,他贴着墙,不再像那一溜儿后背、一排将那缝隙填满的脑袋那样一动不动。他不仅知道自己将要看到什么,而且,像布克赖特一样,他不想看到那个家伙,不过,和布克赖特不一样的是,他打算去看。他确实看了,他在两个其他人的脑袋中间将脸斜向一边;而且那待在牛栏里,和那头母牛在一起的,仿佛就是他本人,越过那张枯萎的、一言不发的脸,他自己看着那排正注视着他的脸,人们给了他无言的苦痛,但却没向他说那貌似有理的话。当他们转过脸来望着他时,他已经抓起那块松动的木板,他抓住木板的样子就像他准备用它来砸他们一样。然而,他只是像豪斯顿那样咒骂着,他的声音带有嘲弄意味,听上去甚至还算温和、亲切,没有发怒,甚至不带有伤人感情的义愤。

"我注意到你也是来看看的。"一个人说道。

"那当然,"拉特利夫说道,"我不是在咒骂你们这些伙计。我是在骂我们所有的人,"他把那块木板搬起来,又把它重新安放在洞孔那儿,"他——他叫什么名字?那个新来的人?兰普。——他让你们每一次都付钱,要么那是张俱乐部的通票,每场表演都管用?"在墙旁边的地上,有一块半截儿砖头。他用砖头把钉子重新钉回去,与此同时,他们在注视着他,砖头崩裂了,层层脱落,在他的手里变成碎末,掉在地上——一堆干燥的、无生气的、没血色的砖灰,是那不体面的罪过和耻辱的颜色,不像鲜血的颜色那样辉煌,那么壮观,但却致人死命。"就是这样,"他说道,"结束了。这里的这一雇用期完结了。"他没有等在那儿看他们是否正在离去。他穿过围场,来到了后院,此刻围场正在九月带有雾气的明亮阳光的朗照下。小约翰太太在厨房里,他不需要告诉她,就像豪斯顿做的那样。

"当我从那扇窗户往外看,注意到他们偷偷地沿着那面篱笆上来时,你以为我在想什么?"她问道。

"你所想的只是,"他说道,"那个新来的伙计,"他说道,"又来的那一个斯诺普斯。朗瑟罗,"他说道,"他叫兰普,我记得他的妈妈。"他记起了生活中的她的样子,还有打听到的她的情况——一个身体瘦削、性情急躁、相貌平常的女人,她从来没有吃饱过,她的样子让人看得出来,而且她甚至不知道自己实际上从来没有足够吃的东西,她在学校里教书。她的姐妹和兄弟辛勤劳作,其父亲遭受着同一类型的生意上的失败,在那甚至并不算成功的小商人持续不断的破财过程之间,他还在让他那爱报怨、懒惰的妻子给他生出更多他无力提供足够衣食的孩子。出于这样的生存环境,她在州师范学院里学了夏季学期的课程。然后到一个一间房子的乡村学校教书,第一学年没过完,她就从乡村学校里出来了,和一个男人结了婚,这男人当时受到了起诉,理由是一个旅行推销商的样品鞋箱,里面装的全是右脚穿的样鞋,在铁路上的行李房里不见了。她步入那桩婚姻,带着那种作为唯一生存资本和保障的能力,去洗刷衣物,为一大群兄弟姐妹提供衣食,而她本人却从未有过足够的食物或衣衫,或足够用于洗刷衣物用的肥皂,她相信,在书页之间,也可以为男人找到荣誉、自尊、解放和希望的例证,她生了一个孩子,给他起名叫朗瑟罗,并将这遏制不住的挑战者掷入正在围拢的陷阱的口中,然后死去。"朗瑟罗!"拉特利夫大声喊道。他甚至没有咒骂:小约翰太太不会在意的,要么她也许根本没有听到他在喊什么。"兰普!只要想想他经历的耻辱和恐惧就够了,他长大了,认识到他的妈妈为他家人的名义和自尊做了什么,他不得不让乡亲们用兰普一名来称呼他,以取代朗瑟罗!他把那块木板给扒下来了!刚好是从合适的高度给弄下来!不是孩子的高度,不是女人的高度:是从男人的高度那儿扒下来了的!他只是把那个小男孩留在那里照看东西,跑到店里,去传话儿说什么时候准备开张。噢,他还没有让他们观看而收取费用,而那就是不对劲儿的地方。那就是我所不明白的东西。那是我所担心的。因为如果他,兰普·斯诺普斯,朗瑟罗·斯诺普斯……我说又来一个。"他大声叫道,"我力图要说的是模仿。我的意思说的只是赝品。"他无声地与他自己交谈着,他停顿下来,转入缄默状态,他感到困惑、惊骇和憎恶,他瞪视着那男人一样高、男人一样严厉的女人,她穿着褪了色的睡衣,沉着地用同样的眼光瞪视着他。

"这么说是那么回事儿,"她说道,"令你感到不舒服的,可并不是那件事。让你觉得不舒服的,是那个名叫斯诺普斯的某个人,要么是那个特定的斯诺普斯,正在从中弄出点儿什么来,而你却不知道它是什么。要么是因为乡亲们来这儿观望让你感到不安?它是什么没关系,但是乡亲们绝对不能知道它是什么,不能看到它是什么。"

"那事已经发生了,"他说道,"因为现在那事已经完结了。从未有人怀疑过我是个法利赛人[①],"他说道,"你没有必要告诉我说他没有得到其

---

① 犹太教的一派,标榜墨守传统礼仪,转义为伪善者。

他的东西。我知道怎么回事。要么我当然能够至少留给他那么多的。那我也知道的。要么除此之外，它与我就没有关系。那我也是知道的，正如我知道的那种理由一样，我不打算让他拥有他确实拥有的东西，只是因为我比他强，能阻止他得到那东西。我比他强大。不是比他更对。不是比他更好，也许就是这样。但是确实比他更强大。"

"你打算如何阻止他得到那东西？"

"我不知道。也许我甚至没能力去做，也许我甚至不想那么去做。也许我所想的只是做个公正的人，这样我可以告诉自己说，我做了正当的事，现在我的良心是清白的，至少我可以在今天晚上睡个安稳觉。"然而，他仿佛对下一步要做什么一点儿也不糊涂。他在小约翰太太的家门前的台阶上站了一会儿，但他只是在讨论诸种可能性——更确切地说，他把他们召集起来时有意忽视他们的长相：那个凶悍、倔强的家伙脸上长有一整条眉毛；那个高高的家伙面孔红润，头发稀疏，眉额很低，就像是铁匠的皮围裙上的一块西瓜；第三个穿着那看上去不是他的男礼服大衣的家伙像是一个由绳子牵动的玩具气球，他的五官仿佛处于一种接连不断的解体状态，从那长长的、学者型、平淡无奇的鼻子那儿向四周离散，犹如画出的气球上的脸刚从一阵狂暴的瓢泼大雨浇淋下显现出的那种样子——明克，厄克，艾·欧；接着，他开始再次想起兰普，他咒骂着，几乎是在用一种身体上的努力，驱使自己在内心里重新回到那个现实的紧迫问题上，虽然实际上他相当安静地站在最高那层台阶上，他脸上的表情无拘无束，高深莫测，泰然自若，几乎真的是在微笑，他又一次把那三张可以接受的面孔纳入他心眼的视界之中，然后看着它们再次消失——第一个家伙根本不愿留下来；第二个家伙永远弄不明白他所说的是什么意思，第三个家伙在那种境遇中犹如火车站候车室里的一架机器，你往里面塞一个铜币或铅弹，让它动起来，你会相应地得到某种东西作为回报，你不会知道那东西是什么，不过那东西不会有铜币或铅弹那样值钱。他甚至在想那较老的那一个，或至少是第一个:弗莱姆,想着这如何可能是生命气息第一次被吸进和呼出的地方,人在钱币上建立起生存的基础,人希望弗莱姆·斯诺普斯在这里而不是在其他任何地方,无论为了什么理由,无论花何种代价。

天这时已快到正午了,从他看到他找的那个男人从商店里出来到现在,差不多有一个时辰了。他在店里询问了一番;十分钟以后,他从一条小巷里面拐出来,走进一扇门里,那扇门是一新的、用铁丝捆绑的围栏上的门。那座房子是新的,只有一层,上面没有油漆。有几朵夏季的花在毫无生气的夏天结束时节的尘埃中绽放着,它们全都是红颜色的——美人蕉和天竺葵——开在台阶前天然而成的花坛里、在门廊旁边生了锈的铁筒里和罐子里。还是那个小男孩在房子那边的院子里,一个高大、健壮、脸色安详的年轻妇人为他开门,一个婴儿骑跨在她的髋部,另一个小孩从她的裙子后边向前窥视着。"他在自己的屋里,正在学习,"她说道,"你直接进去吧。"

那间屋子也没有油漆,是用企口接合在一块的厚板材做成的;它看上去像一个保险箱,体积不会大太多,里面空气稀薄,尽管他当时就注意到,那气味不是一单身叔叔居室的气味,而奇怪的却是一中年寡妇存放衣服的壁橱里的气味。即刻他就看到,那件男式礼服大衣就放在床腿儿那里,因为那男人(他手里确实正拿着一本书,而且他还戴着眼镜)坐在椅子里,朝着门的方向投去惊慌的一瞥,紧接着跳了起来,抓起那件大衣,开始往身上穿。"不用担心,"拉特利夫说道,"我不会在这里待太久的。你的表兄到这儿来了。艾萨克。"那男人已经穿上了大衣,他在该穿衬衣的地方,穿了一个纸制的假衬衫(袖口直接连在了大衣的袖子上),并匆匆忙忙将假衬衫周围的扣子扣上,然后,同样匆匆慌张地把眼镜摘下来,仿佛他慌忙穿上大衣是为了把眼镜去掉,因此,正是因为那种原因拉特利夫注意到,眼镜框里没有镜片。那男人带着他以前见过的那种意图打量着他,那种意图(既精力集中又理智)仿佛既不是那器官的有机组成部分,也不是那器官后面的过程,但却仿佛是一种在眼球表面上生长的非永久性菌状物,就像光线在其下边，孩子们吹动着的盛开的蒲公英的芒刺儿。"来谈一下那头母牛。"拉特利夫说道。

这时，他脸上的五官离散开来。它们从那长长的鼻子那里向周围游动着，嘲弄三段论式的推论和稳定不变，甚至变幻出某种低俗的欣赏别人受苦的娱乐，以满足文饰的好奇心，它们变动不居，甚至在那固定不变的、自鸣得意的怪相四周流动起来。随后，拉特利夫看到，那双眼睛并没有在大笑，而是在注视着他，在眼睛后面，有着某种机智警觉，或至少是足以胜任的东西，尽管那东西并不明确。"难道这会儿他还没看明白？"斯诺普斯嘀嘀咕咕地说着，哈哈大笑，"我经常在想，既然豪斯顿把那头母牛给了他，小约翰太太把他们放在那个手边的厩房里，他的一些伙计不来帮帮忙真是不够意思。面包和娱乐，正如那家伙所说，会在投票箱里制造混乱。我真不知道有比兰普雇用一个男人的更廉价的方式——"

"先发制人。"拉特利夫说道，他没有提高嗓音，而且他只说了那一个词，没有往下说。那个男人的脸也没有变化：长长的、死板的鼻子，固定不变的怪相，没有一丝生机的眼睛。过了一会儿，斯诺普斯问道：

"先发制人？"

"先发制人。"拉特利夫说道。

"先发制人。"斯诺普斯说道。如果这不是聪明的做法，拉特利夫告诉自己说，那也是一种好的代用形式。"只不过当事情发生时，我不——"

"怎么样？"拉特利夫说道，"下个月，当恺撒的妻子前去找威尔·瓦尔纳，再次拿到那份以前学校的差事，而他也不像大理石丰碑那样纯洁时，你想会发生什么事？"那张脸事实上并没有改变，因为那上面的五官始终处于不断的流动状态，彼此之间并不相关，只是它们都长在同一个头颅上，都在从同一肉体上获取养料。

"非常乐意照你的意思办，"斯诺普斯说道，"你考虑我们最好做什么？"

"我们什么也不去做，"拉特利夫说道，"我不想在学校教书。"

"但是你会帮上一把的。毕竟,我们一直相处不错,直到你开始介入其中。"

"不,"拉特利夫粗暴地说道,"我不会去。不过,我计划做的是这么多。我打算待在这里,直到我看着他的伙计是否在为此事做些什么,不管怎么样,要让他们那些伙计聚集在那个古怪的家伙的附近,注意他。"

"那还用说,"斯诺普斯说道,"那个古怪的家伙不行。就是这么回事。肉体是软弱的,而它想要的只是这里下面的一点。因为罪在注视者的眼里;把那光明从你邻居的眼中移走,眼不见,心不想。一个在小巷里常用麻醉药的男人不可能会有好名声。在这里的乡间,斯诺普斯的名字名声响亮为时已经很久了,不可能没有对这一名字进行指责的话,比如说像牲口诈骗。"

"不要再提那所学校。"拉特利夫说道。

"好的。我们要开个会。家庭会议。今天下午我们将在商店里碰面。"

那天下午,当拉特利夫来到商店里时,他们两个已经在那儿了——铁匠学徒和学校教员,还有第三个男人:乡村教堂的牧师——一个农人和一位父亲;一个粗鲁、愚钝、诚实、迷信而正直的人,他没上过神学学校,没有任何学位,无论在宗教会议内部还是在外部都不起任何作用,不过,多年以前,当威尔·瓦尔纳任命学校教员,指派执行官时,曾委任他为牧师。

"一切都很好,"艾·欧说道,这时拉特利夫进来了,"怀特菲尔德兄弟已经把事情办好了。只是——"

"我说我知道在那事办理前的一个实例。"牧师纠正说。接着他告诉他们——准确地说,是教员告诉他们的,方法如下所言:

"你牵来那头那家伙已习惯于与其亲近的母牛,并将它宰杀掉,把杀掉的牲口的一部分煮烧,并让他把煮烧好的肉吃掉。那必须是同一头母牛或羊或无论什么牲口身上真正的一部分,而且那家伙必须知道他在吃的就是那一部分;不能哄骗他吃,不能强迫他吃那东西,而且代用品将不起作用。然后他就会再次成为正常的人,除了追女人之外,不会去追任何东西。只是——"这时,拉特利夫注意到了——在那张说个不停的脸上,有着某种既是猜测又是烦恼的东西："——只是小约翰太太不让我们拥有那头母牛。你告诉我说，豪斯顿把那头母牛给他了。"

"不，我没有说，"拉特利夫说道，"你告诉我那件事的。"

"但是难道他没说吗？"

"告诉我那件事的人是小约翰太太或豪斯顿，要么是你的表兄。"

"噢，没有关系的。无论怎样，她都不愿意把母牛给我们。那么现在我们要把它从她手里买过来。让我不能理解的是，她说她不知道多少钱，但是你知道。"

"噢。"拉特利夫说道。不过这会儿他没有在看斯诺普斯。他在望着牧师。"你知道那样做会有效果，是吧，尊敬的牧师？"他问道。

"我知道那样做曾有一次有效。"怀特菲尔德说道。

"那么说你知道那样做失败过。"

"我不知道，只试过那么一次。"怀特菲尔德说道。

"好吧。"拉特利夫说道。他望着其他那两个人——表兄、侄子、叔叔，不管他们是什么。"它将花去你们十六美元八十美分。"

"十六美元八十美分？"艾·欧问道。"见鬼。"那小而灵活、颜色浅淡的眼睛在他们两人间的脸上飞快地闪动着。接着他们转向牧师。"注意。一头牛除了肉以外是一堆不同的东西。但是那还都是出自同一头牛。那一定是的，因为那是些在牛出生时还没有的东西，所以如果那不是同样的东西还能是什么？那犄角，那毛毛。我们为什么不能从它们上面取下一点点，做成一种汤；我们甚至可以取一点真正的那牲口的血，这样一来里面就不可能没有真正的东西——"

"那必须是它的肉，它身体上的肉，"牧师说道，"我认为整个治疗意味着，不仅那男孩的心灵而且还有他的身体内部，那激情和罪孽的所在之处，能够获得证据，他的罪孽的同伴已经死了。"

"可是十六美元八十美分。"艾·欧说道。他望着拉特利夫，"我想你不至于打算一点儿钱也不出吧。"

"我不出。"拉特利夫说道。

"明克也不会出的,今天上午威尔·瓦尔纳对他进行法律裁决之后就更不用提了,"那另一个焦躁地说道,"还有兰普。如果有什么事发生,兰普就会感到不知所措,那一大堆的事毕竟不是你的事,"他告诉拉特利夫说,"弗莱姆不在镇上。这样一来,这里剩下的就是我和厄克了。除非出于道义上的原因,怀特菲尔德兄弟愿意帮我们摆脱困境。毕竟对一个人有影响的东西,对所有的成员都有影响的。"

"但是他不帮你们,"拉特利夫说道,"他不能帮你们。好好想一想,我本人以前也听说过这种事。这种事必须由那家伙本人的直系亲属来做,不然就没有效。"那小小的、明亮的、灵活的眼睛不停地在他的脸和牧师的脸之间闪动。

"你从未说过这样的事,"他说道。

"我只是告诉你们我知道的发生了的事,"怀特菲尔德说道,"我不知道他们怎么弄到了那头母牛。"

"可是十六美元八十美分,"艾·欧说道,"见鬼。"拉特利夫打量着他——那双眼睛比它们看上去要机灵很多——不是聪明;他改正了看法:是机敏。这时,他甚至是第一次望着他的侄子或外甥。"这么说就是你和我了,厄克。"那侄子或外甥第一次说话了。

"你的意思是说我们必须把牛买下?"

"是的,"艾·欧说道,"你肯定不会拒绝为你具有的名分做出奉献的,对吧?"

"好吧,"厄克说道,"要是我们必须买的话。"从那个皮围裙下面,他掏出了一个很大的皮包,他把皮包打开,并用那只费力地握成拳状的手紧抓着皮包,犹如一个小孩紧握着由于空气进入而即将膨胀的纸袋一样。"多少钱?"

"很遗憾,我是个单身汉,"艾·欧说道,"但是你有三个孩子——"

"四个，"厄克说道，"一个就要出生。"

"四个。那么我想，唯一的算法是，根据谁从治好他的病中获取的好处最多来分摊。你要考虑的是你本人和四个孩子。那样就是五比一。这样一来，我付一美元八十美分，厄克付十五美元，因为五乘三是十五，三乘五是十五美元。而且厄克可以得到牛皮和余下的牛肉。"

"但是牛肉和牛皮不值十五美元，"厄克说道，"而且即使值那么多钱，我也不想要。我不想要价值十五美元的牛肉。"

"那不是牛肉和牛皮。那只是一种形式。我们将从中获得的是那种道德价值。"

"在你只需要一美元八十美分的道德价值时，怎么我却需要十五美元的道德价值？"

"因为斯诺普斯的名分。难道你对此还不能理解吗？那名字迄今从未遭受过任何活着的人的诽谤。在那种名字下你那长大成人的孩子，一定要维护那个名字，使它像大理石丰碑一样纯洁。"

"可是我仍然看不出来为什么我要付十五美元，而你全部要付的只是——"

"因为你有四个孩子。而且你们加起来是五个人。五乘以三是十五。"

"我一共才有三个人。"厄克说道。

"那不就是刚才我说的吗？五乘以三吗？如果那另一个已经在那儿了，那就变成四个了，而五乘以四是二十美元，而那样一来我就一分也不用付了。"

"只不过有人要欠厄克三美元二十美分的零钱了。"拉特利夫说道。

"什么？"艾·欧道。但是他即刻转过身，背对着他的侄子或外甥，"而且你得到了牛肉和牛皮，"他说道，"难道你就不能试着记住这一点？"

第二章

1

与豪斯顿结婚的女人模样并不漂亮。她没有头脑,也没有钱。她是个孤女,一个相貌平常的女孩,几乎有点儿丑,而且甚至也不太年轻(她那时二十四岁),她从抚养她的女远房亲戚家里出来,来到他这里,带着源自她家乡传统及血统的、经由训练而获得的持家本领,还有一小箱整洁、朴素、淡灰色的衣服,她自己手工缝制的被单、毛巾与桌布,以及无限的忠诚和奉献能力,别的就没有了。接着他们结婚了,六个月以后,她死了,她的死令他感到悲痛,四年以来,他始终不变地固守着那毫无希望的、原初的对她的忠诚,而这就是一切。

他们毕生都了解对方。他们都是家里唯一的孩子,出生在同一种类的人的家里,彼此所在的农场相距不到三英里远。他们属于同一乡村基督教友会,并在同一所一间房屋的乡村学校上学,她比他小五岁,但在他入学时,已经比他高一个年级,尽管在他上学的两年间他两次都不及格,当他退学时,她仍然还是比他高一个年级,他不仅从他父亲的家里消失了,而且从乡村里也消失了，甚至在十六岁就在逃避那古老的陷阱，而且一走就是十三年，接着突然之间又回来了，在他知道自己将要回来的那一刻，他知道（并也许甚至在诅咒他自己），她将依然还在那里，而且没有结婚；而她确实是如此。

他入学时是十四岁。他不是任性的人，只是还不太喜欢约束自己；他不是容易兴奋的人，对生活并未怀着强烈的渴望，甚至不想运动，他强烈渴望获得的，是那种称之为自由的无拘无束的稳定状态。他一点儿也不反对学习；他反对的只是它带来的限制和严密的管制。他能够胜任地掌管他父亲的农场，他的母亲最后在临终以前教会他写自己的名字，并不再坚持强迫他父亲把他送进学校，至少有四年的时间，他利用他母亲对他的娇宠来对抗他父亲傲慢的严厉，竭力避免到那地方去；他真的喜欢那日益增长的责任甚至工作的管束，这是他父亲为他成年而对他进行的一种训练。但是，最终他用自己的策略打败了他自己：终于甚至他的父亲也承认，关于农场，再没有任何其他的东西要他学了。这样，他进了学校，不是顺理成章，而是荒谬古怪。在他能够进行投票以前，他就是个合格的公民了，在他学习拼写以前，他就有了做父亲的能力。十四岁时，他已经在喝威士忌了，并有了一个情妇——一个黑人女孩，比他大两三岁，是他父亲租赁人的女儿——而且他发现自己在接受教育，有人教他入门知识，他比自己的同龄人晚了四五六年来学这种东西，所以他在班上体格已经大大超过别人；人小、个儿头大，不可避免变得世故，有理由傲慢不驯，难免不可救药，他并非故意打算什么都不学，只是他相信自己不愿学，不想学，而且他不相信自己需要去学。

后来，对他来说，仿佛他进入那间屋子时第一个看到的就是那个弯下去的、娴静的、上面长着纯棕色直发的脑袋。再往后，在他相信自己已经避开了她以后，她仿佛始终就在他的生命里，即使是在他的出生与她的出生之间的那五年里也是如此；并不是她设法以某种方式在那五年间存在，而是直到她出生了,他本人才开始存在。从那一时刻起到此后的岁月里,他们两人就不可改变地永远紧紧连在一起,连接他们的不是爱,而是执拗的实诚和不可违抗的拒绝——一方面是那渴望改变、改进和改造的坚定而不可动摇的意志;另一方面是那种激烈的对抗。那不是爱情——崇拜、折服——正如他所知道的一样,因为激情至此在一种可以确定其界限的体验中显现,但那并不完全是纯真的。他愿意接纳那种东西,把它作为他的命运来接受,召唤他自己听命于它,正如当他真正使用那同一种意义的东西时,他召唤自己顺从一样,那东西是他称之为甘愿为奴的东西,它在所有其他的女人——他的母亲和他的情妇身上都有——迄今在他的生活中就是如此。直到那时,他所不能理解的是,他不知道什么是真正的奴隶制——被奴役者的意愿是单一的、不变的、专横的,从不偏离目标,不仅渴望财富,完全的顺从,而且迫使奴役者重新改变他哄骗受害人的合适方式。她甚至还不想要他,不是因为她太年轻,而是因为她显然在他身上没有找到适合她的那个人。她仿佛只是把他从富饶大地上的人群中挑出来,不是作为那个能满足她的要求的人,而是作为具有诸种可能性的人,她愿意在此之上构筑她生活的结构。

她试图通过学校得到他。不是要他从学校里毕业,很明显,他甚至没能接受到教育,变得较聪明一点儿;显然只是要从学校里过一下,一级一级地按秩序行进,在指定的时间,从一级升到另一级,如同人们通常做的那样。曾经有一次他想到,也许她要做的是,让他向上努力,进入和他年龄一样的人的班,他应该在那种地方的;而如果她能做到这一点,也许她会让他一个人自己决定,依据他的本性和个性的旨向,通过考试或不通过考试。也许她会这么做的。要么也许她非常想要尝试这么做,但她同样聪明得很,知道他不仅永远到不了他应该在那里的那个年级班,而且他甚至跟不上他现在所在的那个年级班,而且还有:他在哪个地方甚至也没有关系,甚至考不及格也没关系,只要她在不及格的考试中也有份儿。

在那不屈的意志和那狂暴而坚定的意志之间，进行着一场无言的、无条件的争执，对抗，前者不是为了爱情或激情，而是为了婚姻，而后者则是为了独处和自由。他在那第一个年头就将考不及格。他预料到了。不仅他本人知道，而且整个学校都知道。她从来没有直接和他说过话，她会从他身边经过，到运动场去，甚至都不去望他一眼，很明显她看见他了，但是她午餐饭盒里的苹果或蛋糕必然会摆在他的桌子上，而且无声无息，折叠起来的答案纸会秘密地夹在他的一本书里，上面有问题答案，拼写改错或造句，那是由圆乎乎的、有力的孩子的手书写出来的——他拒不理睬的那种酬报和允诺，他拒绝接受帮助，这令他大为恼怒，不是因为他的人格和易轻信的天性受到了引诱，而是因为他既不能公开表示对拒绝接受的东西的蔑视，也不能肯定那私下的展示——那随意破坏掉的食物或答案纸——甚至能否算在那个低着头、端庄谦恭、热心的女孩身上，他看到她的是侧面或三分面，有时完全是背影，而且他甚至从来没有听到过她叫他的名字。接着有一天，一个只有他身高的三分之一的男孩戏弄地冲他吟唱拙劣的诗句——不是露西·佩特和杰克·豪斯顿是甜心，而是露西·佩特在逼迫杰克·豪斯顿出人头地，要上二年级。他像打他的一个儿子一样那样打了那孩子，即刻四个年龄较大的男孩蜂拥而来，当这几个袭击他的人后退时，他依然暴怒地一步也不退让，她就在他的身边，用她的书包掷打他的敌人，他盲目而愤怒地击打她，就像他打那个小孩一样，并猛然把她推到一边。在接下来的两分钟里，他变得狂暴至极。甚至在他被摁在地上时，他们四个人不得不用一根捆篱笆用的铁丝把他绑起来，以让他安静下来并跑开。

这样，他便赢了那第一个目标。他没考及格。第二年秋天，他再次入校，进入同一个年级，被一大群更小的孩子所包围（一个巨人深陷在小矮人们中间），这时他相信自己甚至已避开她了。可是那张脸的确依然还在那里，而且看上去一点也不小，表情也不再冷淡。不过当时他相信，他是在另一个深渊那边，另一个插入的班级上看到那张脸的。因此他相信自己也达到了最后的目的，赢得了游戏的胜利；直到差不多过了两个月之后，他才发现，她在去年的考试中也没有及格。

当时，某种非常类似恐慌的东西掠获了他的内心。因为他同样也发现，他们之间的争斗的规模和格调发生了变化。那种争斗不再是致命的，争斗是不可能的。它已成熟了。到那时为止，因其所有的致命的严肃性，它依然保留着某种童年的东西，某种既不合乎逻辑又相互一致，既合乎道理又稀奇古怪的东西，但是当时它已变成了一种成年人之间的争斗；在那年夏天的某个时刻，那种古老的、陈腐的、生理差异的外部特征凸显了出来，当时除了在教堂的教友聚会上见面之外，他们互相之间没有看到过对方。情况仿佛是，双方都没有意识到，却在同一时刻，他们望着那条古老的伊甸园之蛇，吃着伊甸园之树上的部分果实，吃时有意愿和比较的能力，却没有知识，尽管说缺乏知识在他的情况中是不属实的。现在已不再有苹果和蛋糕，只有答案纸，改错用的，无法避开，无法不面对的，放在书里或在他的大衣口袋里，或是放在他门前的邮箱里；在每月的笔考测验中，他会把他自己的空白卷纸交上去，拿回来的上面有着理想分数的卷子，而且是那只手写的，甚至那签名，也变得越来越像他自己的签名。她依然从不对他说话，甚至也不望他一眼，那张脸始终总是低着，显出侧面轮廓或三分面的形象，稳重端庄，从容镇静。他不仅整天望着它，而且还把它带回家，晚上与他相伴，从睡梦中醒来后问候它，它依然是那么安详，依然始终如一。他甚至尝试在黑女人情妇的形象那边抹去那张脸，清除它的魔力，但它依然还在那里，始终如一，安详，没有责备他的意思，也不悲伤，甚至也不生气，而且在他敢于承担罪过或获得宽恕之前就已经原谅他了；它在等待着，安详沉静，令人恐慌。在那一年里，有一次那种惊恐的念头在他心里出现了，永远避开她，他可以采用那样的方式，使她的帮助够不着他，他要自己用功，把逝去的那些年的功课补上，赶上他应该在其中上课的班级。在一个短时间内,他甚至尝试这么做,但是那张脸还在那儿。他知道自己永远也无法超过它,不是它会把他拉回来,而是他会依次把它带在身边,正如在她出生以前的那五年中,它以某种方式将他搁置起来一样;他不仅永远超不过它,而且他甚至用那一年时间也追不上它;所以,无论他能达到哪一个等级,它都依然会在那里,早一年在他的前面,让他无法避开,也让他无力超过。这样一来,也就只有一种选择。那是一种古老的选择:原地踏步,因为他已经在那最低的班级了,不可能再往后退了,但他可以停留在那里,把那总能获胜、静止不动的女人推进那一逝而过、高速运动的世界之中。

他这么做了。他的错误在于采用仅对女人残酷不义的方法。他望着他那空白的每月测验试卷纸在老师的手中消失,然后又发还给他,试卷做得很好,甚至在上端还签有他本人的名字,时间过了一个月又一个月,升级的终考就要到了。他交上了空白的卷子,上面什么都没有写,只有他的名字和他将它们叠起来时留上的脏兮兮的指印,他最后一次把那些书合上,他甚至不愿费力给那些书上留下污渍,接着从教室里走出来,除了顾及听老师说他不及格这种小礼节外,他自由了。他自由了的信念从出教室门起持续到下午,接着持续到吃晚饭时,持续到傍晚时分。他在脱衣服,为了上床,一条腿已经从裤子里出来了;没有停顿一下,没有踌躇片刻,他又把那条腿穿回到裤子里,他已经在奔跑了,光着脚,没有穿衬衣,他从房子里出来,他父亲已经在里面睡着了。学校的房门没有上锁,不过他要看老师桌子里的东西,就不得不把锁砸开。他的那三份试卷全都在那里,甚至是同种类型的大页书写纸,就是他什么也没写交上的那种——算术、地理、英语作文,如果他不知道自己交的是空白卷子,如果他既不能读出也不能认出其中的一些词,不能理解他确实知道那些卷子上所写的东西的话,他本人就不会发誓说他没有写过。

他回到家里,拿了几件衣服和那把当时他已经拥有了三年时间的手枪,把他的父亲叫醒，在那个夏天点着灯的午夜的房间里，他们两人见了一生中的最后一面——年轻人惊慌失措，他决心已定，那男人精力旺盛，身体瘦削、硬朗，几乎比年轻人低一头的样子，脸没有刮，长着一头狂乱的灰发，穿着一件长度齐腿肚子的睡衣，他从扔在一把附近的椅子上的裤子里掏出一个破旧的钱包，把里面的钱给了年轻人，这会儿，他戴上钢边眼镜，写了张相应款数的支票，连带利息，让他儿子在上面签字。"好了，"他说道，"那就走吧，你会倒霉的。你肯定有着我身上足够的血性，在十六岁照顾好你自己的。我就是那样。但是，我要和你打同样钱数的赌，上帝做证，要不了六个月，你就会大喊救命的。"他又回去，经过学校的校舍，把考卷整理成原样，其中包括那一套新弄来的空白卷子；要是他有能力的话，他会把那把砸开的锁修好。他甚至付了赌钱，尽管他并没有输。他把那个数目的钱分成三次寄了回去，那是一年以后一个星期六的晚上，他在俄克拉荷马的铁路建筑工地掷骰子时赢的，在那里，他是个钟点看守。

他逃离了，不是从他的过去中逃离出来，而是逃避他的未来。一共花了十二年时间他才弄明白，他既不能逃避过去，也不能逃避未来。当时，他在埃尔帕索，那是他逃出来的一个最终的落脚处，他当上了机车的司炉工，把他自己管的一个机车伺候好，他在那里住在整洁、面积不大、城市人的房子里，到那时他已租了四年了。一个女人和他住在一起，邻居们和邻近的杂货商都把她看作他的妻子，她是他七年以前从盖温斯顿的一家妓院里领出来的。他在堪萨斯种过小麦，在新墨西哥州放过羊，在亚利桑那和西得克萨斯，他和一帮建筑工待在一起，然后成了盖温斯顿码头的一名码头工人；如果他依然还在逃的话，那他就不会知道那种东西了，因为甚至从他记得他已经忘记了那张脸的时间起，到现在已过去好几年了。而且当他证明，即使是用最好不过的手段，地理，你也绝对无法逃避过去和未来时，他还不明白那是怎么回事。（地理：发明的匮乏，虚幻愚昧的对人之间距离的信念，人能够发明出来的逃避的最好手段，就是地理；他相信

219

自己相信，对他本人来说，地理绝不仅仅是在其上面行走的某种东西，而是那需要呼吸，摆脱束缚，来回行走的媒介。）而且如果他始终只是用伤害另一个女人的方式来逃避一个女人，就像他在青春期对他的母亲和他的黑人女友所做的那样，他就还是没有弄明白那种东西，在黎明时分，他几乎是用强力把那个女人从房子里弄出来的，在昨日午夜以前，他从来就没有见过她；在汽灯下发生在他与头上缠满卷发纸的女房东之间的那一幕，就像是他正在把唯一一个继承财产的女儿从房子里强抢出来一样。

他们在一起生活了七年。他又回到铁路上工作，并爱上了那种工作，甚至最终还进入了等级分明的资深者的行列；除了偶然之间有点儿越轨行为外，他在内心里、精神上和肉体上都忠实于她，她也相应忠实于他，她言行举止谨慎小心，不提任何要求，用他的钱很节俭。在他们一开始住的寄宿房里，她使用他的名字，后来住进了在埃尔帕索租的房子，他们把那儿叫作家，当他们有能力买家具时，他们就把房子里布置了一番。尽管她从未提过结婚的事，他却甚至想着和她结婚，西部那时还年轻，重视个人的权利，因此这对他也产生了影响，淡化并最终废弃了有关婚姻、女性贞洁及《圣经》上从良妓女的偏执观念，这是他承袭下来的南方区域清教徒的偏执观念。当然，还有他的父亲。从离开家的那个夜晚起，他就没有见到过他，而且他也没有指望再见到他。他并没有去想他的父亲死了，迁到比密西西比州的老家更远的地方，他是在那儿最后见到他的；他只是无法想象他们在密西西比州以外的任何地方相见，他只能想象他自己作为一个老人回到那个地方。但是他知道，对于他和一个曾经是出卖给公众的女人的婚姻，他的父亲的反应会是什么样，而且直到这时，就他所做的和没有做成的一切而言，他从来没有做过一次任何他不能想象他父亲同样也在做或至少不吝其罪过的事。然后，他接到了他父亲死亡的消息。（与此同时，他还从一个邻居那儿接到为农场开的价。他没有出售农场。同时他也不明白为什么会这样。）这样一来，那种障碍就不存在了。然而，它实际上根本就从未存在过。很久以前,在一天夜里,当隐约可见的机车穿过黑夜,在路轨上轰隆轰隆地向前滚动时,他已经将那作为一个纯粹是他与他本人之间的问题解决掉了:"也许她过去不太好,可我也是一样。现在很多时候,她比我所知道的我自己还要好。"也许过段时间以后,他们会有个孩子。他想等着那种事发生,让那事成为他们结合的象征。一开始他从未想到过那种不测事件——在此他再次成了那守旧的、神秘而偏执的清教徒;即使是在重获新生以后,上帝之手也会放在罪人的身上:上天永远禁止邪恶的人生育。他不知道究竟要多长时间,究竟要多少年的贞洁,才能涤清罪孽,获得宽恕,但他会想象着那一时刻——某一时刻,依然是神秘的时刻,到那时,那些不知其名、形象不详的男人的摧残伤害,商人炽烈的色欲留下的痕迹,会从她出卖的器官上被抹去,愈合平复。

然而,那一时刻超出了现在,那一时刻不是罪孽获得赦免的神秘时刻,而是在他想着她会告诉他她怀孕了他们要结婚的时间消逝以前的那个时辰,那一天。那一时刻早已超过了现在。那一时刻永远不会有了。在那十二年里的一个夜晚,在他出逃的另一落脚点的寄宿房间里,他在这里隔一天休息一夜,他拿出保存三年之久的农场转卖的开价单,这时他明白了他为什么没有接受将农场卖掉。我要回家,他告诉自己说——就是这么回事,不为什么;他甚至看不到那张他进学校那天见过的脸,他甚至不能描述那张脸,现在他甚至记不起来那张脸了。第二天,他跑回了埃尔帕索,从银行取出了七年的积蓄,并把它分成一样多的两份儿,做了他七年妻子的女人朝那钱瞥了一眼,随后站在那儿咒骂起他来。"你准备结婚的。"她说道。没有眼泪;她只是诅咒他:"我要钱有什么用?看着我。你认为我会缺钱用?让我跟你一块走吧。靠近我能住的地方会有某个镇,某个地方的。当你想要的时候,你就可以来。我曾经让你烦过吗?"

"没有。"他说道。她诅咒他,诅咒他们两个。要是她会哪怕只是触碰我,打我,让我发怒去打她,那就好了,他想着。但是那样的事一样也没有发生。她所诅咒的并不是他,她所诅咒的是那个她从未见过的女人,她的脸他甚至无法确切记起是什么样。于是,他再次把他的那份钱分开——那是他有幸拥有的钱:他的运气不在于赢取、挣得或找到钱,而在于他有恶癖,渴望获得快乐,而在满足这些恶癖,获得种种快乐之后,留下来的是一笔可观的财富——并回到了密西西比。然后,即使是在那时,他显然还是经过了另一年才承认,他不想逃避那种过去和未来。乡村里的人相信,他回来是出售农场的。可是时间一周一周地过去了,而他并没有任何动静。春天来了,他既不准备把农场租出去,也不准备在上面耕种。他只是继续住在南北战争前的那座老房子里,尽管不是大宅,没有廊柱,里面住三个人,仍然还是太大了,与此同时,日子一个月接着一个月过去了,显然依旧是在从得克萨斯铁路上回来休那个假期时,他父亲曾告诉他们他在铁路上工作,他独自一人,没有人相伴,向同辈人打招呼(在他遇到他们时),这些人从年轻的时候就记得他,他们是碰巧在一起喝酒或打牌时认识的,这种情况并不常有。偶然之间,在夏天里,人们会看到他外出野餐,而且每个星期六的下午,他会成为瓦尔纳商店走廊上的那群人中间的一个,他谈的不多,更多的回答有关西部的问题,没有秘密,没有太多保留,显然他是在用另一种方言思索,并通过它听取问题,然后及时进行回答。他现在变得抑郁了,即使抑郁尚未过多地显现出来。在他的脸上,仍然有时间和孤独留下的印迹,但已消逝了一小部分,文饰成为甚至衰变为某种有意识的警觉,尽管不是胆怯;他宛若野兽,原始、孤独而自足,从荒野中走出来,为知道那是陷阱的陷阱所吸引,不明白为什么它是致命的但知道它是致命的,而且现在并不害怕——而且并不那么容易受惊吓。

他们在一月份结婚。到这会儿,他的那份得克萨斯的钱用完了,尽管村民们依然相信他很有钱,要么他就不可能什么也不干就能过上一年,而且不会和一个没有分文的孤女结婚。由于他回到家时有偿付能力,所以邻居们始终坚定不移地相信他是个富翁,完全就像一开始他们坚定不移地相信只有贫困才使他回到家里来。他从威尔·瓦尔纳那儿借钱,以部分土地做抵押,在更为靠近大路的新址处,建起一座新房子,当时他还买了一匹种马,仿佛是作为给她的结婚礼物,虽然他从来没有那样说,要么是它那血性、骨骼和肌肉代表着他已放弃的有多个异性伙伴、不受抑制的雄性特征,他从来没有说过那样的话,要么就是在他的邻居和相识中有人——威尔·瓦尔纳或者也许是拉特利夫——看出来这是地地道道的转移,有意要把他退出的空位填满,他们也没有说这样的话。

结婚三个月以后,房子建成了,他们搬了进去,一个黑种女人为他们做饭,尽管乡村里那唯一的另一个被雇用的厨师,无论是白人或黑人,是在瓦尔纳家里的。随后,村民们召集在一起,男人到围场里看种马,女人来看房子,那崭新的、明亮的房间,新家具以及节省走路和体力的新设施和装备,这些东西的样子他们梦想着从邮购的图文目录中能看到。他们会望着她在这些新的家具设施中间走动,忙碌,不知疲倦,她穿着朴素的、整洁的衣服,一头普通而自然的头发,那张普通的脸此刻绽放出某种几乎像是美的光彩——不是幸运的惊喜,不特别是意愿和信念的显现,而就是那种安详、那种沉静、那醒目地映现在面颊上的玫瑰色,当时,他们正谈论房子建成的时间是多么及时,刚好可以透过窗户观赏四月份的盈满圆月,床就放在窗户那里。

后来,那匹种马杀死了她。当时,她在马厩里找寻一只不见了的鸡雏。那黑种男人警告她说:"它是一匹马,小姐。但是它是一匹雄性种马。你离开那儿吧。"可是她并不害怕。她仿佛是认出了那种物质的变体,那种两重性,意识到了那种想法,尽管她没有说出来:胡说八道。我现在已和他结婚了。他用枪杀了那匹种马,他第一个冲进马厩,当时那畜生疯狂至极,而他身上什么也没带,只有一把打开的折刀,那黑人紧紧抓住他,劝说他等把手枪从房子里取过来,用枪打它。在那座新房子里,他和那条猎狗住了四年两个月,那个黑种男人为他们做饭。他卖掉了那匹他为她买的牝马,还有他当时拥有的那头母牛,让那个女厨子走了,把鸡也送人了。那些新家具是用分期付款的方式买的。他把家具都挪到了仓房里,仓房在他出生的老地方那里,他通知销售商前来把家具弄走。随后,他所拥有的就只是炉子,他在上面吃饭的餐桌,还有那张简陋的小床,他用它换掉了窗户下面的那张大床。在他睡在那张小床上的第一个晚上,月亮也是一个满月,于是他把小床搬到了另一间房子里,然后把它靠在一面北墙上,在那儿,月亮不可能会照得到他,过了两夜以后,他甚至走回到老房子,在那儿过了一夜。但是在那儿他已失去了一切,不仅是宁静,而且甚至还有一缕缕可咀嚼的、因绝望而生的、可以承受的悲伤。

于是,他又回到了新房子那里。圆月当时正在变成下弦月,而只有在每月一次的间隔期间到来时,这种情况才会重现,于是,在两次圆月之间,剩下来的就只有在日落时分与天完全变成黑夜之间的那一个时辰,厌倦是度过这段时间的一种解药。而且厌倦是廉价的:他不仅有他给了威尔·瓦尔纳借钱的字据,而且他还有与收取分期付款金额的人之间的某种麻烦,他们不想把家具拿回去。这样一来,他再次去耕田,逐渐发现他对怎么耕田已忘得差不多了。因此,有时他还真的忘掉那个令人惊骇的时刻,直到他发现自己进入那一时刻,在那一时刻中行走,发现那一时刻突然之间扑面而来,让人窒息,将他吞噬。随后,她那张无法抹去的脸,有时甚至还有那他们第二年也许会拥有的孩子的形象,会在那座房子里随处浮现,房子是他建起来为让她高兴的,尽管她所触摸过、使用过和看过的所有物品现在都被从房子里清出去了,剩下的只有炉子、餐桌和一件衣裳——不是一件睡衣或一件内衣,而是那件用方格花布做的女装,很像是那件他进学校那天第一次看的她穿在身上的衣服——还有那扇窗户本身,所以,即使是在夏天最为炎热的傍晚,他都会坐在让人汗水淋淋的厨房里,与此同时,那个黑种男人做着晚饭,他从一个石头罐里喝威士忌,从雪松木桶里饮用温水,声音越来越大地说着话,骂骂咧咧,话语尖刻,爱好争辩,他没有要反驳的挑战,也没有要征服和击败的挑战者。

然而,月亮或早或晚又会再圆起来。那些几乎什么也看不见的黑夜是会有的。可是,当黑夜进入黑夜,而逐渐从黑夜中隐去时,窗户上那银白色的、因月亮而变白的长方形的光块儿早晚会再次投射过来,就像它过去投射在他们两人身上一样,那时他们在谈论着古老的乡村信仰,认为四月份的满月使繁殖丰育得以变成现实。但是现在,在他本人的身体旁边,没有一个月亮可以照在上面的身体,而且在他自己的身体旁边,没有另一个身体可以躺在上面的东西。因为那个简易小床太窄小了,躺不下另一个人的身体,那里只有一个突然向下形成的黑漆漆的阴影,只有那看不清楚模样的猎狗睡在那阴影里,他直挺挺地躺在那里,心里不服输,喘着粗气。"我不明白那是怎么回事,"他说道,"我不知道为什么。我将永远不知道为什么。但是,你不可能战胜我。我和你一样强大,你不可能胜过我。"

当他离开马鞍时,他依然还活着。他听到了枪声,瞬间过后他就知道了他一定是在听到枪响之前就感觉到打在身上的那一枪。随后他三十三年来所知道的那种有规则的时间顺序变得颠倒了。他仿佛感觉到地面在震动,与此同时他还在往下跌落,而且还没有触到它,接着他来到了地面上,他停止了跌落,而且记起了他所见过的腹部的伤是什么样子,他想到:如果我不让疼痛快点儿开始,我会死的。他有意让它开始,而在一瞬间他无法理解为什么疼痛还不开始,接着他看到了那空洞的裂缝,那个在视线之间的某个地方的裂缝,以及他的脚应该在的地方,他仰面躺下,望着纠缠在一起的感觉与意志的碎片,投射进那个裂缝中,投进细微的光明和折磨人的痛苦的黑暗之中,并暗中摸索着,以期相遇并再次融合在一起。接着,他看到疼痛猛烈地袭来,犹如闪电划过那条裂缝。但是,疼痛来自另一个方向:不是从他自己的内部向外弥散,而是从同样失重的大地那里向他本人生命的内部穿入。等一下,等一下,他说着。一开始要稍慢点儿来,这样我能够承受得住。但是它并不愿意等待。它咆哮着压倒他的声音,把他举起来,用力摇动和转动。然而它不愿意等待他准备好。它迫不及待地要把他抛入空虚之中,所以他大声叫道:"快点!赶快!"他透过血红色的咆哮,向上径直望着那张脸,由于那十个口径的猎枪子弹的爆炸,那张脸和他本人的脸结合在一起并在这一刻永远成为一对——死者会带着生者和他一起进入地下;生者,那个没有死亡的被屠杀者,必须永远和他一起四处承受大地对他们的拒纳——随后,他像斜歪在那里的木桶一样不动了:"该死的,难道你就不能借用两颗猎枪子弹,你这个蠢笨的、叫花子一样的——"接着他就离开了这个世界。他的眼睛,依然在睁着,对着那已沉落的太阳,由于一股突然而至的泪泉将它们润湿而变得模糊不清,泪水沿着那异样的、被遗忘的面颊也在往下流着,那已经干涸了的眼睛因为真正的泪水的润泽,呈现出一种新的模样。

2

那枪声太响了。不仅对任何射击来说那声音都太响,而且对任何声音来说,那枪声都太响了,比应该有的响声还要响。仿佛那空间的容量和复制响声的回音联合起来,也反对他证实自己的权利,了结他受的伤害,越来越集中地聚集在他蹲伏于其间的灌木丛和道路的周围,那条若隐若现、隐约可见的道路就位于灌木丛的旁边,猎枪的枪托剧烈地撞在他的肩膀上,黑色的弹药烟雾已经散去,那匹马猛地转过身,飞奔而去,空马镫撞在上面没人坐的马鞍上,即使过了很久以后,情况依然如此。他四年都没用过这把枪了,他甚至不敢肯定,他拥有的五颗猎枪子弹中的任何两颗是否能爆响。第一颗子弹没有响;那是第二颗子弹——那无益的、比霹雳还要响的扣扳机声,那想要重新组合、找到第二个扳机的狂暴而急切的需要,接着那在他根本就没有听到的、震耳欲聋的扣扳机声之后的撞击,枪药的烟雾和臭味,一齐把他向后、向下压进灌木丛中,直到他的身体失去平衡,即使他想打第二枪,时间也已经太迟了,那条猎狗也没影儿了,只把他一人留在那儿不管了,他蹲伏在一根大木头后面,气喘吁吁,浑身颤抖。

随后,他想要把那事儿做完,不是用他想用的方式,而是用他必须用的方式。他要与之搏斗并制服的,不是盲目的、本能的、想要逃走的急迫的欲望,而是刚好相反。他想要做的是,在那人的胸脯上留下一张上写有如下内容的布告:"**这就是扣押明克·斯诺普斯牲口的人的下场。**"并把他的名字签在上面。但是他不能这样做。从他扣动扳机以来,这已经是第三次合谋密约,为的是挫伤他作为一个有感觉的人的感情,践踏他作为人的权利。他必须站起来,走出灌木丛,去做他下一步要做的事,不是把它全部做完,而只是把他开始了的、正在运作中的事情的第一步做完,此刻,他已经意识到了,在他听到马的动静并举起枪以前,他就知道,将要发生已经发生了的事:他对着敌人扣动扳机,但只打中了已死在那里、留在隐秘之处的尸体。于是,他在那根大木头后面坐起来,闭上眼睛,慢慢地数着数儿,直到身体的抖动停止,直到奔跑的马的声音,甚至那令人不能忍受、令人难以置信的枪声从他的耳边消失以后,他才能够站起身来,拿起那把歪斜着的、里面装有肯定会响的子弹的枪,从灌木丛里出来,开始匆忙上路。但即使如此,在他到家之前,天也将到黄昏时分。

这时已是黄昏了。他从坡底那儿出现了,向上仰望着他那上面长着瘦蔫、不成样子的玉米的坡地,并看到了它——没有油漆的、两间屋子的小房子,其间有一个露天门厅和一个倚建在屋墙上的厨房,这房子不是他的,他为这房子付租金,但不付税,他一年所付的租金几乎有建房子所花费的钱那么多。房子并不旧,但已经漏雨的屋顶和门窗的挡风雨条,已经开始从墙板处破损了,这房子就像他在里面出生的那座房子一样,那座房子也不是他父亲的,如果他死在室内,这就像是他喜欢死在里面的那种房子——他可能会的,即使他穿着衣服,在床和桌子或者可能是门之间,没有预先的警告，在某一时刻他那始终狂跳不止的心肌就会要他的命——而这房子就像他结婚以后住过的那不止六座的房子，而且也像在他死之前他愿意住在里面的两倍于那些房子的房子，尽管他为这座房子付租金，但他始终相信，他的侄子拥有它，而且他知道，这房子离得不远，他愿意生活在这个屋顶下。接着，他看到在房前的院子里，有两个孩子，在他看他们时，他们甚至迅速地站了起来，注视着他，随后转过身去，急忙朝房子的方向奔跑。这时他觉得仿佛自己也见过她，她站在露天的过道里，八个小时以前她刚好就站在那个地方，注视着他的背影，他坐在冰凉的壁炉边的地面上，用从腊肉上滴下来的东西给猎枪上油，那是他所拥有的唯一可以用作油的东西，那东西不能起润滑作用，但与金属一接触，会凝结成一种像肥皂的物质，那是它自身盐分的腐蚀结果。她仿佛始终站在那里，没有动过地方，又一次伫立在一个开阔地带的画面里，即使是没有灯光，就像他九年以前第一次看到她的样子，在无情的灯光下，在看不到的男人们响亮粗野的喊叫声中，站在南密西西比囚犯集中营肮脏、凌乱不堪的食堂门外的开阔地带。他不再看那座房子了，他仿佛只是瞥了它一眼，他爬上坡地，穿行在那发黄的、低矮的玉米丛中，玉米发黄和长不高是因为，他没有钱买肥料撒在地底下，没有牲口和工具把地翻好犁好，没有一个人来帮他干他的活儿，为了维持生计，他不得不去拼他的体力和忍耐力，他不仅要和正常的气候拼，而且还要和无法预料的春天的气候和干燥夏天提前完结的气候拼，从五月中旬一直到七月，每一天都在下雨，仿佛黄道带也在与他拼赌时作弊一样。他向上穿行在那可怜兮兮、不长果实的玉米梗棵之间，拿着那把枪，无论是背着它，用它瞄准目标，还是放胆用它开枪，看上去那把枪对他来说都是太大了，枪是他七年以前弄到手的，用实实在在的粮食换的，他之所以能弄到那把枪是因为没有任何其他的男人想要它，因为它用的子弹除了打野鹅或野鹿合适，打其他任何东西都太大了，而且打任何东西都太浪费了，只有用来杀人合适。

他没有再次往房子那边看。他往前走着，经过那里，他走到那正在腐烂的木格子旁边，木格子下面是一口水井，他把那把枪倚放在墙上，脱掉鞋子，打了一桶水上来，开始清洗鞋子。这时，他知道她就在他的背后。他没有回过头来看，只是坐在那个朽木凳子上，他的个儿头不大，穿着褪了色的干净上衣和打着补丁的工装裤，把水桶里的水倒在鞋子上，并用一个玉米棒在鞋上揉搓着。她开始大笑起来，声音沙哑，持续不断。"今天上午我告诉过你，"她说道，"我说，如果你去的话，如果你拿着这把枪离开这里的话，我就要走。"他没有抬头往上看，他蹲在那双湿鞋子上面，把一只手插进鞋子里，像鞋楦一样撑着，另一只手拿着玉米棒在上面刷着，"从来你就不在乎是什么地方。难道你就不担心他们来找你的时间和地点吗？"他没有回答她的问话。他把第一只鞋子刷好，放下，把他的手插进第二只鞋子里，把桶里的水倒在上面，开始刷搓起来。"因为那地方不会远的！"她突然之间哭喊起来，但她一点儿也没有提高嗓门。"因为当他们来把你吊死的时候，我会在我能看到那一幕的地方！"此刻，他站起身来。他把没有刷完的第二只鞋子小心翼翼地放下，把玉米棒放在鞋的旁边，站了起来，他个儿头小，几乎比她要低上半头的样子，光着脚，朝她走过去，动作不快，有点儿鬼鬼祟祟的，他的头往下低着，显然根本就没去看她，她站在那裂着大口儿、破烂的房门那儿——那漂白的头发在根部又变黑了，因为从不再有钱买染色剂到现在已经有一年了，那声音沙哑、大笑不止的脸注视着他，眼睛里闪动着一种稀奇古怪、能够想象出来的光芒。他一掌打在了她的嘴上。他望着自己的手，几乎有点发痛，他打的那张脸根本就不躲闪，那上面的眼睛甚至都没眨一下。"你这该死的，小个子的杀人狂杂种。"她说道，不去管那即刻流出的鲜血。他再次打她，鲜血在嘴和手掌之间变得模糊一团，接着鲜血又涌了出来，他再次打她，动作慢了下来，那不是有意的，而是那种极度的、不可克服、无法改变的厌倦让他慢下来了，他又一次打着。"走，"他说道，"走。走。"

他跟着她，穿过院子，走进过道，但他没有进到屋子里去。从门那儿他可以看到她，尽管屋子本身差不多全都黑了，只是窗户的那又小又高的方格上还泛着黄昏的微光。接着火柴擦着了，在灯芯上发出耀眼、没有闪动的光芒，而此时，她被无影的灯光框入一片开敞的亮处，她的四周是喧闹无声、不见踪迹的影子，这是那些没有名字的、无数的男人的影子——即使当他真的在看他们时，那个身体，有时在他看来从未生过孩子，甚至在那桩两美元的婚姻之前就在那里，那桩婚姻没有使他们变得圣洁，但却认定了他们的关系，每一次他走近它的时候，隔在他们中间的不是衣服，而是让人戴绿帽子的阴影，那也变成了他的过去的一个组成部分，好像他们之中更容易接受的人是他而不是她；尽管那油污的、没有样子的外衣把那个身体遮蔽起来，他依然能够在冰冷的、没有星光的黑夜里，从它的外面感觉到它的存在，没有恨，也没有欲望，并告诉他自己：它就像是醇酒。它对我来说就像兴奋剂。随后，他也看到了那两个孩子的脸，他们沐浴在同样的火柴和灯芯的亮光之中，仿佛她刚才碰擦的那一根火柴一下子同时让他们三个人的模样都显现出来了。他们坐在角落的地板上，他们没有蜷缩，也没有躲藏，只是在黑暗中坐在那里，无疑，从他自坡底上来，望着他们匆忙跑向房子那时以来，他们一直就坐在那里。他们注视着他，带着那种他本人也具有的同样的品性：不是卑贱，而只是从容，拥有一种古老的、陈腐的智慧，接受那种意志和能力之间无法缩小的不一致性，这种差异是由身体高度的残疾造成的，而他们三人对此都没有任何别的选择。他们把目光从他身上转开，望着他们的妈妈脸上的血，一点儿也不觉得奇怪。她把一件衣服从墙上的一颗钉子上取下来，把它放在简陋的床上，包裹其他的物品——其他的衣服，一双半号尺码的鞋，在寒冷的天气中，两个孩子中的任何一个都可以没有分别地穿用，还有镜面破裂的有手柄的小镜子，木头梳子，无把儿的刷子——都放在里面，他们静静地看着这一切。"过来。"她说道。他挪到一边儿，他们从他身边过去，孩子们贴着她的裙子紧紧地抱在一起。当他们从屋子里出来时，他一时间看不见他们了，接着又看见了，在她前面走到了过道里，他跟在后面，保持着同样的距离。当他们穿过门廊，从那翘曲、腐烂的台阶上走下来时，他在门口又一次停了下来。当她在台阶那边的地上站住时，他再次走动起来，依然带着那种胜利者的姿态，带着那种令人生厌的执拗。接着，他看到了某种情况并停了下来，他注意到那个大一点儿的孩子，在那此刻几乎是夜晚的黄昏中，匆忙地穿过院子，无声无息，无影无踪，从地上抓起某种东西，接着又回来了，把那个东西——一块木板，顶上钉有四个小小的像轮子一样的镀锡铁质品——紧紧抱在胸前。他们继续往前走。他没有再跟着他们。当他们穿过那扇破旧的门时，他的样子甚至好像是没有在看他们。

他回到了房子里，把灯吹灭，屋子里变得全都黑了，仿佛那微弱的、消失的火焰把白昼所留下的一切都带走了，于是，他又回到了井边儿，只是凭着探摸，他找到了那根玉米棒和那只没有刷完的鞋子，他把鞋子刷完清洗干净。随后，他清洗那把枪。当他一开始弄到枪时，当枪还是新的时候，或至少对他是新的时候，他还有一个枪的清洁棒条。那是他自己做的，用藤茎做的，他仔细挑选，打磨，细心刮擦，巧妙地在其顶端打眼儿，把油腻的毛刺去掉，大约在最初的那年里，他有钱买火药，子弹头和火药帽，把它们装上膛，不时也去打些野味，当时他对清洁棒条的重视程度绝对不亚于他对枪的重视程度，因为他只买了那把枪，而那棒条是他做的。但是现在那个棒条不见了，他记不起是什么时候，也记不得在什么地方，它连同其他他在年轻的时候积攒的东西一起消失了，这些东西对他来说也曾经很珍贵，在那条位于他成为成年人与这一时刻之间的道路上，他以某种方式在某个地方把这些东西都丢掉了。在眼下这一时刻，他发现与他本人相伴的什么都没有，只有那实际上不属于他的空荡荡的、没有食物的房子，那把枪，还有那无法挽回的时刻，那时枪管对准了目标，一丝不差，他的意志告诉他的手指扣动扳机，在他的记忆中，一切都在，抹去的只是他自己的死亡。于是，他把水桶斜着，将水倒在枪上，把衬衣脱下来，把它擦干，把鞋子捡起来，回到房里，而且他还是没有去把灯点亮，在黑暗中，他站在冷冰冰的炉子旁边，吃着用手指从罐里掏出来的凉豌豆，装豆的罐子就放在炉子上，他走到那简陋的小床那儿，在那上面躺下，他依然穿着工装裤，放床的那间屋子里甚至终于不再有喧闹的影子，在黑暗中，他仰面平躺在那里，眼睛睁着，他的胳膊伸直，放在身体旁边，脑子里什么也不去想。这时，他听到了那条猎狗的声音。

一开始，他没有动弹，他正在有规律地、不急不慢地呼吸着，他的样子就像是个死人，一动不动地躺在那里，第一声鸣叫消逝了，无边无际的夜的寂静降临。他吸着气，第二声鸣叫传来了，响亮、深沉，回响不断，充满了悲伤。他没有动。他仿佛一直在盼望着它，等待着它。他躺在那里，把自己倒空，让自己镇静下来，不是为了睡觉，而是为了获取力量和意志，像远距离长跑运动员和游泳运动员做的那样，在进入一个时段的折磨人的、激烈狂热的努力以前，在他的生命将要进入这一时段以前，他可能要在那里躺十分钟，与此同时，那长长的鸣叫声从黑暗的坡底那儿传出来，仿佛他知道这十分钟是最后的安宁时间。然后，他从床上起身。依然还是在黑暗之中，他把那依然潮湿的衬衣和刚刚刷洗过的鞋子穿上，从门后面的一颗钉子上，他取下了一卷依然盘成环状、耕地用的新绳子，这卷绳子是他的表兄，瓦尔纳的伙计，两个星期以前盘成卷儿的，随后，他离开了屋子。

那天夜晚没有月亮。他穿过那干巴巴的、看不清模样的玉米丛往下走，根据一颗星星来确定方位，直到他来到树林里，靠在黑黑的结实的树干上，火蝇在其间闪烁着、飞舞着，远处传来了青蛙低沉而有回音的叫声和咕噜声，还有那条狗的嚎叫声。但是，一旦进入它们中间，他就再也看不见天了，尽管他当时意识到了他以前应该做的是什么：那条猎狗的声音将为他带路。于是他跟在它后面，滑入和陷进泥里，绊倒和摔倒在多刺的荆棘丛和树下生长的缠绕在一起的灌木丛中，跌跌撞撞地碰在看不见的树干上，他的胳膊弯曲着，保护着他的脸,他大汗淋漓,与此同时,那持续不断的狗的嚎叫声离得越来越近,突然之间在叫到一半的时候嚎叫声停止了。刹那间他相信自己真真切切地看到了那双眼睛放射出的磷光,尽管他没有灯光去回应那双眼睛,而且突然之间在还没有意识到他要做什么的情况下,他冲着他看到那双眼睛的地方跑去。他撞在另一棵树上,肩膀撞得发麻;他被撞到了一边,但又一次掌握了身体的平衡,他依然奋力向前冲去,张开双手。这时,他在跌倒。要是现在在我前面有棵树该有多好,他想道,那就没事了。他真的摸到了那条狗。他感觉到了它的气息,当它向他发动攻击时,他听到它的牙齿的碰击声,它猛地跳开,跑走了,把他晾在那儿,他的双手双膝陷在泥里,与此同时,它那无法阻挡的逃跑弄出哗啦哗啦的声响,随后就停息了。

他就跪在那个洼地的边缘。他只好站起来,而且依然半弯着腰,他的手臂弯曲着以保护他的脸,踩进齐脚踝深的、太阳照不到的污泥和腐烂的草本植物的沉淀物里,追踪它,向前大约又走了一步,来到了那个断落下来的树枝堆那儿,他把盘成环状的耕绳猛地套在他的工装裤上面的部位,弯着腰,开始把细小的、腐烂的树枝清理到一边。某种东西在那些树枝中间挣扎着,发出一声窒息的、婴儿般的叫声;当他踢它的时候,它不顾一切地在他的脚边摊开手脚躺下来,他告诉自己说:它只是一只负鼠。它不是别的,只是一只负鼠,他再次弯下腰,触到那扭缠在一起的发臭、淌着污水的树枝,将其拿开,直到他摸到那个身体,他把手上的污泥和黏液抹在衬衣和工装裤上,抓着那东西的上背部,开始往后走,拖着它沿着洼地行走。那不是一条沟,那是一条运送伐木的老路,上面长满了浓密的矮灌木丛,而且现在已经看不到路了,它比斜坡底部的平面要低两英尺。他追了那条狗有一英里多路,拖着那个比他重五十磅的身体,停下来只是为了不时把手上的汗擦在他的衬衣上,重新确定一下行走的方位,确定一下什么时候他能找到足够亮的天空,以分辨出一棵一棵的树的形状。

这时,他转过身,把那个身体往上拉,从洼地里拖出来,又走了一百码,他依然是在往后面走。他仿佛确切地知道自己在什么地方,他甚至不从肩膀上往回看,直到最后他松开那个身体,挺直身体站在那儿,把他的手放在他要找的东西上——一棵曾经个儿头很大、表面有粒状突起的橡树的外壳,它的顶没了,大约有十英尺高,耸立在林间的空地上,是闪电雷击或衰老或腐朽的力量或不管它是什么,把橡树弄成了这种样子,两年以前,他把野蜂置入其中,放在沿边儿的位置。他刻削好的、贴着树壳撑在那里以获取蜂蜜的小树仍然还在老地方。他把耕绳从胸前取下,把一头系在那个身体上,脱掉鞋子,用牙齿咬住另外一头,他攀上了那棵小树,骑坐在橡树壳的边儿上,把那个身体一把一把地往上拉,那东西比他个儿头也大一半儿,他拽着那东西碰撞着、刮擦着树干往上来,直到它像一个装了一半儿东西的袋子横在树壳的入口处,耕绳系的结子抽紧了。最终,他掏出刀,割断绳子,把那个身体从上面扔进树壳里面。但是那东西几乎立刻就停在那里,等他意识到他应该把它倒个头儿时已经为时太晚了,他用劲推它,捅着它的上背部,但它不是吊在那儿,只是因为一只胳膊拧曲而挤在了那里。于是,他把绳子的一头绑在刚好在他脚下的树桩,将绳子在他腰上系了一圈儿,然后他站在那拧曲的胳膊上,并开始上下跳着,没有任何先兆,那身体突然之间从他的下面脱开了,使他悬挂在那根绳上。他开始往上爬,一把一把地往上攀着绳子,他的膝关节碰搓掉了树壁腐败了的表皮,一股微弱、持续不断、干燥的朽木粉末,像鼻烟一样拥入了他的鼻孔。接着,他听到了那个树桩的断裂声,他感到绳子从那儿松开了,他在空中往前跳着,一只手的指头扒在了橡树的入口上。但当他的身体重量往下压在上面,一整块腐朽的树壳裂开了,他连忙向上伸出另一只手,抓在入口的边上,但这只手下的树壳也开裂了,他不停地抓攀,他奋力地持续不断地攀抓着,没有任何收获,他的嘴巴张着,气喘吁吁,他的眼睛瞪视着远处九月的天空,这时的天早已过了午夜,直到最后那里的木头不再掉裂了,他用手抓住入口的边,身体悬在那里,直到他再次让自己攀上去,骑坐在入口的边缘上。过了一会儿,他从上面爬下来,把那棵撑在那里的小树扛到肩膀上,把它运到林间空地边上十五或二十码的远处,又走回去,找到他的鞋子。当他回到家里时,黎明已经到来。他脱掉沾满污泥的鞋子,躺在那张简陋的小床上,那条猎狗又开始嚎叫了。对他来说,仿佛在那第一声嚎叫从坡底传来之前,他甚至听到过那吸气的声音,当时依然还是黑夜,那嚎叫声有节奏感,音色不错,而且持续时间长。

他的白天和黑夜现在被颠倒了。当晨星浮现或也许那真真切切的太阳挂在天上时,他会从坡底那儿出现,爬到坡上,从那无力照管和不结果实的玉米中间走过。现在,他不刷洗鞋子了。他并不总是脱鞋,而且他也不生火,他只是站在那儿,从放在炉子上的罐里吃剩下的冷豌豆,喝壶里剩下的冰凉的、时间很长的咖啡,一直喝到只有残渣,而当豆和咖啡没有时,他就会从差不多已是空了的桶里抓一把生饭吃,大约在第一天的时间里,他会感到饿的,因为除了新奇和刺激之外,当时他所干的活儿比他以往所干的活儿都重。但是那事过去以后,就再也没有任何新奇之处,到了那时,他意识到,那事只能会有一种结局,这样一来它就永远会是那样,接着他就不再感到饥饿了。他只是会睡醒过来,让自己清醒清醒,告诉他自己说,你该吃饭了,并吃些粗制的饭(眼下桶里没有别的,只是黏在桶边上的干硬的块状结物,他用一把刀片把它刮下来),他并不想吃,而且显然他也不需要,仿佛他的身体以他那种固执倔强的单一意志为生,他的意志很像脂肪组织。然后,他会穿着工装裤和鞋子躺在那张简陋的小床上,鞋子上有最新沾上的污泥,而且大部分最近沾上的泥甚至还没有开始变干。他的嘴依然在嚼着,嘴的周围长满了长长的胡楂,上面沾满了粗饭粒,仿佛他处在连续不断的睡眠状态一样,不是沉入遗忘状态,而是沉入一种闭上眼睛、一声不响的间隔状态,休息,恢复体力,犹如一个男人有意跳进一个浴池里一样,在下午的同一个时刻醒来,仿佛是闹钟把他叫醒,他再次处于那种躺下睡觉和睁开眼睛之间那种不间断的持续状态,因为只有肉体承受着并将承受需要其他一切的负担。接下来，他会在炉子里生上火，尽管除了从饭桶上刮下来的东西之外，没有别的东西需要煮，不过，他想要的是热饭，虽然咖啡也不再有了。于是，他在壶里放入水，加热，把糖放进去，将热水弄成甜的喝下去，然后他会坐在放在门廊处的一把藤椅上，望着夜晚的景色，注视着黑暗从坡底升起来，聚集在一起，迅速弥漫开来，太阳逐渐爬上种着玉米的那块坡地，最后将房子也照亮，即使是在黄昏时分，那块玉米地仍然就像伫立在太阳光下一样贫瘠，泛着黄色。接着，那条猎狗开始嚎叫，他会在那里再多坐上大约十到十五分钟长的时间，就像是全年长期车票的持有者一样，坐在他坐习惯的凳子上，在火车已经鸣笛要停下来之后，继续读他的报纸。

　　第二天下午，当他醒过来时，一个小男孩正坐在他房前的台阶上——他长着圆圆的脑袋和长春花颜色的眼睛，是操管瓦尔纳的铁匠铺的那个与他同一族姓的人的孩子——他的脚在地板上刚一发出响声，那孩子便从那儿起来，所以当他走到门廊那儿时，那男孩已经到了门廊那边的地上，离他有几英尺远。他回过头来，望着他。"兰普叔叔说要你到店里来，"那男孩说道，"他说有重要的事情。"他没有回答。他站在那里，鞋子和工装裤上沾着昨晚的污泥，此刻已经干了，而且（那依然是在他的睡眠中）今天早晨的饭粒还粘在他嘴周围的胡楂上，接着那孩子转过身，开始走开，随后开始奔跑起来，到了树林的边上，他回过头来，即刻望了一下，然后继续往前跑，不见了。他仍然没有动地方，他的脸上依然没有任何表情。如果那是钱的话，他可以带上的，他想到。但是，那不是钱。不会有他们给的钱。第三天上午，他突然之间认识到，某个人正站在门口，注视着他。他知道，即使是在那非现实的状态中他也知道，那人不是那个孩子，这会儿依然还是上午，他不可能睡那么长的时间，那种非现实状态不是梦境，而是一处贫瘠的地方，在那里，他的心、他的意志，像一匹永不休息、不可战胜、不吃草的马站立着，骑在它上面那个弱小的身躯正在更新它的力量。他们躲藏在这里，在我从坡底上来时监视着我，他这样想着，他努力大声说话，以让他自己醒过来，就像他会跪在那儿，晃动他自己的肩膀：醒来了。醒来了：直到他醒过来。他即刻知道已经太晚了，甚至不需要窗户的影子映在地板上的位置告诉他，现在已是下午那个自动到来的同一时辰。他不急不慢。他开始把炉火生着，把水壶放在火上，从桶里取了一把饭结成的硬块，吃了起来，他从里面嚼出来一块小东西，把嚼碎的东西吐出来，用手把它们放在嘴唇上揉擦。在这样做时，他发现饭已经粘到了他的胡子上，而他把那粘上的饭粒也要吃了，他用手指把嚼着的嘴四周的饭粒都抓下来吃掉。然后，他喝那杯放了糖的水，走出来，到院子里。脚印就在那里。他知道那是县治安官的脚印——笨重的、踩很深的、蓄意留下的脚印，即使这些脚印是在无雨的夏天焦干的灰土上踩出来的。那两个家伙体重有二百四十磅，戴着金属制的警徽，那警徽还没有扑克牌大，他在它上面不仅赌上了他的自由，而且赌上的可能还有他的命，跟在后面的是那些他的仆从。他看到了手印和膝盖跪爬出来的印迹，它们其中的一个印迹，是在地板上来回搜索时留下的，当时他正在地板的上面睡觉。他发现，在牲口棚里，他本人那斜靠着墙放的铁锨被人动了，他们用它把一年来骡子累积拉的粪便都清理掉了，以查看下面的土地，而且在小屋上面的树林里，他发现了四轮轻便马车停放的位置。他的脸上依然没有任何表情——没有惊慌，没有恐惧，没有害怕，甚至没有轻蔑或逗笑——只有冷冰冰的、不可救药的、几乎是不动声色的倔强。

他回到了房里，从其角落里把猎枪拿起来。此刻，它上面几乎完全被一层薄薄的、鼻烟色的铁锈覆盖了，仿佛那第一天晚上的费时的擦拭保养做得过了头儿，他把水从枪上擦到了衬衣上，又从衬衣上转回到了枪上，枪没有锈牢，铁锈也没溶解，但在稳定的力的作用下，枪打开了，露出厚厚的、巧克力色的、肥皂样的一大块凝固的动物脂肪，于是最终他把枪拆散，用咖啡壶把水烧沸，用滚水烫洗掉里面的脂肪油垢，把拆卸散的部件沿着后门廊的边缘摆放在那儿，只要有太阳，太阳光就会照在它们上面。然后，他把枪组装好，把三颗剩下的子弹压进枪膛，并将它斜靠在椅子旁边的墙上。他又一次注意到，夜晚从坡底浮现出来，向前攀升，穿行于不生果实的玉米之间，将房子隐没入夜中，并依然向上升起，变得像是一双向上伸展的手掌，放飞向西方翱翔的最后的傍晚之鸟。在他下面，在玉米那边，火蝇贴着黑夜的胸膛飞舞着、闪烁着；在远处，在里面，青蛙沉稳的鸣叫是暗夜黑暗之心沉稳的脉搏和心跳，所以，最终当那始终不变的时刻到来——像从一个黄昏到另一个黄昏的始终不变的时刻，在他醒来的那个下午的时刻到来时——黑夜的心脏也停止了跳动，驱赶走寂静，为那第一声深沉的表达强烈而不可抑制的悲伤的哀鸣腾出空间。他把手伸向后面，拿起了那把猎枪。

  这一次，他从一开始就以那条猎狗的声音来确定方位。当他进入坡底时，他想到了风，并停下来，测试风力风向。但是没有一丝风，于是他径直朝着那哀鸣声走去，速度不快，因为他努力要做到无声无息，不过他的动作也不慢，因为这样做花的时间短，这样他就能在午夜之前回到家，躺下睡觉了。这时离午夜还有很长时间，他警觉而沉稳地向着哀鸣的叫声移动，一面告诉自己说：现在我能够回去在夜晚再次睡觉了。此刻，那哀鸣声距离他相当近。他把枪向前斜着，他的拇指按在两块击铁上。接着，那猎狗的叫声停止了，这次又是嚎叫了一半儿，同样还是在一瞬间，他看到了眼睛的那两个黄色亮点儿，接着他把枪口对准亮点儿开枪。在爆炸的耀眼的亮光中，他清清楚楚地看到了那整个动物的轮廓，看到它跳了起来。他看到弹药飞向它，把它打回到下面黑暗的喧嚣混乱之中。通过进行一种实实在在的身体上的努力，在第二次扣动扳机以前，他控制住自己手的动作，猎枪依然放在他的肩膀上，他蹲伏下来，屏住呼吸，瞠视着窥不破的黑夜，与此同时，那无边的沉寂，三个夜晚以前就被打破，当时那猎狗的第一声嚎叫传到了他的耳朵里，它从未有一次得以恢复，归为原样，即使是在他的睡梦里，那被打破的沉寂也在他周围回响着，而且始终在回响，此刻那沉寂开始变硬，像水泥一样凝固起来，不仅在他的耳朵里，而且在他的肺里，在他的呼吸里，也在他的内部和外部，一棵树又一棵树的树干凝固了，在它们中间，那枪声碎裂的回响在窒息的低语中消逝，在它们还未能有时间停下来以前，就被那冰冷的凝固着的沉寂吞噬了。他的猎枪依然向上翘着，瞄准着目标，他朝着他看到那条狗倒下的地方走去，透过他裸露着、紧咬在一起的牙齿喘着粗气，用他的脚在下面的灌木丛里四处探触。随后，他突然之间意识到，他已经走过了那个位置，他继续朝前走去。他知道自己准备开始跑步前进，接着他跑了起来，盲目地在伸手不见五指的黑夜里跑着，他发出嘶嘶的声音，对自己说道：停下。停下。你会把你那该死的脑袋弄烂的。他停了下来，气喘吁吁。他根据一片天空重新确定自己所处的方位，强迫自己站着别动，直到他不再剧烈地喘息。随后，他把击铁拿下来，继续前行，这时他在走着。现在他让青蛙的低鸣声为他引路，各种蛙鸣声混合在一起，接着消失了，接着又重新响起，变成高声的合唱，每一只蛙的声音都不是一个单一的音调，而是一八度音，差不多是种和音，从低音开始，逐渐变得越来越响亮，声音离他越来越近，接着突然之间在一刹那间停了下来，凝住不动了，紧接着是一阵急促随意嗒嗒地扑溅起的小水花，像手打到水面上一样，因此，当他看到水的时候，水已经裂成股股不断地闪动着微光的流动液体，上面映照出的星星滑动着，不见了，接着又重新显现。他用力把猎枪掷出去，一瞬间他看到了那把猎枪，慢慢地翻转着。接着，猎枪落在水面上，溅起水花，它没有沉下去，而是在那破碎的、急速回旋的水面上的星星中间消散了。

当他回到家里的时候，时间甚至还没有到午夜。现在，他不仅把鞋子脱掉了，而且把工装裤也脱了下来，这条工装裤卷在膝盖上已经有七十二小时了，他躺在那张简陋的床上。但是他即刻就明白，他不会睡得着觉，不是因为那颠倒了日夜的七十二小时的习惯，也不是因为任何耗尽能量而不受控制的神经和肌肉的抽搐和痉挛,而是因为那第一声枪响将其打破,第二声枪响又将它复原的沉寂。于是,他躺在那里,再次仰面躺着,身体挺直,从容镇静,他的胳膊放在身体侧面,他的眼睛在黑暗中睁着,他的头脑里和胸膛里充斥着那种喧嚣的沉寂,随意穿行、有着柔软纤足的火蝇掠过沉寂,飞舞着,闪烁着,在沉寂的远处,一群又一群的青蛙跳着,挤在一块,直到那晦暗的房门那边的长方形的天空和开敞着的门厅开始变成灰色,接着是淡黄色,而且他已经能够看到在沉寂中喧嚣的三个贪婪的家伙。现在,我必须起来,他告诉自己说;如果我打算再次开始在晚上睡觉的话,我就必须开始在整个白天保持清醒状态。接着,他开始说,起来了。起来了,直到他最终起身,窗户形状的阳光的黄色方块又一次落在了地板上,在每一个始终不变的下午,它都会落在那个地方。在离他的脸不到一英寸远的地方,是放在被子上的一块折叠着的棕色纸片。他站起身来,发现在门口的尘土中,有那个小男孩光着脚留在那儿的脚印。在那块儿从纸袋子上撕下来的纸片上的留言是用铅笔写的,上面没有签名:**赶快到这儿来,你妻子给你弄到一些钱。**他站在那里,脸也没刮,穿着衬衣,望着纸片眨动着眼睛。现在,我可以走了,他想道,某种事情在他的内心里发生了。他抬起头来,三天以来第一次将视线投向那凄凉的、没有食物的小屋以外,望着那阳光灿烂的蓝天的无限自由的晴空,那座小屋象征着他的生命走向的尽头。他响亮地说着。"现在我能够——"他说道。接着,他看到了那些贪婪的家伙。在黎明时分,他曾经看到了三个。现在他也许可以数一数他们是几个,但他没有去数。他只是望着那黑色的聚集在一起的家伙螺旋向上而行,仿佛他们沿着一个看不见的漏斗向上行走,一个接一个地在树的下面消失了。他再次大声说着。"那是条狗。"他说道,他知道那不是狗,而那无关紧要,因为我那时就不在了,他想道。某种负担并没有从他的心上卸下来,好像他第一次渐渐意识到了压在心上的那种重负。

  天差不多已到了日落时分,他刮好了脸,穿上再次洗过的鞋子和工装裤,走上空荡荡的走廊,进到商店里。和他同姓的那个人在打开的糖盒后面,正在把某种东西放进嘴里。

"哪里——"他说道。

那位表兄盖上了糖盒,嘴里嚼动着。"你这个该死的蠢货,两天以前,我派人送话给你,要你在那个鬼头鬼脑的汉普顿带着一车人来这里偷偷摸摸地四处转悠之前离开那里。一个黑鬼在水还没有停止颤动前就发现了那把该死的枪,并把它从水坑里捞了出来。"

"那不是我的,"他说道,"我没有枪。哪里——"

"见鬼,每一个人都知道那枪是你的。在这个乡村里,除了那把枪之外,再也没有另一把那种有旧式击铁锁的、十个口径的哈德莱斯猎枪。这就是为什么有关这把枪我从来不说谎的原因,当那黑鬼手里拿着它走上台阶,那该死的汉普顿就坐在那里的那张凳子上时,就更不用说了。我说道:'它肯定是明克的枪。从去年秋天起,他一直都用它打猎。'接着,我转向那个黑鬼。'你这个狗娘养的黑鬼,'我说道,'去年秋天你借斯诺普斯先生的猎枪去打松鼠,把它沉进那该死的水坑里,还说你找不到它了,你究竟是什么意思?'这就是那把枪。"表兄俯身到柜台下面,又站起身来,把枪放在了柜台上。枪被擦过了,只是枪把上还有一块这会儿已干了的泥巴。

他甚至没有朝枪望上一眼。"枪不是我的,"他说道,"是哪里——"

"不过现在已经没事了。我及时把那事给摆平了。汉普顿设想的是,我会否认那枪是你的。这样他就可以抓到你了。但是我把它摆平了。在汉普顿能开口说话以前,我就把怀疑的目标直接引向那个黑鬼。我计划今天晚上或明天晚上,我要带上几个孩子,到那个黑鬼的家里去,用两根绳子把他给绑了,或许在他的脚下放点儿火烧一烧。即使他什么也不承认,乡亲们听说晚上有人惩治过他,也会纷纷要求汉普顿什么其他的都不要做,只要把他抓起来,如果他不敢冒险吊死他,也要把他送进州监狱,而汉普顿对此是知道的。所以,一切都没事。此外,我派人送信儿让你来,第一次说你妻子的事。"

"是的，"他说道，"哪里——"

"她会给你带来麻烦的。她已经给你带来麻烦了。这就是为何那该死的、骗取选票的治安官在此地到处打探的原因。他的那个黑鬼发现，那匹马，连同他及那条狗都不见了，但这并没有什么关系，直到乡亲们开始记起她如何在同一个夜晚在这里出现，还带着两个孩子和那捆衣服，血从她那被打破了的嘴那儿依然在往外流淌，乡亲们随后又全都知道你把她从家里赶了出来。如果她不是开始告诉每一个愿意听她说的人说你从未干过那种事，那一切也不会有什么问题。只不过有一匹马带着一个空鞍座，既没有找到尸体，也没有找到血，而她在力图帮你，她告诉每一个她所碰到的人说，你从来没有做过一件肯定没有任何人知道的做过的事。你究竟为什么不离开这里？做事的第一天难道你的脑子不清醒吗？"

"做什么事？"他问道。

表兄望着他，眼睛快速地眨动着。这时，那双小眼睛停止了眨动。"做什么事？"他问道。另一个人没有回答。从他进来后，他还没动过地方，个儿头小小的，一动不动，他站在入口对面的地板的中央，透过入口，那行将消逝的太阳光把他从头到脚染上了一层薄薄的、像稀释的鲜血一样的颜色。"你的意思是说，你没弄到任何钱？你打算站在那儿告诉我说，你口袋里什么也没有？因为我不相信是那样。上帝做证，我知道得很清楚。那同一天上午，我看过他钱包里装的东西。他装的钱从来不会少于五十……"话音停止了，消失了。接着，那声音又响了起来，显得惊讶，不相信情况会是那样，而且不比悄悄的耳语声音更大："你是想要告诉我说，你甚至从未去看过他的口袋？**甚至从未看过**？"另一个没有回答。他可能甚至就没有听到问话，他动也不动，什么也不看，这时，那最后的一线太阳光，犹如涨潮的水一样，爬上了他的身体，在一瞬间聚集成即将消逝的深红色，映照在他那张沉静、坚定、倔强的面具样的脸上，然后消失了,接着,黄昏、薄暮,沿着一排排货架,在阴暗的角落和陈旧浓烈的奶酪、皮革和煤油的气味中积聚起来,在他头顶上方的橡木中间变得浓郁、厚重,犹如被人遗忘的墓布一样。表兄的声音仿佛就是从那里发出的,无源可循,辨别不出方位,甚至那声音中没有一丝气息的重量:"你把他放到哪里了?"而且表兄这时再次来到柜台外边,脸对着,几乎与他胸膛对着胸膛,那可怕的、压抑着的低语声此刻吹到了他的脸上:"上帝做证,你至少有五十美元。我知道的。我见过的。就在这个店里看到过。你在哪里——"

"不。"他说道。

"的确。"

"没有。"他们的脸相距不到一英尺远,他们的呼吸从容,能听得见。接着,表兄的那张脸往后移动,他的块头比他大,身体比他高,在正在消逝的光线中,他的模样变得看不清楚了。

"好吧,"表兄说道,"我很高兴你不需要钱。因为如果你到我这儿来,希望弄到钱,那你只有继续抱着这种希望。你知道威尔·瓦尔纳付给他的伙计的钱是多少。你知道每个为威尔·瓦尔纳干活的人十年以后拿到的钱是多少,更不用说是两个月了。所以你甚至不需要你妻子弄到的十美元。这么说一切都刚刚好,对吧?"

"是的,"他说道,"她在哪里——"

"待在威尔·瓦尔纳家里。"他即刻转身,向门口走去。当他经过门口时,表兄在他后面从阴影里再次说道:"告诉她去向威尔或乔迪再借十美元,与她已经拿到的钱放在一起用。"

天这时虽然还不太黑,但威尔·瓦尔纳家里的灯已经亮了。即使是在这么远的距离,他也能看到那座房子,而且他仿佛就站在自己之外,注视着距离在他本人与灯光之间逐渐缩短。那么说这一切都完结了,他想着。所有那些白天和黑夜,那看上去仿佛没有尽头的日夜,行进到了一条满是尘埃的小路的空间那里,小路位于我和一扇灯光照亮的门之间。当他把手放在瓦尔纳的篱笆门上时,仿佛她一直在等待他一样,为他看护着路。她从前门出来,向他跑着,一瞬间,她再次呈现在灯光照亮的门厅的背景中,宛如那一夜他在囚犯集中营那儿第一次见到她那样,即使过了九年,他还记得。他不记得究竟是由于什么样的噩运,他到了那个囚犯集中营。现在,那种感觉和以往的感觉一样强烈。他既不害怕回忆起它来,也不力图去回忆它,他不为自己的所作所为感到懊悔,因为他既不需要也不渴望为了那事而寻求开脱。他仅仅希望自己不必去回忆伴随那种行为而来的失败,不必轻视无力完成意志所交付的任务的身体或才智,不为回忆起它而无益地感到遗憾和不安,不吼叫咆哮,因为他从不咆哮;他只是冷漠,性情倔强,从不屈服。他住过十来个租用的简陋房子,这些房子盖得质量很差,各不相同且不成样子,他父亲从一个农场搬到另一个农场,而他本人离开其中的任何一座房子的距离,从来没有超过十五或二十英里远。现在突然之间,而且是在晚上,他不得不离开他称之为家的房屋,离开他所知道的唯一的土地、人群和习俗,要是他有什么东西可以拿的话,他甚至也没有时间把它们拿上,若是有什么人他需要说再见的话,他也没法儿和他说再见。几个星期以后,他依然还在步行,他发现自己已经走出了两百多英里远。他在寻找大海,他那时二十三岁,非常年轻。他从未见过大海,他并不确切地知道大海究竟在什么地方,只不过他知道是在南边。他以前从未想到过大海,而且他也说不出来为什么他想要去大海那儿——那弃绝田野、大地的地方,他那冷峻的、目标始终如一的意志要到那儿去,但他的身体或才智不知怎的却未能按照意志行事——寻找那紫黑色的浩瀚空间的馈赠和被人忘却的状态,他无意要利用那种东西,他永远也不会利用那种东西,他仿佛是有意拒绝切断记忆的连线,以惩罚那未能让他达到目标所在的身体和才智。也许他只是在寻找这种浩瀚无垠空间的馈赠,追寻对那种无法改变的事情的遗忘,忘却卑劣的、充斥在内心中的他本人那世俗的怯懦、激愤和畏缩,他不是要接受这种馈赠,而只是要把他自己埋入这种浩瀚的匿名空间地带，在他旁边是坚不可摧的避难所，所有沉没的、保持原样的金色帆船和无法企及的、不死的美人鱼都在这里。现在，他几乎到了那里了，二十四个多小时以来，他没吃一点儿东西，他看到了一片光亮，他朝那光亮处走去，他听到了多种喧闹的声音，看到她站在开敞着的门那里，一动不动，身体挺得直直的，没注意听什么，与此同时，那些粗鲁、响亮的男人的叫声和喊声，犹如激动的喧嚷，仿佛冲着她响了起来。他没有再往前走。第二天早晨，他在那里干活儿，当伐木工，他甚至不知道自己在为谁工作，只好在偶然之间问了问工头儿，谁雇他干活，那人直截了当地告诉他说，他的个儿头太小，身体也没有分量，要拉动横切木头的锯的一端都困难，并告诉他薪水会是多少。过去他也从来没有见过囚犯穿的条纹衣服，所以不是通过第一次的光亮，而是经过好几次连续的光亮之后，他才弄明白自己在什么地方——这是一片未经许可开采的处女林地带，一个大喊大叫的男人在经营砍伐林木，这人有五十开外，个儿头不比他高，长着一头浓密的铁灰色短发和一个硬实突出的肚子，他通过政治影响，或贿赂，或无论是什么样的手段，从州政府那儿弄来些囚犯为他干活儿，他出的代价是，保证他们的膳食和生计；此人是个鳏夫，几年以前在他们的第一个孩子出生时，死了老婆，现在他公开和一个大个儿头的黑白混血杂种女人住在一起，这女人的大部分牙齿都是金的，她在厨房里做监工，其他的囚犯干实际的活儿，她住的房位于囚犯住在里面的、用木板和帆布做成的简陋房子中间，是一套单独的房子，在亮着灯的房子里的那个女的是个孩子。她和她的父亲及那个杂种女人住在同一套房子里，她的屋子是一单独的侧房，有单独的门厅入口，她的头发当时是黑色的——一头亮丽浓密的秀发，现在的样子是任何工头儿、带着家伙的卫兵和囚犯苦力都会有的样子，他早就发现了留那个单独的入口的理由了，在他被传唤过来以后，也轮到他本人了，在那儿用剃刀把她的头发剃成几乎像男人一样短的头发。那种样子的头发又密实又短，但不好看，无论是在傍晚第一盏灯的光照下，还是在次日白昼阳光的照耀下,都不好看,他举起斧子,准备往下砍,这时他转动着身体,她就在他身后,骑坐在一匹高大、四肢细长、保养得很好的马上,俯视着他,她穿着工装裤。她看他的眼神不粗暴,也不好奇,而是既专注,又大胆,如同一个勇敢而成功的男人看人的那种样子。那就是他所看到的一切:成功的习性——意志和能力的完美结合与简短的发式——这使她的样子显得不像是穿着衣服的女人,她的身高、个儿头、短发和工装裤都使她显得像个男人;他看到的不是一个狂热的追求者,而是充满自信的、闺房的主人。她那时没有说话。她骑着马往前走,这时他发现,那个单独的入口并不只是在夜晚使用。有时,她会骑着马过去,停下来,简单地和工头儿说几句话,然后骑着马继续往前走;有时,那个黑白混血杂种女人会在马上出现,向工头儿说一个人的名字,然后回去,那工头儿就会叫那个人的名字,那人会放下手中的斧头或锯,跟在马后面走。而那依然在挥动着斧子,甚至不抬头看上一看的他,仿佛会跟随着那个人,注视着那人进入那个密室的房门,接着注视着那人事后又从里面出来,返回去干活儿——那不知其名、没有分别的拦路强盗、杀人犯、窃贼,在他们中间,仿佛没有受宠的人,也没有嫉妒。显而易见,唯有他还没有去过那里。然而,即使他在受到传唤之前,他也没有嫉妒别人,他认命。他接受祖辈们的信念,执拗地相信,对每一个男人来说,无论他过去都干了些什么,无论他可能堕入多么深的黑暗,至少还会有一个处女在等着他,要他娶她;要是有一个处女的童贞要他摘取,要他摧毁该有多好。然而他不仅看到自己必须和其他男人竞争,以赢得注意,在那些男人中间,他不仅把自己视为一个孩子,而且还把自己看作另一个种族和种类的孩子,而且当他最终真的接近她时,他必须扯下的不单单只是衣服,而且还要掰开三十或四十个男人幽灵般的拥抱;而且这不仅仅只是做一次,而是每一次都要这么做,而且从此以后直到永远都要如此(他甚至当时就预见到了自己的命运):没有房子,没有黑暗,甚至没有足够大的沙漠,来容纳他们两个人,还有持续不断的种马跃动留下的那些无法摆脱的幽灵。接着,轮到他了,最后,他受到了传唤,正如他知道会这样的。他接受传唤,他早就知道会是这样,但不觉得遗憾。他登上的不是一个无生育力的、淫荡女人炽热、欲焰升腾的卧榻,他进入的是一头母狮的天然洞穴——肿胀充血的性器官,这器官什么都不放过,而且它也不要求得到怜悯,它使他终生成为一个单偶婚姻的人,它就像是具有鸦片和血的功能,对那些一旦接纳它的人产生作用。那是在一个下午的早些时候,所有的窗户都朝户外敞开着,七月的骄阳,透过那没有遮蔽的甚至没有窗帘的窗户,照射在一张床上,床是手工制作的,由六英寸的表面没有刨平的木头并在一起,用细铁丝交叉着捆起来,这床在地板上不停地短距离向前晃动,宛如一把分量轻、平衡不好的摇椅一样。五个月以后,他们结婚了。他们没有计划结婚的事。后来无论在任何时候,他都始终相信,即使是对他本人来说,婚姻都没有在考虑之中,甚至她也没有要结婚的意思。促成婚姻的是她父亲生意上的失败,他甚至能够看到那生意不可避免的破产是必然的,每一棵倒下的树木的碰撞都使生意的破产向前逼近一点儿。事后,在他看来仿佛那天下午上床交欢就是信号,预示那由被掠夺的林地、囚犯的住所、辛劳的男人和骡子支撑的整个喧闹的大厦,那在一夜之间建立起来的、构筑在空幻之上的大厦,将在一夜之间倒塌,变为垃圾——锯末堆、砍倒的死去的树枝及树根和所有遭难的林地——它自身的死灭。他拿到了五个月的大部分薪水。他们步行到最近处的县政府所在地,买了一张结婚证书;地方行政官把证书卖给他们,并把他嘴里嚼的烟草弄出来,把它湿湿地抓在手里,随便叫进来两个人,宣布他们为夫妇。他们回到了他的家乡,在那儿,他租了一个小农场,盈亏分摊。他们有一个旧炉子,一张放在地板上的不值钱的床垫,还有他依然用其本来不断给她剃短头发的剃刀以及别的小东西。在那个时候,他们需要些别的小东西。她说道:"我有过一百个男人,但以前从未碰见过一个暴躁的家伙。从你那儿流出来的东西是剧毒的玩意儿。那东西太热了。它把你的种子和我的种子都烧死了。它永远不会造出一个孩子来。"可是三年以后,它造出了孩子。五年以后,它造出了两个孩子;而且当他们走近前来,穿过无论是那一块贫瘠的田野或块地,拿来他那凉而量少的饭或一罐新水,或者当他们玩木头块、生锈的挽具扣和他不能再使用的无绳、无头的犁栓时,他会照看他们,在租来的无论什么样的门廊前的尘埃中,他坐在那里,让身上的汗晾干,在那里以及在那古老、炽烈、迅速到来、无法遏制的愤怒再次出现时,他会想,上帝做证,他们最好是我的,那种愤怒依然还像第一次出现时那样强烈,那样狂暴,那样短暂。然后,他安安静静地躺在那张简陋的床上,身边的她已经进入梦乡,而他精疲力竭的身体仍未停止抽搐和悸动,他会想即使他们不是他的,如何又和是他的一样。他们也是用来束缚她的,比他本人遭受束缚的命运更难以改变,因为她在自己的命运上甚至盖上了一种正式的印迹,默许她的头发再次长出来,并给它染色。

她从走道上过来,她笨重地奔跑着,但动作很快。在他还没完全把门打开前,她就到了门那儿,她跑着,从门那儿穿过,把他和门都向后撞去,她抓住他工装裤的前片儿。"不行!"她喊叫道,尽管她的声音依然很低,"不行!上帝啊,你这是什么意思?你不能到这里来!"

"我可以去任何我想要去的地方,"他说道,"兰普说——"这时他力图猛然扭动身体,以挣脱开她的抓握,但她已经把他放开了,她拉着他的胳膊,动作匆忙,几乎是硬拖着他沿着篱笆走,离开灯光照着的地方,他再次猛地用力要挣脱她抓住他的手,站在那里。"等一下。"他说道。

"你这个蠢货!"她说道,她气喘吁吁,声音低而严厉刺耳,"你这蠢货!噢,你这该死的!你这该死的!"他开始挣扎,内心充满一种冷酷的、凝聚起来的愤怒,它仿佛还未能完全地或迅速地从他的身体中迸发出来。接着,他突然之间猛烈甩动身体,他仍然不是要打她,只是想要挣脱她的控制。但是她抓着他,现在双手都用上了,他们互相面对面望着对方。"那天夜里你为什么不走?天哪,我想当然地以为,我一离开你立即就会走的!"

她狂怒地摇动着他,仿佛她在摇动着的他是个小孩儿一样。"你为什么不走?你他妈为什么不走?"

"为什么要走?"他说道,"往哪儿走?兰普说——"

"我知道你没有一点儿钱,就像我知道除了那个桶里的灰土外你没有一点儿吃的一样。你可以藏起来的!藏在树林里——藏在任何地方,直到我有时间去——你这该死的!你这该死的!要是他们让我来执行绞刑就好了!"她摇晃着他的身体,她的脸俯向他的脸,她那呼吸剧烈、炽热灼人、气喘吁吁的气息吹到了他的脸上。"不是要杀人,只是要把人吊起来,如果你想逃跑时却没有钱离开,如果你留下来时却没吃的东西,那就把你吊起来。要是他们让我来干这事那就好了:只把你吊够了放下来,然后把你弄上去,再吊起来,吊够了把你放下来,接着把你弄起来——"他再次猛地从她手中向外挣脱,用力很大。但是,她已经把他给放开了,他此刻用一条腿站在那里,另一条腿从膝部向前弯曲,以迎击她伸过来的手。她从鞋子里掏出了某种东西,把它放进他的手里。他即刻就明白了那是什么东西——一张钞票,叠了一下又叠了一下,折成小方块形,上面依然带着暖暖的体温。那只是一张钞票,它是一美元的钞票,他想着,他知道那不是一美元,那是艾·欧和厄克的钱,他告诉自己说,他明白那不是一美元。正像他所知道的,在这儿的乡村里,只有一个人——或最多有两个人,拥有面值十美元一张的钞票;十五分钟以前,当他从商店里出来时,他甚至听到了他表兄说的话。他甚至没有朝他手的方向看一下。

"你是卖给威尔某种东西得到这张钞票,还是你在他睡着时干脆从他的裤子里把它拿出来的?要么它是乔迪的?"

"要是我做了怎么样?要是我今夜多卖一些东西再得十美元也没什么不可以。只是看在上帝的分上别回家。待在树林里。到明天早晨——"他没有动地方,她只是看到他的手和腕部轻轻抖动——没有贴着大拇指指甲的硬币在鸣响,在尘埃硬化的路边野草中也没有响声,野草上挂着一块块尘土附在上面的棉花。当他往前走时,她开始在他身后追赶。"明克!"她叫道。他执拗地往前走着。尽管他继续往前走,她跑着,和他齐肩行进。"看在上帝的分上,"她说道,"看在上帝的分上。"接着她抓住了他的肩膀,把他的身体转过来,面对着她。这一次,他猛地从她手中挣脱出来,跳入野草丛中,弯下身体,然后站起身来,手里握着一根棍子,他还是那么坚韧,那么执拗,那样令人厌烦,他冲着她再次走了过来,直到她转身离去。他把棍子放下,可他依然还站在那里,直到他不再能够看清楚她的身影,即使是在大路上暗淡的尘埃中也看不到她为止。那位表兄此刻正站在他的身后,要是表兄个儿头小或者他的块儿头大的话,他会踩在他身上,从他身上走过去。表兄走到一边,转过身体,和他一起走着,那压抑着的粗厉刺耳的喘息隐隐约约地吹到了他的肩膀上。

"这么说你把那玩意儿也扔掉了。"表兄说道。他没有回答。他们肩并肩在厚厚的、齐脚脖子深的尘土中向前走着。他们的脚在土里没有发出任何响声。"他至少有五十美元。我跟你说我见过那五十美元。可你却希望我相信你没有得到那笔钱。"他没有回答。他们随意地往前走着,速度不快,像是两个人为了快活或锻炼向前走,没有目标,也不匆忙。"好了。我打算做其他任何活着的都不愿做的事:我要让你得到好处,我怀疑你没有弄到那笔钱,你实际从未去看过他的口袋。现在你告诉我,你把他放在哪里了?"他没有回答,也没有停下脚步。表兄抓住他的肩膀,让他站住;此刻,他费力地喘着气,感到困惑不解,他低声说着,不仅依旧觉得奇怪,而且感受到一种冷酷的、令人绝望的愤怒,就像一个人力图穿越看不见的障碍,让一个白痴理解他的意思:"你打算把那五十美元留在那儿,给汉普顿和那帮人,让他们给分了?"

他用力把那只手甩掉。"别烦我。"他说道。

"好吧。我要这么做。现在我要给你二十五美元。我要跟着你走,你所要做的是,在看不见的情况下,把那个钱包递给我。要么,如果你不想把它从裤子里掏出来,把裤子递给我好了。你甚至不用接触或甚至不会看到那笔钱。"他转过身,继续往前走,"好了。如果你看见就想呕吐,不能亲自去干,那你告诉我具体的地方就行了。当我回来的时候,我会给你十美元,尽管一个刚刚扔掉十美元的家伙不会——"他往前走着。那只手再次抓住了他的肩膀,把他的身体转过来;那令人紧张,让人害怕的声音从令人窒息的黑暗中的所有地方悄悄地响起来:"等一下。听着。你好好听着。如果我去看望汉普顿;他整天都在这里四处转悠;今天夜里,他可能仍然还在这里的某个地方。如果我告诉他,我回想起了一个错误,去年秋天那把猎枪没有丢失,因为你刚刚在上个星期来店里买了价值一镍币的火药。这样你就可以解释说,你打算如何用火药来代替那头小牛犊的扣押费,和豪斯顿进行交易——"

这一次,他没有把那只手甩开。他只是开始向着那另一个人走去,那人没有看出他是那么坚韧、执拗、令人厌烦,他不停地朝着表兄走过去,直到表兄给他让开路。他的声音也不高;那声音平平的,一点儿起伏变化也没有,"我求你别烦我,"他说道,"我不会告诉你的;我求你别烦我。不是为了我的缘故。因为我累了。我求你不要烦我。"表兄在他前面往后退着,移动的速度多少快一些,这样一来他们之间的距离就拉大了。他停了下来,他们之间的距离仍然在加大,后来他不再能够看到表兄了,只是那狂怒的,无法遏制的低语声传了回来:

"好吧,你这个该死的小个子的小气鬼杀人犯。看你如何能够从中脱身。"

他再次走近村子,在黑暗之中,他的脚在尘土里没有发出一点儿响声,仿佛是没有什么进展,不过小约翰太太厨房窗户里的灯光,它刚好在大半儿是黑乎乎的商店的远处——它是那地方唯一的灯光——离他越来越近。就在灯光的那边,那条小路转向了,那条路通向四英里之外的他的小房子。那就是我要照直走过去的地方,到杰弗生和铁路那儿去,他想着;而突然之间,此刻一切都已经变得太迟了,他失去了所有的选择的希望,无论是计划好的、聪明的逃避，还是盲目的、绝望的仓皇出逃，两次穿过沼泽地和坡底的丛林，犹如一只精疲力竭、饿得发慌、回窝的路被切断了的野兽，他此刻知道，三天以来他不仅希望，而且确实相信他将获得选择的机会。现在他不仅失去了那种选择的特权，而且由于那不长眼睛的厄运临降，它让他的表兄不是看到就是猜到了钱包里的东西，即使是那种苦涩的选择也不同于另一个夜晚。现在他仿佛开始看到那微弱的、孤零零的灯光不仅没能为那绝望的选择标出终点，而且它本身就是希望的终止，对他来说，所有依然还在的自由，存在于它与他向前行进的脚之间正在缩短的空间里。我以为当你杀了一个人，那就完事了，他对自己说。可是它没有完。它那时才刚刚开始。

当他回到家里时，他没有走进去。相反，他围着木头堆走着，拿起他的斧子，站了一会儿，细细地打量着星星。时间刚过九点不久；他可以让自己坚持到午夜时分。接着，他绕着房子转了一圈儿，走进了玉米地，到了坡地的半腰之处，他停下脚步，听了听，接着他继续往前走。他并没有走进坡底；他走到第一棵树的后面，那棵树大得足够让他藏身，他小心翼翼地将斧子斜靠着树，放在他能再次找到它的地方，他站在那里，一动不动，轻轻地呼吸着，听着那笨重的身体急促而又警觉地在相互碰撞的玉米茎秆间奔跑，那紧张而急促的喘息声迅速地靠近前来，接着，表兄跑着，从树那儿经过，很快地吸了一口气，察看着四周，这时，他从树后面走出来，并转过身去，向坡上走着。

他们往回走，穿过玉米地，他们走成一排，相距五英尺远。他可以听到那笨重的身体在他身后跌跌撞撞地走着，在一排排发出沙沙声的玉米间奋力行进，尽力压抑、遏制剧烈的喘息声。即使是在那一碰就响的干玉米丛中，他本人的脚步也没弄出一点儿响声，仿佛他的身体没有形状、重量一样。"听着，"表兄说道，"让我们来看这件事情就像两个明智的……"他们从玉米地里出来，穿过院子，走进屋里，他们之间依然相距五英尺远。

他走进厨房,点亮了灯,在炉子前面蹲下来,准备把火生着。表兄站在门口,粗重地喘着气,与此同时,他慢慢地把木头片点燃,从炉子上拿起咖啡壶,从水桶里舀水,把壶装满,再把壶放回炉子上去。"难道你就没有一点儿吃的东西吗?"表兄问道。他没有回答。"你有一些鲜湿的玉米,对吧?我们可以弄一些烘烤一下。"这会儿炉火烧得很旺。他把手放在咖啡壶上,当然那壶现在还没有开始变热。表兄注视着他的手背。"好吧,"他说道,"我们去弄点儿玉米来。"

他把自己的手从咖啡壶上拿开。他没有回过头来看。"你去弄吧,"他说道,"我不饿。"表兄在门口那儿喘着气,望着那张平静的、斜向一边的脸。他的喘息弄出一种隐约可听见的、连续不断的粗厉刺耳的声响。

"好吧,"他说道,"我去牲口棚里弄一些过来。"他从门口那儿走开,步履沉重地在过道上走着,来到后门廊,走到地上,他已经跑了起来。他在看不见的黑暗里疯狂地跑着,用脚尖儿点地,转着圈儿,朝着房子的前面走去,接着他停下来,屏住呼吸,围着通向前门的角落探视着,然后又一次跑了起来,登上台阶,在那儿他可以看进门厅,厨房里的灯隐隐约约地照着那地方,他再次停下,待了一会儿,他俯下身体,瞪着眼睛看着。这个狗娘养的耍我,他想道。他从后面出来:他跑上台阶,重重地摔了一跤,又重新站起来,怒气冲冲地往下走进通向厨房的厅里,并在经过那儿的一瞬间看到,他就站在炉子的旁边,像他离开他时的那种模样,他的手又一次放在了咖啡壶上,这个小个子的狗娘养的杀人犯,他想道。我不会相信没有事的。我不会相信一个男人能顺利地躲过所有这一切,即使他花上五百美元也不行。

可是当他又一次站在门口时,除了他喘息的粗厉声和节速略有加快之外,他可能永远离不开那地方。他望着表弟把一只有裂口的瓷杯拿到炉子上,把一只厚厚的平底玻璃杯、里面装了一点儿糖的锡罐和一把勺子也放在上面;当他开口说话时,他像是对坐在茶桌前的他的雇员的太太说话:"它终于打定主意要变热了,对吧?"表弟没有搭腔。他用咖啡壶倒水,把杯子里装满,用勺子把糖弄到水杯里,把糖搅匀,他站在炉子旁边,他把身体的四分之三转过去,背对着表兄,他把头低下来,从杯子里呷水喝。过了一会儿,表兄走过来,把水倒进平底水杯,把糖放进去,呷着,脸歪向一边,他的五官仿佛全都从平底水杯的边缘那儿消逝,向上涌动,聚集在一起,眼睛、鼻子甚至嘴巴,都向他的额头那儿集中,仿佛它们植根其上的那层皮肤只与头颅后面的某一点连在一起。"听着,"表兄说道,"只试着像两个明智的人来看这件事情。那五十美元就放在那里,不属于任何人所有。而且你不带上我是不可能去把它弄到手的,因为我不会让你那么做。我不带上你也不可能去把它弄到手,因为我不知道它在什么地方。可是,我们在这里,坐在这座房子里,而我们浪费的每一分钟,都会使那该死的警官和他的队员更近一分钟发现那笔钱。这是一个单纯而简单的道理。这和你喜欢还是不喜欢它无关。如果按我的意思干,我会把钱留给自己,你也会这么做的。但是你不能这么干,我也不能这么干。可我们在这里,坐在这里——"表弟把水杯斜着,将水喝干。

"现在是什么时候了?"他问道,表兄从那日渐鼓起的腰带那儿,用力掏出了挂在油乎乎的皮带上的一美元的表,看了看时间,又把表塞进表袋里。

"九点二十分。而且它不会停下来再也不往前走了。早晨六点钟,我必须去把店门打开,今天夜里,在我能上床睡觉前,我得先走上五英里的路。不过,你对此不必在意。不要去注意那种事,因为其中没有任何个人的成分在里面,因为那是单纯而简单的生意上的事。想一想你——"他把空杯子放在炉子上。

"来棋①吗?"

---

① 此处指一种西洋棋,两人在棋盘上玩的一种游戏,每人有十二个棋子,每一次向斜前方移动一个格,假定被加冕也可以斜向后退,捕获或挡住对方所有的棋子为胜。

"——你自己。你有——什么？"表兄停下来，不再讲话了。他望着表弟走到屋子的另一端，从角落的阴影里搬弄出来一块短短的、宽宽的木板。从那上面的架子上，他拿下来另一个锡罐，并把它们放在桌子上。木板上用木炭画出纵横交错的方格；锡罐里装了一把小小的、两种颜色的瓷器及玻璃碎片，显然它们出自一个碎裂的盘子和一个蓝颜色的玻璃杯。他把木板放在灯的旁边，开始摆对阵。表兄望着他，那个平底水杯在到他嘴边儿的半中间停住了。一时间他停止了呼吸。接着他再次呼吸起来。"为什么不来，来吧。"他说道。他把玻璃杯放在炉子上，并拉过来一把椅子放在对面，他坐在上面，就像一个漏了气的气球一样，他那衰萎的、松弛的、大块头的、硬挤在里面的身体不仅正在把椅子而且也把桌子围在里面。"我们就拿那五十美元来赌，每次赌五美分，"他说道，"行吗？"

"走棋吧。"表弟说道。他们开始玩了起来——一个带着一种冷静的、一丝不差的算计下着，不走一步废棋，另一个则拙笨而快速地走棋，急于求成。他们的棋的水平下得太次了，几乎像是小孩儿下棋，缺乏深思熟虑，没有棋路，甚至没有先见之明，在靠操纵而不是智慧取胜的运气的赌博中，他发现自己介入的是聪明、毫无用处的游戏，不过却可以甚至走大胆而单纯的棋步，试着蒙骗对方，他的乐观令人难以置信，他那不可救药的奸诈早已变成了一种本能反应，也许现在已不在他的控制之中了，他莽撞而拙笨地走着棋，然后把握紧的拳头收回来，坐在那里，用他小而专注、一眨也不眨的眼睛望着对面那张冷静、消瘦、往下看着的脸。他们不停地谈着几乎所有的东西，只是不谈钱和死亡，他的拳头放在桌子边上，依然握着捏在手心里的卒或王冠。象棋的问题，他想道，在于它只是象棋，其他什么也不是。在一个时辰要过完时，他已经赢了十三盘了。

"一次来二十五美分。"他说道。

"现在是几点了？"表弟问道，表兄再次把表从腰带那儿掏出来，接着又放回去。

"十一点差四分。"

"走棋。"表弟说道。他们继续下棋。表兄这会儿不说话了。此时他在用一截嚼过了的铅笔头儿在木板的边儿上记分。半小时以后,他把得分加在一起,这时,那铅笔在他眼里不是个象征,而是由十进位标记和美元标记构成的总金额,它仿佛在下一个时刻会向上跳起,以一种几乎可以听到的冲击力让人猛然领悟;他变得极为冷静,一时间他真的屏住了呼吸,脑子飞快地转动着:见鬼。见鬼。不用说他永远不会赶上我。他不想赢我,因为当我把他那份钱全都赢完时,他就会想到自己不再需要冒险到放钱的地方去了。于是他现在完全改变了策略。此刻,在他这会儿展示出的怀表正脸上蠕动着手,未经要求,第一次手掌向上在木板的旁边摊开来,表示一种确切的意思。因为这里的这种游戏总不能老这样玩下去的,他想道,一阵徒劳无益的狂怒思绪再次浮现。情况只是不能总这样下去。即使是为了弄到所有的五十美元,也不能指望一个人经受得住太多这样的折腾。所以,他让自己反过来做事。这样一来,甚至就连欺骗行为仿佛也在为他作假一样。他会大胆、拙笨而谨慎地走着棋步;他会坐回去,当时把他自己的卒子或王冠捏在手里。只有在此刻,那表弟的瘦削、有力的手会抓住那只手腕,与此同时,那冷漠、没有起伏、呆板的声音具体地说明着,某一个卒子为什么不可能到达那个它突然间仿佛可以出现在那儿并且不会被吃掉的方格里,要么就是敲击那只被抓住的、放在桌子上的手的关节,直到松开为止。但是,他会再次试着那么做,带着那种令人不解、坚定不移的乐观精神,满怀希望,再次被抓住,然后再一次尝试,直到下一个时辰就要结束时,他在棋盘上走的棋步甚至连小孩走的都不如,他们两人是一个低能人和一个瞎子在下棋。这时,他又一次说道:"听着。那五十美元不属于任何人,因为他没有一个亲人,没有一个人声称那钱是属于他的。它就躺在那里,等着第一个到那儿的人——"

"走棋。"表弟说道。他走了一步卒子,"不对,"表弟说道,"跳一步。"

表兄跳了一步。接着他望着那细瘦的、长着黑毛的手握着一片蓝玻璃用五步跳把棋盘上的棋子清干净了。

"现在时间已经到了后半夜了。再过六个时辰,天就要亮了。汉普顿和那该死的一帮家伙——"表兄不说了。表弟此刻站在那里,俯视着他;表兄迅速地站起身来。他们隔着桌子互相盯视着对方。"怎么样?"表兄说道。他的呼吸再次发出那种粗厉、紧张、刺耳的声音,只是还没有喜悦的感觉。"怎么样?"他说道,"怎么样?"但表弟没有在看他,他在往下边看,他的脸木无表情、消瘦,仿佛没有一丝生命的气息。

"我让你走开,"表弟说道,"我求你让我一个人待着。"

"没问题,"表兄说道。他的声音并不比表弟的声音高,"现在不干了?在我经受过所有这一番折腾之后?"表弟转身向门口走去。"等一下。"表兄说道。表弟没有停下脚步。表兄把灯吹灭,在过道里追上了表弟。这会儿他又在说话了,声音很低。"假如六小时以前你听我的话,我们已经把钱拿到手并已经回来了,上床睡觉了,而不是半夜都坐在这里。难道你看不出来在所有的时间都在争斗吗?你有我,我有你,谁离了谁也不行——我们去哪儿?"表弟没有回话。他沉着地向前走着,穿过院子,向牲口棚走去,表兄在后面跟着;就在他身后,他又一次听到那种紧张、吓人、呼吸受阻的喘息声,那低低的说话声传了过来:"见鬼,也许你不想让我得到一半儿的钱,也许我也不想让任何人得到一半儿的钱。可是见鬼,只得一半儿的钱不是也好过去想让那该死的汉普顿和那一帮家伙——"他走进牲口棚,打开通向牛栏的门,走了进去,表兄这时在他身后刚好就停在牛栏门的外边,他伸手从钉在墙上的钉上取下一根短短的、光滑的橡木棍棒,木棍棒两端钻有洞眼儿,用一根长纤维绳子穿起来,形成环状——这是个豪斯顿在他的种马身上用的工具。他从瓦尔纳手中租用豪斯顿抵押出且不能收回的那一部分时,他就发现了这玩意儿——他转过身,用尽全力猛地一击,把那短而重的棍棒扔下,在那个笨重的身体摔倒之际,抓住它,这样一来,那身体本身的重量即有助于它进入牛栏,他所需要做的,是拖着它往前走,直到那双脚从门那儿消失为止。他解开一根马颈圈上的绳子,从他的犁具上去下扣绳,把表兄的手和脚都绑了起来,并从他的衬衣的下摆处撕下一条儿来,塞进表兄的嘴巴里。

  当他来到坡底的时候,他找不到那棵树了,他的斧子就在树的后面。他知道问题出在什么地方。仿佛随着那个没完没了的声音的终止,他渐渐感受到的不是静寂,而是消逝了的时间,在那声音终止的一瞬间,他又折回过去,在那一时刻开始再重来,那是下午六点钟在商店里开始的,而现在他已经是在六个小时以后的时间里了。你下的功夫太大了,他对自己说道。你应该悠着点劲儿。于是,他让自己在旷野中定一定神,他回头向上望了望斜坡,试着确定自己所处的方位,以弄清楚他是在那棵树的上面还是下面,是在树的左面还是右面。然后,他穿过玉米地往回走,走到一半路的时候,他折回头望了望坡底,试图通过形状和位置来认出他把斧子留在它后面的那棵树。此时他置身于时间冲突的喧闹之中,而不是沉寂的喧嚣之中。他想着从某一个地方开始找,他知道那地方在他找的那棵树的下边,他到每一棵他走到跟前的树那儿搜寻着。然而,时间之声过于喧闹了,当他开始走动,跑起来时,时间之声既没有涌向坡底,也没有涌向房屋,而是穿过斜坡,响彻四面八方,他从玉米地里出来,踏上在他的房屋那边远处的大路,跑出了半英里远。

  他又跑出了一英里的路,来到另一处简陋的小屋,这座小屋比他的那座房屋还要小,还要粗陋。这屋子是那个发现那把猎枪的黑人的。这地方有一条狗,是条杂种狗,是猥,一条谱系不明的狗,个儿头比一只猫大不了多少,像卡利欧普汽笛[①]一样吵闹;它即刻就从屋子的下面钻了出来,怒气冲冲,朝着他猛蹿过来,歇斯底里地尖叫起来。他认识这条狗,它也

---

  ① 在河船上、杂技场上和狂欢节中使用的一串原始的蒸气或空气汽笛构成的乐器。

应该认识他的；他冲着它说话，要它安静下来，可它却继续狂吠，那声音仿佛是从他面前的黑暗中的十几个不同的地方传来一样，接着他突然之间冲着那杂种狗跑过去，它即刻缩回到屋子里，它那尖叫的狂吠声迅速消逝在那里了。他继续往前跑着，朝着他同样也知道的那个木头堆跑去；斧子就在那里。他抓起那把斧子，这时一个声音从黑暗的小屋中问道："谁在那里？"他没有答话。他继续跑着，那条杂种狗依然在他后面狂吠，不过这会儿它是在屋子下面叫着。此刻他又一次置身于玉米地，这块地比他那块好。他向前跑着，穿过玉米地，往下边去，冲着坡底跑着。

在进入坡底以前，他停下脚步，根据一颗星星来确定自己所处的方位。他并没有指望从这个方位找到那棵树，他在找的是一条下陷了的老路；一旦到了那条路上，他就能再次让自己弄清所在的方位了。他最靠得住的线路，是沿着坡底的边儿往前走，直到他在黑夜中到达他熟悉的区域，从那里找到那棵树的位置，不过这样花的时间会更长，但是，当他仔细地望着天空，以确定他的方位时，他想着，这会儿已经过了午夜一点了。

然而，三十分钟以后，他还没有找到那条路。他仅能断断续续地看到天空，而且并不总能看到当时为他指路的那颗星星。不过他相信，他没有过多地偏离方向。同样，他告诫自己：你要预料到在你到之前就碰到它；你该为此而留心。可是，到了这时，他所走的路已经两倍于他找到它应走的路。当他意识到，并最终承认他迷路时，他既不感到惊慌，也不感到绝望，而只感到愤怒。就像表兄和其两三小时以前的欺骗行为一样，仿佛残忍也会抛弃置身于残忍之中而一时间松懈的追随者；正是那种仁慈让他浪费了三小时，徒然希望表兄会感到厌倦，随后走开，而不必在他跑着，在经过他丢失斧子的那棵树的地方，击打表兄的脑袋，正是那一切让他陷入了这种困境。

他最初的冲动是快跑，不是因为惊恐，而是要置身于那加快步伐、蜂拥而至的分分秒秒的前面，此刻它们是他的敌人。但是，他抑制着那种冲动，站在那里一动不动，由于精疲力竭，他那衰弱的身体轻微地、持续不停地颤动着,直到他的神经松弛下来,他的肌肉不会突然间控制住他的身体,并和他同步运动。他不慌不忙,小心谨慎地转过身来,直到他确信自己面对的是留在后面的足迹,是他从那儿过来的那个方向,接着,他继续往前走。过了一会儿,他来到了一个开阔地带,从那里他可以看到天空。那颗星星就在他的正前方,在他进入坡底的时候,他就是以它来确定自己的行动路线的。现在,时间已经过了两点了,他想道。

此刻他开始奔跑起来,或者说是以他敢于跑的那种速度跑着,情况就是这样,他本人不由自主地这样做。我现在必须找到那条路,他想道。如果我试着走回去,并重新开始的话,在我走出坡底以前,天就会亮的。于是,他加快步伐往前走,在棘荆和树下灌木丛中跌跌撞撞,奋力地前进着,一只手臂伸出来,护着自己以免碰到树上,他没有出声,气喘吁吁的,眼睛什么也看不见。在那伸手不见五指的黑暗的夜之脸的对面,他眼睑周围的肌肉抽紧,让他感到发疼。随后,突然之间他脚下踩空了;他又往前跨了一大步,什么也没有踩着,接着就跌下去了,此刻他仰面朝上,喘着粗气。他到了路上。可是他不知道是在什么地方。不过,我没有错过地方,我仍然还在那地方的西边。而且现在时间已经过了两点了。

这时,他又一次弄清楚了方向。他转过身去,背对着那条路,径直往前走去,他将到达坡底的边缘那里。此刻,他能分辨出自己是在什么地方了。在他感到自己跌落时,他把斧子扔了出去。他跪在地上,用手搜寻着斧子,他找到了它,他从路上下来,继续向前走。这会儿他没有奔跑。此刻他知道,他不敢再迷路了。一小时以后,当他从坡底出来时,它就在玉米块地的角落里。它是他自己的;那异乎寻常的、以前流动着的土地在那古老坚实的地层的围拢和叠压中变得稳定了,坚固了。他看见了他自己那矮墩墩的房子的轮廓,再次奔跑起来,他在那一排排发出沙沙响声的玉米棵中有点儿脚步不稳地跑着,透过干燥的嘴唇和干干的咬紧的牙齿喘息着,他看到并认出了那棵他把斧子放在它后面的树了,他仿佛又一次回到过去,从时间的某个静止的点重新开始做起,只是时间已不复存在。他转过来,走近它,他马上就要摸着它了,这时,一个较为浓重的影子从其自身那里分离出了某一个影子,那影子不慌不忙地站起来,接着,表兄说话了,他的声音微弱而刺耳:"把你那该死的斧子忘了,啊?给你。拿着吧。"

他停了下来,没发出任何响声,没有失声喊叫,也没有吸气。不过我最好不用斧子,他想道,他静静地站着,一动不动,与此同时,表兄在他上面粗重地呼吸着,那刺耳的、微弱的、狂怒的声音继续说道:"你这该死的、小个子的、残害兄弟的杀人犯。为了二十五美元或两万五千美元,如果我没能像一个男人所能忍受的那样强忍着,我真想用它敲你的脑袋,把你拖出去,我要亲自把你扔到汉普顿的车上。上帝做证,坐在这里等你的不是汉普顿,而是我,这不是你的错。见鬼,你几乎还没能开始为把那二十五美元弄到手而暗自感到高兴,你以为自己会先弄到钱,然后汉普顿才会到,他的那些人才会在牛栏里手忙脚乱地折腾,解开捆绑我的绳子,往我脸上倒水。我再次等候着你。我告诉他们说,你打我的脑袋,把我捆起来,抢我的东西,匆匆忙忙地往火车站去了。现在,你好好想一下,我会打算再花多长时间继续说谎,目的只是为了救你?啊?——怎么了?我们在等什么?等汉普顿?"

"是的,"他说道,"好吧。"但不要用斧子,他想道。你转过身,往前走,进了树林。表兄跟着他,此刻表兄紧跟在他后面,那种吓人的、呼吸受阻的喘息声,那微弱的、狂怒的说话声几乎就在他的头顶上,所以当他俯下身子,用手在他脚旁四周的地上摸索时,表兄撞倒了他的身体。

"你现在究竟在干什么?你的斧子又丢了?找到它,把它给我,然后站起来,带我去它所在的地方,这事儿不仅要在天亮以前办,而且要在那该死的、搜罗选票的——"他的手触到并握住了一根分量足够的棍棒。这一次我看不见,所以我要准备好,打两次,他想着,同时站起身来。他猛地用力朝着那个刺耳的、发怒的声音的方向打过去,他把胳膊收回来,再次用力打,其实打一下就足够了。

他知道现在自己在什么地方。他不需要指路的,虽然眼下他知道自己有一个指路的东西,而且他此刻走得相当快,他的鼻子嗅到了空气中稀薄的腐败气味,他现在需要快点儿走。因为现在时间已过了三点了,他想道,在心里想着:我把那事儿给忘了。那就仿佛像是一切都在合伙共谋,反对一个人杀另一个人。接着他知道自己嗅到它的气味了,因为现在没有任何一个聚焦点,没有一个指向中心的点,它在所有的地方;他看到了开阔地带,被雷劈的、无顶的橡树的壳,贴着磨伤的叶子的碎片,在无雨的夜空中向上耸起。他用手触摸树壳,使自己与树壳间保持适当的距离,摆好架势,挥动斧子。那整个的头部沉入腐烂的木髓里,一半被埋在其中。他用力向外拔,把它从里面拧了出来,并再次把它举起。接着——此时没有一丝声响,黑暗本身只是在他后面叹息,流动着,他试图转过身来,但已经太迟了——某种东西打在他的肩膀之间。他即刻就明白了那是什么东西。他甚至并不感到奇怪,他感觉到了那呼吸,听到了那牙齿的响声,这时他跌倒了,他转过身子,试图举起斧子,他又一次听到在他脖子附近的咬牙声,感觉到它呼出的热烘烘的臭气,他即刻用前臂把那条猎狗推向后面,并跪起来,双手握住斧子。他可以看到它的眼睛,这时它第二次扑过来。那双眼睛的光仿佛一直不停地向他射来。他冲着它们打过去,什么也没有打到;斧子的头陷进地里,那惯性几乎带着他,跟着那陷进地里的斧头往前冲,脸朝下趴在地上。这一次当他看到那双眼睛时,他已站起身来。他朝着那双眼睛冲过去,手里举着斧子。即使是在那双眼睛消逝以后,他仍然在继续往前冲,在低矮的灌木丛中乱撞乱跳,最后他停住了,手里举着斧子,悬在那里,他气喘吁吁,侧耳倾听着,什么也没有看到,什么也没有听到。他又回到了那棵树那儿。

第一斧子刚劈下去,那条猎狗又扑过来了。他料想到它会这样的。这次他没有把斧子的头劈到地里,他把斧子举起来,准备好,舞动起来。他朝着那双眼睛劈过去,感觉到斧子在手中劈着了什么东西并旋动着向前飞出去，他向前扑过去，那畜生摔倒在他前面的低矮的灌木丛中，呻吟着。他冲着那呻吟声扑过去，狂怒地用脚在他四周猛踩着，他弯下腰停在那里，仔细听着，他朝着另一呻吟声的方向扑过去，并再次用力践踏，可仍然什么也没有踩着。随后，他手脚并用地跪在地上，围着那棵树，范围越来越大地一圈又一圈地爬着，搜寻那把斧子。最后他找到斧子了，他看到它在树壳顶部V字形凹口处的上方，这时，晨星已经出来了。

他又一次劈砍在树壳的底部，每劈砍一下之后就停下来仔细听着，那把斧子已经举起来了，他的脚和膝部都做好了转身的准备。但是他什么也没有听到。随后，他开始持续不断地劈砍，每劈一次斧子都有一半儿会陷进去，仿佛是陷进沙土或锯末里一样。接着斧子在腐朽的木头里陷进去一半儿，全部都陷了进去，他闻到了腐臭气味，他知道这不是想象出来的，他把斧子放下，开始用手来撕那树壳，他的脑袋掉转过来，他的牙齿裸露着，紧咬着，透过牙齿他的呼吸发出咝咝的声响，他暂时腾出一只手，把那条猎狗打到后边去，但它再次冲过来，贴着他，打着响鼻儿，接着把它的头伸进那正在变大的洞孔，那腐臭难闻的气味仿佛带着一种可以听到的声响从这个洞孔中蹿出来。"退回去，你这该死的！"他喘着气，仿佛是在跟一个男人说话，试图再次用力把它推到一边去；"给我让个地方！"他拖着那具尸体，感觉到它从其骨骼上脱落，仿佛对它自身来说，它太大了一点。此刻，那条狗的整个头和肩膀都伸进了那个开口处，它号叫着。

当那具尸体突然之间被从里面弄出来时，他向后退去，仰面朝上躺在泥里，尸体搭在他的腿上，那条狗就站在它的旁边，号叫着。他站起身来，朝它踢去。它往后退着，但当他俯下身子，抓起尸体的腿，开始往回走时，那条狗再次来到他的身边。不过，只要他拖着尸体在动，狗就专注地望着那具尸体，它不嚎叫。但是，一旦他停下来，喘一喘气时，它就再次开始嚎叫起来，而他会再次摆好架势去踢它，这一次当他这么做时，他发现他实际上看到了那个畜生，黎明已经到来，那条狗的模样已经看得见了，它身体细瘦，身上的毛稀疏，脸上有一道淌着鲜血的伤口，它嗥叫着。他注视着它，同时弯下腰来，摸索着，直到他的手找到了一根棍子。棍子上沾着黏液，发出腐臭味，不过棍子相当硬实。当那条狗仰起头，再次嗥叫时，他打了过去。那条狗猛地向边上一转；当它扑向他时，他看到猎枪子弹打出的长长的伤痕，从它的前肢上端一直到它身体的一侧。这一次那根棍子刚好打在它的两眼之间。他抓起尸体的脚脖子，此刻他脸面向前方，试着奔跑起来。

　　当他从低矮灌木丛中出来，到了河岸边时，东方正在泛出红色。河流本身依然还是看不见——一道长长的迷雾宛如棉花胎一样，在它下面的河水向前流淌着。他俯下身子，再次抓起有他的个儿一半大的尸体，猛地把它向前扔进那层迷雾里，甚至当他松开手时，他的身体跟着它向前跃动，刚好在他随它掉下去之前稳住了身体，在它即将消逝的一瞬间他看到那慢慢伸开的三肢，那地方原本应该是四肢的，他的身体获得了平衡，他转过身来，马上奔跑起来，这时那冲上来的狗的急促的跑动声就在他的身后沙沙地响着，那畜生撞到了他的背上。那条狗没有停下来。他手脚并用地跪在地上，他看到在半空中，那条狗就像是一只巨大的、没有翅膀的鸟一样飞舞着，消逝在迷雾之中。他站起身来，向前奔跑。他跌跌撞撞，再一次跌倒，接着又站起来，继续奔跑。接着他听到轻柔而急速的脚步声在他身后响起，他又一次跌倒，又一次手脚触地跪在那里，他望着那条狗向他飞舞过来并在半空中转身，这样它面对着他落下来，在他还没能站起来以前，它向他扑了过来，它的眼睛像两个燃烧着的雪茄烟头，他双手朝着它的脸打过去，并站起身来向前奔跑。他们同时到了树的残骸那里。那条狗再次向他扑过来，撕扯他的肩膀，他这时低头钻进他打开的那个洞眼，不顾一切地寻找那条不见了的手臂，那条狗依然在撕扯他的后背和双腿。随后那条狗不见了。这时一个声音说道："好了，明克。我们抓到他了。现在你可以出来了。"

　　马车就等在他房子后面的树林子里，两天以前他在那儿发现了它留下的印迹。他和一个帮办坐在后面的座位上，他们的手腕在里面用手铐扣在一起，警官坐在另一个帮办的旁边，这个帮办在驾着车。驾车的人让拉车的马掉转过来，准备重新往瓦尔纳的商店和杰弗生公路的方向走，但警官让他停下来。"等一下。"警官说着并转向前排座位——一个块儿头很大的男人，他的脖子看不见，他穿了一件没有系扣的马甲，还有一件无领的、上了浆的衬衣。在他那张宽阔而厚实的脸上，小而冷酷、狡黠的眼睛犹如两块黑玻璃挤成的没有烹煮的汤团，他向他们两人问道："这条路从另一端出来是什么地方？"

"那就到了惠特里夫桥的老路，"帮办说道，"有十四英里远。你离惠特里夫商店那儿还有九英里路。当你到达惠特里夫商店，你离杰弗生依然还有八英里路要走。从瓦尔纳店那儿走刚好有二十五英里的路。"

"我想这一次我们就不从瓦尔纳店那儿过了。往前走吧，吉姆。"

"那当然好，"帮办说道，"往前走吧，吉姆。我们省出来的钱也不归我们，省出来照样得归县里所有。"那个警官转过脸，又一次面对着前方，他停顿了一下，望着帮办，他们互相注视着对方。"我说就这么办好了，难道我没说吗？"那帮办说道。

在上午剩下的时间里，一直到正午，他们弯弯曲曲地在长着松柏的坡地里走着。警官有着一鞋盒的冷食，甚至还有裹在湿漉漉的黄麻袋里面的一石罐黄油牛奶。他们不停地吃着，不过他们也许让拉车的牲口在与路相交的小溪里饮水。接着那条路从斜坡地里向下伸延出来，在下午的早些时候，他们经过惠特里夫商店，走在那一望无际、宽阔的、土地肥沃的、满载丰收果实的平原地带，玉米沉甸甸、亮闪闪的，摘棉花的人依然在一行行锥形的棉花堆之间走动着。他看到蹲在或坐在专卖药和烟草广告画下面长廊上的男人们突然之间站了起来。"噢，噢，"那帮办道，"这里也有些伙计，他们不知道为什么相信他们的名字在十到十五分钟里也叫豪斯顿。"

"往前走吧，"警官说道。他们继续走着，在漫长的、炎热盛夏的下午，行驶在厚厚的、柔软的尘土中，他们实际上跟不上太阳行驶的步伐，眼下那炽热的太阳斜着照射进他坐在那里的马车的一边。警官这时说话了,他没有转过头来,也没有把石头烟嘴从嘴里拿出来。"乔治,和他换一下位置,让他坐在阴凉里。"

"我没事儿的,"他说道,"那并不让我感到烦心。"过了一会儿,它确实令他烦心了,或者说它不仅让他烦心,也同样令其他人烦心,因为那条路再次通向了斜坡地,向上伸延,道路再次变得蜿蜒曲折,松柏长长的阴影慢慢地投向了那此刻在斜阳中缓慢行驶的马车;不久杰弗生镇就会在最后一个谷地那边出现,悬在天空中的火球一样炽热的太阳在它的远处沉落了,在前面的正前方发出耀眼的光芒,太阳几乎沉到了和马车一样高的平面上,直接照在他们脸上。一棵树上钉了一块木板,上面写有一个商人的名字,在名字的下面是"**杰弗生四英里**"的标示,马车停了下来,随后从那里经过,而在外表上显得没有任何动作的伪装下,他一点一点地挪动着脚,收紧他的内臂肘,为即将到来的跳车做准备,他聚集力量,将自己的脚尽最大限度地从行驶的马车上向外伸去,并随着那他预料要到来的颠簸的惯性猛地将胳膊和肩膀向前耸动,但已经太晚了,这样一来,即使他的身体从马车上下来了,脱开了车轮,但他的脑袋却滑进了V形的支撑车子顶部的柱子里面。他整个身体的重量和动作都压在了他被钳住的脖子上了。此刻在一瞬他有可能听到骨头、脊椎的响声,于是他再次用力扭动身体,即刻往后朝着他相信是转动着的车轮的方位踢去,他在想着,如果我只要能将脚勾在轮撑里,车速就会慢下来;他使劲把脚伸向轮子,感觉到他身体的每一个运动都回传到他的脖子那里,尽管在一种寻求完全分离的冷酷狂怒的挣扎中,他在力图去发现哪一个先脱开:是活人的骨骼还是无生命的金属物。随后某种东西猛烈地击打在他脖子的根部,接着停止击打,转而变成一种压在上面的力量,那是用意明显的压挤,狂暴,带有致人死命的意图。他相信自己听到了骨骼的响声,而且他知道自己听到了帮办的声音:"停下!该死的,停下!停下!"接着他感觉到马车停了下来,他仿佛甚至看到了警官斜倚在座位的靠背上，与那狂怒的帮办扭打起来；他感到窒息，气喘吁吁，他试图把嘴合上，可他却没能力合上，他努力转动着脑袋，试图躲避开那冰凉的水的有力的浇注，在他的脑袋上方，有一根树枝，微风吹拂着树叶，还有三张脸，再往上是阳光灿烂的天空。不过，过了一会儿，他又可以再次正常呼吸了，拂动的微风把他脸上的水吹开了，只是他的衬衣还有点儿潮湿，他还没有感觉到风凉，他感觉到的只是一种和风，终于摆脱令人无法忍受的太阳风，在黄昏到来之际刮了起来。此刻马车正在由阳光穿行其间的树形成的一个整洁的拱形树荫下行驶，在修剪好的、精心照管的草坪之间行驶，在草坪上，穿着色彩明快的小小衣衫的孩子们在日落时分尖声叫喊着，玩耍着，女人们身着下午穿的鲜艳服装坐在摇椅里，男人们干完活儿，回到家里，走进整洁的、刷过油漆的大门，走向放在漫长的、刚刚开始的黄昏中的一盘盘食物和一杯杯咖啡。

他们从后面走到了监狱那儿，马车驶进了封闭的院子。"跳下来，"警官说道，"把他抬出来。"

"我没事儿的，"他说道。在他能发出任何声音以前，他不得不说两次，即使如此，那也不像是他的声音。"我能走。"

大夫走了以后，他躺在简陋的小床上。在墙上，有一个又小又高，上面装有铁栏的窗户，不过，在窗户的外边，除了黄昏的微光之外，什么也没有。接着，他闻到某个地方在做晚餐——火腿、热面包和咖啡——而突然之间，一股又热又稀、味道发咸的液体开始流进他的嘴里，他试着吞咽，但感到喉咙里疼得厉害，他坐了起来，吞咽那热而咸的液体，僵硬地、小心谨慎地让吞咽变得容易一些。接着一阵很响的脚的践踏声开始在有铁栏的门外边响起，那声音快速地传了过来，越传越近，他站起身来，走到门前，透过铁栏，看着那个公共休息室，在那里，犯有多种白人的小小过失的黑人受害者吃睡在一起。他能够看到楼梯的顶端；那重重脚步声就是从那里传来的，他注意到，一堆堆杂乱的、戴着破旧的有边的帽子和无边帽子的脑袋、穿着破旧的工装裤和烂鞋子的身体突然间冒了出来,那肮脏发臭的空无一物的房间里充满了有意克制的拖脚行走的脚步声的喧嚣声和圆润的、无意义的、节奏单调的响声——用锁链拴在一起的一帮囚犯,他们在街上干活儿,这些人有七八个,他们入狱是因为流浪罪,分赃不均争斗或掷骰子赌十到十五美分的钱,至少在十小时里,他们是不用拿铁铲和石锤干活儿了。他抓住铁栏,望着他们。"它——"他说道。他的声带根本就没有发出任何声音。他把手放在喉咙上,再次说话,发出了一种干干的、嘶哑的声音。那些黑人全都静了下来,在那已经看不见的脸上,他们的眼球白白地、一动不动地注视着他。"我没事儿的,"他说道,"直到它开始失控。我本来能对付那条狗的。"他托住喉咙,他的声音刺耳、干涩、嘶哑,"可是那狗娘养的开始疯狂地伤害我。"

"他是谁?"其中一个黑人问道。他们互相之间在悄悄地说着,喃喃低语。那白白的眼球朝他转动着。

"我没事儿,"他说道,"可是那狗娘养的——"

"嘘,白人,"那个黑人说道,"嘘。别跟我们说那种废话。"

"我本来应该是没事儿的。"他说道,声音刺耳,音量很小。接着,他的声音再次一点儿也发不出来了,他一只手抓住铁栏,另一只手托着自己的喉咙,与此同时,黑人们望着他,他们挤在一起,在即将消逝的天光里,他们的眼球显得白白的,一动不动。随后,他们一起转过身,抢着朝楼梯方向蜂拥而去,他也听到了步履缓慢的脚步声,随后他闻到了食物的味儿,他紧紧抓住铁栏,努力往楼梯顶端看。他们打算先给那些黑鬼吃的东西,然后再让白人吃?他闻着咖啡和火腿的味儿,想道。

3

冬天以前的那个秋天来到了,那些年龄变得较大的人据此来确定时间,计算大事的日期。夏季无雨的酷热——白天，骄阳似火，在酷热下，即使是橡树的叶子也变黄了，死掉了；夜晚，排列有序的星星仿佛瞪着眼睛往下看，冷静而惊讶地注视着被尘埃淹没的大地——终于这一切结束了，那远古的莉莉丝①在那古老的、战无不胜的、专与达官显贵周旋的优妓正式死亡之际，统治了那被热情弄得困乏的大地，在深秋风和日丽的三周时间里，她登上王位，戴上王冠。这些天空碧蓝的日子，令人昏昏欲睡，没有实际意义，沉寂，充满了燃烧的树叶和木头烟雾的气味，在这些天里，拉特利夫来回穿行在自己的家与广场之间，他看到那双小而执着的手松松地扣在监狱窗户的铁栏上，一动不动，他抓在铁栏上的高度不比一个小孩抓在上面的位置高到哪儿去。在下午，他会注视着自己的三位客人，妻子和两个孩子，在每日探视的时间里进入监狱或离开监狱。在他带她一同回家的第一天，她坚持要做一些家务活儿，那些都是他妹妹允许她做的，扫地、洗盘子、劈烧火用的木头，这是他的侄子和侄女在此以前所干的活儿（顺便说一下，在这样做的过程中，他们也滋生出青年人对干这种活儿的轻蔑），显然，她对他妹妹那缄默的、令人痛恨的自以为是并不在意，她个儿头大，但不肥胖，实际上相当苗条，在一种令人震惊的、适度的……并非怜悯，而应该说是关心的过程中，他最终发现了这一点；她通常光着脚，漂白的头发乱蓬蓬的，头发的根部早已变回深暗的颜色，她那冷漠的脸上有着一种刚毅的、尚未完全消失的美，尽管那可能只是一种固有的、根深蒂固的自信或也许只是固执。那被囚禁的丈夫不仅拒绝交保释金（如果他能够交一次保释金就好了），而且拒绝请律师。他站在两个法警中间——小小的个儿头，他的脸如同用木头刻成的表情倔强的面具，消瘦，几乎像骷髅一样没有一点儿肉——在他面前是主持审理的地方法官，而他甚至可能心就不在那里，听取或者也许没听到他自己受到指控，随后，在其中一个法警

---

① 犹太民间传说中亚当的第一个妻子。莉莉丝又指中世纪鬼魔学中著名的女巫。

的触碰下，转过身，走回监狱，那个单人牢房。所以，这件案子从全然不用准备正式指控被起诉人用的物证时起，就搁置下来了，像是演了一半儿的戏，从法院十月的开庭期，一直推到来年五月的春季开庭期；大概在每星期有三个下午，拉特利夫都会注意到他的探视者，还有穿着他的侄子和侄女扔掉不要的衣服的两个孩子，三人走进监狱，他想象着他们四人坐在隔离的单人牢房里，那里面到处是散发着杂酚油味和气味难闻的人体排泄物——汗水、尿液、呕吐出来的东西，通过呕吐释放所有古老的痛苦，消除恐惧，战胜无能，存留希望。他们等待着弗莱姆·斯诺普斯，他想道。等着弗莱姆·斯诺普斯。

接着冬天，寒冷，到来了。到了这时候，她有了工作。他和她一样知道，别的安排不可能持久，因为从某种程度上说，那地方是他妹妹的房子，尽管这只是凭投票人数胜出来确定的。所以，当她前来告诉他说，她准备离开时，他不但没有感到奇怪，而且还感到宽慰。随后，就在她告诉他说她要离开的时候，他想起了某件事情。他告诉自己说是两个孩子的事。"那个工作没什么问题，"他说道，"那挺好的。但是你不必搬出去住。如果你搬出去，你就不得不为吃的、住的花钱。而你需要节省。你会需要钱的。"

"是的，"她声音刺耳地说道，"我会需要钱的。"

"他仍然认为——"他让自己说到这儿为止。他说道："你还没有听说弗莱姆什么时候会回来，对吧？"她没有回答。他也没有指望她回答，"你需要尽自己的一切所能省钱，"他说道，"所以你就留在这里。为孩子们吃饭每星期付给她一美元，要是这样做让你感到好受些。我想一个孩子在七天里吃的不会超过五毛钱的。你就留在这里吧。"

于是她就留下来了。他把自己的房间给了他们，他和自己最大的侄子一起睡。她干活儿的地方在小街里一杂乱破旧的供膳寄宿处，也就是萨沃埃饭店，这地方名声不太好。她的工作黎明时分开始，天黑以后的某个时刻结束，有时天黑很久以后才结束。她扫地，整理床铺，做一些厨房的工作,那儿有一个黑人杂务工刷洗碟子、烧火。她在那地方吃饭,每个星期有三美元的薪水。"只是整夜光着脚,在马贩子、小陪审团成员及卖黑人保险的代理商的房间里进进出出,她的脚会不停地起水泡的。"镇上一个风趣的人说道。不过,那是她的事儿。拉特利夫对此一无所知,而且对此不太关心,就他本人而言,他甚至对此根本就不太信。所以现在除了星期天的上午,他就见不到她。在星期天下午,孩子们穿着他为他们买的新大衣,她穿着他的旧大衣,她坚持要为旧大衣付给他五毛钱,他们会走进通向监狱的大门,或者可能从那里面出来。在这种时刻,他会想到为何他的亲戚中的任何一个——老阿比或学校校长,铁匠或那个店里的新伙计——都没有前来看望过他一次。假如有关那件事的所有情况为人所知的话,他想道,那么他们中间的一个人也一定会在那个单人牢房里。要么是在另一个和它完全一样的单人牢房里,因为你不能对一个男人处以两次绞刑——就算是一个斯诺普斯为另一个斯诺普斯执行死刑,情况也只能是如此。

  感恩节那天,天下雪了,不过下雪天没持续两天,紧接着是十二月初的严寒天气,大地冻得结结实实,这样大约一个星期以后,竟然会有尘土从上面刮起。烟雾在离开烟囱以前就变成白色的了,向上升不起来,变成和雾蒙蒙的天空一样的颜色。在这样的天空中,太阳整天悬在那里,像是生软饼一样,没有一点儿热力。现在,他们甚至不需要费心思找借口不来看他了,拉特利夫想道。一个男人驱车二十英里,把他们从法国人湾带来,只是因为可怜他才探望他,实在没必要,甚至斯诺普斯也不必为此找寻借口。现在,在铁栏和手之间安上了窗格玻璃;手这时是看不见了,即使是一个人长时间停在监牢前面去用眼睛搜寻,也看不到它们。不仅这样,当他经过那儿的时候,他会走得很快,他穿着大衣,弓着背,依次用那被手铐铐住的双手卷成筒状,护着耳朵,他的气息在他的鼻子的深红色的顶端周围一缕缕地浮动着,他那流泪的眼睛望着空荡荡的广场,也许一辆乡村马车正穿过广场,上面的乘客裹着被子,在他们的座位之间,有一盏点着了的灯，与此同时，商店那结满冰霜的窗户，犹如一张张患有白内障的老人的脸，仿佛在盯着马车看，感到不解或感到伤心。

圣诞节过去了，天空依然还是雾蒙蒙的老样子，那冻得硬邦邦的大地表面上任何地方甚至都没有变软，不过，到了一月份，从西北方向刮来了一阵风，把天空中的阴霾一扫而光，有三天的时间，在正午时分，地上一块块的地方都多少有点儿化冻，大约有一英寸的厚度，像是奶油或轴油向外扩展开来；接近正午时分，人们就出来了，像老鼠或蟑螂一样，拉特利夫对自己说道。他惊异而专心地望着太阳，要么就是看看那在古老的、几乎被遗弃的时光里再次变软的一块块土地，能够再次被踩出脚印来。"今天夜里不会再上冻了，"他们互相告诉对方说，"西南方向的天空上正布满乌云。天就要下雨了，雨会把地上的冰霜冲走，我们的一切会再次变好的。"天真的下雨了。风以逆时针的方向移动，向东边刮去，"风会再次向西北方向移动，地会再次上冻的。即使是这样，也比下雪要好。"他们互相告诉对方说，不过雨水已经开始凝成块儿了，夜幕降临时就变成雪了，雪连着下了两天，落地时就融化进了泥土里，直到泥土最后上冻，雪仍然还在下，最后终于也停了下来，无风的严寒降临在大地之上，在被冰雪包围的沉寂的大地上空，甚至没有一丝太阳的热气；一月过去了接着是二月份，低低的烟雾持续不断地浮动着，偶然可见的人们在人行道上无法站稳脚跟，他们在大街的中央，向着往镇里去或往家里去的方向徐徐蠕动，在大街中央，没有一匹马能站稳了不摔倒，除此之外，没有一点儿动静。除了斧子的劈砍声和每天行驶的火车孤独的鸣笛声之外，没有任何响声，拉特利夫仿佛能看到那些火车，黑乎乎的，没有立体感，上面没有坐人，向外喷出瞬间即逝的蒸气，在白色的、硬实的、渺无人迹的大地上急速而无目地穿行着。现在在家里，在那些星期天的下午，坐在自己的火炉旁边，他会听到那女人午饭后为照管孩子而来，为他们穿上新大衣，新大衣套在过大的衣服外面，他们不管天气冷热都穿着这些衣服，和他的侄子和侄女一起到主日学校(他的妹妹照管这事),这些衣服是他侄子和侄女不要了的衣服;他会想象他们四个人依旧胡乱地把外套穿在身上,围拢在那小小的、没多少热气的、铁皮做的炉子旁边坐着,那炉子不能让那单人牢房变得暖和,只能将像泪水一样的古老的汗水从墙壁里面烘烤出来,那是古老的剧痛和绝望诱发出的虚汗,它们就藏匿在墙壁里面。晚些时候他们会回来。她从不留下来吃晚饭,不过,她每月一次会交给他八美元,这是她从十二美元的薪水,还有其他硬币及纸币(一次她曾有九美元多这样的钱)中省出来的,他从来不问她是如何弄到这些钱的。他是她的银行管账。他的妹妹也许知道也许不知道这件事,尽管她很有可能知道。钱攒下来了。"可是那要花好多个星期的时间。"他说道。她没有答话。"也许他会回一封信的,"他说道,"毕竟都是一个家族的人。"

严寒期不可能永远持续下去。三月九日,天甚至又一次下起了雪,这场雪甚至还没有变成冰就融化掉了。这样一来,人们又可以四处走动了,在一个星期六,他走进那家自己是半个老板的饭店,再次看到布克赖特坐在那里,脸前放着一盘里面有大量混在一起的食物,其中大部分是鸡蛋。他们彼此间没看到对方差不多有半年了。他们没有相互问候。"她又回家了,"布克赖特说道,"上个星期到家的。"

"她回家的速度可真够快的,"拉特利夫说道,"我五分钟前刚刚看到她拖着一桶煤灰从萨沃埃饭店的后门出来。"

"我说的是另一个女人,"布克赖特一边吃,一边说着,"弗莱姆的太太。威尔赶着车去莫茨镇了,上个星期把他们捎了回来。"

"他们?"

"不是弗莱姆。是她和孩子。"

这么说他已经听说了,拉特利夫说道。有人已经给他写过信了。他说道:"那个孩子。嗬,嗬。二月,一月,十二月,十一月,十月,九月,八月,还有三月的一些日子。我想,他还没长到能够嚼烟草那么大的岁数吧。"

"那孩子不会嚼烟草的,"布克赖特说道,"她是个女孩。"

这样一来,他一时间不知道该做什么,不过,没过多久他就拿定了主意。现在好了,他对自己说道。即使是她一直希望不知道她是谁。第二天下午,他在家里等着,一直等到他来照看孩子。"他的太太回来了。"他说道。一时间她没有做出一点儿反应。"你从来没有真正指望过别的什么,是吗?"

"是的。"她说道。

接下来那个冬天甚至最后也过去了。它过去就像它到来时那样,下着雨,不是那种阴冷的雨,而是那种喧闹猛烈的阵雨。温热的雨水把大地上坚硬的、持续很久的霜冻冲刷干净,姗姗来迟的春天迈着欢快的脚步飞奔而至,同时从四面八方而来,匆忙,急切,无序,果实、鲜花、绿叶、色彩斑斓的草地、生机盎然的树林,从冬天沉睡的黑暗中苏醒,等待耕种的一望无际的田野,扑面而来。到了耕种的时节,学校已经关门了。他从学校前面经过,驱车来到商店,把他那两匹马拴在那根老而熟悉的柱子上。他登上台阶,来到了走廊上的七八个男人中间,他们在走廊上四处蹲着,倚靠着,仿佛自大约半年前他回头望过他们以来,他们就没有动过地方一样。"喂,伙计们,"他说道,"我看到学校已经关门了。现在孩子们可以到地里干活儿,让你们这些家伙有机会休息一下了。"

"从去年十月份起,学校就关门了,"奎克说道,"老师不干了。"

"艾·欧?不干了?"

"有一天他的太太来了。他抬头仰望,看到了她,接着便匆匆离去。"

"他的什么?"拉特利夫问道。

"他的太太,"图尔说道,"要么就是她自称是他的太太。一个身材高大、肤色发灰的女人,带着一个——"

"呸,没有那么回事,"拉特利夫说道,"他没有结过婚。他来这儿不是有三年了吗?你说的是他的妈妈。"

"不是,不是,"图尔说道,"她仍然还年轻着哩。她只不过全身都是那种灰颜色。她坐在一辆轻便马车里，带着一个大约六个月的孩子。"

"一个孩子？"拉特利夫问道。他逐个地望着他们的脸，眼睛眨动着，"喂，我说，"他说道，"这一切到底是怎么回事？他怎么可能会有个太太，更不用说六个月的孩子了？他不是在这儿有三年了吗？真见鬼，他从来没有长时间离开过这里，让他有机会干那事。"

"华尔斯垂特①说他们是他的家人。"图尔说道。

"华尔斯垂特？"拉特利夫问道，"谁是华尔斯垂特？"

"厄克的那个男孩。"

"那个大概有十岁的男孩？"此刻拉特利夫朝图尔眨动着眼睛，"直到一两年以前，他们才有了那个令人头痛的家伙。一个十岁的男孩怎么会叫华尔街这样的名字呢？"

"我不知道。"图尔说道。

"我猜那孩子是他的，"奎克说道，"不管怎么说，他是朝那辆轻便马车看了一眼，从那儿以后，人们再没有看到过他。"

"那就是说，"拉特利夫说道，"一个孩子是穿着裤子、让每个男人都奔忙起来的小家伙，除非他依然有足够的机会重新开始，艾·欧看起来是有机会的。"

"他需要机会，"布克赖特粗鲁、声音刺耳地说道，"这一个可能会留住他，除非有人刚好先扔下艾·欧，让其有时间去把握。这一个已经在支配他了。"

"它可能现在控制住他了。"奎克说道。

"是的，"图尔说道，"她停下来的时间只是足够她买一罐沙丁鱼和一包饼干。然后，她驱车上路，朝着有人告诉她艾·欧走的那个方向走去。他徒步走着，她和那个孩子都在吃沙丁鱼。"

---

① 原文为 Wallstreet，与华尔街的拼写一样，故拉特利夫感到惊奇。

275

"嗬，嗬，"拉特利夫道，"他们斯诺普斯家的人，啧，啧——"他不出声了。他们静静地注视着瓦尔纳的四轮双座马车从大路上驶来，往家走着。那个黑人在赶车；弗莱姆·斯诺普斯太太，在后排座位上和她母亲坐在一起。马车驶到与商店成一线之处，那张美丽的脸庞甚至也没有转过来，经过的时候那张脸让人看到的是侧面，安详，心不在焉，对一切都没有兴趣，那不是一张悲剧性的脸：它只是命中注定的那种样子。马车继续往前走着。

"他真的是在那边的那所监狱里等着弗莱姆·斯诺普斯回来救他出去吗？"图尔问道。

"他仍然还在监狱里。"拉特利夫说道。

"可他是在等弗莱姆吗？"奎克问道。

"不，"拉特利夫说道，"因为在那桩案子判决和了结之前，弗莱姆是不会回到这里的。"这时，小约翰太太站在自己的阳台上，摇响午饭的铃，他们站起身来，开始散去。拉特利夫和布克赖特一起走下台阶。

"没那么回事的，"布克赖特说道，"弗莱姆·斯诺普斯根本不会仅仅为了省钱就让他自己的同胞兄弟上绞刑的。"

"我猜想弗莱姆知道那桩案子不会弄到那一步的。杰克·豪斯顿是从正面被枪打中的，而且每个人都知道，不带上把手枪，他是从不到任何一个地方去的，他们发现，那把枪就躺在道路上的那个地方，他们在那里发现了那匹马旋转、奔跑的印迹，当他从马上摔下来时，不知那把枪是从他的手中掉下的，还是从他的口袋里掉出来的。我猜想弗莱姆对那所有的一切都了解过了。为了不让明克的太太烦他，不让乡亲们说他对自己的表弟坐牢撒手不管，他是不会回到这里来的。即使是斯诺普斯家的一个人也不会干这种事的。我真的不知道他们究竟是什么样的人，不过他们是不太一样。"

这时，布克赖特继续向前走，他把拴在那儿的马解开，把马车赶进小约翰太太的围场，卸下挽具，把挽具拿进牲口棚里。从九月份的那个下午起他也没有看到过它了,而且有种东西,他也不知道那是什么,在驱使着他,激励着他;他把挽具挂起来,继续往前走着,穿过位于牛马分隔栏之间幽暗的、堆满氨草的通道,来到最后一个牲口栏处,他往里边望着,看到了那丰肥的、女人一样的、坐在那里的臀部,那不成样子的人静静待在黑暗处,那张受伤的脸转了过来,向上仰望着他,在瞬间即逝的一刹那,那双毁坏了的眼睛中现出了某种几乎像是认出他来的神情,尽管那可能不会是记忆,那淌着口水的嘴咧开,吐出一种声音,嘶哑、凄惨,音量不大。拉特利夫看到,在他穿着工装裤的膝盖上,有个破旧的、用木头刻成的母牛雕像,就像孩子们在圣诞节收到的礼物。

在他来到铁匠铺以前,他就听到了锤子的响声。锤子停止了敲击,悬在那里;那张不太精明的、宽阔的、肤色健康的脸仰望着他,既没有感到惊讶,也没有询问来人是谁,几乎就没有认出他来。"你好,厄克,"拉特利夫说道,"午饭以后你能把我那两匹马的旧马掌取出来,再钉上新马掌吗?今天晚上我还要赶路。"

"好的,"厄克说道,"你什么时候带它们过来都行。"

"那好,"拉特利夫说道,"你的那个男孩,你最近给他改了名字,对吧?"厄克望着他,锤子悬在了空中。他正在为其铸型的、放在铁砧上的那块钢通红的顶端正慢慢褪去颜色。"叫华尔街。"

"噢,"厄克道,"不对,先生。名字没有改。直到去年以前,他还从未有个可以跟人说的名字。我第一个太太死后,我就把他留下,让他和他的祖母一起生活,当时我正要安顿下来;我那时只有十六岁。她称呼他,用他祖父的名字,但是他从来没有一个真正的名字。后来,去年在我安顿下来以后,我派人把他接来,我想也许他有个名字更好。艾·欧在报纸上读到了那个名字。他考虑如果我们给他起名叫华尔街恐慌,它可能会使他变成富翁,像那些制造华尔街恐慌的家伙一样富有。"

"噢,"拉特利夫道,"十六岁。一个孩子不足以使你安顿下来。要安顿下来需要多少个?"

"我有三个。"

"除了华尔街以外,还有两个。什么——"

"除了华尔[1]以外还有三个。"厄克说道。

"噢。"拉特利夫道。厄克等了一会儿。随后,他又一次举起锤子。但是他没有击打,他站在那里望着放在铁砧上那块冷却了的钢,把锤子放下,转身回到锻炉那儿去。"这么说,去年夏天为了那头母牛,你不得不付那所有的二十美元。"拉特利夫说道。厄克回头望着他。

"是的。而且还要为那个该死的玩具再付两毛五。"

"你还为他买了那个玩具?"

"是的。我觉得他很可怜。我想也许无论他在任何时间偶然开始想事情时,那该死的玩具会给他某种可以去想的东西。"

---

[1] 华尔街的昵称。

第四部　村民

第一章

1

太阳就要落山前的那一小会儿,在商店走廊上四处闲坐着的男人们看到,一辆有帆布篷顶的大马车在大路上从南边走过来了,车子由骡子拉着,后面有一大串明显是鲜活的玩意儿,在与地平面成一线的太阳的光照下,犹如从巨大的广告牌子上随意撕下的大小不一、颜色各异的碎片——可以说,是马戏团的招贴画——连接在马车的尾部,自行地飘动着,就像是风筝的尾巴一样,单个儿的在动,整个在一起也动。

"那到底是什么玩意儿啊?"一个人问道。

"那是马戏团。"奎克答道。他们开始站起身来,注视着那辆马车。这会儿他们可以看清楚了,跟在马车后面的那些动物是马。在那辆马车里,坐着两个男人。

"见鬼,"那头一个男人——名叫弗里曼的人——说道,"那是弗莱姆·斯诺普斯。"马车走近前来,停住了,他们全都站起身来,斯诺普斯从马车上下来,朝台阶走去。他可能只是今天早晨才离开的。他脑袋上戴的还是那顶帽子,他打着细小的领结,穿着白衬衣,他穿的那条裤子还是那条灰裤子。他走上台阶。

"你好,弗莱姆。"奎克说道。弗莱姆·斯诺普斯迅速地朝他们所有的人望了一眼,对谁也没有细看,同时往台阶上走,"你要开办个马戏团吗?"

"先生们。"他说道。他穿过走廊;他们为他让开了路。随后,他们从台阶上下来,走近那辆马车,在马车尾部,那些马焦躁不安地站成一堆,它们比兔子大,像鹦鹉一样花哨,被用几根带刺的铁丝一个接一个地拴在马车上。它们皮毛上有斑点,身体矮小,长着纤细的腿,粉红色的脸,脸上长着不相称的滴溜乱转、神情温和的眼睛,它们挤在一起,五颜六色的,它们站着不动,样子机灵,像小鹿一样狂野,像响尾蛇一样致命,像鸽子一样温驯。男人们站在一个相对安全的距离,望着它们。这时,乔迪·瓦尔纳穿过人群,用肩膀挤着来到这群马的面前。

"你要小心,先生",一个声音从后面传了过来。但是那已经太迟了。距他最近的那匹马用后腿站立,以闪电般的速度用它的前蹄对着瓦尔纳的脸连击两次,比一个拳击手的动作还快。它贴着那拴住它的带刺铁丝的狂暴举动,向后以猛烈的波浪形的力量,拉动马群中其他的马左摇右晃。"吁!你这长着扫帚尾巴的二流的爱闹腾的家伙。"那同一个声音说道。这是坐着马车来的另一个男人。他是个陌生人。他长着浓烈的、黑色的小胡子,戴着一顶宽宽的浅色帽子。他奋力从人群中冲出来,让他们往后退,远离那些他们看到的马,这时他们看到,他把上面镶满珍珠的手枪枪把和外观华美的、里面像是装着小饼干的盒子,塞进他的紧身牛仔裤的臀部口袋里。"离他们远点儿,小伙子们,"他说道,"它们很容易受惊,它们已经被骑了很长时间了。"

"它们是从什么时候被人骑的?"奎克问道。那个陌生人望了望奎克。他有一张宽阔的、相当冷酷的、狂风侵蚀的脸,长着一双阴冷无情的眼睛。他的肚皮像短桩一样光滑,齐整地装进那紧身裤子里面。

"我猜想它们在穿越密西西比河的渡轮上就被人骑了。"瓦尔纳说道。那陌生人望着他。"我叫瓦尔纳。"乔迪说道。

"噢,"那人说道,"叫我巴克就行。"在他脑袋的左边,那个耳朵顶部的涂抹处,有一道深深的、最近出现的裂口,上面涂有像是轴油一样的发黑的物质。他们望着那处伤口。接着他们注意到他从口袋里掏出那盒子,把一块姜汁饼干倒在手上,放进那撮小胡子下面的嘴里。

"你和弗莱姆在那边遇到麻烦了?"奎克问道。那陌生人停止了嚼动。当他直接望着某个人时,他的双眼就变得像是两块在挖掘的土中突然露出的打火石一样。

"在哪边?"他问道。

"你左边的耳朵。"奎克说道。

"呃,"那人道,"这个。"他摸着自己的耳朵,"这是我的错。一天晚上,当我在照看它们时,我心不在焉。我在琢磨着别的什么事,忘记了那带刺的铁丝有多长。"他嘴里嚼了起来。他们看着他的耳朵。"在马的旁边,任何粗心的男人都会碰上这种事的。往伤口上抹点轴油,第二天你就不会注意它了。这些马一整天都懒洋洋的,不做任何事,这会儿,它们变得相当精神。只要三两天,就可以把它们收拾得服服帖帖。"他把另一块姜汁饼干放进嘴里,嚼了起来,"你们不相信它们会听话的吗?"没有一个人回话。他们看着那些小马,脸色阴沉,态度暧昧。乔迪转过身,走回商店里去了。"现在你们请看。"他把盒子放回口袋里,走近那些马,他的手向前伸出。离他最近的那匹马此刻用三条腿站了起来。它的样子像是睡着了一样。它的眼睑耷拉在天蓝色的眼睛上;它的脑袋的形状像是个烫衣板。它甚至连眼皮都没抬一下,便急速地摇动着脑袋,黄黄的牙齿突然之间露了出来。一时间,它和那陌生人仿佛纠缠在一起,剧烈地扭动起来。随后,他们变得安静下来,那陌生人高高的脚跟深深地扎进了地里,他用一只手抠住那匹马的鼻孔,抓紧马的脑袋,用力将它的脑袋转过去一半,与此同时,马喘着粗气,发出被遏制了的呻吟声。"看见了吧?"那陌生人喘着气说道。他的血管迸露出来,白白的,显得强直,从脖子那儿开始一直到下颌部。"看到了吧?你们所要做的,只是给它们一点儿颜色看看,三两天里好好调理调理它们。现在注意了,往后给我让开点儿地方。"他们往后挪开了点地方。那个陌生人聚集全身的力量,然后猛地跳开。当他这么做的时候,第二匹马朝他的后背猛扑过去,把他的衬衣从领口那儿切开,围成一圈耷拉在后背上,就像一个剑客使用一剑割切的技巧把一飘动的面纱切开一样。

"那没说的,"奎克说道,"可要是一个男人碰巧没有衬衣会怎么样。"

就在这时,乔迪·瓦尔纳再次从人群中挤过来,他身后跟着那个铁匠。"好了,巴克,"他说道,"最好还是把它们弄进围栏里。厄克在这儿会帮你的。"那个陌生人,登上马车,坐在座位上,他那被切割成两半儿的衫衣在肩上来回摆动着,那个铁匠跟在后面。

"起来,你们这些约伯①和耶洗别②幻觉中的古怪家伙。"那个陌生人说道。马车动了起来,马车后面拴在一起的小马随之也动作起来,模样花里胡哨,在马的后面依次跟着的是那群男人,他们与马保持着相对安全的距离。他们走上大路,进入小街,随后来到了小约翰太太的旅馆后面的围场门前。厄克从车上下来,把门打开。马车从打开的门那儿进去,但当那些小马看到围栏时,它们即刻贴着将其连在马车上的带刺铁丝向后挣扎起来,它们全都用后腿贴着地,站起来,接着努力要转过身去,这样一来,马车向后退了几英尺,这时,那个得克萨斯州人一边咒骂着,一边费力地像拉锯一样把骡子拉过来,这样把车轮子牢牢地固定住。跟在后面的人已经在迅速地向后跌倒。"到这儿来,厄克,"那个得克萨斯州人说,"上这个地方来,拿起缰绳。"随后,他们看到那个得克萨斯州人从车上下来,拿着一把盘

---

① 《圣经》中的人物,历经危难,仍坚信上帝。
② 古以色列王亚哈之妻,以邪恶淫荡著名,见《旧约·列王记》。

成一卷的粗重皮鞭，走到那群马的后面，驱赶它们进门，冷不防地用鞭子抽打在爱捣乱的马的屁股上，鞭子抽打得很是地方，像子弹一样发出啪啪的声响。接着，那些围观的人急忙跨进小约翰太太旅馆的院子，登上阳台，从阳台的一端，可以俯瞰围场。

"你猜想他是如何把它们拴在一起的呢？"弗里曼问道。

"我倒是特别想看他怎么把它们给松开。"奎克说道。那个得克萨斯州人又重新登上那辆停在那里的马车。此刻，他和厄克两人都出现在打开了的车篷的尽端。那个得克萨斯州人抓住铁丝，开始把那第一匹马拉向马车，那畜生死硬地站在那儿，贴着铁丝用力向后挣扎，仿佛试图要把自己挂上去一样，它的动作具有传染性，向后传给一匹又一匹的马，直到所有的马都再次紧靠着带刺铁丝向后硬挣，拼命拽拉。

"快过来，抓住一根缰绳。"那个得克萨斯人说道。厄克也抓住了那根铁丝。那些马贴着铁丝向后挣扎，粉红色的脸在向后挣扎的身体上方晃动着。"把他拉上来，拉他上来，"那个得克萨斯人急急地说道，"即使他们想，他们也无法到马车这里面来。"马车逐步地向后退去，直到那第一匹马的脑袋被拉到马车的后挡板处。那个得克萨斯州人迅速地抓过那根铁丝，把它缠绕在马车车边的栅柱上。"抓紧了别松手。"他说道。几乎就在那同一瞬间，他消逝了，又出现了，手里握着一把粗大的钢丝钳。"就像这样把它们固定牢了。"他说道，接着跳下车。他消逝了，宽大的帽子、宽松的衬衣、钢丝钳和所有的一切都消逝了，他进入了长长的牙齿、狂野的眼睛和用力践踏的马蹄组成的千变万化的大旋涡中，从这里面，那些马此刻开始一个一个地迸出来，犹如松鸡惊飞，每一匹马脖上都戴有一个带刺的铁丝项圈。头一匹马以最快的速度穿过围场，沿直线奔跑起来。它速度一点儿不减，朝着围栏冲了过去。铁丝被撞了进去，又弹了回来，把那匹马打翻在地上。它在地上躺了片刻，瞪着眼睛，它的腿依然在空中弹蹬着。它用力爬起来，继续狂奔，穿过围场，向对面的围栏冲去，再次被打翻在地。

其他的马此刻也松绑了。它们狂奔着，旋转着，犹如鱼缸里昏了头的鱼。直到此刻，围场仿佛都显得够大的了，但那所有的狂怒和行动都应该在围场中显露的想法，是某种像镜中的戏法一样的东西，应该轻蔑地加以拒绝。从那最后荡起的尘埃中，那位陌生人，手里拿着钢丝钳出现了，他的衬衣完全不见了。他并没有在跑，他只是在移动着，轻松、镇静、警觉而敏捷，在那些有斑点的、横冲直撞的畜生之间迂回穿行，像拳击手一样佯攻、躲闪，直到他走向门口，穿过院子，登上阳台。他的衬衣的一条袖子吊着，只有一点与肩膀处连接在一起。他把它扯了下来，用它擦脸，把它扔掉，接着掏出那个纸盒，从中抖出一块姜丝饼干，倒在手里。他的呼吸声多少有点儿粗重。"这会儿它们真够精神的，"他说道，"不过三两天就可以让它们变得听话的。"那些马依然在来回奔跑，犹如发了疯的鱼一样在变得越来越浓的尘埃中穿行着。

"你会给人些什么东西以为你减少些争斗呢？"奎克问道。那个得克萨斯州人望着他，一双眼睛颜色暗淡，令人愉快，紧紧地盯着他看，眼睛下面是嚼动着的下颌，还有那一撮浓重的小胡子。"把它们中间的一个从你的手中拿走？"奎克道。

就在这时，那个长着长春花颜色眼睛的小男孩顺着阳台走过来了，他叫道："爸爸，爸爸；爸爸在哪里？"

"你在找谁啊，孩子？"一个人问道。

"这是厄克的男孩，"奎克说道，"他还在那边的马车里面。他在此帮巴克先生的忙。"那孩子走到阳台的尽头，他穿着小小的工装裤——活像那些男人自己的一个小复制品。

"爸爸，"他叫道，"爸爸。"那铁匠仍然俯身在马车的尾部，仍然在握着被剪断的铁丝的尽端。那些小马，一时间挤成一堆，此刻悄悄地从马车那儿经过，游动着，又排成一串，这样一来，仿佛它们的数目增加了一倍，它们狂奔起来；那未钉马掌的蹄子不停地从尘埃中拔出，发出响亮的、快速的、清脆的节奏声响。"妈妈说要你回去吃晚饭。"那男孩说道。

这时,月亮差不多完全变圆了。吃完晚饭后,他们又一次聚集在阳台上,天象的变化甚至几乎难说是一件看得出来的变化。天只是从白昼宝石般的三维空间转化成为潜藏危险、银白色的接纳容器,其间,那些马在看不出头绪的伪装中挤在一起,要么就是单独或成双地奔跑、游动,幽灵一样,而且始终不停,又一次挤作一团,犹如幻影般的簇丛,从那里面发出突如其来高亢的尖叫声,或响起险恶的马蹄重重的踩地的声音。

此刻,拉特利夫就在他们中间。他刚刚在晚饭以前返回来。他根本就不敢把自己的两匹小马放进围场里去。现在它们在布克赖特的马厩里,那地方离商店有半英里远。"这么说弗莱姆又回家来了,"他说道,"嘀,嘀,嘀。威尔·瓦尔纳付钱让他去得克萨斯,所以我想你们这帮伙计为他付回去的车费也是很公平的。"从围场里传出了一高亢、令人不快的尖叫声。其中的一匹马出现了。它仿佛不是在奔跑,而是在游动,它的身体看不见,没有形体,但却有坚硬的马蹄踏在结实的土地上的快速、轻巧、有节奏的声响。

"他还没有说它们是他的。"奎克说道。

"他也没说它们不是他的。"弗里曼说道。

"我明白了,"拉特利夫说道,"这就是为什么你们一直退缩不前的原因。你们要等他告诉你们它们是不是他的。要么也许你们可以等到拍卖结束,你们分开,一些人可以跟着弗莱姆,一些可以跟着那个得克萨斯州人,注意看着花钱的是哪一个。不过到那时,当一个人被打败时,我想他才不会在乎拿到钱的是谁哩。"

"也许要是拉特利夫今天晚上离开这里,他们就不会让他明天买那些小马其中的一匹了。"第三个人说道。

"那倒是真的,"拉特利夫说道,"一个人要刚好开始变得足够明白的话,他就能够避开斯诺普斯。事实上,我相信他不必从多于两个伙计的人面前经过,就能从他们之间找到另一个受害者。你们这些伙计肯定不会买他们那些东西吧,对吗?"没有人回答。他们坐在台阶上,他们的背靠在阳台的柱子上,要么倚靠在栏杆上。只有拉特利夫和奎克坐在椅子里,所以在他们看来,其他的人只是阳台那边梦幻一般的柔和月光映照出的黑色的轮廓。路对面的那棵梨树现在已绽放出盛开的白色花朵。树的嫩枝和小枝不是从大枝上向外伸长,而是垂直地、无声无息地在水平的树枝上方耸立着,犹如睡在无风无潮汐的大海最深处海底那溺水女人分开了的、向上浮起的头发。

"安斯·迈卡拉姆曾经从得克萨斯买了两匹马。"坐在台阶上的其中一个男人说道。他说话时没有动。他不是在针对任何一个人说话。"那是一对好马。体重有点儿轻。他用了它们十年。当然干的是轻活儿。"

"我留意到了那一对马,"另一个人说道,"安斯声称他用它们两个换了十四发步枪子弹,对吧?"

"我听说,还有一把步枪。"第三个人说道。

"不对,换的只是子弹,"第一个人说道,"那个人想要他再用四匹马换那把步枪,但安斯说他永远都用不着它们。从密西西比州把六匹马弄回来花销太大了。"

"这么说,"第二个人道,"当一个人不必为一匹马或两匹马花那么多钱时,他不需要希求从中得到太多。"他们三个人交谈的声音并不高,他们只是在彼此间交谈着,一个对着另一个说着,好像只有他们坐在那里一样。拉特利夫,靠着墙,身体没在阴影里看不见,发出一种声音,刺耳,有挖苦的意味,声音不大。

"拉特利夫在笑哩。"第四个人说道。

"不要在意我。"拉特利夫道。那三个说话的人没有动静。这会儿,他们没有动地方,不过从那三个人的轮廓上仿佛可以推测出,他们执拗,倔强而又默从,像曾经是孩子的孩子。一只鸟,一个影子,疾飞而来,黑黑的,速度很快,在月光中掠过,划出一条弧线,向上飞进了那棵梨树里面,并开始鸣啭；那是只模仿鸟①。

"这是今年我注意到的第一只模仿鸟。"弗里曼说道。

"在惠特里夫，你每天夜晚都能听到它们的叫声，"第一个男人说道，"二月份我听到一个在唱。在那场雪中。它在一棵橡胶树上歌唱。"

"橡胶树是第一个出芽的树，"第三个男人说道，"这就是为什么会那样。橡胶树让它感觉到想要歌唱。它注定要第一个出芽。这就是为什么它选了棵橡胶树。"

"橡胶树第一个出芽？"奎克问道，"那柳树呢？"

"柳不是树，"弗里曼说道，"柳是一种草。"

"噢，我不知道柳是什么，"第四个人说道，"但柳不是草，因为你能用手把一棵草拔起来，草也就没了。十五年以来，我一直都在我春天的牧场中拔一簇柳。每一年它们都长那么大。有一点不同，那就是每一年都会多出两三棵树来。"

"而如果我是你的话，"拉特利夫说道，"那刚好就是每天太阳出来时我要到的地方。当然你是不准备那么做的。我想天底下没有任何东西，法国人湾也没有任何东西能阻止你们不把自己的钱给弗莱姆·斯诺普斯和那个得克萨斯州人的。但是我确实想要知道我要给他钱的人究竟是谁。这地方好像厄克这样的人会告诉我。好像他会对自己的邻居这么做的，对吧？此外，作为弗莱姆的表亲，他和他的那个男孩，华尔街，帮助那个得克萨斯州人今晚给那些马提水；而且厄克早晨也会帮助他给那些马喂食。噢，也许厄克会是捉住那些马的人，并把它们牵到你们这些伙计面前，一次一个，让你们为它们出价。对吧，厄克？"

厄克坐在台阶上，背靠着阳台的柱子。"我不知道。"他说道。

"小伙子们，"拉特利夫说道，"厄克对那些马的事全都知道。弗莱姆

---

① 产于美国南部，善于模仿别种鸟的叫声。

288

告诉他了,它们的价钱是多少,他和那个得克萨斯州人打算为它们花多少钱,卖多少钱将它们出手。过来吧,厄克。告诉我们吧。"厄克没有动窝儿,他坐在最高的那级台阶上,脸没有正对着他们,他坐在那里,在那些一层层静静地、专心致志地聆听和等待着的人的下面。

"我不知道。"他说道,拉特利夫开始大笑起来。他坐在椅子上,大声笑着,与此同时,其他的人坐在或倚靠在台阶和栏杆上,坐在大笑着的他下面,厄克坐在那些聆听着和等待着的人的下面。拉特利夫停止了大笑,他站起身来。他打着哈欠,声音很响。

"好了。要是你们愿意,你们这些伙计可以去买那些马。但是我,我宁愿去买一只老虎或是一条响尾蛇。而且如果弗莱姆·斯诺普斯向我提供它们之中的任何一种,我都会害怕去触摸它的,我害怕在我走上前去拿它过来时,它会变成一匹画出来的马,或是园子里用的一根软管。我向你们每一个人道晚安了。"他进房去了。他们的目光没有追逐他。但过了一会儿,他们都多少动了点儿地方,朝着围场里面望去,看着那带有斑点的、偶尔奔跑、游动着的马,从它们中间,不时地传出一声突兀的尖叫,重重的踩地声,在那棵梨树上,模仿鸟在翻来覆去、有节奏地重复那白痴般的鸣唱。

"安斯·迈卡拉姆把他的那两匹马驯成了一双好马,"第一个人说道,"它们的分量有点儿轻。就是这么回事。"

第二天清晨,当太阳升起的时候,一辆马车和三匹套着鞍子的骡子停在小约翰太太旅馆的通道那里,六个男人和厄克·斯诺普斯的儿子已经倚靠在围栏上,看着那些马,在牲口棚门前面,不声不响地挤成一堆,它们依然注视着那些男人。第二辆马车从大路上过来了,进了通道,停了下来,这时,除了那个男孩外,站在围栏处的有八个男人,在围栏的远处,站着那些匹马,它们那蓝棕色的眼珠在花哨的脸上机警地转动着。"那么说,这里就是斯诺普斯的马戏团了?"其中一个新来的人说道。他望了一眼那些脸,然后走到那排人的末尾,站在那个铁匠和那个小男孩的旁边。"它们是弗莱姆的马吗?"他向铁匠问道。

"厄克和我们一样不知道这些马匹是属于谁的,"其他人中间的一个人说道,"他知道弗莱姆坐在同一辆车上和它们一起到这里来,因为他看到他了。但也仅此而已。"

"而且他将知道,"第二个人说道,"他自己的亲戚会是世界上最后一个弄明白弗莱姆·斯诺普斯的生意是怎么回事的人。"

"不,"第一个人道,"他甚至还到不了那一步。弗莱姆愿将其生意告知的第一个人,是那个在最后一个人死后留下的人。弗莱姆·斯诺普斯甚至都不告诉自己他在干什么,即使是在月光照不到的、空荡而黑暗的房子里,他和自己躺在床上时也不说的。"

"那倒是真的,"第三个人说道,"弗莱姆哄骗厄克或他的任何其他亲戚,会像哄骗我们一样。难道不是这样吗,厄克?"

"我不知道。"厄克说道。他们都在注视着那些马,而在此刻,它们都高高地竖起耳朵,腿脚强劲地旋转着,掠过围场,如一股颜色混杂的波浪流动着,并再次跑近前来,所以,直到那个得克萨斯州人出现在他们中间时,他们才听到了他的声音。他穿了一件新衬衣和另一件上衣,这上衣对他来说太小了一点儿,他此时正在把那纸盒放进他臀部的口袋里。

"早上好,早上好,"他说道,"你们来先挑选一下,对吗?在喊价和出价越来越高前,想给我出一两匹的价钱吗?"他们没有长时间去注视这位陌生人。这会儿他们没有在看他,而是看着围栏的马,那些马低着头,在尘埃中用鼻子使劲地吸着。

"我想我们要先看上一会儿。"一个人说道。

"不管怎么说,你们将会看到它们吃早饭,"那个得克萨斯州人说道,"这比它们整夜稳重地站在那里有更多看的。"他打开大门,走进围栏。即刻那些马向上猛地扬起脑袋,注视着他。"到这儿来,厄克,"那个得克萨斯人扭过脸说道,"你们中间的两三个小伙子过来,帮我把它们赶进牲口棚里。"过了一阵儿,厄克和另外两个人走向围栏门,那个小男孩跟在他父亲的后面,直到当父亲的转身关门时,他才看到了那孩子。

"你不要到这儿来,"厄克说道,"甚至在你知道以前,它们中间的一匹马就会把你的脑袋像拧橡树果一样拧下来。"他把门关上,向前跟在其他人的后面,那个得克萨斯州人向那些人挥着手,要他们呈扇形状向外散开,这时,他走近那些马匹,它们此刻烦躁地挤成一堆;开始望着那些男人,成群地兜着小圈子。小约翰太太从厨房里面出来,穿过院子,走到木柴堆那儿,注视着围场。她拾起两三根木棍,停了一下,再次望着围场。此刻,在围栏旁边,又有两个男人站在那里。

"快来,快来,"那个得克萨斯人说道,"它们不会伤害你们的。它们只是以前从来没有在别人的照应下生活过。"

"我可宁愿它们在这儿待在外面,如果它们想要这样。"厄克说道。

"你自己去拿根棍子——在那边靠着围栏的地方,有一捆马车栅柱——要是它们中间的一匹马试图向你冲过来,你就打它的脑袋,这样它就会明白你的意思了。"男人们中间的一个走到围栏处,拿了三根栅柱,走了回来,把栅柱分给他们。小约翰太太,现在她已用胳膊把木棍抱起来,在回屋的途中,又一次停了下来,望着围场的里面。那个小男孩径直地跟在他父亲的身后,只是这一次那当父亲的尚没发现他。那些男人向马靠了过来,那挤在一起的马开始分开,一组组分开的花哨的马转身向内面对自己。那个得克萨斯州人正在诅咒它们,他的声音响亮,持续不断,令人振奋。"到那里边去。你们这些长着班卓琴脸的长耳大野兔。现在,不要驱赶它们,让它们慢慢来。喂!到那里面去。你以为牲口棚是什么地方——会是法院吗?要么也许是教堂,有人将向你收取募捐费?"那些马慢慢地向后退着。不时地会有一匹马假装要从马群中冲出来,那个得克萨斯州人每次都技巧熟练地用扔出的小土块把它驱赶回去。这时,一匹在最后边的马看到,牲口棚的门就在它的后面。但就在马群能够冲出去前,那个得克萨斯州人从厄克手中夺过栅柱,他的后面跟着别的男人中的一个,他们向马群冲过去,开始朝它们的头上和肩上打去,凭本能他们准确无误地找出了那匹领头的马,先是一棍径直打在它的脸上,接着打在马肩骨隆起的部位,马转过身去,随后在它继续转身时,又打在了它的臀部,这样当马群冲过来时,那匹马被打得转向了相反的方向,整个马群冲进了那长长的、宽阔的过道,贴着墙继续向前奔跑,发出一种空洞的、轰隆轰隆的响声,犹如井架坍塌的响声。"好像把它们全都装里面了。"那个得克萨斯州人说道。他和另一个男人用力把那半身高的门关上,望着它们进入牲口棚的通道,在其尽端,那些小马此刻变成了身上有斑点的幽灵,在那里喧闹,那些木头格子间的缝隙使其模样变得断断续续,马蹄声单调乏味的回声逐渐消逝了。"好了,牲口棚把它们都装进去了。"那个得克萨斯州人说道。另外的两个人来到门口,从上面向它们看过去。此刻,那个小男孩来到了他父亲的身旁,试图通过一个缝隙往里面看,厄克看到他了。

"我不是跟你说了要你别待在这里吗?"厄克问道,"你难道不知道,它们那些家伙杀死你的速度比你能说走开的速度还快吗?你快走,到那围栏的外边去,待在那里。"

"华尔,为什么你不挑一下,从它们中间为自己买一匹马?"其中的一个男人说道。

"我买它们中间的一匹马?"厄克问道,"在我随时能去河里为自己抓一只噬龟或是一条噬鱼蛇而什么钱也不必付的时候?你去买吧,现在就去。你从这里出去,待在外边去。"那个得克萨斯州人走进了牲口棚。其中的一个男人在他身后把门关上了,再次把门栅放在上面,放在门的顶上,他们注意到那个得克萨斯州人沿着走道继续向前,朝着那些小马走去,那些小马此刻挤在一起,犹如黑暗中花哨好看的幽灵,这会儿,它们安静下来,已经开始在一个长长的、嘴巴拱磨旧的食槽里试探着,用鼻子用力地吸,食槽靠着尽端的墙固定在那里。那个小男孩只是在他父亲后面转悠着,走到另一边,他在那里站着,此刻透过一块木板上的一个节孔向里面窥视。那个得克萨斯州人打开了墙上的一扇较小的门,走了进去,可他几乎即刻又出现了。

"我在这里除了带棒的玉米外什么也没看到,"他说道,"昨天夜里斯诺普斯说过,会派送些干草到这里来的。"

"它们也不吃玉米吗?"其中的一个男人问道。

"我不知道,"那个得克萨斯州人说道,"据我所知,它们从未见过这种东西。我们马上就会弄清楚的。"他消失了,不过他们依然可以听到他在牲口栏里。接着,他又一次出现了,手里提着一个双底的大饲料篮子,转身没入黑暗处,在那里,颜色斑驳的马的臀部沿着食槽此刻安静地排成一行。小约翰太太又一次出现了,这次她是在阳台上,手里拿了一个叫人吃饭用的大铜铃。她把铜铃举起来,以摇出第一声响。当那个得克萨斯州人走近时,那些小马中间出现了一阵小小的骚动。但他再次开始冲着它们说话,声音响亮,语气轻松,没有重点,既有诅咒,又有哄骗,他消失在那些小马中间。门口的男人听到玉米粒倒进食槽里干燥的碰击声,这种声响被一种独一无二、令人惊愕的恐怖喷气声打破。一块木板随着一声巨大的爆裂声断裂了;在他们的眼前,走道的深处在猛烈的声响中分崩离析,而当他们瞪着眼睛,从门上面看,无能为力但却开始行动的时候,那整个的内部炸裂成疯狂晃动的片片东西,犹如猛烈泻出的片片火焰。

"见鬼,"他们中间的一个人说道,"快跑!"他高声叫道。三个人转过身去,疯狂地向马车跑去,厄克在最后面。围栏处有好几个声音此刻在大声喊着什么,但厄克根本就听不清他们在喊什么,直到他猛地跌在了马车的后挡板上时,他才明白他们在喊什么,他往自己身后望去,看到那个小男孩依然趴在门上的节孔那里,接下去的一瞬间,那扇门不见了,裂成了碎片,那节孔本身在他的眼睛中炸开,并把他留在那里,他穿着小小的工装裤,一动不动,身子依然有点儿向前探出,接着,他完全被巨大的、颜色驳杂，到处是马蹄、瞪直的眼睛和龇出的牙齿构成的洪流埋在下面，这马的洪流铺天盖地，分裂开去，变成四散的一群群的马，终于那开裂的节孔和那小男孩又露面了，他依然站在里面，没有说出"走开"，他的眼睛依然向前对着那不见了的节孔。

"华尔！"厄克吼叫道。那小男孩转过身来，朝着马车跑去。那些马匹在围场里面来回狂奔，仿佛在牲口棚里它们的数目再次增加了一倍；它们中间的两匹马从后侧的方向冲上前来，从那小男孩的头上再次飞奔而过，没有碰触着他，他奔跑着，急切，步伐很小，仿佛跑不出几步一样，不过他终于跑到了马车那里，厄克从马车上伸出手臂，他被晒得褪色的皮肤此刻现出病态的白色，他抓住那男孩工装裤上的带子，把他拎到了马车里，他猛地把那男孩脸朝下横放在他的膝盖上，从马车的车厢上抓起一根盘成一团的拴牲口用的绳子。

"我不是跟你说过要你离开这儿吗？"厄克声音颤抖地说道，"难道我没有告诉你吗？"

"如果你打算用绳子抽他的话，你最好把我们剩下的人也都给抽一遍，然后我们中间的一个人可以把你给痛抽一顿。"另外的人们中间的一个说道。

"要么最好这样，拿着那绳子，把那可恶的家伙吊到那边去。"第二个人说道。那个得克萨斯人此刻站在牲口棚的爆裂了的门那儿，从臀部口袋里掏出姜汁饼干盒子。"在他把法国人湾的其他人也都杀了以前这么干。"

"你的意思是说弗莱姆·斯诺普斯。"头一人说道。那个得克萨斯人在他另一个伸开的手掌上将那饼干盒斜立着。马匹依然在横冲直撞，来回转着圈子，但此刻它们的速度开始慢下来了，用长长的、有力的腿快步跑着，只是它们的眼睛依然在转动着，露着眼白，样子各异。

"我一直信不过那该死的带壳的玉米，"那个得克萨斯州人说道，"但它们至少见过那东西看上去是个什么样子。它们不能说跑这一趟它们一点儿收获没有。"他在自己那伸开了的手上抖动那个饼干盒。没有任何东西从盒子里出来。小约翰太太站在阳台上，第一次摇响了唤人吃饭用的铃；听到铃声，那些马再次奔跑起来，轻盈、单调乏味的马蹄的撞击声使得围场的地面变得颤动起来。那个得克萨斯州人把饼干盒揉成一团，扔到一边。"马车停住。"他说道。这时，在通道里又来了三辆马车，围栏旁边有二十多个男人，此刻，那个得克萨斯州人从围场的大门那儿走出来，后面跟着他的三个帮手和那个小男孩。清晨明亮的太阳，没有云彩遮挡，照在他臀部口袋里装着的、镶满珍珠的手枪枪把上，照在那把唤人吃饭的铃上，发出耀眼的光芒，小约翰太太依然在摇着那把铃，铃声急促，音量大，声音响亮。

　　二十分钟以后，那个得克萨斯州人从房子里出来，他用一根折断了的火柴棍儿剔着牙齿，拴着的马车和拉车的马及骡子从围栏的门那儿一直延伸到了瓦尔纳的商店那儿，这会儿，不止有五十个男人沿着围场门旁边的围栏站着，悄悄地注视着他，眼睛有点儿躲躲闪闪的，他走近前来，有点儿左摇右晃，腿多少有点儿弓，他那高高的鞋跟上的花纹清晰地印在尘土之中。"早上好，先生们，"他说道，"到这儿来，兄弟。"他对那个小男孩说道，那男孩就站在他的身后，望着突出在外的枪把儿。他从口袋掏出一个硬币，交给小男孩。"快到商店里去，给我买一盒姜汁饼干。"他环视着那些默不作声的人的脸，样子引人注目，他咂着舌头。他把那根剔牙的小火柴棍儿从嘴的一边转动到另一边，没有用手去碰它。"你们这些小伙子都选好了，对吗？准备从她开始，嗯？"他们没有回答。现在，他们都没有在看他，也就是说，他开始感觉到，就在他凝视的目光指向每一张脸前的一秒钟，那张脸就停止注视他了。过了一会儿，弗里曼问道：

　　"难道你不打算等弗莱姆了吗？"

　　"为什么要等他？"那个得克萨斯州人说道。这时，弗里曼也不再看他了。弗里曼的脸上也没有任何表情。那得克萨斯州人的声音没有任何变化，没有表露出任何东西。"厄克,你已经挑好了你的。所以当你准备好的时候,我们就可以开始。"

"我想不行,"厄克说道,"我不会买任何我害怕走上前去触摸的东西。"

"那些小马?"那得克萨斯州人说道,"你帮忙给它们水喝,喂它们吃东西。我敢说你的那个男孩可以走到它们中的任何一匹马的面前。"

"他最好别让我逮住他。"厄克说道。那得克萨斯州人环视着那些默不作声的人的脸,他凝视的目光即刻变得警觉起来,让人猜不透,带有一种犹如燧石一样表面无法穿透的特性,仿佛那层表面是无法窥透的,要么也许在它后面什么也没有。

"这些小马像鸽子一样温驯,伙计们。谁买了它们,谁就会得到为他干活儿或拉车挣钱的最好的马。当然了,它们血气很旺;我不卖不中用的马。话说回来,谁想要得克萨斯州不中用的马?密西西比州到处都是这种货色。"他的眼睛瞪着,一眨不眨,依然是种漫不经心的神情;在他的声音中,既没有欢乐,也没有幽默感,同样在一阵从人群后面发出的哄笑声中,也没有欢乐和幽默感。此刻,两辆马车同时从大路上下来,驶向围栏。男人们从马车上下来,将它们拴在围栏上,走近前来。"快过来,伙计们,"那个得克萨斯州人说道,"花小钱买一匹又好又温驯的马,你们来得正好是时候。"

"那匹昨天晚上把你的上衣划破的马怎么样?"一个声音说道。这时,三四个男人哄笑起来。那个得克萨斯州人朝着发出笑声的地方望去,神情暗淡,眼睛一眨不眨。

"那匹马怎么样?"他问道。如果有大笑声的话,此刻笑声停止了。那个得克萨斯州人转向最近的一根围栏柱子,向柱子的顶端爬去,他穿在紧绷绷的裤子里的两条大腿故意轮流向外突出,在太阳下闪烁着珍珠般的光芒的手枪枪把时隐时现。他坐在柱子上面,向下望着那些沿围栏而立的人们的脸,那些脸上的神情专注,阴沉,冷淡,而且没有在看他。"好了,"

他说道,"谁打算先开始喊价?到前面来;挑选你的马,给出你的价,当最后一匹马卖出去时,请走进那个围场,把你的绳子套在那匹为你干活儿或为你拉车挣钱的最好的马身上。这里没有一匹马不值十五美元的,它们充满活力,健壮,适于骑坐或干活儿,保证一匹胜过四匹普通的马;你用车轴都无法将它们其中的一匹马打死——"人群后面发出一阵小小的骚动。那个小男孩出现了,他的身体裹在那紧贴在身上的工装裤里。他走近围栏柱子,将那新买的、尚未打开的饼干纸盒举起来。那个得克萨斯州人俯身向下,接过饼干盒,从盒子的下边将盒子撕开,从里面倒出三四块饼干,放进小男孩的手里,孩子的手很小,而且几乎像黑鬼的手一样黑。他把饼干盒拿在手里,用它指着那些马,同时说道:"请看那匹有着三个颜色不同的蹄子和耳朵上有白点儿的马;现在等它们再经过时注意它的动静。请看它肩部的动作;无论是哪个男人买,那匹马都值二十美元。谁打算给我为那匹马先出个价?"他的声音刺耳,脱口而出,有雄辩意味。在他下边,男人们沿着围栏站在那里,在他们的工装裤上,紧紧地扣着烟草袋和破旧的钱袋,里面装着为数不多的零钱和边缘破损了的纸币,这些钱曾经秘密地藏在烟囱的裂缝儿里,或塞在木质墙壁的圆木中间。那些马时而分开,漫无目的地狂奔,时而又挤成一堆,用它们那狂野的、大得不相称的眼睛注视着沿围栏而立的那些人的脸。此刻,那通道里到处都是马车。再有到来的马车就不得不停在通道那边的大路上,马车上的人从那里步行到通道这儿来。小约翰太太从厨房里出来了。她穿过院子,朝着围场的大门望去。在院子的角落里,一把颜色发黑的锅坐在四块立起的砖头上。她在锅下面生着火,接着,她来到围栏旁边,在那儿站了一会儿,她的手放在髋部,蓝色的烟雾从火中冒出,在她的身后慢慢地飘动着。随后,她转过身,回到房子里去了。"快来呀,伙计们,"那个得克萨斯州人说道,"谁给我出个价?"

"五毛钱。"一个声音说道。那得克萨斯州人根本就没往说话声音发出的地方瞥一眼。

"要不然,如果那匹马不合你们的口味,那匹有着提琴头状的马怎么样?它的鬃毛就不用说了。如果用于骑坐,我宁愿选这匹马而不选那匹有着不同颜色的蹄子的马。我刚才听到有人说五毛钱,我想他的意思是说五块钱,对吗?我听到的是五块钱吗?"

"整个围场的马五毛钱。"那同一个声音说道。这一次没有哄笑声。大笑的人是那个得克萨斯州人,他的笑声刺耳,只有他的脸的下部在动着,仿佛他正在背念乘法运算表。

"他的意思是说,五毛钱买从它们身上掉下来的干泥巴,"他说道,"谁会为真正的得克萨斯州的牛蒡多花一美元?"小约翰太太从厨房里面出来,拿着一个锯下来一半儿的木桶,放在冒着蒸气的锅旁边的树桩上,她站在那儿,两手放在髋部,往围场里面看了一会儿,这次她没有走到围栏那里。接着,她又回到了房子里去。"你们这些家伙怎么了?"那个得克萨斯州人说道,"过来,厄克,你一直在帮我,你了解这些马匹的。你给我为你昨天晚上挑的那匹眼珠暴突的马开个价怎么样?过来。等一分钟。"他把饼干纸盒用力塞进另一个臀部口袋里,把双脚往里面一转,犹如猫一样轻灵,从柱子上下来,到了围场里面。那些马匹,挤成一堆,注视着他。随后,它们在他面前散开了,沿着围栏拘谨地溜达着。他让它们动起来,它们急转过去,越过围场,向后面奔跑;那得克萨斯州人仿佛一直在等待时机,于是,当那些马背对着他时,他也开始奔跑起来,这样一来,当那些马到了围场的对面,转过身来,再次挤成一堆的时候,他几乎撞到了它们身上。巨大的声响从地面上发出;尘埃飞扬,那些马匹像受到惊吓的鹌鹑一样开始从尘埃中冲出来,又冲进去,显然,那个得克萨斯州人不由自主地抱着一种持久的信念,他向它们飞奔过去。一时间观看的人们可以看到他们在尘埃之中——那匹小马退回到了围栏和牲口棚的方位,那男人面对着它,机警地向它靠过去。接着,那畜生绝望地以一种孤注一掷的架势,向他猛冲过来,他用手枪把儿对准它的两眼之间的位置打去,将它击倒,并跳起来,压在脸朝下的马头上。那匹马几乎立刻就缓过劲儿来,它用膝部将身体撑起,用力将被压住的脸扬起,挣扎着站起来,将那人随身拽起来;一时间观看的人注意到在尘埃中那男人的身体离开了地面,在两者扭缠在一起的暴烈的行动中,他就像是一块拴在马头上的破布。接着,那个得克萨斯州人的脚又重新回到地面上来,尘埃向一边荡起,他们现身出来,一动不动,那个得克萨斯州人的尖尖的鞋跟死死地踩进地里面,他一只手紧紧抓住马的额毛,另一只手紧抠住它的鼻孔,那长长的令人讨厌的马口鼻在那有着伤痕的肩上用力向后拧着,与此同时,它费力地喘着气,重重地呻吟着。小约翰太太又一次来到院子里。这一次没有人看到她从里面出来。她用胳膊抱着衣服,拿着一个镶有金属边的搓板,静静地站在厨房的台阶上,正在向围场里面看。随后,她走过院子,她的眼睛依然望着围场里面,她把衣服倒进了盆子里,眼睛还在往围场里面看。"往它身上看,伙计们。"那得克萨斯州人喘着气说道,与此同时,他将自己涨红了的脸及向外突出的瞪着的眼睛转向围栏方向。"快点儿往它身上看。它的肩还有——"显然他要让自己喘口气儿。那畜生又发怒了;一时间那得克萨斯州人的身体又一次脱离了地面,尽管他依然还在说着:"——还有腿,你站住!我要把你的脸撕烂。快点儿往它身上看,伙计们,它值十五美元,让我抓牢它,谁给我出个价?呀!你这眼睛暴突的长耳朵大野兔,呀!"它们此刻动作起来了——令人难以置信,骚动着,相互混杂在一起,千变万化,沿着一条没有中断的轨迹,在闪烁着太阳亮光的那得克萨斯州人吊带扣的周围,速度极慢地走过围场。接着,那顶宽边的土色帽子慢慢地向外飞出;一瞬间过后,那得克萨斯州人去追那顶帽子,尽管他依然还是在徒步追赶,而那匹马猛地从发疯的小马的马群束缚中挣脱出来。那得克萨斯州人捡起帽子,在腿上拍打,将灰尘掸掉,接着,他又回到围场处,再次爬上那根柱子。他在重重地喘着粗气。那些人的脸仍然没有去看他,他把饼干盒从臀部口袋里掏出来，从里面倒出一块饼干，放进嘴里，咀嚼着，声音很粗地呼吸着。小约翰太太转身走开，她开始从锅里往盆里倒水，只是每倒一桶水后，她都要转过头来，再次朝围场里面张望。"现在，伙计们，"那得克萨斯州人说道，"谁说那匹马不值十五美元？只花十五美元，你们是不可能买到那匹精力如此充沛的马的。它们中间的任何一匹马在三分钟里都能跑出一英里路；把它们放进牧场里，它们就能喂饱自己；整天使劲用它们干活儿，而每当你们想到的时候，用单驾横木压在它们的脑袋上，三两天以后，每个长耳朵的家伙，它们中间的任何一匹马都会变得非常温驯，晚上你会把它们像猫咪一样放在房子外面。"他从盒子里倒出另一块饼干，把它吃掉。"快来吧，厄克，"他说道，"开始出价吧。那匹马十美元怎么样，厄克？"

"为了一匹马我需要什么？我会需要一个捕熊器来捉它？"厄克说道。

"你刚才不是看到我捉它了吗？"

"我看到你的样子了，"厄克说道，"而且如果每次它发现我在围栏的同一边，它就来劲儿，我不得不跟它搏斗的话，我也不想要像马那么大的家伙。"

"好吧。"那得克萨斯州人说道。他依然在重重地呼吸着，但在其中没有疲劳或是上气不接下气的感觉。他把另一块饼干倒进手掌，塞进他小胡子下面的嘴里。"好了。我想让这场拍卖开始。我不是要到这里来生活的，无论你们这帮伙计声称你们的地方是多么好的一块风水宝地。我打算把那匹马给你。"一时间除了那得克萨斯州人的呼吸声外，没有一丁点儿响声，甚至没有其他人的呼吸声。

"你要把它给我？"厄克问道。

"是的。条件是你要给下一匹马出个价钱。"人们再次变得鸦雀无声，只有那得克萨斯州人的呼吸声音，接着小约翰太太的提桶撞到锅边儿的声音响起。

"我只是开始喊价，"厄克说道，"我并不一定要买它，除非别人出的价没有我的高。"又一辆马车来到了过道前面。这辆马车破旧，没有油漆。一个车轮子修过，交叉在一起的车轮杆用打包用的铁丝捆在轮辐上，两头营养不良的骡子戴着一副破旧的挽具，挽具上补缀了些棉绳；缰绳是普通的棉花纺成的耕犁绳，不是新的。车上坐着一个女人，一个男人，女人身穿不成样子的灰色衣服，头戴一顶褪了色的太阳帽，男人穿着褪了色、打着补丁但却干干净净的工装裤。通道里没有马车停的位置，于是，那男人让马车原地不动地停在那里，从上面下来，走近前来——这是个消瘦的男人，个儿头不大，他的眼睛里带有某种神情，某种紧张而又无精打采的神色，某种同时既模糊又强烈的神情。他从后面用力挤进了人群中，同时问道：

"什么？那是怎么回事？他要把那匹马给他吗？"

"好了，"那个得克萨斯州人说道，"那匹眼睛暴突、肩上有伤疤的马属于你了。现在，来说那匹看起来像是它把自己的头伸进面桶里的马。你说它值多少钱？十个美元？"

"他把那匹马给了他吗？"那个新来的人问道。

"一美元。"厄克说道。那得克萨斯州人的嘴依然在张开说话；一时间他的脸就消逝在那双冷酷无情的眼睛后面。

"一美元？"他问道，"一美元？我确实听到的是这个数吗？"

"该死的，"厄克说道，"那么两美元。但是我不——"

"等一下，"那个新来的人说道，"你，到那边柱子上去。"那得克萨斯州人望着他。其他人转过身来，他们看到那个女人也离开了马车，尽管他们不知道，从他们没有看到马车来到此地时她就在那里。她跟着那个男人，在他们的旁边走着，她身体瘦削，穿着灰色的不成样子的衣服，戴着太阳帽，脚穿脏兮兮的帆布运动鞋。她赶上那男人，但她没有触碰他，只是站在他的后边，她的手在她脸前的灰衣服里面绞动着。

"亨利，"她声音平缓地说道。那男人扭过脸从肩膀上望着她。

"回到马车上去。"他说道。

"到这儿来,女士,"那得克萨斯州人说道,"亨利打算在大约一分钟内买到他一生中的便宜货。来吧,伙计们,让这位女士到前面来,这样她就能看得真切。亨利打算选出这位女士一直想要的那匹骑用的马。谁说十——"

"亨利。"那女人说道。她说话的声音并没有提高。她一次也没有去看那得克萨斯州人。她摸着那男人的胳膊。他转过身,把她的手甩掉。

"回到那辆马车上去,就像我告诉你的那样。"女人站在他的后面,她的手在她的衣服里再次绞动着。她什么也不看,对谁都不说话。

"他为了要买那些马中的一匹什么都不顾了,"她说道,"而我们从贫民院出来只有五美元,他简直是疯了。"那男人转向她,脸上现出一副抑制的、梦幻般的愤怒表情,模样很奇怪。其他的人沿着围栏闲坐在那里,样子懒散,几乎是漠不关心。小约翰太太到现在已经洗了一会儿了,她在那泛着肥皂泡沫的盆里的搓板上,有节奏地一上一下地搓着衣服。此刻,她再次站直身体,她沾着肥皂泡沫的手放在髋部,往围场里面望着。

"闭上你的嘴,回到那辆马车上去,"那男人说道,"你想让我拿一根车栅柱对着你吗?"他转过身子,向上望着那个得克萨斯州人。"你把那匹马给了他吗?"他问道。那得克萨斯州人此刻正注视着那个女人。接着他望了望那个男人;他一面依旧注视着他,一面将那个饼干纸盒放在伸开的手上斜着抖动。一块饼干从里面出来了。

"是的。"他说道。

"那个为下一匹马出价的人也将会得到那第一匹马吗?"

"不。"那得克萨斯州人说道。

"那么你只是以送出一匹马的形式来开始拍卖,为什么你不等到我们都到这里再说?"那得克萨斯州人不再看那男人,他把那空空的盒子举起来,眯起眼睛仔细往里面看着,仿佛它里面装着一件贵重的宝石或一只死去的昆虫。然后,他把它揉成一团,小心地把它扔在他坐在上面的那根柱子的旁边。

"厄克出的价是两美元，"他说道，"我相信他依然在想，自己是在为那些不中用的废物给来到这里的人出价，而不是为那些马中的一匹出价。不过，我必须接受这个价。可你们这些伙计——"

"这么说厄克将得到两匹马，一美元一匹，"那新来的人说道，"三美元。"那女人又一次摸着他。他用力把她的手甩开，身体都没有转过来，她再次站在那里，她的手掠过平坦的腹部，在衣服里绞动着，她什么东西都不去看。

"先生们，"她说道，"我们家里的孩子冬天从来都没鞋子穿。我们没有玉米去喂牲口。我们有的五美元，是我在天黑以后借着炉火光织布挣的。而他什么都不去管。"

"亨利出价三美元，"那得克萨斯州人说道，"出价高出他一美元，厄克，那匹马就是你的了。"在围栏那边，那些马突然之间狂奔起来，没有任何道理，突然之间又停了下来，盯视着那些沿围栏排开的人的脸。

"亨利。"那女人说道。那男人正注视着厄克。他有斑点的、破损了的牙齿在嘴唇下边露出了一点儿。他的手腕悬着，手握成拳状，藏在褪了色的衣服袖子下边，衣服经过多次清洗已变得太短了。

"四美元。"厄克说道。

"五美元！"那当丈夫的说道，举起一只握成拳头的手。他用肩膀为自己开路，向前往门柱子那儿走去。那女人没有跟着他。这时，她第一次望了望那得克萨斯州人。她的眼睛也是清洗过的灰色，仿佛它们也像衣服和太阳帽一样褪了色。

"先生，"她说道，"如果你把那我织布为孩子们赚来的五美元拿去买其中的一匹马，你会遭报应的，你一生都会有厄运的。"

"五美元！"那当丈夫的喊道。他奋力往前挤，来到门柱子旁边，他握紧的拳头和那得克萨斯州人的膝盖的位置一样高。他把手伸开，上面有卷成卷儿的、边缘磨损的银行支票和硬币。"五美元！那个抬价的人必须压倒我，要么是我打败他。"

"好吧，"那得克萨斯州人说道，"五美元成交。但你别冲我摆手。"

那天下午五点钟，那得克萨斯州人把第三个饼干纸盒揉成团儿，扔在他下面的地上。落在地平面上的夕阳斜射的金色光芒也照在了小约翰太太院子里那一排搭在绳上面的衣服上，将他的影子和他坐在上面的那根门柱的影子，投射在围场里，那些小马在围场里不时依然在漫无目的地奔跑着，不知疲倦地跃动着，那得克萨斯州人把腿伸直，将手插进口袋里，掏出一个硬币。他俯下身体，面对着那个小男孩。此时，他的嗓音沙哑，少气无力。"拿着，伙计，"他说道，"快到商店里去，给我买一盒姜汁饼干。"那些男人依旧沿着围栏站在那里，不知疲倦，他们穿着工装裤和褪了色的衬衣。这时，弗莱姆·斯诺普斯在那地方出现了，他突然之间不知从哪里冒了出来，他站在围栏旁边，他与别人之间的距离两边都有三四个人那么宽，他站在那里，在那虽小但却的确是无人打搅的地带，嚼着烟草。他穿着去年夏天他离开时穿的那条灰裤子，佩戴着那同一个小蝴蝶结，但头上戴了顶新帽子，像原来那顶一样是灰色的，不过是新的，外面套了一件鲜亮的高尔夫方格呢外衣，他也在望着围场里的那些马匹。除了两匹之外，所有那些马都卖掉了，价钱从三块五到十一和十二块钱不等。那些买主，在他们为那些马出价时，仿佛本能地聚集在围场门另一边的一个单独的人群中，他们站在那里，手放在绑围栏用的最上面一层的绳子上，注视着牲口，神志更清醒，精力更集中，他们中间的一些人拥有它们到现在已经有七八个时辰了，但还没用手摸摸它们。那个当丈夫的，站在那得克萨斯州人坐在上面的门柱的旁边。他的太太已经回到了那辆马车上，她神情黯淡地坐在车里，身上穿着灰色的衣服，一动不动，依旧是什么东西都不看；她也许是某种毫无生气的生灵，他将其装上车，带着到某个地方，此刻她在马车里等待着，直到他准备好了再次继续往前走，她耐心地等着，麻木不仁，没有时间的感觉。

"我买了一匹马,而且我为此付了现钱。"他说道。他的声音也同样刺耳,少气无力,他眼睛中的疯狂神情,有一种此刻变得呆滞甚至盲视的特征。"而你却指望我站在这里,直到所有的马都卖完,我不能得到我的马。噢,你可以做你想做的一切预想。我准备把我的马从这里带走,然后回家。"那得克萨斯州人向下俯视着他。那得克萨斯州人的衬衣由于出汗弄湿了一大片。他宽大的脸上表情冷漠而平静,他的声音平和。

"那就去牵你的马吧。"过了一会儿,亨利的目光转开了。他站着,脑袋多少有点儿耷拉着,不时地咽着唾沫。

"你不打算把它抓住给我吗?"

"它不是我的马。"那得克萨斯州人依然声音平和地说道。过了一会儿,亨利抬起头来。他没有去看那得克萨斯州人。

"谁帮我捉住我的马?"他问道。没有人回话。他们沿着围栏站在那里,静静地往围场里望着,在那里,那些小马挤成一堆,那已经开始褪去一点儿颜色、投射在它们上面的房子长长的阴影,此刻颜色变深了。油炒火腿的味儿从小约翰太太的厨房里飘出来。一群叽叽喳喳的麻雀飞快地从围场上掠过,落在房子旁边的一棵楝树上,在高高的、线条柔和模糊的蓝色枝叶中,麻雀向下扑跳,反复无常,犹豫不决地旋飞,它们的叫声犹如随意弹拨出来的弦音。亨利没有回头看,他提高嗓音说道:"把那该死的犁绳拿过来。"过了一会儿,那当太太的动了起来。她从马车上下来,从车上拿下一卷新棉绳,走近前来。那当丈夫的从她手里接过绳子,朝着围场的门走去。亨利把手放了门闩上,这时,那得克萨斯州人开始从门柱子上滑下来,手足硬硬的。"到这边来。"他说道。在他从妻子手中接过绳子时,她站住了。她再次动了起来,顺从地跟着走,她的手在腹部的衣服里面绞动着,她从那得克萨斯人面前走过,没有去看他。

"你不要到那里去,太太。"他说道。她停下脚步,没有去看他,没有去看任何东西。她丈夫把门打开,走进围场,转过身来,手抓住打开的门,但没有抬头看她。

"快到这儿来。"他说道。

"你不要到那里去,太太。"那个得克萨斯人说道。她站在他们中间,没有动,她的脸几乎被太阳帽遮住了,她的双手叠放在肚子上。

"我想我最好过去。"她说道。其他的男人根本就没有在看她,既没有看她,也没有看亨利。他们沿围栏站着,安静,脸色阴沉,心不在焉,几乎是在发呆。接着,那当太太的走进门去;她丈夫在他们身后把门关上,转身开始向着挤在一起的小马走去,她跟在后面,在那身灰色的、不像样子的灰衣服里,她走动着,没有暗示出运动的力量,就像某种搬运台上的东西,浮动着。那些马匹正注视着他们。它们聚集起来,混乱在一起,在它们中间换着位置,即将分散开来但还没有散开。当丈夫的冲着它们喊叫着。他开始诅咒它们,往前走着,他太太跟在后面。这时挤在一起的马群散开了,那些畜生用那高高的强劲有力的膝部运动着,围着他们两人兜圈子,当马群走动,并在围场的对面的地方又一次挤在一起时,他们转身又跟了过去。

"它在那里,"那当丈夫的说道,"把它弄到那个角落里。"马群散开了;他买的那匹马用强有力的腿颠跑起来。他太太冲着它喊叫着;它转动着身体,做着准备,冲了过来,这时他用那卷绳子猛击在它的脸上,它身体旋转着,猛地一下跌进围栏的一个角里。"现在让它待在那儿。"她丈夫说道。他把绳子抖开,走上前来。那匹马瞪着狂野的眼睛,注视着他;它又一次狂奔起来,冲着他太太就过去了。她冲着它喊叫,挥动着手臂,但它猛然向上一跃,距离很远,从她身边掠过,又再次跑进它的同伴们中间。他们跟过去,再次把它围在了另一个角落里;那当太太的又一次没能挡住它,让它跑掉了,她丈夫转过身,用那卷绳子打她。"你为什么不截住它?"他问道,"你为什么不截?"他再次打她;她没有动,甚至没有举起一只胳膊去挡一下。男人们沿着围栏平静地站在那里,他们的脸向下垂着,仿佛在对着他们脚下的大地沉思。只有弗莱姆·斯诺普斯依然还在看着——要是他曾一直在往围场里面看的话,他站在自己那与他人分开的小地方,在那顶新方格呢帽下面,他在用自己那很有特征的、让下颌多少斜向一边的方式咀嚼着。

那得克萨斯州人说了些什么,声音不大,刺耳而短促。他走进围场,走到那当丈夫的面前,猛地把那向上举起的绳子夺了过来。那当丈夫的转动身体,仿佛他马上要朝那得克萨斯州人扑过去,他多少蜷缩了一下身子,他的膝部弯曲,胳膊从身体两侧微微伸出,尽管他注视的地方从来没有高出过那得克萨斯州人的那精美的、沾满灰尘的靴子。接着,那得克萨斯州人抓住那当丈夫的胳膊,带着他朝门的方向往回走,他太太跟在后面,他们从门里出来,他把门拉开,让女人出来,然后把门关上。他从裤子口袋里掏出一本银行支票,从上面撕下一张,放进那女人的手中。"把他弄到马车里去,带他回家。"

"那是为什么?"弗莱姆·斯诺普斯说道。他走近前来。此刻,他站在那个那得克萨斯州人以前一直坐在上面的柱子旁边。那得克萨斯州人没有去看他。

"他以为自己买了那些马匹中间的一匹。"那得克萨斯州人说道。他依然在用一种平和声调说着,像是在剧烈的跑动之后的男人说话的样子。"带上他走吧,太太。"

"把那钱还给他,"她丈夫说道,他的声音少气无力,没有生机,"我买下了那匹马,我准备抓住它,在我能把绳子套在它身上前,我必须把它击倒。"那得克萨斯州人甚至连看都没看他一眼。

"从这儿把他带走吧,太太。"他说道。

"他拿你的钱,我要我的马。"那当丈夫的说道。他在慢慢地、一直不停地抖动着,仿佛他感到寒冷一样。他的双手在那边缘破损的衬衣袖子下面伸开又握紧。"把钱还给他。"他说道。

"你并不拥有我的马,"那得克萨斯州人说道,"带他回家吧,太太。"那当丈夫的扬起那张疲惫的面孔,疯狂的眼神变得呆滞了。他把手伸出来。那女人把那张银行支票握在她手中,她的双手交叠地放在她的肚子上。一时间她丈夫抖动着手只是在探摸着。接着他把那张支票抽了出来。

"它是我的马,"他说道,"我买下了它。这些人都看到我买了。我买它付了钱的。它是我的马。给你。"他转过身子,将那银行支票向斯诺普斯递过去。"你要管一下这些马。我买了一匹。这就是买它的钱。我买了一匹马。你问问他。"斯诺普斯接过银行支票。其他的人沿着围栏站立,神情阴沉,无动于衷,模样懒散。太阳这会儿已经落山了;没有别的什么,只有投在他们身上和围场上的紫罗兰色的影子。那些小马再次毫无道理地奔跑着,来回走着。就在此时,那个小男孩来了,他依然不感到累,不知疲倦。他拿到了一纸盒新的饼干。那得克萨斯州人接过饼干盒,但他没有立刻把盒子拆开。他这时把绳子扔了下来,那当丈夫的弯腰去捡,他探摸了一阵后,才从地上把绳子拾起来。接着,他站立着,低着头,他的皮带扣上的光反射在那卷绳子上。那女人没有动地方。这时,黄昏正在迅速到来;最后一行麻雀无序地在高高的、正在变幻着颜色的天空中盘绕旋转。随后,那得克萨斯州人从后面将饼干盒撕开,倒出一块饼干,放在手里;他的手慢慢地将饼干捏在中间握紧,直到一股鼻烟颜色的细细的粉末开始从他的手指间流下,他仿佛是在注视着那只手。他仔细地把那只手在大腿上擦着,抬起头,环顾四周,直到他看到了那个小男孩,他把饼干盒递回给他。

"拿着,伙计。"他说道。接着,他望着那个女人,他的声音又一次变得平淡、温和。"斯诺普斯先生会把你们的钱明天给你们。你最好把他弄到马车里去,带他回家,他不拥有自己的马。明天你可以从斯诺普斯先生那里拿回你们的钱。"那女人转过身,回到马车那里,上了马车。没有一个人注意她,或是注意依然站在那里的她的丈夫,他低着头,将那卷绳子从一只手递到另一只手里。他们倚着围栏,神情阴郁,不说话,仿佛那围栏是在另一个时间里，另一片土地中。

"你还剩下几匹？"斯诺普斯问道。那个得克萨斯州人醒过神来；他们仿佛这时都醒过神来了，他们折回来，又一次去听别人说话。

"现在有三匹，"那得克萨斯州人说道，"用它们三个换辆轻便马车或者一辆——"

"车子就在路上，"斯诺普斯说道，声音有点儿短促，有点儿急切，他转身走了，"把你的骡子牵过来。"他在那小巷里向前走去。他们注意到，那得克萨斯州人进了围场，走了过去，那些马匹在他面前来回走动，没有了原来那种毫无道理的暴烈举动，仿佛它们也疲惫了，漫长的一天的折腾也把它们累坏了，他走进了牲口棚，然后又出来了，牵着两匹戴着挽具的骡子。马车被弄到了牲口棚旁边小屋的后面。那得克萨斯州人进入这间小屋，过了一会儿又出来了，手里抱着一床被褥卷和他的外套，牵着骡子回头向门口走去，此刻，那些小马又一次挤在了一起，用它们那大得不相称的眼睛注视着他，眼光柔和，仿佛它们也意识到了他们之间不仅终于休战，而且在他们一生中再也见不到对方了。有人把门打开了。那得克萨斯州人牵着骡子从门那儿出去，他们一群人在后面跟着，把那个当丈夫的留在那里，他站在关着的门的旁边，他的头依然低着，那卷绳子抓在他的手里。他们从他太太坐在上面的那辆马车旁边经过，她的灰色衣服消逝在黄昏之中，那几乎成了同一种颜色，而且她仍然什么东西也不去看；他们从衣服绳子那儿经过，绳上挂着往下垂着的、没有风吹的快要干的衣服。他们从那热烘烘的、鲜美的火腿味中走过，那火腿味是从小约翰太太的厨房里飘出来的。当他们来到小巷的尽头时，他们可以看到月亮了，月亮几乎是圆圆的，看上去很大，颜色很淡，在那白天尚未完全消逝的天空中不太亮。斯诺普斯正在小巷的尽头站着，在他旁边是一辆没有人坐的轻便马车。这就是那一辆有着闪闪发光的轮子和顶部有飘着流苏的女用阳伞的轻便马车，他和威尔·瓦尔纳过去驾驭的马车。那得克萨斯州人也一动不动，望着马车。

"嘀嘀嘀,"他说道,"这么说就是这辆车了。"

"如果这辆车不合你的意,他可以骑上其中的一头骡子回得克萨斯。"斯诺普斯说道。

"那当然,"那得克萨斯州人说道,"只是在旅程中我应该有一壶鼻烟或至少有一把曼陀林琴。"他让骡子后背紧靠在辕杆上,把胸轭解开。他们中间有两个人到前面来,为他把挽绳系牢。随后,他们望着他登上了那辆轻便马车,举起缰绳。

"你们往哪儿去?"一个人问道,"回得克萨斯吗?"

"坐在这辆车里?"那得克萨斯州人说道,"在没有动用治安维持会的情况下,我不愿从第一家得克萨斯州的酒馆门前经过。此外,我不打算仅为到得克萨斯而不享用所有这饰有花边的车顶及装有轮轴的漂亮马车。既然我走了这么远,我想我要继续走上一两天的路,好好看一下北部的城镇。华盛顿,纽约和巴尔的摩。从这里往纽约去哪条路近?"他们不知道。但他们告诉他如何到杰弗生镇去。

"你已经在走的方向是对的,"弗里曼说道,"你只需继续向前,经过学校校舍,沿着大路往前走。"

"好的,"那得克萨斯州人说道,"噢,要记住不时要敲打那些小马的脑袋,直到它们习惯你们的存在。那时它们就会听你们的话了。"他再次抖动缰绳。当他这样做的时候斯诺普斯走上前来,登上了轻便马车。

"我要和你一起坐车到瓦尔纳家那么远的地方。"

"我不知道我要经过瓦尔纳家。"那得克萨斯州人说道。

"你走那条路能够到城里去,"斯诺普斯说道,"往前走吧。"那得克萨斯州人抖动缰绳。随后他喊道:

"吁。"他把腿伸直,把手放进口袋里。"拿着,伙计,"他对那个小男孩说道,"快到商店里去——算了。我会停一下,我自己买吧,只要我会从那条路上回来。喂，伙计们，"他说道，"你们自己保重。"他让两个畜生转了一圈。那轻便马车往前走去。他们在马车后面观望着。

"我想他打算从后面的路去杰弗生镇。"奎克说道。

"当他到达那里时，他就会变得分量更轻些，"弗里曼说道，"他能够从任何他想择取的路径轻易地到那地方去。"

"是的，"布克赖特说道，"他的口袋将不会响个不停。"他们又回到围场；他们继续往前走，穿过那条狭窄的路，路的两边是两行耐心等待、一动不动候在那里的马车，路的尽头完全被一辆马车堵死，车上坐着那个女人。她丈夫依然站在门旁边，手里拿着那卷绳子，此刻，黑夜完全到来了。光亮处本身并无多大变化，若有什么变化，那就是那地方更亮了，但带有月光的另一世界的特征，这样一来，当你站在那里，再次往围场里面看时，那些带斑点的马的身体有了一种明显的变化，几乎令人感到耀眼炫目，但看不出单个的形状，而且没有纵深感——不再像是马，不再是血肉之躯，它们受制于一种能做出故意的狂暴举动的力量，不再有天生的伤害他人的能力。

"噢，我们还在等什么呢？"弗里曼问道，"等它们找地方睡觉？"

"我们最好全都先把绳子拿好，"奎克说道，"你们每个人都把绳子拿好。"他们中间的有些人没有绳子。那天清晨，他们从家里出来时，他们没有听说有那些马和拍卖的事。他们只是碰巧从村子里过，得知有这么回事，便留在这儿了。

"那就到商店里去，拿些绳子过来。"弗里曼说道。

"现在商店要关门了。"奎克说道。

"商店不会关门的，"弗里曼说道，"如果商店关了，兰普·斯诺普斯就会出现在这里。"于是，一些人从马车上取下绳子做好准备，另一些人往商店那儿去了。店伙计刚好正在关门。

"你们还都没有开始去抓那些马，是吗？"他问道，"太好了，我还担心自己不能及时赶到哩。"他再次把店门打开，置身于那没有光照的、陈旧的、刺鼻的奶酪、皮革和蜜糖的气味中间，他为他们一群人量出并切割一根根的犁绳。那店伙计站在他们中间，依然在说着话，滔滔不绝，没有人在听他说，他们又回到了路上。小约翰太太旅店前面的那棵梨树，此刻犹如没入月亮里面的白银。昨天夜里的那只模仿鸟，要么是另一只，已经在梨树上鸣叫起来，他们此刻看到，在围栏上拴着的，是拉特利夫的四轮马车和两匹马。

"我以为有某种东西整天都不对劲儿，"一个人说道，"拉特利夫没有在那儿给人出主意。"当他们穿过小巷时，小约翰太太就在她的院子里，从那根衣服绳上收衣服；他们仍旧能闻到那火腿的味道。其他的人在围场门旁等着，在围栏里边，那些小马又一次挤在一起，犹如幽灵般的水生动物，在月亮变幻莫测的光辉里明显是悬在那里，没有腿。

"我想，对我们所有人最好的办法是，每次从它们中间捉一匹马。"弗里曼说道。

"一次一匹马。"那当丈夫的，亨利，说道。显然，从那得克萨斯州人牵着骡子走过大门以来，他就没有动过地方，只是他把手从门顶上拿开了，一只手里仍然紧紧地抓住那卷绳子。"一次一匹马。"他说道。他开始用一种刺耳、少气无力的单调声咒骂起来。"在我整天站在这里之后，等着那——"他咒骂着。他开始猛地去推围场的门，狂暴地、精疲力竭地去摇那扇门，直到那些人中间的一个把门闩退出来，门猛地开了，亨利走了进去，其他人跟在后面，那个小男孩紧紧地贴在他父亲的身后，直到厄克感觉到他在那儿。厄克转过身来。

"到这儿来，"他说道，"把那绳子给我。你待在外边。"

"我不，爸爸。"那男孩说道。

"不行。那些马会杀了你的。今天上午它们差一点儿就杀了你。你待在外边。"

"可是，我们有两匹马要捉的。"一时间厄克站在那里，向下望着那个男孩。

"是这样，"他说道，"我们有两匹马。但你现在要紧紧地跟着我。当我喊快跑时，你就跑。你听到我说的了吗？"

"排开站，伙计们，"弗里曼说道，"要让它们在我们面前。"他们开始沿着围场往前走，排成新月形的一条线，参差不齐，每个人都拿着绳子。这时，那些小马都挤在围场的尽头。它们中间的一匹马打着喷鼻儿；其他的马在马群中变换着位置，但没有分散开。弗里曼向后面瞥了一眼，他看到了那个小男孩。"把那男孩从这里弄出去。"他说道。

"我想你最好出去，"厄克对那男孩说道，"你出去，到那边的马车里等着。你从那里能看到我们捉它们的。"那小男孩转过身，快步朝那小屋的方向走去，马车就停在小屋的下边。那排成一行的人往前走着，亨利的位置稍微靠前一些。

"现在要仔细看好它们，"弗里曼说道，"也许我们最好想办法先把它们弄进牲口棚里——"就在此刻，挤成一堆的马散开了，马群散开，沿着围栏的两个方向来回走动。在那一排两端的人开始跑了起来，挥舞着手臂，大声喊叫。"截住它们，"弗里曼紧张地说道，"把它们赶回去。"他们驱赶着它们，把它们再次往回赶着，它们退到同伴身上，那些畜生急促地合拢着，转动着，挤在一起奔跑，如幽灵一样，扭成一团。"现在挡住它们，"弗里曼说道，"别让它们从我们身边过去。"那排人又一次往前走着。厄克转过身来，他不知道是为什么——是种声音，还是什么东西让他转身。那个小男孩此时又一次紧跟在他的身后。

"我没有告诉你到那个马车上等在那里吗？"厄克问道。

"注意看，爸爸！"那男孩说道，"那就是它！那就是我们的马！"它就是那得克萨斯州人给厄克的马，"抓住他，爸爸！"

"别挡我的路，"厄克说道，"回到那辆马车上去。"那一排人依然在往前走。那些小马成群乱转，挤成一团，逐渐被逼向后面，朝着打开了的牲口棚的门的方向退去。亨利依然走在比较靠前的位置，稍微弯伏着身体，他那瘦削的脸上，即使是在令人看不太清楚的月光里，也现出那种消耗人的愤怒之情。在那排向前行进的人前面，那斑斑点点挤在一起的畜生，仿佛在那排向前行走的男人前面移动着，犹如一团雪球，他们可能用某种看不见的方式，一直在他们前面推动着这团雪球，渐渐地，那群畜生越来越接近那牲口棚门张开的黑黑的裂口，然后显然那些小马过于专注地望着那些男人，以致直到它们退进了牲口棚的阴影里时，才意识到牲口棚就在自己身后。此刻，一种无法描述的声音从马群中响起，它们不顾一切，绝望地骚动着；在那凝滞不动的恐怖时刻，男人和畜生互相面对面看着对方，随后，男人们猛地转过身去，奔跑起来，在他们面前，是花哨的、令人作呕的长而狂野的马脸及有着斑点的胸肚，那些马追上了他们，把他们冲散，撞倒在一边，而且完全从亨利和那个小男孩的眼前消逝了，他们两个人谁也没有动地方，只是亨利向上挥动着双臂，手里依旧拿着那卷绳子，那一群马从围场上，疾驰而过，撞出门去，那扇门最后进来的男人忘了关上，门开了一个小缝儿，除了那根由合页连接的门的立柱外，马把门上所有的东西都席卷而走，于是，在那将小巷的路挤满的牲口和马车之间，拉车的牲口也蹦跳着，跃动着，猛咬拴它们的缰绳和辕杆。接着那整个扭缠在一起的马群在那些马车之间横冲直撞，它们围着女人坐的那一辆马车转着圈儿，分散开，接着，它们沿着小巷向前奔跑，跑上了大路，分散开来，一半儿走这条路，一半儿走另一条路。

　　在围场里面的男人，除了亨利外，都站起身来，冲着围栏的门跑去。那个小男孩又一次没有被马碰撞，他甚至没有被摔倒在地上；一时间他的父亲一只手把他从地上拎起来，像摇一个用碎布做成的玩具娃娃一样摇撼着他。"难道我没有告诉你待在那辆马车里吗？"厄克大声喊道，"我没告诉过你吗？"

"注意看，爸爸！"那男孩在那狂暴的摇撼中声音颤抖地说道，"那就是我们的马！它往那儿跑了！"那得克萨斯州人给他们的那匹马又一次出现了。好像他们不拥有别的马，那另外的一匹马不存在；仿佛由于某种纯粹而直接的亲缘关系，他们都不去留意那匹他们用钱买的马。他们向门口跑去，来到了小巷里，在巷子里，其他的男人都不见了。他们看到，那得克萨斯州人给他们的那匹马猛地转身，向后面冲去，奔跑着，穿过围栏门，钻进小约翰太太的院子，跑上前面的台阶，并即刻冲进木质的阳台，钻进前门不见了。厄克和那男孩跑上来，到了阳台上。桌子上放着一盏灯，桌子就在门的里面。在那盏灯柔和的光照下，他们看那匹马像玩具风车一样，挤在门厅过道里，样子花哨，狂怒至极，发出震耳的声响。大厅里再往前一点的地方，有一个颇有光泽的、黄颜色的手风琴。那匹马压踩在上面；手风琴发出一声单一的乐音，几乎是一种和声，在低音位，洪亮、低沉，是深邃而适度的惊奇的声响；那匹带着它那巨大的、古怪的阴影的马再次猛地转过身体，钻进另一扇门，没影儿了。那间房子是卧室；拉特利夫，身穿内衣和一只袜子，另一只袜子在手里拿着，他背对着门，身体从开着的窗户那儿探出去，窗户正对着小巷，还有围场。他扭过头，从肩膀上方往回看。在一刹那间，他和那匹马互相瞠视着对方。接着他从窗户里面跳了出去，那匹马同时也从房子里退出，再次进入大厅，转动着身体，它看到厄克和那个小男孩刚刚从前门进来。厄克依旧拿着他的绳子。它再次转动着，沿着大厅向前奔跑，来到后面的门廊处，这时，小约翰太太正好登上台阶，她用胳膊抱着从晾衣绳上收下来的衣服，还有洗衣板。

"从这里滚出去，你这狗娘养的。"她喊道。她用洗衣板打过去；洗衣板在那张长长的、狂野的马脸上齐整地裂开了，那匹马猛地转过身，奔跑着，退回大厅，此刻，厄克和那男孩就在厅里站着。

"赶快离开这里，华尔！"厄克吼叫道。他倒在地上，用胳膊护着脑袋，那男孩没有动地方，那匹马第三次从他头上呼啸而过，他没有眨眼睛，也

315

没有弯腰,脑袋也没有被碰到。马再次撞进了前面的阳台上,此刻拉特利夫手里依然拎着袜子,正绕着房子的一角跑着,登上台阶。那匹马打着转儿,既没往前冲,也没有停顿下来,它朝着阳台的尽头奔跑,冲过栏杆,向外飞去,样子吓人,在月光下,飘浮着。它落在围场里,依旧在奔跑,它穿过围场,狂奔着,穿过那破损的门,来到翻倒的马车和那辆依旧完好、亨利的太太仍旧坐在里面的马车中间,它沿着小巷奔跑,上了大路。

　　四分之一英里处往前的地方,大路在月光下比邻的树投出的阴影之间,变成了一条窄缝儿,颜色惨白,上面洒满月光,那匹马仍然在奔跑,狂奔着将自己的影子印入尘埃,此刻,大路向下倾斜,通往河溪和桥的方向。这地方是树林间的路,宽路正好够走一辆车。当那匹马跑到这儿时,路被一辆从对面来的马车给占满了,拉车的是两头骡子,它们在挽具套在身上的情况下已经睡着了,一副酣睡的模样。马车里面坐着图尔和他的太太,他们坐在藤椅上,在他们的后面,坐着他们的四个女儿,他们都是在天黑仍往家赶的途中,白天一整天,他们去拜访了图尔太太家的一个亲戚。那匹马既没有停下,也没有转向。它即刻冲上了桥,蹿到了两头骡子中间,骡子醒了过来,在缰绳里朝着相反的方向往前冲去,那匹马此刻显然是在沿着马车辕杆往上爬,犹如一个发了狂的怪物,它用前腿在后挡板上扒寻着,仿佛打算钻进马车里面,这时,图尔冲着它大喊大叫,用鞭子抽打它的脸。此刻两头骡子力图把马车在桥的中间转过来。马车旋转着,倾斜着歪向一边,随着尖厉的开裂声,桥的护栏断开了,那开裂声比女人们的尖叫声还大;那匹马最终从其中的一头骡子的背上爬了过去,图尔在马车里站起来,用脚踢它的脸。这时马车的前端翘了起来,把图尔抛到一边,向后扔进车厢里,他跌倒在被打翻的椅子和他的女人的裸露在外的长筒袜和内衣之间,此刻缰绳在他的手腕上缠了好几圈儿。那匹小马挣脱着从车上爬过去,再次踩压在木头桥板上,又一次狂奔而去。马车再次突然倾斜;骡子在桥上转动着马车,终于把马车转到了没有地方可转的位置,它们此刻踢腾着，要从缰绳中挣脱。当它们挣脱出来时，它们把图尔的身体掀到了马车外面。他的脸撞到了桥上，在手腕上缠着的缰绳断开以前被拖出好几英尺远。那匹小马这时早上了大路，离那发了疯的骡子已经很远，它向前奔跑着，消失了。当那五个女人依然在图尔失去知觉的身体上面尖叫时，厄克和那小男孩走近前来，他们快步跑着，厄克仍旧拿着绳子。他气喘吁吁。"它往哪边跑了？"他问道。

在此刻空荡荡的、溢满月光的围场里，亨利的太太、小约翰太太、拉特利夫和兰普·斯诺普斯，还有其他的三个人，把亨利从被踩得一塌糊涂的土里拎起来，将他抬进小约翰太太的后院里。他的脸色苍白，上面没有表情，他的脑袋的重量把他向上突出的脖子上的喉结拉得紧绷绷的；他的牙齿在翻起的嘴唇下面隐约地闪着微光。接着他们抬着他向房里走去，穿过楝树的斑斑点点的树荫。在梦幻般的、银色的夜晚，一阵不太清晰的声音犹如远处的雷声传来又停息了。"它们其中的一匹马在那边小河的桥上。"其中的一个男人说道。

"它是厄克·斯诺普斯的那匹马，"另一个人说道，"是刚才在房子里的那匹马。"小约翰太太在他们前面走进大厅。当他们把亨利抬进厅里时，她已经把灯从桌子上拿了过来，她站在一扇开着的房门旁边，高高地举起了那盏灯。

"把他带到这儿来。"她说道。她先走进屋子，把灯放在梳妆台上。他们拙笨地、拖着腿脚走，喘着粗气，把亨利放在床上。小约翰太太来到床前，站在那里，向下望着亨利那张平静而没有血色的脸。"我宣布，"她说道，"你们男人，"他们都往后缩回去一点儿，站成一堆，不停地用一只脚替换另一只脚站着，既不看她，也不去看亨利的妻子，那做妻子的站在床的脚边，一动不动，她的手叠放在衣服上。"你们都从这里出去，维·克，"她对拉特利夫说道，"到外边去。看看能否找到别的不会把你们中间更多的人杀死的东西玩。"

"好的，"拉特利夫说道，"快走吧，伙计们。这里再没有要捉的马了。"他们跟着他往门口走去，他们踮着脚尖儿，他们的鞋在地上拖着，影子模样吓人地映在墙上。

"去把威尔·瓦尔纳找来，"小约翰太太说道，"我想你能告诉他那仍旧是一头骡子。"他们出去了；他们没有往后面看。他们踮着脚尖儿进了大厅，穿过阳台，走了下去，走进月光之中。现在他们可以注意月夜了，银白色的空气中仿佛充满了隐约可辨、来源不明的声音——喊叫声，微弱，来自远方，又是一阵短促的蹄子踩在木板桥上的巨响，更多的喊叫声，隐约可辨，声音微弱，急切，清亮犹如铃声；一次他们甚至辨听出了说话的内容："吁。截住它。"

"他很快就穿过那个房子，"拉特利夫说道，"他一定是发现了另一个女人在家。"这时，亨利在他们身后的房子里尖叫起来。他们回过头，往黑暗的大厅里面看着，一束方方正正的光从卧室的门口射出，落在那里，他们侧耳听着，那尖叫声低了下来，变成一阵刺耳的喘息声："啊。啊。啊。"那声音又高了起来，马上要变成尖叫声。"快点儿，"拉特利夫说道，"我们最好把瓦尔纳找来。"他们在路上走着，在颤动着的四月的夜晚，他们踩在被月光照得发白的尘土上，流动着的汁液、湿漉漉的、绽放出的幼蕾和新生的叶子在月夜里发出喃喃低语，微弱、急切的喊叫，突然响起的、渐渐消逝在远方的奔跑的马蹄声此起彼伏。瓦尔纳的房子没有亮灯，在月光下看不出是什么颜色，没有深度感。他们站着，在银白色的院子中聚成黑黑的一群，接着聚在上面什么都没有的窗户旁边。随后，突然之间，有一个人在其中的一扇窗户里面站了起来。那是弗莱姆·斯诺普斯的太太。她身穿一件白衣的长袍；她的头发编成的粗粗的发辫在窗户的衬托下看上去几乎是黑色的。她没有将身体探出窗外，她只是站在那里，完全置身于月光下，眼睛中明显一片茫然，要么就是她肯定没有向下看他们——她浓密的秀发呈金黄色，那面具样的面孔看上去并不悲惨，甚至可能与厄运也无关：她只是遭到了诅咒，注定要过那类低级的生活，在上面的是，待在混凝纸浆做成、伪造的水中岩石上的布伦希尔达、莱茵少女①，回到无顶的、赝品样的阿尔戈号船②上的海伦③。在大理石瀑布一样的长袍下面，那坚挺的乳房隐约地向上凸起。她没有在等任何人。"晚上好，斯诺普斯太太。"拉特利夫说道，"我们想找威尔叔叔。亨利·阿姆斯迪德在小约翰太太的旅馆里受伤了。"她从窗户那儿消逝了。他们在月光下等待着，聆听着隐约可辨、从远处传来的喊声和叫声，直到瓦尔纳出现，他的出现比他们实际预料的要早，他弓着背把上衣穿上，把裤子扣上，睡衣下摆塞在里面，他的吊带在上衣下面呈两个圆环形依旧悬在那儿。他拿起那个破旧的包，里面装着像是管工用的工具，用它们来灌水，打孔，试气泡，支撑漂浮物，或用它们给马和骡子拔牙；他从台阶上走下来，身体精瘦，行动灵便，他那冷酷而精明的脑袋略微往上翘，他也在听那隐约可辨、犹如铃声的喊声和叫声，这种声音被银色的夜空充满了。

"他们仍旧在努力去捉那些长耳朵的畜生吗？"他问道。

"除了亨利·阿姆斯迪德外，他们所有的人都在那么干，"拉特利夫说道，"他抓到了他的马。"

"噢，"瓦尔纳道，"那么你呢，维·克？你买了几匹马？"

"我到得太晚了，"拉特利夫说道，"我从未能及时赶回来。"

"哦。"瓦尔纳道。他们朝大门走去，接着又一次走到了大路上，"噢，在这个夜晚去捉它们真不错，明亮，天气凉爽。"此刻月亮正高高地悬在头顶，它是色彩柔和的天空中一个珍珠般的、令人看上去眼花缭乱的凹口，其尽端向前卷绕伸展，一轮接一轮，在暗淡的星星的那边，并为暗淡的星

---

① 德国和北欧神话中的人物，职能是守护窖藏黄金，常以金发和窈窕体态为特征。
② 希腊神话中伊阿宋率领其他英雄寻求金羊毛乘坐的船。
③ 希腊神话中的美女，传为宙斯和丽达之女，斯巴达王墨涅拉奥斯之妻，后被帕里斯拐走，因而引发特洛伊战争。

星所环绕。他们紧紧挤在一起走着,把自己的影子踩进大路上柔软的尘土之中,把生机盎然、挺拔耸立的树的影子弄乱了,在苍白的天空中,树干、树枝和小枝看上去娇嫩、精美纤细。他们从黑乎乎的商店前面走过。接着,那棵梨树出现了。它在令人眼花缭乱、银白色静止的大地上升起,犹如正在炸裂的白雪;模仿鸟依旧在梨树上歌唱。"看那棵树,"瓦尔纳说道,"它应该让今年收成好的,肯定会的。"

"玉米今年也会有好收成。"一个人说道。

"像这样的月亮对大地上生长的每一种东西都是有用的,"瓦尔纳说道,"我留意我和瓦尔纳太太等待尤拉出世的时间。我们已经有了一群孩子,也许那时应该不再要了。可是我还想要些女孩子。其他的已经结了婚,搬走了,而一群男孩,当他们长大成气候时,让他们干活儿,他们就没有时间。他们坐在商店周围,聊着天。但女孩会待在家里,干活儿,直到她结婚出嫁。有一个老女人曾经告诉过我的妈妈说,如果一个女人怀孕以后,将她的肚皮对着满月,那怀上的孩子会变成女孩。于是瓦尔纳太太相信这话,每天晚上躺在那里,让月亮照着她裸露的肚皮,直到月亮变圆;直到圆月过去。我把耳朵贴在她的肚皮上,听到尤拉在踢着,像是在拼命地往外挤,要感受一下月亮的滋味。"

"你的意思是说那确实真的管用?威尔叔叔?"一个人问道。

"噢,"瓦尔纳道,"你可以试试。你有足够多的女人,让她们露出肚皮,对着月亮,或对着太阳,要么甚至只是对着你的手,你的手经常四处要摸索个够,很有可能过了一会儿那里面会有某种东西,你可以把耳朵贴上去听一听,除非那时发生了什么事,你脱不了身。怎么样,维·克?"有人哄笑起来。

"你别问我,"拉特利夫说道,"我甚至不能及时赶到地方,买上一匹便宜的马。"这次有两三个人哄笑起来。接着他们开始听到亨利的喘息声从房中传出:"啊。啊。啊。"他们突然间停了下来。好像他们还没意识到他们已离房子很近。瓦尔纳继续走在前面,他探着身子,脚步拖沓,但走的速度相当快,尽管他的脑袋依旧斜着,在倾听那隐约可辨、急促的、执拗的叫喊声,在银光闪烁的夜空里,那些喊叫声低沉连续,来源不明,有时几乎带着乐感,像是逐渐消逝的铃声;一阵急速短促的马蹄重重踩在木板桥上的声音又一次响起。

"又有一匹马到了那条小河的桥上。"一个人说道。

"他们甚至将会偶然撞见那些马匹的,肯定会这样,"瓦尔纳说道,"他们会在锻炼和休息中把钱弄回来的。你以一个男人为例,一年到头,除了骡子在一块田地的垄沟里随处拉屎时避开歇一会儿外,他就没有其他的机会休息一下。像这样的一个夜晚,当一个男人还没老到可以安静地躺下睡觉,但也未年轻到足以从别人家的后窗户进进出出,到处找女人鬼混时,像这样的活动对他是有好处的。无论如何,这会使他明天晚上能睡着觉,除非他到那个时候才回到家。如果我们要是早点及时知道这事,我们能够训练出一群寻马猎犬,这样一来我们就可以进行一次这样的实地试验。"

"我想,这是看待那事的一种方式,"拉特利夫说道,"事实上,如果事情的这一面能被他们注意到的话,对布克赖特、奎克、弗里曼、厄克·斯诺普斯和那些其他新的马的拥有者来说,那事就会顺当多了,因为用那种方式看事情,机会并不像他们想象的那样有。也许,现在他们中间没有一个人会相信有一种药,能够治愈弗莱姆·斯诺普斯和那个神枪手狄克带到这里来的得克萨斯疾病。"

"嗯。"瓦尔纳道。他打开小约翰太太旅馆的大门。那暗淡的灯光依旧从卧室的门向外泻出,落在大厅的地面上;在大厅那边,阿姆斯迪德正在不停地发出"啊。啊。啊。"的声音。"每一种疾病都有药可治,但这最后一种除外。"

"即使是总有时间染上它。"拉特利夫说道。

"哈。"瓦尔纳再次道。他停了下来,回过头,一时间朝拉特利夫瞥了一眼。可是那小而锐利的明亮眼睛此刻却看不见在哪儿；那悬在上面的、浓密的眉毛仿佛聚集向下，冲着他扭缠在一起，动也不动，不仅没有表示不满，而且还带着一种特别滑稽可笑的样子。"即使是有时间染上它。呼吸就是写有昨天日期的即期汇票。"

此后第二天上午的九点钟，五个男人沿着商店的走廊坐着，或蹲在那里。第六个人是拉特利夫。他正站在那里，而且在说着话："那天晚上，在小约翰太太旅馆里的不止是它们当中的一匹马，就像厄克说的那样。但那匹马却正是我所见到的那群马中最大的一匹。它在我的房间里，它在前面的门廊那儿，而且我在同一时刻能够听到，在后院里小约翰太太用洗衣板打它的脑袋。可在每一个时刻所有的人都看不到它在什么地方。我想，这就是那得克萨斯州人把它们叫作便宜货的意思：不巧离它们其中的一匹太近受到伤害的男人应该是个强壮的人。"他们都大笑起来，只有厄克本人没笑。他和那个小男孩正在吃东西。当他们登上台阶时，厄克到商店里面去了，出来时拿着一个纸袋，他从纸袋里掏出一块奶酪，用他随身携带的折刀小心地把它分成完全一样大的两半儿，把一块给了那个男孩，并从纸袋里抓出一把脆薄饼干，递给那男孩，此刻他们靠墙蹲在那里，相互挨着，吃着东西，俩人模样完全相同，只是大小个儿头不一。

"我不知道那匹马是怎么想拉特利夫的。"一个人说道。他在牙齿之间咬着一枝桃花，那根枝条上开着四朵桃花，就像是用粉红色薄纱做成的袖珍芭蕾舞裙。"从窗户里跳出去，又穿着衬衣从好几个门跑进来？我想知道那匹马以为它看到的拉特利夫是多少个。"

"我不知道，"拉特利夫说道，"但如果它看到的我有我看到的它一半多，那它就被包围在里面了。每一次我回过头看，那匹马就刚好从我身上飞过去，要么就是转身向后，再次从那男孩的头上飞过。而那个男孩在那儿，他就站在那匹马的下面，有一次我敢肯定他站在那里足有一分半钟，头也不低下，甚至连眼睛也不眨。确实是这样，当我四下望去，看到那可恶的家伙就在门里我的后面,瞪着眼睛看我时,我敢肯定弗莱姆·斯诺普斯从得克萨斯州弄回来的是一头老虎,只不过我知道,将整个屋子都占满了的不可能只是一头老虎。"他们又一次笑了起来,没有出声。兰普·斯诺普斯,那个店伙计,坐在唯一的一把椅子上,向后斜靠着那对着房门、半是拦着的入口。他突然之间咯咯地笑了起来。

"要是弗莱姆知道你们这些家伙打算多快把那些马匹抓住的话,他可能会带来些老虎,"他说道,"还有猴子。"

"这么说它们是弗莱姆的马。"拉特利夫说道。笑声停止了。其他的三个人都在手里握着他们打开了的刀,他们用刀悠闲地从木头上削下片片木屑,修整木头的边缘。此刻他们坐在那里,显然是专心于刀刃的精细、几乎是乏味的运动。那店伙计迅速地抬头望着,发现拉特利夫正注视着他。他那始终都有的、固执而欢快的不屑神情此刻不见了;只有那没有内容的皱纹还趴在他的嘴巴和眼睛周围。

"弗莱姆曾说过那些马匹是他的吗?"他问道,"不过你们城里人比我们乡下人聪明。很可能你们已经看明白弗莱姆的心思了。"但是拉特利夫此刻没有在看他。

"我想是我们买下了那些马。"他说道。他又一次站在他们身边,从容,明智,或许有点儿忧郁,但仍然完全让人琢磨不透。"厄克在这儿,可作为一个例子。他要养活太太和一家人。他拥有它们其中的两匹马,只是可以肯定他只需付一匹马的钱。我听说昨天晚上伙计们追赶那些马匹一直到半夜,但厄克和那男孩已经有两天都没沾家的边儿了。"除了厄克,他们都笑了起来。他削下一小片奶酪,用刀尖扎着,放进他的嘴里。

"厄克抓住了他其中的一匹马。"第二个男人说道。

"是这样吗?"拉特利夫问道,"是哪一匹马,厄克?是他给你那匹还是你买的那匹?"

"他给我的那匹。"厄克说道,嘴在嚼着。

323

"嗬，嗬，"拉特利夫道，"我还没听说这么件事。不过厄克还少一匹马。而且是那匹他必须花钱买的马。这就是足够的证据，那些马不是弗莱姆的，因为没有一个男人会给自己的同胞兄弟某种他无法抓住的东西。"他们又一次笑了起来，可当那店伙计说话时，他们不笑了。他的声音里根本没有欢笑的意味。

"听着，"他说道，"很好。我们都承认，你非常聪明，没有人能超过你。你从来没有从弗莱姆或是其他任何人手里买过马，所以也许这不关你的事，也许你最好别管这事儿。"

"当然，"拉特利夫说道，"两个晚上以前，事情就已经成了那种样子了。那个忘记关上围场大门的人做了那件事。只有厄克的马是例外。我们知道那匹马不是弗莱姆的，因为那匹马是白白送给厄克的。"

"除了厄克外，还有其他的人也还没有回家，"那个嘴里咬着一枝桃花的男人说道，"布克赖特和奎克仍旧在追赶他们的马。人们说，昨天晚上八点钟，他们在伯茨波罗旧镇以西三英里的地方。他们离那匹马的距离太远，还看不出来那匹马是谁的马。"

"不用说，"拉特利夫说道，"自从两个夜晚前围场的那扇门打开以来，在这个乡村里能够找见的、没有猎狗的唯一新马主人，是亨利·阿姆斯迪德。他正躺在那里，在小约翰太太的卧室里，从那儿他可以看到围场，这样一来，无论什么时候他买的那匹马碰巧跑回来，进了围场，他所需要做的是，喊他的太太跑出来，拿绳子套住它——"他停了下来，尽管他说了声"早晨好，弗莱姆"，片刻以后，由于那说话的语声没有什么变化，那种停顿甚至感觉不出来。那个店伙计，猛地站起身来，腾出椅子，一副心甘情愿、奴性十足的样子，厄克和那小男孩继续吃着东西，而他们注视着他们静止不动的手的上方，此刻斯诺普斯穿着灰裤子，戴着小领结和有着鲜亮花格的新呢帽走上台阶。他的嘴里在嚼着东西；他已经拿起了一块白松木头；他猛地冲他们点了下头，对谁都没细看一眼，他坐在腾出来的那把椅子上，把他的折刀打开,开始削木头。那店伙计这会儿斜靠在门的对面,把他的背贴在对过的门脸儿上摩擦着。那种固执的、不屑的欢快表情又回到了他的脸上,并带有一种警觉而诡秘的意味。

"你来得刚好是时候,"他说道,"拉特利夫仿佛为了要弄清楚究竟谁是马的主人已经费劲出了好多汗了。"斯诺普斯沿着那块板齐整地用刀刃削着,那齐整的、精确的被削起的木屑在它前面卷起。其他人又削起木头来了,他们小心谨慎,什么东西也不看,只是厄克和那男孩依旧还在吃着东西,那店伙计背靠在对面的门脸儿上摩擦着,注视着斯诺普斯,眼神中带有那种很强的诡秘和警觉的意味。"也许你能让他的心放下来。"斯诺普斯略微转过头去,吐着唾沫,唾沫越过走廊和台阶,落到那边的尘土上。他把刀子收回来,开始刻削起另一个卷起的木屑。

"他当时也在那儿,"斯诺普斯说道,"他知道的和其他任何人知道的一样多。"这一次那店伙计大笑起来,高兴地笑出声来,他的五官在向脸的中心聚集,仿佛是被一只手拉到了那个地方。他拍着自己的腿,嘀嘀咕咕地说道。

"你最好还是歇着吧,"他说道,"你不可能胜过他的。"

"我猜是胜不了。"拉特利夫说道。他站在他们旁边,没有去看他们中间的任何人,他的目光显然在凝视小约翰太太旅馆那边空荡的大路。深不可测,他甚至在沉思。一个个儿头大而笨重、发育了一半儿的男孩,穿着一条对他来说太小的工装裤,突然之间不知是从哪里突然冒了出来,他在大路上站了一会儿,正好在从走廊上能够吐到的位置以外,带着那种不知道是从什么地方来也不知道当他要再次走路时自己下一步该往哪儿走,而且也不为此而担心的神气,他什么东西都不看,当然也没有朝走廊看,走廊上的人没有一个人像那个小男孩一样用心地看着他,小男孩此刻在注视着大路上的孩子,在他停住的手里捏着咬过的饼干上方,他那长春花颜色的眼睛一本正经地、平静地望着他。那大路上的男孩继续往前走,身体在紧绷着的工装裤里明显一起一伏,接着在商店角落的那边消失了,走廊上那小男孩的圆脑袋和一眨不眨的眼睛转动着,一直望着他,直到看不见。然后那小男孩再次咬着饼干,嚼了起来。"不用说那是图尔太太,"拉特利夫说道,"不过因为图尔撞在桥上受伤,她准备起诉的人是厄克。至于亨利·阿姆斯迪德——"

"要是一个男人没有足够的本领保护自己,那他自己要小心。"那店伙计说道。

"那还用说,"拉特利夫说道,依然是那种梦幻般的、心不在焉的腔调,他实际上甚至是在转过头去说话,"而至于阿姆斯迪德,不会有什么事儿,因为从我听到的当时的对话,在那得克萨斯州人离开以前,他就不再拥有那匹他以为是他的马的马了。至于那条断了的腿,也不会让他有什么损失,因为他的太太能把他的粮食种起来。"那店伙计不再贴着门摩擦他的背了。他望着拉特利夫的后脑勺,眼睛也一眨不眨,专注而严肃;他瞥了斯诺普斯一眼,斯诺普斯在嚼着东西,同时望着随着刀刃的推进而卷起的另一片木屑,接着他又一次注视着拉特利夫的后脑勺。

"这不会是第一次她为他们种粮食。"那个咬着桃花枝的男人说道。拉特利夫瞥了他一眼。

"你应该知道的。这不会是第一次我看你在他们的地里,犁着田垄,亨利从来没犁过地。你今年已经为他们干了多少天了?"那咬着桃花枝的男人把那花枝拿到一边,小心地吐着唾沫,然后又把那枝桃花放回了两排牙齿中间。

"她犁地能犁得和我一样直。"第二个人说道。

"他们运气不好,"第三个人说道,"当你运气不好时,你做什么都没什么大用的。"

"那当然,"拉特利夫说道,"我听说懒惰叫作坏运气,所以那可能就是运气不好。"

"他并不懒，"第三个人说道，"三四年前，他们的骡子死了，因为要用另一头骡子不那么便利，他和她就把他们在地里的干活儿时间分开了。他们并不懒惰。"

"这么说没有什么问题，"拉特利夫说道，又一次凝望着前面那空荡荡的大路，"很可能她会马上开始干，把地犁完；那最大的女孩马上就长到了可以用骡子干活儿的年龄了，对吗？要么至少在阿姆斯迪德帮骡子犁地时她可以把犁扶稳？"他又朝那嘴里含着桃花枝的男人瞥了一眼，仿佛是等他回答，但那人没有在看他，于是没有任何停顿，他继续说了下去。那店伙计站着，用他的屁股和后背紧紧地压在门脸儿上，仿佛他在搔痒的动作中停了下来，他使劲地望着拉特利夫，眼睛一眨不眨。拉特利夫若去看弗莱姆·斯诺普斯，除了斜扣在脑袋上的帽子顶部下面的不停嚼动着的下巴，什么东西也看不到。另一片精心削起的木屑在移动着的刀前面齐整地卷成一团。"现在时间足够，因为在她洗完小约翰太太的盘子，把房子清理干净以支付她和亨利的住店钱以后，所有她要做的，就是回家，挤奶，做足够吃的饭，让孩子直到明天都有吃的。接着喂他们饭，让最小的孩子睡觉，到门外面等着，直到最大的女孩把门闩上，然后拿着斧子到她自己的床上去——"

"斧子？"那嘴里含着桃花枝的男人问道。

"她拿着斧子上床睡觉。她只有十二岁，而且这乡村里多少依然到处都有那些没有被捉住的马，那些马从来不属于弗莱姆·斯诺普斯所有，很有可能她觉得也许她不能像小约翰太太那样只用一块洗衣板挥动着打它们——然后，她又回来，洗晚饭时用的盘子。洗完之后，到早晨之前就没有什么事要做了，于是她就待在亨利的附近，这样亨利叫她能够听到，直到天亮，她去劈木柴，做早饭，接着她去帮小约翰太太洗盘子，整理床铺，扫地，同时注意望着大路。因为现在自拍卖会以后，弗莱姆·斯诺普斯可能在任何时间从他所去的地方回来，不用说他自然是去镇上看望他惹上小小官司麻烦的表弟了。这样一旦见到他,就能把那五美元要回来。'除非也许他不愿把钱还给我。'她说道,而且也许这也是小约翰太太所想的,因为她从来没有说过什么。我可以听到她——"

"在所有这一切发生时,你碰巧在什么地方?"那店伙计问道。

"我在听。"拉特利夫说道。他回头瞥了店伙计一眼,然后他把视线转开了,他几乎是背对着他们站在那里。"我可以听到她把盘子倒进平底锅里,就像她把那些盘子扔进里面一样。'你认为他会把钱还给我吗?'阿姆斯迪德太太问道。'那得克萨斯州人把钱给了他,并说他会给我。所有在那儿的乡亲都看到他把钱给斯诺普斯先生了,并且听到他说我第二天可以从斯诺普斯先生那儿拿回钱。'此刻小约翰太太在洗盘子,就像是一个男人在洗盘子,好像盘子是用钢做成的一样。'不会给的,'她说道,'不过问问他也不会有害处。'——'如果他不愿意把钱还我,问也没有用。'阿姆斯迪德太太说道。——'你自己看着办吧。'小约翰太太说道,'那是你的钱。'接着我就听不到什么了,一时间只听到盘子的响声。'你想他有可能把钱还给我吗?'阿姆斯迪德太太问道。'那个得克萨斯州人说他会的。他们所有的人都听到他说这话了。'——'那就去找他,问他要钱。'小约翰太太说道。接着除了盘子的响声我又一次什么也听不到了。'他不会把钱还给我的。'阿姆斯迪德太太说道。——'那么好,'小约翰太太说道,'那就不要去问他。'接着,我只听见盘子的响声。她们可能有两个平底锅,两人都在洗盘子。'你认为他不会还给我钱,对吗?'阿姆斯迪德太太问道。小约翰太太没有再说什么。听上去她正在一个接一个地扔盘子。'也许我最好还是找亨利说说,'阿姆斯迪德太太说道。——'应该的,'小约翰太太说道。如果那声音听上去不完全像是她手里拿着两个托盘的话,我就是狗,她一齐拍打着它们,就像是拍打此地这些拿在一只手里的铜桶盖一样。'这样亨利就能用它来买另一匹五美元的马了。也许他下一次会买一匹彻底把他杀死的马。要是我刚好想到他会的,我会把那钱还给他的,亲自还给他.'——'我想我最好还是先去跟他说说.'阿姆斯迪德太太说道。接着,那声音就像是小约翰太太把盘子、平底锅和所有东西都拿起来,将它们全都扔到了做饭的炉子上——"拉特利夫不说了。在他身后,那店伙计正在嘘着,"嘘!嘘!弗莱姆。弗莱姆!"接着,他停住了,而且他们所有的人注视着阿姆斯迪德太太走近前来,登上台阶,瘦削的身体穿着不成样子的灰衣服,那脏兮兮的网球鞋在地板上轻轻地发出咝咝的声响。她来到他们中间,站在那里,面对着斯诺普斯,但却不去看任何人,她的手在围裙里绞动着。

"那天他说他不会卖给亨利那匹马,"她声音平淡沉闷地说道,"他说你拿了那钱,我可以从你这儿要回来。"斯诺普斯抬起头,又一次将头转过去一点儿,越过那个女人,干净利落地吐了口唾沫,唾沫越过走廊落在大路上。

"他离开的时候,把所有的钱都随身带走了。"他说道。她一动不动,那灰色的衣服僵硬地挂在身上,几乎像是用铜做的、有着匀称皱褶的帷幕。阿姆斯迪德太太的样子像是在望着斯诺普斯脚边的某种东西,仿佛她没有听到他说的话,要么仿佛是她刚一说完话,她的身体就离开了,尽管她的身体,听到了,听懂了那些话,但在她返回之前,那些话既没有生命,也没有意义。那店伙计又一次稳稳地将他的后背贴在门脸儿上摩擦着,同时望着她。那小男孩也在望着她,他那一眨不眨、无法言喻的眼睛凝视着她,但其他人没看她。那嘴里含着桃花枝的男人把花枝拿出来,吐了口唾沫,又把花枝放回他的嘴里。

"他说亨利没有买到马,"她说道,"他说我可以从你那儿把钱要回来。"

"我想他把钱的事给忘了,"斯诺普斯说道,"他离开的时候把所有的钱都随身带走了。"他又看了她一会儿,然后去修整那根木棍的边儿。那店伙计将他的背贴着门轻轻地摩擦着,同时注视着她。过了一会儿,阿姆斯迪德太太抬起头,望着前面的大路,大路向前伸延,上面附着一层春天的尘土,越过小约翰太太的旅馆,开始向上升高,越过路对面尚未开花的刺槐丛(开花是六月的事),越过学校的校舍,那风雨剥蚀的房顶向上升起,高出一处桃树和梨树果园,很像是被蜂拥而来的一大片粉白色蜜蜂围拢在中间的蜂箱。道路路面下降,又向上升起,通向山丘的丘顶,教堂就坐落在那里,四周安放在暗黑色雪松丛林中的大理石墓碑发出稀疏的光芒。在夏天漫长的下午,哀鸣不止的野鸽在丛林中来回鸣叫着。她走动了一下;那橡胶鞋底在被磨蚀的地板上又一次发出咝咝的声响。

"我想现在到了要着手准备午饭的时间了。"她说道。

"亨利今天上午的情况怎么样,阿姆斯迪德太太?"拉特利夫问道。她看着他,停了下来,那双茫然空洞的眼睛一瞬间来神了。

"他在休息,我谢谢你好意的问候。"她说道。接着,那种眼神又熄灭了,她再次走动着。斯诺普斯从椅子上站了起来,用拇指将他的折刀合上,把他膝部存留的一小堆木屑抖掉。

"你等一小会儿。"他说道。阿姆斯迪德太太又一次停下脚步,身体转过来一半儿,只是依旧不去看斯诺普斯,也不去看他们中间的任何一个。因为她不可能真的相信会是那么回事,拉特利夫对自己说道。我也不可能相信会有那种事。斯诺普斯走进了商店,那个店伙计,又一次一动不动,他的后背和屁股紧紧贴着门脸儿,等着再次开始摩擦,他望着他往里面进,当斯诺普斯从他身边走过时,他的头像猫头鹰的脑袋一样转动着,此刻,那双小眼睛飞快地眨动着。乔迪·瓦尔纳在大路上骑着马出现了。他没有从前面经过,而是从商店的边儿拐了进去;拐向商店后面的那棵桑树,他习惯把自己的马拴在那里。一辆马车出现在大路上,吱吱呀呀地走了过去,驾车的男人举手示意;走廊上的男人中的一两个举起他们的手作为回应。马车继续往前走。阿姆斯迪德太太望着车的后面。斯诺普斯从门里面出来了,手里拿着一个有条纹图案的小纸袋,走到阿姆斯迪德太太身边。"拿着。"他说道。她的手伸出来,刚刚可以接着那个纸袋。"给孩子们的一点儿糖果。"

他说道。他的另一只手已经插进了口袋里,在他转身回到椅子那儿时,他从口袋里掏出了某种东西,把它递给了那个店伙计,店伙计接了过来,它是枚五美分的硬币。他坐在椅子上,向后倚着,再次靠在门上。此刻,那把折刀又拿在他的手里,刀子已经打开了。他略微把脑袋转过去一点儿,又一次吐唾沫,唾沫干净利落地越过穿灰衣服的女人,落在大路上。那个小男孩正注视着阿姆斯迪德手中的纸袋。接着,她仿佛也发现了那个纸袋,精神起来了。

"你真好。"她说道。她把纸袋卷在围裙里,那小男孩眼睛一眨不眨地死死盯住她的手在围裙下弄的隆起的一团。她再次走动起来。"我想我最好去帮忙做午饭。"她说道。她从台阶上下来,可是她刚到与地面一样平的地方,开始往后退时,那衣服的灰色皱褶又一次失去了所有能暗示生命动力的迹象。于是她仿佛是在没有运动的情况下向前挪移,好像是一个正在退后的、逐渐变小的飘浮物上的人;一根灰色的、枯萎了的树干,在一股从容流淌的大水中移动着,在某种程度上看完好如初,笔直笔直的。站在门口的店伙计咯咯地笑,他笑得很突然,声音暴烈,笑得很欢。他拍打着大腿。

"上帝做证,"他说道,"你不可能胜过他的。"

乔迪·瓦尔纳从后面进了商店,像一只捕鸟猎犬步子迈到一半儿时停住了。接着,他踮起脚尖儿,没有弄出一点儿声响,并以惊人的速度,从柜台后面猛地蹿出,沿着幽暗的过道儿快速前进,在过道的尽头,一个笨重、身体像狗熊一样的人弓着身子,他的整个脑袋和肩膀都挤进了那个玻璃容器里,那里面装有针线、鼻烟、烟草和不大新鲜、包装花哨的糖果。他残酷而凶狠地把那男孩从里面揪出来;那男孩发出了一声窒息般的喊叫,无力地挣扎着,把最后一把东西塞进嘴里,嚼了起来,不过他几乎即刻就停止了挣扎,全身变得软绵绵的,没有力气,只有下巴在动着。瓦尔纳拽着他顺着柜台往外拖,这时那店伙计进来了,他仿佛是突然间蹿进商店里来的，脸上带着某种机警和担忧。"你，圣厄尔摩①！"他喊道。

"难道我没有一遍又一遍地告诉过你不让他到这儿来吗？"瓦尔纳质问他道，同时摇撼着那个男孩，"他几乎把盒里的糖果全都吃完了。站起来！"那男孩悬在瓦尔纳的手中，像一只装了一半儿东西的口袋，他在拼命地、不顾一切地嚼着。在那张宽阔的、松软的、没有血色的脸上，他的双眼紧闭着，由于嚼食，他的耳朵不停地、隐隐约约地在动着。除了下巴和耳朵外，他仿佛已睡着了，在梦中嚼食。

"你，圣厄尔摩！"那店伙计喊叫道，"站起来！"那男孩支撑起自己身体的重量，只是他没有睁开眼睛，也没有停止嚼食。瓦尔纳放开了他。"快回家去。"那店伙计说道。那男孩顺从地转过身，又进了商店。瓦尔纳再次猛地拽着他转了出来。

"不是那边。"他说道。那男孩穿过走廊，走下台阶，那紧绷绷的工装裤在他肥胖的大腿上来回拧着，不情愿地一起一伏。他还没到地面上，手就从口袋里掏出来放在嘴边；随着嚼食的动作，他的耳朵又一次隐隐约约地动着。

"他比老鼠还坏，是吧？"那店伙计问道。

"老鼠，该死的，"瓦尔纳说道，重重地喘息着，"他比山羊还坏。首先我知道，他会从后面啃食，接着啃食那皮革织物、马颈轭绳、连接两段链条的接头、带环螺栓，通过后门把我、你和他三个人全都吃干净。接着如果我不担心，不理会危险，他就注定会越过大路，开始啃食轧花房和铁匠铺的。现在，你记住我所说的话。如果他再次在这里晃悠让我发现，我就会安一个捕熊器捉他。"他出来到外边的走廊上，那店伙计跟在后面，"早晨好，先生们。"他说道。

"那个人是谁，乔迪？"拉特利夫问道。除了背景中的那个店伙计，只

---

① 圣厄尔摩(?—303)，意大利主教，殉教者，被地中海水手尊为守护神。

有他们两个人站着,而且此刻,他们并排站在那儿,你可以看出他们之间的相似——是一种不可捉摸、模糊的相似,不是形象、谈吐、衣着、智力上的相似;当然也不是品行上的相似。但那种相似确实存在,可由于这种无法消除的差别,他的命运的标志就印在了他的身上:他会变成一个老男人;拉特利夫,也会这样:但一个老男人在大约六十五岁时会被套住,和一个也许还不到十七岁的女人结婚,而她在他余生中会为了她整个同性的人持续不断地向他复仇;拉特利夫,永远不会这样。那男孩在大路上不急不慢地走动着。他的手又一次从口袋里掏出来,放在嘴上。

"那男孩是艾·欧的孩子,"瓦尔纳说道,"上帝做证,除了给他下毒药,我做了所有的一切。"

"什么?"拉特利夫问道。他迅速地环视了一下那些张脸;他本人的脸上一时间不仅现出疑惑,而且还有某种几乎像是恐惧的表情。"我想到——那天你们这些伙计告诉我——你们说那是个女人,一个年轻女人带着一个婴儿——现在这里——"他说道,"等等。"

"这里的这个是另一个,"瓦尔纳说道,"我真希望他不能走路。噢,厄克,我听说你捉住了你的一匹马。"

"是这样。"厄克说道。他和那小男孩早已吃完了薄脆饼干和奶酪,到这会儿他们坐在那儿有一会儿了,他的手里拿着那个空袋子。

"是他给你的那匹马,对吗?"瓦尔纳问道。

"是的。"厄克说道。

"把另外一个给我,爸爸。"那小男孩说道。

"发生了什么事?"瓦尔纳问道。

"它的脖子断了。"厄克答道。

"我知道,"瓦尔纳说道,"可是怎么折断的?"厄克没有动地方,他注视着瓦尔纳,他们几乎可以明显地看出来他在收集和组织词语、句子。瓦尔纳,俯视着他,开始从容地、声音刺耳地大笑起来,他咂着舌头。"我来告诉你发生了什么事。在追赶了大约二十四小时后,厄克和那男孩终于把它赶进了弗里曼家的那前面堵死的过道里。他们设想它不可能会爬上弗里曼家八英尺高的篱笆,所以他和那男孩就在那过道的尽头横着绑了一根绳子,离地面大约有三英尺高。不用说,当那匹马来到过道的尽头并看到弗里曼的牲口棚时,它猛地转过身,犹如一只受了惊吓的苍鹰,沿着那条过道,拼命地往后奔跑,就像厄克设想的一模一样。它或许根本就没有看见那根绳子。弗里曼太太跑到阳台上,从那里观望着。她说当它撞到那根绳子上时,它看上去完全就像是这些在这里的、巨大的圣诞玩具风车中的一个。但是你买的那匹马跑掉了,是吗?"

"是的,"厄克说道,"我根本没时间去注意另一匹马从哪条路上跑了。"

"把它给我,爸爸。"那小男孩说道。

"你等着,直到我们把它抓住,"厄克说道,"那时我们再说这事。"

那天下午,拉特利夫坐在布克赖特家大门前的一辆停着的四轮马车里。布克赖特站在马车旁边的路上。"你错了,"布克赖特说道,"他回来了。"

"他回来了,"拉特利夫说道,"我错看了他的……胆量不是我想用的词儿,而且不用说那东西是不缺的。不过,我没错。"

"胡说八道,"布克赖特说道,"他昨天一整天都不在。没有人看到他去镇上或是回来,但那肯定就是他所在的地方。没有一个男人,会让他自己同胞兄弟烂在牢里的,我不在乎他的名字是否叫斯诺普斯。"

"他在牢里的时间不会长了。下个月就开庭了,而后他们送他去帕契门,他又可以出来了。他甚至可以回去干农活儿,犁地。当然那棉花地不会是他的了,不过他从来都没有种出过足够的棉花来挣钱养活自己。"

"胡说八道,"布克赖特说道,"我不信。弗莱姆不会让他去监狱的。"

"是的,"拉特利夫说道,"因为弗莱姆·斯诺普斯要不时清除掉四处散落、不时在这里和那里出现的字条。他准备至少要把其中的一些字条彻底毁掉。"他们互相望着对方——拉特利夫穿着蓝衬衣,神情严肃,平和,布克赖特也认真严肃，绷着脸，神情专注。

"我以为你说你和他把那些字条都烧掉了。"

"我说我们烧掉了明克·斯诺普斯给我的两张字条。你想任何一个斯诺普斯会把所有的东西都写在一张能用一根火柴烧毁的纸上吗？你认为有任何一个斯诺普斯不知道那一点吗？"

"噢，"布克赖特道，"哈，"他说着，没有一丝笑意，"我猜你也把亨利·阿姆斯迪德的五美元还给了他。"这时拉特利夫把视线转开。他的脸变了——某种东西转瞬即逝，像谜一样，但不是笑意，他的眼睛没有在笑；那种东西不见了。

"我可以给他的，"他说道，"但我没有。要是我能真的确定这次他会买的东西肯定能杀死他的话，像小约翰太太说的那样，我可能会给他的。除此之外，我不是在保护一个斯诺普斯不受斯诺普斯们的伤害，我甚至不是在保护一个人不受一个斯诺普斯的伤害。我在保护的甚至不是一个人，他不是别的什么东西，而是某种生灵，他只会行走，感受太阳的温暖，不做别的什么，即使他愿意，他也不知道如何去伤害一个人，即使他能够，他也不想去伤害他人，就像我不会站在那儿袖手旁观，看着你从狗那里偷一根肉骨头一样。我从来没有发现那些斯诺普斯们，我从来没有发现伙计们，迫不及待地把自己的屁股亮给他们。我能够做更多的事，但我不愿做。我不愿意，我告诉你！"

"好吧，"布克赖特说道，"把你的马车挂上吧；那什么也不是，只是块坡地。我说了一切都没问题。"

2

两件诉讼案，阿姆斯迪德起诉斯诺普斯一案，图尔控告厄克拉姆·斯诺普斯（以及其他任何名叫斯诺普斯或瓦尔纳的、图尔发怒的太太能想象出涉及此案的人，正如全村人所熟知的一样）一案，由于诉讼当事人的共同商议和安排，在审判地点的改变上，达成了一致意见。也就是说，诉讼当事人的三方达成一致意见，因为弗莱姆·斯诺普斯直截了当地拒绝承认对他本人的起诉。他曾先是略微把头转向一边，吐了口唾沫，然后说道"它们中间没有一匹马是我的"，样子一点儿也不激动，接着低下头又削起木头来，而那个受挫而无助的法警就站在那斜翘着的椅子旁边，手里拿着他试图履行的法律文件。

"对那个斯诺普斯家的律师，这将是个极好的机会，"当被告知有关此事时，拉特利夫说道，"那个播种快的父亲，那个摩西①，满口箴言警句，满上衣下摆那儿都是倒着数已经长得半大了的儿子，他叫什么名字？我还是弄不明白，一个花时间和我一样多，不断地要人提示乡亲们叫什么名字的人，仍然不能把他们的名字都叫对。艾·欧，他从来没有时间等待。这里的这个案子，在他的整个律师生涯中，大概是唯一审理的案子，在这儿，他不用担心，没有小心眼儿的当事人会试图打断他的谈话，而那个指挥他的法官，告诉他闭嘴的，只是那个带有权威性的男人。"

所以，无论是瓦尔纳的轻便马车，还是拉特利夫的四轮马车，都没有到那些马车、轻便马车、人们骑着的马和骡子中间去，它们在五月的那个星期六上午，从村子里出来，在八英里以外的惠特里夫商店那儿汇聚，它们不仅来自法国人湾，而且也来自其他的地方，因为从拉特利夫称那些野马为"得克萨斯疾病"时起，那些有斑点的、败坏了的、疯狂而无法捉取的马，已经散播到方圆二三十英里的地方。所以在法国人湾的人们开始到达的时候，那儿已有二十四辆马车，拉车的牲口被牵到了车后面，卸去挽具，拴在后面的车轮，以度过那天的时光，两倍于此数的人骑着的畜生已经站在刺槐树丛的周围，树丛就在商店的旁边，而旁听的地点已经从商店

---

① 《圣经》故事中犹太人的古代领袖，传说《圣经》首五卷即摩西所制律法。

那儿移到了邻近的一间货棚里,到了秋天,这地方将存放棉花。但是到了九点钟,可以看出,甚至是那间货棚也装不了他们所有的人,于是地点再次改动,从货棚移到了树丛那里。马、骡子和马车都被从那儿清理出去,一把椅子和那张磨损的桌子,由人从货棚里拿到了树丛那儿,桌子上放有一本厚厚的《圣经》,它有一种令人喜爱的外观,像一件经常使用的、古老而保养完好的机器,桌子上还放有一本年鉴和一部自一八八一年起的密西西比州资料汇编,在它打开的书边上,有一条纤细的污迹,仿佛在所有的时间里,它的所有人(或使用人)仅只打开那一页,尽管是经常打开看;一辆马车和四个人被派了出去,很快,他们就从一英里外的教堂返回,带来了四条教堂里的木质靠背长凳,让诉讼当事人、他们的家人和证人使用;在这些长凳后面依次站着观看的人——男人,女人,孩子,他们神情严肃,专注,穿着整齐,当然没有穿他们最漂亮的衣服,但都穿着干净的工作装,以便在星期六的那个上午坐在乡村商店四周消遣娱乐,或是到镇上去玩,而且他们将穿着这种衣服,在星期一上午回到地里干活儿,而且整个一星期,他们都要穿着这种衣服,直到星期五晚上再次到来。那个兼理一般司法事务的地方法官是个干净、小个儿、丰满的老人,他的样子像一幅所有活着的祖父的奇妙漫画,他穿着烫得很漂亮的白衬衣,没有领子,洁白发亮的袖口和前胸部位上了浆,他戴着金属边儿的眼镜,长着整洁、多少有点儿鬈曲的白发。他坐在桌子后面,望着他们——那个阴郁的女人戴着灰色的太阳帽,穿着灰衣服,她握在一起、静静地放在膝部的手,像是一块灰白色的木节和从一干涸的沼泽里拔出的、埋在深处的树根;图尔穿着褪了色但却绝对干净的衬衣和工装裤,他的女眷属不仅把他的衣服洗得很干净,而且也上了浆、熨烫过,整个腿部都没有皱痕,从一个接缝处到另一个接缝处都很平,所以在每一个星期六的上午,他的裤腿就像是小男孩的短裤那样漂亮,他的眼睛是那种安详的、天真的蓝颜色,在眼睛下边是长了一个月的、玉米穗丝般的胡子,胡子几乎把他大部分受伤的脸都遮盖住了，这使他有了一种不可思议的、荒唐放纵的模样，最后在没有征兆的情况下，他仿佛不是以自己本来的面目，出现在他的乡亲们面前，而他向人呈示的仿佛是一副古老的意大利的圣童形象，这形象被一恶作剧的、闲得无聊的男孩划伤了；图尔太太是个多少有点肥胖的女人，她身体强壮，胸部丰满，脸上带着一种可怕的、燃烧着愤怒的表情，这种狂怒已持续了四个星期，显然既没有加剧，也没有减弱，可还在那儿，这是一种难以理解的狂怒，而且它几乎即刻就表现出来，它不是针对任何一个斯诺普斯，也不是针对任何一个特定的男人，而是针对所有的男人，所有的男性，而在其中图尔本人根本就不是受害者，而是从属者，她坐在她丈夫的一边，而四个女儿中最大的那个站在另一边，仿佛她们（要么至少是图尔太太）不太相信，图尔可能会跳起来逃跑，她们相信他不会那么做；厄克和那小男孩，除了个儿头外，两个人哪儿都一样，那个店伙计兰普，头上戴着一顶灰帽子，有人实际上认出来了那顶帽子，那是弗莱姆·斯诺普斯去年到得克萨斯州去时戴的帽子，兰普在眼睛转翻快速的眨动之间，坐了下来，用他那老鼠般、睁得溜圆的锐利眼睛盯着那地方法官看——看着那地方官被眼镜片扭曲的、没有虹膜的老男人的眼睛，在那里浮现出一种表情，那不仅是惊讶和疑惑不解，而且还有某种东西，就像四个星期前拉特利夫站在商店走廊上眼睛里现出的那种表情，非常像恐惧。

"这——"他说道，"我没有想到——我没有指望看到——我准备祈祷，"他说道，"我不打算大声祈祷。但是我希望——"他望着他们，"我想要……无论如何，你们所有人中间的一些人最好也祈祷。"他低下脑袋。他们注视着他，安静而严肃，与此同时，他一动不动地坐在桌子后面，上午的微风轻轻地吹进你稀薄的头发，被风吹动的叶子的点点阴影掠动着，在他那上了浆、凸起的胸口、发亮的、扣着扣子的僵硬袖口以及他握在一起的双手之间穿行着，袖口硬硬的而且几乎就像六英尺的烟筒接口一样大。他抬起头来。"阿姆斯迪德指控斯诺普斯。"他说道。阿姆斯迪德太太开始说话。

她没有动地方,她什么东西也不看,她的握着的手放在腿上,她在用那种平淡的、没有语调变化的、绝望的声音说道:

"那个得克萨斯州人说——"

"等一下。"那地方法官说道。他四下看着那些张脸,那双外人看不清楚的眼睛在厚厚的镜片后面掠动着。"被告人在哪里?我看不到他。"

"他不会来了。"那法警说道。

"不会来了?"地方法官问道,"你没有把法律文书拿给他吗?"

"他不愿意接受,"法警说道,"他说——"

"那他这是藐视法庭罪!"地方法官叫喊道。

"什么理由?"兰普·斯诺普斯说道,"还没有一个人证明它们是他的马。"地方法官望着他。

"你是在代表被告吗?"他问道。斯诺普斯一时间眨眼望着他。

"那是什么意思?"他问道,"你打算让我来付你认为你能加在他身上的随便什么样的罚金吗?"

"这么说,他拒绝为自己辩护,"地方法官说道,"他不知道我以那种理由就能找到反对他的指证吗?即使是在纯粹的公正和正当理由不足的情况下也是这样。"

"那将是纯粹的什么东西,"斯诺普斯说道,"不用找能看透他人心思的人也能看明白你的心里是如何——"

"闭嘴,斯诺普斯,"法警说道,"如果你不在这个案子里,你就离它远点儿。"他又转身面对地方法官,"你想让我做什么:再去法国人湾,无论如何都要把斯诺普斯带到这儿来?我想我能办到。"

"不,"地方法官说道,"等一下。"他再次四下望着那一张张严肃的面孔,眼睛中带着那种疑惑,那种恐惧,"这里是否有人确实知道那些是属于谁的吗?哪个人知道?"人们反过来望着他,表情严肃、专注——望着那衣着整齐、干净的老人,他坐着,双手紧紧地握在一起,放在他前面的

339

桌子上,以抑制身体的颤抖。"好吧,阿姆斯迪德太太,"他说道,"告诉法庭发生了什么事。"她讲了起来,一副无动于衷的样子,她的声音平平的,没有升降变化,她什么东西也不去看,人们在静静地听着,她说到了最后,甚至在说话声调没有降下来的情况下就停止了,仿佛她的事无关紧要,也不会有什么结果。地方法官的眼睛向下,注视着自己的手。当她停下来时,他抬起头望了望她。"可你还没有证明斯诺普斯是那些马的主人。你想起诉的人是那个得克萨斯州人。而他已经走了。如果你指控他的话,你就不能拿回钱。你看不出来吗?"

"斯诺普斯带他到这儿来的,"阿姆斯迪德太太说道,"要是斯诺普斯先生不给他带路,那个得克萨斯州人可能就不会知道法国人湾在什么地方。"

"但是卖马的和收取卖马的钱的人是那个得克萨斯州人。"地方官再次四下望着那一张张的脸,"对吧?你,布克赖特,情况是这样吗?"

"是的。"布克赖特说道。地方法官再次望着阿姆斯迪德太太,脸上带着那种怜悯和忧伤。随着上午时间向前行进,风刮起来了。于是,不时有一阵阵的风疾速地穿行于人们头上的树枝之间,把隐约闪现的雪白花瓣,以及它们浓烈而沁人心脾的芳香,带到一动不动的人头的周围,那些花开得早,严冬过去之后,春天就迫不及待地疾速而来,花就在那时过早地盛开了。

"他把亨利的钱给了斯诺普斯。他说亨利没有买到马。他说我第二天可以从斯诺普斯那儿拿回钱。"

"你有看到和听到他的所作所为的证据?"

"是的,先生。其他在那儿的男人看到他把钱给了斯诺普斯并且说我可以拿到钱——"

"而且你向斯诺普斯要过钱了?"

"是的,先生。他说那个得克萨斯州人离开的时候把钱随身带走了。但是我会……"她再次停了下来,或许也是在往下望着自己的手。不用说她没有在看任何一个人。

"怎么样？"地方法官问道，"你会什么？"

"我会认出那五美元钱的。那是我自己挣的钱，晚上在亨利和孩子们都睡以后我织布挣的。杰弗生镇的一些太太存些钱和那类东西，把它们给我，我就织些东西，然后把它们卖掉。我挣那笔钱是一次挣一点儿，当我见到它时我就能认出来的，因为我不时地从烟囱里把钱罐拿出来数钱，钱那时攒得足够用来给我的孩子为来年冬天买几双鞋子穿。如果斯诺普斯先生只要让——"

"如果说有人看到弗莱姆把那笔钱又给了那个得克萨斯州人哩。"兰普·斯诺普斯突然之间说道。

"这里有人看见吗？"地方官问道。

"是的，"斯诺普斯说道，声音刺耳，狂暴，"这里的厄克看到了。"他望着厄克，"来吧，告诉他。"地方法官看着厄克；图尔的四个女儿的脑袋像一个脑袋一样齐刷刷地转过来，望着他，图尔太太向前探着身子，目光越过她的丈夫向前望去，她脸上的表情冷酷、狂怒，充满蔑视，而那些站在那里的人的头左右移动，从彼此间的脑袋旁边看过去，望着一动不动坐在凳子上的厄克。

"你看到斯诺普斯把阿姆斯迪德的钱又给那个得克萨斯州人了,厄克？"地方法官问道。厄克依旧没有答话，也没动地方。兰普·斯诺普斯从他的嘴边儿发出一种狂怒至极的声音。

"上帝做证，要是厄克害怕的话，我是不害怕说出来的。我看到他那样做了。"

"你愿意发誓说那是真的吗？"斯诺普斯望着地方法官。此刻他的眼睛没有眨动。

"这么说你不相信我的话。"他说道。

"我要的是事实，"地方法官说道，"如果我不能找到事实证据，我不得不接受发誓的证言，并不得不把它作为事实来接受。"他从其他的两本书那儿把《圣经》拿了起来。

"好吧,"那法警说道,"到这里来。"斯诺普斯从凳子上站起来、走上前去。人们注视着他,尽管此刻没有人的脸在挪动,在往前伸,一点儿动静都没有,那些眼睛静静看着他。在桌子旁边的斯诺普斯朝他们回望过来。他凝视的目光迅速地从那新月形的一排人身上一次掠过;他再次看着那地方法官。法警抓住了《圣经》,可法官还没有松开拿圣书的手。

"你准备宣誓说你看到斯诺普斯把他从亨利·阿姆斯迪德手中接过的买那匹马的钱又给了那个得克萨斯州人吗?"他问道。

"我说过我准备这么做,对吧?"斯诺普斯说道。地方法官放开了拿《圣经》的手。

"请他宣誓。"他说道。

"把你的左手放在《圣经》上,举起右手庄严地宣誓并证实——"法警快速地说道。可斯诺普斯已经这么做了,他的左手很快地放在送到面前的《圣经》上,他的头转过去,他那凝视的目光再次从那一圈神情淡漠、专注的面孔上掠过,他用那种刺耳、粗暴的声音说道:

"是的,我看到弗莱姆·斯诺普斯把亨利·阿姆斯迪德或其他任何人认为亨利·阿姆斯迪德或其他任何人付给弗莱姆的任何一匹买马的钱又给了那个得克萨斯州人。这样说合乎你的要求吗?"

"是的,"地方法官说道。此时没有一点儿动静,在他们中间的任何地方都没有声音发出一点儿声音。法警不声不响地把《圣经》放在地方法官握着的手旁边的桌子上,一切都静悄悄的,只有风刮着的树叶的影子和刺槐上的花一来一回地移动着。随后,阿姆斯迪德太太站了起来;她站起来再一次(或者说依然)不去看任何东西,她的双手合拢放在身体中间。

"我想我可以走了,对吗?"她问道。

"是的,"那地方法官说道,他站了起来,"除非你想要——"

"我最好马上走,"她说道,"路很远的。"她没有到马车里去,而是来到其中一匹瘦削而营养不良的骡子面前。其中的一个男人跟着她，穿过刺槐树丛，为她把拴它的绳子解开，牵着它到一辆马车前，她踩着马车的一个轮毂上去了。随后人们再次望着地方法官。他坐在桌子后面，他的双手依然握在一起，放在前面，只是他的脑袋此刻没有低下去。可他没动地方，直到法警俯下身子，向他说着什么时，他才站起身来，突然之间醒了过来，没有前奏，如同一个老人从微睡中醒过来一样。他把手从桌子上拿开，而且往下看着，他说话的样子完全就像他是在念一张纸上的字：

"图尔控告斯诺普斯，袭击和———"

"是的！"图尔太太说道，"在你开始之前，我要先说一句话。"她探着身体，目光再一次越过图尔望着兰普·斯诺普斯，"假如你想去撒谎，为弗莱姆和厄克·斯诺普斯做伪证———"

"好了，老婆。"图尔说道。这时她对着图尔说话，她没动地方，她的语调，甚至她说话时的任何中止和停顿的方式都没有变：

"你别说让我闭嘴！你要让厄克·斯诺普斯或弗莱姆·斯诺普斯或那整个瓦尔纳家人把你从马车里扔出去，摔在木桥上，把你撞得半死。可到了要控告他们，维护你的合法权利，给他们惩罚时，你说噢不。因为这样做不讲交情。可在播种时间的紧要关头，你直挺挺地脸朝上躺在那儿，我们从你脸上取木头碎片时，讲交情又有什么用？"到了这时，那法警大声喊道：

"秩序！秩序？这里是法庭！"图尔太太不说了。她坐回去，剧烈地喘息着，她瞪视着那地方法官，法官坐着，说着话，仿佛他依然是在大声诵读：

"———袭击和殴打，以马作为工具，此马没有名字，属厄克拉姆·斯诺普斯所有。受害人维尔农·图尔。有身体受伤及遭难的物证。被告自行辩护。证人，图尔太太和其诸女———"

"这事厄克·斯诺普斯也看到了，"图尔太太说道，只是此刻她说话口气不再那么暴烈："他在那里。他到那里有足够的时间来看那一幕。让他否认吧。让他看着我的脸否认吧，如果他———"

"对不起，太太。"那地方法官说道。他说得是那样的平静，图尔太太闭上了嘴，变得相当安静，几乎成了一个理智、从容镇定的人。"你丈夫受伤没有异议。那匹马是伤人的东西也没有异议。法律说，当一个人拥有一头动物，他知道那动物危险，而且如果那动物被用能够把它关在里面和限制在其中的畜栏或围场关在里面和限制在其中，远离公共场所，如果有人进了那个畜栏或围场，无论他知道其中的动物危险或者不危险，那么他就犯了非法侵入罪，而那动物的主人就不负有责任。但是，如果那个他知道危险的动物没有用适宜的畜栏或围场关在里面，无论是意外还是有意的，而且无论动物的主人是否知道，那么动物的主人就负有责任。这就是法律。现在需要确认的第一点是，马的所有权，第二，那匹马在法律提供的定义范围中是危险的。"

"哈。"图尔太太道。她说的和布克赖特会的完全一样，"危险。去问维尔农·图尔。去问亨利·阿姆斯迪德那些马是不是宠物。"

"对不起，太太。"地方法官说道。他正望着厄克，"被告人是什么立场？否认所有权吗？"

"什么？"厄克问道。

"把图尔先生撞倒的那匹马是你的吗？"

"是的，"厄克答道，"它是我的。我该赔多少——"

"哈，"图尔太太又一次说道，"否认所有权。在现场的至少有四十个男人——也是傻瓜，要么他们就不会在那儿。可即使是一个傻瓜所说的有关他看到和听到的一切也是有用的。——至少有四十个男人听到那个得克萨斯州的杀人犯把那匹马给了厄克·斯诺普斯。注意，没有把它卖给他；是把它给他的。"

"什么？"地方法官问道，"把它给他？"

"是的，"厄克说道，"他把它给了我。我很抱歉图尔碰巧也在同时使用那座桥。我该赔多少——"

"等等,"地方法官说道,"你给了他什么?一张字条?某种交换的东西?"

"没有,"厄克说道,"他只是指着围场里的那匹马,并告诉我说,它属于我了。"

"他没有给你一张卖单或一张字契或任何书面的东西?"

"我猜你那时没时间,"厄克说道,"从勒翁·奎克忘事,没把那扇门关上以后,即使我们想到了,也没有一个人有时间去写的。"

"所有这一切是什么意思?"图尔太太问道,"厄克·斯诺普斯刚才告诉你说他拥有那匹马。而如果你不相信他的话,还有全天站在那围栏门旁什么也不干的四十个男人,他们听到那个杀人、玩牌、喝威士忌、无法无天的家伙——"这一次地方法官举起了一只手,那只手裹在巨大的、白净的袖口里,指着她。他并没有去看她。

"等等,"他说道,"接着他干了什么?"他向厄克问道,"只是把马牵过来,把缰绳放进你的手里?"

"不,"厄克说道,"他或者其他任何人都没有套在它们中间的任何一匹马身上的绳子,他只是指着围场里的那匹马说,它是我的,然后拍卖了那些其他的马,接着他坐上轻便马车,说了声再见,驾着马车走了。我们去拿了绳子,走进围场,只是勒翁·奎克忘了把门关上。它迫使图尔的骡子把他从马车里扔出去,我很难过。我该给他多少钱?"接着,他停了下来,因为地方法官不再看他了,而且过了一会儿,他意识到,他也不再听他说话了。这时的地方法官只是又坐回到了椅子里,实际上是第一次向后倚靠着,他的头略微向下弯着,双手放在他前面的桌子上,手指互相轻轻地搭在一起。在有人意识到他在平静而坦然地望着图尔太太之前,人们不声不响地注视着他,差不多有半分钟之久。

"好了,图尔太太,"他说道,"根据你本人的证言,厄克从不拥有那匹马。"

"什么?"图尔太太问道,声音一点儿也不大,"你说什么?"

"在法律中,所有权是不能通过口头的话赋予或授予的。它必须通过记录文件、真实可靠的文件来确认,通过财产和占有方式来确认,根据你和他双方的证言,他从未给过那个得克萨斯州人任何东西,作为那匹马的交换物,根据他的证言,那得克萨斯州人从未给过他任何文件,证明他拥有那匹马,而且根据他的证言,根据我本人从最近四个星期里得知的情况,没有一个人摸到过或用绳子拴住过它们中间的任何一匹马。所以那匹马根本就从未成为厄克的财产。那个得克萨斯州人可以把那同一匹马给十二个那天站在围场门周围的其他男人,他甚至不必告诉厄克说,他已经这么做了;而且厄克只是凭自行认定,就可以在图尔先生不省人事地躺在那座桥上时,即刻将他本人关于那匹马的所有人资格及财产价值转到图尔先生名下,而图尔先生的所有人资格与厄克的所有人资格将同样是合法的。"

"这么说我什么也得不到。"图尔太太说道。她的声音依然镇静、平和,尽管只有图尔一个人认识到那声音过于镇静和平和了。"我的两头牲口被一匹狂野的、身上有斑点、疯狗般的马惊跑了,我的马车坏了;我的丈夫被扔出了马车,撞得不省人事,在一多半种子还未播种的情况下,他整整一个星期都不能工作,而我却什么也得不到。"

"等等,"地方法官说道,"法律——"

"法律。"图尔太太说道。她突然之间站起身来——一个低矮、体阔、强壮的女人,身体的重量压在她牢牢站在那儿的脚后跟儿上。

"好了,老婆。"图尔说道。

"是的,太太,"地方警官说道,"你受到的伤害由法规确认。法律说,当一件伤害诉状针对造成伤害或损害的动物的主人被提起,如果动物的主人不能或不愿承担责任时,受到伤害或损害的一方将从那动物身上寻求补偿。而既然厄克·斯诺普斯根本从未拥有那匹马,而且既然你刚才也听取了今天上午一件无法证明弗莱姆·斯诺普斯拥有它们其中的任何一匹马的案子,所以那匹马依然属于那个得克萨斯州人所有。要么原就为他所有。因为那匹马把你的两头牲口惊跑了,并把你的丈夫扔到了马车外,所以现在那匹马就归你和图尔先生所有。"

"好了，老婆！"图尔说道。他迅速地站了起来。但在图尔说话之前，图尔太太依然平和，只是身体相当僵硬，呼吸急促。接着，她转身面对着他，她没有尖声叫喊，而是在大声说着话；那法警即刻用他那手工打磨光的山核桃木鞭条敲击着桌面，吼叫道："肃静！肃静！"与此同时，那整洁的老男人，猛地向后倒在椅子里，仿佛是打算躲避，身体由于老年人的痉挛而颤抖，他没有信心，不知所措地望着。

"那匹马！"图尔太太大声喊叫道，"我们看见它有五秒钟，它钻进我们的马车里，接着又出来了。随后它就没影了，上帝不知道它在哪儿，谢天谢地，他不知道！骡子跟着它跑了，车子给弄坏了，你在那儿躺在桥上，你的脸上满是木刺儿，你全身上下是血，我们不知你死了没有。而他把那匹马给我们！你不要让我闭嘴。到那辆马车上去，你坐在一对血气旺的骡子后面，把缰绳缠在手腕上真是傻瓜！到那辆马车上去，你们全都去！"

"我再也不能忍受了！"地方法官喊叫道，"我不愿忍了！此次审判结束！闭庭！"

随后，是另一场审判。审判于接下来的星期天开始。前一场审判观看者中的大部分人也观看了这场审判。审判在杰弗生镇乡村法院审判厅里举行，犯人在两名法警押解中进入审判庭，他看上去个儿头几乎不比一个孩子大，穿了一件崭新的工装裤，身体瘦削，看上去几近纤弱，由于在牢里待了八个月，没动地方，那张阴沉、凶狠的脸消瘦，没有血色，他受到指控，随后由法庭给他指定的律师为他辩护——这是位年轻人，去年六月份刚从州立大学的法学院毕业，成为律师，他做了他能够做的，他过火地做了他不可以做的，他热情洋溢，考虑到所有实际的意图和结果，他没被当回事儿。他详尽阐述了自己所有的质疑，本州尚未提供一项异议，不仅如此，他发现，自己面对的是一个陪审团，差不多自有记载以来就具有权威性，仿佛本庭、公众、所有理智的人，具有一个取之不尽、用之不竭的源泉，提供可互换的脸和名字，这些人都有着一个全然一样的意图和信念，所以那个看门人就可以把他所有的质疑都为他清除掉，他打开法庭里的房子，仅只数出陪审团的第一批成员，与那个数对应就行了。而且，要是到了那时被告辩护律师依然还不偏不倚，要求客观公正的话，他也许很快就会认识到，将要与陪审团搏斗的不是他的委托人，而是他本人。他的委托人对正在发生着的一切丝毫也不在意。他仿佛没有兴趣观看和听取案件的审理，好像这是别人的案子。他坐在他们把他放的那个地方，戴着手铐由其中一个法警监管，个儿头小小的，穿着崭新的、熨烫平的、硬实的工装裤，他的后脑勺对着法庭和正在进行的一切，而且他的上半身不停地在移动着，随后他们意识到，他在力图去观望屋子的后面，看看那里还有谁从门里进来了。他不得不被告知两次后才站起来，回答问题，继续站着，此刻，他的身体转过去，完全把他的背对着法庭，他的脸色阴沉，空洞，令人感到奇怪的急切，而且相当镇定，上面还有某种其他的东西，那不仅是希望，而是实在的信念，他没有看自己的太太，她就坐在他身后的凳子上，而是往前看着挤满了人的屋子，望着一排排的热切的脸，其中的一些脸，其中的大多数脸他都认识。直到那给他戴手铐的法警拉他，再一次让他坐下。在余下的他的案子的律师辩护和记录庭审的一天半上午时间里，他就那样坐着，他那小小的、梳得很漂亮、险恶的、强硬而执拗的脑袋不停地扭着，往前伸着，目光越过两个大块儿头的法警望着后面，注视着入口处，与此同时，他的律师做了他所能做的一切。他激动而发狂地说着，终于说不出话来了，他面前的陪审团成员阴沉着脸，无动于衷，他们像是开秘密会议的成年人，由于需要（尽管是在特定和有限的时间里）自行授权，听一个有执照的毛孩子喋喋不休地说废话。而那个委托人依然什么都不去听，不断地望着屋子的后面。在第一天要结束时，他的脸上已没有了那种信念，剩下的只有希望了。而第二天一开始，希望也没有了，所有的只是急切，执拗和难以消除的忧郁，而与此同时，他仍然在注视着那扇门。本庭在第二天半上午时审理完毕。

陪审团出去了二十分钟，随后回来表决认定为二级谋杀；犯人再次站起来，接受法庭的宣判，他将被押往州劳役农场，终身监禁，直到他死。但是他也没有听取那判决结果；他不仅转身背对着法庭，目光在挤满人的屋子里搜寻，而且他甚至在法官没有宣判完就自言自语起来，他不断地说着，甚至当法官用木槌敲击桌子，两个警官和三个法警汇聚在一起抓犯人时，他依然在说着，他挣扎着，用力把他们往后推，在短短的时间里，他真的成功了，他盯着屋子里面看。"弗莱姆·斯诺普斯！"他说道，"弗莱姆·斯诺普斯！弗莱姆·斯诺普斯在这间屋子里吗？告诉那个狗娘养的——"

第二章

1

拉特利夫把四轮马车停在布克赖特的大门前。屋子里没有亮灯,但即刻就有三四条布克赖特的狗从屋子下面和后面吠叫着跑过来。阿姆斯迪德僵硬地把腿伸出来,准备下车。"等等,"拉特利夫说道,"我去找他来。"

"我能走。"阿姆斯迪德声音刺耳地说道。

"当然了,"拉特利夫道,"不仅如此,那些狗认识我。"

"在第一条狗冲着我跑过来一次后,它们都会认识我的。"阿姆斯迪德说道。

"当然。"拉特利夫说道。他已经从马车上下来了,"你留在这里,管好两头牲口。"阿姆斯迪德又把伸到马车外的腿收了回来,在没有月光的八月的夜里不仅不是看不见,相反,由于四轮马车黑黑的装饰物的衬托,他那褪了色的工装裤显得清清楚楚;看不清楚的只是遮在他帽檐下的五官。拉特利夫把缰绳交给他,在星光下转身从安放在那儿的金属邮筒旁边经过,朝着在邮筒和温和的狗叫声那边的大门走去。当他走进大门时,他即看到了它们——一群吠叫着的黑乎乎的东西,在那略微有点儿发白的地面上,好玩地在他面前散开,它们兴奋,它们叫着,咬着他不让他走。——三条黑黄色的猎犬,星光把它们身上的黄色也变成了黑色,所以,虽不是一点儿也看不见,但看不清细部,它们很像是三张被烧成黑炭样的报纸,模样如初,直直地从地面上立起来,冲着他吠叫。他冲着它们大喊。凭气味它们也该认出他来了。当他大声喊时,他知道它们已经认出他来了,因为大约一秒钟的工夫,它们就不出声了,接着当他往前走时,它们就在他面前往后退,与他保持着原有的距离,吠叫着。这时,他看到了布克赖特,穿着在黑乎乎的房子衬托下显得也有点儿发白的工装裤。布克赖特冲着它们大声喊叫,它们果真闭嘴不叫了。

"没用的东西,"他说道,"闭上嘴,蠢货。"他走近前来,到拉特利夫等他的地方,在发白的地面衬托下,他也变成了一个黑黑的东西。"亨利在哪儿?"他问道。

"在轻便马车里。"拉特利夫答道。他转过身子,朝大门走去。

"等等。"布克赖特说道。拉特利夫停住了脚步。布克赖特来到他的旁边。他们互相望着,谁都看不清楚对方的脸。"你没有听他的劝说,插手这件事,对吗?"布克赖特问道,"每次望着他的太太,他也许就不得不记住那五美元,他的腿断了,他用那钱从弗莱姆·斯诺普斯那儿买的那匹马,他甚至没有再见到过,他现在完全疯狂了。但他不会到此为止。你不会只听信他的话吧?"

"我想不会,"拉特利夫说道,"我知道我没有,"他说道,"那里面有名堂。我对此一直都清楚。就像威尔·瓦尔纳知道那里面有名堂一样。如果那里面没有的话,他就根本不会买下它。而且他也不会留着它,只把其余的部分卖掉,但依然把那幢老房子留了下来,为它付税,给它往上加东西,他坐在用面桶制成的椅子里,看护着它,声称它让他坐在那里感到平静,找人在那儿干了所有的活儿,花费钱财,为的只是要建造某种和他太太一起在里面吃住的地方。而且,我确实知道弗莱姆·斯诺普斯是什么时候接手它的。当他把威尔·瓦尔纳弄到了他刚刚想要他待着的那个地方,他就背叛了他,拿走了那幢老房子和十英亩地,那地方几乎无法养羊。昨天晚上,我和亨利一起去过了。我也看到了。如果你觉得拿不准,你就不必介入。我宁愿你不参与。"

"好了。"布克赖特说道。他继续往前走着,"这就是我想要知道的所有东西。"他们回到四轮马车那里。亨利换到座位的中间,他们上了车。"别让我挤着你的腿了。"布克赖特说道。

"我的腿没有什么毛病,"阿姆斯迪德用那种刺耳的声音说道,"我可以像你或其他任何人在任何一天走得一样远。"

"当然,"拉特利夫迅速地说道,他拿走缰绳,"亨利的腿现在已经全好了,你甚至不可能会注意到它。"

"我们往前走吧,"布克赖特说道,"只要那两头牲口能走,谁也不用走上一会儿。"

"让他们看看,"阿姆斯迪德说道,"这里有谁害怕,我不需要任何帮手。我能——"

"那当然,"拉特利夫说道,"如果乡亲们看到我们,我们可能就会有太多帮手。那是我们想要避免的。"阿姆斯迪德不说话了。从此刻起他就不再说了,他坐在他们中间,一动不动,几乎就像是害了热病,身体更消瘦,仿佛不是那种病(在床上躺了大约一个月后,有一天他从床上起来,再次摔断了腿,没有人知道是怎么摔断的,没有人知道他一直在干什么,他企图干什么,因为他从未谈起过),而是那种无能和狂怒消耗了他的体力。

拉特利夫既不征求他们的意见,也不问方向;关于到那地方去的偏僻的道路及小巷,或通向任何他走过的乡村的偏僻道路及小巷,别人几乎没什么能告诉他的;他们没有从任何人身边走过;黑夜和沉睡的土地空荡荡的,分散的、偏僻地带的人家仅由偶然发出的狗吠声标示其存在,他选择的小道在宽阔的田野中间变得灰白,那田野宽阔的伸延更多是感觉出来的,不是看到的,在田野里,玉米正开始抽穗,棉桃花盛开,接着他们走进由向上生长的树枝及夏天浓密厚实的树叶形成的通道,通道上面是八月的天空,上面布满了稠密的繁星。随后他们走上了那条过去的小道,多年以来,上面只有瓦尔纳的那匹老白马留下的足迹,而且在一短暂的时间里,小道上被伞状顶小马车车轮轧过——那过去的印痕现在几乎已了无踪迹,三十年以前,一个信差(也许是一邻居家的仆人鞭打从犁具上卸下的一头骡子)飞奔而来,带来了萨姆特的新闻,那里可能有一辆四轮多座马车动了起来,女人们穿着由衬环架支撑的裙子,顺从地坐在阳伞下随车摇动,身穿绒面呢的男人骑马走在马车旁边,谈论着新闻,那儿子或许那主人自己已经进入了杰弗生,他携带着手枪、旅行皮箱及一个随身侍卫,侍卫骑着一匹瘦马跟在后面,谈论着军团和胜利;大约在杰弗生战役期间,联邦巡逻队开进了住满了女人和黑奴的地带。

现在那时的一切都看不到了。路几乎也没有了;沙土没入小河里,变得发黑,接着又向上隆起,那座桥没有留下一丝痕迹。现在那印迹作为一条准绳沿一排毛茸茸的栽成树篱、相互间有距离的雪松向前笔直伸展,这栽成树篱的雪松是一不知其名的建筑师设计的,还是这个建筑师为同样不知其名的主人设计并建造了房子,现在这树篱有两三英尺厚,树枝相互交缠,长得很密集。拉特利夫转进它们中间,他仿佛确切地知道他是在往哪里走。不过这时布克赖特记起来了,他昨天晚上到过这里。

阿姆斯迪德没有等他们。拉特利夫匆忙把两头牲口拴上,接着他们追赶上他——一个影子,由于漂洗,他的工装裤褪色变白,所以他的身形依稀可见,他僵硬的身体快速地向前,穿过低矮的灌木丛。大地在他们面前裂开了一道黑黑的口子,一条长长的裂缝:一道沟壑、一条深谷。布克赖特记起来了,阿姆斯迪德不止一个晚上来过这个地方,而那个跛腿的影子仿佛要用力将自己投入这黑暗的深渊。"你最好去帮帮他,"布克赖特说道,

"他会折断——"

"别出声!"拉特利夫嘘道,"园子就在那边的斜坡上。"

"——会再次折断那条腿,"布克赖特说道,声音这会儿小了一点,"那时我们又要照顾他。"

"他不会有事的,"拉特利夫悄悄地说道,"每天晚上都是这样的。只是不要逼他太紧。但也不要让他在前面太远。昨天晚上,当我们躺在那里时,我曾经跟他说过。"他们继续走着,就在那影子的后面,他此刻绝对一声不响地向前移动着,速度惊人。他们现在行进在一道长满忍冬植物、谷底全是干沙子的深谷里,他们可以听到那条跛腿在里面行走是多么艰难。但是他们仍然很难跟上他。大约走了两百码以后,阿姆斯迪德转身从谷地出来,向上攀登。拉特利夫跟在他后面。"现在当心,"他悄悄地对身后的布克赖特说道,"我们就要到地方了。"但布克赖特在注意着阿姆斯迪德。他永远不可能上去的,他想道。他永远爬不上那个向上的斜坡的。但阿姆斯迪德爬上去了,他拖着那条僵硬的、曾是易折断的因而可能是再次易折断的腿,爬上了那几乎是垂直的斜坡,他不声不响,没有人帮,而且做出即刻反应的准备,拒绝帮助而且回避开他可能需要的那种帮助。接着,布克赖特手膝并用,跟在他们后面爬着,穿过一条长满一人多高的欧石南植物、杂草和柿子树嫩枝的道路,赶上了他们,他们平躺在一个边缘不清的斜坡的角上,斜坡向上隆起,一直到草木丛生的坡顶,在坡顶的橡树中间,那巨大的房屋的架子就耸立在那里,它也是那个外来的、不知其名的建筑师设计的,它的主人那已分辨不清的骨灰,与他的同胞的骨灰以及在哈莱姆下等娱乐场所吹萨克斯管的祖先的骨灰埋在一起,祖先的骨灰埋在四百码以外的另一个圆丘下面,它上面的墓碑已风化,字迹模糊。透过它裂开了的房顶、没有上端的烟囱及一扇高处的长方形的窗户,他可以看到对面天空中的星星。这斜坡或许曾经是一处玫瑰园。他们中间没有一个人知道,也没人在意,就像他们见过的、从旁边走过并且可能看了一百遍了的东西,垂落在斜坡中间的山墙，他们不知道它曾经是个日晷。拉特利夫越过阿姆斯迪德的身体，紧握着他的手臂，这时，布克赖特听到了一种声音，那声音比他们粗重的喘息声要响，是不紧不慢的铲子挖土的声音和用铲子铲土的有节奏的沙沙声，那声音从他们上面的斜坡上发出。"在那儿！"拉特利夫悄声低语道。

"我听到有人在挖东西，"布克赖特低声说道，"我怎么能知道那人是弗莱姆·斯诺普斯？"

"难道从十天以前起亨利不是每天晚上都躺在这里，听着他的动静？难道我不是昨天晚上亲自和亨利一起，听着他的动静？难道我们没有就躺在这儿，等着他完事儿离去，接着爬过去，发现他挖开的、并随后又把洞填上，把表面的土弄平，来进行掩饰的每一个地方？"

"没错儿，"布克赖特悄声说道，"你和阿姆斯迪德一直在注意着某个人在挖东西。但是我怎么能知道那人是弗莱姆·斯诺普斯呢？"

"好吧。"阿姆斯迪德说道，冷酷，带着一种尽力克制的狂暴，他几乎是在喊叫；他们两人都能感觉到，躺在他们中间的他在颤抖，他瘦削、精力耗费了的身体猛烈地扭动、摇晃，就像一条系着皮带的狗一样。"那么他不是弗莱姆·斯诺普斯。你回家去吧。"

"别出声！"拉特利夫嘘道。阿姆斯迪德转过来，朝布克赖特望着。他的脸与布克赖特的脸之间的距离不足一英尺，现在他的五官比任何时候都难辨认。

"走吧，"他说道，"回家去吧。"

"别出声，亨利！"拉特利夫小声说道，"他会听到你的说话声！"但阿姆斯迪德的脑袋已经转了过去，再次瞪着眼睛仰望着那黑暗的斜坡，在他们中间摇晃着，颤抖着，小声冷冷地咒骂着。"如果你知道那人是弗莱姆，那么你会相信吗？"拉特利夫越过阿姆斯迪德的身体悄悄问道。布克赖特没有回答。他也躺在那里，和他们在一块，阿姆斯迪德瘦削的身体在他旁边摇晃着，扭动着，听着那不间断的、不紧不慢的铁铲声响，阿姆斯迪德冷酷而狂怒地咒骂着。接着，那铁铲的声音停住了。一时间没有一个人动。随后，阿姆斯迪德说道。

"他发现它了！"他突然之间猛地用力从他们中间跳起来。布克赖特听到或感觉到拉特利夫抓住了他。

"站住！"拉特利夫低声说道，"站住！帮我抓住他，奥德姆！"布克赖特抓住了阿姆斯迪德的另一只胳膊。他们把那具狂怒的身体按在他们中间，直到阿姆斯迪德不再挣扎，再次躺在他们中间，身体僵直，眼睛瞪着，低声冷冷地咒骂着。他的胳膊给人的感觉不比棍子大；胳膊的力量却大得惊人。"他还没有发现它！"拉特利夫低声对他说道，"他仅仅是知道它在那里的某个地方；也许他在房子里的某个地方找到了一张图，告诉他它在什么地方。但是，他必须去寻找它的位置，就像我们所做的一样。他知道它在那个园子里的某个地方，但他要像我们一样去搜寻它。我们不是一直在注意着他在寻找它吗？"布克赖特可以听到，他们两人现在都在用压低的声音悄悄地说话，一个在咒骂，另一个在哄骗着，做着推理，与此同时，它们的多个主人像一个人一样向上瞪视着星光照耀下的斜坡。此刻拉特利夫对他说道。"你不相信那人是弗莱姆，"他说道，"那好吧。你看好了。"他们躺在杂草里；他们这时都屏住呼吸，布克赖特也一样。接着他们看到了那个挖掘者——一个影子，浓黑的影子，贴着斜坡走，往上攀登。"注意看。"拉特利夫悄声说道。布克赖特可以听到他和阿姆斯迪德的声音，他们躺在那儿，瞪着眼睛，仰望着斜坡，他们压低声音呼吸着，发出激动而微弱的叹息声。接着布克赖特看见了那件白衬衣；片刻之后，那人在天空的背景上将他整个的侧面轮廓呈现出来，仿佛他在斜坡的坡顶上停了一会儿。随后那人不见了。"在那儿！"拉特利夫低声说道，"难道那不是弗莱姆·斯诺普斯吗？现在你相信了吧？"布克赖特长长地吸了一口气，又把它呼了出去。他依旧抓住阿姆斯迪德的胳膊。他把这点儿给忘了。此刻他再次感觉到它在他的手下面犹如一根震动着的细铁绳。

"那人是弗莱姆。"他说道。

"当然是弗莱姆，"拉特利夫说道，"现在我们必须做的是，明天晚上要找到它的位置而且——"

"明天晚上，见鬼去吧！"阿姆斯迪德说道。他再次往前拱，想要站起来。"让我们现在就到那上面去，找到它。那是我们必须做的。在你前面——"他们再次把他按住，与此同时拉特利夫与他争辩着，压低嗓音，规劝着他。他们终于把他再次平按在地上，他在咒骂着。

"我们必须首先发现它在哪里，"拉特利夫喘着气道，"我们在第一次就要准确地发现它的位置。我们没有时间只是去寻找。我们必须在第一个夜晚发现它，因为我们不能为他留下任何当他回来时可以发现的印迹。难道你不明白那是什么意思吗？我们将只有一次去发现它的机会，因为我们不敢冒险，在看的时候被人抓住。"

"我们准备做什么？"布克赖特问道。

"哈，"阿姆斯迪德道，"哈。"声音刺耳，愤怒，有所克制。其中没有一点儿欢乐的意味，"我们准备干什么。我想你已经回家了。"

"闭嘴，亨利。"拉特利夫说道。他站起来，跪在地上，不过他依然抓住阿姆斯迪德的胳膊。"我们赞同让奥德姆和我们一起干。至少在我们开始为那钱争吵以前，让我们等着，直到我们把那钱找到。"

"假如那钱只是南方邦联时期的钱呢？"布克赖特问道。

"好了，"拉特利夫说道，"你认为在邦联货币那种东西出现以前，那个老法国人用他所有的钱干什么？此外，它的一大部分可能是银匙和珠宝。"

"你们可以拥有所有的银匙和珠宝，"布克赖特说道，"我要自己的那份钱。"

"所以现在你相信了，对吗？"拉特利夫说道。布克赖特没有回答。

"现在我们准备干什么？"他问道。

"我打算明天到谷底去,把迪克·波里瓦尔找来,"拉特利夫说道,"天黑一小会儿之后,我应该能回到这里来。不过那时我们在这里什么也不能做,只有等到午夜过后,等到弗莱姆搜寻完了之后,我们才能行动。"

"并在明天晚上找到它,"阿姆斯迪德说道,"上帝做证,我不——"此刻他们全都站起来了。阿姆斯迪德开始挣扎,来势突然,猛烈,要把被抓住的胳膊挣脱开。但是拉特利夫抓住了他,他伸出双臂,抱住阿姆斯迪德,直到他不再挣扎。

"听着,"拉特利夫说道,"弗莱姆·斯诺普斯不会发现它的。如果他知道到哪儿去查看,你想他会两个星期以来每天晚上都在这里挖找它吗?难道你不知道乡亲们三十年以来一直在寻找那笔钱吗?在这整个乡村里,哪儿有一块地比这块巴掌大的园子被人翻腾得这么厉害,这么经常?威尔·瓦尔纳在里面既可种棉花,也可种玉米,棉花、玉米长得很高,采摘时他不得不骑在马背上,而要种的话,只需在地里撒上种子就行了。到现在还没有人找到那笔钱是因为,它埋得非常深,没有一个人有时间只在一晚上挖那么深,然后把那个洞填平,威尔·瓦尔纳在白天来到这里,坐在那面粉桶做的椅子里看管这地方时,不会发现挖的洞。那是不行的。在这个世界上能阻止我们发现它的只有一种东西。"阿姆斯迪德停了下来。他和布克赖特两人都朝拉特利夫那看不清楚的脸望着。过了一会儿,阿姆斯迪德声音刺耳地问道:

"那是什么?"

"那就是让弗莱姆·斯诺普斯发现另有他人在寻找那笔钱。"拉特利夫说道。

第二天晚上,当拉特利夫把四轮马车再次拐进雪松树丛里时,时间大约是午夜。此时布克赖特骑着马,因为马车里已经有三个人了,而且阿姆斯迪德再次没有等着拉特利夫把两匹牲口拴好。马车一停,他就从里面下来了;他从画有狗窝的箱子里拖出一把铁铲,乒乒乓乓地碰撞着,发出响声。

他没有努力不让它发出声响,而且他跛得非常厉害,进入了黑暗之中,这时拉特利夫和布克赖特的脚还没触到地面上。"我们也可以回家去。"布克赖特说道。

"不,不,"拉特利夫说道,"他从来不会那么晚在那儿的。不过无论如何,我们最好追上亨利。"四轮马车里的第三个人还没有动。即使是在晦暗模糊的状态下,他长长的白胡子也有一种发光的特征,仿佛在拉特利夫带他来时,他从星光中吸取了某种东西,现在又把它送回到黑暗之中。拉特利夫和布克赖特帮他动着,摸索着,试探着从四轮马车上下来,拿着另一把铁铲和铁镐,半背着那个老人,他们匆忙进入谷地,接着向前跑去,力图追赶上阿姆斯迪德跛腿行进的脚步声。他们从未能追赶上他。他们从谷底出来,攀登上去,他们此刻背着老人的身体,甚至在他们还没到园子的脚下,他们就能听到阿姆斯迪德在斜坡上用铁铲迅速铲地的声音。他们把老人放开,他坐在他们中间的地上,发出细弱的喘息声,拉特利夫和布克赖特一齐瞪着眼睛,向上仰望着黑乎乎的斜坡,从那里发出极力控制住不出声的、狂怒的铲地声。"我们在迪克叔叔能够找到那笔钱之前,必须让他停下来。"拉特利夫说道。他们朝着那个声音的方向跑去,肩并肩跟跟跄跄地在黑暗中行走,来到成排的野草中间。"喂,亨利!"拉特利夫悄声说道,"等一下迪克大叔。"阿姆斯迪德没有停下,他狂怒地挖掘着,用力把土扔出去,并再次用全力把铁铲插进地里。拉特利夫抓住铁铲。阿姆斯迪德把铁铲挣脱开,挥动着,把铁铲像一把斧子一样举起来,他们谁也看不见对方的脸,他们表情紧张,精疲力竭。拉特利夫已经三个晚上没有脱衣服了,但阿姆斯迪德穿在身上的衣服大约已经两周没脱过了。

"碰碰它!"阿姆斯迪德低声说道,"碰碰它!"

"现在等等,"拉特利夫说道,"给迪克大叔一个找到它在什么地方的机会。"

"走开,"阿姆斯迪德说道,"我警告你。从我的洞那儿走开。"他又开始进行狂热的挖掘。拉特利夫注视了他一秒。

"别这样。"他说道。他转过身，跑了起来，布克赖特跟在后面。那老人正坐在那里，这时他们到了他面前。拉特利夫从他旁边跳了下去，开始从杂草中间爬来爬去寻找另一把铁铲。他第一次发现的是铁镐。他用力把它扔在一边，并再次跳进去；这一次他和布克赖特一起发现了那把铁铲，这时他们站了起来，争夺那把铁铲，抢过来，夺过去。他们的呼吸声刺耳，但尽力控制着不出声。即使这样，他们听到比他们自己的喘息声还高的是，阿姆斯迪德在斜坡上用铁铲快速铲地的声音。"放手！"拉特利夫低声说道，"放手！"那位老人，此刻没有人帮，他挣扎着要站起身来。

"等等，"他说道，"等等。"接着，拉特利夫仿佛意识到他正在干什么。他松开了那把铁铲；他几乎是把它投向布克赖特。

"拿去吧，"他说道，同时他颤抖着长长地吸了口气，"上帝，"他低声说道，"只要看看还没有拿到钱的人对他会做些什么就明白了。"他弯下身子，猛地让老人站起来，他不是有意用蛮力，那只是因为他着急。一时间他不得不拉着他站在那儿。

"等一下。"那老人用一种粗弱、颤抖的声音说道。他在整个乡村里都是出了名的。他没有亲人，没有牵挂，而且他比所有的人都老；没有人知道他有多大年纪——一个高个儿、瘦削的男人，穿着肮脏的长及两膝的礼服，里面没有衬衣，长着一把长长的、纯白的胡子，长及腰部，他住在一个用泥巴做成的小屋里，小屋位于谷底，离任何一条路都有五六英里远。他制作并出售万灵药和符咒，据说他不仅吃青蛙和蛇，而且也吃虫子——吃任何他能捉到的东西。在他的小屋里，别的什么都没有，只有他的简易小床，几个做饭用具，一大本《圣经》和一张用银板照相法制成的相片，相片上面是一个青年男人，穿着邦联制服，那些见过照片的人相信那是他的儿子。"等一下，"他说道，"那年轻人内心中充满了愤怒。你必须迫使那到处乱撞的找寻行动停下。"

"是这样的,"拉特利夫说道,"要想有结果就必须让大地安静下来。我们必须让他停下。"当他们再次站在亨利旁边时,他继续在挖掘;当拉特利夫再次触摸他时,他转过身子,把铁铲举起,站在那里,用一种少气无力的低语声咒骂他们,接着那个老人亲自走向前来,触摸着他的肩膀。

"你可以挖,你可以挖,年轻人,"那细弱的声音说道,"对让给年轻人的一切,年轻人将保留着,直到发现的结果准备好了去揭示真相。"

"是这样的,亨利,"拉特利夫说道,"我们应该给迪克大叔腾地方,找到它在什么地方。快点儿,马上。"阿姆斯迪德把铁铲放下,从他挖的坑里出来(那坑已经接近一英尺深了)。不过他不愿松开那把铁铲;他依然抓住它,直到那个老人赶他们回到那园子的角里,从他礼服大衣底部口袋里掏出一个分叉的桃木枝,在它的最下端,有着用一根绳子吊着的东西;拉特利夫,至少是以前见过那玩意儿,他知道那是什么东西——一个空空的布烟草袋子,里面装了一颗镶有黄金的人的牙齿。他把他们留在那里十分钟,不时地弯着腰,把他的手平放在地上。随后,他们三人排成一队,静静地跟在他的后面,他走到长满了杂草的旧园子的角里,把桃木枝杈的两端紧紧地握在手中,那上面的绳子和烟草袋像铅锤一样在他面前悬着,一动不动,他站了一会儿,喃喃自语。

"我怎么——"布克赖特说道。

"别出声。"拉特利夫说道。那老人开始走起来,他们三人在后面跟着。他们像是一个行进的队列,他们身上既有胆大妄为的异教徒意味,同时又有着正宗教徒的严肃意味,慢慢地在园子里来回走着,做相互交叠的Z字形攀登,逐渐登上斜坡。突然之间,那老人停了下来;阿姆斯迪德,跛着脚就跟在他后面,撞到了他的身上。

"有某个人不赞成这事。"他说道,他没有回过头来看。"那不是你,"他说道,而且他们都知道他在对着拉特利夫说话,"而且也不是那个跛腿的人。他是那另一个人,那个黑黑的人。让他离开这个地方,停止寻找,要么你就送我回家好了。"

"回到园子边儿上去,"拉特利夫转过头静静地向布克赖特说道,"那样一切都会好的。"

"但是我——"布克赖特说道。

"离开园子,"拉特利夫说道,"时间已经过了午夜。四个时辰后天就要亮了。"布克赖特回到斜坡的脚下。也就是,他消失在黑暗之中,因为他们没有去注意他;这时,他们再次动了起来,阿姆斯迪德和拉特利夫紧跟在他后面。他们再次做Z字形攀登,登上斜坡,经过亨利开始挖掘的地方,经过阿姆斯迪德第一夜将其带到此地时拉特利夫发现有另一个人挖掘标记的地方;此刻拉特利夫可以感觉到阿姆斯迪德又开始颤抖了。那老人停了下来。这一次他们没有撞到他,而且直到那老人再次说话时,他才知道布克赖特就在他的后面。

"摸摸我的胳膊肘,"他说道,"不是你,"他说道,"你本不相信的。"当布克赖特摸到它们时,在袖子里面的胳膊——又瘦又细弱像烂木棍一样死硬的胳膊——幅度小而不停地痉挛起来;当那老人再一次突然之间停下来时,布克赖特在慌乱中撞着了他,他感到那整个瘦弱的身体在用力向后撤。阿姆斯迪德不停地低声冷冷地咒骂着。"摸摸这桃木杈子,"那老人喘着气说道,"你本不相信的。"当布克赖特摸到它时,它弓成了一个硬实的向下的弧,上面的绳子如铁丝一样绷得紧紧的。阿姆斯迪德发出一声窒息般的声音;布克赖特感觉到他的手也放在桃木杈枝上。桃木杈枝弹了出去;那老人摇晃着,杈枝一动不动地躺在他的脚边,阿姆斯迪德,用其空空的双手狂怒地摸寻到它,用力把它扔了出去。

他们像一个人似的转身跳下斜坡,回到他们搁下工具的地方。他们几乎跟不上阿姆斯迪德的步伐。"不要让他拿到铁镐,"布克赖特喘息道,"他会用它杀人的。"但是阿姆斯迪德并没奔着铁镐去。他径直向他放下铁铲的地方走去,就是在他放下铁铲时,那个老人掏出那个杈枝并且只有在他放下铁铲后才愿意开始行动。他猛地把铁铲抓起来，又跑回斜坡上。当拉特利夫和布克赖特到他那儿时，他已经在开始挖掘。这时，他们全都挖了起来，狂乱地挖掘着，用力把土甩到边儿上，他们彼此挡着对方的路，他们用的工具碰撞着，发出声响，与此同时，那老人站在他们旁边，在星光下，他胸前的胡子和白白的眉毛发出微弱的光芒，眉毛下面是两个黑洞，即使是他们停下来细看，也无法从里面看出来他的眼睛有没有望着他们，他沉思着，一副超然的样子，对他们喘着气从事的狂热活动没有兴趣。突然之间，他们三人在挖掘的行动中变得僵住了大约一秒。接着他们一齐跳进洞里；六只手在同一时刻摸到了那个东西——一个重重的、硬实的、用厚布做成的袋子，通过袋子，他们全都感觉到了硬币圆圆的、轧有花印的边缘。他们争抢那个袋子，在他们中间拉来拉去，拽着它，紧抓住它，他们气喘吁吁。

"住手！"拉特利夫喘息道，"住手！我们三个人不是伙伴吗？"但是阿姆斯迪德牢牢抓住它，竭力想把它从其他人手中夺走，同时咒骂着。"放开手，奥德姆，"拉特利夫说道，"让他拿着它。"他们松开了手。阿姆斯迪德把它抓到自己身边，弯着腰瞪视着他们，这时他们从洞里爬出来。"让他留着它，"拉特利夫说道，"你不知道那并不是所有的一切？"他迅速地转身走开，"快过来，迪克大叔，"他说道，"拿上你的——"他停住了。那老人不声不响地站在他们后面，他的脑袋转向一边，仿佛是在听从深谷方向发出的声响，他们就是从那里过来的。"什么声音？"拉特利夫低声问道。此刻他们三个人都不声不响，表情严峻，身体依然弯曲着，就像他们从阿姆斯迪德身边走开时那样。"你听到有什么动静吗？"拉特利夫低声问道，"有人在那下边？"

"我感觉到四个人的欲望在奔腾，"那老人说道，"这里有四个人渴望得到那没价值的东西。"他们都伏下身去，表情严峻。但是没有一点儿声音响起。

"噢，这里不是就我们四个人吗？"布克赖特低声说道。

"迪克大叔对钱一点儿也不放在心上，"拉特利夫低声说道，"要是有人藏在那里——"他们跑了起来，阿姆斯迪德第一个开始跑，手里依旧握住铁铲。他们从斜坡上下来时，几乎再一次无法跟上他的行进速度。

"杀了他，"阿姆斯迪德说道，"查看每一个灌木丛，杀了他。"

"不，"拉特利夫说道，"先捉住他。"当他和布克赖特到了深谷时，他们可以听到阿姆斯迪德敲打着深谷的边缘，没有为让他不发出声音做任何努力，他用那像斧子般的铁铲的边缘，以他挖掘时一样的疯狂劲头，劈砍着黑乎乎的低矮灌木丛。但是他们没有发现任何东西，任何人。

"也许迪克大叔从没听到过任何动静。"布克赖特说道。

"噢，无论如何，不管那是什么，都已经走了，"拉特利夫说道，"也许它——"他停住了。他和布克赖特互相瞪视着对方；在他们屏住的呼吸声之外，他们听到了马的声音。它在雪松那边的老路上；它仿佛是从天而降，掉在那里的。它在全力奔跑。他们听到它奔跑着，它跑进了小河位置上的沙土中，没了动静。过了一会儿，他们再次听到它到了那边的硬地上，此刻声音变得更微弱了。然后，它的声音完全停息了。他们屏住呼吸，在黑暗中互相瞪视着对方。然后，拉特利夫出了口气。"这意味着我们到天亮前都有时间，"他说道，"快过来。"

那老人的桃木杈枝又改变方向弹出去两次；两次他们即使是黑暗中都准确无误地发现两个小帆布袋子，鼓囊囊地里面装满了硬币。"现在，"拉特利夫说道，"在天亮以前，我们挖一个坑找到一袋东西。挖吧，伙计们。"

当东方开始变得灰白，他们再也没有找到其他别的东西。但是他们同时挖了三个坑，正如他们所做的一样，三个坑中没有一个坑挖得够深。大量的财宝埋在深处，就像拉特利夫所说的，如果不是埋在深处的话，在最近的三十年里，它会被人们发现十次，因为在包括老庄园大厦旧址所在地的十英亩地中，也许没有多少平方英尺的地，在没有一丝光的情况下，会被人于日落至黎明之间的时辰挖掘，并力图同时做到既挖得快，又挖得没有响声。所以，最终他和布克赖特劝说阿姆斯迪德，让他明白了点儿道理，他们停止挖掘，把几个坑都给填上，抹去挖掘的痕迹。然后，他们在灰色的光线下，打开了帆布袋子。拉特利夫和布克赖特的袋子里面各自装有二十五块银币。阿姆斯迪德拒绝告诉他们他的袋子里装的是什么，也不让任何人看他的袋子。他趴在袋子上面，背对着他们，在他们试着要看时咒骂着他们。"好吧。"拉特利夫说道。接着他想到了一件事。他往下看着阿姆斯迪德。"不用说，不会有人蠢到现在就试着花其中的任何钱吧。"

"我的钱就是我的，"阿姆斯迪德说道，"我发现了它。我为它费了工夫。我打算用它来做我想做的他妈的任何事情。"

"那好，"拉特利夫说道，"你打算如何解释它从哪儿来的？"

"我打算如何——"阿姆斯迪德说道。他蹲在地上，抬头望着拉特利夫。现在，他们可以看到对方的脸了。他们三个人都由于一夜没睡和疲劳而神经紧张，精疲力竭。

"是的，"拉特利夫说道，"你打算如何向乡亲们解释你从哪里得到它的？二十五块银元都是一八六一年以前铸造的？"他不再去看阿姆斯迪德。在渐渐增强的光线中，他和布克赖特互相平静地望着对方。"深谷里面有个人，在注视着我们，"他说道，"我们必须想办法。"

"我们必须快点儿想办法，"布克赖特说道，"明天就得想出来。"

"你是说今天。"拉特利夫说道。布克赖特仔细打量着他。他仿佛是在从一种麻醉状态中醒来，仿佛他是第一次看到黎明，看到大地。

"说得对，"他说道，"现在已经是明天了。"

那老人在深谷的一棵树下躺着，他在睡觉，仰面朝上，他的嘴巴张着，他的胡子在光线逐渐增强的黎明中失去了光泽，显得脏兮兮的；从他们真正开始挖掘时起，他们甚至就把他给忘了。他们把他叫醒，帮助他回到四轮马车上。那个拉特利夫用来装缝纫机的画有狗窝的箱子有一个带有挂锁的门。他从那箱子里拿出来一些玉米穗,然后,他把自己的和布克赖特的那袋银币藏在箱子后面,上面放上零碎的、依然质地很好的交换物品的小部件,并把箱子再次锁上。

"把你的袋子也放在这里吧,亨利,"他说道,"我们现在想要做的是,忘了我们甚至得到过它们,直到我们找到它的剩余部分,并将其从地里面弄出来为止。"但是阿姆斯迪德不愿意。他身体僵硬地爬上布克赖特身后的那匹马,不要别人帮他,他拒绝帮助,那种帮助甚至还没有人向他提供。他把袋子藏在打着补丁、褪了色的工装裤的上部,紧紧抓着,接着,他们出发了。拉特利夫在小河边给他的两头牲口喂食喂水;他也在太阳升起之前上了大路。就在九点钟以前,他把钱付给了那老人,把老人放到那个地方,离进入河谷底部通向他的小屋有五英里的路那儿,然后让那瘦而结实、不知疲倦的小马向后掉转过头,朝法国人湾的方向走去。在那个深谷里藏有某个人,他想道。我们必须尽快想办法。

后来,在他看来好像是,直到他抵达商店那儿时,他本人还没有真正认识到,他们是多么快就接受了那种说法。几乎是在商店进入他的视野的那一刻,他就看到了沿走廊而立的人们中间的新面孔,而且认出了他——尤斯塔斯·格林,一个佃农,与他结婚一年的太太住在十到十二英里以外的另一个乡村,拉特利夫打算,等他把那出生两个月的婴儿的生活费用打点好以后,就卖给他一台缝纫机;在他把两匹小马拴在走廊上的一根柱子上,登上鞋跟磨蚀的台阶的时候,他想道,也许睡眠使人得到休息,但是两三夜整夜不睡,忧心忡忡,并在那些时刻吓得半死,会使人变得敏锐。因为当他一认出格林时,在他心里就有某种东西咔嗒一声,尽管直到三天以后他才会知道那是什么。他有六十多个小时都没有脱衣服了;今天他没有吃早饭,最近两天他所吃的东西没多少质量——所有这些都显现在他脸上。但是他的声音里和其他任何地方都没显出什么,而且在任何地方一点儿也没显出别的什么来。"早晨好,先生们。"他说道。

"要是你看上去不像是一个星期没睡觉了,我就不是人,维·克,"弗里曼说道,"你现在在干什么?勒翁·奎克说,两个早晨前,他的男孩儿看到你的两匹马和马车藏在阿姆斯迪德家下面的谷底里,但我告诉他说,我认为那些马没有什么要躲藏的。所以那一定是你了。"

"我想不是,"拉特利夫说道,"要么我也会像那两匹马一样,被人撞见的。我过去认为,自己很精明,不会被这里的任何人发觉的。但是现在我不知道了。"他注视着格林,他的脸,除了缺少睡眠和疲劳外,像以往一样温和,爱嘲弄人,令人猜不透,"尤斯塔斯,"他说道,"你走错路了。"

"看起来是这样,"格林说道,"我来看——"

"他来付他的路税,"兰普·斯诺普斯,那个店伙计,像往常一样,坐在一张斜放在入口处的单人椅上,他说道,"你也反对他使用约克纳帕塔法的路吗?"

"当然不,"拉特利夫说道,"而且要是他在合适的地方付人头税的话,他还可以驾着马车穿过商店还有威尔·瓦尔纳的房子。"除了兰普外,所有的人都哄笑起来。

"可能我也会的,"格林说道,"我来这里是看——"他停住了,抬头望着拉特利夫。他纹丝不动,蹲在那里,一只手里拿了块小木头,他那打开了的、停着没用的刀子握在另一只手里。拉特利夫望着他。

"昨天晚上你也没能见到他吗?"他问道。

"昨天晚上我没能见到谁?"格林问道。

"昨天晚上他不在法国人湾,他怎么可能昨天晚上在法国人湾看到任何人呢?"兰普·斯诺普斯说道,"到房子里去吧,尤斯塔斯,"他说道,"午饭马上就好。过几分钟我就过去。"

"我要——"格林说道。

"你今天晚上赶车回家有十二英里路要走。"斯诺普斯说道。"现在,你进去吧。"格林又多看了他一会儿。然后,他站起身来,走下台阶,到大路上去了。拉特利夫不再注意他了。他正望着斯诺普斯。

"尤斯塔斯在来这儿时和你一起吃饭?"他问道。

"他碰巧在温特巴托吃饭,我碰巧在那里吃饭,"斯诺普斯声音刺耳地说道,"在那儿几个别的伙计碰巧也在吃饭和付钱。"

"是这样,"拉特利夫说道,"你不应该那样把他赶去。很可能尤斯塔斯不太经常到镇上来,花一两天时间仔细看看这地方,在商店旁边坐坐。"

"今天晚上他会把脚放在自己的桌子下面,"斯诺普斯说道,"你可以到下面那地方去,看看他。随后甚至在他还没有张开嘴前,你就能在他的后院了。"

"那当然,"拉特利夫说道,样子令人愉快、温和,令人费解,脸色疲惫而警觉,"你认为弗莱姆什么时候会回来?"

"从哪里回来?"斯诺普斯用那种刺耳的声音问道,"从躺在那个桶板吊床那边,与威尔·瓦尔纳一起消磨时光的地方回来,睡觉?好像从来没有过。"

"他和威尔及女人们昨天在杰弗生,"弗里曼说道,"威尔说他们今天上午回家来。"

"是这样,"拉特利夫说道,"有些时候,一个男人甚至要花比一年还多的时间,让他的新婚妻子改变钱只是用来买东西的看法。"他站在他们旁边,倚靠在一根走廊的柱子上,懒洋洋的,从容不迫,仿佛他甚至从未听说过什么是着急。这么说弗莱姆·斯诺普斯从昨天起就在杰弗生,他想道。而且兰普·斯诺普斯不想有人提起这事。而尤斯塔斯·格林——他的心里再次咔嗒响了一声;依然还是在三天以后他才能知道那在心里咔嗒一声的是什么,因为此刻他相信自己确实知道,他看到了整个格局——而且尤斯塔斯·格林从昨天晚上起就在这里,因为无论怎么说,我们都听到了那匹奔跑的马的声音。可能他们两人都在那匹马上。可能这就是为什么那匹马弄出来的声音会那么响。他也可以看到那种情景——兰普·斯诺普斯和格林骑在一匹马上,奔跑,在黑暗之中奔跑着,回到法国人湾,而弗莱姆·斯诺普斯依然没有在法国人湾,直到下午的早些时候他才回到那里。而且兰普·斯诺普斯也不想让人提起那事,他想道,尤斯塔斯·格林不得不被送回家去,以避免乡亲们与他交谈。而且兰普·斯诺普斯不仅是担心和恼火:他害怕。他们甚至可能发现了那隐藏着的四轮马车。他们也许发现了,所以至少知道了那些在园子里挖掘的人中的一个;现在,斯诺普斯将不得不通过他的代理人,格林,首先抓住他的表弟,他甚至可能会介入一场拍卖竞争,以获取对抗某个出价高过他的人(拉特利夫加上这一点没有虚荣)的地位;他想道,他沉思着,像通常那样感到惊讶,仿佛依然感到不可思议,一个斯诺普斯如何竟然会受到另一个斯诺普斯的伤害。必须尽快想办法。他站在远离廊柱的地方,转身向后,朝台阶走去。"我想我要走了,"他说道,"明天再见,伙计们。"

"跟我一起回家吃午饭吧。"弗里曼说道。

"非常感谢,"拉特利夫说道,"我在布克赖特家早饭吃得较晚。今天下午,我想到艾克·迈卡斯林那儿收取一张缝纫机的汇票,到天黑的时候回到这儿来。"他登上四轮马车,让两匹小马掉头回转,上了大路。即刻它们迈着在大路上行进的步态,身上套着挽具,用它们短短的腿急速地奔跑着,尽管它们向前行进的速度实际上并不快,它们向前继续行进,直到它们从瓦尔纳家的房子那儿经过,在房子的那边,大路改变了方向,通往迈卡斯林的农场,所以从商店那里是看不到的。它们进入了这条道,奔跑着,尘土从鞭子抽打它们的毛茸茸的背上一股股长长地冒出。他还有三英里路要走。开始走了半英里后,道路就全都变成了蜿蜒曲折、少有人用的小路,但他可以用二十分钟走完这段路。天这时刚过中午,而且可能至少要到九点钟以后,威尔·瓦尔纳才能把他的太太从她隶属的杰弗生女教徒的附属团体中接回来。他用了十九分钟走了那段路,马车在翻卷着尘土的前面的路沟里猛烈碰撞着,弹动着,他让此刻汗水淋漓的两匹小马行进速度慢下来，他让它们转向，上了杰弗生公路，那路离村庄有一英里远，让它们快速地又行走了半英里，接着速度放慢，逐渐使它们的体温降下来。不过，轻便马车还没影儿呢，所以他继续往前走，直到他来到一个最高的地段，从那里他可以看到前面的一段路，并从路上下来，来到一棵树的树荫下，停了下来。到现在他也没吃午饭。但是他也不太饿，今天上午，尽管他在把那个老人送下车之后，他有一种几乎无法抗拒的想睡觉的欲望，可那种欲望现在也没有了。于是他坐在四轮马车上，身体放松，对着刺眼的正午眨动着被刺痛的眼睛，与此同时，两匹小马（他从不使用短缰绳）轻轻地把肩上的缰绳弄松，在肚轭上咬着。人们可能会从面前经过，看到他在那里；一些人可能甚至会往村庄的方向去，在村子里他们可能会说看到他了。但是这种事出现时，他会处理好的。他仿佛是在自言自语，现在，至少有一小会儿我能够放松一下的时间。

接着，他看到了那辆轻便马车。他已经在路上了，小马以那种在大路上走的步态行进，全乡村的人都知道那种样子，在轻便马车里的任何人能够看到他之前，两匹小马全力急速行进，但仍比两匹大马行走的速度快不了多少。他知道，在仍有二百码的距离时，他们已经看到并认出他来了，他把车停下，坐在马车上，样子和蔼可亲、温和、安详，只是他的面容憔悴，瓦尔纳在他旁边把轻便马车停了下来。"你好，维·克。"瓦尔纳说道。

"上午好。"拉特利夫说道。他向坐在后排的两位妇人举帽示意，"瓦尔纳太太，斯诺普斯太太。"

"你往哪儿去了？"瓦尔纳问道，"到镇上去了？"拉特利夫撒了个谎；他并没想要这么做，他微笑着，彬彬有礼，也许甚至有点儿恭敬的味道。

"我过来迎接你。我想和弗莱姆说一分钟话。"他第一次望着斯诺普斯说，"我驾车送你回家。"

"哈，"瓦尔纳道，"你跑两英里路来迎接他，然后转向，走两英里路回去，和他谈话。"

"是这样的。"拉特利夫说道。他仍然在望着斯诺普斯。

"你够聪明,不会试着卖给弗莱姆·斯诺普斯任何东西,"瓦尔纳说道,"而且上帝做证,你肯定不会蠢到要从他那儿买任何东西,对吧?"

"我不知道,"拉特利夫说道,声音从他那张疲惫的、缺乏睡眠的脸上发出,依然是那样令人愉快,没有变化,令人猜不透,他依然在注视着斯诺普斯,"我过去认为自己聪明,但现在我不知道了。我会带你回家,"他说道,"你不会误了午饭的。"

"起来,下去吧,"瓦尔纳对他的女婿说道,"只有你那么做了他才会告诉你的。"不过斯诺普斯已经动了起来。他把唾沫吐到车轮外边,掉转身体,踩着轮子下来了,他回过头,迈着大步,不慌不忙,他穿着脏兮兮的浅灰色裤子,白衬衣,戴着方格呢帽子;轻便马车继续往前走,拉特利夫让车轮转向,斯诺普斯上了四轮马车,坐在他的旁边,他让马车转过来,两匹小马再次以那种不倦的、熟悉的行进步态奔跑起来。但是这一次拉特利夫收紧缰绳,把它们向后拉,直到它们是在行走为止,并让它们以这种方式行进,斯诺普斯在他旁边嘴里在不停地嚼动着。他们彼此没有再次去看对方。

"那个老法国人的地盘。"拉特利夫说道。轻便马车在前面一百码远的地方往前行进着,带起尘土,就像他们自己此刻的情景一样。"你准备向尤斯塔斯·格林为它出什么价?"斯诺普斯把口水吐到转动着车轮外面。他嚼的速度并不快,他也仿佛没有发现有必要停止嚼动,以便吐唾沫或是说话。

"他在商店里,对吧?"他问道。

"难道今天不是你告诉他要来的日子吗?"拉特利夫问道,"那地方你打算向他要多少钱?"斯诺普斯告诉了他。拉特利夫发出一声短促的喊叫,有点儿像瓦尔纳习惯性的突然喊叫一样。"你认为尤斯塔斯·格林能够弄到那么一大笔钱吗?"

"我不知道。"斯诺普斯说道。他再次朝转动着的车轮外面吐去。拉特利夫可能会说,那么你是不想卖它;斯诺普斯会回答说,我会卖任何东西。但是他们既没有人问,也没人答。他们不必那么做。

"那好,"拉特利夫说道,"那地方你向我要多少钱?"斯诺普斯告诉了他。那个数目是一样的。这一次拉特利夫使用了瓦尔纳式的突然喊叫。"我所说的只是那座老房子在上面的十英亩地。我并不是想从你手中把整个约克纳帕塔法县都买过来。"他们越过最后一个小丘;轻便马车开始更快地行进,他们之间的距离越来越远。现在村庄已经不远了。"我们这次说了算数,"拉特利夫说道,"那个老法国人的地盘你想卖多少钱?"他的两匹小马在分量不重的马车前也试图奔跑起来,拉特利夫制止了它们,道路开始变成了弯道,绕过学校,通往村庄。轻便马车在弯道那边已经消逝了。

"你要那地方干什么?"斯诺普斯问道。

"办一个牧羊场,"拉特利夫说道,"多少钱?"斯诺普斯往转动的车轮外边吐着。他第三次报了同样的数目。拉特利夫松开了缰绳,那个儿小、强壮、不知疲倦的两匹小马开始奔跑起来,沿着最后一个弯道飞快地绕行,从空荡荡的学校前面经过,此刻村庄看得见了,轻便马车也看得见了,车子已经在商店的那边,继续往前行进。"那家伙,你三四年前有的那个老师。拉巴夫。有人听说过他的情况怎么样吗?"

那天傍晚,刚刚过六点钟,在空荡的、关了门的商店里,拉特利夫、布克赖特和阿姆斯迪德从斯诺普斯手中买下了老法国人的地盘。拉特利夫给了他一份转让契约,将他在杰弗生小街上拥有的一半儿饭店转给了他,阿姆斯迪德给了他一份抵押契据,将自己的农场,包括房子、农具、牲口和大约两英里长的三股铁丝围栏抵押给他,布克赖特为自己的三分之一付了现金。随后,斯诺普斯让他们从前门出去,再次把门锁上,他们站在空荡荡的走廊上,在行将逝去的八月的余晖中,望着他出发上路,朝瓦尔纳家走去——他们中的两个人这么做了,因为阿姆斯迪德已经到前面去,上了四轮马车,他一动不动地坐在里面,等候着,从心中迸发出那忍耐已久、激昂的愤怒之情。"它现在是我们的了,"拉特利夫说道,"而且现在我们最好就准备到那里去,看护着它,以免有人在此之前某个夜晚把迪克·波利瓦尔大叔带到那里,开始寻找埋在里面的钱。"

他们首先去了布克赖特的家(他是个单身汉),从他床上拿了垫子,两床被子,他的咖啡壶、长柄平底煎锅、另一把铁镐和铁铲,接着,他们去了阿姆斯迪德的家。他也仅有一个床垫,可他却有一位太太和五个小孩子;此外,拉特利夫,他以前见过那个床垫,知道它甚至经不起折腾从床上拿起来就会散架。所以阿姆斯迪德拿了床被子,他们帮他将壳荚外皮塞进一个空饲料袋里当枕头用,接着他们回到四轮马车上,从房子前面经过,他的太太依然站在门口,四个孩子此刻在她的身旁挤成一团。可是她仍旧什么也不说,当拉特利夫从行进着的四轮马车上回头看时,那个门口已经没有人了。

当他们从那条老路上下来,转道穿过草木丛生的园子,来到倾圮的房屋的架子那儿时,天光依然足以让他们看到站在它前面的马车和骡子,而且就在此刻,一个男人从房子里面出来,他站住了,望着他们。此人是尤斯塔斯·格林,但拉特利夫根本就不知道阿姆斯迪德是否认出他来,或者想要去试着辨认,因为在四轮马车甚至还未停下来,阿姆斯迪德就再一次从车上下来,从布克赖特和拉特利夫脚下用力抓起另一把铁铲,带着令人痛苦的狂怒,跛着脚腿,朝着格林冲了过去,格林也快速敏捷地行动着,将马车置于他本人与阿姆斯迪德中间,他站在那里,隔着马车的距离望着阿姆斯迪德,这时阿姆斯迪德用铁铲越过马车向他劈砍下来。"抓住他!"拉特利夫说道,"他会杀死他的!"

"要么再次把那条倒霉的腿折断。"布克赖特说道。当他们追赶上他时,他正试图迂回绕过马车,他举起铁铲,像一把斧子一样悬在空中。但格林已经快速地绕着跑到了马车的另一边,此刻他在那儿看到布克赖特和拉特利夫正跑上前来,他也从他们身边迅速跳开,同时注视着他们,他犹豫不决,神情警觉。布克赖特用双臂从后面抱住了阿姆斯迪德。

"如果你不想要什么东西的话,那就赶快离开这里。"拉特利夫告诉格林道。

"不,我不想要任何东西。"格林说道。

"那就在布克赖特搂住他时快离开。"格林朝马车的方向移动着,同时望着阿姆斯迪德,眼睛中带有某种古怪的、遮遮掩掩的神情。

"他会为愚蠢的举动碰上麻烦的。"他说道。

"他不会有事的,"拉特利夫说道,"你只要离开这里就好了。"格林登上了马车,马车动了起来。"你现在可以松开他了。"拉特利夫说道。阿姆斯迪德从布克赖特的束缚中挣脱出来,转身向园子走去。"等一下,亨利,"拉特利夫说道,"我们先把晚饭吃了。让我们在房子里铺好床。"但是阿姆斯迪德匆忙向前走着,跛着腿在行将消逝的微光中走向园子。"我们应该先吃饭。"拉特利夫说道。接着他长长地出了一口气,犹如一声叹息;他和布克赖特并排跑向缝纫机箱的后面,那箱子上的锁被拉特利夫打开了,他们把其他的铁铲和铁镐拿出来,跑下斜坡,进入那个老园子,阿姆斯迪德在那里已经开始挖了起来。就在他们到他身边前,他站起身来,开始冲着路的方向跑去,他把铁铲举了起来,他们也看到在那里格林没有离开,而是坐在路上的马车里,透过那已损坏了的铁桩篱笆,注视着他们,这时,阿姆斯迪德几乎已到了马车跟前。于是他驾车往前走。

那天一整夜他们都在挖掘,阿姆斯迪德挖一个洞,拉特利夫和布克赖特一起挖另一个洞。他们不时地会停下来,休息一下,与此同时,夏天的繁星在头顶向前行进着。拉特利夫和布克赖特会四下走走,放松一下拧在一起的肌肉,接着他们会蹲在那里(他们不抽烟,他们不愿冒险露出任何光亮。阿姆斯迪德也许从未有过一个多余的镍币或一角银币来买烟草)并平静地交谈着,与此同时,他们听着阿姆斯迪德在他们下面不停地用铲子挖地的声音。当他们停下来时，他在挖掘；当他们再次开始时，他依然还是在挖掘，毫不松懈，不知疲倦，尽管他们中间的一个人不时会想起他来，停下来，看着他坐在他挖的坑的边儿上，一动不动，就像是他扔在坑外面的那堆土，接着他会在自己真的有时间休息以前再次挖起来；这种行动一直持续到黎明到来的时分，拉特利夫和布克赖特站在他的旁边，和他讲着道理。"我们应该停止挖掘，"拉特利夫说道，"天已经大亮了，乡亲们会看到我们的。"阿姆斯迪德依然在挖。

"让他们看好了，"他说道，"它现在是我的。要是我愿意的话，我可以整天挖。"

"好的，"拉特利夫说道，"那你就会有很多帮手了。"这时，阿姆斯迪德停了下来，从他的坑里抬起头来望着他。"我们怎样才能整夜挖掘，然后在整个白天坐在那儿不让乡亲们靠近呢？"拉特利夫说道，"现在快出来吧，"他说道，"我们要去吃饭，然后睡一会儿觉。"他们从四轮马车上把垫子和被子拿下来，放进房子里面，大厅里裂开大口的门框上已没有挂在那里的门，从它的天花板上垂吊下一个曾经是枝形水晶吊灯的架子，它的那段楼梯上的木板早已被撬掉，拿去修补牲口棚、鸡窝和厕所了，它的楼梯立柱，核桃木栏杆和盘旋楼梯的中心柱早就被劈砍下来，当成柴火烧掉了。他们选的那间屋子有十四英尺高的天花板。在毁损的窗户上方，残存有曾经镀过金的、上面镶着精细金银丝饰物的上楣，还有螺纹状、锯齿状的裂开了的板条，灰泥从上面脱落，另外还有一个棱柱状枝形吊灯的架子。他们把垫子和被子铺在灰泥的粉末上，拉特利夫和布克赖特回到马车那儿，把他们带来的食物以及两袋银币拿过来。他们那两个袋子藏在烟囱里，由于烟囱里落满鸟屎，此刻气味难闻，烟囱的位置在壁炉后面，壁炉上面仍然有楔入的几块原初的大理石碎片。阿姆斯迪德没有掏出他的钱袋。他们不知道他怎样处置它了。他们没有去问。

他们没有生火。拉特利夫可能会反对的，但没有人提议生火；他们吃着冷而无味的食物，他们太累了，品不出什么味道；他们只是把鞋子脱掉，鞋子被不断挖深的坑里的潮湿泥土弄得脏兮兮的；他们躺在被子中间，时醒时睡，他们太累了，做梦见到黄金，也不能完全安眠的。接近正午时分，斑斑点点、锯齿状的阳光碎片、透过裂开缝隙的房顶和两块腐朽了的、头顶上的楼板照进房子，悄悄地向东边的方向潜行，掠过地面、乱成一团的被子、随后照在趴着的身体和张着嘴巴、仰面向上的脸上，他们转开、移动身体的位置，或是用他们的胳膊盖住脑袋和脸，仿佛他们仍然在睡觉，他们躲开那没有重力的影子，为此，他们显露出自己的真实面目，醒了过来。未能好好休息一下，他们就在日落时分醒来。他们身体僵硬地四下动着，没有交谈，与此同时，咖啡壶在毁损了的炉子上滚沸着；他们又一次吃起来，狼吞虎咽着那冷而无味的食物，与此同时，从正在沉落的西方发出绯红色的光芒，在高高的、被毁了的房屋里面消逝了。阿姆斯迪德第一个先吃完。他把杯子放下，站起身来，他首先转动手和膝部，像婴儿一样起身，痛苦地拖着他下面的僵硬、两次折断的腿，跛着身子向门口走去。"我们应该等到完全黑了再挖。"拉特利夫说道，没有针对任何人；当然也没有一个人回应他的话。他仿佛是在自言自语，自问自答。他也站了起来。布克赖特已经站起身来。当他们抵达园子时，阿姆斯迪德已经在他的坑里，正挖掘着。

  他们在那短暂的夏天的夜晚挖掘着，就像是在前一个夜晚挖掘一样，与此同时，那熟悉的星星在头顶上转动着，他们不时地停下来，休息一下，放松一下肌肉，聆听那平稳的叹息声，还有阿姆斯迪德在他们下面重又开始的铲地声；他们劝说他在黎明时分停止挖掘，回到房子里去，吃东西——罐装的鲑鱼，凝结在肥油中的冷咸猪肉，凉了的烤面包——再一次躺在乱成一团的被子中间睡觉，与此同时，月亮出来了；接着金色的太阳悄悄地潜进来，探触着，在太阳探触时，他们转过身去，移动位置，仿佛是在无能为力的噩梦中逃离那触摸不着、没有分量的重负一样。那天早晨，他们把面包吃完了。在第二天日落时分另外两人醒来时，拉特利夫已把咖啡壶放在火上，并在平底锅里做另一锅玉米饼。阿姆斯迪德不愿等玉米饼做好。他一个人吃了自己那份肉，喝了咖啡，再次像小孩子一样站起身来，接着走到外边去了。布克赖特也站起来了。"那么你也赶快去吧，"他说道，"你也不需要等待。"

"我们挖了六英尺深，"布克赖特说道，"四英尺宽，将近十英尺长。我要从我们找到第三个袋子的地方开始。"

"好哇，"拉特利夫说道，"快去吧，开始挖呀。"因为某种东西在他心里又咔嗒了一下。它可能是在他还睡着觉时出现的，他不知道。但他知道这一次就是它了。只是我不想去看它，不想去听它，他想道，他蹲在那里，手里牢牢地握着平底锅，放在火上，他在炊烟中眯着流泪的眼睛看着锅，烟囱坏了，不再能把炊烟排到房子外面，我不敢去看去听。无论如何，还没到我不得不那么做的时候。今天晚上，我可以再次去挖掘。我们甚至有一个新地方等待挖掘。所以，他等待着，直到玉米饼做成。然后，他把它从平底锅里取出，把它放在靠近炭灰的地方，切下了一些咸猪肉，放在平底锅里烹烧；他在三天里第一次吃上热饭，他不慌不忙地吃着，他蹲在那里，呷着咖啡，与此同时，日落最后一束绯红色的光芒沿毁坏了的天花板聚集，也从那里消逝，房屋里面仅有那即将熄灭的炉火的微光。

布克赖特和阿姆斯迪德已经挖起来了。当他来到近前查看时，他发现阿姆斯迪德独自一人挖的坑有三英尺深，而且他的坑几乎与拉特利夫和布克赖特共同挖的坑一样长。他继续往前走，来到布克赖特开始挖的新坑的地方，拿起自己的铁铲（布克赖特为他把它拿过来的）并开始挖掘。那次他们也挖了一整夜，头顶上是行进着的熟悉的星星，不时停下来休息一下，尽管当他们停下来时，阿姆斯迪德并不停下手中的铁铲，他们蹲在新挖的坑的边儿上，与此同时，拉特利夫在说着话，喃喃自语，他不去说黄金、钱财，而是说着趣事逸闻，幽默故事，他那看不清楚的脸显得爱嘲弄人，茫然若失，令人猜不透。他们又开始挖掘。要去看它光线已经足够亮了,他想道。因为我已经看到它了,他想道。三天以前我就看到它了。这时黎明开始到来。在苍白的黎明的微光开始出现时,他把铁铲放下,站直了身体。布克赖特的铁镐在他的面前不断举起又落下;在二十码远的地方,此刻他可以看到阿姆斯迪德站在齐腰深的坑里,仿佛他被齐腰深地切成了两半儿,那没有生命的躯体,甚至不知道它没有生命,不停地劳作着,标准地一俯一仰,犹如一个节拍器,阿姆斯迪德自己回到那块地里挖掘,那块土地使得他从出生到死亡命中注定就是奴隶。拉特利夫从坑里面爬出来,站在黑乎乎的、他们刚从坑里扔出来的泥土上,他的肌肉由于疲劳抽搐着、痉挛着。他站在那里,平静地望着布克赖特,直到布克赖特注意到他,并停了下来,布克赖特接着又举起了铁镐,抬头仰望着他。他们互相望着对方——两张瘦削、没有刮胡子的、疲惫的脸。"奥德姆,"拉特利夫说道,"谁是尤斯塔斯·格林的太太?"

"我不知道。"布克赖特说道。

"我知道,"拉特利夫说道,"她是卡尔亨县朵西家的一个女人。而且那样说不准确。他的妈妈是个苏格兰人,而且那样说也不准确。"布克赖特不再看他了。他小心翼翼,几乎是轻柔地把铁镐放下,仿佛它是一把盛满汤的勺子,要么就是盛满硝化甘油的勺子,他从坑里爬上来,把手在裤子上擦着。

"我以为你知道的,"他说道,"我以为你对这个乡的人的所有事情都知道的。"

"我想我现在知道了,"拉特利夫说道,"但是我想你仍然应该告诉我的。"

"怀特是他第二个太太的名字。她是尤斯塔斯的妈妈。爸爸告诉我这事时,阿比·斯诺普斯第一次从瓦尔纳家租用那个地方,那是五年前了。"

"好吧,"拉特利夫说道,"告诉我。"

"尤斯塔斯的妈妈是阿比·斯诺普斯最小的妹妹。"他们互相望着对方,眼睛多少眨动了几下。很快,天就要开始变得大亮了。

"是这样,"拉特利夫说道,"你说完了?"

"是的,"布克赖特说道,"我说完了。"

"我和你赌一块银币,我要赢你。"拉特利夫说道。他们走上斜坡,走进房里,进了那个他们睡觉的屋子。屋子里依然很暗,于是拉特利夫从烟囱里摸摸索索地掏出两个钱袋,布克赖特将灯点亮,把灯放在地板上,他们蹲在灯的旁边,互相面对对方,把钱袋打开。

"我想我们应该知道不会有钱袋——"布克赖特说道,"过了三十年——"他们把袋子里的东西全倒在地上。他们每人拿起一块银币,迅速地打量一下,接着把它们中的一个搁在另一个上面,就像是棋盘中戴王冠的国王一样,放在接近灯的位置。然后,他们借着熏黑了的灯的光线,逐个儿打量着其他的钱币。"但他怎么会知道那将是我们呢?"布克赖特问道。

"他不知道,"拉特利夫说道,"他不在乎是谁。他只是每天晚上出来到这里挖上一段时间。他知道他不可能在没有人看到以前挖上两个星期的时间。"他把最后一枚硬币放下,又坐回原来的地方,直到布克赖特把硬币打量完。"一八七一年造的。"他说道。

"一八七九年造的,"布克赖特说道,"我甚至还有一枚是去年铸造的。你赢我了。"

"我赢你了。"拉特利夫说道。他拿起了两枚硬币,他们把钱又放回到袋子里。他们没有把袋子藏起来。他们把每个袋子放在它的主人的被子上,把灯吹灭了。此刻天变得更亮了,他们可以相当清晰地看到阿姆斯迪德,他在自己那齐腰深的坑里俯下身子,站起来,又弯下去。太阳将很快会升起了;已经有三只秃鹰飞向那高高的发黄的晴空。当他们走近前来时,阿姆斯迪德甚至没有抬头看;甚至当他们站在坑边向下望着他时,他仍在继续挖掘。"亨利。"拉特利夫说道。随后,拉特利夫向下探着身子,触动他的肩膀。他猛地一转身,举起铁铲,铲边儿转了过来,发出细细的一道发白的铁灰色光芒,就像一把斧子的刃口会发出的那种光。

"离开我的坑,"他说道,"离它远点儿。"

2

从那方向来到村子里的那些马车,停了下来,马车上装着男人、女人和孩子,那些从商店那里走过来,沿瓦尔纳的围栏而立的男人,在观望着,与此同时,兰普、厄克·斯诺普斯和瓦尔纳的黑奴,山姆,正把家具、箱子和盒子装进后面抵在走廊边上马车里。这还是那辆四月份把弗莱姆·斯诺普斯从得克萨斯州带回来、由原来的骡子拉的马车,三个男人过来了,他们在马车和房子之间走着。厄克或是那个黑人在两者之间背着很重的东西,行动笨拙地从门里出来,兰普·斯诺普斯急忙跑到门旁边,喋喋不休地发出自己的告诫和指令,当然了,他拉住了门,但他没有拿任何东西,指挥把那东西放进马车里,随后回去,在门口停下,走到一边,这时,瓦尔纳太太快步地从里面出来,又抱出一些小坛子,内装水果及蔬菜、密封着口儿的罐子。沿围栏站立的观看者清点这些物品——一张光光的床,梳妆台、脸盆架、花形相配的碗、大口水壶、盛污水的大桶和夜壶,还有箱子,里面无疑是装着太太和孩子的衣服,还有木盒子,里面装有至少是女人知道的盘子、刀叉餐具、做饭用的器具,最后还有用绳子紧紧捆着的一大块棕色帆布。"那是什么玩意儿?"弗里曼问道,"看上去像是个帐篷。"

"那是个帐篷,"图尔说道,"厄克上个星期从镇里的捷运公司弄回来的。"

"他们不是打算搬到杰弗生并在一张帐篷里过日子,对吧?"弗里曼问道。

"我不知道。"图尔说道。终于马车上的东西装好了,厄克和那黑人最后一次撞开门,瓦尔纳太太匆匆忙忙地拿着最后一个密封着的罐子出来;兰普·斯诺普斯再次进去,出来时拎着那个他们全都知道的草编箱子,接着弗莱姆·斯诺普斯出来,随后他的太太出来了。她抱着那个个儿头很大的婴儿不可能才出生七个月,但自然也没等到五月,她在那里站了一会儿,像奥林匹斯山神一般高,比她的母亲或丈夫都高出一头来,尽管盛夏的天极为酷热,她仍穿着一套制作考究的西装,她的形象本身让人看上去她还不到十八岁,因为那视而不见、木无表情的面具般的脸没有年岁,与此同时,那些马车里的女人注视着她,想着那如何是在法国人湾看到的第一套女西装,她如何从弗莱姆·斯诺普斯那儿弄到一些衣服,因为现在买衣服的人不会是威尔·瓦尔纳了,而那些沿围栏而站的男人望着她,想起了霍阿克·麦卡伦,想到如果她想要的话,他们中间的任何人如何会去买那套西装或其他东西。

瓦尔纳太太从她手中接过孩子,他们望着她飞快地用一只手把裙子边往里卷,那动作是古老的、女性的、令人麻烦的动作,然后踩着轮子上去,坐到位置上,斯诺普斯已经坐在那儿了,手握缰绳,她俯下身子,从瓦尔纳太太手中把孩子抱过来。马车动了起来,左右摇晃,拉车的牲口摇摇摆摆地穿过院子,朝着通向小道的开着的门走去,而这就结束了。如果有告别的话,那也就是,那些沿路停住了的车吱吱呀呀再次动了起来,可弗里曼、图尔和其他四个男人只是转过身,再次放松下来,他们的背此刻靠在柱桩围栏上,他们的脸都同样严肃,有点儿遮遮掩掩的,而且甚至还显得认真,他们并没太注意看那辆装满东西的马车,马车从小巷里转出来,走近前来,然后从他们面前走过——没太注意那方格呢帽,那一刻不停、不慌不忙嚼动着的下颌,那小蝴蝶结和白衬衣;那另一张脸平静、美丽,据上面那雕刻般的或甚至是死尸样的表情来判断,她不用说没有去看他们,可能没有去看他们知道的任何东西。"再见,弗莱姆,"弗里曼说道,"当你下手做饭的时候,给我留块牛排。"弗莱姆没有回答,他甚至可能就没有听到。马车继续往前走去。他们望着它,人还没有动地方,他们看见它转向走上了那条老路,二十多年了,只是在两个星期以前,那条路上才刚刚有瓦尔纳的老肥白马的蹄子踩出的印迹。

"走那条路他要多走三英里才能折回通往镇上的大路。"图尔焦急地说道。

"也许他计划带它们向前走上三英里,和他一样到镇上,然后把它们给阿伦·赖德奥特,换那饭店的另一半。"弗里曼说道。

"也许他要把它们给拉特利夫、布克赖特和亨利·阿姆斯迪德,换取别的东西,"第三个男人——他的名字也叫赖德奥特,是另外的那个人的兄弟,他们两人都是拉特利夫的表兄——说道,"他会发现拉特利夫也在镇上。"

"他不用走那么远就会找到亨利·阿姆斯迪德。"弗里曼说道。

那条路不再是一条不见踪迹和伤痕几乎愈合了的道路。现在,它是有沟槽的路,因为一个星期前下了雨,现在那些几乎三十年来未受到打扰的野草和杂草展示出四条明显的路径:两条外围的被铁制的车轮边缘轧过的路,两条里面的路,从第一对拉车的牲口走进这条道路的第一个下午起,每天都有戴着挽具的牲口和车从上面经过——饱受风雨侵蚀的、吱呀作响的马车,被犁具擦伤的马和骡子,男人、女人和孩子,进入另一个世界,穿过另一片土地,行进在另一个时间,进入另一个没有时间或名字的下午。

沙土颜色变暗,没入小河浅浅的水中,然后颜色又变浅,向上隆起,在这里,有无数交叠在一起的车轮印、钉了掌的牲口蹄印,犹如一个被遗弃的教堂里突然出现的喧闹。接着,那些马车会进入人的视线,在路的旁边排成行停下来,较小的孩子们蹲在马车里,女人们依然坐在马车车厢里的藤椅上,怀抱着婴儿,在他们需要时给他们喂奶,男人们和较大的孩子们静静地沿着毁损的、旁边长满忍冬属植物的铁围栏站立,注视着阿姆斯迪德,他在不停地把土铲下那个老园子的斜坡。他们望着他这么做有两个星期了。从第一天开始,在第一批人看到他这么干,带着这一消息回到家里以后,他们便开始前来,坐着马车,骑在马和骡子背上,从远至十到十五英里以外的地方前来,男人,女人,孩子,八九十岁的老人和吃奶的婴儿，四代人挤在一辆破旧的、风雨侵蚀的车厢里，那上面依然有干了的粪便或干草及谷粒壳，显得脏兮兮的，他们坐在马车里，沿围栏站立，带着那种正式欢迎的礼仪，带着那种一群人观看杂技场中魔术师表演的狂热兴趣注视着他。在第一天，当第一个人走下来，走进那围栏时，阿姆斯迪德从他的坑里爬出来，冲着他跑过去，拖着那条僵硬的腿，举起铁铲，他气喘吁吁地低声咒骂着，声音微弱而严厉，把那个男人给赶走了。不过很快他就不那么做了；他的样子像是，当他们沿围栏而立，望着他带着那种消耗人的、始终不变的狂怒，在那个斜坡上来回不停地亲自铲挖时，他根本就没有感觉到他们的存在。但是他们中间没有一个人企图再次进入园子，而且现在给他添麻烦的只是那些半大孩子。

　　接近半下午时，那些远道而来的人们开始离去。但是总有一些人会留下来，尽管那意味着给牲口卸下挽具，喂食，甚至挤奶都要在黑暗中进行。随后，就在日落之前，最后一辆马车即会到来——两头消瘦的、胆怯的骡子，加固了的、向里凹陷的、没有上油的车轮惹人注目——他们转过脸，沿围栏而立，不声不响地望着。与此同时，那女人从车上下来，从座下面拎出一个锡桶，走近围栏，她穿着灰色的、不成样子的衣服，围栏那边的男人依旧没有抬头看，也没有在他那节拍器一样的劳作中踌躇迟疑。她把那桶放在围栏的角落里，站上一会儿，一动不动，那灰色的衣服撮成僵硬的、刀刻出来一样的皱褶垂到她那肮脏的网球鞋上，她的双手握在一起，卷进她的围裙里，贴着她的腹部。即使是她在看着那个男人，他们也无法确定；如果她在看着什么东西，他们也不知道。然后，她转过身，走回到马车那儿（她既要给孩子们做晚饭，也还要干给牲口喂食和挤奶的活儿），上车坐到位子上，抓起缰绳，掉转马车的方向，驾车而去。随后，观看者中的最后一个人离去，剩下阿姆斯迪德站在逐渐隐入黑暗的斜坡中间，他用一种机械玩具的标准动作，自行铲挖着，渐渐没入浓郁的黑暗之中。在他不懈的努力中有某种怪异的味道，仿佛那玩具对设定它所适用于做的事情太轻了点儿，要么就是过牢地握在了他用力的手中。在炎热的夏天的上午，他们蹲在瓦尔纳商店的走廊上，或在漫长的、太阳斜晒的上午，他们在田间四处的交叉口，马车里的人对马车里的人，马车里的人对骑马的人，骑马的人对骑马的人，或马车里的人或骑马的人对一个等在邮筒旁边和大门旁边的人，谈论着那件事："他还在那儿挖吗？"

"他还在那儿挖着。"

"他会杀了自己的。噢，我不知道那是否会是种损失。"

"对他的太太不是，起码是这样。"

"那倒是真的，她就不必每天走那段路给他送饭了。那个弗莱姆·斯诺普斯真可恨。"

"确实如此。其他任何人都不会干那种事的。"

"其他任何人不可能干那种事。任何人都可以骗亨利·阿姆斯迪德。但是除了弗莱姆·斯诺普斯之外，没有任何人骗得了拉特利夫。"

斯诺普斯驾车前来。这会儿才十点刚过一点儿，所以不仅那些那天预定来的人都来了，他们也都在那儿，其中甚至包括那些个人，像斯诺普斯一样，准备一路直接赶到杰弗生镇上。斯诺普斯并没有从路上下来，与停在那儿的马车排成一行。相反，他赶着车往前走，从那些停在那儿的马车前经过，那些怀抱吃奶孩子的女人的脑袋转过来看着他，沿围栏而站的男人们的脑袋也转过来望着他，他们的脸色阴沉，同时也在掩饰着某种，当他把车停下来，坐在那里，咀嚼着，不停地、有节奏地耸动着下颌，目光越过他们的脑袋，朝园子里面望去时，他们依然在注视着他。接着那些沿毁损的围栏站立的人的脑袋转过来，仿佛要追随他的目光，他们注意到有两个半大孩子从园子的尽端的低矮灌木丛中冒了出来，偷偷地跑了进去，从背后走近阿姆斯迪德。他没有抬头往上看，甚至也没有停止挖掘，但当那两个孩子还在距他二十米开外的地方时，他就猛地转过身子，拖着身体从坑里出来，朝着他们冲过去，举起铁铲。他什么也没有说，此刻他甚至也没有咒骂。他只是冲着他们跑过去，拖着他的腿，他在自己挖出的土块中绊倒了，与此同时，男孩在他面前逃开了，离他远去。即使是他们消失在他们从中而来的低矮灌木丛以后，阿姆斯迪德仍继续跑着，直到他绊倒，头向前地摔在那儿，他在那儿躺了一会儿，与此同时，围栏那边的人们一声不响地望着他，他们能听到他不顺畅的、低低的气喘吁吁的呼吸声。然后，他站了起来，像小孩子一样，先是用手和膝部撑着，站起来，拾起铁铲，又回到坑那儿。他没有抬头向太阳瞥上一眼，像一个男人在干活儿过程中停下估测一下时间那样做。他直接回到了那个坑那儿，带着那种痛苦的、劳作的缓慢动作，匆忙回到坑里，那张瘦削、没有刮胡子的脸此刻完全就是一张疯子的脸。他回到坑里，开始挖了起来。

斯诺普斯脑袋转过来，把唾沫吐到马车的轮子外面。他轻轻地抖动着缰绳。"驾。"他说道。

图书在版编目 (CIP) 数据

村子 / (美) 福克纳著 ; 张月译 .
– 北京 : 北京燕山出版社 , 2015.9
ISBN 978-7-5402-3905-3

Ⅰ . ①村… Ⅱ . ①福… ②张… Ⅲ . ①长篇小说—美国—现代 Ⅳ . ① I712.45

中国版本图书馆 CIP 数据核字 (2015) 第 166232 号

村　子

[美] 威廉・福克纳 著
张　月译
责任编辑 / 尚燕彬　臧晓雅
装帧设计 / 小　贾　张　佳

北京燕山出版社出版发行
北京市西城区陶然亭路 53 号　邮编 100054
全国新华书店经销
北京盛源印刷有限公司印刷

开本 880×1230　1/32　印张 12.5　插页 4　字数 328,000
2015 年 10 月第 1 版　2015 年 10 月第 1 次印刷

定价 : 42.00 元

版权所有　盗版必究